Ángeles y demonios

Bestseller Internacional

Dan Brown
Ángeles y demonios

Traducción de Aleix Montoto

 Planeta

Obra editada en colaboración con Editorial Planeta – España

Ésta es una obra de ficción. Los personajes, lugares y sucesos que se mencionan en esta novela o son producto de la imaginación del autor o se usan en el marco de la ficción. Cualquier parecido con personas (vivas o muertas) es pura coincidencia.

Título original: *Angels and Demons*

© 2000, Dan Brown
© 2011, Traducción: Aleix Montoto
© 2011, Editorial Planeta, S. A. – Barcelona, España

Derechos reservados

© 2011, Editorial Planeta Mexicana, S.A. de C.V.
Bajo el sello editorial BOOKET M.R.
Avenida Presidente Masarik núm. 111, Piso 2
Polanco V Sección, Miguel Hidalgo
C.P. 11560, Ciudad de México
www.planetadelibros.com.mx

Revisión del texto: Lourdes Martínez López
Ambigramas: © 1999, John Langdon
Realización e ilustración de la portada: Opalworks
Fotografía del autor: © Erich Lessing

Primera edición impresa en España en colección Booket: enero de 2011
ISBN: 978-84-08-09923-9

Primera edición impresa en México en Booket: marzo de 2011
Vigésima primera reimpresión en México en Booket: diciembre de 2022
ISBN: 978-607-07-0666-0

Impreso en los talleres de Impregráfica Digital, S.A. de C.V.
Av. Coyoacán 100-D, Valle Norte, Benito Juárez
Ciudad De Mexico, C.P. 03103
Impreso y hecho en México – *Printed and made in Mexico*

Biografía

Dan Brown es autor de *El código Da Vinci*, una de las novelas más leídas de todos los tiempos, así como de los bestsellers internacionales *Ángeles y demonios*, *La conspiración* y *La fortaleza digital*. En 2009 Planeta publicó su esperada nueva obra *El símbolo perdido*. Actualmente vive en Nueva Inglaterra (EE. UU.) con su mujer.

Para Blythe...

Los hechos

En el mayor laboratorio de investigación científica del mundo —el Conseil Européen pour la Recherche Nucléaire (CERN)— se ha conseguido generar recientemente las primeras partículas de antimateria. La antimateria es idéntica a la materia física, con la salvedad de que está compuesta de partículas cuya carga eléctrica es opuesta a la que se encuentra en la materia normal.

La antimateria es la fuente de energía más poderosa conocida por el hombre. Libera energía con una eficacia del ciento por ciento (la eficacia de la fisión nuclear es del 1,5 por ciento). La antimateria no genera polución ni radiación, y una sola gota podría suministrar electricidad a la ciudad de Nueva York durante todo un día.

Hay, sin embargo, un problema.

La antimateria es altamente inestable: estalla al entrar en contacto con cualquier cosa..., incluso el aire. Un gramo de antimateria contiene la energía de una bomba nuclear de veinte kilotones (la potencia de la bomba lanzada en Hiroshima).

Hasta hace poco la antimateria había sido creada en cantidades muy pequeñas (unos pocos átomos cada vez). Pero el CERN ha abierto un nuevo camino con su nuevo decelerador de antiprotones, un avanzado centro de producción de antimateria que facilitará la creación en cantidades mucho mayores.

Una cuestión subyace: ¿esta sustancia altamente volátil salvará el mundo, o bien será utilizada para construir el arma más mortífera jamás creada?

Nota del autor

Todas las referencias a obras de arte, tumbas, túneles y elementos arquitectónicos de Roma son completamente reales, al igual que su emplazamiento exacto. Hoy en día todavía pueden verse.

La hermandad de los illuminati es también real.

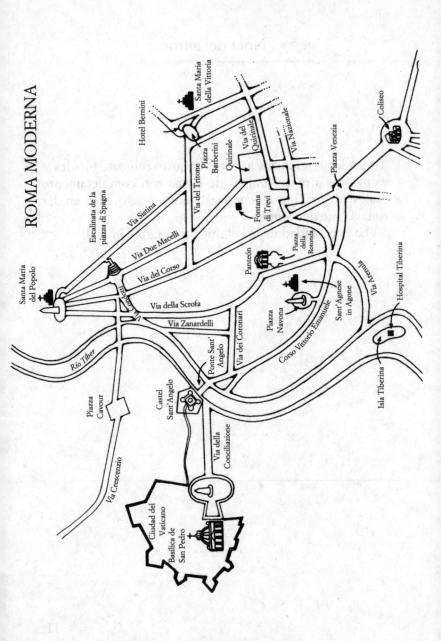

ROMA MODERNA

CIUDAD DEL VATICANO

1. Basílica de San Pedro
2. Plaza de San Pedro
3. Capilla Sixtina
4. Patio Borgia
5. Despacho del papa
6. Museos Vaticanos
7. Cuartel de la Guardia Suiza
8. Helipuerto
9. Jardines
10. Passetto
11. Patio del Belvedere
12. Estafeta
13. Sala de audiencias del papa
14. Palacio del Gobierno

Prólogo

El físico Leonardo Vetra percibió olor de carne quemada y de inmediato supo que se trataba de la suya. Aterrorizado, levantó la mirada hacia la oscura figura que se cernía sobre él.

—¿Qué es lo que quiere?

—*La chiave* —respondió la ronca voz—. La contraseña.

—Pero... yo no...

El intruso presionó un poco más, hundiendo todavía más profundamente el objeto al rojo vivo en el pecho de Vetra. Se oyó el siseo de la carne al arder.

Vetra dejó escapar un grito agónico.

—¡No hay ninguna contraseña! —Empezaba a sentir que se desvanecía en la inconsciencia.

La figura le dirigió una mirada llena de odio.

—*Ne avevo paura.* Eso me temía.

Vetra hacía lo posible por mantener despiertos sus sentidos, pero la oscuridad se iba cerrando en torno a él. El único consuelo que le quedaba era saber que su agresor nunca obtendría lo que había ido a buscar. Un instante después, sin embargo, la figura extrajo una cuchilla y la acercó al rostro del físico manejándola con precisión quirúrgica.

—¡Por el amor de Dios! —exclamó Vetra.

Pero ya era demasiado tarde.

Capítulo 1

Desde lo alto de los escalones de la Gran Pirámide de Giza, una joven lo llamó, riéndose.

—¡Date prisa, Robert! ¡Ya sabía yo que debería haberme casado con un hombre más joven! —Su sonrisa era mágica.

Él se esforzaba por seguir su ritmo, pero las piernas no le respondían.

—Espera —suplicó—. Por favor...

A medida que ascendía se le iba nublando la vista y sentía un martilleo en los oídos. «¡Debo alcanzarla!» Sin embargo, cuando volvió a levantar la mirada, la mujer había desaparecido. En su lugar se encontraba un anciano con los dientes podridos. El hombre se lo quedó mirando y sus labios se fruncieron hasta formar una mueca solitaria. Luego soltó un grito de angustia que resonó por todo el desierto.

Robert Langdon despertó de su pesadilla con un sobresalto. El teléfono que había junto a su cama estaba sonando. Todavía aturdido, descolgó el auricular.

—¿Diga?

—Estoy buscando a Robert Langdon —dijo una voz de hombre.

Él se incorporó sobre la cama vacía mientras trataba de despabilarse.

—Yo soy... Robert Langdon —Con los ojos entornados, consultó su reloj digital. Eran las 5.18 de la madrugada.

—Debo verlo inmediatamente.

—¿Con quién hablo?

—Mi nombre es Maximilian Kohler. Soy físico de partículas discretas.

—¿Cómo dice? —A Langdon le costaba concentrarse en lo que le estaban diciendo—. ¿Está seguro de que soy el mismo Langdon que está buscando?

—Es usted profesor de iconología religiosa en la Universidad de Harvard. Ha escrito tres libros sobre simbología y...

—¿Sabe la hora que es?

—Le pido disculpas. Necesito mostrarle algo. No puedo hablar sobre ello por teléfono.

Los labios de Langdon dejaron escapar un gruñido de resignación. Eso ya le había sucedido anteriormente. Uno de los peligros de escribir libros sobre simbología eran las llamadas de fanáticos religiosos que pretendían confirmar la última señal que habían recibido de Dios. El mes anterior, una bailarina de *striptease* de Oklahoma le había prometido a Langdon el mejor sexo de su vida si iba a verla y verificaba la autenticidad de una mancha con forma de cruz que había aparecido por arte de magia en las sábanas de su cama. «El sudario de Tulsa», las apodó él.

—¿Cómo ha conseguido mi número? —A pesar de la hora, Langdon intentó mostrarse educado.

—En Internet. En la web de su libro.

Langdon frunció el ceño. Estaba completamente seguro de que en la página web de su libro no aparecía el número de teléfono de su casa. Estaba claro que el hombre le estaba mintiendo.

—Necesito verlo —insistió—. Le pagaré bien.

Langdon estaba empezando a enfadarse.

—Lo siento, pero de verdad que yo...

—Si parte de inmediato, podría llegar aquí a las...

—¡No pienso ir a ningún sitio! ¡Son las cinco de la

madrugada! —Langdon colgó y volvió a tumbarse en la cama.

Cerró los ojos e intentó dormirse de nuevo. Pero no pudo. El sueño que había tenido antes se le había quedado grabado en la mente. A regañadientes, se puso la bata y bajó la escalera.

Robert Langdon recorrió descalzo su desierta casa victoriana de Massachusetts y se preparó su remedio habitual para el insomnio: una taza de leche con cacao. La luna de abril se filtraba por los ventanales y proyectaba su luz sobre las alfombras orientales. Los colegas de Langdon solían bromear diciendo que el lugar parecía más un museo de antropología que un hogar. Todas las estanterías estaban repletas de objetos religiosos procedentes de todo el mundo: un *ekuaba* de Ghana, una cruz de oro de España, un ídolo cicládico de las islas del mar Egeo, e incluso un raro *boccus* de Borneo, símbolo de la perpetua juventud de los jóvenes guerreros.

Al sentarse sobre su baúl Maharishi de latón para saborear la bebida caliente, Langdon vio su reflejo en el ventanal. Era una imagen distorsionada y pálida..., como la de un fantasma. «Un fantasma que envejece», pensó, cruelmente consciente de que su espíritu juvenil vivía en un envoltorio mortal.

Si bien no era exactamente guapo en un sentido clásico, a sus cuarenta y cinco años tenía lo que sus colegas femeninas llamaban un atractivo «erudito»: espeso pelo castaño con algunos mechones grises, penetrantes ojos azules, una cautivadora voz profunda y la sonrisa arrebatadora y desenfadada de un atleta universitario. Saltador de trampolín en el instituto y la universidad, todavía lucía el cuerpo de un nadador, un tonificado físico de un metro ochenta que mantenía en forma gracias a los cincuenta largos que hacía diariamente en la piscina de la universidad.

Sus amigos siempre lo habían considerado alguien más bien enigmático, un hombre atrapado entre siglos. Los fines de semana se lo podía ver en el patio de la facultad vestido con unos pantalones vaqueros y conversando sobre infografía o historia de la religión con algún alumno; otras veces, en las páginas de lujosas revistas de arte, ataviado con su americana Harris de tweed y un chaleco de cachemira, pronunciando una conferencia en la inauguración de algún museo.

A pesar de ser un profesor estricto y partidario de la disciplina, Langdon era el primero en abandonarse a lo que él llamaba el «olvidado arte de la diversión». El fanatismo contagioso con el que se entregaba al esparcimiento lo había hecho merecedor de una aceptación fraternal entre sus alumnos. El apodo por el que era conocido en el campus, *el Delfín*, hacía referencia tanto a su naturaleza afable como a su legendaria capacidad para zambullirse en una piscina y esquivar a todo el equipo contrario en un partido de waterpolo.

Mientras permanecía sentado a solas con la mirada perdida en la oscuridad, el silencio de su casa volvió a verse perturbado, esta vez por el sonido del fax. Demasiado cansando para enojarse, dejó escapar una risa ahogada.

«El pueblo de Dios —pensó—. Dos mil años esperando a su Mesías y siguen igual de persistentes.»

Con parsimonia, dejó la taza ya vacía en la cocina y se dirigió lentamente hacia su estudio de paredes revestidas de roble. El fax entrante descansaba en la bandeja. Suspiró, cogió la hoja y le echó un vistazo.

Al instante sintió una oleada de náuseas.

En la hoja se veía la imagen de un cadáver. El cuerpo estaba desnudo y tenía la cabeza completamente vuelta del revés. En el pecho de la víctima había una horrible quemadura. Al hombre le habían marcado a fuego una palabra; una palabra que Langdon conocía bien. Muy bien. Incrédulo, se quedó mirando atentamente los ornamentados caracteres.

Illuminati

—Illuminati —tartamudeó mientras su corazón comenzaba a latir con fuerza. «No puede ser...»

Lentamente, temeroso de lo que estaba a punto de ver, dio la vuelta a la hoja y observó la palabra al revés.

Se quedó sin respiración. Fue como si lo hubiera alcanzado un rayo. Sin apenas creer lo que sus ojos veían, dio de nuevo la vuelta a la hoja. La palabra se podía leer en ambos sentidos.

—Illuminati —susurró.

Aturdido, se dejó caer en la silla. Permaneció un momento inmóvil, completamente desconcertado. De repente sus ojos advirtieron la parpadeante luz roja del fax. Quienquiera que le hubiera enviado esa hoja todavía estaba conectado, a la espera de poder hablar con él. Langdon se quedó mirando largo rato la parpadeante luz.

Finalmente, con mano trémula, descolgó el auricular.

Capítulo 2

—¿He conseguido llamar su atención? —dijo el hombre al teléfono cuando Langdon finalmente contestó.

—Sí, señor, desde luego que sí. ¿Quiere hacer el favor de explicarse?

—He intentado decírselo antes —la voz sonaba rígida, mecánica—. Soy físico. Dirijo un centro de investigación. Se ha cometido un asesinato. Ya ha visto el cadáver.

—¿Cómo me ha encontrado? —A Langdon le costaba concentrarse en lo que le estaban diciendo; no podía dejar de pensar en la imagen del fax.

—Ya se lo he dicho: Internet. La página web de su libro, *El arte de los illuminati*.

Langdon intentó poner sus pensamientos en orden. Su libro era prácticamente desconocido en los círculos literarios mayoritarios, pero contaba con numerosos seguidores en la red. Aun así, lo que el desconocido le había dicho era absurdo.

—En esa página no aparecen mis datos personales —lo contradijo—. Estoy seguro de ello.

—En mi laboratorio cuento con gente experta en obtener información de los usuarios de Internet.

Langdon se mostró escéptico.

—Parece que en su laboratorio saben muchas cosas sobre Internet...

—Es normal —repuso rápidamente el hombre—. Nosotros la inventamos.

Algo en la voz del desconocido le dijo a Langdon que no estaba bromeando.

—He de verlo —insistió el otro—. Éste no es un asunto que podamos tratar por teléfono. Mi laboratorio está a tan sólo una hora en avión de Boston.

De pie en el estudio tenuemente iluminado, Langdon analizó el fax que sujetaba en la mano. La imagen era impactante, posiblemente suponía el hallazgo epigráfico del siglo, una década de investigaciones confirmadas de golpe en un único símbolo.

—Es urgente —insistió la voz.

Langdon no podía apartar los ojos de la palabra: «illuminati». La leía una y otra vez. Su trabajo siempre se había basado en el equivalente simbólico de los fósiles —documentos antiguos y rumores históricos—, pero la imagen que tenía ante sí era actual. Pertenecía al presente. Se sentía como un paleontólogo que se hubiera topado cara a cara con un dinosaurio vivo.

—Me he tomado la libertad de enviarle un avión —dijo la voz—. Llegará a Boston dentro de veinte minutos.

Langdon sintió que se le secaba la boca. «Un vuelo de una hora...»

—Por favor, disculpe mi presunción —añadió la voz—. Necesito que venga usted aquí.

Langdon observó de nuevo el fax: un antiguo mito confirmado en blanco y negro. Las implicaciones eran escalofriantes. Miró distraídamente por el ventanal. Las primeras luces del alba empezaban a ser visibles a través de los abedules de su patio trasero pero, por alguna razón, esa mañana la vista parecía distinta. Langdon sintió que una extraña combinación de miedo y excitación se apoderaba de él y supo que no tenía elección.

—Usted gana —dijo—. Dígame dónde he de ir a coger ese avión.

Capítulo 3

A miles de kilómetros de allí, dos hombres mantenían una reunión en una estancia oscura. Medieval. De piedra.

—*Benvenuto* —dijo el hombre al mando. Estaba sentado en las sombras, fuera de la vista—. ¿Ha tenido éxito?

—*Si* —respondió la alta figura—. *Perfettamente.* —Sus palabras eran duras como los muros de piedra.

—¿Y no habrá duda alguna de quién ha sido el responsable?

—Ninguna.

—Magnífico. ¿Tiene lo que le he pedido?

Los ojos del asesino, negros como el petróleo, brillaron. Extrajo un pesado artilugio electrónico y lo dejó sobre la mesa.

El hombre que permanecía en las sombras pareció satisfecho.

—Muy bien.

—Es un honor servir a la hermandad —dijo el asesino.

—La segunda fase comenzará en breve. Descanse un poco. Esta noche cambiaremos el mundo.

Capítulo 4

El Saab 900S de Robert Langdon enfiló el túnel Callahan y llegó a la zona este del puerto de Boston, cerca de la entrada del aeropuerto Logan. Tras comprobar la dirección, encontró Aviation Road y, una vez pasado el edificio de Eastern Airlines, giró a la izquierda. A trescientos metros de la carretera de acceso, un hangar se cernía en la oscuridad. En él se podía distinguir un gran número «4». Langdon estacionó en el aparcamiento y salió del coche.

Un hombre de cara redonda ataviado con un mono de vuelo de color azul apareció de detrás del edificio.

—¿Robert Langdon? —dijo con voz afable. Tenía un acento que Langdon no supo identificar.

—Soy yo —repuso mientras cerraba con llave su coche.

—Justo a tiempo —dijo el hombre—. Acabo de aterrizar. Sígame, por favor.

Mientras rodeaban el edificio, Langdon empezó a sentirse tenso. No estaba acostumbrado a recibir llamadas crípticas y acudir a encuentros secretos con desconocidos. Como no sabía qué le esperaba, se había vestido con la ropa que solía llevar para dar clase: unos chinos, un jersey de cuello alto y una americana Harris de tweed. Mientras caminaban, pensó en el fax que llevaba en el bolsillo de la americana, todavía incapaz de asimilar la imagen que mostraba.

El piloto pareció advertir su inquietud.

—No tendrá usted miedo a volar, ¿verdad, señor?

—Para nada —respondió él.

«A lo que tengo miedo es a los cuerpos marcados a fuego. Volar no supone ningún problema.»

El hombre lo condujo al otro extremo del hangar. Rodearon la esquina y llegaron a la pista.

Langdon se detuvo de golpe y se quedó boquiabierto al ver el avión al que se dirigían.

—¿Vamos a volar en eso?

El hombre sonrió.

—¿Le gusta?

Langdon se lo quedó mirando un momento.

—¿Gustarme? ¿Qué diablos es eso?

El avión que tenían ante sí era enorme. Parecía vagamente un transbordador espacial al que le hubieran recortado la parte superior, dejándola completamente lisa. Era como una cuña gigantesca. Lo primero que pensó Langdon fue que debía de estar soñando. El aparato parecía tan capaz de volar como un Buick. Las alas eran prácticamente inexistentes, apenas dos aletas en la parte trasera del fuselaje, y en la sección de cola sobresalían un par de alerones dorsales. El resto del avión —unos sesenta metros de un extremo a otro— era completamente liso, sin ventanillas.

—Doscientos cincuenta mil kilos con el depósito lleno —dijo el piloto cual padre presumiendo de su hijo recién nacido—. Funciona con hidrógeno semisólido. El armazón es una matriz de titanio con fibras de carburo de silicio. Su relación peso/empuje es de 20:1; la de la mayoría de los aviones de reacción es de 7:1. El director debe de tener mucha prisa por verlo. No suele enviar este bicho.

—¿Este trasto vuela? —inquirió Langdon.

—Oh, sí. —El piloto sonrió. Luego condujo a Langdon por la pista hasta el avión—. Resulta algo desconcertante, lo sé, pero será mejor que se acostumbre. Dentro de cinco años sólo se verán estos cacharros: TCAV, Transportes Civiles de Alta Velocidad. Nuestro laboratorio es uno de los primeros en poseer uno.

«Menudo laboratorio debe de ser», pensó Langdon.

—Éste es un prototipo del Boeing X-33 —prosiguió el piloto—, pero hay muchos otros. Está el National Aero Space Plane, los rusos tienen el Scramjet, los ingleses el HOTOL. El futuro ya está aquí, y dentro de poco llegará al sector público. Ya puede ir usted despidiéndose de los aviones convencionales.

Langdon contempló con recelo el aparato.

—Pues creo que prefiero un avión convencional.

El piloto le señaló la escalerilla.

—Por aquí, por favor, señor Langdon. Cuidado con el escalón.

Minutos después, Langdon se hallaba sentado en el interior de la cabina vacía. El piloto le abrochó el cinturón de seguridad en su asiento de la primera fila y luego desapareció en dirección a la parte delantera del avión.

Curiosamente, la cabina parecía la de un avión comercial, salvo porque no tenía ventanillas, lo que ponía algo nervioso a Langdon. Desde hacía años, sufría de una leve claustrofobia a causa de un incidente ocurrido en su infancia que nunca había llegado a superar del todo.

La aversión de Langdon a los espacios cerrados no le impedía llevar una vida normal, pero siempre había supuesto una frustración para él. Se manifestaba de un modo sutil. Evitaba los deportes que se practicaban en recintos cerrados, como el raquetbol o el squash, y había pagado gustosamente una pequeña fortuna por su espaciosa casa victoriana de techos altos a pesar de tener a su disposición alojamiento económico en la universidad. A menudo había pensado que la atracción que desde joven sentía por el mundo del arte se debía a su amor por los espacios abiertos de los museos.

Los motores del avión se pusieron en marcha. Langdon tragó saliva y esperó. El aparato comenzó a rodar por la pista. Por el hilo musical de la cabina empezó a sonar música country.

Un teléfono que había a su lado en la pared sonó dos veces. Descolgó el auricular.

—¿Diga?

—¿Está usted cómodo, señor Langdon?

—Para nada.

—Relájese. Estará aquí dentro de una hora.

—¿Y exactamente dónde es aquí? —preguntó Langdon al darse cuenta de que no sabía adónde se dirigía.

—Ginebra —respondió el piloto, acelerando los motores—. El laboratorio está en Ginebra.

—Ginebra —repitió él, sintiéndose un poco mejor—. Al norte del estado de Nueva York. Yo tengo familia cerca del lago Seneca. No sabía que allí hubiera un laboratorio de física.

El piloto rió.

—No la Ginebra de Nueva York, señor Langdon —repuso—. La Ginebra de Suiza.

Él tardó un momento en asimilar la información.

—¿Suiza? —Sintió que el pulso se le aceleraba—. Pero ¿no había dicho que el laboratorio estaba a una hora?

—Y lo está. —El piloto rió entre dientes—. Este avión alcanza una velocidad de Mach 15.

Capítulo 5

El asesino se abría paso por entre la multitud de una bulliciosa calle europea. Era un hombre robusto. Oscuro y fuerte. Ágil a pesar de su constitución. Todavía tenía los músculos en tensión por la excitación del encuentro.

«Ha ido bien», se dijo. A pesar de que su patrón nunca le había revelado su rostro, el asesino se sentía honrado de estar en su presencia. ¿Habían pasado ya quince días desde que su patrón se había puesto en contacto con él? El asesino recordaba aún todas y cada una de las palabras que se habían pronunciado en aquella llamada.

—Mi nombre es Janus —le había dicho el desconocido—. Nos une cierto parentesco. Compartimos un enemigo común. Si no me equivoco, sus servicios pueden contratarse.

—Eso depende de a quién represente usted —le respondió el asesino.

El desconocido se lo dijo.

—¿Se trata de una broma?

—Veo que ya nos conocía usted —respondió el desconocido.

—Por supuesto. La hermandad es legendaria.

—Y, sin embargo, todavía duda de mí.

—Todo el mundo sabe que los hermanos desaparecieron.

—Una mera estratagema. El enemigo más peligroso es aquel a quien nadie teme.

29

El asesino era escéptico.

—¿La hermandad todavía existe?

—Más clandestinamente que nunca. Nuestras raíces se han infiltrado en todo lo que ve... Incluso en la fortaleza sagrada de nuestro mayor enemigo.

—Imposible. Es infranqueable.

—Contamos con numerosos recursos.

—Nadie tiene tantos recursos.

—Muy pronto me creerá. Una demostración irrefutable del poder de la hermandad ya ha tenido lugar. Un acto de traición y prueba.

—¿Qué ha hecho?

El desconocido se lo dijo.

Los ojos del asesino se abrieron como platos.

—Eso es imposible.

Al día siguiente, los periódicos de todo el mundo llevaban el mismo titular. El asesino se volvió creyente.

Ahora, quince días después, la fe del asesino se había solidificado más allá de cualquier duda. «La hermandad sigue viva —pensó—. Esta noche saldrá a la superficie y mostrará su poder.»

En el brillo de sus ojos negros se podía advertir el entusiasmo que sentía ante la tarea encomendada. Una de las fraternidades más secretas y temidas de la historia había solicitado sus servicios. «Han escogido sabiamente», se dijo. Su discreción únicamente se veía superada por su capacidad de matar.

Hasta la fecha les había servido noblemente. Tal y como le habían pedido, había cometido el asesinato y le había entregado el objeto a Janus. Ahora era Janus quien debía utilizar su poder para que el objeto llegara a su emplazamiento.

El emplazamiento...

El asesino se preguntó cómo podría Janus llevar a cabo una tarea tan asombrosa. Estaba claro que debía de tener contactos en el interior. Los dominios de la hermandad parecían realmente ilimitados.

«Janus —pensó—. Obviamente se trata de un nombre en clave.» ¿Era acaso una referencia al dios romano de las dos caras?, se preguntó. ¿O quizá a la luna de Saturno? Tanto daba. Su poder era inconmensurable. Eso lo había demostrado más allá de toda duda.

Mientras caminaba imaginó que sus antepasados le dedicaban una sonrisa. Hoy estaba librando su propia batalla. Estaba luchando contra el mismo enemigo al que ellos se habían enfrentado durante tanto tiempo. Desde el siglo XI, cuando los ejércitos de cruzados del enemigo saquearon por primera vez su tierra, violando y asesinando a su gente, declarándolos impuros, profanando sus templos y mancillando a sus dioses.

Sus antepasados formaron entonces un pequeño pero mortífero ejército para defenderse. Ese ejército protector se hizo famoso por toda la zona. Estaba formado por expertos verdugos que deambulaban por el campo matando salvajemente a cualquier enemigo que encontraran. Se los conocía no sólo por sus brutales asesinatos, sino también por celebrarlos sumergiéndose en un estupor inducido mediante drogas. Solían utilizar un poderoso estupefaciente llamado *hashish*.

A medida que su fama fue creciendo, a esos hombres letales se los pasó a conocer como *hassassin*, literalmente, «los seguidores del *hashish*». El nombre de *hassassin* se convirtió así en sinónimo de muerte en casi todos los idiomas del mundo. Y esta palabra todavía se utilizaba hoy en día, incluso en el inglés moderno. Si bien, al igual que el arte de matar, el vocablo había evolucionado.

Ahora se pronunciaba «asesino».

Capítulo 6

Sesenta y cuatro minutos después, un incrédulo y ligeramente mareado Robert Langdon bajó por la escalerilla hasta la soleada pista de aterrizaje. Una fría brisa agitó las solapas de su americana de tweed. Sintiéndose aliviado por encontrarse de nuevo en un espacio abierto, contempló el exuberante valle verde y los altos picos nevados que los rodeaban.

«Debo de estar soñando —se dijo—. De un momento a otro despertaré.»

—Bienvenido a Suiza —dijo el piloto alzando la voz por encima del rugido de los motores HEDM del X-33.

Langdon consultó su reloj. Eran las 7.07 de la mañana.

—Acaba de cruzar seis husos horarios —le explicó el piloto—. Aquí es poco más de la una de la tarde.

Langdon puso en hora el reloj.

—¿Cómo se encuentra?

Él se llevó la mano al estómago.

—Como si hubiera comido espuma de poliestireno.

El piloto asintió.

—Es por la altitud. Hemos alcanzado los dieciocho mil metros. Ahí arriba uno es un treinta por ciento más ligero. Afortunadamente sólo hemos cruzado el charco. Si hubiéramos ido hasta Tokio, habríamos llegado a la altitud máxima, ciento sesenta kilómetros. Eso sí que le habría indispuesto el estómago.

Langdon asintió levemente y se consideró afortunado.

Teniendo en cuenta las circunstancias, el vuelo había sido perfectamente normal. Aparte de una aplastante aceleración al despegar, el comportamiento del avión había sido de lo más convencional. Alguna turbulencia menor, algunos cambios de presión al ascender, pero nada que indicara que habían atravesado el espacio a la mareante velocidad de diecisiete mil kilómetros por hora.

Unos cuantos técnicos cruzaron la pista para ocuparse del X-33. El piloto escoltó a Langdon hasta un Peugeot sedán negro que estaba estacionado en un aparcamiento situado junto a la torre de control. Instantes después atravesaban a toda velocidad el valle por una carretera pavimentada que se extendía por los verdes prados. A lo lejos se podía ver un grupo de edificios.

Langdon observó con incredulidad cómo el piloto aceleraba hasta alcanzar los ciento setenta kilómetros por hora. «¿Qué le pasa a este tipo con la velocidad?», se preguntó.

—Faltan cinco kilómetros para llegar al laboratorio —anunció el piloto—. Estaremos allí dentro de dos minutos.

Langdon buscó en vano un cinturón de seguridad. «¿Y por qué no dentro de tres, y así llegamos vivos?»

El coche seguía avanzando a toda velocidad.

—¿Le gusta Reba? —preguntó el piloto al tiempo que introducía una casete en la pletina.

Una mujer empezó a cantar: «Es el miedo a estar solos...»

«En absoluto», pensó distraídamente Langdon. Sus colegas femeninas solían decirle en broma que su colección de objetos de museo no era más que un claro intento de llenar una casa vacía. Una casa que, insistían, se beneficiaría mucho de la presencia de una mujer. Él se reía y les recordaba que ya tenía tres pasiones en la vida: la simbología, el waterpolo y la soltería, y que la libertad que implicaba la última era lo que le permitía viajar por el mundo, acostarse a la hora que quisiera y disfrutar de tranquilas noches en casa con una copa de brandy y un buen libro.

—Esto es como una pequeña ciudad —dijo el piloto despertando a Langdon de su ensoñación—. No sólo hay laboratorios. También tenemos supermercados, un hospital, e incluso un cine.

Él asintió distraídamente y contempló la gran cantidad de edificios que se alzaban ante él.

—De hecho —añadió el piloto—, aquí se encuentra la máquina más grande del mundo.

—¿De verdad? —Langdon miró los alrededores.

—No la verá aquí fuera, señor —sonrió el piloto—. Está enterrada seis pisos bajo tierra.

Langdon no tuvo tiempo de hacer ninguna pregunta. Sin previo aviso, el piloto frenó de golpe y el vehículo se detuvo frente a la garita de vigilancia reforzada.

Langdon leyó el letrero que tenía delante: SÉCURITÉ. ARRÊTEZ. Al darse cuenta de dónde se encontraba, de repente sintió una oleada de pánico.

—¡Dios mío! ¡No he traído mi pasaporte!

—No necesita usted pasaporte —le aseguró el piloto—. Tenemos un acuerdo vigente con el gobierno suizo.

Confuso, Langdon observó cómo su conductor entregaba al guardia su identificación. El centinela la pasó por un aparato electrónico de autenticación. En la máquina se iluminó una luz verde.

—¿Nombre del pasajero?

—Robert Langdon —respondió el conductor.

—¿Invitado de...?

—El director.

El centinela enarcó las cejas. Se volvió y consultó una hoja impresa, cotejándola con la información que aparecía en la pantalla de su ordenador. Luego se volvió de nuevo hacia la ventanilla.

—Disfrute de su estancia, señor Langdon.

El coche volvió a arrancar y recorrió otros doscientos metros alrededor de una rotonda hasta llegar a la entrada principal de las instalaciones. Ante ellos se alzaba una ultramoderna estructura rectangular de cristal y acero. A Langdon lo maravilló el limpio diseño del edificio. Siempre había sentido una gran atracción por la arquitectura.

—La «catedral de cristal» —le explicó su guía.

—¿Una iglesia?

—Oh, no. Iglesias es lo único que no tenemos. Aquí la única religión es la física. Puede usted usar el nombre de Dios en vano cuanto quiera —se rió—, pero ni se le ocurra hablar mal de los quarks o los mesones.

El conductor detuvo el coche enfrente del edificio de cristal. Langdon apenas podía ocultar su estupefacción. «¿Quarks y mesones? ¿Ausencia de controles fronterizos? ¿Aviones que vuelan a una velocidad de Mach 15? ¿Quién diablos son estos tipos?» El texto grabado en la placa de granito que había delante del edificio contenía la respuesta:

CERN
Conseil Européen pour la
Recherche Nucléaire

—¿Investigación nuclear? —preguntó Langdon, bastante seguro de su traducción.

El conductor no contestó. Permanecía inclinado hacia adelante, ocupado en el radiocasete.

—Ésta es su parada. El director vendrá a buscarlo a la entrada.

Langdon advirtió entonces que del edificio salía un hombre en silla de ruedas. Debía de tener unos sesenta y pocos años. Demacrado y completamente calvo, pero de mandíbula poderosa, llevaba una bata blanca de laboratorio y los zapatos de vestir sujetos con firmeza al reposapiés de la silla de ruedas. Incluso desde lejos sus ojos parecían sin vida..., como dos piedras grises.

—¿Es ése? —preguntó Langdon.

El conductor levantó la mirada.

—Mire por dónde —se volvió y le ofreció una ominosa sonrisa—. Hablando del rey de Roma...

Sin saber bien qué esperar, Langdon bajó del vehículo.

El hombre de la silla de ruedas aceleró en su dirección y le ofreció su húmeda mano.

—¿Señor Langdon? Hemos hablado antes por teléfono. Mi nombre es Maximilian Kohler.

Capítulo 7

A Maximilian Kohler, director general del CERN, lo llamaban *König*, «rey», a sus espaldas. Más que al respeto, este título se debía al temor que todos sentían por la figura que regía sus dominios desde el trono de su silla de ruedas. Aunque pocos lo conocían personalmente, todo el mundo estaba al corriente de la terrible historia de cómo se había quedado paralítico, y pocos le reprochaban su amargura..., así como tampoco su total dedicación a la ciencia pura.

Muy pronto, Langdon se dio cuenta de que Kohler era un hombre que mantenía las distancias. Casi tenía que correr para no quedar rezagado de la silla de ruedas eléctrica que silenciosamente se dirigía hacia la entrada principal. La silla no se parecía a ninguna otra que él hubiera visto antes. Iba equipada con un panel de instrumental electrónico en el que destacaba un teléfono multilínea, un buscapersonas, una pantalla de ordenador e incluso una pequeña videocámara desmontable. Era el centro de mando móvil del rey Kohler.

Langdon cruzó una puerta mecánica y entró en el amplio vestíbulo principal del CERN.

«La "catedral de cristal"», pensó al levantar la mirada al cielo.

Por encima de sus cabezas, los rayos del sol de la tarde se reflejaban sobre el azulado techo de cristal y proyectaban dibujos geométricos en el aire, confiriéndole al lugar

37

un aire de grandeza. Sombras angulares recorrían como si de venas se tratara las paredes de baldosas blancas hasta los suelos de mármol. El aire olía limpio, estéril. Los pasos de un grupo de científicos que deambulaban de un lado a otro resonaban por todo el espacio.

—Por aquí, por favor, señor Langdon. —La voz de Kohler sonaba casi computerizada. Su acento era tan rígido y preciso como sus severos rasgos. El director tosió y se limpió la boca con un pañuelo blanco al tiempo que fijaba sus apagados ojos grises en Langdon—. Por favor, dese prisa. —La silla de ruedas parecía volar sobre las baldosas del suelo.

Langdon lo siguió por los incontables pasillos que salían del atrio principal, todos los cuales bullían de actividad. Los científicos parecían sorprenderse al ver a Kohler, y luego miraban a Langdon como si se preguntaran quién debía de ser para ir en su compañía.

—Me avergüenza admitir —empezó a decir Langdon con la intención de iniciar una conversación— que nunca había oído hablar del CERN.

—Normal —respondió Kohler con un tono de severa eficiencia—. La mayoría de los estadounidenses no son conscientes de que Europa es líder mundial en lo que a investigación científica respecta. Nos consideran más como un pintoresco distrito comercial, una percepción algo extraña si tenemos en cuenta la nacionalidad de gente como Einstein, Galileo o Newton.

Langdon no supo muy bien qué responder. Extrajo la hoja de fax de su bolsillo.

—Este hombre de la fotografía, ¿puede usted...?

Kohler lo interrumpió.

—Aquí no. Por favor. Ahora lo llevaré a verlo. —Tendió la mano—. Quizá debería quedarme eso.

Langdon le entregó la hoja y siguieron adelante en silencio.

Kohler giró luego bruscamente a la izquierda y se internó en un amplio pasillo ornamentado con premios y menciones. Una placa especialmente grande dominaba la entrada. Al pasar por delante, Langdon aminoró el paso para leer el texto que había grabado en el bronce.

Premio ARS Electrónica
A la innovación cultural en la era digital,
concedido a Tim Berners Lee y el CERN
por la invención de la
World Wide Web

«¡Increíble! —se dijo Langdon—. Hablaba en serio.» Él siempre había creído que la World Wide Web era un invento estadounidense. Aunque, claro, sus conocimientos al respecto se limitaban a la página de su libro y a alguna visita ocasional a las webs del Louvre o del museo del Prado con su viejo Macintosh.

—Internet empezó aquí como una red interna de ordenadores —dijo Kohler tras volver a toser y limpiarse la boca—. Permitía a los científicos de diferentes departamentos compartir entre sí sus hallazgos diarios. Obviamente, todo el mundo cree que se trata de una tecnología estadounidense.

Langdon lo siguió pasillo abajo.

—¿Por qué no enmendar el error?

Kohler se encogió de hombros, mostrando su desinterés.

—Es un malentendido insignificante en relación con una tecnología insignificante. El CERN es mucho más que una mera conexión global de ordenadores. Nuestros científicos producen milagros casi a diario.

Langdon le dirigió una mirada interrogativa.

—¿Milagros? —La palabra no formaba parte del vocabulario que utilizaban en el Fairchild Science Building de

Harvard. Eso era algo que se dejaba para la Facultad de Teología.

—Parece usted escéptico —señaló Kohler—. Creía que se dedicaba a la simbología religiosa. ¿Es que no cree en los milagros?

—Tengo mis dudas al respecto —dijo Langdon.

«En particular, sobre los milagros que tienen lugar dentro de un laboratorio.»

—Puede que «milagro» no sea la palabra más apropiada. Sólo pretendía emplear su mismo lenguaje.

—¿Mi lenguaje? —De repente Langdon se sintió incómodo—. No querría decepcionarlo, señor, pero yo estudio simbología religiosa: soy académico, no sacerdote.

Kohler aminoró la marcha y se volvió, suavizando un poco la mirada.

—Por supuesto. Qué simpleza por mi parte. No es necesario tener cáncer para analizar sus síntomas.

Langdon jamás lo había oído expresar de ese modo.

Mientras avanzaban por el pasillo, Kohler asintió satisfecho.

—Sospecho que usted y yo nos vamos a entender a la perfección, señor Langdon.

Por alguna razón, él lo dudaba.

A medida que avanzaban por el pasillo, Langdon empezó a percibir un ruido sordo a su alrededor. El ruido fue incrementándose a cada paso y reverberaba en las paredes. Parecía proceder del pasillo que tenían delante.

—¿Qué es eso? —preguntó finalmente, alzando la voz para hacerse oír. Tenía la sensación de estar acercándose a un volcán.

—Un tubo de caída libre—respondió Kohler, cuya apagada voz atravesó el aire sin mayor esfuerzo. No le ofreció ninguna otra explicación.

Langdon tampoco preguntó. Estaba agotado, y Maximilian Kohler no parecía interesado en obtener ningún premio a la hospitalidad. Se recordó la razón por la que había ido allí. Los illuminati. Supuso que en algún lugar de aquellas colosales instalaciones se encontraba el cadáver marcado con un símbolo por el que había volado casi cinco mil kilómetros.

Al llegar al final del pasillo, el estruendo se tornó casi ensordecedor, Langdon podía notar las vibraciones a través de las plantas de los pies. Doblaron una esquina y a la derecha apareció una galería de observación. En una pared curvada había cuatro portales de cristal grueso, similares a las ventanillas de un submarino. Se detuvo y miró por uno de los agujeros.

El profesor Langdon había visto muchas cosas extrañas en su vida, pero ésa lo era todavía más. Parpadeó varias veces, preguntándose si sufría alucinaciones. Ante sí tenía una enorme cámara circular. En su interior, flotando ingrávida, había gente. Tres personas. Uno de ellos lo saludó con la mano y dio una voltereta en el aire.

«Dios santo —se dijo—. Estoy en la tierra de Oz.»

El suelo de la sala consistía en una reja de malla parecida a una gigantesca alambrada. Bajo la reja se podía ver el borroso vaivén metálico de una enorme hélice.

—El tubo de caída libre —dijo Kohler deteniéndose para esperarlo—. Paracaidismo de interior, para aliviar el estrés. Es un túnel de viento vertical.

Langdon seguía asombrado. Uno de los tres paracaidistas, una mujer gruesa, maniobró y se acercó a la ventana. Las corrientes de aire la zarandeaban pero sonrió a Langdon y le mostró los pulgares en señal de aprobación. Él le ofreció una débil sonrisa y le devolvió el gesto, preguntándose si ella sabría que se trataba del antiguo símbolo fálico para la virilidad masculina.

La mujer obesa, advirtió, era la única que llevaba lo

que parecía ser un paracaídas en miniatura. La tela se hinchaba sobre ella como un juguete.

—¿Para qué sirve ese pequeño paracaídas? —le preguntó a Kohler—. No debe de medir más de un metro de diámetro.

—La fricción —dijo Kohler—. Disminuye su resistencia aerodinámica para que el ventilador pueda levantarla. —Volvió a ponerse en marcha—. Un metro cuadrado de tela ralentiza la caída de un cuerpo casi en un veinte por ciento.

Langdon asintió inexpresivamente.

No sospechaba que más tarde, esa misma noche, en otro país a cientos de kilómetros de distancia, esa información le salvaría la vida.

Capítulo 8

Cuando Kohler y Langdon salieron de la parte trasera del complejo principal del CERN al implacable sol suizo, el profesor se sintió como en casa. El paisaje que tenía ante sí parecía el de un campus de una de las universidades más prestigiosas de Estados Unidos.

Una verde pendiente descendía hasta una planicie en la que patios poblados de arces lindaban con residencias estudiantiles de ladrillo y senderos peatonales. Individuos con aspecto de estudiantes cargados con pilas de libros entraban y salían de los edificios. Como si quisieran acentuar la atmósfera universitaria, dos hippies de pelo largo jugaban con un *frisbee* mientras disfrutaban de la Cuarta Sinfonía de Mahler, que surgía de la ventana abierta de algún dormitorio.

—Éstas son nuestras residencias universitarias —le explicó Kohler mientras aceleraba su silla de ruedas—. Contamos con más de tres mil físicos. El CERN emplea a más de la mitad de los físicos de partículas del mundo entero, las mentes más brillantes sobre la faz de la Tierra: alemanes, japoneses, italianos, daneses. Nuestros físicos representan a más de quinientas universidades y sesenta nacionalidades distintas.

Langdon estaba asombrado.

—¿Y cómo se comunican entre sí?

—En inglés, claro está. Es el idioma universal de la ciencia.

Él siempre había oído decir que el idioma universal de la ciencia eran las matemáticas, pero se sentía demasiado cansado para discutir con Kohler. Se limitó a seguirlo por el sendero.

A mitad de camino, un joven que hacía *footing* pasó por su lado. En su camiseta se podía leer el siguiente mensaje: ¡SIN TGU NO HAY GLORIA![1]

Langdon se lo quedó mirando, extrañado.

—¿TGU?

—Teoría General Unificada —aclaró Kohler—. La teoría del todo.

—Ah —dijo él, sin saber muy bien a qué se refería.

—¿Está usted familiarizado con la física de partículas, señor Langdon?

El profesor se encogió de hombros.

—Estoy familiarizado con la física general. La gravedad de los cuerpos, ese tipo de cosas. —Sus años de saltador de trampolín le habían proporcionado un profundo respeto por el asombroso poder de la aceleración gravitacional—. La física de partículas consiste en el estudio del átomo, ¿no es así?

Kohler negó con la cabeza.

—Comparados con lo que investigamos aquí, los átomos parecen planetas. Nuestro objeto de interés es el *nucleus* del átomo, una mera diezmilésima parte del total. —Volvió a toser. Parecía estar enfermo—. Los hombres y las mujeres del CERN están aquí para encontrar la respuesta a las mismas preguntas que el hombre se ha estado haciendo desde el principio de los tiempos. ¿De dónde venimos? ¿De qué estamos hechos?

---

1. Juego de palabras intraducible entre las siglas GUT (General Unified Theory) y el término *gut*, que aquí podría traducirse como «agallas» *(N. del t.)*

—¿Y esas respuestas se encuentran en un laboratorio de física?

—Parece usted sorprendido.

—Lo estoy. Parece una pregunta más bien espiritual.

—Señor Langdon, todas las preguntas han sido alguna vez espirituales. Desde el principio de los tiempos, la espiritualidad y la religión han servido para rellenar los huecos que la ciencia no llegaba a explicar. La salida y la puesta del sol se atribuían a Helios y su carro en llamas. Los terremotos y las mareas se debían a la ira de Poseidón. La ciencia ha demostrado que esos dioses eran falsos ídolos. Pronto se demostrará que todos los dioses lo son. La ciencia ha proporcionado respuestas a casi todas las preguntas que se ha hecho la humanidad. Sólo quedan unas pocas por contestar, y son las esotéricas. ¿De dónde venimos? ¿Qué estamos haciendo aquí? ¿Cuál es el significado de la vida y del universo?

Langdon estaba asombrado.

—¿Y ésas son las preguntas que el CERN está intentando responder?

—Permítame que lo corrija: ésas son las preguntas que estamos respondiendo.

Él guardó silencio y luego ambos hombres siguieron avanzando por entre los patios residenciales. En un momento dado, un *frisbee* fue a parar justo delante de ellos. Kohler lo ignoró y siguió adelante.

—*S'il vous plaît!* —dijo alguien desde el otro lado del patio.

Langdon se volvió. Un anciano de pelo blanco con una sudadera en la que se leía COLLEGE PARIS le estaba haciendo señas. Recogió el *frisbee* y con mano experta se lo lanzó de vuelta. El anciano lo atrapó con un dedo y lo hizo rebotar varias veces antes de lanzárselo por encima del hombro a su colega.

—*Merci!* —le dijo a Langdon.

—Felicidades —dijo Kohler cuando finalmente él regresó a su lado—. Acaba de jugar al *frisbee* con un premio Nobel. Georges Charpak, inventor de la cámara proporcional de multihílos.

Langdon asintió. «Por lo visto, hoy es mi día de suerte.»

Tardaron tres minutos más en llegar a su destino, una amplia y cuidada residencia que descansaba en medio de un bosquecillo de álamos. Comparada con las demás, parecía de lujo. El letrero de piedra que había en la fachada rezaba EDIFICIO C.

«Qué original», se dijo Langdon.

A pesar de su anodino nombre, el Edificio C se ajustaba al estilo arquitectónico que le gustaba al profesor: conservador y sólido. Su fachada era de ladrillo rojo, tenía una balaustrada ornamentada y se hallaba enmarcado por unos setos simétricamente esculpidos. Al tomar el sendero de piedra en dirección a la entrada, pasaron por debajo de un pórtico formado por un par de columnas de mármol. En una de ellas alguien había pegado una nota adhesiva.

ESTA COLUMNA ES IÓNICA

«¿Un grafiti de físicos?», pensó Langdon al ver la columna, y rió para sí.

—Me reconforta comprobar que incluso los grandes físicos cometen errores.

Kohler se volvió hacia él.

—¿Qué quiere decir?

—Quienquiera que haya escrito esa nota se ha equivocado, aparte de haberlo escrito mal. Esa columna no es jónica. La anchura de las columnas jónicas es uniforme. Ésa, en cambio, está ahusada. Es dórica, su equivalente griego. Se trata de una equivocación bastante habitual.

Kohler no sonrió.

—El autor pretendía hacer una broma, señor Langdon. «Iónica» se refiere a que contiene iones, partículas con carga eléctrica. Están presentes en la mayoría de los objetos.

Langdon volvió la cabeza para mirar la columna y dejó escapar un gruñido.

Todavía se sentía avergonzado cuando salió del ascensor a la última planta del Edificio C y siguió a Kohler por un elegante pasillo. La decoración, de estilo colonial francés, lo sorprendió: un diván de cerezo, jarrones de porcelana y carpintería tallada a mano.

—Queremos que nuestros científicos residentes se sientan a gusto —le explicó Kohler.

«Ya se nota», pensó Langdon.

—¿El hombre del fax se alojaba aquí arriba? ¿Era uno de sus empleados?

—Así es —asintió el director—. No había acudido a una reunión que tenía conmigo esta mañana ni tampoco contestaba a su busca, así que he venido a buscarlo y lo he encontrado muerto en su salón.

Langdon sintió un repentino escalofrío al darse cuenta de que estaba a punto de ver un cadáver. Era algo aprensivo, una debilidad que había descubierto cuando era estudiante de arte y el profesor explicó a la clase que Leonardo da Vinci había obtenido sus conocimientos de la anatomía humana exhumando cadáveres y diseccionando la musculatura.

Kohler lo condujo hasta el final del pasillo, en el que sólo había una puerta.

—El *penthouse*, que dirían ustedes —anunció Kohler secándose una gota de sudor de la frente.

Langdon observó la solitaria puerta de roble que tenía ante sí. La placa decía:

LEONARDO VETRA

—Leonardo Vetra habría cumplido cincuenta y ocho años la semana que viene —explicó Kohler—. Era uno de los científicos más brillantes de nuestra época. Su muerte supone una gran pérdida para la ciencia.

Por un instante, Langdon creyó advertir un atisbo de emoción en el severo rostro del director. Pero tan pronto como apareció, ésta volvió a desaparecer. Kohler sacó un gran llavero de su bolsillo y empezó a buscar la llave.

Entonces Langdon reparó en algo extraño: el edificio parecía estar desierto.

—¿Dónde está todo el mundo? —preguntó. No esperaba esa falta de actividad, teniendo en cuenta que estaban a punto de entrar en la escena de un crimen.

—Los residentes están en sus laboratorios —respondió Kohler, que por fin había encontrado la llave.

—Me refiero a la policía —le aclaró él—. ¿Ya se ha marchado?

Kohler se detuvo un momento con la llave suspendida en el aire, a medio camino de la cerradura.

—¿La policía?

Los ojos de Langdon se toparon con los suyos.

—La policía. El fax que me ha enviado mostraba un homicidio. Imagino que habrá llamado a la policía...

—Desde luego que no.

—¿Cómo dice?

La mirada de Kohler se endureció.

—Se trata de una situación algo compleja, señor Langdon.

Él sintió una oleada de aprensión.

—Pero... alguien más estará al tanto, ¿no?

—Sí. La hija adoptiva de Leonardo. También trabaja en el CERN. Ella y su padre compartían laboratorio. Eran colaboradores. La señorita ha estado toda la semana fuera, realizando una investigación de campo. Le he informado de la muerte de su padre, y en estos momentos se encuentra de camino.

—Pero un hombre ha sido asesi...

—A su debido tiempo se llevará a cabo una investigación formal —repuso Kohler con firmeza—. Sin embargo, eso es algo que sin duda implicará el registro del laboratorio de Vetra, un lugar que él y su hija consideraban privado. Por tanto, no se hará hasta que la señorita Vetra haya regresado. Siento que le debo al menos esta mínima muestra de discreción.

Kohler hizo girar la llave.

Al abrirse la puerta, una sibilante ráfaga de aire helado salió al pasillo e impactó en el rostro de Langdon. Desconcertado, dio un paso atrás. Se encontraba en el umbral de un mundo extraño. El apartamento que tenía ante sí estaba inmerso en una niebla blanca y espesa que formaba humeantes vórtices alrededor de los muebles y envolvía la habitación en una bruma opaca.

—¿Qué demonios...? —tartamudeó.

—Refrigeración de freón —respondió Kohler—. He congelado el apartamento para preservar el cadáver.

Langdon se abrochó la americana de tweed para protegerse del frío. «Estoy en Oz —se dijo—. Y he olvidado mis zapatillas mágicas.»

Capítulo 9

La escena que Langdon se encontró era espantosa. El difunto Leonardo Vetra yacía de espaldas, totalmente desnudo, y tenía la piel de un gris azulado. De su cuello sobresalían algunos huesos rotos, y tenía la cabeza completamente vuelta del revés, mirando en la dirección equivocada. El rostro, apoyado contra el suelo, quedaba oculto. El hombre yacía en un charco congelado de su propia orina, y el vello que rodeaba sus marchitos genitales estaba recubierto de escarcha.

Intentando reprimir una oleada de náusea, Langdon dirigió la mirada hacia el pecho de la víctima. Aunque había examinado la simétrica herida una docena de veces en el fax, la quemadura resultaba infinitamente más sobrecogedora en la realidad. La carne chamuscada había quedado claramente delineada y el símbolo podía leerse a la perfección.

Langdon se preguntó si el intenso frío que ahora recorría su cuerpo se debía al aire acondicionado o a su asombro ante el significado de lo que estaba contemplando.

El corazón comenzó a latirle con fuerza cuando rodeó el cuerpo y leyó la palabra al revés, confirmando de nuevo su perfecta simetría. El símbolo parecía todavía más irreal ahora que lo tenía delante.

—¿Señor Langdon?

Él no lo oyó. Estaba en otro mundo..., su mundo, su elemento, un lugar en el que la historia, el mito y los hechos entraban en colisión y anegaban sus sentidos. La maquinaria estaba en marcha.

—¿Profesor? —Kohler lo miraba atentamente, a la expectativa.

Langdon no levantó la mirada. Ahora su atención se había intensificado y su concentración era total.

—¿Qué sabe usted sobre los illuminati? —preguntó.

—Únicamente lo que he tenido tiempo de leer en su página web. Illuminati significa «los iluminados». Es el nombre de una especie de antigua hermandad secreta.

Langdon asintió.

—¿Había oído antes ese nombre?

—No hasta que lo vi en el cuerpo del señor Vetra.

—Y entonces lo buscó usted en Internet.

—Sí.

—Habrá encontrado cientos de referencias.

—Miles —respondió Kohler—. En la suya, sin embargo, había referencias a Harvard, Oxford y un reputado editor, así como un listado de publicaciones relacionadas. Como científico, hace tiempo que aprendí que la validez de la información depende de sus fuentes. Y sus credenciales parecían auténticas.

Langdon seguía sin poder apartar la mirada del cadáver.

Kohler no dijo nada más. Se quedó mirando al profesor, aparentemente a la espera de que éste arrojara algo de luz sobre la escena que tenían ante sí.

Finalmente, Langdon levantó la mirada y echó un vistazo alrededor del apartamento congelado.

—¿No podríamos hablar en un lugar más cálido?

—En esta habitación ya estamos bien. —Kohler parecía insensible al frío—. Hablemos aquí.

Él frunció el ceño. La historia de los illuminati era algo compleja. «Moriré congelado mientras se la cuento.» Volvió a mirar la marca del cuerpo y de nuevo se estremeció.

A pesar de que las menciones al emblema de los illuminati eran legendarias en la simbología moderna, en realidad ningún académico lo había visto nunca. Los documentos antiguos describían el símbolo como un *ambigrama* (*ambi* significa «ambos», lo que quería decir que era legible en los dos sentidos). Y aunque los ambigramas eran habituales en la simbología (esvásticas, yin y yang, estrellas judías, cruces sencillas), la idea de que una palabra pudiera ser convertida en un ambigrama parecía absolutamente imposible. Los simbólogos modernos habían intentado durante años trazar la palabra «illuminati» de un modo simétrico, pero habían fracasado estrepitosamente. La mayoría de los académicos creían que la existencia del símbolo era un mito.

—Entonces, ¿quiénes son los illuminati? —preguntó Kohler.

«Eso —pensó Langdon—, ¿quiénes son en realidad?» Y empezó su relato.

—Desde el principio de los tiempos —explicó Langdon— ha existido una profunda escisión entre ciencia y religión. Científicos sin pelos en la lengua como Copérnico...

—Fueron asesinados —dijo Kohler—. Asesinados por la Iglesia por revelar verdades científicas. La religión siempre ha perseguido a la ciencia.

—Sí, pero en la Roma del siglo XVI, un grupo de hombres se rebeló contra la Iglesia. Algunos de los científicos más ilustrados de Italia (físicos, matemáticos, astrónomos) empezaron a reunirse en secreto para compartir su preocupación por las enseñanzas incorrectas de la Iglesia. Temían que su monopolio sobre la «verdad» amenazara la ilustración académica en todo el mundo. Y fundaron el primer comité científico, bajo el nombre de «los iluminados».

—Los illuminati.

—Sí —asintió Langdon—. Las mentes más eruditas de Europa, entregadas a la búsqueda de la verdad científica.

Kohler se quedó callado.

—Por supuesto, los illuminati fueron perseguidos de forma implacable por la Iglesia católica. Sólo mediante ritos extremadamente secretos los científicos pudieron permanecer a salvo. La voz corrió por el mundo académico clandestino, y la hermandad de los illuminati empezó a crecer y a incluir académicos de toda Europa. Los científicos se reunían regularmente en Roma en una guarida secreta a la que llamaban «Iglesia de la Iluminación».

Kohler tosió y se revolvió en su silla.

—Muchos de los illuminati —prosiguió Langdon— querían combatir la tiranía de la Iglesia con actos violentos, pero su miembro más reverenciado los disuadió de ello. Era pacifista, así como uno de los más famosos científicos de la historia.

El profesor estaba seguro de que Kohler reconocería el nombre. Incluso quienes no eran científicos estaban familiarizados con el malogrado astrónomo que había sido arrestado y casi ejecutado por la Iglesia al proclamar que el Sol, y no la Tierra, era el centro del sistema solar. A pesar de que sus datos eran incontrovertibles, el astrónomo fue severamente castigado por sugerir que Dios no había situado a la humanidad en el centro de Su universo.

—Su nombre era Galileo Galilei —dijo Langdon.

Kohler levantó la mirada.

—¿Galileo?

—Sí. Galileo era un illuminatus. Y también un católico devoto. De hecho, intentó suavizar la postura de la Iglesia sobre la ciencia proclamando que esta última no ponía en duda la existencia de Dios, sino que la reforzaba. Una vez escribió que, cuando observaba los planetas a través de su telescopio, podía oír la voz de Dios en la música de las esferas. Aseguraba que ciencia y religión no eran enemigas, sino aliadas. Dos lenguajes distintos que contaban la misma historia; una historia de simetría y equilibrio... Cielo e infierno, noche y día, frío y calor, Dios y Satanás. Tanto la ciencia como la religión se regocijaban en la simetría de Dios... La eterna oposición entre luz y oscuridad.

Langdon guardó silencio unos instantes y se puso a patear el suelo para entrar en calor.

Kohler permanecía sentado en su silla, mirándolo fijamente.

—Lamentablemente —añadió Langdon—, la unificación de ciencia y religión no era lo que la Iglesia quería.

—Claro que no —lo interrumpió el director—. La unión habría invalidado la pretensión de la Iglesia de ser la única vía para entender a Dios. Así, la Iglesia juzgó a Galileo por hereje, lo declaró culpable y lo puso bajo arresto domiciliario permanente. Conozco bien la historia de la ciencia, señor Langdon. Pero todo eso sucedió hace siglos. ¿Qué tiene que ver con Leonardo Vetra?

«La pregunta del millón de dólares.» Langdon fue directo al grano.

—El arresto de Galileo supuso una conmoción entre los illuminati. Cometieron algunos errores, y la Iglesia descubrió la identidad de cuatro de sus miembros, que fueron capturados e interrogados. No obstante, los cuatro científicos no revelaron nada... Ni siquiera bajo tortura.

—¿Tortura?

Langdon asintió.

—Los marcaron a fuego en el pecho. Con el símbolo de la cruz.

Kohler abrió unos ojos como platos y dirigió una mirada aprensiva al cadáver de Vetra.

—Luego los científicos fueron brutalmente asesinados, y sus cadáveres arrojados a las calles de Roma como advertencia a quienes pensaran unirse a los illuminati. Acosados por la Iglesia, los restantes miembros de la hermandad se vieron obligados a huir de Italia.

Langdon hizo una pausa antes de concluir. Miró directamente a los ojos sin vida de Kohler.

—Los illuminati se hicieron todavía más clandestinos y empezaron a relacionarse con otros grupos de refugiados que huían de las purgas católicas (místicos, alquimistas, ocultistas, musulmanes, judíos...). Con los años fueron absorbiendo nuevos miembros, dando lugar a unos nuevos illuminati; unos illuminati más oscuros; unos illuminati profundamente anticristianos. Se hicieron muy poderosos. Su secretismo era mortal, practicaban ritos misteriosos, y juraron que algún día resurgirían y se vengarían de la Iglesia católica. Su poder creció hasta el punto de que la Iglesia llegó a considerarlos la fuerza anticristiana más peligrosa del mundo. El Vaticano acusó a la hermandad de *Shaitan*.

—¿*Shaitan*?

—Es árabe; significa «adversario». El adversario de Dios. La Iglesia escogió una palabra árabe porque lo consideraban un idioma impuro. —Langdon vaciló un instante—. *Shaitan* es la raíz de la palabra... *Satanás*.

La expresión del director evidenciaba su intranquilidad.

—Señor Kohler —dijo Langdon con voz sombría—, ignoro cómo ha aparecido esa marca en el pecho de ese hombre... y por qué... Pero está usted ante el símbolo perdido del culto satánico más antiguo y poderoso.

Capítulo 10

El callejón era estrecho y estaba desierto. Ahora, el hassassin caminaba con rapidez y en sus ojos negros se traslucía la excitación que sentía. Cerca ya de su destino, las últimas palabras de Janus volvieron a resonar en su mente. «La segunda fase comenzará en breve. Descanse un poco.»

El hassassin dejó escapar una risita de suficiencia. Llevaba despierto toda la noche, pero dormir era la última cosa en la que podía pensar. Dormir era para débiles. Al igual que sus antepasados, él era un guerrero, y su gente no dormía una vez que la batalla había comenzado. Esta batalla sin duda ya lo había hecho, y suyo había sido el honor de derramar la primera sangre. Ahora tenía dos horas para celebrar su gloria antes de regresar a su tarea.

«¿Dormir? Hay formas de relajarse mucho mejores...»

El apetito por el placer hedonista era algo que había heredado de sus antepasados. Sus ancestros se entregaban al hachís; él, en cambio, prefería otro tipo de gratificación. Se enorgullecía de su cuerpo, una afinada y letal máquina de matar que, a pesar de su herencia, él se negaba a contaminar con narcóticos. Había desarrollado una adicción más vigorizante que las drogas... Una recompensa mucho más sana y satisfactoria.

Cada vez más excitado, el hassassin apresuró el paso. Finalmente, llegó a una anodina puerta y llamó al timbre.

Una mirilla se deslizó hacia un lado y dos suaves ojos castaños lo evaluaron. Luego la puerta se abrió.

—Bienvenido —dijo una elegante mujer, y lo guió hasta un salón de bonitos muebles y tenue iluminación. El aire olía a perfume caro y almizcle. La mujer le entregó un álbum de fotografías—. Avíseme cuando haya hecho su elección. —Y desapareció.

El hassassin sonrió.

En cuanto se sentó en el diván afelpado y colocó el álbum de fotos sobre su regazo, sintió la punzada del deseo carnal. Aunque su gente no celebraba la Navidad, imaginó que así debía de sentirse un niño cristiano ante una pila de regalos, justo antes de descubrir las maravillas que escondían en su interior. Abrió el álbum y examinó las fotografías. Toda una vida de fantasías sexuales le devolvió la mirada.

Marisa. Una diosa italiana. Ardiente. Una Sophia Loren joven.

Sachiko. Una geisha japonesa. Ágil. Gran experta.

Kanara. Una despampanante visión negra. Musculosa. Exótica.

Examinó el álbum de arriba abajo un par de veces e hizo su elección. Luego presionó un botón que había en una mesita contigua. Un minuto después la mujer que le había abierto la puerta volvió a aparecer. Él le indicó su selección. Ella sonrió.

—Sígame.

Tras resolver la cuestión económica, la mujer realizó una llamada. Luego esperó unos minutos y lo condujo por una escalera de caracol hecha de mármol hasta un lujoso pasillo.

—Es la puerta dorada del final —dijo—. Tiene usted gustos caros.

«Natural —pensó él—. Soy un entendido.»

El hassassin recorrió la extensión del pasillo como una

pantera que anticipara una comida largamente pospuesta. Cuando llegó a la puerta sonrió para sí. Ya estaba entreabierta..., dándole la bienvenida a su interior. Él la empujó, y la puerta se abrió silenciosamente.

En cuanto vio su selección, supo que había escogido bien. Estaba exactamente como la había pedido... Desnuda, tumbada de espaldas y con los brazos atados a los postes de la cama con gruesos cordones de terciopelo.

Cruzó la habitación y pasó un oscuro dedo por el marfileño abdomen de la mujer. «Anoche maté —pensó—. Tú eres mi recompensa.»

Capítulo 11

—¿Satánico? —Kohler se limpió la boca e, inquieto, se revolvió en su silla—. ¿Es el símbolo de una secta satánica?

Langdon comenzó a dar vueltas por la habitación congelada para mantenerse en calor.

—Sí, los illuminati eran satánicos, pero no en el sentido moderno del término.

Rápidamente le explicó que, si bien la mayoría de la gente creía que las sectas satánicas estaban formadas por fanáticos devotos del diablo, históricamente se trataba de gente culta que se oponía a la Iglesia. *Shaitan*. Los rumores de magia negra, sacrificio de animales y el ritual del pentágono no eran más que mentiras propagadas por la Iglesia para difamar a sus adversarios. Con el tiempo, quienes se oponían a la Iglesia y querían emular a los illuminati empezaron a creer esas mentiras y a ponerlas en práctica. Y así nació el satanismo moderno.

Kohler dejó escapar un gruñido.

—Todo eso es historia antigua. Yo quiero saber cómo ha llegado este símbolo hasta aquí.

Langdon suspiró profundamente.

—Ese símbolo fue creado por un artista anónimo del siglo XVI a modo de tributo al amor que Galileo sentía por la simetría, y pasó a ser una especie de logotipo sagrado para los illuminati. La hermandad mantuvo el diseño en secreto, supuestamente con la intención de revelarlo únicamente cuando hubieran amasado suficiente poder para resurgir y llevar a cabo su objetivo final.

Kohler parecía inquieto.

—Entonces, ¿ese símbolo significa que los illuminati han resurgido?

Langdon frunció el ceño.

—Eso es imposible. Hay un capítulo de la historia de los illuminati que todavía no le he explicado.

—Ilústreme —dijo Kohler alzando la voz.

Langdon se frotó las palmas de las manos mientras repasaba mentalmente cientos de documentos que había leído o escrito sobre la hermandad.

—Los illuminati eran supervivientes —comenzó—. Tras huir de Roma, viajaron por toda Europa en busca de un lugar seguro en el que reagruparse. Y fueron acogidos por otra sociedad, una hermandad de adinerados constructores bávaros llamada francmasonería.

Kohler parecía desconcertado.

—¿Los francmasones?

Langdon asintió. No le sorprendía que Kohler ya hubiera oído hablar de ellos. La hermandad de los masones contaba con más de cinco millones de miembros en todo el mundo, la mitad de los cuales en Estados Unidos, y más de un millón en Europa.

—Pero los masones no son satánicos —declaró Kohler con repentino escepticismo.

—Desde luego que no. La francmasonería fue víctima de su propia benevolencia. Tras acoger a los científicos fugitivos en el siglo XVIII, la masonería se convirtió, involuntariamente, en una fachada para los illuminati. Éstos fueron ascendiendo poco a poco en sus rangos hasta alcanzar las posiciones de poder de las logias. Así, sin hacer ruido, restablecieron su hermandad científica en lo más profundo de la masonería, convirtiéndose en una especie de sociedad secreta dentro de una sociedad secreta.

Luego utilizaron la red de contactos mundial de las logias masónicas para extender su influencia.

Langdon aspiró una fría bocanada de aire antes de proseguir.

—La erradicación del catolicismo era el principio rector de los illuminati. La hermandad sostenía que el dogma supersticioso que defendía la Iglesia era el mayor enemigo de la humanidad. Temían que si la religión seguía promoviendo un mito pío como hecho absoluto, el progreso científico se detendría, y la humanidad se vería abocada a un futuro de ignorancia y guerras santas sin sentido.

—Algo parecido a lo que sucede en la actualidad.

Langdon frunció el entrecejo. Kohler tenía razón. Las guerras santas seguían ocupando titulares. «Mi Dios es mejor que el tuyo.» Parecía haber siempre una estrecha correlación entre auténticos creyentes y un elevado número de bajas.

—Prosiga —pidió Kohler.

El profesor puso en orden sus pensamientos y continuó.

—Una vez que los illuminati se hubieron hecho poderosos en Europa, volvieron la vista hacia Estados Unidos, con un incipiente gobierno, muchos de cuyos líderes (George Washington, Benjamin Franklin...) eran masones; hombres honrados y temerosos de Dios que desconocían la gran influencia de la hermandad en la masonería. Los illuminati se aprovecharon de su infiltración y ayudaron a fundar bancos, universidades e industrias para así poder llegar a financiar su objetivo final. —Hizo una pausa—. La creación de un único Estado mundial, una especie de Nuevo Orden Mundial seglar.

Kohler permanecía inmóvil.

—Un Nuevo Orden Mundial —repitió Langdon— basado en los conocimientos científicos. Lo llamaban su «doctrina luciferina». La Iglesia aseguraba que Lucifer era una referencia al diablo, pero la hermandad insistía que se había de leer en su significado literal en latín: «portador de luz» o «iluminador».

Kohler suspiró, y su voz adoptó un tono solemne cuando dijo:

—Señor Langdon, por favor, siéntese.

Vacilante, él se sentó en una silla cubierta de escarcha. Kohler acercó su silla de ruedas.

—No estoy seguro de haber entendido todo lo que acaba de contarme, pero sí tengo claro lo siguiente: Leonardo Vetra era uno de los científicos más valiosos del CERN. Además de un amigo. Necesito que me ayude a localizar a los illuminati.

Langdon no sabía qué responder.

—¿Localizar a los illuminati? —«Está de broma, ¿no?»—. Me temo, señor, que eso es absolutamente imposible.

Kohler frunció el ceño.

—¿Qué quiere decir? No...

—Señor Kohler —Langdon se inclinó hacia su anfitrión, sin saber muy bien cómo iba a hacerle comprender lo que tenía que decir—. No he terminado de contar mi historia. A pesar de las apariencias, es altamente improbable que esa marca sea obra de los illuminati. No ha habido pruebas de su existencia en más de medio siglo, y la mayoría de los estudiosos están de acuerdo en que se disolvieron hace muchos años.

Se hizo el silencio. Kohler se lo quedó mirando fijamente a través de la neblina con una expresión a medio camino entre la estupefacción y la rabia.

—¿Cómo demonios puede usted decir que ese grupo se ha disuelto cuando su nombre está marcado a fuego en el cuerpo de ese hombre?

Langdon llevaba toda la mañana haciéndose esa misma pregunta. La aparición del ambigrama de los illuminati era asombrosa. Expertos en simbología de todo el mundo se quedarían perplejos si la vieran. Y, sin embargo, el académico que había en él comprendía que la reaparición de la marca no demostraba absolutamente nada sobre los illuminati.

—Los símbolos no confirman en modo alguno la presencia de sus creadores originales —declaró.

—¿Qué quiere decir con eso?

—Que cuando doctrinas organizadas como la de los illuminati desaparecen, sus símbolos permanecen..., y quedan entonces a disposición de otros grupos. A eso se le llama transferencia. Es muy común en simbología. Los nazis adoptaron la esvástica de los hindúes, los cristianos tomaron la cruz de los egipcios, los...

—Cuando esta mañana he tecleado la palabra «illuminati» en el ordenador —lo interrumpió Kohler—, he obtenido miles de referencias actuales. Al parecer, mucha gente piensa que ese grupo todavía está en activo.

—Son meros bulos conspirativos —repuso Langdon.

Siempre lo había molestado la plétora de teorías conspirativas que circulaban en la cultura popular moderna. A los medios de comunicación les encantaban los titulares apocalípticos, y muchos autoproclamados «especialistas en cultos» seguían haciendo caja con el tema del fin del milenio, inventando historias acerca de que los illuminati todavía estaban vivos y dispuestos a implantar su Nuevo Orden Mundial. Recientemente, el *New York Times* había publicado un artículo sobre los vínculos masónicos de incontables famosos: sir Arthur Conan Doyle, el duque de Kent, Peter Sellers, Irving Berlin, el príncipe Felipe de Edimburgo, Louis Armstrong, así como todo un panteón de célebres industriales y magnates de la banca de la actualidad.

Furioso, Kohler señaló el cadáver de Vetra.

—A juzgar por las circunstancias, yo diría que quizá esos bulos conspirativos son ciertos.

—A pesar de las apariencias —dijo Langdon con la mayor diplomacia de que fue capaz—, la explicación más plausible sería que alguna otra organización se haya hecho con la marca de los illuminati y la esté utilizando en interés propio.

—¿Qué interés? ¿Qué quieren demostrar con este asesinato?

«Buena pregunta», pensó Langdon. También le costaba entender de dónde podría haber sacado alguien la marca de los illuminati cuatrocientos años después.

—Lo único que puedo decirle es que, incluso si la hermandad estuviera en activo hoy en día, cosa que me parece altamente improbable, no estaría implicada en el asesinato de Leonardo Vetra.

—¿No?

—No. Puede que los illuminati pretendieran abolir el cristianismo, pero ejercían su poder a través de la política y las finanzas, no mediante actos terroristas. Es más, tenían un estricto código moral en lo que respectaba a sus enemigos. Tenían la más alta consideración para con los hombres de ciencia. Jamás habrían asesinado a un colega como Leonardo Vetra.

La mirada de Kohler se tornó gélida.

—Quizá se me ha olvidado mencionar que Leonardo Vetra no era precisamente lo que se dice un científico convencional.

Langdon dejó escapar un suspiro.

—Señor Kohler, estoy seguro de que Leonardo Vetra era brillante en muchos sentidos, pero el hecho es que...

Sin previo aviso, Kohler dio media vuelta y salió del salón, dejando tras de sí una estela en la neblina mientras desaparecía pasillo abajo.

—Por el amor de Dios —gruñó Langdon, y fue tras él.

Kohler estaba esperándolo en un pequeño rincón al final del pasillo.

—Éste era el estudio de Leonardo —dijo señalándole una puerta corredera—. Cuando lo vea puede que comprenda lo que le estoy diciendo. —Con un gruñido, descorrió la puerta.

Al ver el estudio, Langdon sintió que se le ponía la carne de gallina. «¡Virgen santa!», dijo para sí.

Capítulo 12

En otro país, un joven guardia permanecía pacientemente sentado ante un vasto panel de monitores de vídeo. Observaba las destellantes imágenes en directo de cientos de videocámaras inalámbricas que registraban el extenso complejo. Las imágenes se sucedían sin interrupción.

Un pasillo ornamentado.

Un despacho privado.

Una cocina industrial.

El guarda observaba la sucesión de imágenes con absoluta concentración. Se acercaba el final de su turno, pero todavía permanecía vigilante. Realizar ese servicio era un honor, y algún día le sería concedida la recompensa definitiva.

Mientras divagaba, una imagen lo puso en alerta. De repente, con un movimiento reflejo que lo sobresaltó incluso a él, extendió la mano y presionó un botón del panel de control para congelar la imagen.

Sintiendo el cosquilleo de los nervios, se inclinó hacia adelante para ver mejor la pantalla. Según la lectura del monitor, la imagen provenía de la cámara 86, que se suponía que se encontraba en un pasillo.

La imagen que tenía delante, sin embargo, no era ni por asomo la de un pasillo.

Capítulo 13

Desconcertado, Langdon contempló el estudio que tenía ante sí.

—¿Qué es este lugar?

A pesar de la bienvenida ráfaga de aire cálido que notó en la cara, cruzó el umbral con aprensión.

Kohler entró detrás de él en silencio.

La mirada de Langdon recorrió la habitación, sin la menor idea de qué pensar al respecto. Contenía la mezcla de artefactos más peculiar que hubiera visto nunca. En la pared opuesta, dominando la decoración, había un enorme crucifijo de madera (español, del siglo XIV, se dijo). Encima del crucifijo, colgando del techo, se podía ver un móvil metálico de planetas en órbita. A la izquierda, una pintura al óleo de la Virgen María, y al lado de ésta, una lámina con la tabla periódica de los elementos. En la pared lateral, dos crucifijos de latón flanqueaban un póster de Albert Einstein en el que se podía leer su famosa cita: DIOS NO JUEGA A LOS DADOS CON EL UNIVERSO.

Langdon deambuló por la habitación, mirando asombrado a su alrededor. Una biblia encuadernada en piel reposaba sobre el escritorio de Vetra junto a un modelo de Bohr del átomo y una réplica en miniatura del *Moisés* de Miguel Ángel.

«A esto lo llamo yo ser ecléctico», pensó. Agradecía el calor, pero había algo en la decoración de la estancia que le resultaba escalofriante. Se sentía como si estuviera contemplando el choque de dos titanes filosóficos..., una inquietante mezcla de fuerzas opuestas. Examinó los títulos que había en la estantería:

La partícula de Dios.
El tao de la física.
Dios. La evidencia.

En uno de los sujetalibros había grabada la siguiente cita:

> LA VERDADERA CIENCIA DESCUBRE
> A DIOS DETRÁS DE CADA PUERTA.
> Papa Pío XII

—Leonardo era un sacerdote católico —explicó Kohler.

Langdon se volvió hacia él.

—¿Un sacerdote? ¿No había dicho usted que era físico?

—Era ambas cosas. A lo largo de la historia ha habido no pocos hombres de ciencia y religión. Leonardo era uno de ellos. Consideraba que la física era la «ley natural de Dios». Aseguraba que la huella de Dios era visible en el orden natural que nos rodea. Y a través de la ciencia esperaba demostrar la existencia de Dios a las masas escépticas. Se consideraba a sí mismo un teofísico.

«¿Teofísico?», a Langdon se le antojó un oxímoron imposible.

—En el campo de la física de partículas —prosiguió Kohler—, últimamente se han realizado algunos descubrimientos sorprendentes. Descubrimientos con implicaciones espirituales. Leonardo fue el responsable de la mayoría.

Langdon estudió el rostro del director del CERN mientras seguía intentando procesar el extraño entorno en el que se encontraban.

—¿Espiritualidad y física? —inquirió.

Se había pasado toda la carrera estudiando la historia

de las religiones, y si había algún tema recurrente, era que la ciencia y la religión habían sido agua y aceite desde el primer día... Archienemigos irreconciliables.

—Vetra estaba a la vanguardia de la física de partículas —dijo Kohler—. Había comenzado a fusionar la ciencia y la religión... Y estaba demostrando que se complementaban mutuamente de maneras inesperadas. Llamaba al campo «nueva física».

Kohler cogió un libro de la estantería y se lo tendió.

Langdon examinó la cubierta: *Dios, milagros y la nueva física*, por Leonardo Vetra.

—El campo es pequeño —explicó Kohler—, pero está proporcionando nuevas respuestas a algunas viejas preguntas sobre el origen del universo y las fuerzas que nos aglutinan a todos. Leonardo creía que su investigación tenía el potencial para convertir a millones de personas a una vida más espiritual. El año pasado demostró categóricamente la existencia de una energía que nos une a todos. Demostró que todos estamos físicamente conectados, que las moléculas de su cuerpo están entrelazadas con las del mío, que hay una única fuerza en el interior de todos nosotros...

Langdon se sentía desconcertado. «Y el poder de Dios nos unirá a todos.»

—¿Llegó a demostrar el señor Vetra que las partículas están interconectadas?

—Con pruebas concluyentes. Un reciente artículo de la revista *Scientific American* saludó la nueva física como un camino para llegar a Dios más seguro que la propia religión.

El comentario dio en el blanco. De pronto, Langdon se puso a pensar en los antirreligiosos illuminati. A regañadientes, se obligó a realizar una momentánea incursión intelectual en lo imposible. Si efectivamente la hermandad estuviera en activo, ¿habría asesinado a Leonardo para impedir que llevara su mensaje religioso a las masas? Sin embargo, descartó la idea. «¡Eso es absurdo! ¡Los illuminati son historia! ¡Todos los académicos saben eso!»

—Vetra tenía muchos enemigos en el mundo científico —prosiguió Kohler—. Muchos científicos puristas lo despreciaban. Incluso aquí, en el CERN. Opinaban que usar la física analítica para apoyar principios religiosos era una traición a la ciencia.

—Pero ¿no están hoy en día los científicos menos a la defensiva respecto a la Iglesia?

Indignado, Kohler soltó un gruñido.

—¿Por qué deberíamos estarlo? Puede que la Iglesia ya no queme a científicos en la hoguera, pero si piensa usted que han suavizado la presión sobre la ciencia, pregúntese por qué en la mitad de las escuelas de su país no se enseña la teoría de la evolución. Pregúntese por qué la Coalición Cristiana de Estados Unidos es el *lobby* más influyente del mundo contra el progreso científico. La guerra entre ciencia y religión sigue viva, señor Langdon. Puede que se haya trasladado de los campos de batalla a las salas de juntas, pero le aseguro que sigue viva.

Langdon se dio cuenta de que el director tenía razón. Hacía apenas una semana, miembros de la Facultad de Teología de Harvard se habían manifestado delante de la Facultad de Biología en contra de la ingeniería genética que se llevaba a cabo en su programa de posgrado. El director del Departamento de Biología, el célebre ornitólogo Richard Aaronian, defendió su plan de estudios desplegando una enorme pancarta desde la ventana de su despacho. En ella se podía ver un «pez» cristiano al que había añadido cuatro pequeños pies; un tributo, según Aaronian, a la evolución de los dipnoos africanos al llegar a tierra firme. Bajo el pez, en lugar del nombre «Jesús», se podía leer la proclamación «¡Darwin!».

De repente, se oyó un agudo pitido y Langdon levantó

la mirada. Kohler extendió la mano hacia la colección de aparatos electrónicos de su silla de ruedas. Sacó el busca-personas de su funda y leyó el mensaje entrante.

—Bien. Es la hija de Leonardo. La señorita Vetra está a punto de llegar al helipuerto. Iremos a recogerla. Creo que es mejor que no vea a su padre así.

Langdon se mostró de acuerdo. Eso supondría una conmoción que ningún hijo merecía.

—Le pediré a la señorita Vetra que le explique el proyecto en el que ella y su padre estaban trabajando. Puede que eso arroje algo de luz al asesinato.

—¿Cree usted que el trabajo de Vetra ha sido el motivo de su asesinato?

—Posiblemente. Leonardo me contó que tenía algo verdaderamente innovador entre manos. Eso fue todo lo que dijo. Se había vuelto muy reservado respecto a su proyecto. Contaba con un laboratorio privado y había pedido permanecer aislado, algo que no tuve problema alguno en concederle, dada su brillantez. Últimamente, el trabajo que realizaba consumía grandes cantidades de electricidad, pero me abstuve de preguntarle nada. —Kohler se volvió hacia la puerta del estudio—. Hay, sin embargo, otra cosa más que debería saber antes de que salgamos de este apartamento.

Langdon no estaba seguro de querer oírla.

—El asesino ha robado a Vetra un objeto.

—¿Un objeto?

—Sígame.

El director dirigió su silla de ruedas de vuelta al neblinoso salón. El profesor lo siguió sin saber muy bien qué esperar. Kohler maniobró hasta quedar a pocos centímetros del cadáver de Vetra y le indicó que se uniera a él. A regañadientes, Langdon se acercó y sintió cómo la bilis subía por su garganta a causa del olor que despedía la orina congelada de la víctima.

—Mírele la cara —dijo Kohler.

«¿Que le mire la cara? —Langdon frunció el ceño—. Pensaba que le habían robado algo.»

Vacilante, se arrodilló. Intentó mirar el rostro de Vetra, pero éste tenía la cabeza vuelta ciento ochenta grados y el rostro aplastado contra la alfombra.

A pesar de su minusvalía, Kohler extendió la mano y giró con cuidado la cabeza helada de Vetra. Con un sonoro crujido, el agónico rostro del cadáver quedó a la vista. El hombre lo sostuvo así un momento.

—¡Dios mío! —exclamó Langdon, retrocediendo horrorizado. La cara de Vetra estaba cubierta de sangre. Un único ojo castaño le devolvía la mirada. La otra cuenca estaba destrozada y vacía—. ¿Le han robado el ojo?

Capítulo 14

Langdon salió del Edificio C al aire libre, contento por dejar al fin atrás el apartamento de Vetra. El sol lo ayudó a borrar la imagen de la cuenca vacía que se le había quedado grabada en la mente.

—Por aquí, por favor —le dijo Kohler mientras giraba para tomar un empinado sendero. La silla de ruedas eléctrica parecía avanzar sin el menor esfuerzo—. La señorita Vetra llegará de un momento a otro.

Langdon apretó el paso para no quedarse rezagado.

—Bueno —dijo Kohler—, ¿todavía duda de la autoría de los illuminati?

Langdon ya no sabía qué pensar. La afiliación religiosa de Vetra sin duda resultaba preocupante, pero se resistía a dejar de lado todas las pruebas que había investigado durante su vida académica. Además, estaba lo del ojo...

—Sigo manteniendo —repuso, más enérgicamente de lo que pretendía— que los illuminati no son responsables de este asesinato. El ojo es la prueba.

—¿Cómo dice?

—La mutilación aleatoria —explicó Langdon— es muy poco... propia de los illuminati. Los especialistas la consideran obra de sectas marginales sin experiencia, fanáticos que cometen actos aleatorios de terrorismo. Los illuminati, en cambio, siempre han actuado de un modo intencionado.

—¿De un modo intencionado, dice? ¿Y extraer quirúrgicamente el ojo de alguien no le parece un acto intencionado?

—No envía ningún mensaje claro, ni sirve a ningún propósito más elevado.

La silla de ruedas de Kohler se detuvo de golpe en lo alto de la colina. Se volvió.

—Créame, señor Langdon, ese ojo sí sirve a un propósito más elevado... Mucho más elevado.

A medida que los dos hombres ascendían la pendiente cubierta de hierba, el batir de las palas del helicóptero se fue haciendo más audible al oeste. Finalmente apareció y lo vieron sobrevolar el valle abierto en su dirección, inclinándose bruscamente y reduciendo la velocidad para tomar tierra en una pista de aterrizaje que había pintada en la hierba.

Langdon se lo quedó mirando, absorto en sus pensamientos. Su mente no dejaba de dar vueltas como las palas del helicóptero, preguntándose si dormir una noche entera atenuaría su confusión actual. Por alguna razón, lo dudaba.

En cuanto los patines tocaron tierra, un piloto salió del aparato y empezó a descargar equipaje. Había una gran cantidad: petates, bolsas impermeables de vinilo, botellas de buceo y cajas con lo que parecía ser equipo de submarinismo de alta tecnología.

Langdon no entendía nada.

—¿Ése es el equipaje de la señorita Vetra? —le dijo a Kohler, alzando la voz por encima del ruido de los motores.

El hombre asintió y le contestó alzando asimismo la voz:

—Estaba llevando a cabo una investigación biológica en el mar balear.

—¿Pero no había dicho usted que era física?

—Y lo es. Biofísica. Estudia la interacción entre los sistemas vivos. Su trabajo está íntimamente relacionado con el que realizaba su padre en la física de partículas. Recientemente ha refutado una de las teorías fundamentales de Einstein mediante el uso de cámaras de sincronización atómica para observar un banco de atunes.

Langdon escrutó el rostro de su anfitrión en busca de algún atisbo de humor. «¿Einstein y atunes?» Estaba empezando a preguntarse si el avión espacial X-33 no lo habría llevado por equivocación a otro planeta.

Un instante después, Vittoria Vetra descendió de la cabina. Robert Langdon se dio cuenta de que ése iba a ser un día de interminables sorpresas. Vestida con unos pantalones cortos de color caqui y una camiseta blanca sin mangas, Vittoria Vetra no se parecía en nada a la física que se había imaginado. Ágil y elegante, se trataba de una mujer alta, de piel oscura y largo pelo negro que el viento que levantaban las palas hacía revolotear. Su rostro era inequívocamente italiano, de una belleza más bien sutil, aunque incluso a veinte metros sus carnales rasgos parecían emanar una abierta sensualidad. Las corrientes de aire que azotaban su cuerpo acentuaban su esbelto torso y sus pequeños senos.

—La señorita Vetra es una mujer de una tremenda fortaleza personal —dijo Kohler al advertir su reacción—. Se pasa meses trabajando en sistemas ecológicos peligrosos. Es vegetariana estricta y gurú de hatha yoga aquí, en el CERN.

«¿Hatha yoga?», pensó Langdon. El antiguo arte budista de estiramientos y meditación era una habilidad que no habría esperado encontrar en una física hija de un sacerdote católico.

Observó a Vittoria mientras se acercaba. Se notaba que había estado llorando, sus profundos ojos negros traslucían emociones que Langdon era incapaz de identificar. Aun así, avanzó hacia ellos con decisión. Tenía unas piernas fuertes y tonificadas, que irradiaban la sana luminiscencia de la piel mediterránea que ha disfrutado de horas de sol.

—Vittoria —dijo Kohler cuando ella se acercó—. Mis más profundas condolencias. Es una terrible pérdida para la ciencia... y para todos nosotros aquí, en el CERN.

Ella asintió con gratitud. Cuando habló, lo hizo con una voz suave, y en un inglés gutural y de marcado acento.

—¿Se sabe ya quién es el responsable?

—Lo estamos investigando.

La joven se volvió hacia Langdon y le tendió su delgada mano.

—Me llamo Vittoria Vetra. Imagino que usted debe de ser de la Interpol.

Langdon le estrechó la mano, momentáneamente hechizado por la profundidad de su mirada llorosa.

—Robert Langdon. —No sabía qué más añadir.

—El señor Langdon no es de la Interpol —explicó Kohler—. Es un especialista de Estados Unidos. Está aquí para ayudarnos a encontrar al responsable de esto.

Vittoria parecía confusa.

—¿Y la policía?

Kohler suspiró pero no dijo nada.

—¿Dónde está el cadáver? —preguntó ella.

—Se están ocupando de él.

La mentira piadosa sorprendió a Langdon.

—Quiero verlo —dijo ella.

—Vittoria —insistió Kohler—, tu padre ha sido asesinado brutalmente. Sería mejor que lo recordaras tal y como era.

La joven comenzó a decir algo pero la interrumpieron.

—¡Eh, Vittoria! —se oyó que decían unas voces a lo lejos—. ¡Bienvenida a casa!

Ella se volvió. Un grupo de científicos que pasaban cerca del helipuerto la saludaron alegremente con la mano.

—¿Has refutado alguna teoría de Einstein más? —exclamó uno de ellos.

—¡Tu padre debe de estar orgulloso! —añadió otro.

Desconcertada, ella devolvió el saludo a los hombres. Luego miró a Kohler con una expresión de absoluta confusión.

—¿Nadie lo sabe todavía?

—He decidido que la discreción era primordial.

—¿No le ha dicho a nadie que mi padre ha sido asesinado? —El desconcierto empezaba a dar paso a la ira.

Kohler endureció el tono de inmediato.

—Quizá no tienes en cuenta que en cuanto informe del asesinato de tu padre se abrirá una investigación en el CERN... Incluido un pormenorizado registro de vuestro laboratorio. Siempre he intentado respetar la privacidad de tu padre. Sólo me contó dos cosas sobre vuestro proyecto actual. Una, que tiene el potencial de proporcionar al CERN millones de francos en licencias durante la próxima década. Y dos, que todavía no se puede mostrar al público porque se trata de una tecnología peligrosa. Teniendo en cuenta esos dos factores, preferiría que ningún desconocido husmeara en su laboratorio, no sea que roben su trabajo, o bien mueran mientras lo hacen y responsabilicen de ello al CERN. ¿Me he explicado con claridad?

Vittoria se lo quedó mirando sin decir nada. Langdon notó que, a su pesar, respetaba y aceptaba la lógica del director.

—Antes de que informemos a las autoridades —prosiguió Kohler—, necesito saber en qué estabais trabajando vosotros dos. Necesito que nos lleves a vuestro laboratorio.

—El laboratorio es irrelevante —dijo ella—. Nadie sabía lo que estábamos haciendo mi padre y yo. Es imposible que nuestros experimentos estén relacionados con su asesinato.

Kohler exhaló una ronca y achacosa bocanada de aire.

—Las pruebas sugieren lo contrario.

—¿Las pruebas? ¿Qué pruebas?

Langdon estaba preguntándose exactamente lo mismo.

Kohler volvió a limpiarse la boca con el pañuelo.

—Tendrás que confiar en mí.

Pero, a juzgar por la mirada fulminante de Vittoria, estaba claro que no pensaba hacerlo.

Capítulo 15

Langdon avanzaba en silencio detrás de Kohler y la joven, de vuelta al atrio principal en el que había comenzado aquella extraña visita. Las piernas de Vittoria se movían con fluida eficiencia, como si de una saltadora olímpica se tratara. Langdon supuso que esa potencia debía de tener su origen en la flexibilidad y el control que proporcionaba el yoga. Reparó asimismo en su respiración lenta y pausada, como si intentara filtrar de algún modo su dolor.

Deseaba decirle algo, ofrecerle su consuelo. Él también había sentido el abrupto vacío que suponía la inesperada pérdida de un padre. Recordaba bien el funeral, lluvioso y gris. Dos días después de su duodécimo cumpleaños. La casa se llenó de hombres de la oficina, hombres de traje gris que le apretaban demasiado la mano al estrechársela. Todos mascullaban palabras como «cardíaco» y «estrés». Con los ojos llorosos, su madre bromeó diciendo que siempre había sido capaz de seguir el mercado de valores con sólo sostener la mano de su marido. El pulso de éste era su cinta de cotizaciones particular.

Una vez, cuando su padre todavía estaba vivo, Robert oyó que su madre le suplicaba que «se detuviera a oler las rosas». Ese año, el chico le compró a su padre por Navidad una pequeña rosa de cristal soplado. Era la cosa más bonita que hubiera visto nunca. Cuando la luz del sol se reflejaba en ella, proyectaba un arco iris en la pared. «Es preciosa —dijo su padre cuando desenvolvió el regalo, y le dio un beso a Robert en la frente—. Busquémosle un lugar apropiado.» Luego colocó la rosa en una elevada y polvorienta estantería del rincón más oscuro del salón. Pocos días después, Robert se subió a un taburete, cogió la rosa, y la devolvió a la tienda. Su padre nunca llegó a darse cuenta de que ya no estaba.

El pitido de un ascensor devolvió a Langdon de vuelta al presente. Vittoria y Kohler estaban subiendo a él. El profesor vaciló ante las puertas abiertas.

—¿Sucede algo? —preguntó Kohler con más impaciencia que preocupación.

—No, nada —dijo él, obligándose a subir a la estrecha cabina. Sólo utilizaba el ascensor cuando era absolutamente necesario. Prefería espacios más abiertos, como las escaleras.

—El laboratorio del doctor Vetra es subterráneo —explicó Kohler.

«Genial», pensó Langdon mientras entraba en el ascensor y sentía una helada ráfaga de aire que emergía de las profundidades del hueco. Las puertas se cerraron y la cabina comenzó a descender.

—Seis pisos —dijo Kohler inexpresivamente, cual máquina analítica.

Langdon imaginó la oscuridad del hueco que tenían debajo. Intentó bloquear ese pensamiento mirando cómo iban cambiando los pisos en el visor. Curiosamente, el ascensor sólo mostraba dos paradas. Planta baja y LHC.

—¿A qué hacen referencia las siglas LHC? —preguntó intentando disimular su nerviosismo.

—«Gran colisionador de hadrones» —dijo Kohler—. Es un acelerador de partículas.

«¿Un acelerador de partículas?» A Langdon el término le resultaba vagamente familiar. Lo había oído por primera vez en una cena con algunos colegas en Dunster

House, en Cambridge. Un físico amigo, Bob Brownell, había llegado a la cena hecho una furia.

—¡Los muy cabrones lo han cancelado! —maldijo.

—¿Qué han cancelado? —preguntaron todos.

—El SSC.

—¿El qué?

—El supercolisionador superconductor.

Alguien se encogió de hombros.

—No sabía que Harvard estuviera construyendo uno.

—¡Harvard, no! —exclamó Brownell—. ¡Estados Unidos! ¡Iba a ser el acelerador de partículas más potente del mundo! ¡Uno de los proyectos científicos más importantes del siglo! ¡Dos mil millones de dólares invertidos y ahora el Senado decide interrumpir el proyecto! ¡Malditos *lobbies* de fundamentalistas cristianos!

Cuando Brownell finalmente se calmó, explicó que un acelerador de partículas era un gigantesco tubo circular en el que se aceleraban partículas subatómicas. Los imanes del tubo se encendían y se apagaban en rápida sucesión, «empujando» así las partículas hasta que alcanzaban velocidades increíbles. En los momentos de máxima aceleración, llegaban a desplazarse a casi doscientos noventa mil kilómetros por segundo.

—¡Pero si eso es casi la velocidad de la luz! —exclamó uno de los profesores.

—Efectivamente —asintió Brownell. Y explicó entonces que, al hacer colisionar dos partículas aceleradas en direcciones opuestas del tubo, los científicos podían reducirlas a sus partes constituyentes y vislumbrar los componentes fundamentales de la naturaleza—. Los aceleradores de partículas son fundamentales para el futuro de la ciencia —declaró—. La colisión de partículas es la clave para llegar a comprender las piezas de las que está formado el universo.

El *Poeta Residente* de Harvard, un tipo silencioso llamado Charles Pratt, no pareció muy impresionado.

—A mí —dijo—, eso de golpear dos relojes entre sí para averiguar su funcionamiento interno me parece un acercamiento a la ciencia más propio de un neandertal.

Brownell dejó a un lado su tenedor y se marchó del comedor hecho una furia.

«De modo que el CERN tiene un acelerador de partículas —pensó Langdon mientras el ascensor descendía—. Un tubo circular para hacer colisionar partículas.» Se preguntó por qué lo habrían construido bajo tierra.

Cuando el ascensor por fin se detuvo, se sintió aliviado ante la expectativa de volver a sentir tierra firme bajo sus pies. Cuando se abrieron las puertas, sin embargo, su alivio se desvaneció de golpe. Una vez más, Robert Langdon se encontraba ante un mundo absolutamente extraño.

El pasillo se extendía en ambas direcciones, izquierda y derecha. Se trataba de un túnel de cemento, suficientemente amplio para que pudiera pasar por él un camión de gran tamaño. El lugar en el que se encontraban estaba bien iluminado pero, más allá, la negrura era total. Un húmedo viento resonaba en la oscuridad, un inquietante recordatorio de que se hallaban bajo tierra. Langdon casi podía sentir el peso de la tierra y las piedras sobre su cabeza. Por un instante volvió a tener nueve años, y la oscuridad lo retrotrajo a esas cinco horas de aplastante negrura que todavía lo atormentaban. Apretando con fuerza los puños, apartó ese pensamiento de la cabeza.

Vittoria salió del ascensor y, sin la menor vacilación, se adentró en la oscuridad sin ellos. Con un parpadeo, los fluorescentes del techo iban encendiéndose a su paso, iluminándole el camino. El efecto resultaba inquietante, pensó Langdon, como si el túnel estuviera vivo... y anticipara sus movimientos. Él y Kohler la siguieron a una cierta distancia. Las luces se iban apagando automáticamente a sus espaldas.

—Ese acelerador de partículas —dijo Langdon en voz baja—, ¿se encuentra en este túnel?

—Es eso de ahí —Kohler le señaló un tubo de cromo pulido que recorría la pared interior del túnel.

Él se quedó mirando el tubo, confuso.

—¿Eso es el acelerador?

El artefacto no se parecía en nada a lo que había imaginado. Era completamente recto, de casi un metro de diámetro, y se extendía horizontalmente por toda la extensión visible del túnel hasta desaparecer en la oscuridad. «Parece más bien un sumidero de alta tecnología», pensó Langdon.

—Creía que los aceleradores de partículas eran circulares.

—Y este acelerador lo es —dijo Kohler—. Parece recto, pero eso no es más que una ilusión óptica. La circunferencia del túnel es tan larga que la curvatura apenas resulta perceptible, como la de la Tierra.

Langdon estaba estupefacto. «¿Este túnel es circular?»

—Pero... ¡debe de ser enorme!

—El LHC es la máquina más grande del mundo.

Langdon recordó entonces que el chófer del CERN le había dicho algo acerca de una máquina enorme construida bajo tierra. «Pero...»

—Tiene más de ocho kilómetros de diámetro... Y veintisiete de circunferencia.

Él se volvió de pronto hacia Kohler.

—¿Veintisiete kilómetros? —Se quedó mirando al director y luego volvió a mirar el oscuro túnel que tenía ante sí—. ¿Este túnel mide veintisiete kilómetros de largo?

Kohler asintió.

—Describe un círculo perfecto. Se adentra en Francia

y luego regresa hasta este mismo punto. En el momento de mayor aceleración, las partículas recorren el tubo más de diez mil veces por segundo antes de colisionar.

Todavía con la mirada puesta en el túnel, Langdon sintió que le flaqueaban las piernas.

—¿Me está diciendo que el CERN ha excavado millones de toneladas de tierra sólo para hacer colisionar partículas minúsculas?

El director se encogió de hombros.

—Para encontrar la verdad, a veces hay que mover montañas.

Capítulo 16

A cientos de kilómetros del CERN, una crepitante voz resonó en una radio.

—Muy bien, ya estoy en el pasillo.

El técnico que monitorizaba las pantallas de vídeo presionó el botón de su transmisor.

—Has de encontrar la cámara 86. Debería estar al final del pasillo.

Hubo un largo silencio. El técnico que permanecía a la espera empezó a sudar. Finalmente, su radio sonó.

—La cámara no está aquí —dijo la voz—. Puedo ver el lugar en el que estaba montada. Alguien debe de habérsela llevado.

El técnico exhaló un sonoro suspiro.

—Gracias. Aguarda un momento, ¿quieres?

Suspirando nuevamente, volvió entonces su atención al panel de pantallas de vídeo que tenía delante. Grandes zonas del complejo estaban abiertas al público, y no era la primera vez que una cámara inalámbrica desaparecía por culpa de algún visitante bromista en busca de souvenirs. Sin embargo, en cuanto una cámara salía de las instalaciones, la señal se perdía y la pantalla se quedaba en blanco. Perplejo, el técnico levantó la vista hacia el monitor. El de la cámara 86 todavía mostraba una imagen cristalina.

«Si han robado la cámara —se dijo—, ¿cómo es que todavía nos llega su señal?» Sabía, claro está, que sólo había una explicación. La cámara todavía estaba en el complejo. Simplemente, alguien la había cambiado de lugar. «Pero ¿quién? ¿Y por qué?»

Estudió largo rato el monitor. Finalmente cogió su radio.

—¿Hay algún armario en esa escalera? ¿Algún aparador o hueco oscuro?

—No. ¿Por qué? —respondió la voz, confusa.

El técnico frunció el ceño.

—No, por nada. Gracias por tu ayuda.

Apagó la radio e hizo una mueca.

Considerando el pequeño tamaño de la videocámara y el hecho de que fuera inalámbrica, el técnico era consciente de que la cámara 86 podía estar retransmitiendo desde cualquier sitio del recinto fuertemente vigilado, un denso conjunto de treinta y dos edificios independientes que cubría un radio de casi un kilómetro. La única pista era que la cámara parecía estar en un lugar oscuro. Aunque, claro, eso tampoco era de mucha ayuda. En el complejo había incontables lugares oscuros: armarios de mantenimiento, conductos de calefacción, cobertizos de jardinería, vestuarios e incluso un laberinto de túneles subterráneos. Podían tardar semanas en localizar la cámara 86.

«Aunque ése es el menor de mis problemas», se dijo.

A pesar del dilema que suponía la cuestión de la cámara, había otro asunto todavía más inquietante. El técnico levantó la mirada hacia la imagen que retransmitía la cámara perdida. Se trataba de un objeto inmóvil. Un artefacto moderno que no se parecía a nada que él hubiera visto nunca. Se fijó en la parpadeante pantalla electrónica que tenía en la base.

Pese a que había realizado un riguroso entrenamiento para afrontar situaciones de tensión, el guardia sintió que el pulso se le aceleraba. Debía dominar el pánico. Seguro que había una explicación. El objeto parecía demasiado pequeño para suponer un verdadero peligro. Aunque, claro está, su presencia en el complejo no dejaba de ser preocupante. Muy preocupante, de hecho.

«Tenía que pasar precisamente hoy», pensó.

La seguridad siempre era una prioridad para su superior. Sin embargo, ese día, más que ningún otro de los últimos doce años, era de la mayor importancia. El técnico se quedó mirando durante largo rato el objeto y sintió que se avecinaba una tormenta.

Luego, empezando a sudar, marcó el número de su superior.

Capítulo 17

No muchos niños podrían decir que recordaban el día que conocieron a su padre, pero Vittoria Vetra sí. Tenía ocho años, y vivía donde siempre lo había hecho, en el Orfanotrofio di Siena, un pequeño orfanato católico cerca de Florencia donde la habían abandonado unos padres a los que nunca había llegado a conocer. Aquel día llovía. Las monjas lo habían avisado dos veces para que fuera a cenar pero, como siempre, ella fingió que no las oía. Permanecía tumbada en el patio, mirando las gotas de lluvia. Las sentía en su cuerpo e intentaba adivinar dónde caería la siguiente. Las monjas volvieron a llamarla y la advirtieron de que la neumonía haría que una niña insufriblemente tozuda como ella sintiera mucha menos curiosidad por la naturaleza.

«No puedo oíros, pensó Vittoria.

Estaba empapada hasta los huesos cuando el joven sacerdote salió a buscarla. No lo conocía. Era nuevo. Vittoria imaginaba que la cogería y la llevaría adentro a rastras. Pero no lo hizo. Para su asombro, en vez de eso se tumbó a su lado, sin importarle que su sotana se mojara en un charco.

—Dicen que haces muchas preguntas —comentó el hombre.

Vittoria frunció el ceño.

—¿Es eso algo malo?

Él se rió.

—Supongo que tienen razón.

—¿Qué estás haciendo aquí?

—Lo mismo que tú... Me pregunto por qué caen las gotas de lluvia.

—¡Yo no me estoy preguntando por qué caen! ¡Eso ya lo sé!

El sacerdote se la quedó mirando con estupefacción.

—¿Lo sabes?

—La hermana Francisca dice que las gotas de lluvia son las lágrimas de los ángeles que caen para limpiar nuestros pecados.

—¡Caray! —dijo él, haciéndose el sorprendido—. Así que es eso...

—¡No, no lo es! —replicó ella—. ¡Las gotas de lluvia caen porque todo cae! ¡Todo! ¡No sólo la lluvia!

El sacerdote se rascó la cabeza, perplejo.

—¿Sabes, jovencita? Tienes razón. Efectivamente, todo cae. Debe de ser la gravedad.

—¿Debe de ser el qué?

Él la volvió a mirar, extrañado.

—¿No has oído hablar de la gravedad?

—No.

El sacerdote se encogió de hombros con tristeza.

—Qué pena. La gravedad responde a muchas preguntas.

La niña se incorporó.

—¿Qué es la gravedad? —preguntó—. ¡Dímelo!

Él le guiñó un ojo.

—¿Qué te parece si te lo cuento mientras cenamos?

El joven sacerdote era Leonardo Vetra. Aunque en la universidad había sido un premiado estudiante de física, finalmente había decidido seguir otra vocación y había ingresado en el seminario. Leonardo y Vittoria se hicieron grandes amigos en ese solitario mundo de monjas y reglas. Vittoria hacía reír a Leonardo, y él la tomó bajo su protección. Le enseñó que cosas hermosas como los arco iris o los ríos tenían numerosas explicaciones. Le habló de la luz, los planetas, las estrellas y de la naturaleza en general, y lo hizo tanto a través de los ojos de Dios como de la ciencia. El innato intelecto y la curiosidad de Vittoria hacían de ella una alumna cautivadora. Leonado la protegía como a una hija.

Vittoria era feliz. Nunca había conocido la alegría de tener un padre. Mientras los demás adultos respondían a sus preguntas pegándole en las muñecas, Leonardo se pasaba horas enseñándole libros. Incluso le preguntaba qué opinaba ella. Vittoria rezaba para que Leonardo se quedara a su lado para siempre. Sin embargo, un día su peor pesadilla se hizo realidad: Leonardo le dijo que dejaba el orfanato.

—Me voy a vivir a Suiza —dijo—. Me han concedido una beca para estudiar física en la Universidad de Ginebra.

—¿Física? —exclamó Vittoria—. ¡Creía que amabas a Dios!

—Y así es. Mucho. Por eso quiero estudiar sus leyes divinas. Las leyes de la física son el lienzo sobre el que Dios pintó su obra maestra.

Vittoria se quedó desolada. Pero Leonardo tenía más noticias. Le dijo que había hablado con sus superiores, y que éstos le habían dicho que, si quería, podía adoptarla.

—¿Te gustaría que yo te adoptara? —le preguntó.

—¿Qué quiere decir «adoptar»? —dijo ella.

El padre Leonardo se lo explicó.

Vittoria lo abrazó durante cinco minutos mientras lloraba de felicidad.

—¡Oh, sí! ¡Sí!

Leonardo le dijo que tardaría algún tiempo en instalarse en su nueva casa de Suiza, pero le prometió que volvería a buscarla al cabo de seis meses. Fue la espera más larga de la vida de la pequeña, pero el sacerdote mantuvo su palabra. Cinco días antes de su noveno cumpleaños, Vittoria se trasladó a vivir con él. De día iba a la Escuela Internacional de Ginebra, y por las noches estudiaba con su padre.

Tres años después, Leonardo Vetra fue contratado por el CERN. Vittoria y él se trasladaron a un mundo más increíble de lo que la joven Vittoria jamás podría haber imaginado.

Mientras recorría el túnel del LHC, Vittoria Vetra sentía el cuerpo entumecido. Advirtió su desdibujado reflejo en el tubo y notó la ausencia de su padre. Normalmente permanecía en un estado de profunda calma, en armonía con el mundo que la rodeaba. Ahora, sin embargo, nada tenía sentido. Las últimas tres horas habían sido frenéticas.

A las diez de la mañana, Kohler la había llamado a las islas Baleares: «Han asesinado a tu padre. Vuelve a casa inmediatamente.» A pesar del sofocante calor que hacía en la cubierta del barco de submarinismo, Vittoria había sentido un hondo escalofrío al oír esas palabras. El frío tono de Kohler le había dolido tanto como la noticia.

Ahora ya estaba en casa. Pero ¿seguía siendo ésa su casa? El CERN, su mundo desde que tenía doce años, le parecía ahora un lugar extraño. Su padre, el hombre que lo hacía mágico, ya no estaba con ella.

«Respira profundamente», se dijo, a sí misma, pero no podía tranquilizarse. Las preguntas se agolpaban en su cabeza. ¿Quién había asesinado a su padre? ¿Por qué? ¿Y quién era ese «especialista» estadounidense? ¿Por qué insistía Kohler en ver el laboratorio?

El director había dicho que en él había pruebas que relacionaban el asesinato de su padre con su proyecto actual. «¿Qué pruebas? ¡Nadie sabía en qué estábamos trabajando! E incluso si alguien lo hubiera averiguado, ¿por qué habría de querer matarlo?»

Mientras seguía avanzando por el túnel del LHC en dirección al laboratorio, Vittoria se dio cuenta de que estaba a punto de revelar el mayor logro de su padre sin que él estuviera presente. Siempre había creído que ese momento sería completamente distinto; que su padre llevaría a los mejores científicos del CERN a su laboratorio y les mostraría su descubrimiento mientras observaba sus rostros de asombro. Luego, henchido de paternal orgullo, les explicaría que había sido una de las ideas de Vittoria la que lo había ayudado a hacer realidad ese proyecto, que su hija había sido una parte integral en su hallazgo. La joven sintió un nudo en la garganta. «Mi padre y yo deberíamos haber compartido este momento.» Ahora, sin embargo, estaba sola. Sin colegas ni rostros de felicidad. Sólo un estadounidense desconocido y Maximilian Kohler.

«Maximilian Kohler. *Der König*.»

Ya de pequeña a Vittoria le desagradaba ese hombre. Aunque finalmente llegó a respetar su increíble intelecto, el gélido comportamiento del que hacía gala siempre le había parecido inhumano, la antítesis exacta de la calidez de su padre. A Kohler le interesaba la ciencia por su lógica inmaculada; a su padre, por su maravillosa espiritualidad. Y, sin embargo, siempre había parecido existir un tácito respeto entre ambos. «Los genios —le explicó alguien una vez— aceptan incondicionalmente a los demás genios.»

«Genio —pensó ella—. Mi padre... Papá. Muerto.»

La entrada al laboratorio de Leonardo Vetra era un largo y aséptico pasillo completamente recubierto de baldosas blancas. Langdon tuvo la sensación de que entraba en una especie de manicomio subterráneo. En las paredes había docenas de imágenes en blanco y negro enmarcadas. Aunque se había dedicado toda su vida al estudio de imágenes, éstas le resultaban absolutamente incomprensibles. Parecían caóticos negativos de rayas y espirales aleatorias. «¿Arte moderno? —pensó—. ¿Jackson Pollock bajo los efectos de las anfetaminas?»

—Son diagramas de dispersión —explicó Vittoria al advertir su interés—. Representaciones infográficas de colisiones de partículas. Ésa es la partícula Z —dijo señalando un tenue rastro casi invisible en medio de la confusión—. Mi padre la descubrió hace cinco años. Energía pura, sin masa. Podría muy bien ser la pieza más pequeña de la naturaleza. La materia no es más que energía atrapada.

«¿La materia es energía? —Langdon ladeó la cabeza—. Eso suena muy zen.» Se quedó mirando la minúscula raya de la fotografía y se preguntó qué dirían sus colegas del Departamento de Física de Harvard cuando les contara que había pasado el fin de semana en el gran colisionador de hadrones admirando partículas Z.

—Vittoria —dijo Kohler al llegar ante la imponente puerta de acero del laboratorio—. Debería mencionar que esta mañana he bajado aquí a buscar a tu padre.

Ella se ruborizó ligeramente.

—¿Ah, sí?

—Sí. Imagina mi sorpresa al descubrir que el teclado numérico estándar del CERN había sido reemplazado por otra cosa —Kohler señaló un intrincado aparato electrónico que había junto a la puerta.

—Le pido disculpas —dijo ella—. Ya sabe cómo era mi padre con la cuestión de la privacidad. Aparte de nosotros dos, no quería que nadie más tuviera acceso.

—Está bien. Abre la puerta —pidió Kohler.

Vittoria permaneció inmóvil un largo momento. Luego dejó escapar un suspiro y se dirigió hacia el mecanismo de la pared.

Langdon no estaba preparado en modo alguno para lo que sucedió a continuación.

Con cuidado, la joven acercó el ojo izquierdo a una lente que sobresalía del aparato como si de un telescopio se tratara. Luego presionó un botón y en el interior de la máquina se oyó un chasquido. Un rayo de luz osciló de un lado a otro, escaneando su retina como una fotocopiadora.

—Es un escáner de retina —dijo ella—. Seguridad infalible. Sólo hay dos retinas autorizadas: la mía y la de mi padre.

Robert Langdon se sintió horrorizado ante la revelación. La truculenta imagen de Leonardo Vetra regresó a su mente: el rostro sanguinolento, el solitario ojo castaño devolviéndole la mirada, y la cuenca ocular vacía. Intentó rechazar la obvia verdad, pero entonces lo vio... En el suelo de baldosas blancas, bajo el escáner... Unas pequeñas gotas carmesíes. Sangre seca.

Afortunadamente, Vittoria no reparó en ello.

La puerta de acero se abrió y la joven cruzó el umbral.

Kohler dirigió una dura mirada a Langdon. Su mensaje estaba claro: «Tal y como le he dicho antes, el ojo desaparecido sí sirve a un propósito más elevado.»

Capítulo 18

La mujer tenía las manos atadas y las muñecas enrojecidas e hinchadas por las rozaduras. El hassassin de piel caoba yacía a su lado, agotado, admirando su premio desnudo. Se preguntó si el sueño en el que la chica parecía haber caído no sería un engaño, un patético intento de evitar atenderlo durante más tiempo.

Pero no le importaba. Ya había obtenido su recompensa. Saciado, se sentó en la cama.

En su país, las mujeres eran posesiones. Débiles. Herramientas de placer. Un bien con el que comerciar como si fuese ganado. Y ellas sabían cuál era su lugar. Sin embargo, allí, en Europa, las mujeres fingían una fortaleza y una independencia que lo divertía y lo excitaba. Forzar su sumisión física siempre resultaba gratificante.

Ahora, a pesar de sentirse satisfecho, el hassassin advirtió que otro apetito crecía en su interior. La noche anterior había asesinado, asesinado y mutilado, y para él asesinar era como la heroína: una satisfacción temporal que no hacía sino incrementar su deseo de otra dosis. La euforia se había desvanecido. La sed había regresado.

Examinó a la mujer que dormía a su lado. Mientras le pasaba la palma de la mano por el cuello, sintió la excitación de saber que podía terminar con su vida en un instante. ¿Qué más daba? Era infrahumana, un mero vehículo de placer a su servicio. Sus fuertes dedos rodearon la garganta de la chica y sintió su delicado pulso. Finalmente, sin embargo, consiguió reprimir el deseo y apartó la mano. Tenía trabajo que hacer. Debía servir a una causa más elevada que su propio deseo.

Al levantarse de la cama se regocijó con el honor del trabajo que tenía ante sí. Todavía le costaba concebir la influencia de ese hombre llamado Janus y la antigua hermandad que dirigía. Le parecía asombroso que lo hubieran elegido precisamente a él. De algún modo, se habían enterado del odio que sentía... Y de su talento. Cómo, nunca lo sabría. «Sus recursos son infinitos.»

Ahora le habían otorgado el máximo honor posible. Sería sus manos y su voz. Su asesino y su mensajero. Aquel a quien su gente conocía como Malak al-haq: el Ángel de la Verdad.

Capítulo 19

El laboratorio de Vetra era por completo futurista.

Absolutamente blanco y repleto de ordenadores y equipos electrónicos especializados, parecía más bien una especie de sala de operaciones. Langdon se preguntó qué secretos debía de ocultar ese lugar que pudieran justificar la extracción de un ojo a alguien.

Kohler parecía inquieto. Sus ojos revoloteaban con nerviosismo en busca de señales de algún intruso. El laboratorio, sin embargo, estaba desierto. Vittoria también se movía con lentitud, como si el lugar tuviera un aspecto distinto sin su padre.

La mirada de Langdon aterrizó inmediatamente en el centro de la habitación, donde una serie de columnas emergían del suelo. Como un Stonehenge en miniatura, una docena o más de columnas de acero pulido formaban un círculo en medio de la estancia. Tenían un metro de altura, y a Langdon le recordaron los expositores de joyas de los museos. Estaba claro, sin embargo, que esas columnas no servían para mostrar piedras preciosas. Sobre cada una de ellas había un contenedor transparente del tamaño de un bote de pelotas de tenis. Parecían estar vacíos.

Kohler observó los contenedores, desconcertado. De momento, sin embargo, decidió ignorarlos. Se volvió hacia Vittoria.

—¿Han robado algo?

—¿Robado? ¿Cómo iban a robar nada? —exclamó la joven—. El escáner de retina sólo permite la entrada a mi padre y a mí.

—Compruébalo de todos modos.

Ella suspiró y examinó un momento el laboratorio. Se encogió de hombros.

—Todo parece tal y como mi padre solía dejarlo. Un caos ordenado.

Langdon advirtió que Kohler sopesaba sus opciones, como si se preguntara hasta dónde podía presionar a Vittoria, cuánto debía contarle. Al parecer, de momento optó por dejarlo ahí. Desplazó su silla de ruedas hasta el centro de la habitación y examinó el misterioso grupo de contenedores aparentemente vacíos.

—Los secretos son un lujo que ya no podemos permitirnos —declaró.

Vittoria asintió. De repente parecía conmovida, como si estar allí le hubiera provocado un torrente de recuerdos.

«Démosle un minuto», pensó Langdon.

Como preparándose para lo que estaba a punto de revelar, la joven cerró los ojos y respiró profundamente. Luego volvió a respirar. Y otra vez. Y otra...

El profesor la observó con cierta preocupación. «¿Está bien?» Luego se volvió hacia Kohler, que permanecía impasible, como si ya hubiera presenciado antes ese ritual. Al cabo de diez segundos, ella volvió a abrir los ojos.

Langdon no podía creer la metamorfosis que había tenido lugar. Vittoria Vetra se había transformado. Había relajado sus carnosos labios, destensado los hombros y suavizado la mirada. Era como si hubiera realineado todos los músculos de su cuerpo para aceptar la situación. El ardiente resentimiento y la angustia personal parecían haberse difuminado bajo una profunda calma.

—Por dónde empezar... —dijo ella con absoluta serenidad.

—Por el principio —repuso Kohler—. Háblanos acerca del experimento de tu padre.

—Rectificar la ciencia mediante la religión siempre fue el sueño de mi padre —comenzó Vittoria—. Esperaba demostrar que la ciencia y la religión son dos campos absolutamente compatibles; dos modos distintos de buscar la misma verdad. —Se detuvo un momento, como incapaz de creer lo que estaba a punto de decir—. Y recientemente... descubrió la forma.

Kohler no dijo nada.

—Concibió un experimento con el que esperaba resolver uno de los conflictos más amargos en la historia de la ciencia y la religión.

Langdon se preguntó a qué conflicto debía de referirse. Había tantos...

—El creacionismo —declaró Vittoria—. La batalla sobre el nacimiento del universo.

«Ah —se dijo Langdon—. *El* debate.»

—La Biblia, por supuesto, afirma que Dios creó el universo —continuó ella—. Dios dijo «hágase la luz», y todo lo que vemos apareció de la nada. Lamentablemente, una de las leyes fundamentales de la física afirma que la materia no puede ser creada de la nada.

Langdon había leído acerca del punto muerto en el que se encontraba el debate. La idea de que Dios supuestamente creó «algo de la nada» era totalmente contraria a las leyes aceptadas de la física moderna y, por tanto, los científicos aseguraban que el Génesis era científicamente absurdo.

—Señor Langdon —dijo Vittoria volviéndose hacia él—. Supongo que está usted familiarizado con la teoría del big bang.

Él se encogió de hombros.

—Más o menos.

El big bang era el modelo científico aceptado para explicar la creación del universo. No lo entendía del todo pero, según la teoría, un único punto de energía increíblemente concentrada estalló en una explosión cataclísmica, inició así su expansión y formó el universo. O algo parecido.

Vittoria prosiguió:

—Cuando la Iglesia católica propuso la teoría del big bang en 1927, el...

—¿Cómo? —Langdon no pudo evitar interrumpirla—. ¿Dice usted que la teoría del big bang es una idea católica?

Ella parecía sorprendida por su pregunta.

—Por supuesto. La propuso un monje católico, Georges Lemaître, en 1927.

—Pero yo pensaba... —vaciló—. ¿No lo hizo el astrónomo de Harvard Edwin Hubble?

Kohler se encendió.

—Otra muestra más de la arrogancia estadounidense. Hubble publicó su artículo en 1929, dos años después de Lemaître.

Langdon frunció el ceño.

«Se llama Telescopio Hubble, señor. ¡Nunca he oído hablar de ningún Telescopio Lemaître.»

—El señor Kohler tiene razón —dijo Vittoria—, la idea pertenecía a Lemaître. Hubble sólo la confirmó reuniendo las pruebas que demostraban que el big bang era probable desde un punto de vista científico.

—Oh —dijo Langdon, preguntándose si los fanáticos de Hubble del Departamento de Astronomía de Harvard habían mencionado alguna vez a Lemaître en sus clases.

—Cuando Lemaître presentó la teoría del big bang —continuó Vittoria—, los científicos dijeron que era absolutamente ridícula. La materia, aseguraba la ciencia, no podía ser creada de la nada. Así pues, cuando Hubble conmocionó al mundo al demostrar que el big bang era

100

científicamente viable, la Iglesia reivindicó la victoria, pues consideró que se trataba de la demostración de que la Biblia era correcta desde el punto de vista científico. La verdad divina.

Langdon asintió, muy concentrado en lo que le decían.

—Por supuesto, a los científicos no les pareció bien que la Iglesia utilizara sus descubrimientos para promover la religión, de modo que matematizaron la teoría del big bang, eliminando todas las alusiones religiosas y haciéndola propia. Desafortunadamente para la ciencia, sus ecuaciones adolecen todavía hoy de una seria deficiencia que a la Iglesia le gusta señalar.

Kohler gruñó.

—La *singularidad* —pronunció la palabra como si se tratara de la cruz de su existencia.

—Sí, la singularidad —asintió Vittoria—. El momento exacto de la creación. La hora cero. —Miró a Langdon—. Todavía hoy, la ciencia no puede llegar a comprender el momento inicial de la creación. Nuestras ecuaciones explican con bastante precisión los «primeros momentos» del universo, pero al retroceder en el tiempo y acercarnos a la hora cero, de repente las matemáticas se desintegran y todo se vuelve un sinsentido.

—Correcto —dijo Kohler en un tono de voz nervioso—, y la Iglesia se aferra a esa deficiencia como prueba de la intervención divina. Ve al grano.

La expresión de Vittoria se tornó distante.

—Mi padre siempre creyó en la intervención de Dios en el big bang. A pesar de que la ciencia era incapaz de comprender el momento divino de la creación, él creía que algún día lo haría. —Señaló con tristeza un memorándum colgado en la zona de trabajo de Leonardo—. Solía mostrarme eso cuando yo tenía alguna duda.

Langdon leyó el mensaje:

CIENCIA Y RELIGIÓN NO SON OPUESTAS.
ES SÓLO QUE LA CIENCIA ES DEMASIADO
JOVEN PARA COMPRENDER

—Mi padre quería llevar la ciencia a un nuevo nivel —dijo Vittoria—. Un nivel en el que pudiera admitir el concepto de Dios. —Se pasó una mano por la larga melena—. Se propuso hacer algo que ningún científico había hecho antes, algo para lo que ni siquiera existía la tecnología necesaria. —Se detuvo un momento, como si no supiera muy bien cómo continuar—. Diseñó un experimento para demostrar que el Génesis era posible.

«¿Demostrar el Génesis? —se preguntó Langdon—. ¿Hágase la luz? ¿Materia de la nada?»

La fría mirada de Kohler recorrió el laboratorio.

—¿Cómo dices?

—Mi padre creó un universo... de la nada.

El director se volvió hacia ella de golpe.

—¡¿Qué?!

—Mejor dicho, recreó el big bang.

Kohler parecía a punto de ponerse en pie.

Langdon estaba perdido. «¿Crear un universo? ¿Recrear el big bang?»

—Lo hizo a una escala mucho menor, claro está —dijo Vittoria, hablando ahora con mayor premura—. El proceso fue extraordinariamente simple. Aceleró dos rayos ultrafinos de partículas en direcciones opuestas alrededor del tubo de aceleración. Los dos rayos colisionaron de frente a una velocidad tremenda, comprimiendo toda su energía en un único punto. Consiguió así una enorme densidad de energía. —La joven empezó entonces a recitar una larga ristra de unidades, y los ojos del director se abrieron todavía más.

Langdon intentaba no perder el hilo. «O sea, que Leonardo Vetra simuló el punto de energía a partir del cual el universo supuestamente se expandió.»

—El resultado fue verdaderamente asombroso —dijo Vittoria—. Cuando se publique, sacudirá los cimientos mismos de la física moderna. —Ahora hablaba con lentitud, como saboreando la importancia de la noticia que iba a dar—. Sin advertencia previa, dentro del tubo acelerador, en ese punto de energía altamente concentrada, empezaron a surgir de la nada partículas de materia.

Kohler no reaccionó. Permanecía con la mirada fija.

—Materia —repitió Vittoria—. De la nada. Un espectáculo increíble de fuegos artificiales subatómicos. Un universo en miniatura cobró vida, demostrando no sólo que la materia puede ser creada de la nada, sino que el big bang y el Génesis se pueden explicar si aceptamos la presencia de una enorme fuente de energía.

—¿Te refieres a Dios? —preguntó Kohler.

—Dios, Buda, la Fuerza, Yahvé, la singularidad, el punto de unicidad... llámelo como quiera. El resultado es el mismo. Ciencia y religión sostienen la misma verdad: la energía pura es la madre de la creación.

Cuando Kohler volvió a hablar, lo hizo con un sombrío tono de voz.

—No sé qué decir, Vittoria. ¿Hemos de creer que tu padre creó materia... de la nada?

—Sí. —Ella señaló los contenedores—. Y ahí está la prueba. Esos recipientes albergan muestras de la materia que creó.

Kohler tosió y se dirigió hacia los contenedores. Con la cautela de un animal, empezó a dar vueltas alrededor de algo de lo que instintivamente no se fiaba.

—Está claro que me he perdido algo —dijo—. ¿Esperas que alguien crea que en estos contenedores hay partículas de materia *creada* por tu padre? Podrían proceder de cualquier sitio.

—En realidad, no —repuso Vittoria con seguridad—. Esas partículas son únicas. Son de un tipo de materia que no existe en la Tierra, así que... sólo pueden haber sido creadas.

La expresión del director se ensombreció.

—¿Un cierto tipo de materia? Sólo hay un tipo de materia, Vittoria, y... —Se interrumpió de pronto.

Ella lo observaba con aire triunfal.

—Usted mismo le ha dedicado conferencias, director. El universo contiene *dos* tipos de materia; es un hecho científico. —Vittoria se volvió hacia Langdon—. ¿Qué dice la Biblia sobre la creación, señor Langdon? ¿Qué creó Dios?

El profesor se sintió incómodo, no entendía qué tenía que ver eso.

—Pues... Dios creó... la luz y la oscuridad, el cielo y el infierno...

—Exacto —dijo ella—. Creó opuestos. Simetría. Perfecto equilibrio. —Se volvió nuevamente hacia Kohler—. Director, la ciencia sostiene lo mismo que la religión, que el big bang creó todo cuanto nos rodea junto a su opuesto.

—Incluida la materia misma —susurró Kohler como si hablara para sí.

Vittoria asintió.

—Y, efectivamente, cuando mi padre llevó a cabo su experimento, surgieron *dos* tipos de materia.

Langdon se preguntaba qué quería decir eso. «¿Leonardo Vetra creó el opuesto de la materia?»

Kohler parecía enojado.

—La sustancia a la que te refieres sólo existe en otros lugares del universo. Sin duda no en la Tierra. ¡Y posiblemente ni siquiera en nuestra galaxia!

—Exacto —respondió ella—, lo que demuestra que las partículas que hay en estos contenedores han sido creadas artificialmente.

La expresión del director se endureció.

—Vittoria, ¿no pretenderás decir que en estos contenedores hay muestras auténticas?

—Así es. —La joven miró los contenedores con orgullo—. Director, está usted viendo las primeras muestras de *antimateria* del mundo.

Capítulo 20

«Segunda fase», pensó el hassassin mientras avanzaba por el oscuro túnel.

La antorcha que llevaba en la mano era innecesaria, era consciente de ello. La llevaba tan sólo por el efecto que producía. El efecto lo era todo. El miedo, lo sabía, era su aliado. «El miedo incapacita con mayor rapidez que ningún instrumento de guerra.»

En el pasadizo no había ningún espejo en el que poder admirar su disfraz, pero a juzgar por la sombra que proyectaba la sotana, parecía perfecto. Infiltrarse formaba parte del plan, de su perversidad. Ni en sus sueños más salvajes podría haber imaginado que interpretaría ese papel.

Hacía apenas dos semanas, la tarea que lo aguardaba al otro extremo del túnel le habría parecido imposible. Una misión suicida. Entrar desnudo en la guarida del león. Janus, sin embargo, había modificado su definición de imposible.

Janus había compartido muchos secretos con el hassassin en las últimas dos semanas, entre ellos, la existencia de ese mismo túnel. Antiguo, pero todavía transitable.

A medida que se iba acercando a su enemigo, el hassassin se preguntó si lo que lo esperaba dentro sería tan fácil como Janus había prometido. Le había asegurado que un infiltrado llevaría a cabo los preparativos necesarios. «Un infiltrado. Increíble.» Cuanto más pensaba en ello, más le parecía un juego de niños.

«*Wahad*..., *tintain*..., *thalatha*..., *arbaa* —dijo para sí en árabe cuando llegó al final del túnel—. Uno..., dos..., tres..., cuatro...»

Capítulo 21

—Supongo que habrá oído hablar de la antimateria, ¿verdad, señor Langdon? —Vittoria lo estaba examinando. Su oscura piel contrastaba con la blancura del laboratorio.

Él levantó la mirada. De repente se sintió algo estúpido.

—Sí. Bueno..., más o menos.

Una leve sonrisa se formó en los labios de la chica.

—¿Es usted seguidor de «Star Trek»?

Langdon se sonrojó.

—Bueno, a mis alumnos les gusta... —Frunció el ceño—. ¿No es la antimateria el combustible de la nave *Enterprise*?

Ella asintió.

—La buena ciencia ficción busca su inspiración en la buena ciencia.

—Entonces, ¿la antimateria existe realmente?

—Es un hecho de la naturaleza. Todo tiene un opuesto. Los protones tienen electrones. Los quarks arriba tienen quarks abajo. La simetría cósmica se da incluso a nivel subatómico. La antimateria es el yin de la materia yang, es lo que equilibra la ecuación física.

Langdon pensó en la creencia de Galileo en la dualidad.

—Desde 1918 —dijo Vittoria—, los científicos saben que en el big bang se crearon dos tipos de materia. Una es la que vemos aquí en la Tierra, la que forma las rocas, los árboles, la gente. La otra es su reverso; idéntica a la materia en todos los aspectos, salvo que la carga de sus partículas es inversa.

Kohler habló como si emergiera de la niebla. Ahora su tono de voz era vacilante.

—Pero los impedimentos tecnológicos para poder siquiera almacenar antimateria son enormes. ¿Qué hay de la neutralización?

—Mi padre construyó una bomba de vacío de polaridad inversa para absorber los positrones de antimateria creados por el acelerador antes de que se desintegraran.

El director frunció el ceño.

—Pero una bomba de vacío también absorbería la materia. No hay modo de separar las partículas.

—Aplicó un campo magnético. La materia se desvió a la derecha, y la antimateria, a la izquierda. Su polaridad es opuesta.

En ese instante, el escepticismo de Kohler pareció agrietarse. Miró a Vittoria claramente asombrado y luego, sin previo aviso, le sobrevino un ataque de tos.

—Es incre...íble... —dijo secándose la boca—, pero... —Su lógica todavía se mostraba renuente—. Aunque esa bomba de vacío funcionara, los contenedores están hechos de materia. Y la antimateria no puede entrar en contacto con la materia, pues reaccionaría instantáneamente al...

—La muestra no está en contacto con el contenedor —repuso Vittoria, quien ya parecía esperar esa cuestión—. Está suspendida. Los contenedores reciben el nombre de «trampas de antimateria» porque literalmente la atrapan en el centro del recipiente, manteniéndola en suspensión a una distancia segura de los costados y el fondo.

—¿En suspensión? Pero... ¿cómo?

—Mediante la intersección de dos campos magnéticos. Mire, eche un vistazo.

Vittoria cruzó el laboratorio y cogió un aparato eléctrico de gran tamaño. A Langdon el artilugio le recordó una especie de fusil desintegrador como los de los dibujos animados: un amplio cañón con un punto de mira en lo alto y una maraña de cables colgando debajo. La joven alineó el punto de mira con uno de los contenedores, miró por él y lo calibró con algunos botones. Luego se apartó para que Kohler pudiera mirar.

El hombre se quedó perplejo.

—¿Habéis recogido cantidades *visibles*?

—Cinco mil nanogramos —dijo ella—. Un plasma líquido que contiene millones de positrones.

—¿Millones? Pero si unas pocas partículas es todo lo que nadie había conseguido detectar...

—Xenón —dijo Vittoria sin vacilar—. Mi padre aceleró el rayo de partículas mediante un chorro de xenón, separando así los electrones. Insistió en mantener el procedimiento exacto en secreto, pero eso suponía inyectar simultáneamente electrones puros en el acelerador.

Perdido por completo, Langdon se preguntó si esa conversación todavía se estaba desarrollando en su mismo idioma.

Kohler se quedó un momento callado. Las arrugas de su frente se pronunciaron todavía más, hasta que finalmente dejó escapar un hondo suspiro y se desplomó como si hubiera recibido un disparo.

—Técnicamente, así se obtendría...

Vittoria asintió.

—Efectivamente. *Mucha* antimateria.

El director volvió a posar su mirada sobre el contenedor que tenía delante. Con incertidumbre, se incorporó en la silla y colocó su ojo en el visor para volver a mirar en su interior. Lo hizo durante largo rato sin decir nada. Cuando volvió a reclinarse, tenía la frente cubierta de sudor. Las arrugas de su rostro habían desaparecido. Su voz no era más que un susurro.

—Dios mío..., realmente lo habéis conseguido.

Vittoria asintió.

—Mi padre lo hizo.

—Yo... no sé qué decir.

Vittoria se volvió hacia Langdon.

—¿Quiere echar un vistazo? —dijo señalándole el aparato.

Sin saber qué esperar, él se acercó. A medio metro de distancia el contenedor parecía vacío, así que lo que hubiera en su interior debía de ser infinitesimal. Langdon aplicó el ojo al visor. Tardó un momento en enfocar la imagen.

Entonces lo vio.

El objeto no estaba en el fondo del recipiente, como esperaba, sino que flotaba en el centro, suspendido. Era una gota brillante, parecida al mercurio líquido, que daba vueltas en medio del contenedor como por arte de magia. Sobre la superficie de la gota podían distinguirse minúsculas ondulaciones metálicas. El fluido suspendido le recordó un vídeo que había visto una vez de una gota de agua en gravedad cero. Aunque sabía que la gota era microscópica, podía ver cada uno de los cambiantes surcos y ondulaciones mientras la bola de plasma giraba lentamente en suspensión.

—Está... flotando —dijo.

—Como debe ser —respondió Vittoria—. La antimateria es altamente inestable. En lo que respecta a la energía, la antimateria es la imagen refleja de la materia, así que las dos se anulan mutuamente si entran en contacto. Mantener la antimateria aislada de la materia es un desafío, claro está, puesto que todo lo que existe en la Tierra está hecho de materia. Las muestras han de almacenarse sin que toquen absolutamente nada, ni siquiera el aire.

Langdon estaba asombrado. «Eso sí es un envase al vacío.»

—Estas trampas de antimateria —intervino Kohler

mientras pasaba un pálido dedo por la base de una de ellas—, ¿las diseñó tu padre?

—En realidad, eso lo hice yo —repuso ella.

Kohler levantó la mirada hacia la joven.

Vittoria lo había dicho sin la menor presunción.

—Cuando mi padre obtuvo las primeras partículas de antimateria, no sabía cómo almacenarlas. Yo le sugerí esto. Caparazones herméticos para nanocompuestos con electroimanes de carga opuesta en cada extremo.

—Parece que has heredado el talento de tu padre.

—En realidad, no. Tomé la idea de la naturaleza. La carabela portuguesa atrapa peces entre sus tentáculos mediante descargas nematocísticas. Las trampas funcionan con el mismo principio. Cada contenedor tiene dos electroimanes, uno en cada extremo. Sus campos magnéticos opuestos se encuentran en el centro del mismo y mantienen la antimateria ahí, suspendida en el vacío.

Langdon volvió a mirar el recipiente. La antimateria flotaba en el vacío sin tocar nada. Kohler tenía razón: era increíble.

—¿Dónde está la fuente energética de los imanes? —preguntó el director.

—En las columnas que sostienen las trampas. Los contenedores están atornillados a un puerto que las recarga continuamente para que los imanes nunca se apaguen.

—¿Y si el campo falla?

—Es obvio: la antimateria deja de estar en suspensión, cae al fondo de la trampa, y asistimos a una aniquilación.

Langdon se volvió hacia ella de golpe.

—¿Aniquilación? —No le gustaba cómo había sonado eso.

Vittoria se mostró despreocupada.

—Sí. Cuando la antimateria y la materia entran en contacto, ambas se destruyen inmediatamente. Los físicos llaman a ese proceso «aniquilación».

Él asintió.

—Es la reacción más básica de la naturaleza. Cuando se combinan una partícula de materia y otra de antimateria, se liberan dos nuevas partículas llamadas fotones. Un fotón es un pequeño haz de luz.

Langdon había leído acerca de los fotones, partículas de luz, la forma más pura de energía. Decidió no preguntarle por el uso que hacía el capitán Kirk de los torpedos de fotones contra los klingon.

—Y si la antimateria cayera, ¿veríamos un pequeño haz de luz?

Ella se encogió de hombros.

—Depende de lo que entienda usted por «pequeño». Un momento, deje que se lo muestre. —Extendió la mano hacia un contenedor y empezó a desenroscarlo del podio cargador.

Sin advertencia previa, Kohler soltó un grito de terror y se abalanzó hacia delante para impedírselo.

—¡Vittoria! ¿Es que estás loca?

Capítulo 22

Por un momento, Kohler consiguió ponerse en pie sobre sus atrofiadas piernas. Tenía el rostro lívido.

—¡No puedes sacar esa trampa, Vittoria!

Langdon estaba desconcertado ante el repentino acceso de pánico del director.

—¡Quinientos nanogramos! —dijo Kohler—. Si rompes el campo magnético...

—No pasa nada, director —le aseguró ella—. Las trampas disponen de un mecanismo de seguridad, una batería de reserva por si se desconectan de su cargador. La muestra permanece en suspensión aunque desenrosque el contenedor.

Kohler no parecía convencido. Finalmente, algo vacilante, volvió a sentarse en la silla.

—Las baterías se activan automáticamente cuando la trampa se desconecta del cargador —prosiguió Vittoria—. Funcionan durante veinticuatro horas. Como la reserva de un depósito de gasolina. —Se volvió hacia Langdon, advirtiendo su incomodidad—. La antimateria posee unas características asombrosas, señor Langdon, que la hacen bastante peligrosa. La hipótesis es que una muestra de diez miligramos (el volumen de un grano de arena) contiene tanta energía como doscientas toneladas del combustible de un cohete convencional.

A Langdon volvía a darle vueltas la cabeza.

—Es la fuente energética del futuro. Mil veces más poderosa que la energía nuclear. Su eficiencia es del ciento por ciento. Sin residuos. Sin radiación. Sin polución. Unos pocos gramos podrían suministrar electricidad a toda una ciudad durante una semana.

«¿Gramos?», pensó Langdon con inquietud mientras se apartaba del podio.

—No se preocupe —dijo Vittoria—. Estas muestras son minúsculas fracciones de gramo, la millonésima parte. Relativamente inocuas. —Volvió a coger el contenedor y lo desenroscó de la plataforma.

Kohler hizo una mueca pero no se interpuso. En cuanto la trampa quedó libre se oyó un pitido agudo y un pequeño visor de leds se activó en la base. En él parpadeaban unos dígitos rojos. Se había iniciado la cuenta atrás de veinticuatro horas.

24.00.00...
23.59.59...
23.59.58...

Langdon se quedó mirando la cuenta atrás e, intranquilo, decidió que le recordaba demasiado al temporizador de una bomba.

—La batería dura veinticuatro horas —explicó Vittoria—. Se puede recargar colocando de nuevo la trampa en el podio. Se ideó como medida de seguridad, pero también para poder transportar los contenedores.

—¿Transportar los contenedores? —preguntó Kohler, estupefacto—. ¿Habéis sacado la antimateria del laboratorio?

—Claro que no —dijo ella—, pero la movilidad nos permite estudiarla.

La joven condujo a Langdon y a Kohler al fondo del laboratorio. Descorrió una cortina y dejó a la vista una ventana que daba a una habitación grande. Las paredes, los suelos y el techo estaban completamente recubiertos de acero. A Langdon le recordó la bodega de un petrolero en el que una vez viajó hasta Papúa-Nueva Guinea para estudiar los tatuajes corporales *hanta*.

—Es un tanque de aniquilación —explicó Vittoria.

Kohler se volvió hacia ella.

—¿Habéis observado aniquilaciones?

—Mi padre estaba fascinado con la física del big bang: grandes cantidades de energía liberadas por minúsculos núcleos de materia.

Abrió un cajón de acero que había debajo de la ventana. Colocó la trampa en su interior y lo cerró. Luego accionó una palanca que había junto al cajón. Un momento después la trampa apareció rodando al otro lado del cristal y describió un amplio arco por el suelo de metal hasta que se detuvo cerca del centro de la habitación.

Vittoria sonrió.

—Están ustedes a punto de presenciar su primera aniquilación antimateria-materia. Unas pocas millonésimas de gramo. Una muestra relativamente pequeña.

Langdon observó la solitaria trampa de antimateria en el suelo del enorme tanque. Kohler también se volvió hacia la ventana. No parecía tenerlas todas consigo.

—Normalmente —explicó ella—, tendríamos que esperar veinticuatro horas hasta que las baterías se agotaran, pero bajo el suelo de esta cámara hay unos imanes con los que se puede anular la trampa y hacer que la antimateria deje de estar en suspensión. Y cuando la antimateria y la materia entran en contacto...

—Se aniquilan —susurró Kohler.

—Una cosa más —dijo Vittoria—. La antimateria libera energía pura. El ciento por ciento de la masa se convierte en fotones. No miren directamente la muestra. Protéjanse los ojos.

Langdon se mostraba cauteloso, pero se dijo que ahora la joven se comportaba de un modo exageradamente melodramático. «¿Que no mire directamente el contenedor?»

116

El artilugio estaba a más de treinta metros de distancia, detrás de un grueso cristal de plexiglás polarizado. Además, la mota del contenedor era invisible, microscópica. «¿Que me proteja los ojos? —pensó—. ¿Cuánta energía puede esa mota...?»

Vittoria presionó el botón.

Al instante, Langdon quedó cegado. Un refulgente punto de luz brilló en el contenedor, irradiando en todas direcciones una onda expansiva que impactó contra la ventana con una fuerza atronadora. El profesor retrocedió tambaleante cuando la detonación sacudió la cámara. La luz brilló con gran intensidad por un momento y luego, al cabo de un instante, volvió a replegarse sobre sí misma hasta convertirse en una diminuta mota que se desintegró en la nada. Langdon parpadeó dolorido mientras poco a poco recuperaba la vista. Con los ojos entornados, miró el interior de la cámara. El contenedor había desaparecido. Se había evaporado. No quedaba ni rastro.

Se quedó anonadado.

—Dios santo...

Vittoria asintió con tristeza.

—Eso es precisamente lo que dijo mi padre.

Capítulo 23

Kohler se quedó mirando fijamente la cámara de aniquilación, estupefacto ante el espectáculo que acababa de presenciar. Robert Langdon estaba a su lado, todavía más desconcertado.

—Quiero ver a mi padre —exigió Vittoria—. Ya les he mostrado el laboratorio. Ahora quiero ver a mi padre.

Kohler se volvió lentamente, como si no la hubiese oído.

—¿Por qué esperasteis, Vittoria? Tú y tu padre deberíais haberme hablado de este descubrimiento inmediatamente.

Ella se lo quedó mirando. «¿Cuántas razones quieres que te dé?»

—Ya discutiremos luego sobre eso, director. Ahora quiero ver a mi padre.

—¿Eres consciente de lo que implica esta tecnología?

—Claro —repuso ella—. Ingresos para el CERN. Grandes cantidades. Ahora quiero...

—¿Por eso lo mantuvisteis en secreto? —preguntó Kohler, reprendiéndola—. ¿Temíais que el consejo de dirección y yo votáramos a favor de registrar la patente?

—Creo que debería registrarse —respondió Vittoria, viéndose arrastrada a la discusión—. La antimateria es una tecnología importante, pero también peligrosa. Mi padre y yo queríamos pulir los procedimientos y hacerla segura.

—En otras palabras, no confiabais en que el consejo de dirección antepusiera la prudencia científica a la avaricia financiera.

A Vittoria le sorprendió la indiferencia del tono de Kohler.

—También había otras cuestiones —dijo—. Mi padre quería tiempo para presentar la antimateria bajo la luz apropiada.

—¿Y eso qué quiere decir?

«¿A ti qué te parece?»

—¿Materia a partir de la energía? ¿Algo de la nada? Prácticamente demuestra que el Génesis es una posibilidad científica.

—Y no quería que las implicaciones religiosas de su descubrimiento quedaran eclipsadas por cuestiones mercantilistas, ¿no?

—Algo así.

—¿Y tú?

Irónicamente, las preocupaciones de Vittoria eran más bien de signo contrario. El mercantilismo era básico para el éxito de cualquier fuente de energía. A pesar de que la antimateria tenía un asombroso potencial como fuente de energía eficiente y ecológica, si se presentaba de manera prematura, corría el riesgo de ser vilipendiada por fiascos políticos y de relaciones públicas como los que habían hundido las energías nuclear y solar. El uso de la nuclear se había extendido antes de que fuera segura, y había habido accidentes. El de la solar se había extendido antes de que fuera eficaz, y mucha gente había perdido dinero. Ambas tecnologías habían adquirido una reputación pésima y habían ido a menos.

—Mis intereses —dijo Vittoria— eran un poco menos elevados que la unión de ciencia y religión.

—El medio ambiente —aventuró Kohler con seguridad.

—Energía ilimitada. Sin minas. Sin contaminación. Sin radiación. La tecnología de la antimateria podría salvar el planeta.

—O destruirlo —replicó sarcásticamente Kohler—. Depende de quién la use y para qué. —Vittoria sintió la gelidez que emanaba el lisiado cuerpo del director—. ¿Quién más está al tanto de esto? —preguntó él.

—Nadie —respondió la joven—. Ya se lo he dicho.

Entonces, ¿por qué crees que han asesinado a tu padre?

Los músculos de Vittoria se tensaron.

—No tengo ni idea. Aquí en el CERN tenía enemigos, ya lo sabe, pero no puede estar relacionado con la antimateria. Juramos que la mantendríamos en secreto durante algunos meses, hasta que estuviéramos preparados.

—¿Y estás segura de que tu padre mantuvo su voto de silencio?

Ella estaba empezando a enojarse.

—Mi padre ha mantenido votos más duros que ése.

—¿Y tú no se lo has contado a nadie?

—¡Por supuesto que no!

Kohler suspiró. Se quedó un momento callado, como si estuviera sopesando sus siguientes palabras con sumo cuidado.

—Supongamos que alguien lo descubrió, y supongamos que ese alguien logró acceder a este laboratorio. ¿Qué crees que buscaba? ¿Guardaba tu padre notas aquí abajo? ¿Documentación sobre sus experimentos?

—He sido paciente, director. Ahora necesito algunas respuestas. Insiste usted en lo del robo, pero ya ha visto el escáner de retina. El secretismo y la seguridad eran esenciales para mi padre.

—Hazme caso —replicó Kohler bruscamente, sobresaltándola—. ¿Hay algo que eches en falta?

—No tengo ni idea. —Enojada, Vittoria le echó un vistazo al laboratorio. No faltaba ninguna muestra. La zona de trabajo de su padre parecía estar en orden—. No ha entrado nadie —declaró—. Aquí arriba todo parece estar bien.

Kohler parecía sorprendido.

—¿Aquí *arriba*?

Vittoria lo había dicho instintivamente.

—Sí, en el laboratorio de aquí arriba.

—¿También utilizabais el laboratorio de abajo?

—Como almacén.

El director se acercó a ella. Volvió a toser.

—¿Habéis estado utilizando la cámara de materiales peligrosos como almacén? ¿Almacén para qué?

«¡Pues para material peligroso, claro está!» Vittoria estaba comenzando a perder la paciencia.

—Antimateria.

Kohler apoyó las manos en los reposabrazos de su silla y se incorporó de golpe.

—¡¿Hay más muestras?! ¡¿Por qué diablos no me lo has dicho?!

—Lo acabo de hacer —respondió ella—. ¡Y tampoco es que me haya dado usted la oportunidad!

—Hemos de ir a comprobar esas muestras —resolvió Kohler—. Ahora.

—Muestra —lo corrigió Vittoria—. En singular. Y está bien. Nadie podría nunca...

—¿Sólo una? —Kohler vaciló—. ¿Y por qué no está aquí?

—Mi padre quería que estuviera bajo los cimientos por precaución. Es más grande que las demás.

Vittoria advirtió la mirada de alarma que intercambiaron Kohler y Langdon. El director volvió a acercarse a ella.

—¿Creasteis una muestra de más de quinientos nanogramos?

121

—Era necesario —se defendió la chica—. Teníamos que demostrar que el umbral de inversión/producción podía cruzarse sin mayores consecuencias.

Era consciente de que el problema de las nuevas fuentes de energía era la relación entre la inversión y la producción: cuánto dinero había que invertir para obtener el combustible. Construir una plataforma petrolífera para producir un único barril de petróleo no era rentable. Sin embargo, si con una inversión ligeramente mayor esa misma plataforma podía producir millones de barriles, el negocio era posible. Con la antimateria sucedía lo mismo. Poner en marcha veinticinco kilómetros de electroimanes para obtener una diminuta muestra de antimateria suponía un gasto de energía mayor del que contenía la antimateria resultante. Para demostrar que la antimateria era viable y eficaz, había que crear muestras más grandes.

Aunque Leonardo Vetra se había mostrado renuente ante la idea de crear una muestra más grande, Vittoria insistió. Argumentó que, si querían que la antimateria fuera tomada en serio, tenían que demostrar dos cosas. En primer lugar, que se podían producir cantidades que fueran rentables. Y en segundo, que las muestras se podían almacenar con total seguridad. Al final ganó ella, y su padre accedió a regañadientes. Aunque, eso sí, con unas firmes pautas en lo que respectaba a su secretismo y accesibilidad. La antimateria, insistió él, se guardaría en el almacén de materiales peligrosos, un pequeño nicho de granito, veinticinco metros por debajo de donde se encontraban ahora. La muestra sería su secreto. Y sólo ellos dos tendrían acceso a ella.

—¿Vittoria? —insistió Kohler en un tenso tono de voz—. ¿Cuál es el tamaño de la muestra que creasteis tu padre y tú?

Ella sintió un irónico placer. Sabía que la cantidad dejaría atónito incluso al gran Maximilian Kohler. Visualizó la muestra de antimateria que guardaba allí abajo. Era una visión increíble. Suspendida dentro de la trampa, perfectamente visible a simple vista, danzaba una pequeña esfera de antimateria. No se trataba de una mota microscópica. Era una gota del tamaño de un balín.

Vittoria respiró profundamente.

—Un cuarto de gramo.

Kohler se quedó lívido.

—¡Qué! —Sufrió un nuevo acceso de tos—. ¿Un cuarto de gramo? Eso equivale a... ¡casi cinco kilotones!

«Kilotones.» Vittoria odiaba esa palabra. Su padre y ella nunca la utilizaban. Un kilotón equivalía a mil toneladas de TNT. El kilotón era una unidad de medida armamentística. Hacía referencia a cargas explosivas. A poder destructivo. Leonardo y ella preferían hablar en electronvoltios y julios: rendimiento energético constructivo.

—¡Esa cantidad de antimateria podría liquidar literalmente todo lo que hay en un radio de un kilómetro! —exclamó Kohler.

—¡Sólo si se aniquilara de golpe —respondió Vittoria—, cosa que nadie haría nunca!

—¡Salvo alguien que carezca de los conocimientos necesarios! ¡O también podría fallar la batería! —Kohler ya se dirigía al ascensor.

—Ésa es la razón por la que mi padre guardó la muestra en el almacén de materiales peligrosos con una batería a prueba de fallos y un sistema de seguridad adicional.

El director se volvió hacia ella, esperanzado.

—¿Instalasteis un sistema de seguridad adicional en el almacén de materiales peligrosos?

—Sí. Un segundo escáner de retina.

Kohler sólo dijo dos palabras:

—Abajo. Ahora.

El ascensor descendió a toda velocidad.

Otros veinticinco metros más bajo tierra.

Vittoria podía notar el miedo que sentían ambos hombres mientras el ascensor descendía. El rostro de Kohler, que por lo general no traslucía emoción alguna, reflejaba crispación. «Ya lo sé —pensó ella—, la muestra es enorme, pero las precauciones que hemos tomado son...»

Llegaron abajo.

La puerta del ascensor se abrió, y Vittoria los guió por un pasillo tenuemente iluminado. Al final del mismo había una enorme puerta de acero: MATERIALES PELIGROSOS. El escáner de retina que había junto al marco era idéntico al de arriba. Ella se acercó y, con cuidado, aproximó el ojo a la lente.

Se retiró. Algo iba mal. La lente, siempre limpia, estaba salpicada con algo que parecía... ¿sangre? Confundida, Vittoria se volvió hacia Kohler y Langdon. Ambos estaban lívidos, con la vista puesta en el suelo.

Ella siguió su mirada.

—¡No! —exclamó Langdon extendiendo los brazos hacia la chica. Pero era demasiado tarde.

Vittoria distinguió el objeto que había en el suelo. Le resultaba tan desconocido como íntimamente familiar.

Le llevó un instante.

Entonces cayó en la cuenta con horror. Mirándola fijamente desde el suelo como si de un desecho se tratara, había un ojo. Habría reconocido su color castaño en cualquier parte.

Capítulo 24

El técnico de seguridad contuvo la respiración mientras su superior se inclinaba por encima de su hombro para estudiar el panel de monitores de seguridad que tenían ante sí. Pasó un minuto.

El silencio del comandante era de esperar, se dijo el técnico. Se trataba de un hombre que seguía un rígido protocolo. No había sido nombrado comandante de una de las mejores fuerzas de seguridad del mundo por hablar antes de pensar.

«Pero ¿en qué estará pensando?»

El objeto que estaban examinando en el monitor era una especie de contenedor. Un contenedor transparente. Eso estaba claro. El resto ya era más difícil.

Dentro del recipiente, una pequeña gota de metal líquido parecía flotar como por arte de magia. La gota aparecía y desaparecía a la luz del robótico parpadeo rojo de un visor de leds digital que se hallaba en plena cuenta atrás, lo que erizaba el vello del técnico.

—¿Puede aclarar el contraste? —preguntó de pronto el comandante, sobresaltándolo.

El técnico hizo lo que le habían pedido y aclaró un poco la imagen. El comandante se inclinó hacia adelante y aguzó la mirada para observar algo que ahora era visible en la base del contenedor.

El técnico siguió la mirada de su superior. Si bien con dificultad, junto a la pantalla de leds se distinguía un acró-

125

nimo. Cuatro letras mayúsculas que relucían a cada destello de luz.

—Quédese aquí —ordenó el comandante—. Y no diga
nada. Yo me ocuparé de esto.

Capítulo 25

Materiales peligrosos. Cincuenta metros bajo tierra.

Vittoria Vetra se tambaleó y a punto estuvo de caer sobre el escáner de retina. Langdon se apresuró a ayudarla y la sostuvo. En el suelo, a sus pies, el globo ocular de su padre le devolvía la mirada. Sintió que le faltaba el aire. «¡Le han arrancado el ojo!» Todo empezó a darle vueltas. Kohler estaba detrás de ella, sin dejar de hablar. Langdon guió los movimientos de Vittoria. Como en un sueño, la ayudó a aplicar el ojo contra el escáner de retina. El mecanismo emitió un pitido.

La puerta se abrió.

A pesar incluso del terror que el ojo de su padre había infundido en su alma, Vittoria supo que dentro la esperaba un nuevo horror. Cuando su borrosa mirada se posó en la habitación confirmó el siguiente episodio de la pesadilla. Ante ella, la solitaria columna de recarga se hallaba vacía.

El contenedor ya no estaba. Le habían arrancado el ojo a su padre para robarlo. Las implicaciones acudieron a su cabeza con demasiada rapidez para poder asimilarlas. Todo había salido al revés. La muestra que debía probar que la antimateria era una fuente de energía segura y viable había sido robada. «¡Pero si nadie sabía que esa muestra existía!» La realidad, sin embargo, era innegable. Alguien lo había descubierto. Vittoria era incapaz de imaginar quién. Ni siquiera Kohler, de quien se decía que sabía todo lo que sucedía en el CERN, tenía idea alguna acerca del proyecto.

Su padre estaba muerto. Asesinado por su genio.

Mientras el dolor mortificaba su corazón, un nuevo sentimiento invadió la conciencia de la joven. Y éste era mucho peor. Abrumador. Desgarrador. Era la culpa. Una culpa incontrolable, implacable. Sabía que había sido ella quien había convencido a su padre para que crearan la muestra. Él había accedido a regañadientes. Y lo habían asesinado por ello.

«Un cuarto de gramo...»

Como cualquier tecnología —el fuego, la pólvora, el motor de combustión—, en las manos equivocadas, la antimateria podía ser mortífera. Mucho. La antimateria era una arma letal. Potente e imparable. Una vez extraído de la plataforma de recarga del CERN, el contenedor iniciaría su inexorable cuenta atrás. Era un tren fuera de control.

Y cuando el tiempo se agotara...

Una luz cegadora. El estruendo de un trueno. Incineración espontánea. Sólo el destello... y un cráter vacío. Un enorme cráter vacío.

La idea de que alguien utilizara el genio de su padre como herramienta de destrucción era como un veneno en su sangre. La antimateria era el arma terrorista definitiva. No tenía partes metálicas que activaran detectores, rastro químico que los perros pudieran olfatear ni detonador que desactivar si las autoridades localizaban el contenedor. La cuenta atrás había empezado...

Langdon no sabía qué hacer. Cogió su pañuelo y cubrió con él el globo ocular de Leonardo Vetra. Vittoria estaba de pie en la entrada del vacío almacén de materiales peligrosos, con la expresión deformada por el dolor y el pánico. Instintivamente, el profesor se acercó de nuevo a ella, pero Kohler intervino.

—¿Señor Langdon? —El rostro del director no mostraba expresión alguna. Llevó a Langdon a donde ella no pudiera oírlos. Él lo siguió a regañadientes, dejando a Vittoria sola—. Usted es el especialista —susurró Kohler—. Quiero saber qué pretenden hacer con la antimateria esos bastardos de los illuminati.

El profesor intentó aclarar sus pensamientos. A pesar de la locura que lo rodeaba, su primera reacción fue lógica: rechazo académico. Kohler seguía haciendo suposiciones. Suposiciones imposibles.

—Sigo pensando que los illuminati desaparecieron, señor Kohler. El culpable de este crimen podría ser cualquiera. Quizá incluso otro empleado del CERN que descubrió el proyecto del señor Vetra y pensó que era demasiado peligroso.

El otro se quedó estupefacto.

—¿Cree usted que se trata de un crimen de conciencia, señor Langdon? Eso es absurdo. Quienquiera que haya asesinado a Leonardo quería una cosa... La muestra de antimateria. Y sin duda planea hacer algo con ella.

—¿Se refiere usted a un terrorista?

—Efectivamente.

—Pero los illuminati no eran terroristas.

—Eso dígaselo a Leonardo Vetra.

Langdon pensó que no le faltaba razón. Efectivamente, a Leonardo Vetra le habían grabado el símbolo de los illuminati en el cuerpo. ¿De dónde lo habrían sacado? El emblema secreto parecía un engaño demasiado complejo para desviar las sospechas hacia otra parte. Debía de haber otra explicación.

De nuevo se obligó a considerar lo improbable. «Si los illuminati todavía estuvieran en activo y efectivamente hubieran robado la antimateria, ¿cuáles serían sus intenciones? ¿Cuál sería su objetivo?» Una respuesta acudió de inmediato a su mente, pero Langdon la rechazó con la misma rapidez. Cierto, la hermandad tenía un enemigo claro, pero un ataque a gran escala contra ese enemigo resultaba inconcebible. Estaba completamente fuera de lugar. Sí, los illuminati habían asesinado a gente, pero se trataba de *individuos* cuidadosamente elegidos. La destrucción en masa, en cambio, parecía algo exagerado. Aunque, claro, también era cierto que habría una majestuosa elocuencia en el uso de la antimateria, el máximo logro científico, para exterminar...

Se negó a aceptar ese pensamiento ridículo.

—Hay otra explicación lógica aparte del terrorismo, —declaró de pronto.

Kohler se lo quedó mirando, a la espera.

Langdon intentó ordenar sus pensamientos. Los illuminati siempre habían poseído un tremendo poder financiero. Controlaban bancos. Atesoraban lingotes de oro. Se rumoreaba incluso que tenían en su poder la joya más valiosa del mundo: el diamante de los illuminati, un diamante perfecto de enormes proporciones.

—El dinero —dijo Langdon—. Puede que hayan robado la antimateria para obtener un beneficio económico.

El director lo miró con incredulidad.

—¿Beneficio económico? ¿Dónde puede uno vender una gota de antimateria?

—La muestra no —rebatió Langdon—. Me refiero a la tecnología. La tecnología de la antimateria debe de valer una fortuna. Quizá alguien robó la muestra para analizarla y aplicarle ingeniería inversa.

—¿Espionaje industrial? ¡Pero si las baterías de ese contenedor sólo tienen veinticuatro horas de vida! Los investigadores perecerían antes de llegar a descubrir nada.

—Podrían recargarlo antes de que explote. Podrían

construir un podio de recarga compatible con los que hay aquí en el CERN.

—¿En veinticuatro horas? —lo cuestionó Kohler—. ¡Aunque hubieran robado el diagrama, se tardaría meses en construir un cargador como ése, no horas!

—Tiene razón —dijo Vittoria con voz frágil.

Los dos hombres se volvieron. La joven se acercó a ellos con paso tan vacilante como sus palabras.

—Tiene razón. Mediante ingeniería inversa nadie podría fabricar un cargador a tiempo. Sólo la interfaz les llevaría semanas. Filtros de flujo, servomecanismos, aleaciones de condicionamiento de energía, todo calibrado para el grado específico de energía del lugar en el que se encuentre.

Langdon frunció el ceño. Lo había entendido. Una trampa de antimateria no era algo que uno pudiera simplemente enchufar a la pared. Una vez fuera del CERN, el contenedor era un viaje de veinticuatro horas, únicamente de ida, directo a la destrucción.

Lo que arrojaba una única y preocupante conclusión.

—Tenemos que llamar a la Interpol —dijo Vittoria. Su voz le parecía distante incluso a ella misma—. Tenemos que llamar a las autoridades competentes. Inmediatamente.

Kohler negó con la cabeza.

—Ni hablar.

Las palabras desconcertaron a la chica.

—¿No? ¿Cómo que no?

—Tu padre y tú me habéis colocado en una posición muy difícil.

—Director, necesitamos ayuda. Tenemos que encontrar esa trampa y traerla de vuelta antes de que pueda hacer daño a alguien. ¡Es nuestra responsabilidad!

—Nuestra responsabilidad ahora es pensar —dijo Kohler, endureciendo el tono—. Esta situación podría tener unas repercusiones muy serias para el CERN.

—¿Le preocupa la reputación del CERN? ¿Sabe lo que ese contenedor podría provocar en una área urbana? ¡El radio de su explosión es de un kilómetro! ¡Nueve manzanas!

—Quizá tu padre y tú deberíais haber tenido eso en cuenta antes de crear la muestra.

Vittoria acusó el golpe.

—Pero... tomamos precauciones.

—Parece que no fueron suficientes.

—Nadie conocía la existencia de la antimateria.

Obviamente, Vittoria era consciente de lo absurdo de esa afirmación. Estaba claro que alguien sí conocía su existencia. Alguien lo había descubierto.

Ella no se lo había contado a nadie, así que sólo había dos explicaciones posibles. O bien Leonardo se lo había confiado a alguien sin decírselo a ella (lo cual no tenía sentido porque había sido precisamente él quien había propuesto jurar que guardarían el secreto), o alguien había estado espiándolos. ¿Habían pinchado sus teléfonos móviles, quizá? Vittoria y su padre habían hablado algunas veces mientras ella estaba de viaje. ¿Habían comentado algo sobre la antimateria? Era posible. También estaban los e-mails. Pero habían sido discretos, ¿no? ¿El sistema de seguridad del CERN? ¿Los habían espiado sin que se dieran cuenta? Sabía que todo eso ya daba igual. Lo hecho, hecho estaba. «Mi padre está muerto.»

Ese pensamiento la puso en marcha. Sacó su teléfono móvil del bolsillo de sus pantalones cortos.

Kohler se aproximó a ella de prisa, tosiendo violentamente y con rabia en los ojos.

—¿A quién... estás llamando?

—A la centralita del CERN. Ellos pueden ponernos con la Interpol.

—¡Piensa! —exclamó Kohler, deteniéndose delante de ella—. ¿De verdad eres tan ingenua? El contenedor podría estar en cualquier lugar. Ninguna agencia de inteligencia del mundo podría movilizarse a tiempo.

—Entonces, ¿sugiere que no hagamos nada? —Vittoria sentía remordimientos por enfrentarse a un hombre de salud tan delicada, pero lo cierto era que en esos momentos le costaba reconocer al director.

—Actuemos con inteligencia —dijo Kohler—. No arriesguemos la reputación del CERN involucrando a autoridades que no pueden hacer nada. Todavía no. No sin antes pensar.

La joven sabía que el argumento tenía cierta lógica, pero también que la lógica, por definición, estaba privada de responsabilidad moral. La vida de su padre, en cambio, se regía por la responsabilidad moral: ciencia prudente, sensatez, fe en la bondad inherente al ser humano. Vittoria también creía en esas cosas, pero lo hacía en términos de karma. Se apartó de Kohler y abrió su teléfono.

—No puedes hacer eso —dijo él.

—Trate de detenerme.

Él no se movió.

Un instante después, Vittoria se dio cuenta de por qué. A cincuenta metros bajo tierra, su teléfono móvil no tenía cobertura.

Furiosa, se dirigió al ascensor.

Capítulo 26

El hassassin había llegado al final del túnel de piedra. La antorcha todavía ardía, y el humo se mezclaba con el olor a humedad y el aire viciado. Lo rodeaba el silencio. La puerta de hierro que tenía ante sí parecía tan antigua como el mismo túnel, herrumbrosa pero aún resistente. Aguardó en la oscuridad, confiado.

Ya casi era la hora.

Janus le había prometido que alguien le abriría la puerta desde dentro. El hassassin estaba maravillado ante semejante acto de traición. Habría esperado toda la noche frente a la puerta para llevar a cabo su tarea, pero sabía que no sería necesario. Los hombres para los que trabajaba eran eficaces.

Unos minutos después, exactamente a la hora acordada, se oyó el repiqueteo metálico de unas gruesas llaves al otro lado de la puerta. Luego, el roce del metal a medida que las múltiples cerraduras se iban abriendo. Los pestillos chirriaban como si no hubieran sido utilizados desde hacía siglos. Finalmente, los tres quedaron abiertos.

Entonces se hizo el silencio.

Tal y como le habían indicado que hiciera, el hassassin esperó pacientemente cinco minutos. Le bullía la sangre. Luego empujó y la gran puerta se abrió.

Capítulo 27

—¡No voy a permitirlo, Vittoria! —A Kohler le costaba respirar, e iba a peor a medida que el ascensor de materiales peligrosos subía.

Ella le cerró el paso. Necesitaba encontrar un refugio, algo familiar en ese lugar que ya no sentía como suyo. Pero sabía que eso no era posible. Debía tragarse el dolor y actuar. «He de conseguir un teléfono.»

Robert Langdon estaba a su lado, en silencio. La chica había renunciado a averiguar quién era ese hombre. «¿Un especialista?» ¿Podría haber sido Kohler menos específico? «El señor Langdon puede ayudarnos a encontrar al asesino de tu padre.» Pero hasta ahora el estadounidense no había sido de ninguna ayuda. Su cordialidad y amabilidad parecían sinceras, pero estaba claro que ocultaba algo. Ambos lo hacían.

Kohler volvió a encararse con ella.

—Como director del CERN tengo una responsabilidad para con el futuro de la ciencia. Si conviertes esto en un incidente internacional y el CERN sufre...

—¿El futuro de la ciencia? —Vittoria se volvió hacia él—. ¿De verdad espera eludir la responsabilidad del CERN negándose a admitir que la antimateria proviene de aquí? ¿Acaso piensa ignorar las vidas que hemos puesto en peligro?

—Nosotros, no —rebatió Kohler—. Tú. Tu padre y tú.

Ella apartó la mirada.

—En cuanto a lo de poner vidas en peligro —continuó el director—, es precisamente de la vida de lo que te estoy hablando. Eres consciente de que la tecnología de la antimateria tiene enormes implicaciones para la vida en este planeta. Si el CERN va a la bancarrota, destruido por el escándalo, todo el mundo pierde. El futuro de la humanidad está en lugares como éste, en científicos como tu padre y tú que trabajan para resolver los problemas del mañana.

Vittoria ya había oído antes el discurso de Kohler sobre la importancia de la ciencia, y nunca se lo había tragado. La misma ciencia había causado la mitad de los problemas que intentaba resolver. El «progreso» era el gran mal de la Madre Tierra.

—El avance científico comporta riesgos —argumentó Kohler—. Siempre ha sido así. Los programas espaciales, la investigación genética, la medicina... En todos los ámbitos se cometen errores. Pero la ciencia tiene que sobrevivir a sus propias meteduras de pata. Por el bien de todos.

A Vittoria no dejaba de sorprenderle la habilidad del director para sopesar cuestiones morales con objetividad científica. Su intelecto parecía haberse originado tras un gélido divorcio de su espíritu.

—¿De veras cree que el papel del CERN es tan fundamental para el futuro de la humanidad que deberíamos ser inmunes a toda responsabilidad moral?

—No me hables de cuestiones morales. Tú cruzaste la línea cuando creaste esa muestra, poniendo en peligro estas instalaciones. Estoy intentando proteger no sólo el empleo de los tres mil científicos que trabajan aquí, sino también la reputación de Leonardo. Piensa en él. Un hombre como tu padre no merece ser recordado como el creador de una arma de destrucción masiva.

Ella sintió que el dardo de Kohler tocaba nervio. «Yo convencí a mi padre para que creara la muestra. ¡La culpa es mía!»

136

Cuando la puerta se abrió, Kohler todavía seguía hablando. Vittoria salió del ascensor, sacó su teléfono y volvió a intentarlo.

Seguía sin tener cobertura. «¡Maldita sea!» Se dirigió hacia la puerta.

—Detente, Vittoria —dijo el director con voz asmática, acelerando hacia ella—. Espera un momento. Tenemos que hablar.

—*Basta di parlare!*

—Piensa en tu padre —la instó Kohler—. ¿Qué habría hecho él?

Ella siguió adelante.

—No he sido del todo honesto contigo, Vittoria.

La joven aflojó el paso.

—No sé en qué estaba pensando —dijo Kohler—. Sólo intentaba protegerte. Dime qué es lo que quieres. Debemos trabajar juntos.

Vittoria se detuvo en medio del laboratorio pero no se volvió.

—Quiero encontrar la antimateria. Y quiero saber quién ha asesinado a mi padre —dijo, y permaneció inmóvil.

Kohler suspiró.

—Vittoria, ya sabemos quién ha asesinado a tu padre. Lo siento mucho.

Ahora sí se volvió.

—¿Cómo dice?

—No sabía cómo decírtelo. Es difícil...

—¿Sabe *quién* ha asesinado a mi padre?

—Lo tenemos bastante claro, sí. El asesino ha dejado algo así como una tarjeta de visita. Por eso he llamado al señor Langdon. El grupo que reclama la autoría es su especialidad.

—¿El grupo? ¿Se trata de un grupo terrorista?

—Vittoria, han robado un cuarto de gramo de antimateria.

Ella miró a Robert Langdon, de pie al otro lado del laboratorio. Todas las piezas empezaban a encajar. «Eso explica en parte el secretismo.» Le sorprendía no haberse dado cuenta antes. Así pues, Kohler sí había llamado a las autoridades. A *la* autoridad. Ahora parecía obvio. Langdon era estadounidense, pulcro, conservador, claramente muy sagaz. ¿Quién iba a ser, si no? Vittoria debería haberlo adivinado desde el principio. Con renovadas esperanzas, se volvió hacia él.

—Señor Langdon, quiero saber quién ha matado a mi padre. Y quiero saber también si su agencia puede encontrar la antimateria.

Él parecía confuso.

—¿Mi agencia?

—Imagino que pertenece usted al servicio de inteligencia de Estados Unidos, ¿no es así?

—Pues... en realidad, no.

—El señor Langdon es profesor de simbología religiosa en la Universidad de Harvard —terció Kohler.

Vittoria se sintió como si le hubieran echado un jarro de agua fría.

—¿Un profesor de arte?

—Es especialista en simbología —suspiró el director—. Vittoria, creemos que tu padre ha sido asesinado por una secta satánica.

La joven oyó las palabras pero su mente fue incapaz de procesarlas. «Una secta satánica.»

—El grupo que reclama la autoría se llaman a sí mismos illuminati.

Ella miró a Kohler y luego a Langdon, preguntándose si se trataba de una especie de broma perversa.

—¿Illuminati? —inquirió—. ¿Como los illuminati de Baviera?

Kohler se quedó atónito.

—¿Has oído hablar de ellos?

Vittoria sintió que diversas lágrimas de frustración empezaban a recorrer sus mejillas.

—*Los illuminati de Baviera: el Nuevo Orden Mundial.* El juego de ordenador de Steve Jackson. La mitad de los técnicos del lugar juegan a él por Internet. —Su voz se quebró—. Pero no entiendo...

Confuso, Kohler se volvió hacia Langdon.

El profesor asintió.

—Es un juego muy popular. La antigua hermandad se hace con el poder del mundo entero. En parte histórico. No sabía que en Europa también lo conocieran.

Vittoria no entendía nada.

—¿De qué narices están hablando? ¿Los illuminati? ¡Es un juego de ordenador!

—Vittoria —dijo Kohler—, los illuminati son quienes han reclamado la autoría del asesinato de tu padre.

Ella hizo acopio de toda la fortaleza de que fue capaz para no derramar más lágrimas. Se obligó a concentrarse y evaluar la situación de un modo racional, pero cuanto más se esforzaba, menos la comprendía. Su padre había sido asesinado. En el sistema de seguridad del CERN se había abierto una importante brecha. En algún lugar había una bomba en plena cuenta atrás de cuya existencia ella era responsable. Y el director había llamado a un profesor de arte para que los ayudara a encontrar una mítica fraternidad satánica.

De repente se sintió completamente sola. Se volvió para marcharse, pero Kohler se lo impidió. Extrajo un fax arrugado de su bolsillo y se lo entregó.

Vittoria se tambaleó horrorizada al ver la imagen.

—Lo han marcado —dijo Kohler—. Han marcado su maldito pecho.

Capítulo 28

La secretaria Sylvie Baudeloque estaba de los nervios, no dejaba de dar vueltas por el despacho vacío del director. «¿Dónde diablos está? ¿Qué puedo hacer?»

Había sido un día extraño. Cierto era que a las órdenes de Maximilian Kohler cualquier día podía serlo, pero hoy Kohler parecía comportarse de un modo especialmente raro.

—¡Encuéntreme a Leonardo Vetra! —le había pedido él nada más llegar Sylvie por la mañana.

Obedientemente, la secretaria había intentado contactar con Vetra a través del buscapersonas, el teléfono y el correo electrónico.

Nada.

Enfurruñado, Kohler había decidido entonces ir personalmente en su busca. Al regresar, unas pocas horas después, su aspecto era lamentable. Nunca solía ser bueno, pero ahora era todavía peor. Se había encerrado en su despacho y ella lo había oído usar el ordenador, el fax y hablar por teléfono. Luego había vuelto a salir. Y desde entonces no lo había visto más.

Al principio Sylvie había decidido ignorar los arrebatos de lo que parecía otro drama kohleriano más, pero había empezado a preocuparse cuando el director del CERN no había regresado a tiempo para sus inyecciones diarias; la condición física del hombre requería tratamiento regular, y cuando decidía tentar la suerte, el resultado era terrible: *shock* respiratorio, ataques de tos y carreras del personal de enfermería. A veces, Sylvie pensaba que Maximilian Kohler tenía tendencias suicidas.

Había considerado enviarle un mensaje recordándoselo, pero sabía que la caridad era algo que el orgullo de su jefe despreciaba. La semana anterior se había puesto tan furioso con un científico visitante que le había mostrado excesiva compasión que se puso en pie y le arrojó una tablilla sujetapapeles a la cabeza. El rey Kohler podía ser sorprendentemente ágil cuando estaba enojado.

En ese momento, sin embargo, la preocupación de Sylvie por la salud del director había quedado en segundo plano, y se había visto reemplazada por un dilema mucho más apremiante. La operadora de la centralita del CERN había llamado hacía cinco minutos diciendo que había una llamada urgente para Kohler.

—No puede ponerse —había respondido Sylvie.

Y entonces la operadora le había informado de quién llamaba.

La secretaria había soltado una carcajada.

—Estás de broma, ¿verdad? —Escuchó la respuesta con incredulidad—. ¿Y el identificador de llamadas confirma...? —Sylvie frunció el ceño—. Ya veo. Está bien. ¿Puedes preguntar qué...? —Suspiró—. No, está bien. Dile que espere. Localizaré al director inmediatamente. Sí, entiendo. Me daré prisa.

Pero Sylvie no había podido encontrar al director. Lo había llamado al teléfono móvil tres veces y siempre había oído el mismo mensaje: «El móvil al que llama está fuera de cobertura.» «¿Fuera de cobertura? ¿Adónde puede haber ido?» De modo que le había enviado un mensaje al buscapersonas. Dos veces. Sin respuesta. Eso no era propio de él. Le había enviado incluso un correo electrónico a su ordenador móvil. Nada. Era como si hubiera desaparecido de la faz de la Tierra.

«¿Qué puedo hacer?», se preguntaba ahora.

Aparte de buscarlo personalmente por las instalaciones del CERN, Sylvie sabía que sólo había otro modo de llamar la atención del director. No le haría mucha gracia, pero el hombre que estaba al teléfono no era alguien a quien Kohler debiera hacer esperar. Ni tampoco parecía estar de humor para que le dijeran que el director no podía ponerse.

Sorprendida por su atrevimiento, tomó una decisión. Entró en el despacho de Kohler y se dirigió a la caja metálica que había en la pared, detrás de su escritorio. Abrió la tapa y examinó los controles hasta que encontró el botón correcto.

Entonces respiró profundamente y cogió el micrófono.

Capítulo 29

Vittoria no recordaba cómo habían llegado al ascensor principal, pero el caso era que allí estaban. Subiendo. Podía oír la dificultosa respiración de Kohler a su espalda. Y la mirada de preocupación de Langdon la atravesaba como si fuera un fantasma. Él le había cogido el fax de las manos y se lo había metido en el bolsillo de la americana, pero ella todavía tenía la imagen grabada en la memoria.

Mientras el ascensor subía, el mundo de la joven quedó envuelto en la oscuridad. «¡Papá!» Lo buscó en su mente. Por un momento, en el oasis de la memoria, Vittoria volvió a estar con él. Tenía nueve años y rodaba bajo el cielo suizo por las colinas repletas de edelweiss.

—¡Papá! ¡Papá!

Leonardo Vetra se reía a su lado, radiante.

—¿Qué sucede, ángel mío?

—¡Papá! —dijo ella entre risas acurrucándose junto a él—. ¡Pregúntame qué es la materia!

—Pero ¿por qué quieres que te lo pregunte?

—Tú pregúntamelo.

Él se encogió de hombros.

—¿Qué es la materia?

Ella empezó a reír.

—¿Qué es la materia? ¡Todo es materia! ¡Las rocas! ¡Los árboles! ¡Los átomos! ¡Incluso las hormigas! ¡Todo es materia!

Él se rió.

—Mi pequeña Einstein.

Vittoria frunció el ceño.

—Lleva un peinado ridículo. He visto su fotografía.

—Pero es muy inteligente. Ya te he contado lo que demostró, ¿verdad?

Ella abrió mucho los ojos.

—¡Papá! ¡No! ¡Me lo prometiste!

—¡$E = mc^2$! —dijo él en tono burlón—. ¡$E = mc^2$!

—¡Nada de matemáticas! ¡Ya te lo he dicho! ¡Las odio!

—Me alegro de que las odies, porque a las chicas ni siquiera se les permite estudiar matemáticas.

Vittoria se detuvo de golpe.

—¿No?

—Claro que no. Todo el mundo lo sabe. Las niñas juegan con muñecas. Los chicos estudian matemáticas. Las chicas, no. A mí ni siquiera me está permitido hablar de matemáticas con las chicas.

—¿Cómo? Pero ¡eso no es justo!

—Las reglas son las reglas. Nada de matemáticas para las niñas.

Vittoria parecía horrorizada.

—Pero ¡las muñecas son aburridas!

—Lo siento —dijo su padre—. Podría hablarte de matemáticas, pero si me pillaran... —Miró nerviosamente a un lado y a otro de las colinas.

Ella siguió su mirada.

—Bueno —susurró—, entonces hazlo en voz baja.

El traqueteo del ascensor la sobresaltó. Vittoria abrió los ojos. Ya no estaba con su padre.

La realidad la envolvía de nuevo con su garra helada. Miró a Langdon. Sentía la preocupación de su mirada como la calidez de un ángel de la guarda, sobre todo en comparación con la frialdad de Kohler. Un pensamiento empezó a tomar cuerpo en su mente con implacable fuerza.

«¿Dónde está la antimateria?»

En breve conocería la aterradora respuesta.

Capítulo 30

«Maximilian Kohler, por favor, póngase en contacto con su oficina cuanto antes.»

Langdon se quedó momentáneamente cegado por los rayos del sol cuando se abrieron las puertas del ascensor. Antes de que el eco del anuncio del intercomunicador se desvaneciera, todos los aparatos electrónicos de la silla de ruedas de Kohler empezaron a emitir pitidos y zumbidos. El busca. El teléfono. El correo electrónico. Kohler se quedó mirando las luces parpadeantes con perplejidad. Al regresar a la superficie, el director volvía a tener cobertura.

«Director Kohler, por favor, póngase en contacto con su oficina.»

Al oír su nombre por megafonía, Kohler pareció sobresaltarse.

Levantó la mirada. El enojo que sentía se vio rápidamente sustituido por la preocupación. Sus ojos se cruzaron con los de Langdon y luego con los de Vittoria. Los tres se quedaron un momento inmóviles, como si toda la tensión entre ellos se hubiera evaporado y hubiera sido reemplazada por la aprensión.

Kohler cogió el teléfono móvil del reposabrazos de la silla. Marcó el número de su extensión y reprimió otro ataque de tos. Vittoria y Langdon permanecieron a la espera.

—Soy... el director Kohler —resolló—. ¿Sí? Estaba

bajo tierra, sin cobertura. —Escuchó un momento y luego abrió unos ojos como platos—. ¿Quién? Sí, pásemelo. —Hubo una pausa—. ¿Hola? Soy Maximilian Kohler, director del CERN. ¿Con quién hablo?

Vittoria y Langdon observaban en silencio al hombre mientras éste escuchaba.

—No es prudente que hablemos de esto por teléfono —dijo finalmente Kohler—. Será mejor que vaya inmediatamente. —Volvió a toser—. Recójanme en... el aeropuerto Leonardo da Vinci dentro de cuarenta minutos. —Respiraba cada vez con más dificultad. Fue presa de otro ataque de tos y apenas pudo pronunciar las últimas palabras—. Localicen el contenedor cuanto antes... —Luego colgó.

Vittoria se acercó corriendo a él, pero Kohler ya no podía hablar. Langdon observó entonces cómo ella cogía su teléfono móvil y avisaba a la enfermería del CERN. El profesor se sentía como un barco cerca de una tormenta, zarandeado pero distante.

«Recójanme en el aeropuerto Leonardo da Vinci.» Las palabras de Kohler resonaban en su mente.

De repente, las inciertas sombras que habían embotado la mente de Langdon durante toda la mañana se solidificaron hasta formar una vívida imagen. Mientras permanecía allí de pie, presa de la confusión, sintió que una puerta se abría en su interior, como si estuviera a punto de atravesar una especie de umbral místico. «El ambigrama. El sacerdote-científico asesinado. La antimateria. Y ahora... el objetivo.» El aeropuerto Leonardo da Vinci sólo podía significar una cosa. En un momento de lucidez, Langdon supo que acababa de cruzar al otro lado. Se había vuelto creyente.

«Cinco kilotones. Hágase la luz.»

Dos sanitarios con bata blanca aparecieron corriendo por el vestíbulo. Se arrodillaron junto a Kohler y le aplica-

ron una máscara de oxígeno. Unos científicos que pasaban por su lado se detuvieron y se acercaron.

El director respiró profundamente un par de veces y
luego apartó la máscara. Todavía jadeante, levantó la mirada hacia Vittoria y Langdon.

—Roma —dijo.

—¿Roma? —preguntó la joven—. ¿La antimateria está
en Roma? ¿Quién ha llamado?

Kohler tenía el rostro crispado y los ojos llorosos.

—La Guardia... —Se asfixió antes de terminar la frase,
y los sanitarios volvieron a aplicarle la máscara.

Mientras se preparaban para llevárselo, Kohler extendió la mano y agarró el brazo de Langdon.

—Vaya usted... —dijo entre resuellos bajo la máscara—. Vaya... y llámeme... —Luego los sanitarios se lo llevaron.

Vittoria se lo quedó mirando, arrodillada en el suelo.
Acto seguido se volvió hacia Langdon.

—¿Roma? Pero... ¿qué ha querido decir con lo de «guardia»?

Langdon le puso una mano en el hombro y, casi en un
susurro, dijo:

—La Guardia Suiza. Los centinelas de la Ciudad del
Vaticano.

Capítulo 31

El avión espacial X-33 despegó y viró hacia el sur en dirección a Roma. A bordo, Langdon permanecía sentado en silencio. Los últimos quince minutos habían sido frenéticos. Ahora que había terminado de informar a Vittoria acerca de los illuminati y su plan contra el Vaticano, empezaba a comprender el alcance de la situación.

«¿Qué diablos estoy haciendo? —se preguntó—. Debería haberme ido a casa cuando tenía la oportunidad.» Sin embargo, en el fondo sabía que de hecho no había tenido ninguna oportunidad.

Su buen juicio lo había instado a regresar a Boston. No obstante, el asombro académico había conseguido anular la prudencia. De repente, todo lo que siempre había creído acerca de la desaparición de los illuminati parecía no ser más que una mera farsa. Una parte de su ser necesitaba pruebas, una confirmación. Asimismo, se trataba de una cuestión de conciencia. Con Kohler enfermo y Vittoria sola, Langdon creía que, si sus conocimientos sobre los illuminati podían ser de ayuda, tenía la obligación moral de estar allí.

Había algo más. Aunque le avergonzaba admitirlo, el horror que había sentido al enterarse de la localización de la antimateria no se debía únicamente al peligro que suponía para las personas, sino también a otra cosa.

El arte.

La colección de arte más grande del mundo se encontraba ahora sobre una bomba en plena cuenta atrás. Los Museos Vaticanos alojaban más de sesenta mil piezas de incalculable valor en mil cuatrocientas siete salas: Miguel Ángel, Leonardo, Bernini, Botticelli... Se preguntó si sería posible evacuar todo ese arte en caso de que fuera necesario. No obstante, sabía que era imposible. Muchas de las piezas eran esculturas que pesaban toneladas. Por no hablar de los mayores tesoros arquitectónicos: la capilla Sixtina, la basílica de San Pedro, la famosa escalera de caracol de Miguel Ángel que conducía a los Museos Vaticanos; valiosísimos testamentos del genio creativo del hombre. Langdon se preguntó cuánto tiempo debía de quedarle al contenedor.

—Gracias por venir —dijo Vittoria en voz baja.

Él despertó de su ensoñación y levantó la mirada. La joven estaba sentada al otro lado del pasillo. Incluso bajo la luz fluorescente de la cabina, despedía un halo de compostura, una integridad casi magnética. Su respiración parecía ahora más profunda, como si se le hubiera activado el instinto de supervivencia, así como un anhelo de justicia y castigo alimentado por el amor filial.

Vittoria no había tenido tiempo de cambiarse de ropa y todavía iba con la camiseta sin mangas y los pantalones cortos, dejando a la vista sus bronceadas piernas. Tenía la carne de gallina a causa del frío que hacía dentro del avión. Instintivamente, Langdon se quitó la americana y se la ofreció.

—¿Caballerosidad estadounidense? —dijo ella, aceptándola con una silenciosa mirada de agradecimiento.

El avión atravesó unas turbulencias, y Langdon sintió miedo. La cabina sin ventanas volvió a parecerle excesivamente estrecha, e intentó imaginarse en campo abierto. La idea, pensó, era irónica. Estaba en campo abierto cuando le sucedió. «Oscuridad aplastante. —Apartó el recuerdo de su mente—. Ya es historia.»

La joven estaba observándolo.

—¿Cree usted en Dios, señor Langdon?

La pregunta lo sobresaltó. La seriedad del tono de voz de Vittoria parecía todavía más desarmante que la pregunta misma. «¿Que si creo en Dios?» Esperaba un tema de conversación más ligero durante el viaje.

«Un enigma espiritual —pensó—. Así me llaman mis amigos.» A pesar de haber estudiado religión durante años, Langdon no era un hombre religioso. Respetaba el poder de la fe, la benevolencia de las iglesias, la fortaleza que la religión proporcionaba a tanta gente... y, sin embargo, la suspensión intelectual de la incredulidad, imperativa si uno realmente quería «creer», siempre había supuesto un obstáculo demasiado grande para su mente académica.

—Me gustaría creer —se oyó decir.

La respuesta de Vittoria no implicaba ningún juicio o desafío.

—Entonces, ¿por qué no lo hace?

Él soltó una risita ahogada.

—Bueno, no es tan fácil. Tener fe requiere actos de fe, la aceptación cerebral de milagros como inmaculadas concepciones e intervenciones divinas. Y luego están los códigos de conducta. La Biblia, el Corán, las escrituras budistas... Todos contienen requisitos y castigos similares. Aseguran que si no vivo de acuerdo a un código específico, iré al infierno. Soy incapaz de concebir un dios que actúe de ese modo.

—Espero que no permita usted a sus alumnos eludir tan descaradamente las preguntas.

El comentario lo pilló desprevenido.

—¿Cómo dice?

—Señor Langdon, no le he preguntado si cree lo que los hombres dicen acerca de Dios. Le he preguntado si cree usted en Dios. Es distinto. Las sagradas escrituras son ficciones..., leyendas e historias sobre la necesidad del hombre de encontrar un significado. No le estoy pidiendo que valore su literatura. Le estoy preguntando si cree en Dios. Cuando se tumba bajo las estrellas, ¿siente la presencia divina? ¿Siente en sus entrañas que está usted contemplando la obra de la mano de Dios?

Él lo consideró durante largo rato.

—Soy una entrometida —se disculpó Vittoria.

—No, yo sólo...

—Seguro que en sus clases debate usted cuestiones de fe.

—Constantemente.

—Y supongo que desempeña usted el papel de abogado del diablo. Siempre alimentando el debate.

Langdon sonrió.

—¿No será usted también profesora?

—No, pero aprendí de un maestro. Mi padre era capaz de sostener que una cinta de Moebius tenía dos caras.

Él se rió y visualizó el ingenioso diseño de una cinta de Moebius: un anillo de papel retorcido que técnicamente sólo posee una cara. Lo había visto por primera vez en una ilustración de M. C. Escher.

—¿Puedo hacerle una pregunta, señorita Vetra?

—Llámame Vittoria. Señorita Vetra me hace sentir mayor.

Él suspiró para sí, repentinamente consciente de su propia edad.

—Vittoria. Yo soy Robert.

—Tenías una pregunta.

—Sí. Como científica e hija de un sacerdote católico, ¿qué opinas tú de la religión?

Ella guardó silencio un instante y se apartó un mechón de pelo de los ojos.

—La religión es como un idioma o un vestido. Gravitamos alrededor de las prácticas en las que hemos sido educados. Al final, sin embargo, todos proclamamos lo mismo: que la vida tiene sentido, que nos sentimos agradecidos por el poder que nos ha creado.

Langdon se sintió intrigado.

—Entonces, ¿crees que ser cristiano o musulmán sólo depende del lugar en el que uno ha nacido?

—¿Acaso no es obvio? Mira la difusión de la religión en todo el mundo.

—O sea, que la fe es algo aleatorio...

—Para nada. La fe es universal. Son nuestros métodos específicos para comprenderla los que son arbitrarios. Hay personas que rezan a Jesús, otras que van a La Meca, y las hay que estudian partículas subatómicas. Sin embargo, al final lo que hacemos todos es buscar la verdad, aquello que es más grande que todos nosotros.

A Langdon le habría gustado que sus alumnos pudieran expresarse con esa claridad. De hecho, a él mismo le habría gustado expresarse con esa claridad.

—¿Y Dios? —preguntó—. ¿Crees en Dios?

Ella lo sopesó largo rato.

—La ciencia me dice que Dios existe. La mente, que nunca lo comprenderé. Y mi corazón, que está más allá de nuestros sentidos.

«Eso es concisión», pensó él.

—Así pues, crees que Dios es un hecho pero que nunca llegaremos a comprenderlo.

—*Comprenderla* —dijo Vittoria con una sonrisa—. Los nativos norteamericanos ya lo decían bien.

Langdon soltó una risita ahogada.

—La Madre Tierra.

—Gaia. El planeta es un organismo. Todos somos células con distintos propósitos. Y, sin embargo, estamos todos interrelacionados. Nos servimos mutuamente. Servimos a un todo.

Mientras la miraba, Langdon sintió algo en su interior

153

que no había sentido en mucho tiempo. Había una fascinante claridad en los ojos de la joven, una pureza en su voz. No pudo evitar sentirse atraído.

—Deje que le haga una pregunta, señor Langdon.

—Robert —dijo él.

«Lo de señor Langdon me hace sentir viejo. ¡Soy viejo!»

—Si no te importa que te lo pregunte, Robert, ¿a qué se debe tu interés por los illuminati?

Él hizo memoria.

—Pues al dinero.

Vittoria pareció decepcionada.

—¿Por dinero? ¿Te pagaron por una consulta?

Al darse cuenta de cómo debía de haber sonado su respuesta, Langdon se rió.

—No. Me refiero a la moneda misma. —Se metió la mano en el bolsillo y sacó algo de dinero. Buscó un billete de un dólar—. Me sentí fascinado por la secta al descubrir que la moneda estadounidense está repleta de símbolos de los illuminati.

Vittoria lo miró con aire interrogante. No sabía si tomárselo en serio.

Él le tendió el billete.

—Mira el dorso. ¿Ves el gran sello que hay a la izquierda?

Ella le dio la vuelta al billete.

—¿Te refieres a la pirámide?

—La pirámide. ¿Sabes cuál es la relación de las pirámides con la historia de Estados Unidos?

La joven se encogió de hombros.

—Exacto —dijo Langdon—. Absolutamente ninguna.

Vittoria frunció el ceño.

—Entonces, ¿por qué es el símbolo central de vuestro Gran Sello?

—Es una historia fascinante —comentó él—. La pirámide es un símbolo oculto que representa una convergencia ascendente, hacia la fuente de Iluminación. ¿Ves lo que hay encima?

Ella examinó el billete.

—Un ojo dentro de un triángulo.

—Se llama *trinacria*. ¿Habías visto alguna vez ese ojo en un triángulo antes?

Vittoria se quedó un momento callada.

—Creo que sí, pero no estoy segura...

—Decora las logias masónicas de todo el mundo.

—¿Es un símbolo masónico?

—En realidad, no. Es illuminati. Lo llamaban «delta luminoso». Una llamada al cambio ilustrado. El ojo significa la capacidad de los illuminati para infiltrarse en todas partes y ver todas las cosas. El triángulo brillante representa la iluminación. Y el triángulo también es la letra griega delta, que a su vez es el símbolo matemático de...

—Cambio. Transición.

Langdon sonrió.

—Se me había olvidado que estoy hablando con una científica.

—¿Estás diciendo que el Gran Sello de Estados Unidos es una llamada al cambio ilustrado?

—Algunos lo llamarían Nuevo Orden Mundial.

Vittoria se sobresaltó. Volvió a mirar el billete.

—Debajo de la pirámide pone *Novus... Ordo...*

—*Novus Ordo Seclorum* —dijo él—. Significa Nuevo Orden Seglar.

—¿Seglar por no religioso?

—Así es. Esa frase no sólo deja bien claro cuál es el objetivo de los illuminati, sino que también contradice manifiestamente la que se lee al lado: «En Dios confiamos.»

Vittoria parecía preocupada.

—¿Cómo puede toda esa simbología haber terminado en la moneda más poderosa del mundo?

—La mayoría de los académicos creen que fue a través del vicepresidente Henry Wallace. Era un masón de grado superior y sin duda tenía vínculos con los illuminati. Nadie sabe a ciencia cierta si era miembro o si simplemente estaba bajo su influencia, pero fue él quien le presentó al presidente el diseño del Gran Sello.

—¿Qué? ¿Y cómo es que el presidente estuvo de acuerdo en...?

—El presidente era Franklin D. Roosevelt. Wallace le dijo que *Novus Ordo Seclorum* quería decir *New Deal*.[2]

Vittoria se mostró escéptica.

—¿Y Roosevelt no hizo que nadie más echara un vistazo al sello antes de ordenar al Tesoro que lo imprimieran?

—No hacía falta. Él y Wallace eran como hermanos.

—¿Hermanos?

—Revisa los libros de historia —dijo Langdon con una sonrisa—. Franklin D. Roosevelt era un conocido masón.

2. Literalmente, «nuevo trato». Programa de intervención económica puesto en marcha por el presidente Roosevelt para hacer frente a la crisis provocada por la Gran Depresión. *(N. del t.)*

Capítulo 32

Langdon contuvo la respiración cuando el X-33 se dispuso a aterrizar en el aeropuerto internacional Leonardo da Vinci. Vittoria iba sentada su lado con los ojos cerrados, como si pretendiera controlar mentalmente la situación. El aparato tomó tierra y luego rodó por la pista hasta llegar a un hangar privado.

—Lamento la lentitud del vuelo —se disculpó el piloto al salir de la cabina—. He tenido que aminorar la marcha por las regulaciones de ruidos sobre zonas habitadas.

Langdon consultó su reloj. Habían estado en el aire apenas treinta y siete minutos.

—¿Alguno de ustedes puede decirme qué está pasando? —dijo el piloto al tiempo que abría la puerta exterior.

Ni Vittoria ni Langdon contestaron.

—Está bien —añadió, desperezándose—. Me quedaré en la cabina con el aire acondicionado y mi música. A solas con Garth.

El sol del atardecer refulgía fuera del hangar. Langdon llevaba la americana de tweed sobre el hombro. Vittoria levantó la cara hacia el cielo y respiró profundamente, como si los rayos del sol le transfirieran algún tipo de energía mística reparadora.

«Mediterráneos», pensó Langdon, que ya empezaba a sudar.

—¿No eres un poco mayor para los dibujos animados? —preguntó ella, sin abrir los ojos.

—¿Cómo dices?

—Tu reloj. Lo he visto en el avión.

Langdon se sonrojó levemente. Estaba acostumbrado a tener que defender su reloj. Se trataba de una edición de coleccionista de Mickey Mouse y había sido un regalo de sus padres. Aunque los brazos de Mickey que señalaban las horas resultaban algo ridículos, era el único reloj que Langdon había llevado nunca. Sumergible y fosforescente, era perfecto para ir a nadar o caminar de noche por los senderos a oscuras de la facultad. Cuando los alumnos de Langdon cuestionaban su sentido de la moda, él les decía que ese reloj le servía de recordatorio para seguir siendo joven de espíritu.

—Son las seis en punto —dijo él.

Vittoria asintió, todavía con los ojos cerrados.

—Creo que ya vienen.

Langdon oyó un rumor lejano, levantó la mirada y sintió que el corazón le daba un vuelco. Por el norte, atravesando la pista en un vuelo bajo, se acercaba un helicóptero. Había subido una vez a uno para ver las líneas de Nazca y Palpa, en el desierto de Perú, y no le había gustado nada. «Una caja de zapatos voladora.» Tras pasarse la mañana en el avión espacial, esperaba que el Vaticano enviaría un coche.

Pero, al parecer, no había sido así.

El helicóptero se detuvo sobre sus cabezas, permaneció un momento inmóvil y finalmente aterrizó delante de ellos. El aparato era de color blanco y tenía un escudo de armas a ambos lados: dos llaves cruzadas detrás de un escudo, bajo una tiara papal. Langdon conocía bien el símbolo. Era el sello tradicional del Vaticano: el símbolo sagrado de la *Santa Sede* o «asiento santo» del gobierno, una referencia literal al antiguo trono de san Pedro.

158

«El helicóptero papal», refunfuñó mientras veía cómo el aparato aterrizaba. Había olvidado que el Vaticano poseía uno de esos trastos. Lo utilizaban para transportar al papa al aeropuerto, a reuniones o a su residencia de verano en Castel Gandolfo. Sin duda, Langdon habría preferido un coche.

El piloto bajó de la cabina y cruzó la pista en su dirección.

Ahora era Vittoria quien parecía intranquila.

—¿Ése es nuestro piloto?

Él compartía su preocupación.

—Volar o no volar, ésa es la cuestión.

El piloto parecía salido de un melodrama shakespeariano. Iba ataviado con una holgada guerrera de rayas verticales azules y doradas, unos pantalones a juego y polainas. Calzaba unos zapatos planos de color negro que parecían zapatillas, y en la cabeza llevaba una boina de fieltro negra.

—El uniforme tradicional de la Guardia Suiza —explicó Langdon—. Diseñado por Miguel Ángel en persona. —Cuando el hombre estuvo más cerca, Robert hizo una mueca—. He de admitir que no se trata de uno de sus mejores logros.

A pesar del estrafalario atuendo del hombre, el profesor se percató de que el piloto no estaba para tonterías. Se acercó a ellos con la rigidez y la solemnidad de un marine estadounidense. Langdon había leído mucho acerca de los rigurosos requisitos para convertirse en un guardia suizo. Reclutados de uno de los cuatro cantones católicos de Suiza, los candidatos tenían que ser varones nacidos en el país de entre diecinueve y treinta años, medir como mínimo un metro setenta, haber sido entrenados en el ejército suizo y estar solteros. Ese cuerpo imperial era envidiado por muchos gobiernos, pues se consideraba la fuerza de seguridad más leal y mortífera del mundo.

—¿Vienen ustedes del CERN? —preguntó el guardia cuando llegó a su lado. Su tono de voz era duro.

—Sí, señor —respondió Langdon.

—Han llegado en un tiempo récord —dijo el hombre mirando con perplejidad el X-33. Luego se volvió hacia Vittoria—. ¿No tiene otra ropa, señora?

—¿Cómo dice?

Señaló sus piernas descubiertas.

—En la Ciudad del Vaticano no están permitidos los pantalones cortos.

Langdon miró las piernas de Vittoria y frunció el ceño. Lo había olvidado. En el Vaticano estaba prohibido mostrar las piernas por encima de la rodilla. Esa norma, válida tanto para hombres como para mujeres, era un modo de mostrar respeto a la santidad de la ciudad de Dios.

—Esto es lo único que tengo —dijo ella—. Hemos venido a toda prisa.

El guardia asintió, claramente molesto. Se volvió hacia Langdon.

—¿Lleva alguna arma?

«¿Armas? —pensó él—. ¡Si ni siquiera llevo una muda!» Negó con la cabeza.

El agente se arrodilló a los pies de Langdon y empezó a cachearlo, empezando por los calcetines. «Un tipo confiado», pensó él. Las fuertes manos del guardia ascendieron por sus piernas, acercándose incómodamente a las ingles. Luego pasaron al pecho y los hombros. Una vez satisfecho, el guardia se volvió hacia Vittoria. Echó un vistazo a las piernas y al torso.

Vittoria lo miró con hostilidad.

—Ni se le ocurra.

El guardia le dirigió una mirada intimidatoria. Ella ni siquiera pestañeó.

—¿Qué es eso? —dijo el hombre, señalando un leve

bulto cuadrado que se veía el bolsillo delantero de sus pantalones cortos.

Vittoria sacó un teléfono móvil ultrafino. El guardia lo cogió, lo encendió, esperó a oír el tono de llamada y luego, tras comprobar que efectivamente se trataba de un teléfono, se lo devolvió. Vittoria lo guardó de nuevo en su bolsillo.

—Dese la vuelta, por favor —dijo el hombre.

Ella accedió. Levantó los brazos y dio una vuelta completa sobre sí misma.

El guardia la estudió atentamente. Langdon ya había decidido que bajo los pantalones cortos y la blusa no se apreciaba ningún bulto sospechoso. Al parecer, el guardia llegó a la misma conclusión.

—Gracias. Por aquí, por favor.

El motor del helicóptero de la Guardia Suiza permanecía en punto muerto. Vittoria subió primero, como una profesional ya avezada, sin apenas agacharse al pasar por debajo de las aspas en movimiento. Langdon se detuvo un instante.

—¿No podríamos ir en coche? —dijo medio en broma dirigiéndose al guardia suizo, que ya subía al asiento del piloto.

El hombre no le contestó.

Teniendo en cuenta lo peligrosos que eran los conductores romanos, Langdon sabía que seguramente volar sería más seguro. Inspiró profundamente y subió a bordo, agachándose con cuidado al pasar por debajo de las aspas.

Mientras el guardia ponía en marcha los motores, Vittoria le preguntó:

—¿Han localizado ya el contenedor?

Confuso, el hombre la miró por encima del hombro.

—¿El qué?

—El contenedor. ¿No han llamado al CERN por un contenedor?

El guardia se encogió de hombros.

—No tengo ni idea de qué me está hablando. Hoy hemos estado muy ocupados. Mi comandante me ha dicho que los recoja. Eso es lo único que sé.

Vittoria miró a Langdon con inquietud.

—Átense, por favor —dijo el piloto cuando las aspas empezaron a acelerar.

Langdon se abrochó los arneses. Tuvo la sensación de que el diminuto fuselaje se encogía a su alrededor. Luego, con un estruendo, el aparato ascendió y viró hacia el norte en dirección a Roma.

Roma, la *caput mundi*, donde antaño César gobernó, donde san Pedro fue crucificado. La cuna de la civilización moderna. Y en su corazón..., una bomba a punto de estallar.

Capítulo 33

Vista desde el aire, Roma es como un laberinto. Un indescifrable caos de callejuelas que serpentean alrededor de edificios, fuentes y ruinas.

El helicóptero del Vaticano volaba bajo en dirección noroeste a través de la permanente capa de contaminación que escupía el tráfico. Langdon contempló los ciclomotores, los autobuses turísticos y los ejércitos de Fiat en miniatura que revoloteaban en todas direcciones. «*Koyaanisqatsi*», pensó, recordando el término hopi para «vida en desequilibrio».

Vittoria permanecía sentada a su lado en silencio.

El helicóptero se ladeó bruscamente.

Sintiendo que se le revolvía el estómago, Langdon levantó la mirada y atisbó a lo lejos las ruinas del Coliseo romano. Siempre le había parecido una de las mayores ironías de la historia. Si bien en la actualidad se consideraba un símbolo digno del nacimiento de la cultura y la civilización humanas, de hecho había sido construido para la celebración de acontecimientos bárbaros: prisioneros devorados por leones hambrientos, ejércitos de esclavos que luchaban hasta la muerte, violaciones en masa de mujeres exóticas capturadas en tierras lejanas, así como decapitaciones y castraciones públicas. Resultaba irónico, se dijo, o quizá en el fondo adecuado, que el Coliseo hubiera sido el modelo arquitectónico del Soldier's Field de Harvard, el estadio de fútbol americano en el que esas antiguas tradiciones de salvajismo se recuperaban cada otoño, cuando encolerizados seguidores sedientos de sangre acudían a ver el enfrentamiento entre Harvard y Yale.

Mientras el helicóptero se dirigía al norte, Langdon observó el Foro: el corazón de la Roma precristiana. Las deterioradas columnas parecían las lápidas de un cementerio que, de algún modo, había evitado ser engullido por la metrópolis que lo rodeaba.

Hacia el oeste podían verse los enormes meandros que la amplia cuenca del río Tíber formaba en la ciudad. Incluso desde el aire, Langdon advirtió que sus aguas eran profundas. La agitada corriente iba repleta de cieno y espuma a causa de las lluvias torrenciales.

—Ya casi hemos llegado —anunció el piloto al tiempo que ascendía un poco más.

Langdon y Vittoria levantaron la mirada y de repente la vieron. Como una montaña rodeada de niebla matutina, la colosal cúpula se alzaba ante ellos por encima de la bruma: la basílica de San Pedro.

—Eso sí que le salió bien a Miguel Ángel —le dijo Langdon a la chica.

Nunca la había visto desde el aire. La fachada de mármol relucía como el fuego a la luz del sol del atardecer. El enorme edificio estaba adornado con ciento cuarenta estatuas de santos, mártires y ángeles, y ocupaba una extensión de dos campos fútbol de ancho y seis de largo. El cavernoso interior de la basílica tenía capacidad para albergar a sesenta mil fieles, más de cien veces la población de la Ciudad del Vaticano, el Estado más pequeño del mundo.

Por increíble que pudiera parecer, sin embargo, ni siquiera una ciudadela de esa magnitud podía empequeñecer la *piazza* que tenía delante. La gran extensión de granito de la plaza de San Pedro se abría en medio de la congestión de Roma como una especie de Central Park de la época clásica. Frente a la basílica, flanqueando el vasto óvalo, doscientas ochenta y cuatro columnas se alzaban majestuosamente en cuatro arcos concéntricos de tamaño decreciente, un trampantojo arquitectónico que aumentaba la sensación de grandeza que provocaba la *piazza*.

Mientras contemplaba el magnífico santuario que tenía delante, Langdon se preguntó qué habría pensado san Pedro si hubiese estado allí ahora. El santo había sufrido una muerte terrible, crucificado boca abajo en ese mismo lugar. Ahora descansaba en la más sagrada de las tumbas, enterrado cinco pisos bajo tierra, justo debajo de la cúpula central de la basílica.

—La Ciudad del Vaticano —dijo el piloto, con un tono de voz no especialmente halagüeño.

Langdon observó los altos bastiones de piedra que se alzaban ante él, impenetrables fortificaciones que rodeaban el complejo. Se trataba de una defensa extrañamente terrenal para un espiritual mundo de secretos, poder y misterio.

—¡Mira! —exclamó de repente Vittoria, aferrándose a su brazo e indicándole frenéticamente la plaza de San Pedro, que ahora estaba justo debajo de ellos.

Langdon pegó la cara a la ventanilla.

—Ahí —dijo ella señalando un punto.

Él echó un vistazo. La parte trasera de la *piazza* estaba ocupada por una docena o más de camiones; parecía un aparcamiento. Sobre el techo de cada uno, enormes antenas parabólicas apuntaban al cielo. En las antenas podían leerse nombres familiares:

Europe News
RAI Sat
BBC
United Press International

De repente, Langdon se sintió confuso y se preguntó si la noticia de la antimateria se habría filtrado.

Vittoria se puso tensa.

—¿Por qué están aquí los medios? ¿Qué sucede?

El piloto se volvió y le dirigió una mirada de extrañeza por encima del hombro.

—¿Qué sucede? ¿Es que no lo sabe?

—No —respondió ella en un tono ronco y fuerte.

—*Il conclave* —dijo él—. Dará comienzo dentro de una hora. Todo el mundo está pendiente.

Il conclave.

La palabra resonó largo rato en los oídos de Langdon mientras sentía que se le formaba un nudo en el estómago. *Il conclave.* El cónclave vaticano. ¿Cómo podía haberlo olvidado? Había sido noticia hacía poco.

El papa había fallecido quince días antes tras un pontificado de doce años enormemente popular. Los periódicos del mundo entero habían publicado la noticia del ataque que el papa había sufrido mientras dormía, una muerte repentina e inesperada que a muchos les pareció sospechosa. Ahora, siguiendo con la sagrada tradición, quince días después de la muerte del pontífice, el Vaticano celebraba *il conclave*, la ceremonia sagrada en la que ciento sesenta y cinco cardenales de todo el mundo —los hombres más poderosos de la cristiandad— se reunían en el Vaticano para elegir al nuevo papa.

«Los cardenales del mundo entero están hoy aquí —pensó Langdon mientras el helicóptero sobrevolaba la basílica de San Pedro. El vasto mundo interior de la Ciudad del Vaticano se extendía ante él—. Toda la estructura de poder de la Iglesia católica romana se encuentra sobre una bomba a punto de estallar.»

Capítulo 34

El cardenal Mortati levantó la mirada hacia el espléndido techo de la capilla Sixtina e intentó tomarse un momento para reflexionar con tranquilidad. En las paredes resonaban las voces de los cardenales de todo el globo. Los hombres se agolpaban en el tabernáculo iluminado con velas, susurrando con excitación y consultándose entre sí en numerosos idiomas, mayormente inglés, italiano y español.

Por lo general, la iluminación de la capilla era sublime: largos y coloreados rayos de sol atravesaban la oscuridad como provenientes del mismo cielo. Pero hoy no. Tal y como marcaba la tradición, todas las ventanas de la capilla habían sido cubiertas con terciopelo negro para asegurar el secretismo. Eso impedía que nadie recibiera señales o se comunicara en modo alguno con el mundo exterior. El resultado era una profunda oscuridad iluminada únicamente por velas, un titilante resplandor que parecía purificar a todo el que tocaba, confiriéndole una apariencia fantasmal, como de santo.

«Qué privilegio —pensó Mortati— poder supervisar este acontecimiento sagrado.» Los cardenales mayores de ochenta años no podían ser candidatos y no asistían al cónclave, por lo que, a sus setenta y nueve años, Mortati era el cardenal presente de mayor edad y había sido elegido para supervisar el procedimiento.

Siguiendo la tradición, los cardenales se reunían allí dos horas antes del cónclave para ponerse al día e intercambiar pareceres. A las siete de la tarde llegaría el camarlengo del papa fallecido, pronunciaría la oración de apertura y luego se marcharía. Entonces la Guardia Suiza sellaría las puertas de la capilla, encerrando así a los cardenales. En ese momento daría comienzo el ritual político más antiguo y secreto del mundo. Los cardenales no podrían volver a salir hasta que hubiesen decidido quién sería el nuevo pontífice.

Cónclave. Incluso el nombre sugería secretismo. *Con clave* literalmente significaba «encerrado bajo llave». A los purpurados no se les permitía ningún tipo de contacto con el mundo exterior; nada de llamadas, mensajes ni susurros a través de las puertas. El cónclave era un vacío que no podía verse influenciado por nada proveniente del mundo exterior. Eso garantizaba que los cardenales tuvieran *Solum Deum prae oculis*, es decir, sólo a Dios ante sus ojos.

Al otro lado de las paredes de la capilla, claro está, los medios de comunicación aguardaban y especulaban acerca de cuál de los cardenales se convertiría en el dirigente de los mil millones de católicos que había repartidos por todo el orbe. Los cónclaves creaban una atmósfera intensa y cargada de significado político. A lo largo de los siglos, dentro de esos muros sagrados habían tenido lugar envenenamientos, peleas a puñetazos, e incluso asesinatos. «Eso es historia antigua —se dijo Mortati—. El cónclave de esta noche será unitario, dichoso y, sobre todo, breve.»

O, al menos, eso había creído él.

Ahora, sin embargo, había tenido lugar un inesperado acontecimiento. Por alguna misteriosa razón, cuatro de los cardenales no habían acudido a la capilla. Mortati sabía que todas las salidas de la Ciudad del Vaticano estaban vigiladas y que los purpurados desaparecidos no podían haber ido muy lejos. Aun así, a menos de una hora de la oración de apertura, se sentía desconcertado. Después de todo, esos cuatro hombres no eran cardenales *normales*. Eran *los* cardenales.

Los cuatro elegidos.

Como supervisor del cónclave, Mortati ya había avisado a la Guardia Suiza a través de los canales habituales para alertar de la ausencia de los hombres. Todavía no tenía noticias. Otros cardenales ya habían advertido la desconcertante ausencia. Los cuchicheos de preocupación habían comenzado. ¡Entre todos los cardenales, esos cuatro deberían haber llegado a tiempo! Mortati empezaba a temer que ésa iba a ser una larga noche.

Sin embargo, no imaginaba cuánto.

Capítulo 35

Por cuestiones de seguridad y control de ruidos, el helipuerto de la Ciudad del Vaticano está localizado en su extremo noroeste, lo más alejado posible de la basílica de San Pedro.

—Tierra firme —anunció el piloto al aterrizar. Bajó del aparato y abrió la puerta corredera para que descendieran sus pasajeros.

Langdon bajó y se volvió para ayudar a Vittoria, pero ella ya había saltado ágilmente al suelo. Todos los músculos de su cuerpo parecían obedecer un único objetivo: encontrar la antimateria antes de que dejara un terrible legado.

Tras extender una lona protectora sobre el parabrisas, el piloto los condujo hasta un carrito de golf eléctrico que había allí cerca. El vehículo los transportó silenciosamente a lo largo de la frontera oeste; un baluarte de cemento de quince metros de altura, lo suficientemente grueso para resistir las embestidas de un tanque. Siguiendo el interior de la muralla, apostados a intervalos de cincuenta metros, guardias suizos vigilaban el lugar. El carrito giró a la izquierda al llegar a la via dell'Osservatorio. Los letreros señalaban en todas direcciones:

PALAZZO DEL GOVERNATORATO
COLLEGIO ETIOPICO
BASILICA DI SAN PIETRO
CAPPELLA SISTINA

Aceleraron y pasaron por delante de un edificio achaparrado en el que se podía leer: RADIO VATICANA. Asombrado, Langdon se dio cuenta de que se trataba del centro emisor de la programación radiofónica más escuchada del mundo, que llevaba la palabra de Dios a millones de oyentes de todo el globo.

—*Attenzione* —los advirtió el piloto antes de girar bruscamente en una rotonda.

Cuando el carrito dio la vuelta, Langdon apenas pudo creer lo que de repente vieron sus ojos. «*Giardini Vaticani*», pensó, el corazón de la Ciudad del Vaticano. Enfrente se alzaba la parte posterior de la basílica de San Pedro, algo, se dijo, que poca gente llegaba a ver. A la derecha se encontraba el palacio del Tribunal, la lujosa residencia papal cuya barroca ornamentación sólo igualaba Versalles. El austero edificio del Gobierno, sede de la administración vaticana, quedaba ahora a sus espaldas. Y a la izquierda, la enorme construcción rectangular de los Museos Vaticanos. Langdon sabía que en ese viaje no tendría tiempo de hacerles una visita.

—¿Dónde está todo el mundo? —preguntó Vittoria al advertir que los jardines y los senderos estaban desiertos.

El guardia consultó su cronógrafo negro de estilo militar, un extraño anacronismo bajo la holgada manga.

—Los cardenales están reunidos en la capilla Sixtina. El cónclave empezará antes de una hora.

Langdon asintió, recordando vagamente que antes del cónclave los cardenales procedentes del mundo entero permanecían durante dos horas en la capilla Sixtina reflexionando y conversando entre sí. El objetivo era que renovaran viejas amistades, y facilitar así una elección menos acalorada.

—¿Y los demás residentes y empleados?

—Tienen prohibida la entrada en la ciudad por razones de secretismo y seguridad hasta que finalice el cónclave.

—¿Y cuándo finaliza?

El guardia se encogió de hombros.

—Sólo Dios lo sabe. —Sus palabras sonaron extrañamente literales.

Tras estacionar el carrito en el amplio jardín que había detrás de la basílica de San Pedro, el guardia escoltó a Langdon y a Vittoria por un escarpado camino de piedra hasta llegar a una plaza de mármol situada a un lado del templo. Cruzaron la plaza y se acercaron a la pared trasera de la basílica. Luego atravesaron un patio triangular, la via Belvedere, y llegaron a una serie de edificios apiñados. La historia del arte había provisto a Langdon de suficientes conocimientos de italiano para poder entender sus letreros: la imprenta del Vaticano, el laboratorio de restauración de tapices, la estafeta y la iglesia de Santa Ana. Tras cruzar otra pequeña plaza llegaron a su destino.

El cuartel de la Guardia Suiza, un edificio de piedra achaparrado, es contiguo al del Corpo di Vigilanza, al noreste de la basílica de San Pedro. A cada lado de la entrada, inmóviles como dos estatuas, podía verse a un par de centinelas.

Langdon tuvo que admitir que esos guardias ya no resultaban tan cómicos. Aunque también llevaban el uniforme azul y dorado, ambos portaban la tradicional alabarda vaticana, una lanza de más de dos metros con una afilada cuchilla en la punta con la que, según los rumores, se había decapitado a incontables musulmanes defendiendo a los cruzados cristianos en el siglo xv.

Cuando se acercaron, los dos guardias dieron un paso al frente y cruzaron las alabardas, bloqueándoles la entrada. Uno de ellos miró al piloto, confuso.

—I *pantaloni* —dijo, señalando los pantalones cortos de Vittoria.

El piloto hizo un gesto con la mano para desechar su protesta.

—*Il comandante vuole vederli subito.*

Los guardias fruncieron el ceño y, aunque renuentes, se hicieron a un lado.

En el interior, el aire era fresco. No se parecía en absoluto a las oficinas de seguridad administrativas que Langdon había imaginado. Los pasillos, decorados y amueblados de un modo impecable, contenían pinturas que sin duda cualquier museo del mundo habría expuesto en su galería principal.

El piloto señaló una empinada escalera.

—Por aquí abajo, por favor.

Langdon y Vittoria descendieron por los escalones de mármol blanco, que estaban flanqueados por una serie de esculturas de hombres desnudos. Los genitales de todas las estatuas estaban cubiertos por una hoja de higuera más clara que el resto del cuerpo.

«La gran castración», pensó Langdon.

Era una de las tragedias más espantosas del arte del Renacimiento. En 1857, el papa Pío IX decidió que una representación tan exacta de los órganos sexuales masculinos podía incitar a la lujuria en el interior del Vaticano. Así pues, se hizo con un cincel y un mazo y cercenó los genitales de todas y cada una de las estatuas masculinas de la ciudad. Mutiló obras de Miguel Ángel, Bramante y Bernini. Las hojas de higuera se utilizaron para ocultar los daños. Cientos de esculturas fueron emasculadas. Langdon solía preguntarse si en algún lugar habría una enorme caja llena de penes de piedra.

—Aquí —anunció el guardia.

Llegaron al final de la escalera y se encontraron ante una pesada puerta de acero. El guardia tecleó un código de entrada y ésta se abrió.

Al otro lado del umbral reinaba el caos.

Capítulo 36

El cuartel de la Guardia Suiza.

Langdon se quedó de pie en la entrada, observando la colisión de siglos que tenía ante sí. Una auténtica «mezcla de elementos». Se trataba de una biblioteca renacentista lujosamente adornada con estanterías empotradas, alfombras orientales y tapices de colores. Al mismo tiempo, sin embargo, la habitación estaba repleta de equipos de alta tecnología: paneles de ordenadores, faxes, mapas electrónicos del complejo vaticano y televisores sintonizados en la CNN. Hombres ataviados con pantalones de colores tecleaban frenéticamente en sus ordenadores y escuchaban con atención lo que se decía en sus auriculares futuristas.

—Esperen aquí —dijo el guardia.

Langdon y Vittoria aguardaron mientras el guardia cruzaba la sala en dirección a un hombre muy alto y enjuto que iba vestido con un uniforme militar azul oscuro. Estaba hablando por un teléfono móvil y, de tan erguido, casi parecía inclinarse hacia atrás. El guardia le dijo algo y el hombre lanzó una mirada a Langdon y a Vittoria. Asintió, volvió a darles la espalda y siguió hablando por teléfono.

El guardia regresó entonces junto a ellos.

—El comandante Olivetti estará con ustedes en seguida.

—Gracias.

El guardia se marchó de vuelta a la escalera.

Langdon estudió a Olivetti desde el otro lado de la sala y se dio cuenta de que se trataba del comandante en jefe de las fuerzas armadas del país. Vittoria y él permanecieron a la espera, observando el bullicio que tenía lugar a su alrededor. Guardias de brillante uniforme iban de un lado a otro gritando órdenes en italiano.

—*Continuate a cercare!* —exclamó uno por teléfono.

—*Avete controllato nei Musei?* —preguntó otro.

Langdon no necesitaba demasiados conocimientos de italiano para adivinar que todos en el centro de seguridad estaban volcados en la intensa búsqueda. Ésa era una buena noticia. La mala era que no parecían haber encontrado aún la antimateria.

—¿Estás bien? —le preguntó a Vittoria.

Ella se encogió de hombros y le ofreció una sonrisa cansada.

Finalmente, el comandante terminó su llamada, y, al cruzar la sala hacia ellos, tuvieron la impresión de que crecía a cada paso. Langdon era alto, y no estaba acostumbrado a levantar la mirada ante mucha gente, pero la estatura el comandante Olivetti ciertamente lo exigía. Al ver de cerca su rostro sano y acerado, el profesor advirtió de inmediato que se trataba de un hombre curtido en mil batallas. Llevaba el pelo oscuro cortado a cepillo, y en sus ojos ardía la endurecida determinación de años de intenso entrenamiento. Se movía con rígida exactitud, y el discreto audífono que llevaba oculto detrás de una oreja lo hacía parecer más un miembro del servicio secreto de Estados Unidos que de la Guardia Suiza.

Olivetti se dirigió a ellos en un inglés con fuerte acento. Su tono de voz era sorprendentemente bajo para un hombre de su estatura, apenas un susurro, pero se expresaba con eficiencia militar.

—Buenas tardes —dijo—. Soy el comandante Olivetti.

Comandante principale de la Guardia Suiza. Yo soy quien ha llamado a su director.

Vittoria levantó la mirada.

—Gracias por recibirnos, señor.

El comandante no respondió. Les indicó que lo siguieran y los condujo a través de la maraña de dispositivos electrónicos hasta llegar a una puerta que había en una pared lateral de la sala.

—Pasen —dijo sosteniendo la puerta abierta para que entraran.

Langdon y Vittoria accedieron entonces a una oscura sala de control en la que un panel de monitores de vídeo transmitía en un bucle infinito imágenes en blanco y negro del complejo. Un joven guardia permanecía sentado, observando las imágenes atentamente.

—*Può andare* —dijo Olivetti.

El guardia recogió sus cosas y se marchó.

El comandante se acercó a una de las pantallas y la señaló. Luego se volvió hacia sus invitados.

—Esta imagen procede de una cámara remota que permanece escondida en algún lugar de la Ciudad del Vaticano. Exijo una explicación.

Langdon y Vittoria miraron la pantalla y suspiraron al unísono. La imagen era inequívoca. Sin duda. Se trataba del contenedor de antimateria del CERN. En su interior, una brillante gota de un líquido metálico flotaba ominosamente en el vacío, iluminada por el led del reloj digital. Curiosamente, la zona en la que se encontraba el contenedor estaba casi por completo a oscuras, como si la antimateria se hallara en un armario o en una habitación cerrada. En la parte superior del monitor parpadeaba un texto sobreimpreso: EMISIÓN EN DIRECTO. CÁMARA 86.

Vittoria miró el tiempo restante en el parpadeante indicador del contenedor.

—Menos de seis horas —le susurró a Langdon con el rostro tenso.

Él consultó su reloj.

—O sea, que tenemos hasta... —Se interrumpió, notando un fuerte nudo en el estómago.

—Medianoche —dijo Vittoria con una mirada fulminante.

«Medianoche —pensó Langdon—. Quieren darle un toque dramático al asunto.» Fuera quien fuese quien la noche anterior había robado el contenedor, lo había calculado todo a la perfección. Sintió una sombría aprensión al darse cuenta de que en ese mismo instante se encontraba en la zona cero.

—¿Pertenece este objeto a sus instalaciones? —El susurro de Olivetti sonó todavía más sibilante.

Vittoria asintió.

—Sí, señor. Nos lo han robado a nosotros. Contiene una sustancia extremadamente combustible llamada antimateria.

El rostro del comandante permaneció imperturbable.

—Estoy muy familiarizado con las bombas incendiarias, señorita Vetra, y nunca he oído hablar de nada llamado «antimateria».

—Es una nueva tecnología. Hay que encontrarla cuanto antes o bien evacuar la Ciudad del Vaticano.

Olivetti cerró lentamente los ojos y luego los volvió a abrir, como si al volver a enfocar a Vittoria pudiera cambiar lo que acababa de oír.

—¿Evacuar? ¿Sabe usted lo que tiene lugar hoy aquí?

—Sí, señor. Y las vidas de sus cardenales están en peligro. Quedan unas seis horas. ¿Han hecho algún progreso con la búsqueda del contenedor?

El hombre negó con la cabeza.

—No hemos empezado a buscar.

Vittoria se atragantó.

—¿Cómo? Pero si hemos oído a sus guardias hablar acerca de la búsqueda...

—Buscan algo, sí —asintió Olivetti—, pero no su contenedor. Mis hombres andan detrás de otra cosa que a usted no le concierne.

—¿Ni siquiera han empezado a buscar el contenedor? —A Vittoria se le quebró la voz.

Las pupilas del comandante parecieron hundirse todavía más. La suya era la mirada desapasionada de un insecto.

—Señorita Vetra, deje que le explique algo. El director de sus instalaciones se negó a revelarme por teléfono ningún detalle sobre ese objeto; sólo me dijo que debía encontrarlo cuanto antes. Ahora mismo estamos extremadamente ocupados, y no puedo permitirme el lujo de destinar hombres a su búsqueda hasta que sepa algo más al respecto.

—En estos momentos sólo hay un detalle relevante, señor —repuso ella—, y es que dentro de seis horas ese artilugio va a volatilizar todo este complejo.

Olivetti permanecía inmóvil.

—Señorita Vetra, hay algo que debe saber. —Su tono de voz tenía un punto condescendiente—. A pesar de la arcaica apariencia de la Ciudad del Vaticano, todas sus entradas, tanto las públicas como las privadas, están equipadas con los sistemas de detección más avanzados que se conocen. Si alguien intentara entrar con algún tipo de bomba incendiaria, la hallaríamos de inmediato. Contamos con escáneres de isótopos radiactivos, filtros olfativos diseñados por la DEA estadounidense para detectar la más tenue huella química de combustibles y toxinas. También utilizamos los detectores de metales y escáneres de rayos X más avanzados que existen.

—Impresionante —dijo Vittoria empleando el mismo tono impasible que Olivetti—. Lamentablemente, la anti-

178

materia no es radiactiva, su huella química es la del hidrógeno puro y el contenedor es de plástico. Ninguno de sus aparatos podría detectarla.

—Pero el artilugio dispone de una fuente de energía —dijo Olivetti señalando el led parpadeante—. El más mínimo rastro de níquel-cadmio sería registrado por...

—Las baterías también son de plástico.

Al comandante se le estaba empezando a agotar la paciencia.

—¿Baterías de plástico?

—Electrolito de gel de polímero con teflón.

Olivetti se inclinó hacia ella como queriendo acentuar la diferencia de estatura.

—*Signorina*, el Vaticano recibe docenas de amenazas de bomba todos los meses. Yo mismo he instruido a cada uno de los guardias suizos acerca de la tecnología de los explosivos modernos. Sé perfectamente que no existe en la Tierra una sustancia lo bastante poderosa para hacer lo que ha descrito, a no ser que esté hablando de una cabeza nuclear con un núcleo de combustible del tamaño de una pelota de béisbol.

La joven se lo quedó mirando fijamente.

—La naturaleza todavía tiene muchos misterios por desvelar.

Olivetti se acercó todavía más a ella.

—¿Puedo preguntarle quién es usted exactamente y cuál es su cargo en el CERN?

—Soy miembro del personal de investigación y el enlace con el Vaticano para esta crisis.

—Perdone el atrevimiento, pero si esto es una crisis de verdad, ¿por qué estoy hablando con usted y no con su director? Y ¿cómo se le ocurre presentarse en el Vaticano con pantalones cortos? ¿Acaso no sabe que es una falta de respeto?

Langdon dejó escapar un gruñido. No podía creer que,

en esas circunstancias, el hombre se mostrara quisquilloso con el código de vestimenta. Aunque, claro, si unos penes de piedra podían provocar pensamientos lujuriosos en los residentes del Vaticano, no había duda de que Vittoria Vetra con pantalones cortos era una amenaza para la seguridad nacional.

—Comandante Olivetti —intervino para intentar desactivar lo que parecía una segunda bomba a punto de estallar—. Mi nombre es Robert Langdon. Soy profesor de simbología religiosa en Estados Unidos y no tengo relación alguna con el CERN. He podido ver una demostración del poder de la antimateria y puedo asegurarle que, tal y como le ha dicho la señorita Vetra, se trata de una sustancia increíblemente peligrosa. Tenemos razones para pensar que una secta antirreligiosa la ha colocado en su complejo con la esperanza de desbaratar el cónclave.

Olivetti se volvió hacia él.

—Tengo a una mujer con pantalones cortos diciéndome que una gota de líquido va a hacer saltar por los aires el Vaticano y a un profesor estadounidense que asegura que somos el objetivo de una secta antirreligiosa. ¿Exactamente qué es lo que quieren que haga?

—Encontrar el contenedor —dijo Vittoria—. Inmediatamente.

—Imposible. Ese artilugio podría estar en cualquier parte. La Ciudad del Vaticano es enorme.

—¿Sus cámaras no disponen de localizador GPS?

—No suelen *robarlas*. Podríamos tardar días en encontrar la cámara desaparecida.

—No tenemos días —replicó Vittoria con firmeza—. Sólo seis horas.

—¿Seis horas hasta qué, señorita Vetra? —De repente Olivetti alzó la voz. Señaló la imagen que aparecía en la pantalla—. ¿Hasta que termine esa cuenta atrás? ¿Hasta que el Vaticano desaparezca? Créame, no me hace gracia que consigan eludir mi sistema de seguridad. Tampoco me gusta que aparezcan misteriosos dispositivos mecánicos dentro de mi recinto. Estoy preocupado; forma parte de mi trabajo estar preocupado. Pero lo que acaban de contarme me resulta inaceptable.

Langdon no pudo reprimirse.

—¿Ha oído usted hablar de los illuminati?

El glacial exterior del comandante se resquebrajó. Puso los ojos en blanco, como un tiburón a punto de atacar.

—Se lo advierto: no tengo tiempo para esto.

—Entonces, ¿ha oído hablar de los illuminati?

Los ojos de Olivetti se clavaron sobre Langdon como si de dos bayonetas se tratara.

—Pertenezco a la Guardia Suiza del Vaticano. Por supuesto que he oído hablar de los illuminati. Desaparecieron hace décadas.

Langdon se metió la mano en el bolsillo y sacó el fax con la imagen del cuerpo marcado de Leonardo Vetra. Se la entregó a Olivetti.

—Soy especialista en la hermandad —dijo mientras el comandante estudiaba la fotografía—. Me cuesta aceptar que puedan seguir en activo, pero la aparición de este emblema junto con el hecho de que exista una conjura de los illuminati en contra del Vaticano me ha hecho cambiar de parecer.

—Esto no es más que una falsificación generada por ordenador —Olivetti le devolvió el fax.

Langdon se lo quedó mirando con incredulidad.

—¿Una falsificación? ¡Mire la simetría! Precisamente usted debería advertir la autenticidad de...

—Autenticidad es precisamente lo que a usted le falta. Puede que la señorita Vetra no le haya informado, pero los científicos del CERN llevan décadas criticando la política de la Santa Sede. No dejan de pedirnos que nos retractemos de la teoría creacionista, que pidamos disculpas formales por Galileo y Copérnico o que revoquemos nuestras críticas contra las investigaciones peligrosas o inmorales. ¿Qué le parece más probable?, ¿que una secta satánica de cuatrocientos años de antigüedad reaparezca o que algún bromista del CERN esté intentando desbaratar un acontecimiento sagrado con una elaborada falsificación?

—Esa fotografía —dijo Vittoria conteniendo la rabia— es de mi padre. Asesinado. ¿Cree usted que estoy para bromas?

—No lo sé, señorita Vetra. Pero mientras no obtenga algunas respuestas coherentes no pienso dar la alarma. La vigilancia y la discreción son mi deber, para que se puedan llevar a cabo los asuntos espirituales con la necesaria claridad mental. Hoy más que nunca.

—Al menos posponga el acontecimiento —pidió Langdon.

—¿Que lo posponga? —Olivetti estaba boquiabierto—. ¡Qué arrogancia! Un cónclave no es un partido de béisbol que uno pueda aplazar por la lluvia. Se trata de un acontecimiento sagrado con un código y un procedimiento estrictos. No importa que mil millones de católicos estén esperando un líder. No importa que fuera haya medios de comunicación del mundo entero. Los protocolos de este acontecimiento son sagrados; no están sujetos a modificación. Desde el año 1179, los cónclaves han sobrevivido a terremotos, hambrunas, e incluso a la peste. Créame, no se va a cancelar por culpa de un científico asesinado y una pequeña gota de Dios sabe qué.

—Quiero hablar con la persona que esté al mando —exigió Vittoria.

Olivetti la fulminó con la mirada.

—Yo soy esa persona.

—No —dijo ella—. Me refiero a alguien del clero.

Al comandante se le empezaban a marcar las venas de la frente.

—El clero se ha ido. A excepción de la Guardia Suiza, en estos momentos únicamente los miembros del Colegio Cardenalicio están presentes en la Ciudad del Vaticano. Y se encuentran dentro de la capilla Sixtina.

—¿Y el camarlengo? —dijo Langdon con rotundidad.

—¿Quién?

—El camarlengo del papa fallecido. —Langdon repitió la palabra seguro de sí mismo, esperando que su memoria no lo estuviera traicionando. Recordaba haber leído algo sobre el curioso proceso de sucesión tras la muerte de un pontífice. Si estaba en lo cierto, en el ínterin, el poder autónomo pasaba temporalmente al asistente personal del finado, su camarlengo, un secretario que supervisaba el cónclave hasta que los cardenales escogían a un nuevo Santo Padre—. Si no me equivoco, en estos momentos el camarlengo es quien está al mando.

—*Il camerlengo?* —Olivetti frunció el ceño—. El camarlengo no es más que un simple sacerdote. Era el asistente del papa fallecido.

—Pero está aquí, y usted responde ante él.

Olivetti se cruzó de brazos.

—Señor Langdon, es cierto que las leyes del Vaticano dictan que el camarlengo asuma la jefatura ejecutiva durante el cónclave, pero sólo para asegurar una elección imparcial. Es como si su presidente muriera y uno de sus asistentes se sentara temporalmente en el Despacho Oval. El camarlengo es joven, y sus conocimientos sobre seguridad, o cualquier otra cosa, son extremadamente limitados. A efectos prácticos, yo soy quien está al cargo aquí.

—Llévenos con él —dijo Vittoria.

—Imposible. El cónclave comenzará dentro de cuarenta minutos. El camarlengo se encuentra en el despacho del papa, preparándose. No tengo intención alguna de molestarlo con cuestiones de seguridad.

Vittoria abrió la boca para responder, pero en ese instante llamaron a la puerta. Olivetti fue a abrir.

Era un guardia con el uniforme completo. Señaló su reloj.

—È l'ora, comandante.

El comprobó su reloj y asintió. Se volvió hacia Langdon y Vittoria como si fuera un juez y acabara de decidir su destino.

—Síganme.

Salieron de la sala de vigilancia y cruzaron el centro de seguridad hasta un pequeño cubículo acristalado que había junto a la pared del fondo.

—Mi despacho —Olivetti los hizo entrar. La habitación no tenía nada de especial: un escritorio repleto de cosas, archivadores, unas sillas plegables, un refrigerador de agua—. Volveré dentro de diez minutos. Les sugiero que utilicen el tiempo para decidir cómo les gustaría proceder.

Vittoria giró sobre sus talones.

—¡No puede marcharse! Ese contenedor es...

—No tengo tiempo para eso —espetó con furia Olivetti—. Quizá debería retenerlos aquí hasta que pase el cónclave, cuando sí tenga tiempo.

—Signore —insistió el guardia señalando de nuevo su reloj—. Bisogna spazzare la capella.

Olivetti asintió y se dispuso a salir.

—Spazzare la capella? —preguntó Vittoria—. ¿Se marcha para barrer la capilla?

El comandante se volvió y le clavó la mirada.

—Barremos la capilla en busca de artilugios electrónicos, señorita Vetra: es una cuestión de discreción. —Señaló sus piernas con un ademán—. No espero que usted lo comprenda.

A continuación, cerró de un portazo, haciendo temblar el grueso cristal del cubículo. Con un ágil movimiento, sacó una llave, la introdujo en la cerradura y la hizo girar. Un pesado cerrojo se deslizó.

—*Idiota!* —gritó Vittoria—. ¡No puede dejarnos aquí dentro!

A través del cristal, Langdon vio que Olivetti le decía algo al guardia y éste asentía. En cuanto el comandante salió de la sala, el guardia dio media vuelta y se los quedó mirando desde el otro lado del cristal, con los brazos cruzados y una pistola enorme al cinto.

«Genial —pensó Langdon—. ¿Y ahora, qué?»

Capítulo 37

Vittoria le dirigió una furibunda mirada al guardia suizo que había al otro lado de la puerta. Él le devolvió la mirada, aunque el colorido uniforme contradecía su aire decididamente siniestro.

«*Che fiasco* —pensó Vittoria—. Retenidos por un hombre armado que va vestido con un pijama.»

Langdon permanecía en silencio. Ella esperaba que su cerebro de Harvard estuviera ideando un modo de salir de allí. Por su expresión, sin embargo, advirtió que en realidad se sentía demasiado consternado para poder cavilar nada. Lamentó haberlo involucrado en eso.

El primer instinto de Vittoria fue sacar su teléfono móvil y llamar a Kohler, pero sabía que eso sería una estupidez. En primer lugar, seguramente el guardia entraría y se lo quitaría. En segundo, si el ataque de Kohler seguía su curso habitual, seguramente todavía estaría incapacitado. Además, tampoco serviría de nada... En esos momentos, Olivetti no parecía dispuesto a creer a nadie.

«¡Recuerda! —se dijo—. ¡Recuerda la solución!»

«Recordar» era un truco filosófico budista. En vez de pedirle a su mente que encontrara la solución a un desafío aparentemente imposible, Vittoria se limitaba a pedirle que la recordara. La suposición de que uno ya conocía la respuesta le hacía pensar que la respuesta debía existir, y así se eliminaba cualquier sensación incapacitadora de desesperación. Vittoria usaba a menudo ese procedimiento para resolver dilemas científicos que la mayoría consideraban irresolubles.

En ese momento, sin embargo, el truco de recordar no le ofrecía resultado alguno. Así pues, sopesó sus opciones y sus necesidades. Tenía que avisar a alguien. Alguien en el Vaticano debía tomarla en serio. Pero ¿quién? ¿El camarlengo? ¿Cómo? Estaba encerrada en una caja de cristal con una única salida.

«Herramientas —se dijo—. Siempre hay herramientas. Vuelve a examinar tu entorno.»

Instintivamente, relajó los hombros y la mirada y respiró profundamente tres veces. Notó cómo su pulso se ralentizaba y sus músculos se destensaban. El caótico pánico de su mente se disolvió. «Muy bien —pensó—, libera tu mente. ¿Cómo se puede cambiar esta situación? ¿Cuáles son los recursos de los que dispones?»

Una vez en calma, la analítica mente de Vittoria Vetra se volvía una poderosa fuerza. En unos segundos se dio cuenta de que su encarcelamiento era en realidad la clave para escapar.

—Voy a hacer una llamada —dijo de repente.

Langdon levantó la mirada.

—Iba a sugerirte que llamaras a Kohler, pero...

—A Kohler, no. A otra persona.

—¿A quién?

—Al camarlengo.

Langdon parecía totalmente perdido.

—¿Vas a llamar al camarlengo? ¿Cómo?

—Olivetti ha dicho que se encontraba en el despacho del papa?

—Así es, pero ¿acaso conoces el número privado del papa?

—No. Pero no voy a llamar desde mi teléfono. —Con la cabeza señaló un teléfono de alta tecnología que había sobre el escritorio de Olivetti. Estaba repleto de teclas de marcación abreviada—. El jefe de seguridad debe de tener línea directa con el despacho del papa.

—También tiene a un levantador de pesas con una pistola plantado a dos metros de nosotros.

—Y estamos encerrados.

—De eso ya me he dado cuenta.

—Quiero decir que el guardia no puede entrar. Éste es el despacho privado de Olivetti. Dudo que nadie más tenga llave.

Langdon miró al guardia.

—Ese cristal es bastante delgado, y su pistola, muy grande.

—¿Y qué va a hacer? ¿Dispararme por utilizar el teléfono?

—¡Quién sabe! Este lugar es muy extraño, y tal y como están las cosas...

—O eso —dijo Vittoria—, o nos pasamos las siguientes cinco horas y cuarenta y ocho minutos aprisionados en el Vaticano. Al menos, así tendremos un asiento de primera fila cuando la antimateria estalle.

Langdon se puso lívido.

—Pero el guardia avisará a Olivetti en cuanto levante el auricular. Además, hay unas veinte teclas, y no veo ninguna identificación. ¿Vas a probarlas todas a ver si tienes suerte?

—No —dijo ella dirigiéndose hacia el teléfono—. Sólo uno. —Descolgó y presionó el primer botón—. Número uno. Me apuesto uno de esos dólares de los illuminati que llevas en el bolsillo a que esta tecla es la del despacho del papa. ¿Qué otra cosa puede ser de mayor importancia para un guardia suizo?

Langdon no tuvo tiempo de responder. El centinela que había fuera empezó a golpear el cristal con la culata de la pistola mientras le hacía señas a Vittoria para que colgara.

Ella le guiñó un ojo. El hombre montó en cólera.

Langdon se apartó de la puerta y se volvió hacia Vittoria.

—¡Será mejor que tengas razón, porque este tipo no parece muy contento!

—¡Maldita sea! —dijo ella con el auricular en la oreja—. Una grabación.

—¿Una grabación? —preguntó Langdon—. ¿El papa tiene un contestador automático?

—No era el despacho del papa —repuso ella, colgando el auricular—. Era el maldito menú semanal del comedor del Vaticano.

Langdon le ofreció una débil sonrisa al guardia, que seguía mirándolo furiosamente a través del cristal al tiempo que avisaba a Olivetti con su radio.

Capítulo 38

La centralita del Vaticano se encuentra en el Ufficio di Communicazione, que está situado detrás de la estafeta. Se trata de una sala relativamente pequeña con un aparato Corelco 141 de ocho líneas. La oficina recibe más de dos mil llamadas diarias, la mayoría de las cuales se redirigen automáticamente al sistema pregrabado de información.

Esa noche, el único operador de comunicaciones de guardia permanecía sentado en silencio frente a una taza de té. Se sentía orgulloso de ser uno de los pocos empleados a los que permitían estar en el Vaticano. Por supuesto, el honor se veía algo empañado por la presencia de guardias suizos en la puerta. «Un escolta para ir al baño —pensó el operador—. Ah, las indignidades que debemos soportar en nombre del santo cónclave.»

Afortunadamente, esa tarde no habían recibido muchas llamadas. O quizá no había ninguna fortuna en ello, pensó. El interés del resto del mundo en los acontecimientos del Vaticano parecía haber disminuido en los últimos años. El número de llamadas de la prensa era menor, y ni siquiera los pirados telefoneaban con la misma frecuencia. La oficina de prensa esperaba que el acontecimiento de esa noche tendría un aire más festivo. Lamentablemente, sin embargo, a pesar de que la plaza de San Pedro estaba repleta de camiones, éstos pertenecían básicamente a los medios de comunicación italianos y europeos. Sólo había un puñado de medios globales, y sin duda habrían enviado a sus periodistas de segunda fila.

El operador se aferró a su taza y se preguntó cuánto duraría la noche. «Hasta medianoche, más o menos», supuso. Hoy en día, la mayoría de la gente vinculada al Vaticano ya sabía quiénes eran los favoritos para convertirse en papa mucho antes de que el cónclave se reuniera, así que el procedimiento sería más un ritual de tres o cuatro horas que una verdadera elección. Por supuesto, disensiones de último momento podían prolongar la ceremonia hasta el amanecer, o incluso más tiempo. El cónclave de 1831 había durado cincuenta y cuatro días. «El de esta noche, no», se dijo. Según los rumores, pronto habría fumata blanca.

Los pensamientos del operador se desvanecieron cuando sonó una línea interna en la centralita. Miró la parpadeante luz roja y se rascó la cabeza. «Qué raro —pensó—. La línea cero. ¿Quién puede estar llamando a la centralita esta noche desde dentro? ¿Todavía queda alguien?»

—*Vaticano. Pronto?* —dijo tras descolgar el teléfono.

La voz al otro lado de la línea habló con rapidez y en italiano. El operador reconoció vagamente el acento típico de la Guardia Suiza, italiano con acento francosuizo. Quien hablaba, sin embargo, no era un guardia.

Al oír la voz de la mujer, el operador se puso en pie de golpe y a punto estuvo de derramar el té. Volvió a mirar la línea. No se había equivocado. «Una extensión interna. Debe de haber algún error —pensó—. ¿Una mujer dentro del Vaticano? ¿Esta noche?»

La mujer hablaba de prisa y parecía furiosa. El operador se había pasado suficientes años atendiendo el teléfono para saber cuándo se trataba de un *pazzo*. Esa mujer, en cambio, no parecía estar loca. Se expresaba de un modo atropellado pero racional, tranquilo y eficiente. Desconcertado, escuchó su petición.

—*Il camerlengo?* —dijo el operador, intentando averiguar todavía de dónde diantre procedía la llamada—. No puedo ponerla... Sí, sé que está en el despacho del papa pero... ¿Quién dice que es usted?... Y quiere advertirle de... —Escuchó, cada vez más y más nervioso. «¿Que todo el mundo está en peligro? ¿Cómo? ¿Y desde dónde llama?»—. Quizá debería pasarla con la Guardia Suiza... —Se interrumpió de pronto—. ¿Dónde dice que está usted?

Aturdido, escuchó a la mujer y luego tomó una decisión.

—Espere un momento, por favor —respondió, y la puso en espera antes de que pudiera contestarle.

Luego llamó a la línea directa del comandante Olivetti. «Es absolutamente imposible que esa mujer...»

Contestaron al instante.

—*Per l'amore di Dio!* —le gritó una voz familiar—. ¡¿Quiere hacer el favor de pasar de una vez la maldita llamada?!

La puerta del centro de seguridad de la Guardia Suiza se abrió con un siseo. Los guardias se hicieron a un lado y el comandante Olivetti entró en la sala como una exhalación. Al doblar la esquina en dirección a su despacho, confirmó lo que su guardia acababa de decirle por la radio: Vittoria Vetra estaba junto a su escritorio, hablando por su teléfono privado.

«*Che coglioni!* —pensó—. ¡Vaya pelotas tiene esa tía!»

Lívido, se dirigió hacia su despacho y metió la llave en la cerradura. En cuanto abrió la puerta, gritó:

—¡¿Se puede saber qué está haciendo?!

Vittoria lo ignoró.

—Sí —dijo ella por teléfono—. Y debo advertirle...

Olivetti le arrebató el auricular de las manos y se lo llevó al oído.

—¡¿Con quién narices hablo?!

Durante apenas una fracción de segundo, el comandante pareció perder su rigidez.

—Sí, camarlengo... —dijo—. Correcto, *signore*..., pero por cuestiones de seguridad... Claro que no... La retengo aquí por... Claro, pero... —Escuchó—. Sí, señor —dijo finalmente—. Los llevaré arriba inmediatamente.

Capítulo 39

El Palacio Apostólico es un conglomerado de edificios situados cerca de la capilla Sixtina, al noreste de la Ciudad del Vaticano. Con una incomparable vista de la plaza de San Pedro, el palacio alberga tanto los aposentos como el despacho del papa.

Vittoria y Langdon siguieron en silencio al comandante Olivetti mientras los conducía por un largo corredor de estilo rococó. Tras ascender tres tramos de escaleras, entraron en un pasillo amplio y poco iluminado.

Langdon estaba impresionado con las obras de arte que adornaban las paredes: bustos en perfecto estado, tapices, frisos..., obras que valían cientos de miles de dólares. Tras recorrer dos terceras partes del pasillo, pasaron por delante de una fuente de alabastro. Olivetti torció a la izquierda y se dirigió hacia una de las puertas más grandes que Langdon había visto nunca.

—*Lo studio privato del papa* —declaró el comandante mirando a Vittoria con resentimiento. Ella ni siquiera pestañeó. Se acercó a la puerta y llamó.

«El despacho del papa», pensó Langdon, a quien le costaba asimilar que estaba a punto de entrar en una de las estancias más sagradas de toda la cristiandad.

—*Avanti!* —dijo alguien desde el interior.

Cuando la puerta se abrió, el estadounidense tuvo que cubrirse los ojos. La luz del sol era cegadora. Poco a poco consiguió vislumbrar la imagen que tenía ante sí.

El despacho del papa parecía más una sala de baile que un despacho. Los suelos eran de mármol rojo, y las paredes estaban adornadas con frescos de vivos colores. Del techo colgaba una enorme lámpara de araña y, más allá, una serie de ventanas abovedadas ofrecían una asombrosa vista de la soleada plaza de San Pedro.

«¡Dios mío! —pensó Langdon—. ¡Ésta sí que es una habitación con vistas!»

Al otro extremo de la estancia, un hombre sentado frente a un escritorio de madera tallada escribía frenéticamente.

—*Avanti!* —volvió a decir. Dejó a un lado la pluma y les hizo una seña para que se acercaran.

Olivetti los guió con paso marcial.

—*Signore* —dijo en tono de disculpa—, *non ho potuto...*

El hombre lo interrumpió, se puso en pie y estudió a sus dos visitantes.

El camarlengo no se parecía en nada a los frágiles y beatíficos ancianos que Langdon solía imaginar deambulando por el Vaticano. No llevaba rosarios ni medallas, ni tampoco pesados hábitos. Iba vestido con una simple sotana negra que parecía resaltar su sólida complexión. Debía de tener unos treinta y tantos años, un niño para los estándares vaticanos. Era sorprendentemente atractivo, tenía el pelo castaño ondulado y espeso y unos radiantes ojos verdes que brillaban como avivados por los misterios del universo. Al acercarse, sin embargo, Langdon advirtió en ellos un profundo agotamiento, como los de una alma que acabara de pasar los quince días más difíciles de su vida.

—Soy Carlo Ventresca —dijo en un perfecto inglés—. El camarlengo del papa fallecido. —Su tono era modesto y amable, con apenas una leve inflexión italiana.

—Vittoria Vetra —se presentó ella, dando un paso

195

adelante y ofreciéndole la mano—. Gracias por recibirnos.

Olivetti dio un respingo cuando el camarlengo estrechó la mano de la joven.

—Éste es Robert Langdon —dijo Vittoria—. Profesor
de simbología religiosa en la Universidad de Harvard.

—*Padre* —lo saludó él con su mejor acento italiano.
Inclinó la cabeza y extendió la mano.

—No, no —insistió el camarlengo, indicándole que se
levantara—. El despacho de Su Santidad no me hace santo. No soy más que un sacerdote; un camarlengo que ofrece sus servicios en tiempos de necesidad.

Langdon se incorporó.

—Por favor —dijo Ventresca—, siéntense.

—El camarlengo dispuso una serie de sillas alrededor
de su escritorio. Langdon y Vittoria se sentaron. Olivetti,
en cambio, prefirió permanecer de pie.

El sacerdote se sentó tras su escritorio, cruzó los brazos, suspiró y observó a sus visitantes.

—*Signore* —dijo Olivetti—. Es culpa mía que la mujer
lleve esta ropa. Yo...

—No es su ropa lo que me preocupa —respondió el
camarlengo, demasiado agotado para perder el tiempo
con eso—. Lo que sí me preocupa, en cambio, es que el
operador telefónico del Vaticano me llame media hora
antes del cónclave y me diga que una mujer está tele-
foneando desde su despacho privado para alertarme de
una seria amenaza de seguridad de la que no he sido informado.

Olivetti permanecía rígido, con la espalda arqueada
como la de un soldado bajo una intensa inspección.

Langdon se sentía hipnotizado por la presencia del camarlengo. Aquel sacerdote joven y cansado tenía un aire
de héroe mítico e irradiaba carisma y autoridad.

—*Signore* —dijo Olivetti en tono de disculpa pero sin

dejar de mostrarse inflexible—, no debería preocuparse por cuestiones de seguridad. Tiene usted otras responsabilidades.

—Sé muy bien cuáles son mis responsabilidades. Y también sé que, como *direttore intermediario*, soy responsable de la seguridad y del bienestar de todos los presentes en el cónclave. ¿Puedo saber qué está pasando?

—Tengo la situación bajo control.

—Pues no lo parece.

—Padre —los interrumpió Langdon, sacó del bolsillo el arrugado fax y se lo entregó al camarlengo—, por favor.

El comandante Olivetti dio un paso adelante para intervenir.

—Padre, por favor, no se preocupe por...

Ignorando a Olivetti, el sacerdote cogió el fax. Miró la imagen del cadáver de Leonardo Vetra y dejó escapar un grito ahogado.

—¿Qué es esto?

—Ése es mi padre —dijo Vittoria con voz quebrada—. Era sacerdote y un hombre de ciencia. Fue asesinado anoche.

El rostro del camarlengo se suavizó al instante y levantó la mirada hacia ella.

—Lo siento mucho, hija mía. —Se persignó y volvió a mirar el fax con la repugnancia que sentía reflejándose en sus ojos—. ¿Quién podría...? ¿Y esa quemadura?... —El camarlengo hizo una pausa, aguzando la mirada para ver mejor la imagen.

—Pone «illuminati» —dijo Langdon—. Estoy seguro de que el nombre le resulta familiar.

El rostro del camarlengo adoptó una extraña expresión.

—He oído hablar de ellos, sí, pero...

—Los illuminati asesinaron a Leonardo Vetra para robar una nueva tecnología que él...

—*Signore* —intervino Olivetti—, eso es absurdo. ¿Los illuminati? Está claro que esto no es más que una elaborada falsificación.

Ventresca pareció considerar las palabras del comandante. Luego se volvió y contempló a Langdon con tal intensidad que éste tuvo la sensación de que le faltaba el aire en los pulmones.

—Profesor, me he pasado la vida en la Iglesia católica. Conozco la tradición de los illuminati..., así como la leyenda de las marcas a fuego. No obstante, debo advertirle que soy un hombre que vive en el presente. El cristianismo ya tiene suficientes enemigos, no es necesario resucitar viejos fantasmas.

—Ese símbolo es auténtico —repuso Langdon, ligeramente a la defensiva. Extendió la mano y giró el fax para que el camarlengo lo pudiera comprobar.

El sacerdote guardó silencio al ver la simetría.

—Ni siquiera los ordenadores modernos —añadió Langdon— han sido capaces de elaborar un ambigrama simétrico de esta palabra.

El camarlengo se cruzó de brazos y permaneció callado largo rato.

—Los illuminati desaparecieron hace mucho —dijo finalmente—. Es un hecho.

El profesor asintió.

—Ayer habría estado de acuerdo con usted.

—¿Ayer?

—Antes de la cadena de acontecimientos que ha tenido lugar hoy. Creo que los illuminati han resurgido para consumar un antiguo pacto.

—Discúlpeme. Mis conocimientos de historia están algo oxidados. ¿A qué antiguo pacto se refiere?

Langdon respiró profundamente.

—A la destrucción de la Ciudad del Vaticano.

—¿*Destruir* la Ciudad del Vaticano? —El camarlengo parecía más confuso que asustado—. Pero eso es imposible.

Vittoria negó con la cabeza.

—Me temo que tenemos más malas noticias.

Capítulo 40

—¿Es eso cierto? —preguntó asombrado el camarlengo, volviéndose hacia Olivetti.

—*Signore* —reconoció él—, admito que hay en el Vaticano una especie de artilugio. Es visible en uno de nuestros monitores de seguridad, pero en cuanto a lo que dice la señorita Vetra sobre el poder de esa sustancia, no puedo...

—Un momento —dijo el camarlengo—. ¿Puede ver esa sustancia?

—Sí, *signore*. A través de la cámara inalámbrica número ochenta y seis.

—Entonces, ¿cómo es que todavía no la han encontrado? —dijo Ventresca, irritado.

—Es muy difícil, *signore*.

Olivetti le explicó la situación.

El sacerdote escuchó, y Vittoria pudo advertir su creciente preocupación.

—¿Está seguro de que está dentro del Vaticano? —preguntó el camarlengo—. Quizá alguien ha cogido la cámara y está retransmitiendo las imágenes desde otro lugar.

—Imposible —dijo Olivetti—. Las murallas externas del Vaticano están protegidas electrónicamente para resguardar nuestras comunicaciones internas. Esa señal sólo puede provenir del interior, o no la recibiríamos.

—Y supongo que ahora está buscando esa cámara mediante todos los recursos disponibles, ¿no?

El comandante negó con la cabeza.

—No, señor. Localizar la cámara les llevaría cientos de horas a nuestros hombres. Tenemos otras preocupaciones en estos momentos, y, con el debido respeto a la señorita Vetra, esa gota de la que habla es minúscula. No puede ser tan peligrosa como asegura.

Vittoria perdió la paciencia.

—¡Esa gota puede aniquilar por completo la Ciudad del Vaticano! ¿Es que no ha escuchado nada de lo que le he explicado?

—Señora —dijo Olivetti con su acerada voz—, tengo una dilatada experiencia con explosivos.

—Su experiencia es obsoleta —replicó ella con dureza—. A pesar de mi indumentaria, que tan problemática le parece, soy una física que trabaja en el complejo subatómico más avanzado del mundo. He diseñado personalmente la trampa de antimateria que de momento evita la aniquilación. Y le advierto que si no encuentra ese contenedor en las próximas seis horas, el siglo que viene sus guardias no tendrán nada que proteger salvo un gran agujero en el suelo.

Olivetti se volvió hacia el camarlengo hecho una furia.

—*Signore*, no puedo permitir que esto llegue más lejos. Unos bromistas le están haciendo perder el tiempo. ¿Los illuminati? ¿Una gota que nos destruirá a todos?

—*Basta* —dijo el camarlengo; lo hizo en voz baja pero la palabra pareció resonar por toda la cámara. Luego se hizo el silencio. Ventresca siguió hablando entonces casi en un susurro—: Peligrosa o no, illuminati o no, sea esa sustancia lo que sea, está claro que no debería hallarse en el Vaticano... Y menos todavía en vísperas de un cónclave. Quiero que la encuentren y que se la lleven. Organice una búsqueda de inmediato.

Olivetti insistió:

—*Signore*, aunque todos los guardias registraran el complejo, podríamos tardar días en encontrar esa cámara. Además, después de hablar con la señorita Vetra he hecho que uno de mis hombres buscara en nuestra guía de balística más avanzada alguna mención a esa sustancia llamada antimateria. No ha encontrado ninguna. Absolutamente nada.

«Imbécil presuntuoso —pensó Vittoria—. ¿Una guía de balística? ¿Y no has mirado en una enciclopedia? ¡En la letra A!»

—*Signore* —proseguía el comandante—, si está sugiriendo que llevemos a cabo un registro ocular de todo el Vaticano, debo expresar mi oposición.

—Comandante —la voz del camarlengo hervía de rabia—. ¿He de recordarle que, cuando se dirige a mí, se está dirigiendo usted a este despacho? Advierto que no se toma en serio mi posición. Sin embargo, según la ley, ahora mismo soy yo quien está al mando. Si no me equivoco, los cardenales se encuentran ahora a salvo dentro de la capilla Sixtina, y sus preocupaciones de seguridad son mínimas hasta que el cónclave termine. No entiendo a qué se debe su resistencia a buscar ese artilugio. Casi se diría que quiere hacer daño a ese cónclave.

—¡Cómo se atreve! —replicó Olivetti con desdén—. ¡He servido durante doce años a su papa! ¡Y al papa anterior durante otros catorce! ¡Desde 1438, la Guardia Suiza ha...!

La radio que Olivetti llevaba al cinto lo interrumpió.

—*Comandante?*

Olivetti lo cogió y presionó el transmisor.

—*Ho da fare! Cosa c'è?*

—*Scusi* —dio el guardia suizo por la radio—. Llamo de comunicaciones. Pensé que debía informarle de que hemos recibido una amenaza de bomba.

Olivetti no pudo mostrar menos interés.

—¡Pues ocúpense de ello! Sigan el protocolo habitual, y redacten un informe.

—Así lo hemos hecho, señor, pero es que esa persona... —El guardia se interrumpió un momento—. No lo molestaría, comandante, si no fuera porque ha mencionado la sustancia que usted me ha pedido que investigara. La antimateria.

Todos los presentes intercambiaron miradas de asombro.

—¿Que ha mencionado el qué? —tartamudeó Olivetti.

—La antimateria, señor. Mientras intentábamos localizar la llamada, he investigado un poco más. Y la información que he encontrado sobre la antimateria es..., bueno, francamente resulta algo preocupante.

—¿Pero no había dicho que en la guía de balística no había mención alguna?

—Lo he encontrado en Internet.

«Aleluya», pensó Vittoria.

—Parece que se trata de una sustancia altamente explosiva —continuó el guardia—. Cuesta creer la veracidad de esta información, pero aquí dice que, en comparación, la carga explosiva de la antimateria es cien veces más potente que la de una cabeza nuclear.

Olivetti se vino abajo. Fue como ver desplomarse una montaña. El sentimiento de triunfo de Vittoria, sin embargo, se vio truncado por la expresión de terror del camarlengo.

—¿Han localizado la llamada? —balbució Olivetti.

—No ha habido suerte. Móvil encriptado. Las líneas SAT se interferían entre sí, de modo que no se podía triangular. La señal IF sugiere que el tipo se encuentra en algún lugar de Roma, pero no ha habido modo de ubicarlo.

—¿Ha exigido algo? —dijo Olivetti en voz baja.

—No, señor. Únicamente nos ha advertido de que la antimateria está escondida en el complejo. Parecía sorprendido de que yo no lo supiera. Me ha preguntado si ya la había visto. Y como usted me había preguntado al respecto, he decidido avisarlo.

—Ha hecho lo correcto —dijo Olivetti—. Bajaré dentro de un minuto. Avíseme si vuelve a llamar.

Hubo un momento de silencio en la radio.

—Todavía está en línea, señor.

Fue como si una descarga eléctrica sacudiera el cuerpo de Olivetti.

—¿La línea está abierta?

—Sí, señor. Llevamos diez minutos intentando localizar la llamada, sin éxito. El tipo debe de ser consciente de ello, porque se niega a colgar hasta que pueda hablar con el camarlengo.

—Páseme la llamada —ordenó Ventresca—. ¡De inmediato!

Olivetti se volvió hacia él.

—Padre, no. La Guardia Suiza está mejor preparada para manejar esto.

—¡De inmediato!

Olivetti dio la orden.

Un momento después, el teléfono que había sobre el escritorio del camarlengo empezó a sonar. Ventresca presionó el botón del altavoz.

—¿Quién se ha creído que es usted?

Capítulo 41

La voz que surgió del altavoz del teléfono del camarlengo era metálica y fría, además de arrogante. Todos los presentes en la estancia le prestaron atención.

Langdon intentó ubicar su acento. «¿Oriente Medio, quizá?»

—Soy un mensajero de una antigua hermandad —anunció la voz con una extraña cadencia—. Una hermandad que han ninguneado durante siglos. Soy un mensajero de los illuminati.

Langdon notó que sus músculos se tensaban al tiempo que sus últimas dudas se desvanecían. Por un instante sintió la misma mezcla de emoción, privilegio y miedo que había experimentado esa mañana al ver el ambigrama.

—¿Qué quiere? —preguntó el camarlengo.

—Represento a hombres de ciencia. Hombres que, al igual que ustedes, buscan respuestas; respuestas sobre el destino del hombre, su propósito, su creador...

—Quienquiera que sea —dijo Ventresca—, yo...

—*Silenzio!* Será mejor que escuche. Durante dos milenios su Iglesia ha dominado la búsqueda de la verdad. Ha aplastado a sus opositores con mentiras y profecías funestas. Ha manipulado la verdad según sus necesidades y asesinado a quienes descubrían cosas que no convenían a su política. ¿Le sorprende acaso ser el objetivo de hombres ilustrados de todo el globo?

—Los hombres ilustrados no recurren al chantaje para defender sus causas.

—¿Chantaje? —El desconocido se rió—. Esto no es ningún chantaje. No tenemos ninguna exigencia. La abolición del Vaticano no es negociable. Hemos esperado cuatrocientos años a que llegara este día. A medianoche, su ciudad será destruida. No hay nada que puedan hacer para evitarlo.

Olivetti se abalanzó hacia el altavoz:

—¡El acceso a esta ciudad está restringido! ¡Es imposible que hayan podido introducir ningún explosivo!

—Habla con la ignorante devoción de un guardia suizo. ¿Es quizá un oficial? Debería saber que durante siglos los illuminati se han infiltrado en las organizaciones más elitistas de todo el globo. ¿De veras cree que el Vaticano es inmune?

«Dios mío —pensó Langdon—, cuentan con alguien dentro.»

No era ningún secreto que la capacidad de infiltración era la principal característica del poder de los illuminati. Se habían infiltrado en la masonería, en los principales bancos, e incluso en algunos gobiernos. De hecho, Churchill le dijo una vez a la prensa que si los espías ingleses se hubieran infiltrado en el régimen nazi del mismo modo que los illuminati lo habían hecho en el Parlamento inglés, la guerra habría terminado en un mes.

—No es más que un farol —dijo Olivetti—. Es imposible que su influencia se extienda a ese nivel.

—¿Por qué? ¿Porque sus guardias están al acecho? ¿Porque vigilan cada rincón de su mundo privado? ¿Y qué hay de los mismos guardias suizos? ¿Acaso no son hombres? ¿Realmente cree que se juegan la vida por la fábula de un hombre que camina sobre el agua? Pregúntese de qué otro modo puede haber entrado el contenedor en su ciudad. O cómo pueden haber desaparecido esta misma tarde cuatro de sus más preciados bienes.

—¿Cuatro bienes? —Olivetti frunció el ceño—. ¿A qué se refiere?

—Uno, dos, tres, cuatro... ¿Todavía no los ha echado en falta?

—¿De qué demonios está hablan...? —Olivetti se quedó callado de golpe y abrió de par en par los ojos, como si acabaran de propinarle un puñetazo en el estómago.

—Se ha hecho la luz —dijo el desconocido—. ¿Quiere que le lea sus nombres?

—¿Qué está pasando? —intervino el camarlengo, desconcertado.

El desconocido se rió.

—¿Su comandante todavía no le ha informado? Qué vergüenza. No me extraña. Cuestión de orgullo. Imagino la deshonra que sentirá al contarle la verdad... Que cuatro de los cardenales que había jurado proteger parecen haber desaparecido...

Olivetti estalló.

—¿De dónde ha sacado esa información?

—Camarlengo —se regodeó el desconocido—, pregúntele a su comandante si *todos* sus cardenales están presentes en la capilla Sixtina.

Los ojos verdes del sacerdote se posaron sobre Olivetti, pidiéndole una explicación.

—*Signore* —le susurró Olivetti al oído—, es cierto que cuatro de los cardenales todavía no se han presentado en la capilla Sixtina, pero no hay por qué alarmarse. Han acudido a la residencia esta mañana, de modo que sabemos que se encuentran a salvo dentro del Vaticano. Usted mismo ha tomado té con ellos hace unas pocas horas. Simplemente no han llegado todavía al encuentro que precede al cónclave. Los estamos buscando, pero estoy seguro de que sólo están dando un paseo y han perdido la noción del tiempo.

—¿Dando un paseo? —En la voz del camarlengo ya no había rastro alguno de calma—. ¡Hace más de una hora que deberían estar en la capilla!

Langdon dirigió a Vittoria una mirada de asombro. «¿Han desaparecido unos cardenales? ¿Eso era lo que estaban buscando abajo?»

—Seguro que nuestra selección le parecerá de lo más convincente —dijo el desconocido—. Está el cardenal Lamassé de París, el cardenal Guidera de Barcelona, el cardenal Ebner de Frankfurt...

Olivetti parecía encogerse más y más con cada nuevo nombre.

El desconocido se detuvo un momento, como regocijándose especialmente en el último.

—Y de Italia... El cardenal Baggia.

El camarlengo se desinfló como una vela mayor en plena calma chicha y se dejó caer en su silla con el ceño fruncido.

—*I preferiti* —susurró—. Los cuatro favoritos... Incluido Baggia, el posible próximo sumo pontífice... ¿Cómo es posible?

Langdon había leído lo suficiente acerca de elecciones papales modernas para comprender la desesperación en el rostro del camarlengo. Aunque técnicamente cualquier cardenal menor de ochenta años podía ser nombrado papa, sólo unos pocos contaban con el respeto necesario para obtener la mayoría de dos tercios en un procedimiento de votación ferozmente partisano. Eran conocidos como los *preferiti*, y ahora éstos habían desaparecido.

Gotas de sudor empezaron a perlar la frente de Ventresca.

—¿Qué piensa hacer con esos hombres?

—¿Usted qué cree? Soy descendiente de los hassassin.

Langdon sintió un escalofrío. Conocía bien el nombre.

A lo largo de los años, la Iglesia se había granjeado no pocos enemigos. Los hassassin, los caballeros templarios, ejércitos que habían sido perseguidos o traicionados por el Vaticano...

—Libere a los cardenales —pidió el camarlengo—. ¿No tiene suficiente con la amenaza de destruir la ciudad de Dios?

—Olvídese de sus cardenales. Ya los ha perdido. Tenga por seguro que sus muertes serán recordadas por millones de personas. El sueño de todo mártir. Los convertiré en celebridades mediáticas. Uno a uno. A medianoche los illuminati habrán captado la atención del mundo entero. ¿Para qué cambiar el mundo si éste no presta atención? El horror de las ejecuciones públicas resulta embriagador, ¿no? Ustedes lo demostraron hace tiempo... La Inquisición, la tortura de los caballeros templarios, las cruzadas. —Se calló un momento—. Y, por supuesto, la *purga*.

El camarlengo permanecía en silencio.

—¿No recuerda la purga? —preguntó el desconocido—. Claro que no, no es usted más que un niño. Y, en cualquier caso, los sacerdotes son unos historiadores pésimos. ¿Quizá porque se avergüenzan de su historia?

—La purga —se oyó decir a sí mismo Langdon—. 1668. La Iglesia marcó a fuego a cuatro científicos illuminati con el símbolo de la cruz para purgar sus pecados.

—¿Quién ha dicho eso? —preguntó el desconocido, más intrigado que preocupado—. ¿Quién más se encuentra ahí?

Langdon notó que comenzaba a temblar.

—Mi nombre no importa —dijo intentando que su voz no sonara quebrada. Hablar con un illuminatus vivo lo desconcertaba... Para él era como si hablara con George Washington—. Soy un académico que ha estudiado la historia de su hermandad.

—Fantástico —respondió la voz—. Me alegra que todavía haya gente que recuerde los crímenes cometidos contra nosotros.

—La mayoría creemos que ustedes ya no existen.

—Una idea equivocada que la hermandad se ha encargado de fomentar. ¿Qué más sabe sobre la purga?

Langdon vaciló. «¿Qué más sé? ¡Que toda esta situación es de locos, eso es lo que sé!»

—Tras marcarlos, los científicos fueron asesinados y sus cuerpos arrojados en distintos lugares públicos de Roma a modo de advertencia a otros científicos para que no se unieran a los illuminati.

—Así es. Ahora nosotros haremos lo mismo. *Quid pro quo*. Considérenlo una retribución simbólica por los hermanos que ejecutaron. Sus cuatro cardenales morirán, uno cada hora a partir de las ocho. A medianoche habremos captado la atención de todo el mundo.

Langdon se acercó al teléfono.

—¿Pretende marcar y asesinar a esos cuatro hombres?

—La historia se repite, ¿no? Por supuesto, nuestro procedimiento será más elegante y audaz que el de la Iglesia. Ellos cometieron los asesinatos en privado y arrojaron los cadáveres a la calle cuando nadie pudiera verlos. Me parece una cobardía.

—¿Qué quiere decir? —preguntó Langdon—. ¿Que va a marcar y asesinar a esos hombres en público?

—Exactamente. Aunque depende de lo que considere usted público. Me consta que hoy en día ya no va mucha gente a la iglesia.

Langdon tardó un segundo en reaccionar.

—¿Los va a matar dentro de una iglesia?

—Un gesto de deferencia por nuestra parte. Así Dios podrá reclamar sus almas con la mayor celeridad. Parece lo más apropiado. E imagino que a la prensa también le gustará.

—Es un farol —dijo Olivetti en un tono de voz nuevamente impertérrito—. No puede matar a un hombre en una iglesia y esperar que no lo capturen.

—¿Farol? Nos movemos entre sus guardias suizos como fantasmas, hemos sacado del Vaticano a cuatro cardenales, colocado un mortífero explosivo en el corazón de su templo más sagrado, ¿y todavía cree que se trata de un farol? A medida que los asesinatos tengan lugar y las víctimas sean encontradas, los medios de comunicación acudirán en masa. A medianoche todo el mundo se habrá hecho eco de la causa illuminati.

—¿Y si apostamos guardias en todas las iglesias de Roma? —dijo Olivetti.

El desconocido se rió.

—Me temo que la prolífica naturaleza de su religión les va a dificultar esa tarea. ¿No las ha contado últimamente? Hay más de cuatrocientas iglesias católicas en Roma. Catedrales, capillas, santuarios, abadías, monasterios, conventos, escuelas parroquiales...

Olivetti permaneció impasible.

—Todo dará comienzo dentro de noventa minutos —dijo el desconocido poniendo fin a la llamada—. Uno cada hora. Una mortal progresión matemática. Ahora debo irme.

—¡Espere! —exclamó Langdon—. Hábleme de las marcas que quiere hacerles a esos hombres.

Al asesino pareció divertirle la pregunta.

—Sospecho que usted ya sabe de qué marcas se trata. ¿O todavía se muestra escéptico? Pronto las verá. La prueba de que las antiguas leyendas son ciertas.

Langdon sintió que la cabeza le daba vueltas. Sabía exactamente a qué se refería ese hombre. Recordó la marca en el pecho de Leonardo Vetra. Según el folclore de los illuminati, había cinco en total. «Quedan cuatro —se dijo—, y han desaparecido cuatro cardenales.»

—He jurado nombrar un nuevo papa esta noche —declaró Ventresca—. Lo he jurado ante Dios.

—Camarlengo —dijo el desconocido—, el mundo no necesita un nuevo papa. A partir de medianoche no tendrá nada que dirigir salvo una pila de escombros. La Iglesia católica está acabada. Su presencia en la Tierra ha llegado a su fin.

Se hizo el silencio.

El camarlengo parecía sinceramente apenado.

—Se equivoca usted. Una iglesia es mucho más que piedras y mortero. No se pueden borrar así como así dos mil años de fe..., de ninguna fe. No puede aplastarla sólo con eliminar sus manifestaciones terrenales. La Iglesia católica seguirá con o sin el Vaticano.

—Una noble mentira, pero una mentira en cualquier caso. Ambos sabemos la verdad. Dígame, ¿por qué es el Vaticano una ciudadela amurallada?

—Los hombres de Dios viven en un mundo peligroso —repuso el camarlengo.

—¿Qué edad tiene usted? El Vaticano es una fortaleza porque la Iglesia católica guarda la mitad de su patrimonio detrás de sus muros: cuadros excepcionales, esculturas, valiosas joyas, libros de incalculable valor... Y además están los lingotes de oro y las escrituras de bienes inmuebles que alberga en las cámaras acorazadas del Banco Vaticano. Se estima que su valor asciende a cuarenta y ocho mil quinientos millones de dólares. Unos buenos ahorros. Mañana quedarán reducidos a cenizas. Serán, digamos, liquidados. La Iglesia católica quedará en bancarrota. Ni siquiera los hombres con sotana pueden trabajar a cambio de nada.

La exactitud de esa afirmación pareció reflejarse en los conmocionados rostros de Olivetti y el camarlengo. Langdon no estaba seguro de qué le resultaba más sorprendente, si el hecho de que la Iglesia católica poseyera esa cantidad de dinero o que los illuminati lo supieran.

Ventresca dejó escapar un hondo suspiro.

—La columna vertebral de la Iglesia es la fe, no el dinero.

—Más mentiras —dijo el desconocido—. El año pasado se gastaron más de ciento ochenta y tres millones de dólares en intentar mantener sus apuradas diócesis en todo el mundo. La asistencia a las iglesias se encuentra bajo mínimos: ha bajado un cuarenta y seis por ciento en la última década. Las donaciones son la mitad que hace siete años. Cada vez menos hombres ingresan en el seminario. Aunque no lo admita, su Iglesia se está muriendo. Considere todo esto como una oportunidad de despedirse haciendo ruido.

Olivetti dio un paso adelante. Ahora parecía menos combativo, como si por fin fuera consciente de la realidad que tenía ante sí. Parecía un hombre en busca de una salida. De cualquier salida.

—¿Y si parte de esos lingotes se destinaran a financiar la causa de los illuminati?

—No nos insulte a ambos.

—Tenemos dinero.

—También nosotros. Más de lo que pueda imaginar.

Langdon pensó un momento en las supuestas fortunas illuminati: la antigua riqueza de los masones bávaros, los Rothschild, los Bilderberger, el legendario diamante de los illuminati.

—*I preferiti* —dijo el camarlengo con un tono de voz suplicante, cambiando de tema—. Libérelos. Son viejos. Ellos...

—Son vírgenes que sacrificar. —El desconocido se rió—. Dígame, ¿cree usted que realmente son vírgenes? ¿Se pondrán a chillar los corderitos cuando les llegue la hora? *Vergini sacrificate sull'altare della scienza*.

El camarlengo permaneció largo rato en silencio.

—Son hombres de fe —dijo finalmente—. No temen a la muerte.

El desconocido se burló.

—Leonardo Vetra era un hombre de fe y, sin embargo, anoche vi miedo en sus ojos. Un miedo del que me hice cargo.

Vittoria, que hasta el momento había permanecido callada, estalló de repente.

—*Assassino!* ¡Era mi padre!

Una risa socarrona resonó en el altavoz.

—¿Su padre? ¿Y eso? ¿Leonardo tenía una hija? Pues sepa que su padre lloriqueó como un niño cuando llegó su final. Realmente lamentable. Un hombre patético.

Vittoria se tambaleó como si las palabras la hubieran golpeado. Langdon extendió los brazos para cogerla, pero ella recuperó el equilibrio y fijó sus ojos oscuros en el teléfono.

—Juro por mi vida que antes de que termine esta noche lo encontraré —dijo con un tono de voz afilado como un láser—. Y cuando lo haga...

El desconocido rió groseramente.

—Una mujer con carácter. Qué excitante. Quizá antes de que esta noche termine seré yo quien la encuentre a usted. Y cuando lo haga...

Dejó la frase en el aire. Luego colgó.

214

Capítulo 42

El cardenal Mortati había empezado a sudar. No sólo porque la capilla Sixtina estaba empezando a parecer una sauna, sino porque el cónclave debía comenzar dentro de veinte minutos y todavía no sabía nada de los cuatro cardenales desaparecidos. Los murmullos iniciales de confusión entre los demás cardenales habían dado paso a una abierta inquietud.

A Mortati no se le ocurría dónde podían estar los cuatro hombres ausentes. «¿Con el camarlengo, quizá?» Sabía que, a primera hora de la tarde, Ventresca había tomado el tradicional té privado con los cuatro *preferiti*, pero de eso hacía ya horas. «¿Están enfermos? ¿Habrán comido algo en mal estado?» Mortati lo dudaba. Incluso al borde de la muerte, los *preferiti* estarían allí. Un cardenal sólo tenía una oportunidad (y a veces incluso ni eso) de ser elegido sumo pontífice, y según la ley del Vaticano, el cardenal debía estar presente en la capilla Sixtina cuando la votación tuviera lugar. En caso contrario, no podría ser elegido.

Aunque había cuatro *preferiti*, pocos cardenales tenían dudas sobre quién sería el próximo papa. En los últimos quince días no habían dejado de discutir mediante faxes y llamadas las virtudes de los candidatos potenciales. Como era la costumbre, finalmente habían elegido a cuatro *preferiti* que cumplían los requisitos tácitos para convertirse en papa:

Dominio del italiano, el español y el inglés.

Sin cadáveres en el armario.

Entre sesenta y cinco y ochenta años.

Como era habitual, uno de los *preferiti* había destacado por encima del resto de los propuestos por el colegio. Esa noche ese hombre era el cardenal Aldo Baggia, de Milán. El inmaculado expediente de Baggia, así como su increíble facilidad para los idiomas y su capacidad para comunicar la esencia de la espiritualidad, lo habían convertido en el claro favorito.

«Entonces, ¿dónde diantres se encuentra?», se preguntó Mortati.

La ausencia de los cuatro cardenales lo ponía particularmente nervioso porque sobre él había recaído la tarea de supervisar el cónclave. Una semana antes, el Colegio Cardenalicio había elegido por unanimidad que ocupara el cargo conocido como «gran elector»: el maestro de ceremonias interno del cónclave. Aunque el camarlengo era el miembro de mayor rango de la Iglesia, se trataba únicamente de un sacerdote y no estaba muy familiarizado con el complejo proceso de elección, de modo que habían escogido a un cardenal para supervisar la ceremonia desde el interior de la capilla Sixtina.

Los cardenales solían bromear con que ser elegido gran elector era el honor más cruel de la cristiandad. El nombramiento impedía que uno pudiera ser candidato, y además lo obligaba a pasar muchos días previos al cónclave estudiando los más oscuros detalles de los cónclaves en las páginas de la Universi Dominici Gregis para asegurarse de que la elección se realizaba adecuadamente.

Pero Mortati no guardaba rencor alguno. Sabía que era la elección lógica. No sólo era el cardenal de mayor edad, sino que además había sido confidente del papa fallecido, un hecho que elevaba su autoestima. Aunque por edad Mortati todavía podía ser escogido, lo cierto era que ya estaba un poco mayor para ser considerado un serio candidato. A sus setenta y nueve años, había cruzado el umbral invisible a partir del cual el colegio no confiaba en la salud de uno para resistir la rigurosa agenda papal. Los papas solían trabajar catorce horas al día, siete días a la semana, y de media morían de agotamiento al cabo de seis años y tres meses de pontificado. En el Vaticano se decía en broma que, para un cardenal, ser papa era la «vía más rápida para llegar al cielo».

Muchos creían que, de no ser tan abierto de miras, cuando era más joven, Mortati podría haber sido papa. Pero en la carrera papal había que cumplir una santísima trinidad: conservador, conservador, conservador.

A Mortati siempre le había parecido irónico que el pontífice fallecido —Dios lo acogiera en su seno— se hubiera revelado sorprendentemente liberal al acceder al cargo. Advirtiendo quizá el progresivo alejamiento entre el mundo moderno y la Santa Sede, había fomentado cierto aperturismo: había suavizado la posición de la Iglesia en relación con las ciencias, e incluso donado dinero a determinadas causas científicas. Lamentablemente, eso había supuesto un suicidio político. Los católicos conservadores lo declararon «senil», mientras que científicos puristas lo acusaron de intentar propagar la influencia de la Iglesia donde no correspondía.

—¿Y bien? ¿Dónde están?

Mortati se volvió.

Era uno de los cardenales.

—Usted sabe dónde están, ¿verdad?

Mortati trató de mostrarse despreocupado.

—Quizá todavía estén con el camarlengo.

—¿A estas horas? ¡Eso sería muy poco ortodoxo! —El cardenal frunció el ceño—. Quizá el camarlengo haya perdido la noción del tiempo.

Sinceramente, Mortati lo dudaba, pero no dijo nada.

Era consciente de que a la mayoría de los cardenales no les gustaba mucho el camarlengo, a quien consideraban demasiado joven para servir al papa, y sospechaba que esa antipatía se debía en gran medida a los celos. Él, en cambio, admiraba a ese joven, y secretamente aplaudía el camarlengo que había escogido el finado pontífice. Cuando lo miraba a los ojos, Mortati sólo percibía convicción y, a diferencia de muchos cardenales, el camarlengo anteponía la Iglesia y la fe a las mezquindades de la política. Era un auténtico hombre de Dios.

A lo largo de su trayectoria, la inquebrantable devoción de Ventresca se había vuelto legendaria. Muchos la atribuían al milagroso acontecimiento de su infancia, un acontecimiento que habría dejado una honda impresión en el corazón de cualquier hombre. «Un milagro prodigioso», pensó Mortati, quien con frecuencia desearía haber vivido en su infancia un acontecimiento que le hubiera proporcionado ese tipo de fe inalterable.

Desafortunadamente, Mortati sabía que el camarlengo nunca llegaría a ser papa. La carrera papal requería una cierta ambición política, algo de lo que el joven parecía carecer; había rechazado las ofertas de su pontífice para ocupar cargos de mayor importancia, argumentando que prefería servir a la Iglesia como simple sacerdote.

—Y ¿ahora qué? —El cardenal, que permanecía a la espera, le dio unos golpecitos en el hombro a Mortati.

Éste levantó la mirada.

—¿Cómo?

—¡Llegan tarde! ¿Qué vamos a hacer?

—¿Qué podemos hacer? —respondió Mortati—. Esperar. Y tener fe.

No muy satisfecho con la respuesta, el cardenal regresó a la penumbra de la capilla.

Mortati se acarició las sienes e intentó aclarar la mente. «Sí, ¿qué vamos a hacer ahora?» Levantó la mirada hacia el célebre fresco de Miguel Ángel, visible detrás del altar. *El juicio final*. La pintura no contribuyó a apaciguar la inquietud que sentía. Era una terrorífica representación de Jesucristo dividiendo a la humanidad entre justos y pecadores, y enviando a estos últimos al infierno. Había pieles desolladas, cuerpos ardiendo, e incluso uno de los rivales de Miguel Ángel sentado en el infierno con unas orejas de asno. Guy de Maupassant escribió que esa pintura podría haber sido obra de un ignorante minero en la barraca de lucha libre de una feria ambulante.

El cardenal Mortati debía darle la razón.

Capítulo 43

Langdon permanecía inmóvil junto a la ventana a prueba de balas del despacho del papa, mirando el ajetreo de los medios de comunicación en la plaza de San Pedro. La siniestra conversación telefónica lo había dejado aturdido y conmocionado. No parecía él mismo.

Como serpientes de las profundidades olvidadas de la historia, los illuminati se habían alzado y enroscado alrededor de un antiguo enemigo. Sin exigencias. Sin negociaciones. En busca únicamente de represalias. Diabólicamente simple. Sobrecogedor. Una venganza pospuesta durante cuatrocientos años. Parecía que, tras siglos de persecución, la ciencia se resarcía.

Ventresca estaba junto a su escritorio, mirando inexpresivamente el teléfono. Olivetti fue el primero en romper el silencio.

—Carlo —dijo utilizando el nombre de pila del camarlengo, más como un amigo fatigado que como un oficial—. Durante veintiséis años he dedicado mi vida a defender esta sede. Parece que esta noche he sido deshonrado.

El camarlengo negó con la cabeza.

—Usted y yo servimos a Dios de formas distintas, pero el servicio es siempre un acto honorable.

—Estos acontecimientos... No entiendo cómo... Esta situación... —Olivetti parecía abrumado.

—Comprenderá que sólo podemos hacer una cosa. Soy responsable de la seguridad del Colegio Cardenalicio.

—Me temo que esa responsabilidad es mía, *signore*.

—Entonces sus hombres se encargarán de supervisar la evacuación inmediata.

—¿Cómo dice, *signore*?

—Luego ya consideraremos otras opciones: emprender la búsqueda de ese artilugio, así como la de los cardenales desaparecidos y sus captores. Pero primero debemos poner a salvo a los cardenales. La santidad de la vida humana está por encima de todo. Esos hombres son los cimientos de la Iglesia.

—¿Sugiere que cancelemos el cónclave ahora mismo?

—¿Acaso tengo otra opción?

—¿Y qué hay de la elección del nuevo pontífice?

El joven camarlengo suspiró y se volvió hacia la ventana, dejando vagar la mirada por la vasta extensión de Roma.

—Su Santidad me dijo una vez que un papa es un hombre dividido entre dos mundos..., el real y el divino. Me advirtió de que cualquier iglesia que ignorara el real no sobreviviría para disfrutar del divino. —La voz del camarlengo sonaba repentinamente sabia a pesar de su edad—. Esta noche el mundo real nos está observando. No podemos ignorarlo. El orgullo y los precedentes no deben nublar la razón.

Impresionado, Olivetti asintió.

—Lo he subestimado, *signore*.

Ventresca no pareció oírlo. Seguía mirando por la ventana.

—Hablaré con franqueza, *signore*. El mundo real es mi mundo. A diario me sumerjo en su fealdad para que otros puedan ir en busca de algo más puro. Deje que le aconseje qué hacer en la situación actual. Es para lo que estoy entrenado. Sus instintos, aunque valiosos..., podrían ser desastrosos.

El camarlengo se volvió.

Olivetti suspiró.

—Evacuar el Colegio Cardenalicio de la capilla Sixtina es lo peor que podría hacer ahora mismo.

El camarlengo no parecía indignado, sólo perplejo.

—¿Qué sugiere usted?

—No les diga nada a los cardenales. Que empiece el cónclave. Eso nos dará tiempo para estudiar otras opciones.

La preocupación del camarlengo era visible.

—¿Está sugiriendo que encierre al Colegio Cardenalicio encima de una bomba a punto de estallar?

—Sí, *signore*. Por ahora. Más adelante, si es necesario, podemos organizar la evacuación.

Ventresca negó con la cabeza.

—Posponer la ceremonia antes de que empiece es razón suficiente para abrir una investigación, pero en cuanto las puertas se cierran, nada puede interrumpirla. El procedimiento del cónclave exige que...

—El mundo real, *signore*. Esta noche está usted en él. Escuche con atención. —Olivetti hablaba ahora con el eficiente soniquete de un oficial—. Evacuar a ciento sesenta y cinco cardenales sin preparación ni protección sería una imprudencia. Causaría confusión y pánico en algunos ancianos, y francamente, con un ataque fatal este mes ya es suficiente.

«Un ataque fatal.» A Langdon las palabras del comandante le recordaron el titular que había leído mientras cenaba con unos estudiantes en Harvard: EL PAPA SUFRE UN ATAQUE Y MUERE MIENTRAS DORMÍA.

—Además —prosiguió Olivetti—, la capilla Sixtina es una fortaleza. Aunque no seamos conscientes de ello, la estructura está fuertemente reforzada y puede resistir cualquier ataque, salvo que sea con misiles. De cara al cónclave, esta tarde hemos registrado cada centímetro de la capilla en busca de micrófonos u otros equipos de espionaje. La capilla está limpia, es un refugio seguro, y estoy convencido de que la antimateria no está ahí dentro. Ahora mismo es el lugar más seguro en el que podrían estar esos hombres. Ya organizaremos una evacuación de emergencia si finalmente hace falta.

Langdon estaba impresionado. La lógica fría e inteligente de Olivetti le recordó a Kohler.

—Comandante —intervino Vittoria con voz tensa—, hay otras preocupaciones. Nadie ha creado nunca esa cantidad de antimateria. Sólo puedo calcular el alcance de la explosión de forma aproximada. La zona de Roma que rodea el Vaticano puede que esté en peligro. Si el contenedor se encuentra en un edificio central o bajo tierra, el efecto extramuros podría ser mínimo, pero si está cerca del perímetro..., en este edificio, por ejemplo... —Se volvió cautelosamente hacia la ventana y miró la muchedumbre que había en la plaza de San Pedro.

—Soy muy consciente de cuáles son mis responsabilidades para con el mundo exterior —respondió Olivetti—, y eso no agrava esta situación. Durante las últimas dos décadas, la protección de este santuario ha sido mi única responsabilidad. No tengo intención de permitir que esa bomba haga explosión.

El camarlengo Ventresca levantó la mirada.

—¿Cree que podrá encontrarla?

—Deje que discuta nuestras opciones con algunos de mis especialistas en vigilancia. Hay una posibilidad: si cortamos el suministro de electricidad del Vaticano, podríamos eliminar las interferencias y crear un entorno suficientemente limpio como para poder detectar el campo magnético de ese contenedor.

Vittoria se mostró sorprendida e impresionada.

—¿Quiere dejar el Vaticano a *oscuras*?

—Sí. Todavía no sé si es posible, pero es una opción que me gustaría estudiar.

—Los cardenales se preguntarán qué ha pasado —observó ella.

Olivetti negó con la cabeza.

—Los cónclaves se realizan a la luz de las velas. Los cardenales no se enterarán. En cuanto empiece el cónclave, puedo reunir a todos los guardias salvo los que se encargan del perímetro e iniciar la búsqueda. Cien hombres pueden cubrir mucho territorio en cinco horas.

—Cuatro horas —lo corrigió Vittoria—. He de llevar ese contenedor de vuelta al CERN. La detonación no se podrá evitar a no ser que recargue las baterías.

—¿No se pueden recargar aquí?

Ella negó con la cabeza.

—La interfaz es demasiado compleja. De no ser así, la habría traído conmigo.

—Cuatro horas, pues —dijo Olivetti con el ceño fruncido—. Sigue siendo tiempo suficiente. El pánico no ayuda a nadie. *Signore*, tiene usted diez minutos. Vaya a la capilla y dé inicio al cónclave. Démosles tiempo a mis hombres para hacer su trabajo. A medida que nos vayamos acercando a la hora crítica, tomaremos las decisiones críticas.

Langdon se preguntó cuán cerca de «la hora crítica» dejaría Olivetti que se prolongara la situación.

El camarlengo mostró su preocupación.

—Pero los cardenales me preguntarán por los *preferiti*... Sobre todo por Baggia... Querrán saber dónde están.

—Entonces será mejor que piense en algo, *signore*. Dígales que les ha servido algo que les ha sentado mal.

—¿Mentir al Colegio Cardenalicio desde el altar de la capilla Sixtina? —replicó Ventresca con irritación.

—Es por su seguridad. *Una bugia veniale*. Una mentira piadosa. Su trabajo será mantener la calma. —Olivetti se dirigió hacia la puerta—. Ahora, si me disculpa, he de iniciar la búsqueda.

—Comandante —insistió el camarlengo—, no podemos limitarnos a volverles la espalda a los cardenales desaparecidos.

Olivetti se detuvo en la entrada.

—En estos momentos, Baggia y los otros están fuera de nuestro radio de influencia. Debemos olvidarnos de ellos... por el bien de todos. Los militares lo llaman *triage*.

—¿No querrá usted decir «abandonar»?

El comandante endureció el tono.

—Si hubiera algún otro modo de localizar a esos cuatro cardenales, *signore*, daría mi vida, pero... —señaló la ventana que había al otro lado de la habitación, desde la que se podía ver un infinito mar de tejados romanos iluminados por el sol del atardecer—. Registrar una ciudad con cinco millones de habitantes está fuera de mi alcance. No perderé un tiempo precioso apaciguando mi conciencia con un ejercicio fútil. Lo siento.

De repente intervino Vittoria.

—Pero si atrapáramos al asesino, ¿no podría hacer que nos dijera dónde están?

Olivetti la miró con el ceño fruncido.

—Los soldados no pueden permitirse ser santos, señorita Vetra. Créame, simpatizo con su propuesta de atrapar a ese hombre.

—No es únicamente personal —dijo ella—. El asesino sabe dónde está la antimateria... y los cardenales desaparecidos. Si consiguiéramos encontrarlo...

—¿Y seguirle el juego? —repuso Olivetti—. Créame, retirar toda la protección del Vaticano para registrar cientos de iglesias es lo que los illuminati esperan que hagamos... Con ello perderíamos un tiempo precioso y dejaríamos al Banco Vaticano completamente desprotegido. Por no mencionar a los restantes cardenales.

Sus palabras dieron en el blanco.

—¿Y la policía de Roma? —preguntó el camarlengo—.

Podríamos alertarlos de la crisis. Solicitar su ayuda para encontrar al captor de los cardenales.

—Otro error —dijo Olivetti—. Ya sabe lo que los *carabinieri* romanos piensan de nosotros. Contaríamos con la desganada ayuda de unos pocos hombres a cambio de revelar nuestra crisis a los medios de comunicación del mundo entero. Exactamente lo que nuestros enemigos quieren. Y, de todos modos, me temo que, tal y como están ahora las cosas, no tardaremos en tener encima a los medios.

«Convertiré a los cardenales en celebridades mediáticas —pensó Langdon recordando las palabras del asesino—. El cadáver del primer cardenal aparecerá a las ocho en punto. Luego, uno cada hora. A la prensa le va a encantar.»

El camarlengo volvió a hablar. En su voz se percibía cierto enojo.

—¡Comandante, no podemos simplemente olvidarnos de los cardenales desaparecidos!

Olivetti lo miró directamente a los ojos.

—La oración de San Francisco, *signore*. ¿La recuerda?

El joven sacerdote la recitó con dolor en la voz.

—Señor, concédeme fuerza para aceptar aquello que no puedo cambiar...

—Confíe en mí —dijo Olivetti—. Ésta es una de esas cosas.

Y tras decir esto salió del despacho.

Capítulo 44

Las oficina central de la British Broadcasting Corporation, la BBC, se encuentra en Londres, al oeste de Piccadilly Circus. El teléfono de la centralita sonó, y una joven editora de contenidos descolgó.

—BBC —dijo al tiempo que apagaba su cigarrillo Dunhill.

Al otro lado de la línea sonó una voz ronca con acento de Oriente Medio.

—Tengo una primicia que podría interesar a su cadena.

La editora cogió un bolígrafo y una hoja de papel.

—¿En relación con?

—La elección papal.

Ella frunció el ceño. El día anterior, la BBC había emitido un reportaje preliminar y la audiencia había sido mediocre. Al parecer, el público no estaba muy interesado en el Vaticano.

—¿De qué se trata?

—¿Tienen a algún reportero en Roma cubriendo la elección?

—Eso creo.

—He de hablar directamente con él.

—Lo siento, pero no puedo darle su número de teléfono sin saber...

—El cónclave ha recibido una amenaza. Eso es todo cuanto puedo decirle.

La editora tomó nota.

—¿Su nombre?

—Mi nombre es irrelevante.

A la mujer no le sorprendió.

—¿Y tiene alguna prueba?

—Sí.

—Me gustaría poder darle el visto bueno, pero la política de la casa es no facilitar el número de teléfono de nuestros reporteros a no ser que...

—Lo entiendo. Llamaré a otra cadena. Gracias por su tiempo. Adi...

—Un momento —dijo ella—. ¿Puede esperar?

La editora puso la llamada en espera. El arte de detectar llamadas de bromistas no era ni mucho menos una ciencia exacta, pero ese tipo acababa de pasar las dos pruebas tácitas de la BBC para otorgarle autenticidad a una fuente telefónica. Se había negado a dar su nombre y se mostraba impaciente por colgar. Los gacetilleros y los que iban en busca de gloria solían lloriquear y suplicar.

Afortunadamente para ella, los reporteros vivían con el constante temor de perderse un gran reportaje, así que rara vez la reprendían por pasarles la llamada de algún que otro pirado. Hacerle perder cinco minutos a un reportero era disculpable. Perderse un titular, no.

Con un bostezo, miró la pantalla de su ordenador y tecleó las palabras clave: «Ciudad del Vaticano.» Cuando vio el nombre del reportero que cubría la elección papal, rió para sí. Era un tipo nuevo procedente de un barato tabloide londinense que se encargaba de cubrir algunas de las noticias más mundanas de la BBC.

Debía de estar muerto de aburrimiento, a la espera toda la noche de una conexión en directo de diez segundos. Seguramente agradecería que rompiera su monotonía.

La editora de contenidos anotó el teléfono del reportero desplazado al Vaticano. Luego, mientras encendía otro cigarrillo, se lo dio al tipo anónimo que había llamado.

Capítulo 45

—No funcionará —dijo Vittoria, que no dejaba de ir de un lado para otro del despacho del papa. Levantó la mirada hacia el camarlengo—. Aunque la Guardia Suiza pueda filtrar las interferencias electrónicas, tendrían que estar justo encima del contenedor para poder detectar alguna señal. Y eso, en el caso de que el contenedor esté en un lugar accesible y no oculto tras alguna barrera. ¿Y si está dentro de una caja metálica y enterrado en los jardines? ¿O escondido en un conducto metálico de ventilación? En ese caso no podrían detectarlo. Y si efectivamente hay un infiltrado en la Guardia Suiza, ¿qué garantiza la fiabilidad de la búsqueda?

Al camarlengo se lo veía consumido.

—¿Y qué propone usted, señorita Vetra?

Vittoria estaba cada vez más agitada. «¿¡Acaso no es obvio!?»

—Propongo, señor, que tome usted otras medidas de inmediato. Podemos desear contra todo pronóstico que la búsqueda del comandante tenga éxito, pero mire por la ventana. ¿Ve toda esa gente? ¿Los edificios que hay al otro lado de la *piazza*? ¿Los vehículos de los medios de comunicación? ¿Los turistas? Lo más seguro es que se encuentren dentro del radio de la explosión. Hemos de actuar cuanto antes.

Ventresca asintió distraídamente.

Vittoria se sentía frustrada. Olivetti había convencido

a todo el mundo de que aún contaban con mucho tiempo, pero ella sabía que si la noticia de la situación en el Vaticano se filtraba, la zona se llenaría de mirones en cuestión de minutos. Lo había comprobado una vez en el edificio del Parlamento suizo. Durante un secuestro con bomba, miles de personas se congregaron en el exterior del edificio para ser testigos del desenlace. A pesar de las advertencias de la policía, la muchedumbre se fue agolpando cada vez más cerca. Nada atraía más el interés humano que la tragedia humana.

—*Signore* —insistió—, el hombre que asesinó a mi padre está en algún lugar ahí fuera. Todas y cada una de las células de mi cuerpo desean salir y darle caza. Pero sigo en su despacho... porque tengo una responsabilidad para con usted. Y para con los demás. Hay vidas en peligro, *signore*. ¿Comprende lo que le estoy diciendo?

El camarlengo no contestó.

Vittoria notó que su corazón se aceleraba. «¿Por qué no ha localizado la Guardia Suiza la procedencia de la maldita llamada? ¡El asesino de los illuminati es la clave! Él sabe dónde se encuentra la antimateria... ¡Y dónde están los cardenales! Si atrapamos al asesino, resolveremos el problema.»

Advirtió que estaba empezando a venirse abajo, aquejada por una extraña aflicción que recordaba vagamente de su infancia, de la época del orfanato: frustración sin herramientas para hacerle frente. «Sí que tienes herramientas —se recordó—, siempre las tienes.» Pero no sirvió de nada. Sus pensamientos se inmiscuían, paralizándola. Ella era una investigadora, alguien que resolvía problemas. Pero ése era un problema sin solución. «¿Qué datos necesitas? ¿Qué quieres?» Se dijo que debía respirar profundamente, pero por primera vez en su vida no podía. Se estaba asfixiando.

A Langdon le dolía la cabeza. Y se sentía como si estuviera al borde mismo de la racionalidad. Observaba a Vittoria y al camarlengo, pero su visión se veía ofuscada por imágenes terroríficas: explosiones, bullicio mediático, cámaras grabando, cuatro hombres marcados a fuego.

«Shaitan... Lucifer... Portador de luz... Satanás.»

Desterró esas diabólicas imágenes de su cabeza. «Terrorismo calculado —se recordó aferrándose a la realidad—. Caos planeado.» Rememoró un seminario de Radcliffe al que había asistido mientras investigaba el simbolismo pretoriano. Desde entonces no había vuelto a ver del mismo modo a los terroristas.

—El terrorismo —había dicho el profesor— tiene un objetivo particular. ¿Cuál?

—¿Matar gente inocente? —aventuró un alumno.

—Incorrecto. La muerte no es más que una consecuencia del terrorismo.

—¿Una muestra de fuerza?

—No. No existe un método de persuasión más débil.

—¿Sembrar el terror?

—Dicho de un muy modo conciso, sí. Básicamente, el objetivo del terrorismo es causar terror y miedo. El miedo socava la fe en el sistema. Debilita al enemigo desde dentro..., provocando inquietud en las masas. Anote esto. El terrorismo no es una expresión de rabia. El terrorismo es una arma política. Elimine la fachada de infalibilidad de un gobierno y eliminará la fe de su pueblo.

«Pérdida de fe...»

¿Se trataba de eso? Langdon se preguntó cuál sería la reacción de los cristianos de todo el mundo ante los cadáveres de los cardenales arrojados a la calle como perros mutilados. Si la fe de un sacerdote no lo protegía de la maldad de Satanás, ¿qué esperanza había para los demás? La cabeza le retumbaba cada vez con mayor fuerza, como si en su interior unas vocecitas se hubieran enzarzado en un tira y afloja.

«La fe no te protege. La medicina y los airbags, ésas son las cosas que lo hacen. Dios, no. La inteligencia, sí. La ilustración. Ten fe en algo con resultados tangibles. ¿Cuánto hace que nadie camina sobre el agua? Los milagros modernos pertenecen a la ciencia... Ordenadores, vacunas, estaciones espaciales... Incluso el milagro divino de la creación: materia de la nada... en un laboratorio. ¿Quién necesita a Dios? ¡No! ¡La ciencia es Dios!»

La voz del asesino resonó en la mente de Langdon. «Medianoche... Mortal progresión matemática... *Vergini sacrificate sull'altare della scienza.*»

Y de repente, como una muchedumbre dispersada por un disparo, las voces desaparecieron.

Robert Langdon se puso en pie de un salto. La silla en la que había estado sentado cayó y golpeó el suelo de mármol.

Vittoria y el camarlengo se sobresaltaron.

—¿Cómo no me he dado cuenta antes? —susurró Langdon para sí—. Lo tenía justo delante de mis narices...

—¿A qué te refieres? —preguntó Vittoria.

Él se volvió hacia el sacerdote.

—Padre, los últimos tres años he solicitado varias veces acceso a los archivos vaticanos. Me lo han negado en siete ocasiones.

—Lo siento, señor Langdon, pero éste no me parece el momento más adecuado para formular una queja al respecto.

—Necesito acceder a ellos cuanto antes. Los cuatro cardenales desaparecidos. Puede que sea capaz de averiguar dónde van a ser asesinados.

Vittoria se lo quedó mirando fijamente, convencida de haberlo entendido mal.

El camarlengo parecía desconcertado, como si estuviera siendo objeto de alguna broma cruel.

—¿Espera que me crea que esa información se encuentra en nuestros archivos?

—No puedo prometer que vaya a encontrarla a tiempo, pero si me deja usted entrar...

—Señor Langdon, he de estar en la capilla Sixtina dentro de cuatro minutos. Los archivos están en la otra punta del Vaticano.

—Lo dices en serio, ¿no? —intervino Vittoria, al advertir la seriedad de la expresión de Langdon.

—No me parece momento para bromas —repuso él.

—Padre —dijo entonces la joven, volviéndose hacia el camarlengo—, si existe la más mínima posibilidad de averiguar dónde van a tener lugar los asesinatos, podríamos vigilar esos lugares y...

—¿Y qué tiene que ver eso con los archivos? —insistió Ventresca—. ¿Cómo es posible que haya alguna pista allí?

—Explicárselo me llevaría más tiempo del que usted dispone —dijo Langdon—. Pero si estoy en lo cierto, podremos utilizar la información que obtenga para atrapar al hassassin.

Parecía como si el camarlengo quisiera creerlo pero no pudiera.

—Los códices más sagrados del cristianismo se encuentran en ese archivo. Tesoros que ni siquiera yo tengo el privilegio de ver.

—Soy consciente de ello.

—Únicamente se puede acceder mediante un decreto por escrito del conservador y de la Junta de Bibliotecarios del Vaticano.

—O por mandato papal —declaró Langdon—. Así lo indican todas las cartas de rechazo que me ha enviado su conservador.

El camarlengo asintió.

—No quiero parecer grosero —insistió el estadounidense—, pero si no estoy equivocado, los mandatos papales provienen de este despacho. Y, hasta donde yo sé, esta noche es usted quien está al cargo. A tenor de las circunstancias...

Ventresca sacó un reloj de bolsillo de su sotana y miró la hora.

—Señor Langdon, esta noche estoy dispuesto a, literalmente, dar mi vida para salvar esta Iglesia.

Langdon no advirtió más que sinceridad en la mirada del hombre.

—Ese documento —dijo el camarlengo—, ¿de verdad cree usted que se encuentra aquí? ¿Y que puede ayudarnos a localizar esas cuatro iglesias?

—No habría realizado incontables solicitudes de acceso si no estuviera convencido. Italia no está al alcance del sueldo de un profesor. El documento en cuestión es un antiguo...

—Por favor —lo interrumpió el camarlengo—. Discúlpeme. Mi mente ya no puede procesar más detalles en estos momentos. ¿Sabe dónde se encuentran los archivos secretos?

Langdon sintió una oleada de excitación.

—Justo detrás de la Puerta de Santa Ana.

—Impresionante. La mayoría de los académicos creen que se accede a ellos a través de la puerta secreta que hay detrás del trono de San Pedro.

—No. Por ahí se va al Archivio della Reverenda Fabbrica di San Pietro. Se trata de una equivocación muy común.

—Un bibliotecario acompaña a todo el que entra. Esta noche, los guías no están. Usted me está pidiendo *carte blanche*. Ni siquiera nuestros cardenales entran solos.

—Trataré sus tesoros con el mayor respeto y cuidado. Sus bibliotecarios no hallarán rastro alguno de mi presencia.

Las campanas de San Pedro comenzaron a repicar. El camarlengo volvió a consultar la hora en su reloj de bolsillo.

—He de irme. —Guardó silencio un momento y luego levantó la mirada hacia Langdon—. Un guardia suizo lo estará esperando en los archivos. Confío en usted, señor Langdon.

Él se quedó sin habla.

De pronto, el joven sacerdote pareció desenvolverse con un sorprendente aplomo. Se puso en pie y le dio un fuerte apretón en el hombro a Langdon.

—Espero que encuentre lo que está buscando. Y que lo haga de prisa.

Capítulo 46

El Archivo Secreto Vaticano está situado en un extremo del patio Borgia, en lo alto de la colina que hay detrás de la Puerta de Santa Ana. Contiene más de veinte mil volúmenes, entre los cuales se dice que hay tesoros como los diarios perdidos de Leonardo da Vinci, o incluso libros de la Biblia nunca publicados.

Langdon avanzaba con decisión por la desierta via della Fondamenta en dirección a los archivos. Todavía le costaba asimilar que le hubieran concedido acceso. Vittoria iba a su lado, caminando a su ritmo sin el menor esfuerzo. La brisa agitaba ligeramente su pelo, y Langdon pudo percibir su aroma a almendras. De inmediato perdió el hilo de sus pensamientos.

—¿Me vas a decir qué estamos buscando? —preguntó ella.

—Un pequeño libro escrito por un tipo llamado Galileo.

Ella mostró su sorpresa.

—¡Anda ya! ¿Y qué contiene?

—Supuestamente algo llamado *il segno*.

—¿La señal?

—Señal, indicador, signo... Depende de cómo lo traduzcas.

—¿La señal de qué?

Langdon aceleró el paso.

—Un emplazamiento secreto. Los illuminati de Galileo tenían que protegerse del Vaticano, así que fundaron un lugar de encuentro ultrasecreto aquí, en Roma. Lo llamaron la Iglesia de la Iluminación.

—Un poco atrevido llamarle *iglesia* a una guarida satánica.

Él negó con la cabeza.

—Los illuminati de Galileo no tenían nada de satánicos. Eran científicos que reverenciaban el saber. Su lugar de encuentro no era más que un lugar donde podían congregarse a salvo y discutir temas prohibidos por el Vaticano. Aunque sabemos que esa guarida secreta existió, hasta el día de hoy nadie la ha encontrado.

—Parece que los illuminati sabían cómo guardar un secreto.

—Desde luego. De hecho, nunca revelaron el emplazamiento de su escondite a nadie ajeno a la hermandad. Ese secretismo los protegía, aunque también suponía un problema a la hora de reclutar nuevos miembros.

—Sin darse a conocer no podían crecer —dijo Vittoria, cuya mente seguía el ritmo de sus piernas.

—Exacto. Los rumores de la existencia de la hermandad de Galileo empezaron a propagarse en la década de 1630, y científicos de todo el mundo peregrinaban en secreto a Roma con la esperanza de unirse a ella, deseosos de poder mirar por el telescopio de Galileo y escuchar las ideas del maestro. Lamentablemente, a causa del secretismo de los illuminati, los científicos que llegaban a Roma nunca sabían adónde acudir o con quién podían hablar. Los illuminati querían sangre nueva, pero no podían permitirse arriesgar su secretismo dando a conocer el paradero de su guarida.

Vittoria frunció el ceño.

—Parece una *situazione senza soluzione*.

—Así es. Un círculo vicioso, que diríamos nosotros.

—¿Y qué hicieron?

—Eran científicos. Estudiaron el problema y encontraron una solución. Una muy brillante, de hecho. Crearon una especie de ingenioso mapa que dirigiera a los científicos a su santuario.

Escéptica, Vittoria aminoró el paso.

—¿Un mapa? Parece algo un poco imprudente. Si una copia llegaba a caer en las manos equivocadas...

—Imposible —dijo Langdon—. No existía ninguna copia. No era un mapa que se pudiera trasladar al papel. Era enorme. Una especie de rastro resplandeciente que recorría la ciudad.

Ella aminoró todavía más el paso.

—¿Flechas pintadas en las aceras?

—Algo así, pero mucho más sutil. El mapa consistía en una serie de indicadores simbólicos cuidadosamente ocultos en emplazamientos públicos de la ciudad. Un indicador conducía al siguiente, y éste al siguiente, conformando así un sendero... que finalmente desembocaba en la guarida de los illuminati.

Vittoria lo miró con recelo.

—Parece la búsqueda de un tesoro.

Langdon rió entre dientes.

—En cierto modo, lo es. Los illuminati llamaban a esa serie de indicadores el «Sendero de la Iluminación», y todo aquel que quisiera unirse a la hermandad tenía que seguirlo hasta el final. Era una especie de prueba.

—Pero entonces —argumentó Vittoria—, si el Vaticano quería encontrar a los illuminati, ¿no podía haberse limitado a seguir los indicadores?

—No. El sendero estaba oculto. Era un puzle, construido de forma que sólo cierta gente pudiera localizar los indicadores y averiguar dónde estaba escondida la iglesia de los illuminati. Para éstos era, además, una especie de iniciación, pues servía no sólo de medida de seguridad, sino también como filtro para asegurarse de que únicamente los científicos más brillantes llegaban a su puerta.

—No me lo creo. En el siglo XVII el clero se contaba entre la gente más culta del mundo. Si esos indicadores estaban en emplazamientos públicos, sin duda debía de haber miembros del Vaticano que pudieran descubrirlos.

—Desde luego —dijo Langdon—, en caso de haber conocido la existencia de los mismos. Pero no la conocían, y nunca lo hicieron porque los illuminati diseñaron los indicadores de modo que los clérigos no sospecharan nunca dónde estaban. Utilizaron un método conocido en simbología como «disimulación».

—Camuflaje.

Langdon se quedó impresionado.

—Conoces el término.

—*Dissimulazione* —dijo ella—. La mejor defensa de la naturaleza. Intenta distinguir un pez trompeta flotando en vertical entre las algas.

—Muy bien —asintió él—, pues los illuminati utilizaron la misma idea. Construyeron unos indicadores que se confundieran con el telón de fondo de la antigua Roma. No podían utilizar ambigramas o simbología científica porque habría resultado demasiado evidente, así que llamaron a un artista perteneciente a la hermandad (el mismo genio anónimo que había creado su símbolo ambigramático) y le encargaron que esculpiera cuatro esculturas.

—¿Esculturas illuminati?

—Sí, esculturas que debían seguir dos estrictas directrices. La primera, que debían parecerse a las demás obras de arte que hay en Roma para que el Vaticano nunca pudiera sospechar que pertenecían a la hermandad.

—Obras de arte religioso.

Langdon asintió, notando una punzada de excitación y hablando ahora con mayor rapidez.

—Y la segunda directriz era que los temas de las cuatro esculturas debían ser muy específicos. Cada pieza debía ser un sutil tributo a uno de los cuatro elementos de la ciencia.

—¿Cuatro elementos? —dijo Vittoria—. Hay más de cien.

—No en el siglo XVII —le recordó él—. Los primeros alquimistas creían que todo el universo estaba hecho tan sólo de cuatro sustancias: tierra, aire, fuego y agua.

Langdon sabía que al principio la cruz era el símbolo de los cuatro elementos más común: los cuatro brazos representaban la tierra, el aire, el fuego y el agua. Pero a lo largo de la historia habían existido literalmente docenas de representaciones simbólicas de esos cuatro elementos: los ciclos de la vida pitagóricos, el Hong-Fan chino, los rudimentos masculinos y femeninos de Jung, los cuadrantes del zodíaco. También los musulmanes reverenciaban los cuatro antiguos elementos, si bien en el islam se los conocía como «cuadrados, nubes, relámpagos y olas». A Langdon, sin embargo, era un uso mucho más moderno el que siempre le provocaba escalofríos..., los cuatro elementos de la iniciación masónica: tierra, aire, fuego y agua.

Vittoria parecía desconcertada.

—¿De modo que ese artista de los illuminati creó cuatro obras de arte que parecían religiosas pero que, en realidad, eran tributos a los cuatro elementos?

—Así es —dijo él mientras tomaba el patio del Centinela en dirección a los archivos—. Las piezas se confundían en el mar de arte religioso que hay por toda Roma. Tras donarlas de manera anónima a iglesias específicas, y gracias a su influencia política, la hermandad consiguió colocar esas cuatro piezas en templos romanos cuidadosamente elegidos. Cada pieza era un indicador que señalaba sutilmente el emplazamiento de la siguiente iglesia..., donde había un nuevo indicador. Funcionaba como un juego de pistas disfrazado de arte religioso. Si un candidato de los illuminati conseguía encontrar la primera iglesia y el indicador de la tierra, éste lo conducía al del aire, que a su vez lo conducía al del fuego, y éste al del agua..., que le indicaba finalmente el lugar en el que se encontraba la Iglesia de la Iluminación.

Vittoria se sentía cada vez más confusa.

—¿Y de qué modo nos va a ayudar todo eso a atrapar al asesino?

Langdon sonrió y sacó su as de la manga.

—Los illuminati se referían a esas cuatro iglesias con un nombre muy especial: los «altares de la ciencia».

Ella frunció el ceño.

—Lo siento, eso no me dice nad... —se quedó callada de golpe—. *L'altare della scienza?* —exclamó—. El asesino de los illuminati. ¡Nos ha advertido de que los cardenales serían sacrificados en el altar de la ciencia!

Él sonrió.

—Cuatro cardenales. Cuatro iglesias. Cuatro altares de la ciencia.

La joven estaba atónita.

—¿Estás diciendo que las cuatro iglesias en las que los cardenales serán sacrificados son las mismas que señalan ese antiguo Sendero de la Iluminación?

—Eso creo, sí.

—Pero ¿por qué iba a querer proporcionarnos esa pista el asesino?

—¿Por qué no? —repuso Langdon—. Muy pocos historiadores conocen la existencia de esas esculturas. Y menos todavía creen en su existencia. Su emplazamiento ha permanecido en secreto durante cuatrocientos años. Sin duda los illuminati confían en que siga siendo así otras cinco horas más. Además, los illuminati ya no necesitan el Sendero de la Iluminación. Lo más seguro es que su guarida secreta ya no exista. Ahora viven en el mundo moderno. Se los encuentra en las salas de juntas de los bancos, en clubes gastronómicos, en campos de golf privados. Esta noche quieren hacer públicos sus secretos. Éste es su momento. Su gran puesta de largo.

Langdon temía que esa puesta de largo de los illuminati poseyera una especial simetría que todavía no había mencionado. «Las cuatro marcas.» El asesino había jurado que cada cardenal sería marcado con un símbolo diferente. «La prueba de que las antiguas leyendas son ciertas», había dicho. La leyenda de las cuatro marcas ambigramáticas era tan antigua como los mismos illuminati: tierra, aire, fuego, agua; cuatro palabras compuestas en perfecta simetría. Igual que la marca de la palabra «illuminati». Cada uno de los cardenales iba a ser marcado con uno de los cuatro antiguos elementos de la ciencia. La cuestión de si las cuatro marcas estaban escritas en inglés en vez de en italiano seguía siendo motivo de debate entre los historiadores. El inglés parecía una desviación algo azarosa de su lengua natural, y la hermandad nunca dejaba nada al azar.

Langdon tomó el sendero de adoquines que conducía al edificio del archivo. Horrendas imágenes acudieron a su mente. El complot de los illuminati había comenzado a desvelar su esplendor. La hermandad había jurado permanecer en silencio el tiempo que hiciera falta mientras amasaba suficiente influencia y poder para poder resurgir sin miedo, plantar cara y luchar por su causa a plena luz del día. Ya no pensaban seguir ocultos por más tiempo. Ahora querían hacer ostentación de su poder, confirmando con ello los mitos conspirativos. Lo de esa noche supondría un golpe publicitario global.

—Ahí viene nuestro escolta —dijo Vittoria.

Langdon levantó la mirada y vio que un guardia suizo cruzaba a toda prisa el patio contiguo en dirección a la puerta principal.

Cuando el guardia los vio, se detuvo de golpe y se los quedó mirando fijamente, como si creyera sufrir alucina-

242

ciones. Sin decir una palabra, se volvió y cogió su radio. Aparentemente receloso de las órdenes que había recibido, el guardia se apresuró a hablar con la persona que hubiera al otro lado de la línea. Langdon no pudo descifrar el airado exabrupto que obtuvo el hombre por respuesta, pero su mensaje estaba claro. El guardia se resignó, dejó a un lado la radio y se volvió hacia ellos con expresión contrariada.

Sin dirigirles todavía la palabra, los condujo al interior del edificio. Cruzaron cuatro puertas de acero, dos entradas con contraseña, bajaron una larga escalera y llegaron a un vestíbulo con dos teclados numéricos. Tras cruzar una serie de puertas electrónicas de alta tecnología, recorrieron un largo pasillo hasta alcanzar unas grandes puertas de roble. El guardia se detuvo, volvió a echarles una mirada y, mascullando algo entre dientes, se dirigió a una caja metálica que había en la pared. Extendió el brazo, la abrió y tecleó un código. Las puertas que tenían ante sí emitieron un zumbido y el cerrojo se abrió.

El guardia se volvió y les dirigió la palabra por primera vez.

—Los archivos están ahí dentro. Yo ahora he de regresar para recibir órdenes sobre otro asunto.

—¿Se va? —preguntó Vittoria.

—Los guardias suizos no tienen acceso a los archivos secretos. Ustedes están aquí únicamente porque mi comandante ha recibido una orden directa del camarlengo.

—Pero ¿cómo saldremos?

—Seguridad unidireccional. No tendrán ningún problema.

Dicho esto, el guardia dio media vuelta y se alejó por el pasillo.

Vittoria comentó algo, pero Langdon no la oyó. Tenía la mente puesta en la puerta de doble hoja que tenía ante sí. Se preguntaba qué misterios habría más allá.

Capítulo 47

Aunque sabía que no contaba con mucho tiempo, el camarlengo Carlo Ventresca prefirió caminar despacio. Necesitaba algo de tiempo a solas para poner en orden sus pensamientos antes de pronunciar la oración de apertura. Estaban sucediendo muchas cosas. Mientras avanzaba a solas por la oscura ala norte, sentía en sus huesos el peso del desafío de los últimos quince días.

Había llevado a cabo sus deberes sagrados al pie de la letra.

Tal y como indicaba la tradición vaticana, tras la muerte del papa, el camarlengo había confirmado personalmente el fallecimiento tras comprobar con los dedos su pulso en la arteria carótida, escuchar su respiración y llamarlo tres veces por su nombre. Por ley, no se practicaba autopsia. Luego había precintado el dormitorio del papa, destruido tanto el anillo del pescador como el cuño con el sello papal, y organizado el funeral. Una vez hecho todo esto, había iniciado los preparativos para el cónclave.

«El cónclave —pensó—. El obstáculo final.» Era una de las tradiciones más antiguas de la cristiandad. Como el resultado del cónclave solía conocerse antes incluso de que empezara, en la actualidad el proceso se consideraba obsoleto; más una pantomima que una auténtica elección. El camarlengo sabía, sin embargo, que eso se debía únicamente a la ignorancia. El cónclave no era una elección. Era una transferencia de poder antigua y mística. Se trataba de una tradición ancestral. El secretismo, las papeletas dobladas, la quema de los votos, la mezcla de antiguas sustancias químicas, las señales de humo...

Al acercarse a las logias de Gregorio XIII, el camarlengo se preguntó si al cardenal Mortati le habría entrado ya el pánico. Sin duda se habría dado cuenta de que faltaban los *preferiti*. Sin ellos, la votación podía durar toda la noche. La designación de Mortati como gran elector, se dijo el camarlengo, había sido acertada. Era un librepensador y hablaba caro. Esa noche más que nunca el cónclave necesitaría un líder.

Al llegar a lo alto de la Escalera Real, Ventresca sintió como si se encontrara al borde del precipicio de su vida. Incluso desde allí arriba podía oír el bullicio en el interior de la capilla Sixtina; el inquieto parloteo de los ciento sesenta y cinco cardenales.

«Ciento sesenta y un cardenales», se corrigió.

Por un instante, el camarlengo tuvo la sensación de que caía en picado al infierno. Las llamas lo envolvían, la gente gritaba a su alrededor, y del cielo llovían piedras y sangre.

Luego, el silencio.

Cuando el niño despertó, estaba en el cielo. Todo cuanto lo rodeaba era de color blanco. La luz, cegadora y pura. Aunque algunos decían que un niño de diez años no podía llegar a comprender el cielo, el joven Carlo Ventresca lo comprendía muy bien. Ahora mismo estaba en él. ¿Dónde, si no? A pesar de llevar sólo una corta década en la Tierra, Carlo había sentido la majestuosidad de Dios: los retumbantes órganos, las imponentes cúpulas, los coros, las vidrieras de colores, el brillo del bronce y del oro. La madre de Carlo, Maria, lo llevaba a misa todos los días. La iglesia era el hogar del pequeño.

—¿Por qué venimos a misa todos los días? —preguntó él, aunque no era algo que le molestara.

—Porque le prometí a Dios que lo haría —respondió ella—. Y las promesas a Dios son las más importantes de todas. Nunca rompas una promesa hecha a Dios.

Carlo le prometió a su madre que nunca lo haría. La quería más que a nada en el mundo. Ella era su ángel sagrado. A veces la llamaba *Maria Benedetta*, la bendita María, aunque a ella no le gustaba nada. Él se arrodillaba junto a ella cuando rezaba, y olía el dulce aroma de su piel y escuchaba el murmullo de su voz mientras ella pasaba las cuentas del rosario. «Santa María, Madre de Dios..., ruega por nosotros, pecadores..., ahora y en la hora de nuestra muerte.»

—¿Dónde está mi padre? —preguntó Carlo, aunque sabía que había muerto antes de que él naciera.

—Ahora Dios es tu padre —respondía siempre ella—. Eres hijo de la Iglesia.

A Carlo eso le encantaba.

—Siempre que sientas miedo —añadía ella—, recuerda que ahora Dios es tu padre. Él siempre te vigilará y te protegerá. Dios tiene grandes planes para ti, Carlo.

El niño sabía que tenía razón. Podía sentir a Dios en su misma sangre.

Sangre...

«¡Del cielo llovía sangre!»

Silencio. Luego, el cielo.

Su cielo, descubrió Carlo cuando se apagaron las cegadoras luces, era en realidad la Unidad de Cuidados Intensivos del hospital Santa Clara, en las afueras de Palermo. Carlo había sido el único superviviente de un atentado terrorista que había reducido a escombros la capilla donde él y su madre habían asistido a misa durante unas vacaciones. Habían muerto treinta y siete personas; entre ellas, la madre de Carlo. Los periódicos llamaron al suceso «El milagro de san Francisco». Por alguna razón desconocida, un momento antes de la explosión, Carlo se había apartado de su madre y se había acercado a una hornacina para admirar un tapiz en el que se representaba la historia de san Francisco.

«Fue Dios quien me llamó —decidió—. Quería salvarme.»

Carlo deliraba de dolor. Todavía podía ver a su madre enviándole un beso con la mano desde el banco en el que estaba arrodillada y cómo, inmediatamente después, con un estruendo ensordecedor, su dulce piel quedaba hecha trizas. Todavía podía saborear la maldad del hombre. Llovían gotas de sangre. ¡Era la sangre de su madre! ¡La bendita María!

«Dios siempre te vigilará y te protegerá», le había dicho ella.

Pero ¿dónde estaba Dios en esos momentos?»

Entonces, como una manifestación mundanal de la afirmación de su madre, un clérigo apareció en el hospital. No un sacerdote cualquiera; se trataba de un obispo. Rezó por Carlo. El milagro de san Francisco. Cuando el pequeño se recuperó, el obispo se lo llevó a vivir a un pequeño monasterio adjunto a la catedral de la que estaba a cargo. Carlo empezó a vivir con los monjes. Y se convirtió incluso en el monaguillo de su nuevo protector. El obispo le sugirió que acudiera a la escuela pública, pero Carlo se negó. Nada lo hacía más feliz que su nuevo hogar. Ahora sí vivía en la casa de Dios.

Todas las noches, Carlo rezaba por su madre.

«Dios me ha salvado por una razón —se decía—. ¿Cuál?»

Cuando, a los dieciséis años, le tocó cumplir con los dos años de servicio militar obligatorio, el obispo le dijo que si ingresaba en el seminario estaría exento de ese deber. Carlo le respondió que su intención era entrar en el seminario, pero que primero quería entender el mal.

El obispo no entendía lo que quería decir.

Carlo le dijo que, si pretendía dedicar su vida a luchar contra el mal, primero debía entenderlo. Y no se le ocurría ningún lugar mejor para ello que el ejército. El ejército empleaba cañones y bombas. «¡Una bomba mató a mi bendita madre!»

El obispo intentó disuadirlo, pero Carlo ya había tomado su decisión.

—Ten cuidado, hijo mío —dijo el obispo—. Y recuerda que la Iglesia espera tu regreso.

Los dos años de servicio militar de Carlo fueron espantosos. Había pasado toda su juventud entregado al silencio y a la reflexión. En el ejército, en cambio, no había tranquilidad para reflexionar. El ruido era constante. Había grandes máquinas por todas partes, y ni un solo momento de paz. Por mucho que los soldados del cuartel acudieran a misa una vez por semana, Carlo no advirtió la presencia de Dios en ninguno de ellos. En sus mentes había demasiado caos para poder ver a Dios.

Carlo odiaba su nueva vida y quería regresar a casa, pero resolvió seguir adelante. Todavía tenía que entender el mal. Se negó a disparar armas, así que los militares le enseñaron a pilotar helicópteros médicos. Carlo odiaba el ruido y el olor, pero al menos era algo que le permitía volar por el cielo y estar así más cerca de su madre. Cuando le informaron de que su entrenamiento de piloto incluía aprender a saltar en paracaídas, Carlo sintió pánico, pero no tuvo elección.

«Dios me protegerá», se dijo.

Su primer salto en paracaídas fue la experiencia física más estimulante de su vida. Era como volar con Dios. El silencio... La sensación de flotar... Ver el rostro de su madre en las mullidas nubes blancas a medida que descendía a tierra. «Dios tiene planes para ti, Carlo.» Cuando dejó el ejército, ingresó en el seminario.

De eso hacía veintitrés años.

Ahora, mientras el camarlengo Carlo Ventresca descendía por la Escalera Real, intentó comprender la cadena de acontecimientos que lo habían llevado a esa extraordinaria encrucijada.

«Abandona todo temor —se dijo—, y entrégate a Dios esta noche.»

Por fin llegó a la gran puerta de bronce de la capilla Sixtina, debidamente protegida por cuatro guardias suizos. Los guardias descorrieron el pestillo y abrieron la puerta. En su interior, todas las cabezas se volvieron hacia él. El camarlengo observó las sotanas negras y los fajines rojos que tenía delante. Y entonces comprendió cuáles eran los planes que Dios tenía para él. El destino de la Iglesia había sido depositado en sus manos.

El camarlengo se santiguó y cruzó el umbral.

Capítulo 48

El periodista Gunther Glick estaba en el interior de la furgoneta de la BBC estacionada en el extremo oriental de la plaza de San Pedro, sudando y maldiciendo el encargo que le había hecho su editor. A pesar de que el primer reportaje mensual de Glick había obtenido no pocos calificativos superlativos —ingenioso, mordaz, serio—, allí estaba ahora, «de guardia» en el Vaticano. Se recordó a sí mismo que trabajar para la BBC le otorgaba mucha más credibilidad que fabricar forraje para el *British Tattler*,[3] pero aun así ésta no era la idea que él tenía del periodismo.

El encargo era simple. Insultantemente simple. Tenía que esperar allí sentado a que un puñado de vejestorios eligieran a su nuevo jefe; entonces podría salir y grabar un vídeo «en directo» de quince segundos con el Vaticano de fondo.

«Estupendo.»

Glick no se podía creer que la BBC todavía enviara periodistas a cubrir chorradas como ésta. «No se ven cadenas estadounidenses por aquí. ¡Claro que no!» Las grandes hacían las cosas bien. Veían la CNN, hacían una sinopsis y luego filmaban su noticia «en directo» delante de una pantalla azul en la que proyectaban imágenes de archivo para conferirle realismo al asunto. La MSNBC utilizaba incluso máquinas de viento y lluvia para darle

---

3. Literalmente, «chismoso británico». (*N. del t.*)

una mayor autenticidad. Los espectadores ya no querían la verdad; querían entretenimiento.

Glick echó un vistazo por el parabrisas. Se sentía cada vez más y más deprimido. La colina imperial del Vaticano se alzaba ante él a modo de sombrío recordatorio de lo que los hombres podían conseguir cuando se lo proponían.

—¿Y qué he conseguido yo en mi vida? —se preguntó en voz alta—. Nada.

—Pues déjalo —dijo una voz femenina a sus espaldas.

Glick se sobresaltó. Casi había olvidado que no estaba solo. Se volvió hacia el asiento trasero, donde su cámara, Chinita Macri, limpiaba sus gafas en silencio. Siempre estaba limpiando las gafas. Chinita era negra —ella prefería el término afroamericana—, un poco gruesa e increíblemente lista, cosa que no permitía que nadie olvidara. También era un poco rara, pero a Glick le caía bien. Además, le gustaba tener algo de compañía.

—¿Qué problema tienes, Gunth? —preguntó ella.

—¿Qué estamos haciendo aquí?

Chinita seguía limpiando sus gafas.

—Presenciar un acontecimiento apasionante.

—¿Te parece apasionante que un grupo de ancianos esté encerrado a oscuras?

—Eres consciente de que vas a ir al infierno, ¿no?

—Ya estoy en él.

—A mí me lo vas a contar. —Chinita hablaba como su madre.

—Es sólo que me gustaría dejar huella.

—Bueno, escribías para el *British Tattler*.

—Sí, pero nada tuvo especial resonancia.

—¡Anda ya! He oído decir que publicaste un rompedor artículo sobre la vida sexual secreta de la reina con seres alienígenas.

—Gracias.

—Eh, las cosas empiezan a ir mejor: esta noche grabarás tus primeros quince segundos de historia televisiva.

Glick soltó un gruñido. Ya podía imaginar al presentador de las noticias: «Gracias, Gunther, un buen reportaje.» Luego entornaría los ojos y daría paso a la previsión meteorológica.

—Debería haber intentado conseguir el puesto de presentador.

Macri rió.

—¿Sin experiencia? ¿Y con esa barba? Ni lo sueñes.

Glick se pasó las manos por el ralo pelo rojizo de la barbilla.

—Creía que me daba un aire interesante.

El teléfono móvil de la furgoneta sonó, interrumpiendo el comentario de Glick.

—Puede que llamen de la redacción —dijo, de repente esperanzado—. ¿Crees que querrán un parte en directo?

—¿Sobre esto? —Macri rió—. Sigue soñando.

Glick contestó al teléfono con su mejor voz de presentador.

—Gunther Glick, BBC, en directo desde la Ciudad del Vaticano.

El hombre al otro lado de la línea hablaba con un marcado acento árabe.

—Escúcheme con atención —dijo—. Estoy a punto de cambiar su vida.

Capítulo 49

Langdon y Vittoria se quedaron a solas ante la puerta de doble hoja que daba paso al sanctasanctórum de los archivos secretos. La decoración de la galería era una incongruente mezcla de alfombras sobre suelos de mármol y cámaras de seguridad inalámbricas instaladas junto a querubines tallados en el techo. Langdon lo bautizó como «Renacimiento estéril». Junto a la puerta de acceso había una pequeña placa de bronce.

ARCHIVO VATICANO
Conservador, padre Jaqui Tomaso

«Padre Jaqui Tomaso.» Langdon reconoció el nombre por las cartas de rechazo que guardaba en el escritorio de su casa. «Estimado señor Langdon, con gran pesar le informo de que su petición ha sido denegada...»

«"Con gran pesar..." Y un cuerno.» Desde que había comenzado el reinado de Jaqui Tomaso, Langdon no conocía a ningún académico estadounidense no católico a quien hubieran concedido acceso a los Archivos Secretos del Vaticano. *Il guardiano*, lo llamaban los historiadores. Jaqui Tomaso era el bibliotecario más duro de pelar de todo el mundo.

Detrás de la puerta y el umbral abovedado que daba acceso al sanctasanctórum, Langdon casi esperaba encontrar al padre Tomaso ataviado con uniforme militar y casco, montando guardia con un bazuca. El lugar, sin embargo, estaba desierto.

Silencio. Iluminación tenue.

El archivio vaticano. Uno de los sueños de su vida.

Al contemplar finalmente la cámara secreta, la primera reacción de Langdon fue de vergüenza. Se dio cuenta de lo ingenuamente romántico que había sido. La imagen que durante todos esos años se había formado de esa sala no podría haber sido más inexacta. Había imaginado polvorientas estanterías repletas de desgastados volúmenes, sacerdotes catalogando a la luz de las velas y vidrieras de colores, monjes estudiando minuciosamente rollos de pergamino...

Nada que ver.

A primera vista parecía un oscuro hangar en el que alguien hubiera construido una docena de pistas de squash independientes. Langdon, claro está, sabía bien lo que eran esos recintos acristalados. No lo sorprendió verlos allí. La humedad y el calor eran perjudiciales para los volúmenes y pergaminos antiguos, y una adecuada conservación requería el uso de cámaras como ésas, cubículos herméticos que los mantenían alejados de la humedad y los ácidos naturales del aire. El profesor había estado en el interior de cámaras herméticas muchas veces, pero siempre había sido una experiencia desagradable. Era como entrar en un contenedor hermético cuyo oxígeno estuviera regulado por un bibliotecario.

Las cámaras permanecían en una oscuridad casi fantasmal, apenas iluminadas por unas pequeñas luces empotradas al final de cada estantería. En la negrura de cada celda, Langdon advirtió los enormes fantasmas, hilera tras hilera de imponentes estanterías cargadas de historia. Era una colección increíble.

Vittoria también parecía fascinada. Caminaba detrás de él, observando en silencio los gigantescos cubos transparentes.

No tenían mucho tiempo, así que, rápidamente, Langdon se puso a buscar por la oscura habitación un catálogo en el que estuviera registrada la colección de la biblioteca. Lo único que vio, sin embargo, fue el resplandor de un puñado de terminales de ordenador.

—Parece que tienen un catálogo. El índice de la biblioteca está informatizado.

Vittoria se mostró esperanzada.

—Eso debería facilitarnos las cosas.

Él deseó poder compartir su entusiasmo, pero intuyó que se trataba de una mala noticia. Se acercó a un terminal y empezó a teclear. Sus temores quedaron confirmados al instante.

—El método de toda la vida habría sido mejor.

—¿Por qué?

Él se apartó del monitor.

—Porque los libros reales no están protegidos con contraseña. Como científica, ¿no tendrás por casualidad dotes de pirata informático?

Vittoria negó con la cabeza.

—Sé abrir ostras, eso es todo.

Langdon respiró profundamente y se volvió hacia la inquietante colección de cámaras transparentes. Se dirigió a la más cercana y aguzó la mirada para intentar ver algo en su interior. Al otro lado del cristal vislumbró formas que reconoció como estanterías, cilindros para almacenar pergaminos y mesas de consulta. Luego levantó la mirada hacia las etiquetas que brillaban al final de cada estante. Como en todas las bibliotecas, indicaban lo que contenía la hilera. Empezó a leer los nombres de las secciones mientras recorría el pasillo, pegado a la barrera transparente.

Pietro L'Eremita... Le Crociate... Urbano II... Il Levante...

—Las estanterías están etiquetadas —dijo sin dejar de andar—. Pero no por orden alfabético de autor.

No le sorprendía en absoluto. Los archivos antiguos casi nunca estaban catalogados alfabéticamente porque la mayoría de los autores eran desconocidos. Por título tampoco, porque la mayor parte de los documentos históricos eran cartas sin título o fragmentos de pergaminos. En su mayoría, la catalogación solía hacerse por orden cronológico. Ese orden, sin embargo, no parecía ser cronológico.

Langdon sintió que se les estaba escapando un tiempo valiosísimo.

—Parece que el Vaticano tiene su propio sistema.

—Qué sorpresa.

Volvió a examinar las etiquetas. Los documentos comprendían varios siglos, pero advirtió que todas las palabras clave estaban interrelacionadas.

—Creo que la clasificación es temática.

—¿Temática? —dijo Vittoria en un tono desaprobatorio—. No parece muy práctico...

«En realidad... —pensó él, considerando atentamente la cuestión—. Puede que se trate de la catalogación más astuta que haya visto nunca.» Siempre les decía a sus alumnos que era mejor comprender las características y los motivos generales de un período artístico que perderse en el maremágnum de fechas y obras específicas. Al parecer, los archivos vaticanos seguían una filosofía similar. «Pinceladas generales...»

—Todo lo que hay en esta cámara —dijo Langdon, sintiéndose cada vez más confiado—, siglos de material, tiene que ver con las cruzadas. Es el tema de esta cámara.

Estaba todo allí, advirtió. Informes históricos, cartas, obras de arte, información sociopolítica, análisis modernos. Todo en un mismo sitio..., facilitando así una comprensión más profunda del tema.

«Brillante.»

Vittoria frunció el ceño.

—Pero la información puede estar relacionada con múltiples temas simultáneamente.

—Razón por la cual cruzan las referencias con marcadores. —Langdon señaló una etiqueta de plástico de color insertada entre los documentos—. Con ellos se indican los documentos secundarios que se encuentran situados en algún otro lugar, con su tema principal.

—Vale —dijo ella, dando por válida su explicación. Puso entonces los brazos en jarras e inspeccionó el vasto espacio. Luego se volvió hacia él—. Entonces, profesor, ¿cómo se llama esa cosa de Galileo que estamos buscando?

Él no pudo evitar sonreír. Todavía no había asimilado que se encontraba en esa sala. «Está aquí —pensó—. En algún lugar, esperándome.»

—Sígueme —dijo, y empezó a recorrer a toda velocidad el primer pasillo, examinando las etiquetas indicadoras de cada cámara—. ¿Recuerdas lo que te he contado del Sendero de la Iluminación? ¿Que los illuminati reclutaban nuevos miembros mediante una compleja prueba?

—La búsqueda del tesoro —dijo Vittoria siguiéndolo de cerca.

—El problema era que, una vez colocados los indicadores, los illuminati necesitaban hacer saber de algún modo a la comunidad científica que el sendero existía.

—Lógico —comentó ella—. De lo contrario, nadie lo habría buscado.

—Sí, e incluso si conseguían averiguar la existencia del sendero, los científicos seguían sin saber dónde comenzaba. Roma es muy grande.

—Ya veo.

Langdon empezó a recorrer el siguiente pasillo, examinando las etiquetas mientras hablaba.

—Hace unos quince años, unos historiadores de la Sorbona y yo descubrimos una serie de cartas illuminati llenas de referencias al *segno*.

—La señal. El anuncio del sendero y del lugar en el que comenzaba.

—Sí. Y desde entonces, muchos estudiosos de la hermandad, yo incluido, hemos descubierto otras referencias al *segno*. Hoy en día es una teoría aceptada que la pista existe y que Galileo la distribuyó entre la comunidad científica sin que el Vaticano se enterara.

—¿Cómo?

—No estamos seguros, pero probablemente mediante alguna publicación. A lo largo de los años publicó muchos libros y boletines informativos.

—Que sin duda también llegaron a manos del Vaticano. Eso suena peligroso.

—Cierto. Sin embargo, sabemos que el *segno* fue distribuido.

—¿Y nadie lo ha encontrado?

—No. Curiosamente, todas las alusiones al *segno* (en diarios masónicos, antiguas revistas científicas, cartas illuminati) consisten en un número.

—¿666?

Langdon sonrió.

—No, el 503.

—Y ¿qué significa?

—Todavía no lo hemos descubierto. Yo me obsesioné con el 503, e intenté encontrarle un significado de todas las formas posibles: numerología, referencias de mapas, latitudes. —Langdon llegó al final del pasillo, dobló la esquina y se apresuró a examinar la siguiente hilera de etiquetas mientras hablaba—. Durante muchos años, la única pista parecía ser que el 503 comenzaba con el número cinco, uno de los dígitos sagrados para los illuminati.

—Algo me dice que por fin has averiguado a qué hace referencia, y que por eso estamos aquí.

—Así es —dijo él, permitiéndose un raro momento de

orgullo por su trabajo—. ¿Te suena un libro de Galileo titulado *Dialogo*?

—Por supuesto. Es famoso entre los científicos por ser la máxima traición a la ciencia jamás cometida.

«Traición» no era la palabra que Langdon habría usado, pero entendía lo que Vittoria quería decir. A principios de la década de 1630, Galileo quería publicar un libro que apoyara el modelo heliocéntrico del sistema solar desarrollado por Copérnico, pero el Vaticano no permitía su publicación a no ser que Galileo incluyera asimismo persuasivas pruebas de su propio modelo geocéntrico. Un modelo —Galileo lo sabía— completamente equivocado. Así pues, no tuvo otra opción que acceder a las demandas de la Iglesia y conceder el mismo espacio a ambos modelos.

—Como probablemente sabrás —dijo Langdon—, a pesar de las concesiones que hizo Galileo, el *Dialogo* fue considerado herético, y el Vaticano lo condenó a arresto domiciliario.

—Ninguna buena acción queda sin castigo.

Él sonrió.

—Cierto. Aun así, Galileo era perseverante. Mientras permanecía bajo arresto domiciliario, escribió en secreto un manuscrito menos conocido que los académicos a menudo confunden con el *Dialogo*. Ese libro se titula *Discorsi*.

Vittoria asintió.

—He oído hablar de él. *Discursos sobre las mareas*.

Langdon se detuvo de golpe, sorprendido porque conociera una oscura publicación sobre el movimiento planetario y su efecto en las mareas.

—Eh —dijo Vittoria—, estás hablando con una física marina italiana cuyo padre veneraba a Galileo.

Él se rió. Lo que buscaban, sin embargo, no era *Discorsi*. Langdon le explicó que ésa no fue la única obra que

Galileo escribió bajo arresto domiciliario. Los historiadores creían que también había escrito un oscuro folleto titulado *Diagramma*.

—*Diagramma della verità* —dijo—. El *Diagrama de la verdad*.

—Nunca había oído hablar de él.

—No me sorprende. El *Diagramma* fue la obra más secreta de Galileo. Supuestamente consiste en un tratado sobre hechos científicos que no le permitían compartir. Al igual que algunos otros manuscritos anteriores suyos, un amigo lo sacó a escondidas de Roma y fue publicado en secreto en Holanda. El folleto se hizo muy popular entre la comunidad científica clandestina de Europa. Más adelante, el Vaticano descubrió su existencia y promovió una campaña de quema de ejemplares.

Vittoria estaba intrigada.

—¿Y crees que ese *Diagramma* contiene la pista? El *segno*. La información acerca del Sendero de la Iluminación.

—Gracias al *Diagramma*, las ideas de Galileo se extendieron. De eso estoy seguro. —Langdon entró en la tercera hilera de cámaras y siguió examinando las etiquetas indicadoras—. Los archiveros llevan años buscando un ejemplar. Pero entre las quemas de volúmenes vaticanas y la baja ratio de permanencia del folleto, el *Diagramma* parece haber desaparecido de la faz de la Tierra.

—¿Ratio de permanencia?

—Su durabilidad. Los archiveros puntúan los documentos del uno al diez según su integridad estructural. El *Diagramma* fue impreso en papiro de junco. Es como el papel de seda. Su promedio de vida no alcanza los cien años.

—¿Por qué no utilizaron algo más resistente?

—Se hizo a petición de Galileo. Para proteger a sus seguidores. De este modo, todo científico al que atraparan con un ejemplar podía tirarlo al agua y el folleto se disolvería. Algo genial para destruir pruebas, pero terrible para los archiveros. Se cree que sólo un ejemplar del *Diagramma* sobrevivió más allá del siglo XVIII.

—¿Uno? —Vittoria, momentáneamente anonadada, miró alrededor de la sala—. ¿Y está *aquí*?

—Confiscado por el Vaticano en los Países Bajos poco después de la muerte de Galileo. Llevo años solicitando que me dejen verlo, desde que averigüé que estaba aquí.

Como si hubiera leído la mente de Langdon, ella caminó hasta el otro lado del pasillo y empezó a examinar la cámara contigua, doblando así el ritmo de la búsqueda.

—Gracias —dijo él—. Busca etiquetas relacionadas con cualquier cosa que tenga que ver con Galileo, ciencia, científicos... Lo sabrás en cuanto lo veas.

—Muy bien, pero todavía no me has dicho qué te ha llevado a pensar que el *Diagramma* contiene la pista. ¿Tiene algo que ver con ese número que no dejaba de aparecer en las cartas illuminati? ¿El 503?

Langdon sonrió.

—Sí. Me ha llevado tiempo, pero finalmente me he dado cuenta de que 503 no es más que un simple código. Y señala claramente el contenido del *Diagramma*.

Por un instante, Langdon revivió el momento en que había experimentado la inesperada revelación. Un 16 de agosto. Hacía dos años. Se encontraba a orillas de un lago, en la boda del hijo de un colega. De repente empezó a sonar música de gaitas y la comitiva nupcial hizo su excepcional entrada, surcando el lago en una barcaza. La embarcación estaba decorada con flores y coronas. En el casco había pintado un numeral romano: DCII.

Extrañado, Langdon le preguntó al padre de la novia:

—¿Y ese 602?

—¿602?

Él señaló la barcaza.

—DCII es el numeral romano para 602.

El hombre se rió.

—No se trata de ningún numeral romano. Es el nombre de la barcaza.

—¿DCII?

El hombre asintió.

—*Dick y Connie II*.

Langdon se sintió avergonzado: Dick y Connie eran la pareja de novios. Obviamente le habían puesto ese nombre a la barcaza en su honor.

—¿Qué pasó con la DCI?

El hombre soltó un gruñido.

—Se hundió ayer durante el ensayo del banquete.

Langdon rió.

—Lamento oír eso.

Observó de nuevo la barcaza. «DCII —pensó—. Como si de un QEII[4] en miniatura se tratara.» Y un instante después, cayó en la cuenta.

Ahora, Langdon se volvió hacia Vittoria.

—Como he dicho antes, 503 es un código. Un truco de los illuminati para ocultar lo que en realidad era un numeral romano. El número 503 en numerales romanos es...

—DIII.

Él levantó la mirada.

—Qué rapidez. No me digas que eres una illuminata.

Ella se rió.

—Uso numerales romanos para codificar estratos pelágicos.

«Por supuesto —pensó él—. ¿Acaso no lo hacemos todos?»

Vittoria se lo quedó mirando.

—Y ¿qué significa DIII?

4. *Queen Elizabeth II. (N. del t.)*

—DI, DII y DIII son abreviaciones muy antiguas. Las utilizaban los científicos de antaño para distinguir los tres tipos de documentos galileanos que más se solían confundir.

Ella exhaló un suspiró.

—*Dialogo... Discorsi... Diagramma.*

—D-uno. D-dos. D-tres. Todos científicos. Todos controvertidos. 503 es DIII. *Diagramma.* El tercer libro.

Vittoria se sentía confusa.

—Pero hay algo que todavía no veo claro. Si ese *segno*, esa pista, ese anuncio del Sendero de la Iluminación realmente se encuentra en el *Diagramma* de Galileo, ¿cómo es que el Vaticano no lo vio cuando confiscó todos los ejemplares?

—Quizá lo vieron pero no lo reconocieron. ¿Recuerdas los indicadores de los illuminati ocultos a plena vista? ¿La disimulación? Al parecer, el *segno* está escondido del mismo modo, a plena vista. Invisible para quien no estuviera buscándolo. Y también para quien no lo comprendiera.

—Y ¿eso qué quiere decir?

—Quiere decir que Galileo lo escondió bien. Según los documentos históricos, el *segno* fue revelado mediante lo que los illuminati llamaban *lingua pura*.

—¿Un lenguaje puro?

—Sí.

—¿Las matemáticas?

—Eso creo. Parece lo más obvio. Al fin y al cabo, Galileo era un científico, y escribía para científicos. Las matemáticas habrían sido una elección lógica para ocultar la pista. El folleto se titula *Diagramma*, así que imagino que algún diagrama matemático también debe de formar parte del código.

Vittoria se mostraba ahora algo más esperanzada.

—Bueno, supongo que Galileo podría haber creado

una especie de código matemático que pasara inadvertido a los clérigos.

—No pareces muy convencida —dijo Langdon avanzando por el pasillo.

—No lo estoy. Básicamente porque tú tampoco pareces estarlo. Si estás seguro acerca del DIII, ¿cómo es que no lo publicaste? Así, alguien que sí tuviera acceso a los archivos vaticanos podría haber entrado y comprobarlo hace mucho.

—No quería publicarlo —dijo él—. He trabajado muy duro para conseguir la información y... —Se interrumpió de golpe, avergonzado.

—Querías la gloria.

Langdon notó que se sonrojaba.

—En cierto modo. Es sólo que...

—No tienes por qué avergonzarte. Estás hablando con una científica. Publicar o perecer. En el CERN lo llamamos «demostrar o asfixiarse».

—No se trataba únicamente de ser el primero. También me preocupaba que, si la información que contiene el *Diagramma* caía en las manos equivocadas, éste pudiera desaparecer.

—¿Con lo de «manos equivocadas» te refieres al Vaticano?

—No son malas per se, pero la Iglesia siempre ha minimizado la amenaza de los illuminati. A principios del siglo xx, el Vaticano llegó a decir que la hermandad no era más que un producto de imaginaciones hiperactivas. Los clérigos creyeron, quizá acertadamente, que lo último que necesitaban saber los cristianos era que había un poderoso movimiento anticristiano infiltrado en sus bancos, en sus partidos políticos y en sus universidades.

«En presente, Robert —se recordó a sí mismo—. Hay un poderoso movimiento anticristiano infiltrado en sus bancos, en sus partidos políticos y en sus universidades.»

—¿Y piensas que el Vaticano habría enterrado toda prueba que corroborara la amenaza de los illuminati?

—Muy posiblemente. Cualquier amenaza, real o imaginaria, debilita la fe en el poder de la Iglesia.

—Una pregunta más. —Vittoria se detuvo de golpe y se lo quedó mirando como si fuera un alienígena—. ¿Estás hablando en serio?

Él se detuvo a su vez.

—¿A qué te refieres?

—Quiero decir, ¿de verdad es éste tu plan para salir de esta situación?

Langdon no estaba seguro de si lo que veía en sus ojos era mera compasión o auténtico terror.

—¿Te refieres a encontrar el ejemplar del *Diagramma*?

—No, me refiero a encontrar el ejemplar del *Diagramma*, localizar un *segno* de cuatrocientos años de antigüedad, descifrar un código matemático y seguir un antiguo sendero de obras de arte que únicamente los científicos más brillantes de la historia han sido capaces de seguir..., todo en apenas cuatro horas.

Él se encogió de hombros.

—Estoy abierto a otras sugerencias.

Capítulo 50

Robert Langdon se acercó a la cámara número nueve y leyó las etiquetas de las estanterías.

BRAHE... CLAVIUS... COPERNICUS... KEPLER... NEWTON...

Al releerlas, sintió una repentina inquietud. «Aquí están los científicos... pero ¿dónde está Galileo?»

Se volvió hacia Vittoria, que estaba revisando los contenidos de una cámara vecina.

—He encontrado el tema, pero Galileo no está.

—Sí, sí está —dijo ella acercándose a la siguiente cámara con el ceño fruncido—. Está aquí. Pero espero que hayas traído tus gafas de lectura, porque la cámara entera está dedicada a él.

Langdon corrió a su lado. Vittoria tenía razón. Todas las etiquetas indicadoras de la cámara número diez tenían la misma palabra clave.

Il processo galileiano

Él dejó escapar un leve silbido al darse cuenta de por qué Galileo tenía su propia cámara.

—El proceso de Galileo —se maravilló, mirando desde el otro lado del cristal el oscuro contorno de las estanterías—. El más largo y costoso proceso legal en la historia del Vaticano. Catorce años y seiscientos millones de liras. Está todo aquí.

—Hay unos cuantos documentos legales.

—Parece que los abogados no han evolucionado mucho en todos estos siglos.

—Tampoco los tiburones.

Langdon se acercó a grandes zancadas a un gran botón amarillo que había a un lado de la cámara. Al presionarlo, un banco de luces se encendió con un zumbido en su interior. Eran de un intenso color rojo que convirtió el cubo en una resplandeciente celda carmesí, un auténtico laberinto de altas estanterías.

—Dios mío —dijo Vittoria, algo asustada—. ¿Vamos a broncearnos o a trabajar?

—Los pergaminos y el papel vitela se deterioran con mucha facilidad, por lo que siempre se emplean luces oscuras para iluminar las cámaras.

—Uno podría volverse loco ahí dentro.

«O algo peor», pensó Langdon mientras se dirigía hacia la única entrada de la cámara.

—Una pequeña advertencia. El oxígeno es oxidante, así que las cámaras herméticas contienen muy poco. El interior prácticamente se encuentra al vacío. Te costará respirar.

—Bueno, si los viejos cardenales pueden sobrevivir a ello...

«Cierto —pensó él—. Espero que tengamos la misma suerte.»

La entrada de la cámara consistía en una única puerta electrónica giratoria. Langdon advirtió la típica disposición de cuatro botones de acceso en su interior, cada uno accesible desde un compartimento. Cuando se presionaba un botón, la puerta motorizada se ponía en marcha e iniciaba media rotación hasta que volvía a detenerse; un procedimiento estándar para preservar la integridad de la atmósfera interior.

—Cuando ya esté dentro —dijo—, presiona el botón y haz lo mismo que he hecho yo. En el interior sólo hay un ocho por ciento de humedad, así que prepárate para notar la boca seca.

Entró en el compartimento rotatorio y presionó el botón. La puerta emitió un sonoro zumbido y empezó a girar. Mientras seguía su movimiento, Langdon empezó a preparar su cuerpo para el *shock* físico que siempre acompañaba a los primeros segundos en una cámara hermética. Entrar en un archivo estanco era como pasar de golpe del nivel del mar a seis mil metros de altitud. No era infrecuente sufrir náuseas y mareos. «Si ves doble, dobla la cintura», decía el mantra del archivero. El profesor notó que se le empezaban a tapar los oídos. Oyó el silbido del aire y la puerta se detuvo.

Ya estaba dentro.

Lo primero que advirtió fue que el aire era más escaso todavía de lo que había esperado. Al parecer, el Vaticano se tomaba sus archivos un poco más en serio que la mayoría. Reprimió una náusea y relajó el pecho mientras sus capilares pulmonares se dilataban. El malestar pasó de prisa. «Ya está aquí el Delfín», murmuró, satisfecho por que sus cincuenta largos diarios sirvieran de algo. Cuando al fin comenzó a respirar con mayor normalidad, miró alrededor de la cámara. A pesar de que las paredes eran transparentes, sintió la tan familiar ansiedad. «Estoy en una caja —pensó—. De color rojo sangre.»

La puerta emitió un zumbido a sus espaldas, y Langdon se volvió para ver entrar a Vittoria. En cuanto estuvo dentro, los ojos de la joven se humedecieron y empezó a respirar con dificultad.

—Es sólo un minuto —dijo él—. Si sientes mareos, inclínate hacia adelante.

—Me... siento... —repuso ella, jadeante— como si... estuviera haciendo submarinismo... con la mezcla... incorrecta.

Él esperó a que se aclimatara. Sabía que se pondría

bien. Estaba claro que Vittoria Vetra se encontraba en plena forma, no como los renqueantes ex alumnos de Radcliffe a quienes Langdon había acompañado a la cámara hermética de la biblioteca Widener. La visita había terminado con él haciéndole el boca a boca a una anciana que a punto había estado de tragarse la dentadura postiza.

—¿Te encuentras mejor? —preguntó.

Vittoria asintió.

—Antes me he subido a tu maldito avión espacial, así que te debía una.

Ella sonrió.

—*Touché*.

Langdon metió la mano en la caja que había junto a la puerta y extrajo unos guantes blancos de algodón.

—¿Es necesaria la formalidad? —quiso saber ella.

—Es por el ácido de los dedos. No podemos tocar los documentos sin ellos. Necesitas un par.

Vittoria se puso los guantes.

—¿Cuánto tiempo tenemos?

Él consultó la hora en su reloj de Mickey Mouse.

—Acaban de dar las siete.

—Tenemos que encontrar esa cosa antes de una hora.

—En realidad —dijo él—, no disponemos de tanto tiempo. —Señaló un conducto que había en el techo—. En circunstancias normales, el conservador enciende un sistema de reoxigenación cuando alguien entra en la cámara. Ahora está apagado. Dentro de veinte minutos nos habremos quedado sin aire.

Vittoria empalideció perceptiblemente bajo la luz roja.

Langdon sonrió y se alisó los guantes.

—Demostrar o asfixiarse, señorita Vetra. Mickey apremia.

Capítulo 51

El reportero de la BBC Gunther Glick se quedó mirando el teléfono móvil que tenía en la mano durante diez segundos antes de colgar.

Chinita Macri lo examinó desde la parte trasera de la furgoneta.

—¿Qué ha pasado? ¿Quién era?

Él se volvió. Se sentía como un niño que hubiera recibido un regalo de Navidad que quizá no fuera para él.

—Acaban de darme un soplo. En el Vaticano está sucediendo algo.

—Se llama cónclave —dijo Chinita—. Menudo soplo.

—No, otra cosa. —«Algo importante.»

Glick se preguntó si lo que acababa de contarle el desconocido sería verdad. Y se sintió avergonzado cuando se dio cuenta de que estaba rezando para que así fuera.

—¿Y si te dijera que cuatro cardenales han sido secuestrados y van a ser asesinados en cuatro iglesias distintas?

—Te diría que alguien de la oficina central con un macabro sentido del humor te está tomando el pelo.

—¿Y si te dijera que nos van a indicar el emplazamiento exacto del primer asesinato?

—Querría saber con quién diantre acabas de hablar.

—No me lo ha dicho.

—¿Quizá porque era un farsante?

Glick ya contaba con el cinismo de Macri, pero lo que

la chica no tenía en cuenta era que, en el *British Tattler*, se había pasado casi una década tratando con mentirosos y lunáticos. El tipo con el que acababa de hablar no era ninguna de las dos cosas. Al contrario, se había comportado con fría cordura. «Lo llamaré antes de las ocho —le había dicho—, y le diré dónde tendrá lugar el primer asesinato. Las imágenes que grabe lo harán famoso.» Cuando Glick le había preguntado por qué le estaba dando esa información, la respuesta había sido tan glacial como su acento de Oriente Medio: «Los medios de comunicación son el brazo derecho de la anarquía.»

—Me ha dicho algo más —dijo Glick.

—¿Qué? ¿Quizá que Elvis Presley acaba de ser nombrado papa?

—Conecta con la base de datos de la BBC, ¿quieres? —Glick podía notar cómo la adrenalina fluía por su cuerpo—. Quiero ver qué otras noticias les hemos dedicado a esos tipos.

—¿Qué tipos?

—Hazlo, por favor.

Macri suspiró y empezó a establecer la conexión con la base de datos.

—Tardará un minuto.

A Glick la cabeza le iba a mil por hora.

—El desconocido tenía mucho interés en saber si contaba con un cámara.

—Videógrafo.

—Y si podíamos transmitir en directo.

—Uno coma cinco tres siete megahercios. ¿Se puede saber de qué va todo esto? —La base de datos emitió un pitido—. Muy bien, estamos conectados. ¿Qué es lo que estás buscando?

Glick le dijo la palabra clave.

Macri se volvió y se lo quedó mirando fijamente.

—Estás de broma, ¿no?

Capítulo 52

La organización interna de la cámara número diez no era tan intuitiva como Langdon había supuesto, y el manuscrito del *Diagramma* no parecía encontrarse con otras publicaciones similares de Galileo. Sin acceso al catálogo informatizado o a un localizador de referencias, Langdon y Vittoria no sabían por dónde empezar a buscar.

—¿Estás seguro de que el *Diagramma* está aquí? —preguntó ella.

—Del todo. Aparece tanto en el listado del Ufficio della Propaganda della Fede como...

—Está bien. Mientras estés seguro.

Vittoria comenzó a buscar por la izquierda, y él por la derecha.

Langdon tenía que hacer grandes esfuerzos para no detenerse y leer cada tesoro que encontraba. La colección era asombrosa. *El ensayista... El mensajero de las estrellas... Cartas sobre las manchas solares... Carta a la gran duquesa Cristina... Apologia pro Galileo...*

Fue Vittoria quien finalmente lo encontró cerca del fondo de la cámara. Llamó a Langdon con su gutural voz.

—*Diagramma della verità!*

Él cruzó corriendo la bruma carmesí para unirse a la joven.

—¿Dónde?

Vittoria lo señaló, e inmediatamente Langdon se dio

cuenta de por qué no lo habían encontrado antes. El manuscrito estaba dentro de una cubeta, no sobre los estantes. Las cubetas solían utilizarse para almacenar páginas sueltas. La etiqueta del contenedor no dejaba duda alguna sobre su contenido.

Diagramma della verità
Galileo Galilei, 1639

Langdon se puso de rodillas y notó que se le aceleraba el pulso.

—El *Diagramma* —dijo, y sonrió a Vittoria—. Buen trabajo. Ayúdame a sacar la cubeta.

Vittoria se arrodilló a su lado y ambos tiraron de la bandeja de metal en la que se encontraba la cubeta. El contenedor se deslizó sobre unas pequeñas ruedas, dejando a la vista la parte superior.

—¿No tiene cerradura? —dijo ella, sorprendida al ver un simple pestillo.

—No, nunca. A veces hay que evacuar los documentos con rapidez: inundaciones, incendios...

—Pues ábrelo.

Él no necesitaba ánimos. Con el sueño académico de su vida ante sí y el escaso aire que había en la cámara, no tenía intención alguna de demorarse. Descorrió el pestillo y abrió la tapa. En el fondo de la cubeta descansaba una bolsa negra de lona. La transpirabilidad de la tela resultaba de máxima importancia para la preservación de su contenido. Cogiéndola con ambas manos y manteniéndola en posición horizontal, Langdon la extrajo de la cubeta.

—Esperaba un cofre del tesoro —dijo Vittoria—. Parece más bien una funda de almohada.

—Sígueme —dijo él.

Sosteniendo la bolsa ante sí como si de una ofrenda

sagrada se tratara, Langdon se dirigió al centro de la cámara, hacia la típica mesa de consulta con el tablero de cristal. Si bien lo que se pretendía con su localización en el centro era minimizar los desplazamientos de documentos en el interior de la cámara, los investigadores también apreciaban la privacidad que ofrecían las estanterías circundantes. En las cámaras más importantes del mundo se hacían descubrimientos que coronaban carreras, y a la mayoría de los académicos no les gustaba que sus rivales pudieran verlos a través del cristal mientras trabajaban.

Una vez frente a la mesa, depositó la bolsa encima de ella. Vittoria permanecía a su lado. Tras rebuscar en una bandeja de herramientas, Langdon encontró unas pinzas con almohadillas de fieltro utilizadas por los archiveros, unas grandes pinzas con dos discos planos en cada brazo. A medida que su excitación iba en aumento, temió que de un momento a otro fuera a despertarse en Cambridge con una pila de exámenes por corregir a su lado. Finalmente, cogió aire y abrió la bolsa. Con dedos trémulos, metió las tenacillas en su interior.

—Relájate —dijo Vittoria—. Es papel, no plutonio.

Él rodeó con las tenacillas el montón de documentos que había dentro y con cuidado aplicó la mínima presión. Luego, más que tirar de las páginas, las mantuvo en su sitio mientras retiraba la bolsa; un procedimiento típico de los archiveros para minimizar la manipulación del objeto. Hasta que hubo retirado por completo la bolsa y encendido la luz oscura que había bajo la mesa, Langdon no volvió a respirar.

Iluminada desde abajo por la lámpara que había bajo el cristal del tablero, Vittoria parecía ahora un espectro.

—Qué pequeñas son las hojas —dijo con un tono de reverencia en la voz.

Él asintió. La pila de folios que tenían delante parecían

las páginas sueltas de una novela de bolsillo. Langdon advirtió que la hoja de encima era una ornamentada cubierta con el título, la fecha y el nombre de Galileo escrito de su puño y letra.

En ese instante se olvidó del angosto lugar en el que se encontraba, de su agotamiento, se olvidó de la terrible situación que lo había llevado allí. Maravillado, se limitó a admirar el documento. Los encuentros cercanos con la historia siempre lo dejaban obnubilado, como si se encontrara ante el lienzo de la *Mona Lisa*.

Langdon no dudó ni por un momento de la edad y la autenticidad del descolorido y amarillento papiro, pero a excepción de la inevitable pérdida de color, el documento se encontraba en unas condiciones espléndidas. «Ligera decoloración del pigmento. Menor cohesión del papiro. Pero, en general..., su condición es magnífica.» Con la visión borrosa a causa de la escasa humedad del aire, estudió el ornamentado grabado a mano de la cubierta. Vittoria permanecía en silencio.

—Pásame la espátula, por favor —pidió señalando una bandeja llena de herramientas de acero inoxidable.

Ella se la tendió. Langdon sopesó la herramienta. Era de las buenas. Pasó los dedos por su superficie para retirar todo resto de electricidad estática y luego, siempre con mucho cuidado, deslizó la hoja por debajo de la cubierta.

La primera página estaba escrita a mano. La diminuta y estilizada caligrafía resultaba casi imposible de leer. Langdon advirtió de inmediato que en la página no había diagramas ni números. Se trataba de un ensayo.

—Heliocentrismo —dijo Vittoria, traduciendo el encabezamiento de la primera página. Examinó el texto—. Parece como si Galileo renunciara al modelo geocéntrico de una vez por todas. Es italiano antiguo, así que no ofrezco garantías de mi traducción.

—Da igual —repuso él—. Estamos buscando matemáticas. El lenguaje puro.

Pasó la página con la espátula. Otro ensayo. Ni matemáticas ni diagramas. Las manos de Langdon comenzaron a sudar dentro de los guantes.

—Movimiento de los planetas —Vittoria tradujo el título.

Él frunció el ceño. Cualquier otro día le habría fascinado leerlo; por increíble que pudiera parecer, el actual modelo de órbitas planetarias elaborado por la NASA tras observarlas mediante telescopios de alta potencia era casi idéntico a las predicciones originales de Galileo.

—Nada de matemáticas —señaló ella—. Habla acerca de movimientos retrógrados y órbitas elípticas o algo así.

«Órbitas elípticas.» Langdon recordó que el problema legal de Galileo había comenzado cuando afirmó que el movimiento planetario era elíptico. El Vaticano exaltaba la perfección del círculo, e insistía en que el movimiento celestial sólo podía ser circular. Los illuminati de Galileo, sin embargo, también veían esa perfección en la elipse, y reverenciaban la dualidad matemática de sus focos gemelos. La elipse illuminati era prominente incluso hoy en día en la imaginería de los modernos tableros e incrustaciones masónicas.

—Siguiente —dijo Vittoria.

Langdon pasó la página.

—Fases lunares y mareas —dijo la joven—. Nada de números. Ni de diagramas.

Él pasó otra página. Nada. Pasó otra docena más o menos. Nada. Nada. Nada.

—Creía que este tipo era un matemático —comentó ella—. Esto es todo texto.

Langdon notó que el aire de sus pulmones era cada vez más escaso. Igual que sus esperanzas. La pila de hojas menguaba.

—Aquí no hay nada —dijo Vittoria—. Nada de matemáticas. Unas pocas fechas, unos pocos cálculos convencionales, pero nada que parezca una pista.

Él pasó la última hoja y suspiró. También era un ensayo.

—Un libro corto —señaló Vittoria con el ceño fruncido. Langdon asintió.

—Como dicen los romanos: *Merda!*

«Sí, mierda», pensó él. Su reflejo en el cristal parecía estar burlándose de él, como la imagen que esa mañana le había devuelto su ventanal. «Un fantasma que envejece.»

—Tiene que haber algo —dijo. La ronca desesperación de su voz lo sorprendió incluso a él—. El *segno* está aquí, en algún lugar. ¡Lo sé!

—¿Y si estabas equivocado con lo de DIII?

Se volvió hacia la chica y se la quedó mirando fijamente.

—Está bien —admitió ella—, lo de DIII tiene sentido. Pero quizá la pista no es matemática.

—*Lingua pura*. ¿Qué otra cosa puede ser?

—¿Arte?

—En el libro no hay ni diagramas ni dibujos.

—Lo único que sé es que lo de *lingua pura* se refiere a algo que no es italiano. Las matemáticas parecen la opción más lógica.

—Estoy de acuerdo.

Langdon se negaba a aceptar la derrota así como así.

—Quizá los números están escritos a mano. Y las matemáticas expresadas en palabras en vez de ecuaciones.

—Nos llevará mucho tiempo leer todas las páginas.

—No tenemos tiempo. Repartiremos el trabajo. —Le dio la vuelta a la pila y volvió al principio del libro—. Sé suficiente italiano para reconocer números. —Utilizando la espátula, cortó la pila como si fuera una baraja de cartas y depositó la primera media docena de páginas delante de Vittoria—. Está aquí, en algún lugar. Estoy seguro.

Ella se inclinó y pasó la primera página con la mano.

—¡La espátula! —exclamó él, alcanzándole otra de la bandeja—. Utiliza la espátula.

—Llevo guantes —refunfuñó ella—. ¿Qué daño le puedo causar?

—Utilízala y ya está.

Vittoria cogió la espátula.

—¿Notas lo mismo que yo?

—¿Tensión?

—No. La falta de aire.

Efectivamente, estaba empezando a notarla. El aire se agotaba con mayor rapidez de lo que había esperado. Sabía que debían darse prisa. Los acertijos archivísticos no eran algo nuevo para él, pero normalmente tenía más que unos pocos minutos para solucionarlos. Sin decir nada más, agachó la cabeza y empezó a traducir la primera página de su pila.

«¿Dónde estás, maldita sea? ¿Dónde narices estás?»

Capítulo 53

En algún lugar de Roma, una oscura figura descendió por una rampa de piedra y se internó en un túnel subterráneo. El antiguo pasadizo estaba iluminado únicamente con antorchas, lo que provocaba que en su interior el aire fuera caliente y denso. El eco de los inútiles gritos de terror de los ancianos resonaba en el angosto espacio.

Al rodear la esquina los encontró exactamente igual que los había dejado: cuatro ancianos aterrados, encerrados en un cubículo de piedra tras unos herrumbrosos barrotes de hierro.

—*Qui êtes-vous?* —preguntó uno de los hombres en francés—. ¿Qué quiere de nosotros?

—*Hilfe!* —dijo otro en alemán—. ¡Suéltenos!

—¿Sabe quiénes somos? —preguntó uno en inglés con acento español.

—Silencio —ordenó la ronca voz.

El cuarto prisionero, un italiano callado y pensativo, miró el oscuro vacío de los ojos de su captor y creyó ver el mismísimo infierno. «Que Dios nos ampare», pensó.

El asesino consultó la hora y luego se volvió hacia los prisioneros.

—Bueno —dijo—, ¿quién será el primero?

Capítulo 54

En el interior de la cámara número diez, Robert Langdon recitaba números en italiano mientras examinaba la caligrafía que tenía ante sus ojos.

—*Mille... cento... uno, due, tre... cinquanta.* ¡Necesito una referencia numérica! ¡Cualquier cosa, maldita sea!

Cuando llegó al final del folio, alzó la espátula para pasar la página. Al alinear la herramienta con la página siguiente, sin embargo, se dio cuenta de que era incapaz de mantenerla firme. Minutos después bajó la mirada y advirtió que había soltado la espátula y estaba pasando las páginas con la mano. «Vaya —pensó, sintiéndose un poco criminal. La falta de oxígeno estaba afectando a sus inhibiciones—. Parece que arderé en el infierno de los archiveros.»

—Ya era hora —dijo Vittoria cuando vio que él pasaba las páginas con la mano. Dejó a su vez la espátula y siguió su ejemplo.

—¿Has encontrado algo?

Ella negó con la cabeza.

—Nada que parezca puramente matemático. Lo estoy leyendo por encima, pero no veo ninguna pista.

Langdon siguió traduciendo páginas con creciente dificultad. Sus conocimientos de italiano eran, cuando menos, rústicos, y la diminuta caligrafía y el arcaico lenguaje ralentizaban aún más la lectura. Vittoria terminó su pila antes que él. Tras volver con desánimo la última de sus páginas, la joven optó por volver a examinarlas otra vez.

Langdon terminó su última hoja, maldijo entre dientes y se volvió hacia ella. La joven estaba mirando una de sus páginas con el ceño fruncido.

—¿Qué pasa? —preguntó él.

Vittoria no levantó la mirada.

—¿Había notas al pie en alguna de tus páginas?

—No que me haya dado cuenta. ¿Por qué?

—En esta página hay una. Una arruga la ocultaba.

Intentó ver lo que ella estaba mirando, pero lo único que pudo distinguir fue el número de página en la esquina superior derecha: folio 5. Tardó un momento en darse cuenta de la coincidencia, y cuando lo hizo le pareció vaga. «Folio cinco. Cinco, Pitágoras, pentágonos, illuminati.» Se preguntó si los illuminati habrían elegido la página número cinco para esconder su pista. En medio de la rojiza niebla que les rodeaba, creyó divisar un débil rayo de esperanza.

—¿Es matemática esa nota al pie?

Vittoria negó con la cabeza.

—Texto. Una línea. Letra muy pequeña, casi ilegible.

Las esperanzas de Langdon se desvanecieron.

—Se supone que la pista es matemática. *Lingua pura*.

—Sí, ya lo sé —ella vaciló—. Pero creo que deberías oír esto.

Percibió cierta excitación en la voz de la joven.

—Adelante.

Aguzando la mirada, Vittoria leyó la línea.

—«El sendero de la luz ha sido trazado, la prueba sagrada.»

Las palabras no eran para nada lo que Langdon había esperado.

—¿Cómo dices?

Ella repitió la línea.

—«El sendero de la luz ha sido trazado, la prueba sagrada.»

—¿«El sendero de la luz»? —Langdon se irguió.

—Eso es lo que pone. «El sendero de la luz.»

En cuanto asimiló las palabras, Langdon percibió un instante de claridad en medio de su delirio. «El sendero de la luz ha sido trazado, la prueba sagrada.» No tenía ni idea de qué quería decir, pero estaba claro que esa línea era una referencia directa al Sendero de la Iluminación. «Sendero de luz. Prueba sagrada.» Sentía como si su cabeza fuera un motor al que hubieran echado un mal carburante.

—¿Estás segura de la traducción?

Ella vaciló.

—En realidad... —se volvió hacia él con una expresión extraña—. La línea no está escrita en italiano, sino en inglés: *«The path of light is laid, the sacred test.»*

Por un instante, Langdon creyó que la acústica de la cámara había afectado su oído.

—¿En inglés?

Vittoria le pasó el documento y él leyó la minúscula inscripción que había al final de la página.

—*«The path of light is laid, the sacred test.»* ¿En inglés? ¿Qué hace una frase en inglés en un libro italiano?

La joven se encogió de hombros. También ella parecía algo mareada.

—¿Y si lo de *lingua pura* se refería al inglés? Está considerado el lenguaje internacional de la ciencia. Es lo único que hablamos en el CERN.

—Pero esto fue escrito en el siglo XVII —argumentó Langdon—. Por aquel entonces nadie hablaba inglés en Italia, ni siquiera... —Se detuvo de pronto al darse cuenta de lo que iba a decir—. Ni siquiera... los clérigos. —Su mente académica puso la directa—. En el siglo XVII —dijo hablando ahora con mayor rapidez—, el inglés era un idioma que el Vaticano todavía no había adoptado. Se ocupaban de sus asuntos en italiano, latín, alemán, e incluso en español y francés, pero el inglés era una lengua completamente desconocida para ellos. Lo consideraban un idioma contaminado, propio de librepensadores y profanos como Chaucer o Shakespeare. —Recordó entonces las marcas de los illuminati de tierra, aire, fuego y agua. La leyenda de que las marcas estaban escritas en inglés parecía ahora extrañamente plausible.

—¿Estás diciendo que quizá Galileo consideraba el inglés la *lingua pura* porque era el único idioma que el Vaticano no controlaba?

—Sí. Puede que, al poner la pista en inglés, Galileo pretendiera impedir que el Vaticano la leyera.

—Pero si ni siquiera es una pista —dijo Vittoria—. *«The path of light is laid, the sacred test.»* ¿Qué diantre significa esto?

«Tiene razón», pensó él. La línea no era de ninguna ayuda. Pero, al repetir mentalmente la frase, se dio cuenta de una cosa extraña. «Aunque sería muy raro que no estuviera relacionado —se dijo—. ¿Cuáles son las posibilidades?»

—Tenemos que salir de aquí —señaló Vittoria con voz ronca.

Él ni siquiera la oyó. *«The path of light is laid, the sacred test.»*

—Es un maldito pentámetro yámbico —dijo de repente, y volvió a contar las sílabas—. Cinco pareados de sílabas alternativamente tónicas y átonas.

Vittoria parecía perdida.

—Yámbi... ¿qué?

Por un instante, Langdon sintió que volvía a estar en la Academia Phillips Exeter, en la clase de literatura inglesa de los sábados por la mañana. «El infierno en la Tierra.» La estrella del equipo de béisbol de la escuela, Peter Greer, no conseguía recordar el número de pareados de un pentámetro yámbico de Shakespeare. Su profesor, un ocurrente maestro llamado Bissell, se inclinó sobre su mesa y exclamó, «¡Pentámetro, Greer! ¡Piense en la base del bateador! ¡Un pentágono! ¡Cinco caras! ¡Penta! ¡Penta! ¡Penta! ¡Por el amor de Dios!»

«Cinco pareados», se dijo ahora Langdon. Cada pareado, por definición, tenía dos sílabas. No podía creer que en toda su carrera nunca se le hubiera ocurrido esa relación. ¡Un pentámetro yámbico era un metro simétrico basado en los números sagrados de los illuminati: el cinco y el dos!

«¡Ya casi lo tienes! —se dijo intentando espolear su mente—. ¡Una coincidencia sin sentido! —Pero el pensamiento se resistía—. Cinco... por Pitágoras y el pentágono. Dos... por la dualidad de todas las cosas.»

Un momento después, con una entumecedora sensación en las piernas, cayó en la cuenta de otra cosa. A causa de su simplicidad, al pentámetro yámbico solían llamarlo «verso puro» o «metro puro». ¿La *lingua pura*? ¿Era ése el lenguaje puro al que los illuminati se referían? *«The path of light is laid, the sacred test»*...

—¡Oh! —exclamó Vittoria.

Langdon se volvió y vio cómo la joven daba la vuelta a la hoja. Sintió un nudo en el estómago. «Otra vez, no.»

—¡Es imposible que esa línea sea un ambigrama!

—No, no es un ambigrama, pero... —Vittoria dio otra vuelta de noventa grados a la hoja.

—Pero ¿qué?

Ella levantó la mirada.

—No es la *única* línea.

—¿Hay otra?

—Hay una línea distinta en cada margen. Arriba, abajo, izquierda y derecha. Creo que es un poema.

—¿Cuatro líneas? —Langdon sintió una oleada de excitación. «¿Galileo, poeta?»—. ¡Déjame verlo!

Sin soltar la página, Vittoria le dio otra vuelta de noventa grados.

—Antes no había visto las líneas porque están en los márgenes. —Ladeó la cabeza para leer la última—. Vaya, ¿sabes qué? No fue Galileo quien escribió esto.

—¿Qué?

—El poema está firmado por John Milton.

—¿John Milton?

El influyente poeta inglés que escribió *El paraíso perdido* era contemporáneo de Galileo y su afición por las conspiraciones lo situaba en lo más alto de la lista de posibles illuminati. La supuesta afiliación de Milton con la hermandad de Galileo era una leyenda que Langdon siempre había creído cierta. Milton no sólo había hecho un bien documentado viaje a Roma en 1638 para «tratar con hombres ilustrados», sino que había visitado varias veces a Galileo durante el arresto domiciliario del científico; visitas recreadas en muchos cuadros renacentistas, entre ellos el famoso *Galileo y Milton*, de Annibale Gatti, que ahora colgaba en el Museo de Historia de la Ciencia de Florencia.

—Milton conocía a Galileo, ¿no? —dijo Vittoria entregándole finalmente el folio—. Quizá le escribió el poema como un favor.

Langdon apretó los dientes y examinó el documento. Tras dejarlo sobre la mesa, leyó la línea del margen superior. Luego rotó la página novena grados y leyó la del derecho. Otro giro y leyó la del inferior. Otro giro, la del izquierdo. Un giro final completó el círculo. Había cuatro líneas en total. La primera que Vittoria había encontrado era en realidad la tercera del poema. Completamente boquiabierto, Langdon leyó de nuevo las cuatro en el sentido de las agujas del reloj: arriba, derecha, abajo, izquierda. Cuando hubo terminado, exhaló un suspiro. No tenía ninguna duda al respecto.

—Lo ha encontrado usted, señorita Vetra.

Ella forzó una sonrisa.

—Muy bien, ¿ahora podemos salir de una vez de aquí?

—He de copiar estas líneas. Necesito lápiz y papel.

Vittoria negó con la cabeza.

—Olvídelo, profesor. No hay tiempo para jugar a los escribas. Mickey apremia. —Le arrebató la página y se dirigió hacia la puerta.

Langdon se quedó parado.

—¡No puedes sacar eso de aquí! Es...

Pero ella ya se había ido.

Capítulo 55

Langdon y Vittoria salieron disparados al patio contiguo a los archivos secretos. El profesor respiró el aire fresco como si de una droga se tratara. Los puntitos púrpuras que emborronaban su visión pronto se desvanecieron. El sentimiento de culpa, sin embargo, no lo hizo. Había sido cómplice del robo de una reliquia de incalculable valor en la cámara más privada del mundo. «Confío en usted», le había dicho el camarlengo.

—Date prisa —dijo Vittoria, todavía con el folio en la mano, mientras cruzaba el patio del Belvedere a toda velocidad en dirección al despacho de Olivetti.

—Si ese papiro entra en contacto con el agua...

—Tranquilízate. Cuando descifremos esta cosa, les devolveremos su sagrado folio 5.

Langdon aceleró el paso para no quedarse atrás. Además de sentirse como un criminal, todavía estaba aturdido por las fascinantes implicaciones del documento. «John Milton era un illuminatus. Compuso el poema para que Galileo lo publicara en el folio 5..., lejos de la mirada del Vaticano.»

Al salir del patio, Vittoria le devolvió el folio.

—¿Crees que podrás descifrar esto? ¿O nos hemos cargado todas esas neuronas sólo por diversión?

Langdon cogió cuidadosamente el documento y lo metió en el bolsillo interior de su americana de tweed, a refugio de la luz del sol y los peligros de la humedad.

—Ya lo he descifrado.

Ella se detuvo de golpe.

—¿Qué?

Langdon siguió avanzando.

La joven apretó el paso para alcanzarlo.

—¡Sólo lo has leído una vez! ¿No se suponía que era algo difícil de interpretar?

Langdon era consciente de que tenía razón, pero lo cierto era que había conseguido descifrar el *segno* con una única lectura. Una perfecta estrofa de pentámetros yámbicos, y el primer altar de la ciencia se le había revelado con prístina claridad. También era cierto que la facilidad con la que lo había conseguido le había dejado una sensación algo molesta. Él había sido educado en una ética de trabajo puritana. Todavía podía oír a su padre recitando el viejo aforismo propio de Nueva Inglaterra: «Si no te ha costado horrores, es que lo has hecho mal.» Confiaba en que el dicho fuera falso.

—Lo he descifrado —dijo acelerando el paso—. Sé dónde va a tener lugar el primer asesinato. Hemos de avisar a Olivetti.

Vittoria se acercó a él.

—¿Cómo puedes haberlo descubierto tan de prisa? Déjame verlo otra vez. —Con la agilidad de un boxeador, deslizó una mano dentro del bolsillo de la americana de Langdon y le arrebató el folio.

—¡Ten cuidado! —exclamó él—. No puedes...

Pero Vittoria no le hizo caso. Se hizo a un lado con el folio en la mano, sosteniéndolo en alto bajo la luz del atardecer para examinar sus márgenes. Él se volvió para recuperarlo, pero cuando la joven empezó a leer en voz alta se quedó hechizado por el acentuado recitado de las sílabas, en perfecto compás con su caminar.

Por un momento, al oír los versos en voz alta, Langdon se sintió transportado en el tiempo..., como si fuera uno de los contemporáneos de Galileo y escuchara el poema por primera vez a sabiendas de que era una prueba, un mapa, una pista que revelaba los cuatro altares de la ciencia, los cuatro indicadores que trazaban un sendero secreto por toda Roma. Los versos fluían de los labios de Vittoria como si de una canción se tratara.

From Santi's earthly tomb with demon's hole,
'Cross Rome the mystic elements unfold.
The path of light is laid, the sacred test,
Let angels guide you on your lofty quest.

Desde la tumba terrenal de Santi y su agujero del diablo,
al cruzar Roma los elementos místicos se revelan.
El sendero de la luz ha sido trazado, la prueba sagrada,
deja que los ángeles guíen tu noble búsqueda.

Vittoria lo leyó dos veces y luego se quedó en silencio para que las antiguas palabras resonaran por sí mismas.

«Desde la tumba terrenal de Santi», repitió mentalmente Langdon. El poema estaba bien claro en ese punto. El Sendero de la Iluminación empezaba en la tumba de Santi. A partir de ahí, por toda Roma, los indicadores trazaban un sendero.

Desde la tumba terrenal de Santi y su agujero del diablo,
al cruzar Roma los elementos místicos se revelan.

«Elementos místicos.» También claro: Tierra, aire, fuego, agua. Los elementos de la ciencia, los cuatro indicadores de los illuminati camuflados como esculturas religiosas.

—Parece que el primer indicador es la tumba de Santi —señaló Vittoria.

Langdon sonrió.

—Ya te he dicho que no era tan difícil.

—Pero ¿quién es Santi? —preguntó ella, de repente entusiasmada con todo aquello—. ¿Y dónde está su tumba?

Langdon rió para sí. Lo sorprendía que tan poca gente supiera que Santi era el apellido de uno de los artistas renacentistas más famosos. Su nombre de pila, en cambio, era conocido mundialmente. Se trataba del niño prodigio que a los veinticinco años ya recibía encargos del papa Julio II y que, al morir a los treinta y ocho, dejó la mayor colección de frescos que el mundo hubiera conocido nunca. Santi era un gigante en el mundo del arte. Y ser conocido únicamente por el nombre de pila era un nivel de fama que sólo habían conseguido unos pocos..., gente como Napoleón, Galileo, Jesús... o, claro está, los semidioses que ahora Langdon oía atronar en los dormitorios de Harvard: Sting, Madonna, Jewel, o el artista anteriormente conocido como Prince, quien, al cambiar su nombre por el símbolo ⚲, había provocado que el profesor terminara apodándolo «Mezcla de cruz de tau con anj hermafrodita».

—Santi —dijo Langdon— es el apellido de Rafael, el gran maestro del Renacimiento.

Vittoria parecía sorprendida.

—¿Rafael? ¿El artista?

—El mismo —dijo él mientras seguía avanzando en dirección al cuartel de la Guardia Suiza.

—Entonces, ¿el sendero comienza en la tumba de Rafael?

—Tiene sentido. Los illuminati solían considerar a los grandes artistas y escultores hermanos honorarios. Quizá escogieron la tumba de Rafael a modo de tributo.

Langdon también sabía que, como sucedía con muchos otros artistas religiosos, se sospechaba que en realidad Rafael era ateo.

Con cuidado, Vittoria volvió a meterle el folio en el bolsillo.

—¿Y dónde está enterrado?

Él respiró profundamente.

—Te lo creas o no, Rafael está enterrado en el Panteón.

Vittoria se mostró escéptica.

—¿El Panteón romano?

—El artista Rafael en el Panteón romano, sí.

Langdon debía admitir que no era el lugar en el que había esperado encontrar el primer indicador. Creía que el primer altar de la ciencia estaría en una iglesia tranquila y apartada, en un lugar más sutil. Y es que, ya en el siglo XVII, el Panteón, con su enorme cúpula agujereada, era uno de los lugares más conocidos de Roma.

—¿Acaso el Panteón es una iglesia? —preguntó Vittoria.

—Es la iglesia católica más antigua de Roma.

Ella negó con la cabeza.

—¿Y crees de verdad que el primer cardenal va a ser asesinado en el Panteón? ¡Pero si es uno de los lugares más visitados de la ciudad!

Él se encogió de hombros.

—Los illuminati han dicho que querían que todo el mundo se enterara. Asesinar allí a un cardenal sin duda conseguiría abrir algunos ojos.

—Pero ¿cómo piensa ese tipo asesinar a alguien en el Panteón y pasar inadvertido? Es imposible.

—¿Tanto como secuestrar a cuatro cardenales en el interior del Vaticano? El poema es preciso al respecto.

—¿Y estás seguro de que Rafael está enterrado en el Panteón?

—He visto su tumba muchas veces.

Vittoria asintió, todavía recelosa.

—¿Qué hora es?

Él consultó su reloj.

—Las siete y media.

—¿Está lejos el Panteón?

—A un kilómetro y medio, más o menos. Tenemos tiempo.

—El poema se refiere a la tumba «terrenal» de Santi. ¿Sabes a qué hace alusión?

Langdon cruzó a toda velocidad el patio del Centinela.

—¿Terrenal? Probablemente no existe un lugar más terrenal en Roma que el Panteón. Debe su nombre a la religión que se practicaba allí, el panteísmo o culto a todos los dioses, especialmente los dioses paganos de la Madre Tierra.

Cuando estudiaba arquitectura, a Langdon le sorprendió descubrir que las dimensiones de la nave central del Panteón eran un tributo a Gaia, la diosa de la Tierra. Las proporciones eran tan exactas que un globo esférico gigante cabría perfectamente en el interior del edificio sin que sobrara un solo milímetro.

—Muy bien —dijo Vittoria, algo más convencida—. ¿Y el agujero del diablo? ¿«Desde la tumba terrenal de Santi y su agujero del diablo»?

De eso Langdon no estaba tan seguro.

—El agujero del diablo debe de hacer referencia al óculo —dijo haciendo una suposición lógica—: la famosa abertura circular en el techo del Panteón.

—Pero es una iglesia —dijo Vittoria a su lado—. ¿Por qué llaman a esa abertura «agujero del diablo»?

Eso mismo se preguntaba él. Nunca había oído antes la expresión «agujero del diablo», aunque le recordaba una famosa crítica contra el Panteón del siglo VI que parecía extrañamente apropiada. Beda *el Venerable* había escrito que el agujero del techo del Panteón había sido realizado por los demonios que intentaron escapar del edificio cuando éste fue consagrado por Bonifacio IV.

—¿Por qué utilizaron los illuminati el apellido Santi si en realidad se lo conocía como *Rafael*? —preguntó Vittoria mientras entraban en un patio más pequeño.

—Haces muchas preguntas.

—Mi padre solía decir eso.

—Hay dos posibles razones. Una, la palabra «Rafael» tiene tres sílabas. Habría deshecho el pentámetro yámbico del poema.

—Parece algo forzado.

Él estaba de acuerdo.

—También puede que el motivo fuera hacer la pista más oscura, para que así únicamente los hombres ilustrados reconocieran la referencia a Rafael.

La joven tampoco pareció tragarse eso.

—Estoy segura de que el apellido de Rafael era bien conocido cuando él vivía.

—Curiosamente, no. El reconocimiento del nombre propio era un símbolo de estatus. Rafael evitaba usar su apellido igual que lo hacen las estrellas del pop de hoy en día. Ahí tienes a Madonna, por ejemplo. Nunca utiliza su apellido: Ciccone.

A Vittoria eso le hizo gracia.

—¿Conoces el apellido de Madonna?

Él lamentó el ejemplo. Era sorprendente la cantidad de tonterías que la mente de uno podía almacenar cuando pasaba el día rodeado de jóvenes.

Al cruzar la última puerta en dirección al cuartel de la Guardia Suiza, oyeron una voz que gritaba a sus espaldas:

—*Altolà!*

Langdon y Vittoria dieron media vuelta y se encontraron con el cañón de un rifle.

—*Attento!* —exclamó Vittoria retrocediendo de un salto—. Cuidado con...

—*Fermi dove siete!* —ordenó el guardia, y amartilló el arma.

—*Soldato!* —gritó una voz desde el otro lado del patio. Era Olivetti, que salía del centro de seguridad—. ¡Déjelos pasar!

El guardia parecía desconcertado.

—*Ma, signore, è una donna...*

—¡Adentro! —le ordenó el comandante.

—*Signore, non posso...*

—¡Ahora! Tiene nuevas órdenes. El capitán Rocher informará al cuerpo dentro de dos minutos. Vamos a organizar una búsqueda.

Desconcertado, el guardia se apresuró a entrar en el centro de seguridad. Olivetti, furioso, se acercó a Langdon.

—¿Los Archivos Secretos? Exijo una explicación.

—Tenemos buenas noticias —dijo Langdon.

Olivetti entornó los ojos.

—Más les vale.

Capítulo 56

Los cuatro Alfa Romeo 155 T-Sparks sin distintivos atravesaron la via dei Coronari a toda velocidad, como si de cazas de combate en una pista de despegue se tratara. Los vehículos transportaban a doce guardias suizos de paisano equipados con semiautomáticas Cherchi-Pardini, botes de gas nervioso y armas paralizantes de largo alcance. Los tres tiradores llevaban rifles con mira láser.

Olivetti, sentado en el asiento del acompañante del primer coche, se volvió hacia Langdon y Vittoria. Tenía los ojos inyectados en sangre.

—¿Me prometían una explicación y ahora me salen con esto?

Langdon se sentía algo apretujado en el interior del pequeño coche.

—Entiendo su...

—¡No, usted no entiende nada! —Olivetti no solía alzar la voz, pero esta vez su intensidad se triplicó—. Acabo de sacar del Vaticano a doce de mis mejores hombres en vísperas de un cónclave. Y lo he hecho para registrar el Panteón a partir del testimonio de un estadounidense al que no conozco de nada porque acaba de interpretar un poema de cuatrocientos años de antigüedad. Y, encima, he tenido que dejar la búsqueda de la antimateria en manos de oficiales de segunda.

Langdon resistió el impulso de sacar el folio 5 de su bolsillo y mostrárselo a Olivetti.

—Lo único que sé es que la información que hemos encontrado hace referencia a la tumba de Rafael, y ésta se encuentra dentro del Panteón.

El oficial que iba al volante asintió.

—Tiene razón, comandante. Mi esposa y yo...

—Conduzca —le espetó Olivetti, y se volvió hacia Langdon—. ¿Cómo va a conseguir alguien cometer un asesinato en un lugar tan concurrido y escapar luego sin ser visto?

—No lo sé —admitió él—, pero está claro que los illuminati cuentan con numerosos recursos. Han conseguido infiltrarse tanto en el CERN como en el Vaticano. Por casualidad hemos averiguado el lugar del primer asesinato. El Panteón es su única oportunidad de capturar a ese tipo.

—Más contradicciones —replicó Olivetti—. ¿Una única oportunidad? ¿No había dicho usted que había una especie de sendero? ¿Una serie de indicadores? Si está en lo cierto con respecto al Panteón, podemos seguir los demás indicadores del sendero. Tendremos cuatro oportunidades de atrapar al tipo.

—Eso esperaba yo —dijo Langdon—. Y podríamos haberlo hecho... hace un siglo.

El descubrimiento de que el Panteón era el primer altar de la ciencia había sido algo agridulce para el profesor. La historia solía jugar malas pasadas a quienes iban tras ella. Era improbable que el Sendero de la Iluminación siguiera intacto después de todos esos años, con todas sus estatuas en pie. Y por mucho que una parte de Langdon fantaseara con poder seguir el sendero hasta el final y llegar a la guarida sagrada de los illuminati, era consciente de que eso no iba a pasar.

—El Vaticano mandó retirar y destruir todas las estatuas del Panteón a finales del siglo xix.

Vittoria se mostró sorprendida.

—¿Por qué?

296

—Eran estatuas de dioses olímpicos paganos. Lamentablemente, eso significa que el primer indicador ya no existe, y sin él...

—¿... desaparece toda esperanza de encontrar el Sendero de la Iluminación y los demás indicadores? —añadió ella.

Langdon asintió.

—Tenemos una única oportunidad: el Panteón. Después, el rastro desaparece.

Olivetti se los quedó mirando a ambos largo rato y luego se volvió al frente.

—Deténgase —le ordenó al conductor.

Éste desvió el coche hacia el bordillo y pisó el freno. Los otros tres Alfa Romeo que iban detrás derraparon y finalmente todo el convoy de la Guardia Suiza se detuvo.

—¿Se puede saber qué está haciendo? —preguntó Vittoria.

—Mi trabajo —repuso Olivetti con voz pétrea mientras se volvía nuevamente en su asiento—. Señor Langdon, cuando me ha dicho que me explicaría la situación de camino, he supuesto que llegaría al Panteón con una idea clara de por qué mis hombres están aquí. No es el caso. Puesto que al estar aquí estoy dejando de lado responsabilidades de importancia crítica, y puesto que no le encuentro mucho sentido a esa teoría suya de sacrificio de vírgenes y poesías antiguas, no puedo seguir adelante con esto. Doy por terminada esta misión ahora mismo. —Y, dicho esto, cogió su radio y la encendió.

Vittoria estiró el brazo por encima del asiento y lo cogió del brazo.

—¡No puede hacer eso!

Olivetti dejó a un lado la radio y se la quedó mirando con furia.

—¿Ha estado usted alguna vez en el Panteón, señorita Vetra?

—No, pero...

—Deje que le explique algo sobre él. El Panteón está formado por una única nave circular hecha de piedra y cemento. Sólo tiene una entrada. Y ninguna ventana. Una entrada estrecha. Y esa entrada está flanqueada a todas horas por no menos de cuatro policías armados que protegen el templo de actos de vandalismo, terroristas anticristianos y ladrones que roban a los turistas.

—¿Qué quiere decirme con eso? —preguntó ella sin perder la calma.

—¿Qué quiero decir? —El comandante se aferró al asiento—. ¡Lo que me han dicho que va a suceder es absolutamente imposible! Díganme, ¿cómo podría alguien asesinar a un cardenal *dentro* del Panteón? ¿Cómo conseguiría siquiera pasar un rehén por delante de los guardias en primer lugar? Y ya no digamos asesinarlo y escaparse sin más. —Olivetti se inclinó sobre el asiento. Langdon podía oler su aliento a café—. ¿Cómo, profesor? Me gustaría que me lo dijera usted.

Langdon sintió que el pequeño coche se encogía a su alrededor. «¡No tengo ni idea! ¡No soy un asesino! Ignoro cómo piensa hacerlo, sólo sé que...»

—¿Cómo? —repitió Vittoria, con serenidad—. ¿Qué le parece así? El asesino sobrevuela el Panteón con un helicóptero y deja caer al cardenal marcado a través del agujero del techo. Al estrellarse contra el suelo de mármol, el cardenal muere.

Todos los pasajeros del coche se volvieron y se quedaron mirando a la joven. Langdon no sabía qué pensar. «Tienes una imaginación enfermiza, pero eres rápida.»

Olivetti frunció el ceño.

—Es posible, lo admito..., pero difícilmente...

—O el asesino droga al cardenal —prosiguió ella—, lo lleva al Panteón en una silla de ruedas como si fuera un viejo turista. Una vez dentro, le cercena la garganta sin hacer ruido y luego vuelve a salir tranquilamente.

Eso pareció despertar un poco a Olivetti.

«¡No está mal!», pensó Langdon.

—O —añadió ella— el asesino podría...

—Ya lo he entendido —la interrumpió Olivetti—. Basta. —Respiró profundamente.

En ese instante, alguien llamó con insistencia a la ventanilla y todos se sobresaltaron. Era un soldado de uno de los otros vehículos. Olivetti bajó la ventanilla.

—¿Va todo bien, comandante? —El soldado iba vestido con ropa de paisano. Echó hacia atrás la manga de su camisa vaquera dejando a la vista un cronógrafo militar y miró la hora—. Son las siete y cuarenta, señor. Necesitamos tiempo para tomar posiciones.

Olivetti asintió vagamente pero permaneció un momento en silencio. Pasó un dedo por el salpicadero, dibujando una raya en el polvo. Estudió a Langdon por el espejo retrovisor y éste tuvo la sensación de que lo medían y lo pesaban. Finalmente, Olivetti se volvió hacia el guardia. En su voz se podía advertir cierta renuencia.

—Quiero que lleguemos allí por separado. Que los coches se dirijan a piazza della Rotonda, via degli Orfani, piazza Sant'Ignazio, y Sant'Eustachio. A dos manzanas de distancia como mucho. En cuanto hayan aparcado, prepárense y esperen mis órdenes. Tres minutos.

—Muy bien, señor. —El soldado regresó a su coche.

Impresionado, Langdon miró a Vittoria y asintió. Ella le sonrió, y por un instante él sintió una inesperada conexión, cierto magnetismo entre ambos.

El comandante se volvió en su asiento y miró al profesor directamente a los ojos.

—Señor Langdon, será mejor que todo esto no nos estalle en la cara.

Él sonrió con inquietud. «¿Por qué habría de hacerlo?»

Capítulo 57

El director del CERN, Maximilian Kohler, abrió los ojos al sentir la fría oleada de cromolín y leucotrieno dilatándole los tubos bronquiales y los capilares pulmonares. Volvía a respirar con normalidad. Estaba en una habitación privada de la enfermería del CERN. Podía ver su silla de ruedas cerca de la cama.

Tras examinar la bata de papel que le habían puesto, hizo balance de la situación. Su ropa estaba doblada sobre la silla que había junto a la cama. Fuera oyó a una enfermera que hacía su ronda. Permaneció echado un largo minuto, escuchándola. Luego, con todo el sigilo de que fue capaz, se acercó al borde de la cama, cogió su ropa y, forcejeando con sus piernas inmóviles, se vistió. Después se arrastró hasta la silla de ruedas.

Tras ahogar una tos se dirigió hacia la puerta. Lo hizo manualmente, pues prefería no poner en marcha el motor. Cuando llegó a la entrada, echó un vistazo afuera. El pasillo estaba vacío.

En silencio, Maximilian Kohler salió de la enfermería.

Capítulo 58

—Siete cuarenta y seis minutos y treinta segundos... ¡En posición! —Incluso al hablar por la radio, la voz de Olivetti nunca parecía ser más que un susurro.

Enfundado en su americana Harris de tweed, Langdon empezó a sudar en el asiento trasero del Alfa Romeo, que permanecía estacionado al ralentí a tres manzanas del Panteón. Vittoria estaba sentada a su lado, absorta en Olivetti mientras éste transmitía sus órdenes finales.

—El despliegue se efectuará a las ocho en punto. El objetivo puede reconocerlos visualmente, así que procuren no ser vistos. Eviten las bajas. Alguien deberá vigilar el tejado. El objetivo es prioritario. Su rehén, secundario.

«Dios santo», pensó Langdon, espantado ante la eficiencia con la que Olivetti acababa de decirles a sus hombres que el cardenal era prescindible: «Su rehén, secundario.»

—Repito: eviten las bajas. Necesitamos al objetivo con vida. Adelante.

Olivetti apagó su radio y se volvió en el asiento.

Vittoria estaba atónita, casi enojada.

—Comandante, ¿es que nadie piensa entrar?

—¿Entrar?

—¡Entrar en el Panteón! ¡Ahí es donde se supone que se va a cometer el asesinato!

—*Attento* —dijo Olivetti, clavándole la mirada—. Si mis rangos han sido infiltrados, puede que el asesino co-

301

nozca la apariencia de mis hombres. Su colega acaba de advertirme de que ésta puede ser la única oportunidad de capturar al objetivo, así que no tengo intención de ahuyentarlo haciendo entrar a mis hombres.

—¿Y si el asesino ya está dentro?

Olivetti consultó la hora.

—El objetivo ha sido específico. Ocho en punto. Tenemos quince minutos.

—Ha dicho que asesinaría al cardenal a las ocho en punto, pero puede que ya haya conseguido meter a la víctima. ¿Y si sus hombres ven salir al objetivo pero no saben de quién se trata? Alguien debería asegurarse de que el interior está limpio.

—Demasiado arriesgado a estas alturas.

—No si la persona que entrara fuera irreconocible.

—Disfrazar operativos nos llevaría demasiado tiempo y...

—Me refiero a mí —dijo Vittoria.

Langdon se volvió y se la quedó mirando fijamente.

Olivetti negó con la cabeza.

—De ningún modo.

—Asesinó a mi padre.

—Exacto. Puede que la conozca.

—Ya lo ha oído por teléfono. No tenía ni idea de que Leonardo Vetra tuviera una hija, así que difícilmente puede saber cuál es mi aspecto. Podría hacerme pasar por una turista. Si veo algo sospechoso, salgo a la plaza y les hago una señal a sus hombres para que entren.

—Lo siento. No puedo permitirlo.

—¿Comandante? —La voz de alguien crepitó en el receptor de Olivetti—. Tenemos un problema en el punto norte. La fuente bloquea nuestra línea de visión. No podemos ver la entrada a no ser que nos situemos a plena vista en la *piazza*. ¿Qué hacemos? ¿Prefiere que permanezcamos ocultos o que seamos vulnerables?

Al parecer, Vittoria ya había tenido suficiente.

—Ya basta. Voy a entrar. —Abrió la puerta y bajó del vehículo.

Olivetti soltó su radio, salió del coche e interceptó a la joven.

Langdon también salió. «¿Qué demonios está haciendo Vittoria?»

—Señorita Vetra, sus intenciones son buenas, pero no puedo permitir que un civil se entrometa.

—¿Entrometerme? ¡Pero si está usted actuando a ciegas! Déjeme ayudarlos.

—Me encantaría contar con alguien en el interior, pero...

—Pero ¿qué? —inquirió ella—. ¿Pero soy una mujer?

Olivetti no respondió.

—Será mejor que no sea eso lo que iba a decir, comandante, porque sabe perfectamente que se trata de una buena idea, y si permite que un arcaico prejuicio machista...

—Déjenos hacer nuestro trabajo.

—Déjeme ayudarlos.

—Es demasiado peligroso. No tendríamos ninguna línea de comunicación con usted. Y no puedo dejar que lleve una radio. La delataría.

Vittoria se metió la mano en el bolsillo y sacó un teléfono móvil.

—Muchos turistas llevan móviles.

Olivetti frunció el ceño.

Ella abrió el teléfono e hizo ver que hablaba por él.

—Hola, cariño, estoy en el Panteón. ¡Deberías verlo! —Volvió a cerrarlo y se quedó mirando a Olivetti—. ¿Quién demonios se dará cuenta? No correré peligro alguno. ¡Déjeme ser sus ojos! —Señaló el teléfono móvil que Olivetti llevaba en el cinturón—. ¿Cuál es su número?

El comandante no contestó.

El conductor había estado observando la escena y parecía tener una opinión propia. Salió del coche y se llevó al comandante a un lado. Hablaron unos diez segundos en voz baja. Finalmente, Olivetti asintió y regresó.

—Grabe el número que le diré en su teléfono —dijo, y empezó a dictarle los dígitos.

Vittoria obedeció.

—Ahora llame.

Ella presionó el botón de llamada. El teléfono de Olivetti empezó a sonar. Él lo cogió y habló por el auricular.

—Entre en el edificio y eche un vistazo. Luego salga, llámeme y dígame qué ha visto.

Vittoria colgó su teléfono.

—Gracias, señor.

Langdon sintió una repentina e inesperada oleada de instinto protector.

—Un momento —le dijo a Olivetti—. ¡La está enviando ahí dentro sola!

Ella lo miró con el ceño fruncido.

—No me pasará nada, Robert.

El conductor se dirigió de nuevo a Olivetti.

—Es peligroso —le dijo Langdon a Vittoria.

—Tiene razón —admitió el comandante—. Ni siquiera mis mejores hombres trabajan solos. Y, como acaba de indicarme mi teniente, la mascarada será más convincente si van los dos juntos.

«¿Juntos? —Langdon vaciló—. En realidad, lo que quería decir...»

—Si van los dos juntos —prosiguió Olivetti—, parecerán una pareja de vacaciones. Así podrán respaldarse mutuamente. Y yo estaré más tranquilo.

Vittoria se encogió de hombros.

—Está bien, pero tenemos que ponernos en marcha de inmediato.

Langdon gruñó para sí. «Buena jugada, vaquero.»

El comandante señaló al frente.

—La primera calle que cruza es la via degli Orfani. Giren a la izquierda; los conducirá directamente al Panteón. Tardarán dos minutos, como mucho. Yo estaré aquí dirigiendo a mis hombres y esperando su llamada. Me gustaría que contaran con alguna protección. —Sacó su pistola—. ¿Alguno de los dos sabe manejar una arma?

A Langdon le dio un vuelto el corazón. «¡No necesitamos una pistola!»

Vittoria extendió la mano.

—Podría acertarle a una marsopa desde la proa de un barco en movimiento a cuarenta metros de distancia.

—Bien —Olivetti le dio la pistola—. Tendrá que esconderla.

Vittoria bajó la mirada a sus pantalones cortos. Luego miró a Langdon.

«Oh, no», pensó él, pero la joven era demasiado rápida. Abrió su americana y le metió el arma en uno de los bolsillos interiores. Pesaba como una piedra. Su único consuelo era que llevaba el *Diagramma* en el otro.

—Nuestro aspecto es completamente inofensivo —dijo Vittoria—. Vamos, andando. —Agarró a Langdon del brazo y se puso en marcha.

—Cogidos del brazo van bien. Recuerden, son turistas. Recién casados, incluso. ¿Por qué no se cogen mejor de la mano? —les aconsejó el conductor.

Al doblar la esquina, a Langdon le pareció ver el atisbo de una sonrisa en el rostro de Vittoria.

Capítulo 59

La sala de operaciones de la Guardia Suiza es contigua al cuartel del Corpo di Vigilanza y se utiliza básicamente para planear la seguridad relacionada con las apariciones papales y los acontecimientos públicos del Vaticano. Ese día, sin embargo, estaba siendo utilizada para otra cosa.

El hombre que se dirigía al destacamento allí reunido era el segundo al mando de la Guardia Suiza, el capitán Elias Rocher. Rocher era un hombre grueso de rasgos suaves, como de masilla. Llevaba el tradicional uniforme azul de capitán con un toque personal: una boina roja ladeada en la cabeza. Su voz era sorprendentemente cristalina para alguien tan corpulento, y cuando hablaba, su tono tenía la claridad de un instrumento musical. A pesar de la precisión de su inflexión, los ojos de Rocher eran turbios como los de un mamífero nocturno, de ahí que sus hombres lo llamaran *orso* («oso»). A veces decían en broma que Rocher era «el oso que caminaba a la sombra de la víbora». El comandante Olivetti era la víbora. Rocher era tan mortal como una víbora, pero al menos se lo veía venir.

Los hombres de Rocher permanecían atentos, sin mover apenas un músculo, a pesar de que la información que acababan de recibir había incrementado significativamente su pulso.

El novato teniente Chartrand se encontraba en el fondo de la sala, deseando haber formado parte del 99 por ciento de los solicitantes que no habían conseguido ingresar en la Guardia Suiza. Con veinte años, Chartrand era el guardia más joven de la fuerza. Llevaba en el Vaticano sólo tres meses. Al igual que los demás hombres, se había formado en el ejército suizo y luego había realizado dos años más de entrenamiento adicional en Berna hasta que por fin estuvo cualificado para presentarse a la durísima *prova* que se realizaba en un cuartel secreto de las afueras de Roma. Nada en su adiestramiento, sin embargo, lo había preparado para afrontar una crisis similar.

Al principio, Chartrand creyó que la reunión era una especie de extraño ejercicio de entrenamiento. «¿Armas futuristas? ¿Sectas ancestrales? ¿Cardenales secuestrados?» Luego Rocher les había mostrado imágenes en directo del arma en cuestión. Al parecer no se trataba de ningún ejercicio.

—Cortaremos el suministro eléctrico en áreas seleccionadas —les estaba diciendo el capitán—, para erradicar toda interferencia magnética externa. Operaremos en equipos de cuatro hombres. Utilizaremos gafas de infrarrojos. El reconocimiento se realizará mediante rastreadores de micrófonos tradicionales, recalibrados para campos de flujo inferiores a tres ohmnios. ¿Alguna pregunta?

Ninguna.

La mente de Chartrand estaba saturada.

—¿Y si no lo encontramos a tiempo? —preguntó, arrepintiéndose al instante de haberlo hecho.

Bajo su boina roja, el oso se lo quedó mirando fijamente un largo momento. Luego se despidió del grupo con un sombrío saludo.

—Vayan con Dios.

Capítulo 60

A dos manzanas del Panteón, Langdon y Vittoria pasaron por delante de una parada de taxis cuyos conductores dormitaban en el asiento delantero. La hora de la siesta era eterna en la Ciudad Eterna. El ubicuo dormitar público venía a ser una extensión perfeccionada de las siestas nacidas en la antigua España.

Langdon hacía todo lo posible por mantener en orden sus pensamientos, pero la situación era demasiado extraña para poder asimilarla de un modo racional. Seis horas antes estaba profundamente dormido en Cambridge. Ahora se hallaba en Europa, atrapado en medio de una surrealista batalla entre enemigos ancestrales, con una semiautomática en el bolsillo de su americana de tweed y cogido de la mano de una mujer a la que acababa de conocer.

Se volvió hacia Vittoria. Ella mantenía la mirada al frente y le cogía la mano con la fuerza de la mujer independiente y determinada que era. Sus dedos envolvían los del profesor con la tranquilidad de la aceptación innata. Langdon sentía por ella una creciente atracción. «Sé realista», se dijo.

La joven pareció advertir su intranquilidad.

—Relájate —le dijo sin volver la cabeza—. Se supone que debemos parecer recién casados.

—Estoy relajado.

—Me estás destrozando la mano.

Él se sonrojó y aflojó la presión.

—Respira con los ojos —dijo ella.

—¿Cómo dices?

—Relaja los músculos. Se lo llama *pranayama*.

—¿Piraña?

—No, *pranayama*. Da igual.

Al doblar la esquina y llegar a la piazza della Rotonda, el Panteón se alzó ante ellos. Como siempre, Langdon se sintió impresionado. «El Panteón. Templo de todos los dioses. Dioses paganos. Dioses de la naturaleza y de la Tierra.» Desde fuera, la estructura parecía más cuadrada de lo que recordaba. Las columnas verticales y el pronaos triangular ocultaban la cúpula circular que había detrás. Aun así, la atrevida y nada modesta inscripción que había sobre la entrada le confirmó que se encontraban en el lugar correcto. M Agrippa L f cos tertium fecit. Como siempre hacía, Langdon lo tradujo para sí: «Marco Agripa, cónsul por tercera vez, lo construyó.»

«Muy humilde por su parte», pensó mientras echaba un vistazo a los alrededores. Grupos de turistas con videocámaras deambulaban por el lugar. Otros permanecían sentados en la terraza de La Tazza d'Oro, disfrutando del mejor café con hielo de Roma. Tal y como Olivetti había predicho, cuatro policías romanos armados montaban guardia en la entrada del templo.

—Parece estar todo muy tranquilo —comentó Vittoria.

Él asintió, pero seguía sintiéndose inquieto. Ahora que estaba allí, la situación le parecía surrealista. A pesar de la aparente fe que Vittoria tenía en él, Langdon era consciente de que había puesto la vida de todos en peligro. No podía dejar de pensar en el poema de los illuminati: «Desde la tumba terrenal de Santi y su agujero del diablo.» «¡Sí!», se dijo. Ése era el lugar. La tumba de Santi. Había estado muchas veces bajo el óculo del Panteón y visitado la tumba del gran Rafael.

—¿Qué hora es? —preguntó Vittoria.

Él consultó su reloj.

—Las siete y cincuenta. Faltan diez minutos para que comience el espectáculo.

—Espero que esos tipos sean buenos —dijo ella, observando los grupos de turistas que entraban en el Panteón—. Si sucede algo debajo de esa cúpula, nos encontraremos todos bajo fuego cruzado.

Langdon suspiró profundamente al acercarse a la entrada. Notaba el peso de la pistola en el bolsillo. Se preguntó que sucedería si un policía lo registraba y encontraba el arma, pero los agentes ni siquiera lo miraron. Al parecer, el disfraz resultaba convincente.

—¿Alguna vez has disparado otra cosa que no fuera un rifle de dardos tranquilizantes? —le susurró a Vittoria.

—¿Es que no confías en mí?

—¿Confiar en ti? ¡Si apenas te conozco!

Ella frunció el ceño.

—Y yo que pensaba que éramos una pareja de recién casados.

Capítulo 61

La atmósfera en el interior del Panteón era fresca y húmeda, como cargada de historia. La extensa cúpula se cernía sobre ellos como si fuera ingrávida; sus cuarenta y tres metros de diámetro superaban incluso los de la basílica de San Pedro. Como de costumbre, Langdon sintió un escalofrío al entrar en la cavernosa nave, una extraordinaria fusión de ingeniería y arte. En lo alto, a través del famoso agujero circular, era visible un fino rayo de sol vespertino. «El óculo —pensó—. El agujero del diablo.»

Habían llegado.

Los ojos de Langdon recorrieron la bóveda del techo hasta las columnas de las paredes, y de ahí pasaron al pulido suelo de mármol que tenían bajo sus pies. El leve eco de las pisadas y los murmullos de los visitantes resonaban por toda la cúpula. El profesor examinó a una docena de turistas que deambulaban en la oscuridad sin rumbo fijo. «¿Estás aquí?»

—Parece todo muy tranquilo —dijo Vittoria, todavía cogida a su mano.

Él asintió.

—¿Dónde está la tumba de Rafael?

Langdon lo pensó un momento mientras trataba de orientarse, inspeccionando la circunferencia de la nave. Tumbas. Altares. Columnas. Nichos. Se volvió hacia un ornamentado monumento funerario que había a la izquierda, al otro lado del templo.

—Creo que está por ahí.

Vittoria inspeccionó el resto de la nave.

—No veo a nadie que parezca un asesino a punto de matar a un cardenal. ¿Vamos a echar un vistazo?

Langdon asintió.

—Sólo hay un lugar donde alguien pueda ocultarse. Las *rientranze*.

—¿Las hornacinas?

—Sí —confirmó él—. Los nichos del muro.

A lo largo del perímetro de la pared, intercalados entre las tumbas, había una serie de nichos semicirculares. No eran muy grandes, pero sí lo suficiente como para que alguien pudiera ocultarse en ellos. Desgraciadamente, Langdon sabía que antaño habían acogido estatuas de dioses olímpicos, pero que esas esculturas paganas habían sido destruidas cuando el Vaticano convirtió el Panteón en una iglesia cristiana. Sintió una punzada de frustración al ser consciente de que se hallaba en el primer altar de la ciencia y que el indicador ya no se encontraba allí. Se preguntó qué estatua debió de ser y adónde debía de señalar. No podía imaginar mayor emoción que encontrar un indicador de los illuminati, una estatua que apuntara directamente hacia el Sendero de la Iluminación. Una vez más, se preguntó *quién* pudo ser el anónimo escultor.

—Yo iré por ahí —dijo Vittoria indicando la mitad izquierda de la circunferencia—. Tú ve por la derecha. Nos vemos dentro de ciento ochenta grados.

Langdon sonrió sombríamente.

Al separarse de Vittoria, sintió que volvía a ser consciente del siniestro horror de la situación. Mientras se dirigía hacia la derecha le pareció oír la voz del asesino susurrándole cosas en el espacio muerto que lo rodeaba. «Ocho en punto. Sacrificio de vírgenes en los altares de la ciencia. Una mortal progresión matemática. Ocho, nueve, diez, once... y a medianoche.» Langdon consultó su reloj: las 19.52. Faltaban ocho minutos.

Al pasar por delante de la primera hornacina, vio la tumba de uno de los reyes católicos italianos. El sarcófago, al igual que muchos otros en Roma, no estaba alineado con la pared. Un grupo de visitantes parecía extrañado por ello. Langdon no se detuvo para explicárselo. Originariamente, las tumbas cristianas solían estar orientadas al este, independientemente de la arquitectura del lugar en el que se hallaran. Esto se debía a una antigua superstición que precisamente el profesor había discutido el mes anterior en su clase de simbología.

—¡Eso es absolutamente incongruente! —exclamó una estudiante de las primeras filas cuando Langdon explicó lo de las tumbas orientadas al este—. ¿Por qué querrían los cristianos orientar sus tumbas hacia el sol naciente? ¡Estamos hablando del cristianismo, no de un culto al sol!

Langdon sonrió mientras deambulaba de un lado a otro por delante de la pizarra y masticaba una manzana.

—¡Señor Hitzrot! —gritó.

Un joven que dormitaba al fondo del aula se incorporó con un sobresalto.

—¡Qué! ¿Yo?

Langdon señaló un póster en la pared que reproducía una obra de arte renacentista.

—¿Quién es ese hombre arrodillado ante Dios?

—Esto... ¿Un santo?

—Muy bien. ¿Y cómo sabe que es un santo?

—¿Por la aureola?

—Excelente, ¿y esa aureola no le recuerda a nada? Hitzrot sonrió.

—¡Sí! A esas cosas egipcias que estudiamos el semestre pasado. Esos..., esto..., ¡discos solares!

—Gracias, Hitzrot. Ya puede volver a dormir. —El

313

profesor se volvió hacia la clase—. Las aureolas, al igual que gran parte de la simbología cristiana, provienen de la antigua religión egipcia que rendía culto al sol. El cristianismo está plagado de ejemplos de adoración al sol.

—¿Cómo dice? —preguntó la chica de la primera fila—. ¡Yo voy a menudo a la iglesia y nunca he visto que nadie rinda culto al sol!

—¿De verdad? ¿Qué se celebra el 25 de diciembre?

—La Navidad. El nacimiento de Jesucristo.

—Y, sin embargo, según la Biblia, Jesucristo nació en marzo. ¿Por qué se celebra, entonces, a finales de diciembre?

Silencio.

Langdon sonrió.

—El 25 de diciembre, amigos míos, es la antigua festividad pagana del *sol invictus*, el sol invicto, que celebraba el solsticio de invierno. Ese maravilloso momento del año en el que el sol regresa y los días empiezan a ser más largos.

Langdon dio otro mordisco a su manzana.

—Las religiones de los conquistadores —prosiguió— suelen adoptar festividades ya existentes para facilitar así la conversión. A eso se lo llama «transmutación». Ayuda a la gente a acostumbrarse a la nueva religión. Los fieles mantienen las mismas fechas santas, rezan en los mismos lugares sagrados, utilizan una simbología similar... Simplemente cambian de dios.

La chica de la primera fila parecía furiosa.

—¡¿Está usted insinuando que el cristianismo no es más que una especie de... culto al sol reciclado?!

—Para nada. El cristianismo no tomó cosas prestadas únicamente del culto al sol. El ritual de la canonización cristiana está tomado del antiguo rito evemerístico de la «conversión en dios». La práctica de «comerse a dios», es decir, la Sagrada Comunión, proviene en cambio de los aztecas. Ni siquiera la idea de Jesucristo muriendo por nuestros pecados es exclusivamente cristiana: el autosacrificio de un hombre joven para redimir los pecados de su pueblo aparece en la tradición de Quetzalcóatl.

La chica lo fulminó con la mirada.

—¿Entonces no hay nada original en el cristianismo?

—Muy pocas cosas son realmente originales en las fes organizadas. Las religiones no surgen de la nada. Nacen a partir de otras. La religión moderna es un *collage*..., un registro histórico asimilado sobre la búsqueda de la divinidad del ser humano.

—Hum... Un momento —intervino Hitzrot, ya despierto—. Yo sé algo del cristianismo que es original: la imagen de Dios. El arte cristiano nunca ha representado a Dios como un halcón solar, ni como un azteca, ni nada raro. Siempre muestra a Dios como un anciano de barba blanca. Supongo que al menos nuestra imagen de Dios es original, ¿no?

Langdon sonrió.

—Cuando los primeros cristianos conversos abandonaron sus antiguas divinidades (dioses paganos, dioses romanos, griegos, el sol, el mitraísmo, lo que fuera), le preguntaron a la Iglesia cuál era el aspecto de su nuevo dios cristiano. Sabiamente, la Iglesia escogió el rostro más temido, poderoso y familiar del que había registro histórico.

Hitzrot se mostró escéptico.

—¿Un anciano de larga barba blanca?

El profesor señaló una jerarquía de dioses antiguos que había en la pared. En lo alto se veía a un anciano de larga barba blanca.

—¿Le suena Zeus?

La clase terminó justo en ese momento.

—Buenas tardes —dijo un hombre.

Langdon se sobresaltó. Volvía a estar en el Panteón. Al

volverse se encontró con un anciano enfundado en una capa azul con una cruz roja en el pecho. El hombre le sonrió, dejando a la vista sus dientes grises.

—Es usted inglés, ¿verdad? —Hablaba con un marcado acento toscano.

Él parpadeó, confuso.

—En realidad, no; soy estadounidense.

El hombre pareció avergonzarse.

—Oh, cielos, lo siento. Va usted tan bien vestido que pensé... Le pido disculpas.

—¿Puedo ayudarlo en algo? —le preguntó Langdon con el corazón acelerado.

—En realidad pensaba que quizá podría ayudarlo yo a usted. Soy el *cicerone* del lugar. —El hombre le mostró orgulloso su placa municipal—. Mi trabajo es hacer su visita a Roma más interesante.

«¿Más interesante?» Langdon creía que esa visita a Roma ya lo estaba siendo demasiado.

—Parece usted un hombre distinguido —lo aduló el guía—, sin duda está más interesado en la cultura que la mayoría. Si quiere puedo contarle la historia de este fascinante edificio.

Él sonrió educadamente.

—Muy amable de su parte, pero en realidad soy historiador del arte y...

—¡Estupendo! —Los ojos del desconocido se encendieron como si le hubiera tocado la lotería—. ¡Entonces, sin duda le encantará esto!

—Creo que preferiría...

—El Panteón —declaró el hombre, y empezó a recitar un discurso memorizado— fue construido por Marco Agripa en el año 27 antes de Cristo.

—Sí —repuso él—, y reconstruido por Adriano el 119 después de Cristo.

—Fue la cúpula más grande del mundo hasta 1960,

cuando quedó eclipsada por la del Superdome de Nueva Orleans.

Langdon dejó escapar un gruñido. Aquel tipo era imparable.

—Una vez, un teólogo del siglo v llamó al Panteón la «Casa del Diablo» porque, según él, el agujero del techo era una entrada para los demonios.

Langdon se apartó de él y levantó la mirada hacia el óculo. Recordó entonces el plan que había sugerido Vittoria: arrojar a un cardenal marcado por el agujero para que se estrellara contra el suelo de mármol. «Eso sí sería un acontecimiento mediático.» Recorrió el Panteón con la mirada en busca de periodistas pero no vio ninguno. Respiró aliviado. Era una idea absurda. La logística necesaria para llevar a cabo algo semejante era exagerada.

Decidió proseguir su inspección. El guía parlanchín fue tras él. «Sin duda —pensó Langdon—, no hay nada peor que un historiador del arte excesivamente entusiasta.»

Al otro lado de la nave, Vittoria estaba enfrascada en su propia búsqueda. Se encontraba a solas por primera vez desde que se había enterado de la muerte de su padre, y de repente sintió que la cruda realidad de las últimas ocho horas se cernía sobre ella. Su padre había sido asesinado, cruel y abruptamente. Y el hecho de que su creación hubiera sido corrompida y ahora fuera una arma terrorista resultaba casi igual de doloroso. La culpa atenazaba a la joven al pensar que era su invención la que había permitido que la antimateria fuera transportada, que era su contenedor el que ahora había iniciado una cuenta atrás en el Vaticano. En un intento por participar en la búsqueda de la verdad que había emprendido su padre, Vittoria se había convertido en cómplice del caos reinante.

Curiosamente, la única cosa que en esos momentos parecía estar bien en su vida era la presencia de un completo desconocido. Robert Langdon. Sentía un inexplicable refugio en sus ojos, similar al de la armonía de los océanos que había dejado atrás esa mañana. Se alegraba de que estuviera allí. No sólo había sido una fuente de fortaleza y esperanza para ella, sino que también había empleado su ágil mente para dar con esa única oportunidad de capturar al asesino de su padre.

Respiró profundamente y prosiguió su búsqueda alrededor del perímetro. Se sentía abrumada por las inesperadas imágenes de venganza personal que habían dominado sus pensamientos durante todo el día. A pesar de su amor por toda forma de vida, quería ver muerto al asesino. Ningún buen karma podría hacerle ofrecer la otra mejilla. Alarmada e inquieta, sintió que en su sangre italiana bullía algo que nunca había sentido antes: los susurros de sus antepasados sicilianos exigían que se hiciera justicia al honor familiar. *«Vendetta»*, pensó, y por primera vez en su vida lo comprendió.

El deseo de represalia la animaba a seguir adelante. Se acercó a la tumba de Rafael Santi. Incluso desde lejos pudo advertir que ese tipo era especial. A diferencia de los demás ataúdes, el suyo estaba protegido por una mampara de plexiglás y encajado en la pared. Al otro lado de la barrera vislumbró la parte frontal del sarcófago.

Vittoria examinó la sepultura y luego leyó la frase de la placa descriptiva que había junto a la tumba de Rafael.

Y luego volvió a leerla.

Y luego... volvió a leerla otra vez más.

Un momento después salió corriendo horrorizada en busca de Langdon.

—¡Robert! ¡Robert!

Capítulo 62

El progreso de Langdon por su lado del Panteón se estaba viendo dificultado por el guía, que proseguía su incesante perorata mientras él se preparaba para inspeccionar la hornacina final.

—¡Parece que le gustan mucho estos nichos! —dijo el guía, encantado—. ¿Sabía que el grosor decreciente de los muros es la razón de que la cúpula parezca ingrávida?

Langdon asintió sin prestarle atención, ocupado en examinar el nicho. De repente alguien lo agarró por detrás. Era Vittoria. Jadeante, le tiraba del brazo. A juzgar por su mirada aterrada, el profesor sólo podía imaginar una cosa: «Ha encontrado un cadáver.» Sintió una oleada de pavor.

—¡Ah, su esposa! —exclamó el guía, claramente emocionado por contar con otro invitado. Señaló sus pantalones cortos y sus botas de excursionista—. ¡Usted sí que parece estadounidense!

Ella lo fulminó con la mirada.

—Soy italiana.

La sonrisa del guía se desvaneció.

—Oh, vaya.

—Robert —susurró Vittoria, intentando darle la espalda al guía—. El *Diagramma* de Galileo, necesito verlo.

—¿El *Diagramma*? —se inmiscuyó el guía, de nuevo a la carga—. ¡Caray! ¡Ustedes sí que saben de historia! Lamentablemente ese documento no puede consultarse. Se encuentra bajo custodia en los archivos vatic...

—¿Nos disculpa? —dijo Langdon. Estaba confuso por la expresión de pánico de Vittoria. La llevó a un lado, despacio, y sacó del bolsillo el folio del *Diagramma*.

—¿Qué sucede?

—¿Qué fecha tiene esa cosa? —preguntó ella mientras echaba un vistazo a la hoja.

El guía volvió a acercarse a ellos y se quedó mirando el documento con la boca abierta.

—Eso no puede ser... auténtico...

—Es una reproducción para turistas —improvisó Langdon—. Gracias por su ayuda. Por favor, a mi esposa y a mí nos gustaría estar un momento a solas.

El guía retrocedió sin apartar la mirada del papel.

—La fecha —insistió Vittoria—. ¿Cuándo publicó Galileo...?

Langdon señaló el numeral romano que había en la línea inferior.

—Ésa es la fecha de publicación. ¿Por qué?

Ella descifró el número.

—¿1639?

—Sí. ¿Qué sucede?

La mirada de Vittoria dejó traslucir su premonición.

—Tenemos un problema, Robert, un gran problema. Las fechas no coinciden.

—¿Qué fechas no coinciden?

—La tumba de Rafael. No fue enterrado aquí hasta 1759. Un siglo después de que el *Diagramma* fue publicado.

Langdon se quedó mirando fijamente a la joven mientras intentaba comprender lo que le estaba diciendo.

—No —repuso—. Rafael murió en 1520, mucho antes de la publicación del *Diagramma*.

—Sí, pero no fue enterrado aquí hasta mucho después.

Él se sentía perdido.

—¿Qué estás diciendo?

—Lo acabo de leer. El cadáver de Rafael fue trasladado al Panteón en 1758. Fue parte de un tributo histórico a varios italianos eminentes.

Al asimilar sus palabras, Langdon sintió como si de un tirón le acabaran de quitar la alfombra que tenía bajo los pies.

—Cuando ese poema fue escrito —declaró Vittoria—, la tumba de Rafael estaba en otro lugar. ¡Por aquel entonces, el Panteón no tenía nada que ver con Rafael!

A Langdon le costaba respirar.

—Pero... eso... significa...

—¡Sí! ¡Significa que estamos en el lugar equivocado!

Él sintió que se tambaleaba. «Imposible..., estaba seguro...»

Vittoria se acercó corriendo al guía y lo cogió del brazo.

—Disculpe, *signore*. ¿Dónde estaba enterrado el cadáver de Rafael en el siglo XVII?

—En... Urb... Urbino —tartamudeó, desconcertado—. Su localidad natal.

—¡Imposible! —Langdon maldijo para sí—. Los altares de la ciencia de los illuminati se encontraban aquí en Roma. ¡Estoy seguro!

—¿Illuminati? —El guía dejó escapar un grito ahogado y volvió la mirada hacia el documento que el estadounidense tenía en las manos—. ¿Quiénes son ustedes?

Vittoria se hizo cargo de la situación.

—Estamos buscando algo llamado la tumba terrenal de Santi. En Roma. ¿No sabrá usted en qué consiste?

Al guía se lo veía cada vez más intranquilo.

—Ésta es la única tumba de Rafael en Roma.

Langdon intentó procesar la información, pero su mente no parecía estar por la labor. Si la tumba de Rafael no estaba en Roma en 1655, ¿a qué hacía referencia entonces el poema? «¿"La tumba terrenal de Santi y su agujero del diablo"? ¿Qué demonios es eso? ¡Piensa!»

—¿Hay algún otro artista llamado Santi? —preguntó Vittoria.

El guía se encogió de hombros.

—No, que yo sepa.

—¿Y algún otro famoso? Quizá un científico, un poeta, o un astrónomo...

El guía parecía querer salir de allí por piernas.

—No, señora. El único Santi del que he oído hablar es Rafael, el arquitecto.

—¿Arquitecto? —repuso Vittoria—. ¡Creía que era pintor!

—Era ambas cosas. Todos lo eran: Miguel Ángel, Leonardo, Rafael...

Langdon no estaba seguro de si habían sido las palabras del guía o las ornamentadas tumbas que había a su alrededor lo que lo hizo caer en la cuenta, pero daba igual. «Santi era arquitecto.» A partir de ahí, las ideas fueron cayendo una tras otra como fichas de dominó. Los arquitectos renacentistas vivían sólo para dos cosas: glorificar a Dios mediante grandes iglesias y glorificar a los dignatarios mediante tumbas fastuosas. «La tumba de Santi. ¿Es posible?» Las imágenes se sucedían cada vez más rápidamente en su cabeza...

La *Mona Lisa* de Leonardo.

Los nenúfares de Monet.

El *David* de Miguel Ángel.

La *tumba terrenal* de Santi...

—Santi *diseñó* la tumba —dijo Langdon.

Vittoria se volvió hacia él.

—¿Cómo?

—El poema no es una referencia al lugar en el que está enterrado, sino a la tumba que diseñó.

—¿De qué estás hablando?

—He malinterpretado la pista. No es el lugar en el que está enterrado Rafael lo que hemos de buscar, sino una tumba diseñada por él para otra persona. No puedo creer que no me haya dado cuenta antes. La mitad de las esculturas hechas en Roma durante el Renacimiento y el Barroco son funerarias. —La toma de conciencia lo hizo sonreír—. ¡Rafael debió de diseñar cientos de tumbas!

A Vittoria no parecía hacerle mucha gracia, aquello.

—¿Cientos?

La sonrisa de él se desvaneció.

—Oh.

—¿Alguna de ellas es terrenal, profesor?

De repente, Langdon se vino abajo. Sabía muy poco de la obra de Rafael. De haberse tratado de Miguel Ángel, podría haber ayudado más, pero la obra de Rafael nunca lo había cautivado. Langdon sólo podía nombrar un par de tumbas del artista, y ni siquiera estaba seguro de cómo eran.

Advirtiendo su bloqueo, Vittoria se volvió hacia el guía, que se estaba alejando lentamente. Lo cogió del brazo y lo atrajo hacia sí.

—Necesito una tumba. Diseñada por Rafael. Una tumba que se pueda considerar «terrenal».

El hombre parecía algo turbado.

—¿Una tumba de Rafael? No sé. Diseñó muchas. Y seguramente quiere usted decir una capilla, no una tumba. Los arquitectos siempre diseñaban las capillas conjuntamente con la tumba.

Langdon se dio cuenta de que el hombre tenía razón.

—¿Alguna de las capillas o tumbas de Rafael está considerada «terrenal»?

El hombre se encogió de hombros.

—Lo siento. No entiendo lo que quieren decir. «Terrenal» no describe nada que yo conozca. Lo siento, pero debo irme.

Sin soltarle el brazo, Vittoria le leyó la frase del margen superior del folio:

—«Desde la tumba terrenal de Santi y su agujero del diablo.» ¿Le dice algo eso?

—Nada.

De repente, Langdon levantó la mirada. Por un momento se había olvidado de la segunda parte de la línea. «Agujero del diablo.»

—¡Sí! —exclamó—. ¡Eso es! ¿Alguna de las capillas de Rafael tiene un óculo? —preguntó dirigiéndose al guía.

El hombre negó con la cabeza.

—Que yo sepa, el Panteón es el único. —Se quedó un momento callado—. Aunque...

—¿Qué? —exclamaron Vittoria y Langdon al unísono.

El guía ladeó la cabeza, acercándose de nuevo a ellos.

—¿Un agujero del diablo? —masculló para sí mientras se mordisqueaba una uña—. Agujero del diablo..., es decir... *buco del diavolo?*

—Exacto —asintió Vittoria.

El guía sonrió levemente.

—Hacía tiempo que no oía esa expresión. Si no me equivoco, *buco del diavolo* hace referencia a unas catacumbas.

—¿Unas catacumbas? —preguntó Langdon—. ¿Se refiere a una cripta?

—Sí, pero una cripta muy especial. Creo que «agujero del diablo» es una locución antigua para referirse a una gran fosa situada en una capilla que se encuentra... debajo de otra tumba.

—¿Un osario? —preguntó Langdon, reconociendo al instante lo que el hombre intentaba describir.

El guía se mostró impresionado.

—¡Sí! ¡Ése es el término que estaba buscando!

Langdon lo consideró un momento. Los osarios eran un arreglo barato de la Iglesia a una cuestión delicada. Cuando las iglesias honraban a sus miembros más distinguidos con tumbas ornamentadas en el santuario, los familiares que les sobrevivían solían exigir que los enterraran con ellos, asegurándose así de contar con un codiciado sepulcro dentro del templo. Ahora bien, cuando en éste no había suficiente espacio o fondos para las tumbas de toda una familia, a veces se excavaba un osario anexo: un agujero en el suelo cerca de la tumba en el que enterraban a los familiares menos ilustres. Luego, el agujero se cubría con el equivalente renacentista de las tapas del alcantarillado. Sin bien resultaban prácticos, los osarios dejaron de construirse a causa del hedor que despedían y que inundaba los templos. «El agujero del diablo», pensó Langdon. Era la primera vez que oía la expresión. Parecía siniestramente adecuada.

Su corazón latía con fuerza. «Desde la tumba terrenal de Santi y su agujero del diablo.» Sólo quedaba una pregunta por hacer.

—¿Diseñó Rafael alguna tumba con uno de esos agujeros del diablo?

El guía se rascó la cabeza.

—En realidad, sólo se me ocurre una, lo siento...

«¿Sólo una?», Langdon no podría haber soñado una respuesta mejor.

—¿Dónde? —casi exclamó Vittoria.

El guía se los quedó mirando, extrañado.

—Se llama capilla Chigi. Es la tumba de Agostino Chigi y su hermano, ricos mecenas de las artes y las ciencias.

—¿Ciencias? —dijo Langdon, intercambiando una mirada con Vittoria.

—¿Dónde? —volvió a preguntar ella.

El guía ignoró la pregunta, aparentemente entusiasmado por volver a ser de utilidad.

—En cuanto a si la tumba es o no «terrenal», no lo sé, pero sin duda es..., digamos, *diferente*.

—¿Diferente? —repuso Langdon—. ¿En qué sentido?

—Incoherente con la arquitectura. Rafael sólo fue el arquitecto. Algún otro escultor se encargó de los adornos interiores. No recuerdo quién.

El profesor era ahora todo oídos. «¿El anónimo maestro illuminatus, quizá?»

—Quienquiera que hiciera los monumentos interiores carecía de gusto alguno —dijo el guía—. *Dio mio! Atrocità!* ¿Quién querría ser enterrado bajo unas pirámides?

Langdon apenas podía creer lo que acababa de oír.

—¿Pirámides? ¿En esa capilla hay pirámides?

—Lo sé —se quejó el guía—. Terrible, ¿no?

Vittoria agarró al hombre del brazo.

—*Signore*, ¿dónde está la capilla Chigi?

—A un kilómetro y medio hacia el norte. En la iglesia de Santa Maria del Popolo.

Ella exhaló un suspiro.

—Gracias. Vamos...

—Hey —dijo el guía—. Acabo de recordar una cosa. Qué tonto soy.

Vittoria se detuvo de golpe.

—Por favor, no me diga que se ha equivocado.

Él negó con la cabeza.

—No, pero debería haber caído antes en ello. La capilla Chigi no fue siempre conocida como Chigi. Antes la llamaban *capella della Terra*.

—¿Capilla de la Tierra? —preguntó Langdon.

—Efectivamente —dijo ella, mientras se dirigía ya hacia la puerta.

De un golpe de muñeca, Vittoria abrió su teléfono móvil mientras cruzaba a toda velocidad la piazza della Rotonda.

—Comandante Olivetti —dijo—. ¡Nos hemos equivocado de lugar!

326

Olivetti se quedó desconcertado.

—¿Equivocado? ¿Qué quiere decir?

—El primer altar de la ciencia es la capilla Chigi.

—¿Cómo? —Ahora parecía enojado—. ¡Pero el señor Langdon ha dicho...!

—¡Santa Maria del Popolo! Un kilómetro y medio hacia el norte. ¡Envíe inmediatamente a sus hombres! ¡Sólo nos quedan cuatro minutos!

—¡Pero mis hombres están posicionados aquí! No puedo...

—¡De prisa! —Vittoria colgó.

Algo aturdido, Langdon salió del Panteón tras ella.

La joven lo cogió de la mano y tiró de él hacia la hilera de taxis aparentemente sin conductor que esperaban junto a la acera. Golpeó con la mano el capó del primer coche de la fila. El taxista se despertó con un sobresalto. Vittoria abrió la puerta trasera y empujó a Langdon al interior. Ella subió detrás.

—Santa Maria del Popolo —ordenó—. *Presto!*

Ofuscado y medio aterrorizado, el conductor pisó el acelerador y salió disparado calle abajo.

Capítulo 63

Gunther Glick se había hecho con el control del ordenador de Chinita Macri, que ahora permanecía encorvada en la parte trasera de la estrecha furgoneta de la BBC, mirando por encima del hombro de él.

—Ya te lo he dicho —dijo Glick mientras tecleaba—. El *British Tattler* no es el único periódico que publica noticias sobre esos tipos.

Macri se acercó a la pantalla. Él tenía razón. La base de datos de la BBC evidenciaba que en los últimos diez años su distinguida cadena había encargado y emitido seis reportajes sobre la hermandad llamada Illuminati. «Que me aspen», pensó ella.

—¿Qué periodistas hicieron esos reportajes? —preguntó—. ¿Carroñeros?

—La BBC no contrata a periodistas carroñeros.

—Te contrató a ti...

Glick frunció el ceño.

—No sé por qué te muestras tan escéptica. Los illuminati están bien documentados a lo largo de la historia.

—También las brujas, los ovnis o el monstruo del lago Ness.

Glick leyó el listado de reportajes.

—¿Has oído hablar alguna vez de un tipo llamado Winston Churchill?

—Me suena.

—Hace tiempo, la BBC hizo un reportaje histórico sobre la vida de Churchill. Un católico recalcitrante, por cierto. ¿Sabías que en 1920 Churchill publicó un comunicado de condena a los illuminati en el que advertía a los ingleses de una conspiración mundial por su parte?

Macri seguía teniendo sus dudas.

—¿Dónde lo publicaron? ¿En el *British Tattler*?

Glick sonrió.

—En el *London Herald*, el 8 de febrero de 1920.

—No puede ser.

—Míralo tú misma.

Macri miró de cerca el recorte. «*London Herald*, 8 de febrero de 1920. No tenía ni idea.»

—Bueno, Churchill era un paranoico.

—No era el único —dijo Glick, que seguía con el listado—. Parece que Woodrow Wilson dio tres discursos radiofónicos en 1921 advirtiendo del creciente control de los illuminati sobre el sistema bancario estadounidense. ¿Quieres que te lea una cita directa de la transcripción radiofónica?

—La verdad es que no.

Él lo hizo de todos modos.

—Dijo: «Existe un poder tan organizado, tan sutil, tan completo, tan extendido, que no conviene alzar mucho la voz cuando se lo condena.»

—Nunca había oído nada al respecto.

—Quizá porque en 1921 no eras más que una niña.

—Eres encantador.

Macri encajó bien el golpe. Sabía que comenzaba a acusar la edad. A sus cuarenta y tres años, sus poblados rizos negros estaban empezando a grisear. Era demasiado orgullosa para teñirse. Su madre, una baptista sureña, había enseñado a Chinita a sentirse digna y satisfecha consigo misma. «Cuando eres una mujer negra —decía—, no hay modo de esconder lo que eres. El día que lo intentas es el día que mueres. Saca pecho, sonríe y deja que se pregunten cuál es el secreto que te hace reír.»

—¿Has oído hablar alguna vez de Cecil Rhodes? —preguntó Glick.

Ella levantó la mirada.

—¿El financiero inglés?

—Sí. El de las becas Rhodes.

—No me digas...

—Illuminatus.

—Rumores infundados.

—No, BBC. 16 de noviembre de 1984.

—¿Nosotros publicamos que Cecil Rhodes pertenecía a los illuminati?

—Así es. Y, según nuestra cadena, las becas Rhodes consistían en antiguos fondos de los illuminati para reclutar las mentes jóvenes más brillantes.

—¡Eso es ridículo! ¡Mi tío recibió una beca Rhodes!

Glick sonrió.

—También Bill Clinton.

Macri estaba empezando a enojarse. Nunca había soportado el periodismo burdo y alarmista. Aun así, conocía suficientemente bien la BBC para saber que todas las noticias que emitían habían sido cuidadosamente investigadas y confirmadas.

—Aquí hay algo que recordarás —dijo Glick—. BBC, 5 de marzo de 1998. El presidente del Parlamento británico, Chris Mullin, exigió a todos los miembros masones que declararan su afiliación.

Chinita lo recordaba. El decreto se había extendido posteriormente a policías y jueces.

—¿A qué se debió eso?

Glick se lo leyó.

—...preocupación por el hecho de que facciones secretas dentro de los masones ejerzan un control excesivo sobre los sistemas político y financiero.

—Eso es.

—Provocó una gran conmoción. Los masones del Parlamento enfurecieron, y con razón. La amplia mayoría resultaron ser hombres inocentes que se unieron a la masonería para establecer contactos y realizar obras de caridad. No tenían ni idea acerca de las antiguas afiliaciones de la hermandad.

—Supuestas afiliaciones.

—Lo que sea. —Glick siguió examinando los artículos—. Mira esto. Algunos creen que los illuminati se remontan hasta Galileo, los *Guerenets* de Francia o los alumbrados españoles. Los vinculan incluso a Karl Marx y la Revolución rusa.

—La historia no deja de reescribirse.

—Está bien, ¿quieres algo más actual? Échale un vistazo a esto. Aquí hay una referencia a los illuminati en un *Wall Street Journal* reciente.

Eso captó la atención de Macri.

—¿El *Journal*?

—¿A ver si adivinas cuál es el juego de ordenador *online* más popular ahora mismo en Estados Unidos?

—¿*Strip Poker* con Pamela Anderson?

—Casi. Se llama *Los illuminati de Baviera: el Nuevo Orden Mundial*.

Macri leyó la nota publicitaria por encima de su hombro. «El arrollador éxito de Steve Jackson Games... Una aventura pseudohistórica en la que una antigua hermandad satánica de Baviera pretende conquistar el mundo. Puedes conseguirlo *online* en...» Aturdida, levantó la mirada.

—¿Qué tienen esos illuminati en contra del cristianismo?

—No sólo del cristianismo —dijo Glick—. De la religión en general. —Ladeó la cabeza y sonrió—. Aunque, a juzgar por la llamada que acabamos de recibir, parece que el Vaticano efectivamente ocupa un lugar especial en sus corazones.

—Oh, vamos, no creerás de verdad que el tipo que ha llamado es quien dice ser, ¿no?

—¿Un mensajero de los illuminati? ¿A punto de asesinar a cuatro cardenales? —Glick sonrió—. Espero que sí.

Capítulo 64

El taxi de Langdon y Vittoria completó la carrera de un kilómetro y medio por via della Scrofa en poco más de un minuto. El coche se detuvo en la esquina sur de la piazza del Popolo justo antes de las ocho. Como no tenían una sola lira, Langdon pagó de más al conductor en dólares. Vittoria y él salieron rápidamente del coche. La *piazza* estaba tranquila, a excepción de las risas de un puñado de locales sentados en la terraza del popular café Rosati, un lugar frecuentado por los intelectuales italianos. El aire olía a café y a pastitas.

Langdon todavía se sentía conmocionado por la equivocación que había cometido con el Panteón. Tras una superficial mirada a la plaza, sin embargo, su sexto sentido ya estaba zumbando. La *piazza* parecía sutilmente repleta de simbología de los illuminati. No sólo su trazado era elíptico, sino que en su mismo centro se alzaba un alto obelisco egipcio: un pilar de piedra cuadrado con una distintiva punta piramidal. Los obeliscos —restos de los saqueos cometidos por la Roma imperial— eran visibles por toda la ciudad. Los simbólogos se referían a ellos como «pirámides elevadas», estilizadas prolongaciones de la sagrada forma piramidal.

Mientras sus ojos contemplaban el monolito, algo al fondo atrajo su atención. Algo todavía más destacable.

—Estamos en el lugar correcto —dijo en voz baja, sintiendo de repente una renovada cautela—. Mira eso —señaló la imponente Porta del Popolo, el alto arco de piedra que había al otro lado. La abovedada estructura se alzaba en la *piazza* desde hacía siglos. En el centro del punto más elevado del arco había un símbolo grabado—. ¿Te suena?

Vittoria levantó la mirada hacia el enorme grabado.

—¿Una estrella brillante sobre una pila de piedras triangular?

Él negó con la cabeza.

—Una fuente de iluminación sobre una pirámide.

La joven se volvió de repente, con los ojos muy abiertos.

—Como... el Gran Sello de Estados Unidos.

—Exactamente. El símbolo masónico del billete de un dólar.

Vittoria respiró profundamente y examinó la *piazza*.

—¿Y dónde está la maldita iglesia?

La iglesia de Santa Maria del Popolo destacaba como un acorazado fuera de lugar. Se encontraba en la base de una colina que había en el rincón sureste de la *piazza*. El edificio del siglo XI resultaba todavía más incongruente a causa de los andamios que ocultaban la fachada.

Los pensamientos se sucedían a toda velocidad en la cabeza de Langdon. Levantó la mirada hacia la iglesia, maravillado. ¿De verdad estaba a punto de tener lugar un asesinato en su interior? Esperaba que Olivetti llegara pronto. Se sentía incómodo con una pistola en el bolsillo.

La escalinata que conducía a la iglesia tenía forma de *ventaglio* —un amplio abanico curvo—, lo que resultaba irónico en ese caso, pues estaba bloqueada por andamios, maquinaria de construcción y un letrero de advertencia: Costruzione. Non entrare.

Langdon se dio cuenta de que una iglesia cerrada por reformas suponía privacidad total para un asesino. No como el Panteón. Aquí no le hacían falta elaboradas estratagemas. Sólo tenía que encontrar un modo de entrar.

Sin la menor vacilación, Vittoria se deslizó por entre dos caballetes y se dirigió hacia la escalinata.

—Vittoria —lo advirtió Langdon—. Si el asesino todavía está dentro...

Ella no pareció oírlo. Ascendió la escalinata principal hasta llegar a la puerta de madera del templo. Langdon fue rápidamente tras ella. Antes de que pudiera decirle una sola palabra, la chica tiró del pomo. Él contuvo la respiración. La puerta no se movió.

—Debe de haber otra entrada —dijo la joven.

—Probablemente —convino él, expulsando finalmente el aire—, pero Olivetti llegará dentro de un minuto. Es demasiado peligroso entrar. Deberíamos esperar fuera de la iglesia hasta que...

Vittoria se volvió y lo fulminó con la mirada.

—Si hay otra entrada, también hay otra salida. Como ese tipo desaparezca, estamos *fottuti*.

Langdon tenía suficientes conocimientos de italiano para saber que Vittoria estaba en lo cierto.

El callejón que había en el lateral derecho de la iglesia era estrecho y oscuro, con altas pareces a ambos lados. Olía a orín, un hedor común en una ciudad en la que la cantidad de bares superaba a la de lavabos públicos en una proporción de veinte a uno.

Langdon y Vittoria se internaron rápidamente en las fétidas sombras. Tras recorrer unos quince metros, ella tiró del brazo de él y le señaló algo.

Langdon lo vio. Más adelante había una sencilla puerta de madera con pesados goznes. Advirtió que se trataba de la típica *porta sacra,* la entrada privada del clero. La mayoría de esas entradas habían quedado fuera de uso hace años, cuando el aumento de nuevas construcciones y la falta de suelo relegaron los accesos laterales a poco prácticos callejones.

Vittoria corrió hacia allí. Al llegar se quedó mirando el

picaporte con perplejidad. Langdon se quedó detrás de ella y observó el peculiar aro con forma de donut que colgaba en lugar de un pomo.

—Un *annulus* —susurró él.

Extendió la mano y, con cuidado, alzó el aro y tiró de él. Se oyó un chasquido. Vittoria se revolvió, repentinamente intranquila. Con cuidado, Langdon giró el aro trescientos sesenta grados hacia la derecha. Nada. Frunció el ceño y lo intentó hacia la izquierda, pero el resultado fue el mismo.

Vittoria observó el fondo del callejón.

—¿Crees que hay otra entrada?

Él lo dudaba. La mayoría de las catedrales renacentistas estaban diseñadas como fortalezas por si la ciudad era asaltada. Tenían las mínimas entradas.

—Si hay otra entrada —dijo él—, probablemente se encuentra oculta en el bastión trasero; se trataría más de una vía de escape que de una entrada.

Vittoria ya se había puesto en marcha.

Langdon fue tras ella, internándose todavía más en el callejón. Las paredes se alzaban hacia el cielo a ambos lados. En algún lugar, una campana empezó a dar las ocho...

Robert Langdon no oyó a Vittoria la primera vez que ella lo llamó. Se había detenido delante de una vidriera enrejada e intentaba vislumbrar algo en el interior de la iglesia.

—¡Robert! —volvió a decir ella alzando ligeramente la voz.

Él levantó la mirada. La joven estaba al final del callejón, señalándole la parte trasera de la iglesia con una mano e indicándole con la otra que se acercara. A regañadientes, Robert así lo hizo. En la base del muro trasero sobresalía un bastión de piedra que ocultaba un angosto túnel, una especie de estrecho pasadizo que se internaba directamente en los cimientos de la iglesia.

—¿Una entrada? —preguntó Vittoria.

Él asintió. «En realidad se trata de una salida, pero dejemos a un lado los tecnicismos.»

La chica se arrodilló y le echó un vistazo al túnel.

—Veamos si la puerta está abierta.

Langdon abrió la boca para protestar, pero ella lo cogió de la mano y tiró de él en dirección a la abertura.

—Un momento —dijo Langdon.

Ella se volvió hacia él con impaciencia.

Langdon suspiró.

—Yo iré primero.

Eso pareció sorprender a la joven.

—¿Y esa caballerosidad?

—La edad antes que la belleza.

—¿Es eso un cumplido?

Langdon sonrió, pasó por su lado y se internó en la oscuridad.

—Cuidado con la escalera.

Lentamente, Langdon fue avanzando a oscuras con una mano en el muro. Podía notar las afiladas rugosidades de la piedra. Por un instante recordó el antiguo mito de Dédalo: el muchacho recorrió el laberinto del Minotauro con una mano pegada al muro, pues le habían garantizado que, si no dejaba de mantener contacto con él, encontraría la salida. Langdon siguió avanzando, no muy seguro de si quería llegar al final.

El túnel se estrechó ligeramente y el profesor ralentizó su paso. Vittoria lo seguía de cerca. Tras curvarse hacia la izquierda, el pasadizo desembocaba en una hornacina semicircular. Curiosamente, allí se podía distinguir un leve haz de luz. En la penumbra, Langdon divisó el contorno de una pesada puerta de madera.

—Vaya —dijo.

—¿Cerrada?

—Lo estaba.

—¿Estaba? —Vittoria se colocó a su lado.

Langdon le señaló la puerta. Ésta estaba entreabierta, iluminada por una luz proveniente del otro lado... Los goznes habían sido arrancados con una barra de hierro que seguía atascada en la madera.

Permanecieron un momento en silencio. Luego, en la oscuridad, Langdon sintió que las manos de Vittoria le palpaban el pecho y se metían por debajo de su americana.

—Relájese, profesor —dijo ella—. Sólo estoy buscando la pistola.

En ese mismo momento, un destacamento de la Guardia Suiza se desplegaba en el interior de los Museos Vaticanos. La oscuridad era total, y los hombres portaban gafas de infrarrojos. Con esas gafas, los objetos adquirían un inquietante resplandor verde. Todos los guardias llevaban asimismo unos auriculares conectados a un detector que movían ante sí de un lado a otro; se trataba del mismo aparato que utilizaban un par de veces a la semana para rastrear micrófonos electrónicos en el interior del Vaticano. Avanzaban metódicamente, inspeccionando detrás de las estatuas, el interior de las hornacinas, los armarios, debajo de los muebles. La antena sonaría al detectar el más débil campo magnético.

Esa noche, sin embargo, no estaban obteniendo ningún resultado.

Capítulo 65

El interior de Santa Maria del Popolo era una lóbrega cueva apenas iluminada. Parecía más bien una estación de metro a medio construir que una catedral. El santuario principal era una auténtica carrera de obstáculos: el suelo estaba levantado y por todas partes había palés de ladrillos, montículos de tierra, carretillas, e incluso una herrumbrosa excavadora. Columnas gigantescas se alzaban hasta el abovedado techo. En el aire, el polvo flotaba perezosamente a la luz del apagado resplandor de la vidriera. Langdon se detuvo con Vittoria bajo un extenso fresco de Pinturicchio y examinó el maltrecho templo.

Todo permanecía inmóvil. El silencio era absoluto.

La joven sostenía el arma con ambas manos. Langdon consultó la hora en su reloj: las 20.04. «Es una locura estar aquí —se dijo—. Es demasiado peligroso.» Aun así, era consciente de que, si el asesino estaba dentro, podía escapar por la puerta que quisiera, haciendo inútil una emboscada en el exterior. Entrar a buscarlo era la única alternativa viable..., si es que todavía seguía allí dentro. Langdon sintió una punzada de culpabilidad por la metedura de pata del Panteón. No estaba en posición de pedirle cautela a nadie; era él quien los había acorralado en ese rincón.

Vittoria examinó la iglesia con expresión abatida.

—Muy bien —susurró—. ¿Dónde está la capilla Chigi?

A través de la fantasmal penumbra, Langdon examinó la parte posterior del templo y los muros laterales. Contrariamente a la idea general, las catedrales renacentistas contenían múltiples capillas. Las capillas eran más bien huecos que estancias: nichos semicirculares con tumbas alrededor del muro perimetral.

«Malas noticias», pensó Langdon al ver los cuatro huecos que había en cada muro lateral. Había ocho capillas en total. Si bien no se trataba de una cantidad excesiva, las ocho estaban cubiertas con grandes lonas de poliuretano transparente a causa de las obras, a modo de cortinas traslúcidas que protegían del polvo las tumbas de las hornacinas.

—La capilla Chigi podría ser cualquiera de esos huecos cubiertos —dijo—. No hay modo de saber cuál sin mirar el interior de cada uno. Podría ser una buena razón para esperar a Oliv...

—¿Cuál es el ábside secundario izquierdo? —preguntó ella.

Langdon se la quedó mirando, sorprendido por su conocimiento de la terminología arquitectónica.

—¿El ábside secundario izquierdo?

Ella le señaló el muro que tenía detrás. Tenía una baldosa decorativa incrustada en la piedra. En ella se podía distinguir un grabado con el mismo símbolo que habían visto en la plaza: una pirámide bajo una estrella reluciente. En la placa cubierta de mugre que había al lado se podía leer:

ESCUDO DE ARMAS DE ALESSANDRO CHIGI,
CUYA TUMBA SE ENCUENTRA EN EL
ÁBSIDE SECUNDARIO IZQUIERDO DE ESTA CATEDRAL

«¿El escudo de armas de los Chigi era una pirámide y una estrella?» Langdon o pudo evitar preguntarse si el rico mecenas había sido un illuminatus. Asintió a Vittoria en señal de aprobación.

—Buen trabajo, Nancy Drew.[5]

—¿Cómo dices?

—Nada. Yo...

Una pieza de metal cayó al suelo a unos pocos metros. El ruido resonó en toda la catedral. Langdon llevó a Vittoria detrás de una columna mientras ella apuntaba la pistola hacia el lugar del que provenía el sonido. Silencio. Esperaron. De nuevo volvió a oírse un ruido, esta vez, un crujido. Langdon contuvo la respiración. «¡No deberíamos haber entrado!» El sonido se fue acercando. Era un crujido intermitente, como el de un hombre cojeando. De repente divisaron un objeto alrededor de la base de la columna.

—*Figlio di puttana!* —maldijo Vittoria en voz baja al tiempo que retrocedía de un salto.

Langdon también reculó.

Junto a la columna, una enorme rata arrastraba un bocadillo a medio comer envuelto en un papel. La criatura se detuvo un momento cuando los vio y se quedó mirando fijamente el cañón del arma de Vittoria.

—Hija de... —dijo un jadeante Langdon con el corazón acelerado.

Vittoria bajó el arma, recobrando rápidamente la compostura. Él echó un vistazo al otro lado de la columna y vio la fiambrera de un trabajador desparramada en el suelo. El mañoso roedor debía de haberla tirado del andamio.

Escudriñó la basílica por si veía algún otro movimiento y susurró:

—Si ese tipo está aquí, es imposible que no haya oído eso. ¿Seguro que no quieres esperar a Olivetti?

—Ábside secundario izquierdo —repitió Vittoria—. ¿Dónde está?

5. Joven detective protagonista de una famosa serie de novelas de misterio. (*N. del t.*)

A regañadientes, él se volvió e intentó orientarse. La terminología de las catedrales era como la del espacio escénico: absolutamente contraintuitiva. Se situó frente al altar mayor. «Centro del escenario.» Luego señaló con el pulgar hacia atrás por encima del hombro.

Ambos se volvieron hacia el lugar que había indicado.

Al parecer, la capilla Chigi se encontraba en la tercera de las cuatro hornacinas a su izquierda. La buena noticia era que ellos se hallaban en el *lado* correcto de la iglesia. La mala, que estaban en el *extremo* incorrecto. Tendrían que atravesar toda la catedral, pasando por delante de otras tres capillas cubiertas, como la capilla Chigi, con sudarios de plástico traslúcido.

—Espera —dijo Langdon—. Yo iré delante.

—Ni hablar.

—Soy yo quien la ha cagado en el Panteón.

Ella se volvió.

—Pero yo soy quien tiene el arma.

Langdon pudo ver en sus ojos lo que quería decir en realidad: «Soy yo quien ha perdido a un padre. Soy yo quien ha ayudado a crear una arma de destrucción masiva. Las rodillas de ese tipo son mías...»

Sabía que no serviría de nada intentar convencerla de lo contrario, así que la dejó ir. Con mucha cautela, recorrió tras ella el lado este de la basílica. Al pasar por delante de la primera hornacina cubierta, notó que se ponía tenso, como si fuera un participante en una especie de concurso surrealista. «Elijo la cortina número tres», pensó.

El templo estaba en absoluto silencio, los gruesos muros de piedra lo aislaban por completo del mundo exterior. Al pasar por delante de las capillas, pálidas formas humanoides se mecían como fantasmas detrás del susurrante plástico. «Mármol tallado», se dijo Langdon, esperando estar en lo cierto. Eran las 20.06. ¿Habría sido puntual el asesino y habría huido antes de que ellos hubieran entrado? ¿O todavía se encontraba allí? Langdon no sabía qué posibilidad prefería.

Pasaron por delante del segundo ábside, de ominosa apariencia en la cada vez más oscura catedral. La noche parecía caer ahora con rapidez, hecho acentuado por la mohosa tintura de las vidrieras. De repente, la cortina de plástico que tenían a un lado se movió como empujada por una corriente de aire. Langdon se preguntó si alguien habría abierto una puerta en algún lugar.

Vittoria fue ralentizando el paso a medida que se acercaban al tercer nicho. Alzó la pistola y se volvió hacia la losa que había junto al ábside. Grabadas en un bloque de granito había dos palabras:

CAPPELLA CHIGI

Langdon asintió. Sin hacer ruido, se dirigieron hacia una esquina de la abertura y se situaron detrás de una amplia columna. Vittoria apuntó la pistola hacia el plástico. Luego le hizo a él una seña para que lo apartara.

«Un buen momento para empezar a rezar», se dijo Langdon. A regañadientes, alargó el brazo por encima del hombro de ella. Con el mayor cuidado posible, empezó a retirar el plástico, que se movió un par de centímetros y luego crujió ruidosamente. Ambos se quedaron quietos de golpe. Silencio. Un momento después, moviéndose a cámara lenta, Vittoria se inclinó hacia adelante y echó un vistazo por la estrecha rendija. Langdon miró por encima de su hombro.

Por un momento, ambos contuvieron la respiración.

—Vacío —dijo finalmente ella, bajando el arma—. Hemos llegado demasiado tarde.

Él no la oyó. Se sentía sobrecogido, transportado por un instante a otro mundo. Jamás habría imaginado que una capilla pudiera tener ese aspecto. La capilla Chigi, hecha completamente de mármol de color castaño, era impresionante. El ojo experto del profesor la asimiló a grandes sorbos. Era la capilla más «terrenal» que podría haber imaginado, casi como si la hubieran diseñado el mismo Galileo y los illuminati.

Sobre sus cabezas, en la abovedada cúpula, relucía un campo de estrellas iluminadas y los siete planetas astronómicos. Por debajo, los doce símbolos del zodíaco, símbolos paganos y terrenales enraizados en la astronomía. El zodíaco también estaba directamente relacionado con los elementos: tierra, aire, fuego y agua..., los cuadrantes representaban el poder, el intelecto, el ardor y la emoción. «La tierra simboliza el poder», recordó.

Más abajo vio tributos a las cuatro estaciones de la Tierra: *primavera, estate, autunno* e *inverno*. Pero aún más increíble eran las dos enormes estructuras que dominaban la sala. Langdon se las quedó mirando asombrado. «No puede ser —pensó—. ¡Es imposible!» Pero no lo era. A cada lado de la capilla, en perfecta simetría, había dos pirámides de mármol de tres metros de altura.

—No veo ningún cardenal —susurró Vittoria—. Ni ningún asesino.

Retiró el plástico y entró.

Langdon no podía apartar los ojos de las pirámides. «¿Qué hacen unas pirámides en una capilla cristiana?» Y, por increíble que pudiera parecer, todavía había más. En el centro de cada una, incrustados en sus lados anteriores, había unos medallones de oro. Pocas veces había visto medallones como ésos: eran elipses perfectas. Los bruñidos discos brillaban a la luz del sol crepuscular que se filtraba sobre la cúpula. «¿Elipses de Galileo? ¿Pirámides? ¿Una cúpula de estrellas?» La sala tenía más elementos illuminati que cualquier habitación que pudiera imaginar.

—Robert —dijo Vittoria con voz quebrada—. ¡Mira!

Él se dio media vuelta y, al posar los ojos en el lugar que ella le estaba señalando, regresó a la realidad.

—¡Dios santo! —exclamó retrocediendo de un salto.

Desde el suelo los miraba con desdén la imagen de un esqueleto, un detallado mosaico de mármol que representaba «la muerte en vuelo». El esqueleto portaba una lápida con la misma pirámide y las estrellas que habían visto fuera. No obstante, no era esa imagen lo que le había helado la sangre a Langdon, sino el hecho de que el mosaico estuviera montado sobre una piedra circular —un *cupermento*— que había sido levantada del suelo como la tapa de una alcantarilla y que ahora descansaba a un lado de una oscura abertura en el suelo.

—El agujero del diablo —exclamó Langdon con voz ahogada.

Había estado tan absorto con el techo que ni siquiera lo había visto. Vacilante, se acercó al foso. El hedor que emanaba era abrumador.

Vittoria se cubrió la boca con la mano.

—*Che puzza!*

—Efluvios —dijo él—. Vapores de huesos en descomposición. —Y, respirando a través de la manga, se asomó al agujero para echar un vistazo. Oscuridad—. No veo nada.

—¿Crees que hay alguien ahí abajo?

—No hay modo de saberlo.

La joven se dirigió al otro extremo del agujero, donde una escalera de mano de madera algo podrida descendía a las profundidades.

Él negó con la cabeza.

—Ni hablar.

—Puede que entre las herramientas de los obreros haya una linterna. —Parecía más bien una excusa para escapar del fétido olor—. Echaré un vistazo.

—¡Ten cuidado! —le advirtió él—. No sabemos con seguridad si el hassassin...

Pero Vittoria ya se había ido.

«Una mujer tenaz», pensó Langdon.

Al volverse hacia el pozo se sintió mareado por los vapores. Conteniendo la respiración, asomó la cabeza por el borde e intentó ver algo. Poco a poco, a medida que sus ojos se acostumbraban a la oscuridad, empezó a vislumbrar tenues formas. El pozo parecía dar a una pequeña cámara. «El agujero del diablo.» Se preguntó cuántas generaciones de Chigi habrían sido arrojadas allí dentro sin mayor ceremonia. Cerró los ojos y esperó que sus pupilas se dilataran para poder ver mejor en la oscuridad. Cuando volvió a abrirlos, le pareció ver una pálida figura silenciosa meciéndose en la oscuridad. Langdon se estremeció pero resistió la tentación de apartarse. «¿Tengo alucinaciones? ¿Es eso un cuerpo?» La figura desapareció. Él volvió a cerrar los ojos y esperó, esta vez más tiempo, para que sus ojos pudieran captar la más tenue luz.

Estaba empezando a sentirse mareado, y sus pensamientos divagaron en la oscuridad. «Sólo unos segundos más.» No estaba seguro de si se debía a los vapores o al hecho de mantener la cabeza inclinada, pero se sentía cada vez peor. Cuando finalmente volvió a abrir los párpados, la imagen que vio le pareció absolutamente inexplicable.

Ahora la cripta estaba bañada en una inquietante luz azulada. Un leve siseo reverberó en sus oídos. La luz parpadeó en los escarpados muros del hueco. De repente, una larga sombra se materializó sobre él. Sobresaltado, Langdon retrocedió.

—¡Cuidado! —exclamó alguien a su espalda.

Antes de que pudiera volverse, sintió un intenso dolor en la nuca. Al darse la vuelta, vio que Vittoria apartaba un soplete encendido cuya siseante llama azul iluminaba la capilla.

—¿Qué demonios estás haciendo? —Langdon se llevó la mano a la nuca.

—Te traía algo de luz —dijo ella—. Al retroceder, te me has echado encima.

Él le echó un vistazo al soplete que Vittoria tenía en la mano.

—Es lo mejor que he encontrado —dijo ella—. No había linternas.

Langdon se frotó la nuca.

—No te he oído acercarte.

Ella le tendió el soplete e hizo una mueca al volver a sentir el hedor de la cripta.

—¿Crees que esos vapores son inflamables?

—Esperemos que no.

Langdon cogió el soplete y se dirigió lentamente hacia el agujero. Con cuidado, se asomó por el borde y metió la llama dentro, iluminando así el muro lateral. Al mover la llama, sus ojos distinguieron el contorno del resto del muro. La cripta era circular y tenía unos seis metros de diámetro. A unos nueve metros de profundidad, atisbó el suelo. Era oscuro y moteado. Terrenal. Luego Langdon vio el cadáver.

El instinto lo hizo retroceder.

—Está aquí —dijo, obligándose a no apartar la mirada. Podía distinguir la pálida silueta de la figura contra el suelo de tierra—. Creo que está desnudo.

Langdon recordó el cadáver desnudo de Leonardo Vetra.

—¿Es uno de los cardenales?

Él no tenía ni idea, pero no podía imaginarse quién diantre podía ser si no. Examinó la pálida forma. Inmóvil. Sin vida. Y, sin embargo... Vaciló. Había algo muy extraño en la posición del cuerpo. Parecía estar...

—¿Hola? —llamó.

—¿Crees que está vivo?

—No se mueve —dijo él—. Pero parece...

«No, imposible.»

—¿Parece qué? —Vittoria se asomó a su vez por el borde.

Langdon aguzó la mirada en la oscuridad.

—Parece como si estuviera de pie.

Ella contuvo la respiración y se asomó más aún para ver mejor. Un momento después, volvió a alzar la cabeza.

—Tienes razón. ¡Está de pie! ¡Puede que esté vivo y necesite ayuda! ¡¿Hola?! *Mi può sentire?* —exclamó en dirección al agujero.

No obtuvo respuesta alguna desde el mohoso interior. Únicamente silencio.

Vittoria se dirigió entonces hacia la desvencijada escalera.

—Voy a bajar.

Él la agarró del brazo.

—No. Es peligroso. Iré yo.

Esta vez, Vittoria no se lo discutió.

Capítulo 66

Chinita Macri estaba enojada. Permanecía sentada en el asiento del acompañante de la furgoneta de la BBC, ahora estacionada en la via Tomacelli mientras Gunther Glick consultaba su plano de Roma, pues se habían perdido. Tal y como ella había temido, el misterioso desconocido había vuelto a llamar, esta vez con información.

—Piazza del Popolo —insistió Glick—. Eso es lo que estamos buscando. Hay una iglesia. Y, dentro, la prueba.

—La prueba. —Chinita dejó de limpiar los cristales de sus gafas y se volvió hacia él—. ¿La prueba de que un cardenal ha sido asesinado?

—Eso es lo que ha dicho.

—¿Acaso te crees todo lo que te dicen?

Como de costumbre, Chinita deseó ser ella quien estuviera al mando. Los cámaras, sin embargo, estaban a merced de los dementes reporteros para quienes grababan. Si Gunther Glick quería seguir una poco fiable pista telefónica, Macri no tenía más remedio que ser su perrito faldero.

Se lo quedó mirando. Gunther estaba sentado tras el volante con la mandíbula apretada. Sus padres, decidió ella, debían de ser comediantes frustrados para haberle puesto un nombre como Gunther Glick. No era de extrañar que el tipo sintiera que tenía que demostrar algo. No obstante, a pesar de su desafortunado apelativo y de esa molesta necesidad de querer dejar huella, Glick era dulce y encantador, de una manera empalagosa y muy *británica*. Venía a ser una especie de Hugh Grant hasta las orejas de Litio.

—¿No deberíamos regresar a la plaza de San Pedro? —dijo Macri armándose de paciencia—. Ya iremos luego a tu misteriosa iglesia. El cónclave ha empezado hace una hora. ¿Y si los cardenales llegan a una decisión y no estamos allí?

Glick no parecía oírla.

—Creo que aquí hemos de torcer la derecha. —Inclinó el plano y lo volvió a comprobar—. Sí, si doblo a la derecha... y luego a la izquierda —empezó a girar hacia la estrecha calle que tenían delante.

—¡Cuidado! —exclamó Macri.

Como buena técnica de vídeo, su mirada era realmente aguda. Afortunadamente, Glick también era muy rápido. Pisó de golpe el pedal del freno y evitó entrar en la intersección justo en el momento en el que cuatro Alfa Romeo aparecían de la nada y pasaban por delante como una exhalación. Luego los coches derraparon, reduciendo la velocidad, y giraron a la izquierda, tomando la misma ruta que Glick pretendía seguir.

—¡Maníacos! —chilló Macri.

Glick parecía conmocionado.

—¿Has visto eso?

—¡Sí, lo he visto! ¡Casi nos matan!

—No, quiero decir los coches —dijo él, repentinamente entusiasmado—. Eran todos iguales.

—Unos maníacos sin imaginación.

—E iban llenos.

—¿Y qué?

—¿Cuatro coches idénticos, todos ellos con cuatro pasajeros?

—¿Has oído hablar alguna vez de los coches compartidos?

—¿En Italia? —Glick examinó la intersección—. Aquí ni siquiera han oído hablar de la gasolina sin plomo.

Pisó el acelerador y fue tras los coches.

Macri se quedó clavada en su asiento.

—¿Qué diablos estás haciendo?

Glick aceleró calle abajo y emprendió la persecución de los Alfa Romeo.

—Algo me dice que tú y yo no somos los únicos que se dirigen a esa iglesia.

Capítulo 67

El descenso era lento.

Peldaño a peldaño por la rechinante escalera de mano, Langdon fue bajando cada vez más profundamente bajo el suelo de la capilla Chigi. «En el agujero del diablo», pensó. Estaba de frente al muro lateral, de espaldas a la cámara, y se preguntó con cuántos espacios oscuros y angostos más tendría que vérselas ese día. La escalera crujía a cada paso, y el penetrante olor a carne descompuesta y humedad resultaba casi asfixiante. El profesor se preguntó asimismo dónde diantre estaba Olivetti.

La silueta de Vittoria todavía era visible en lo alto, sosteniendo el soplete sobre la abertura para iluminarle el camino. A medida que él se internaba más en la oscuridad, el resplandor azul era cada vez más leve. La única cosa que iba en aumento era el hedor.

Cuando había descendido doce peldaños, sucedió. El pie de Langdon pisó un lugar resbaladizo por la descomposición y perdió el equilibrio. Impulsándose hacia adelante, consiguió sujetarse con los antebrazos y evitar caer al fondo. Tras maldecir las heridas que ahora latían en sus brazos, acercó su cuerpo de vuelta a la escalera y retomó el descenso.

Tres peldaños después estuvo a punto de volver a caer, pero esta vez no a causa de un resbalón, sino a un ataque de pánico. Al llegar ante un nicho, de repente se encontró cara a cara con un montón de calaveras. Contuvo el aliento y miró a su alrededor. Descubrió que a ese nivel el muro era una suerte de panal lleno de aberturas —nichos mortuorios— repletas de esqueletos. Bajo la luz fosforescente, parecía un siniestro *collage* de cuencas de ojos vacías y cajas torácicas en descomposición.

«Esqueletos a la luz del fuego», pensó, y torció el gesto al recordar que hacía apenas un mes había asistido a un evento parecido. «Una velada de huesos y llamas»: la cena de beneficencia a la luz de las velas que se celebraba en el Museo de Arqueología de Nueva York (salmón flambeado a la sombra de un esqueleto de brontosaurio). Había sido invitado por Rebecca Strauss, antaño modelo y ahora crítica de arte del *Times*, un torbellino de terciopelo negro, cigarrillos y unos pechos realzados de un modo en absoluto sutil. Posteriormente, ella le había telefoneado un par de veces, pero Langdon no le había devuelto las llamadas. «Algo muy poco caballeroso», se reprendió, preguntándose cuánto tiempo aguantaría Rebecca Strauss en un pozo nauseabundo como éste.

Se sintió aliviado al notar que el último peldaño daba paso a la esponjosa tierra del fondo. Sintió la humedad del suelo bajo sus pies. Tratando de convencerse de que los muros no caerían sobre su cabeza, se volvió hacia la cripta. Era circular, de unos seis metros de diámetro. Respirando otra vez a través de la manga, posó su mirada sobre el cuerpo. En la penumbra, la imagen resultaba borrosa, un mero contorno blanco y carnoso. Inmóvil. En silencio.

Mientras avanzaba por la tenebrosa cripta, intentó encontrarle un sentido a lo que veía. El hombre estaba de espaldas a él, de modo que no podía verle la cara, pero efectivamente parecía estar de pie.

—¿Hola? —dijo Langdon a través de la manga.

Nada. Al acercarse, se dio cuenta de que el hombre era muy bajo. Demasiado bajo...

—¿Qué sucede? —exclamó Vittoria desde arriba, agitando el soplete.

Él no contestó. Ahora estaba suficientemente cerca para verlo bien. Con un escalofrío de repulsión, lo comprendió. La cámara pareció contraerse a su alrededor. Cual demonio, del suelo emergía un anciano... o, mejor dicho, la mitad de él, ya que estaba enterrado hasta la cintura. Permanecía erguido con medio cuerpo bajo tierra. Desnudo. Las manos atadas a la espalda con el fajín rojo de cardenal. Tenía la espalda arqueada como una especie de atroz saco de arena. La cabeza estaba vuelta hacia atrás, mirando al cielo, como si le pidiera ayuda al mismo Dios.

—¿Está muerto? —preguntó Vittoria.

Langdon se acercó al cuerpo. «Eso espero, por su bien.» Cuando estaba a unos pocos metros lo miró a los ojos. Los tenía azules e inyectados en sangre; parecían habérsele salido de las órbitas. Se inclinó hacia adelante para comprobar su respiración pero retrocedió de golpe.

—¡Por el amor de Dios!

—¿Qué?

Langdon reprimió una arcada.

—Está muerto. Acabo de ver la causa de la muerte. —La visión era horrenda. Al hombre le habían abierto la boca y se la habían llenado de tierra—. Alguien le ha metido un puñado de tierra en la garganta. Se ha asfixiado.

—¿Tierra? —dijo Vittoria—. ¿Como el... elemento?

Langdon tardó un segundo en reaccionar. «Tierra. —Casi lo había olvidado—. Las marcas: tierra, aire, fuego y agua.»

El asesino había amenazado con marcar a las víctimas con cada uno de los antiguos elementos de la ciencia. El primer elemento era la tierra. «Desde la tumba terrenal de Santi.» Mareado por los vapores, rodeó el cadáver hasta quedar frente a él. Al hacerlo, el simbólogo que había en su interior manifestó en voz alta el desafío artístico que suponía crear el mítico ambigrama. «¿Tierra? ¿Cómo?» Y, sin embargo, un instante después lo tenía ante sí. En su cabeza se arremolinaban siglos de leyendas sobre los illuminati. La marca que el cardenal tenía en el pecho estaba carbonizada y supuraba. La carne había quedado chamuscada. La *lingua pura*...

Langdon se quedó mirando la marca mientras la habitación comenzaba a dar vueltas a su alrededor.

—Tierra —susurró mientras ladeaba la cabeza para ver el símbolo al revés—. Tierra.

Luego, con una oleada de terror, recordó algo: «Quedan tres más.»

Capítulo 68

A pesar del suave resplandor de las velas en la capilla Sixtina, el cardenal Mortati estaba muy nervioso. El cónclave había dado comienzo de manera oficial, y lo había hecho de un modo nada prometedor.

Treinta minutos antes, a la hora señalada, el camarlengo Carlo Ventresca había entrado en la capilla. Se había dirigido al altar y había pronunciado la oración de apertura. Luego había desenlazado las manos y les había hablado en el tono más directo que Mortati hubiera oído nunca en el altar de la capilla Sixtina.

—Como saben —dijo el camarlengo—, nuestros cuatro *preferiti* no están presentes en el cónclave en estos momentos. Les pido, en nombre de su fallecida santidad, que cumplan con su deber..., con fe y determinación. Y que únicamente Dios los guíe.

Luego se volvió para marcharse.

—Pero... —soltó un cardenal—. ¿Dónde están?

El camarlengo se detuvo un instante.

—Honestamente, no sabría decirlo.

—¿Cuándo regresarán?

—Honestamente, no sabría decirlo.

—¿Están bien?

—Honestamente, no sabría decirlo.

—¿Regresarán?

—Honestamente, no sabría decirlo.

Hubo una larga pausa.

—Tengan fe —dijo el camarlengo, y a continuación salió de la sala.

Tal y como mandaba la tradición, las puertas de la capilla Sixtina habían sido selladas por fuera con dos pesadas cadenas. Cuatro guardias suizos vigilaban en el pasillo. Mortati sabía que la única razón por la que esas puertas podían ser abiertas ahora, antes de la elección de un nuevo papa, era si alguien caía gravemente enfermo, o si llegaban los *preferiti*. Rezó para que fuera la segunda opción, aunque el nudo que tenía en el estómago parecía indicarle lo contrario.

«Cumplamos, pues, con nuestro deber», decidió Mortati, espoleado por la resolución en la voz del camarlengo. Y convocó la votación. ¿Qué otra cosa podía hacer?

Les llevó treinta minutos completar los rituales preparatorios previos a la primera votación. Mortati permaneció pacientemente en el altar mayor mientras cada cardenal, de mayor a menor edad, se acercaba y ejecutaba el específico procedimiento.

Finalmente, el último se dirigió al altar y se arrodilló ante él.

—Pongo por testigo —declaró el cardenal, exactamente igual que todos los precedentes—, a Cristo nuestro Señor, quien será mi juez, que doy mi voto a quien creo ante Dios que debería ser elegido.

El cardenal se puso en pie y levantó la papeleta por encima de su cabeza para que todo el mundo pudiera verla. Después la llevó al altar, donde descansaba un cáliz con un platillo encima. Depositó la papeleta sobre el platillo y luego utilizó éste para dejar caer la papeleta dentro del cáliz. El platillo servía para impedir que nadie depositara disimuladamente más de una papeleta.

Tras haber realizado su voto, volvió a colocar el platillo sobre el cáliz, se inclinó ante la cruz y regresó a su asiento.

Ahora le tocaba a Mortati ponerse a trabajar.

Dejando el platillo sobre el cáliz, agitó la copa para mezclar las papeletas. Luego retiró el plato y extrajo una al azar. La desdobló. La papeleta medía exactamente cinco centímetros de ancho. Leyó en voz alta para que todo el mundo pudiera oírlo.

—*Eligo in summum pontificem...* —declaró leyendo el texto que encabezaba cada voto. «Elijo como sumo pontífice...»

Luego anunció el nombre del nominado que había sido escrito debajo. A continuación, cogió una aguja enhebrada y, tras agujerear la papeleta justo por la palabra «*Eligo*», deslizó cuidadosamente el voto en el hilo. Acto seguido tomó nota del voto en un cuaderno.

Después repitió todo el procedimiento nuevamente. Escogió un voto del cáliz, lo leyó en voz alta, lo ensartó y tomó nota en su cuaderno. Casi de inmediato, Mortati intuyó que esa primera votación sería nula. No habría consenso. Tras siete votos, habían sido nombrados siete cardenales distintos. Como era habitual, cada cardenal había disimulado su letra escribiendo en mayúsculas o con mucha floritura. El ocultamiento resultaba irónico en ese caso, pues resultaba obvio que los cardenales se estaban votando a sí mismos. Mortati era consciente, sin embargo, de que ese supuesto engaño no tenía nada que ver con su ambición personal. Se trataba de una estratagema. Una maniobra de defensa. Una táctica dilatoria para asegurarse de que ningún cardenal recibía suficientes votos para ganar, y forzar así otra votación.

Los cardenales estaban esperando a sus *preferiti...*

En cuanto la última de las papeletas fue recontada, Mortati declaró la votación nula.

Cogió el hilo con todos los votos y ató sus extremos

creando una especie de anillo de papeletas. Luego lo depositó en una bandeja de plata, añadió una serie de productos químicos y llevó la bandeja hasta una pequeña chimenea que tenía detrás. Ahí, prendió las papeletas. Al arder, los productos químicos crearon un humo negro que ascendió por una tubería y salió por una chimenea desde la que se elevó por encima de la capilla. El cardenal Mortati acababa de enviar su primer comunicado al mundo exterior.

Una votación. Ningún papa.

Capítulo 69

Asfixiado por los vapores, Langdon subió con dificultad la escalera en dirección a la luz que brillaba en lo alto del pozo. Sobre su cabeza oía voces, pero no entendía qué decían. Imágenes del cardenal marcado daban vueltas en su cabeza.

«Tierra... Tierra...»

A medida que ascendía. la vista se le nublaba, y temió perder el conocimiento. A dos peldaños de la salida, perdió el equilibrio. Se impulsó hacia adelante para intentar agarrarse al borde, pero se encontraba demasiado lejos y a punto estuvo de caer de espaldas a la oscuridad. En ese momento sintió un fuerte dolor bajo los brazos y, de repente, se encontró flotando sobre el abismo mientras agitaba frenéticamente las piernas.

Las fuertes manos de dos guardias suizos lo habían cogido por debajo de las axilas. Tiraron de él y, un momento después, la cabeza de Langdon surgió del agujero del diablo. Estaba mareado y respiraba con dificultad. Los guardias lo arrastraron por el borde de la abertura y lo depositaron sobre el frío suelo de mármol.

Por un momento, Langdon no supo dónde estaba. En lo alto podía ver estrellas... y planetas en órbita. Borrosas figuras deambulaban a su alrededor. La gente gritaba. Intentó incorporarse. Estaba tumbado al pie de una pirámide de piedra. Una iracunda voz resonó en la capilla y, de inmediato, Langdon volvió en sí.

Olivetti estaba gritándole a Vittoria.

—¿Por qué diantre no vinimos aquí en primer lugar?

Ella intentaba explicarle la situación.

El comandante la interrumpió a media frase y se volvió para gritarles órdenes a sus hombres.

—¡Saquen ese cadáver de ahí! ¡Registren el resto del edificio!

Langdon intentó incorporarse. La capilla Chigi estaba repleta de guardias suizos. La cortina de plástico que antes cubría la entrada había sido arrancada, y el aire fresco llenó los pulmones del profesor. Mientras recobraba lentamente sus sentidos, vio que Vittoria se acercaba a él y se arrodillaba a su lado. Su rostro era como el de un ángel.

—¿Estás bien?

—Le tomó el brazo y comprobó su pulso.

Langdon pudo notar en la piel la suavidad de sus manos.

—Gracias. —Se incorporó del todo—. Olivetti está cabreado.

Ella asintió.

—Está en su derecho. Hemos metido la pata.

—Quieres decir que yo he metido la pata.

—Pues redímete. La próxima vez, atrapa a ese tipo.

«¿La próxima vez? —A Langdon le pareció un comentario cruel—. ¡No habrá próxima vez! ¡Hemos agotado nuestra única oportunidad!»

Vittoria comprobó la hora en su reloj.

—Mickey dice que nos quedan cuarenta minutos. Ponte las pilas y ayúdame a encontrar el siguiente indicador.

—Ya te lo he dicho, Vittoria, las esculturas ya no están. El Sendero de la Iluminación está... —Langdon se interrumpió de golpe.

La joven sonrió ligeramente.

Langdon se puso en pie y comenzó a dar vueltas sobre sí mismo mientras miraba las obras de arte que tenía a su alrededor. «Pirámides, estrellas, planetas, elipses...» De repente lo recordó. «¡Éste es el primer altar de la ciencia! ¡No el Panteón!» Comprendió hasta qué punto la capilla era perfectamente illuminati. Además de mucho más sutil y selectiva que el mundialmente famoso Panteón. La capilla Chigi se encontraba en una hornacina apartada, era literalmente un agujero en la pared, un tributo a un gran mecenas de las ciencias, decorado con simbología terrenal. «Perfecta.»

Se apoyó en la pared y levantó la mirada hacia las enormes pirámides. Vittoria tenía razón. Si esa capilla era el primer altar de la ciencia, puede que todavía existiera la escultura que servía de primer indicador a los illuminati. Langdon sintió una electrizante oleada de esperanza al darse cuenta de que todavía había una oportunidad. Si el indicador estaba allí y podían seguirlo hasta el siguiente altar de la ciencia, puede que tuvieran otra ocasión de atrapar al asesino.

La chica se acercó a él.

—He descubierto quién era el escultor illuminatus desconocido.

Él se volvió hacia ella de golpe.

—¿Cómo dices?

—Ahora sólo tenemos que averiguar cuál de las esculturas que hay aquí es el...

—¡Espera un momento! ¿Dices que sabes quién era el escultor illuminatus? —Él se había pasado años intentando descubrir ese dato.

Vittoria sonrió.

—Es Bernini. —Se quedó un momento callada—. El mismísimo Bernini.

Langdon supo inmediatamente que estaba equivocada. Era imposible que se tratara de Bernini. Gian Lorenzo Bernini era el segundo escultor más famoso de todos los tiempos, eclipsado únicamente por el mismísimo Miguel Ángel. Durante el siglo XVII, Bernini creó más esculturas que ningún otro artista. Desafortunadamente, el hombre que estaban buscando era un desconocido, un don nadie.

Vittoria frunció el ceño.

—No pareces muy emocionado.

—Es imposible que sea Bernini.

—¿Por qué? Fue contemporáneo de Galileo. Era un escultor brillante.

—Y un hombre muy famoso y católico?

—Sí —convino ella—. Exactamente igual que Galileo.

—No. No tenía nada que ver con Galileo —repuso él—. Éste era una espina que el Vaticano tenía clavada en el costado. Bernini, en cambio, era el niño mimado de la Santa Sede. La Iglesia adoraba a Bernini. Incluso lo nombraron su máxima autoridad artística. ¡Prácticamente vivió toda su vida ahí dentro!

—Una tapadera perfecta. Un illuminatus infiltrado.

Langdon se sentía algo azorado.

—Vittoria, los illuminati se referían a su artista secreto como *il maestro ignoto*, el maestro desconocido.

—Sí, desconocido para ellos. Piensa en el secretismo de los masones: sólo los miembros de los grados superiores conocían toda la verdad. Puede que Galileo ocultara la verdadera identidad del artista a la mayoría de los miembros... por la seguridad del propio Bernini. De ese modo, el Vaticano nunca lo descubriría.

Langdon seguía sin estar convencido, pero se veía obligado a admitir que la lógica de Vittoria tenía cierto sentido. Los illuminati eran famosos por compartimentar la información secreta y revelar toda la verdad únicamente a los miembros de los niveles superiores. Era la piedra angular de su habilidad para permanecer en la sombra, eran muy pocos quienes conocían toda la verdad.

—Y la afiliación de Bernini a la hermandad —añadió ella con una sonrisa— explicaría por qué diseñó esas dos pirámides.

Langdon echó un vistazo a las enormes esculturas piramidales y negó con la cabeza.

—Bernini era un escultor religioso. Es imposible que tallara esas pirámides.

Ella se encogió de hombros.

—Pues díselo a ese letrero que tienes detrás.

Él se volvió y divisó la placa:

ARTE DE LA CAPILLA CHIGI
Aunque el diseño arquitectónico es de Rafael,
todos los elementos decorativos interiores
son obra de Gian Lorenzo Bernini

Langdon leyó la placa un par de veces, pero siguió sin estar del todo convencido. Gian Lorenzo Bernini era celebrado por sus intrincadas esculturas de temática sacra: la Virgen María, ángeles, profetas, papas. ¿Qué hacía él tallando pirámides?

Levantó la mirada hacia los altísimos monumentos y se sintió completamente desorientado. Dos pirámides, ambas con un reluciente medallón elíptico. Era de todo menos cristiano. Las pirámides, las estrellas del techo, los signos del zodíaco. «Todos los elementos decorativos interiores son obra de Gian Lorenzo Bernini.» Si eso era cierto, admitió para sí, Vittoria tenía razón. Por omisión, Bernini era el maestro desconocido de los illuminati, pues nadie más había contribuido al arte decorativo de la capilla. Las implicaciones se sucedieron con casi demasiada velocidad para poder procesarlas.

«Bernini era un illuminatus.

»Bernini diseñó los ambigramas de los illuminati.

»Bernini trazó el Sendero de la Iluminación.»

Langdon casi se había quedado sin habla. ¿Era posible que, en la pequeña capilla Chigi, el mundialmente celebrado Bernini hubiera colocado una estatua que señalaba el punto de Roma en el que se encontraba el siguiente altar de la ciencia?

—Bernini —dijo—. Nunca lo habría imaginado.

—¿Quién sino un famoso artista del Vaticano habría tenido la influencia necesaria para poder colocar sus obras en diversas capillas católicas de Roma y dar forma al Sendero de la Iluminación? Obviamente, no un desconocido.

Langdon lo consideró. Miró las pirámides, preguntándose si una de ellas podía ser el indicador. «¿Quizá ambas?»

—Las pirámides están encaradas en direcciones opuestas —dijo sin saber muy bien qué pensar al respecto—. Pero también son idénticas, así que no sé cuál...

—No creo que las pirámides sean lo que estamos buscando.

—Pero son las únicas esculturas que hay aquí.

Vittoria lo interrumpió y a señaló a Olivetti y a algunos de sus guardias, reunidos junto al agujero del diablo.

Él siguió la línea de su mano hasta el muro del fondo. Al principio no vio nada. Luego alguien se movió y pudo atisbar algo. Mármol blanco. Un brazo. Un torso. Y luego una cara esculpida. Parcialmente oculta en su nicho. Dos figuras humanas de tamaño natural, entrelazadas. El pulso de Langdon se aceleró. Había estado tan absorto en las pirámides y el agujero del diablo que ni siquiera había visto esa escultura. Se apresuró a cruzar la sala. Al acercarse reconoció que el trabajo era ciento por ciento obra de Bernini. La intensidad de la composición artística, los intrincados rostros y las holgadas vestiduras, todo hecho del mármol blanco más puro que el dinero del Vaticano podía comprar. Sin embargo, hasta que estuvo justo enfrente no reconoció la escultura. Se quedó mirando las dos caras y dejó escapar un grito ahogado.

—¿Quiénes son? —preguntó Vittoria al llegar a su lado.

Él estaba anonadado.

—*Habakkuk y el ángel* —dijo en un tono de voz casi inaudible.

Se trataba de una obra de Bernini bastante célebre, incluida en algunos libros de historia del arte. Langdon había olvidado que estaba allí.

—¿Habakkuk?

—Sí, el profeta que predijo la aniquilación de la tierra. Vittoria parecía intranquila.

—¿Crees que se trata del indicador?

Él asintió asombrado. Nunca en su vida había estado tan seguro de algo. Ése era el primer indicador de los illuminati. Sin duda. Aunque esperaba que la escultura «señalara» de algún modo el siguiente altar de la ciencia, no contaba con que lo hiciera de un modo *literal*. El ángel y Habakkuk tenían los brazos extendidos y señalaban un punto en la distancia.

Langdon no pudo evitar sonreír.

—No es muy sutil, ¿no?

Vittoria parecía emocionada, pero también confusa.

—Veo que indican algo, pero se contradicen mutuamente. El ángel señala en una dirección, y el profeta lo hace en otra.

Él dejó escapar una risa ahogada. Era cierto. Aunque ambas figuras señalaban a lo lejos, lo hacían en direcciones completamente opuestas. Langdon, sin embargo, ya había resuelto ese problema. Con renovadas energías, se dirigió hacia la puerta.

—¿Adónde vas? —preguntó ella.

—¡Fuera del edificio! —Sintiendo de nuevo las piernas ligeras, el profesor salió corriendo hacia la puerta—. ¡He de comprobar en qué dirección señala la escultura!

—¡Espera! ¿Cómo sabes qué dedo debes seguir?

—El poema —dijo él por encima del hombro—. ¡La última línea!

—¿«Deja que los ángeles guíen tu noble búsqueda»? —Vittoria levantó la mirada hacia el dedo extendido del ángel. De repente, se le nubló la vista—. ¡No puede ser!

Capítulo 70

Gunther Glick y Chinita Macri permanecían sentados en la furgoneta de la BBC, ocultos en las sombras en una esquina de la piazza del Popolo. Habían llegado poco después que los cuatro Alfa Romeo, justo a tiempo de presenciar una increíble sucesión de acontecimientos. Chinita todavía no tenía ni idea de qué iba todo aquello, pero se aseguró de grabarlo con su cámara.

Glick y ella llegaron a tiempo de ver a un auténtico ejército de hombres jóvenes salir de los Alfa Romeo y rodear la iglesia. Algunos ya habían desenfundado sus armas. Uno de ellos, un envarado hombre de mayor edad, condujo a un equipo hacia la escalinata de la basílica. Los soldados volaron los cerrojos de las puertas con sus pistolas. Macri no oyó nada, así que supuso que habían utilizado silenciadores. Luego los soldados entraron.

Chinita había decidido quedarse en la furgoneta y filmar desde las sombras. Al fin y al cabo, las pistolas eran pistolas, y desde allí ya tenían una buena perspectiva. Glick no se lo discutió. Ahora, al otro lado de la *piazza*, no dejaban de salir y entrar hombres de la iglesia. Chinita ajustó su cámara para seguir a un equipo que registraba los alrededores. Aunque iban vestidos de paisano, todos ellos parecían moverse con precisión militar.

—¿Quién crees que son? —preguntó ella.

—Que me aspen si lo sé. —Glick estaba absorto—. ¿Lo estás grabando todo?

—Fotograma a fotograma.

—¿Todavía crees que hemos de volver a velar al papa? —dijo él con suficiencia.

Chinita no estaba segura de qué contestar. Parecía claro que allí estaba sucediendo algo, pero hacía suficiente tiempo que era periodista para saber que solía haber una explicación muy insulsa para los acontecimientos interesantes.

—Puede que no sea nada —dijo—. Quizá esos tipos hayan recibido el mismo soplo que tú y ahora lo están comprobando. Podría ser una falsa alarma.

Glick la cogió del brazo.

—¡Ahí! Enfoca eso —dijo señalando la iglesia.

Chinita volvió la cámara hacia la escalinata.

—¡Bueno, bueno...! —dijo al ver al hombre que salía de la basílica.

—¿Quién es ese tipo?

La mujer le hizo un primer plano.

—No lo había visto en mi vida. —Enfocó el rostro del hombre y sonrió—. Pero no me importaría verlo de nuevo.

Robert Langdon bajó la escalinata corriendo en dirección al centro de la *piazza*. El sol primaveral había desaparecido por detrás de los edificios circundantes y empezaba a oscurecer.

—Muy bien, Bernini —se dijo en voz alta—. ¿Adónde demonios señala tu ángel?

Se volvió y examinó la orientación de la iglesia de la que acababa de salir. Visualizó mentalmente la capilla Chigi y la escultura del ángel que había en su interior. Sin vacilar, se volvió hacia el oeste, de cara a la inminente puesta de sol. El tiempo apremiaba.

—Suroeste —dijo frunciendo el ceño ante las tiendas y los apartamentos que le tapaban la vista—. El siguiente indicador está en esa dirección.

Repasó mentalmente página tras página de libros de historia del arte italiano. Aunque estaba muy familiarizado con la obra de Bernini, era consciente de que el escultor había sido demasiado prolífico para que alguien que no era especialista en su obra pudiera conocerla al completo. Aun así, teniendo en cuenta la relativa fama del primer indicador —*Habakkuk y el ángel*—, Langdon esperó que el segundo indicador fuera una obra que él conociera de memoria.

«Tierra, aire, fuego, agua», pensó. La «tierra» ya la habían encontrado en la capilla de Habakkuk, el profeta que había predicho la aniquilación del planeta.

El siguiente elemento era el «aire». Langdon se obligó a pensar. «¡Una escultura de Bernini relacionada con el aire! —No se le ocurrió nada. Aun así, se sentía pletórico—. ¡Estoy en el Sendero de la Iluminación! ¡Todavía existe!»

Aguzó la mirada para ver si conseguía atisbar la aguja o la torre de una catedral que sobresaliera por encima de los tejados. No podía ver nada. Necesitaba un mapa. Si averiguaban qué iglesias había en esa dirección, quizá una de ellas avivara su memoria. «Aire —se repitió—. Aire. Bernini. Escultura. Aire. ¡Piensa!»

Dio media vuelta y regresó hacia la escalinata de la catedral. Bajo un andamio se encontró con Vittoria y Olivetti.

—En dirección suroeste —dijo Langdon, jadeante—. Ahí es donde se encuentra la siguiente iglesia.

—¿Está seguro esta vez? —susurró Olivetti con frialdad.

Él no picó.

—Necesitamos un mapa. Uno en el que aparezcan todas las iglesias de Roma.

El comandante se lo quedó mirando un momento sin modificar un ápice su expresión.

Langdon comprobó la hora.

—Sólo nos quedan treinta minutos.

Olivetti pasó junto a él y descendió la escalinata en dirección a su coche, que estaba aparcado justo enfrente de la catedral. Langdon esperaba que fuera a buscar un mapa.

Vittoria parecía entusiasmada.

—Así que el ángel señala hacia el suroeste... ¿No sabes qué iglesias hay en esa dirección?

—Los malditos edificios me tapan la vista. —Se volvió de nuevo hacia la plaza—. Y no conozco las iglesias de Roma suficientemente bie... —Se interrumpió de golpe.

La joven se sobresaltó.

—¿Qué sucede?

Langdon volvió a mirar la plaza. Ahora que estaba en lo alto de la escalinata, veía mejor los alrededores. Seguía sin ver nada con claridad, pero se dio cuenta de que iba bien encaminado. Levantó la mirada hacia el desvencijado andamio que se cernía sobre él. Tenía una altura de seis pisos y casi llegaba hasta el rosetón de la iglesia, muy por encima de los demás edificios de la plaza. Supo de inmediato lo que tenía que hacer.

Al otro lado de la plaza, Chinita Macri y Gunther Glick permanecían pegados al parabrisas de la furgoneta de la BBC.

—¿Lo estás grabando todo? —preguntó Glick.

Macri enfocó al hombre que estaba trepando por el andamio.

—Yo diría que va demasiado bien vestido para ponerse a jugar a Spiderman.

—¿Y quién es la señora Spidey?

Macri le echó un vistazo a la atractiva mujer que había al pie del andamio.

—Seguro que te gustaría averiguarlo.

—¿Crees que debería llamar a la editora?

—Todavía no. Sigamos observando. Será mejor que tengamos algo antes de admitir que hemos abandonado el cónclave.

—¿Crees que alguien ha matado a uno de esos vejestorios?

Chinita rió entre dientes.

—Ahora sí que irás al infierno.

—Y me llevaré conmigo mi Pulitzer.

Capítulo 71

Cuanto más ascendía, menos estable le parecía a Langdon el andamio. Su vista de Roma, sin embargo, mejoraba a cada paso. Siguió trepando.

Alcanzó el último tramo respirando con mayor dificultad de la esperada. Se encaramó a la plataforma superior, se sacudió el yeso de la ropa y se puso en pie. La altura no le daba ningún miedo. De hecho, le resultaba vigorizante.

La vista era asombrosa. Resplandecientes bajo la puesta de sol escarlata, los tejados rojizos de Roma se extendían ante él como un océano de fuego. Desde allí pudo ver por primera vez en su vida las antiguas raíces de Roma más allá de la polución y el tráfico: la *città di Dio,* la ciudad de Dios.

Aguzando la mirada en dirección a la puesta de sol, Langdon escudriñó los tejados en busca de la aguja o el campanario de una iglesia. Por más que mirara al horizonte, sin embargo, no conseguía ver nada. «En Roma hay cientos de iglesias —pensó—. ¡Tiene que haber una al suroeste! Si es que es siquiera visible, claro está —se recordó—. ¡O si todavía está en pie!»

Volvió a intentarlo. Forzó la vista y recorrió lentamente la línea que le señalaba el ángel. Sabía, sin embargo, que no todas las iglesias tenían agujas visibles, sobre todo si eran templos menores y estaban apartados. Además, Roma había cambiado drásticamente desde el siglo XVII, cuando las iglesias eran los edificios más altos que se podían construir. Ahora, lo único que Langdon veía eran edificios de apartamentos, oficinas y torres de televisión.

Por segunda vez, su mirada se perdió en el horizonte sin conseguir ver nada. Ni una sola aguja. En la distancia, casi a las afueras de la ciudad, el sol se ponía tras la enorme cúpula de Miguel Ángel. La basílica de San Pedro. La Ciudad del Vaticano. Se preguntó cómo estarían los cardenales, y si los guardias suizos habrían encontrado la antimateria. Algo le decía que todavía no..., y que no lo harían.

Los versos del poema volvieron a resonar en su cabeza. Los repasó cuidadosamente, uno a uno. «Desde la tumba terrenal de Santi y su agujero del diablo.» Habían encontrado la tumba de Santi. «Al cruzar Roma los elementos místicos se revelan.» Los elementos místicos eran tierra, aire, fuego y agua. «El sendero de la luz ha sido trazado, la prueba sagrada.» El Sendero de la Iluminación estaba formado por esculturas de Bernini. «Deja que los ángeles guíen tu noble búsqueda.»

El ángel apuntaba al suroeste...

—¡La escalinata! —exclamó Glick al tiempo que, frenético, señalaba a través parabrisas de la furgoneta de la BBC—. ¡Algo está pasando!

Macri volvió a enfocar la entrada principal. Efectivamente, algo sucedía. Al pie de la escalinata, el hombre de aspecto militar había aparcado uno de los Alfa Romeo cerca de la escalera y había abierto el maletero. Luego echó un vistazo alrededor de la plaza por si había algún mirón. Por un momento, Macri creyó que los había descubierto, pero no fue así. Aparentemente satisfecho, sacó una radio y habló a través de ella.

Casi al instante, un ejército de soldados salieron de la iglesia. Como si de un equipo de fútbol americano se tratara, los soldados formaron una fila en lo alto de la escalinata y, moviéndose como una muralla humana, empezaron a descender. Tras ellos, casi completamente ocultos por la muralla, cuatro soldados parecían transportar algo. Algo pesado.

Glick se inclinó hacia adelante sobre el salpicadero.

—¿Están robando algo de la iglesia?

Chinita utilizó el teleobjetivo para intentar ver algo a través de la muralla de hombres, en busca del más mínimo resquicio. «Una décima de segundo —pensó—. Eso es todo cuanto necesito. Un simple fotograma.» Pero los hombres se movían a una. «¡Vamos!» Finalmente obtuvo su recompensa. Cuando los soldados se disponían a introducir el objeto en el maletero, Macri encontró la abertura que buscaba. Irónicamente fue el hombre de mayor edad quien metió la pata. Apenas duró un instante, pero Chinita tuvo más que suficiente. Había conseguido su fotograma. En realidad, había conseguido diez.

—Llama a la editora —dijo—. Tenemos un cadáver.

Lejos de allí, en el CERN, Maximilian Kohler entró con su silla de ruedas en el estudio de Leonardo Vetra. Con mecánica eficiencia, empezó a rebuscar entre sus papeles. Al no encontrar lo que estaba buscando, se dirigió al dormitorio de Vetra. El cajón superior de su mesilla de noche estaba cerrado con llave. Kohler lo forzó con un cuchillo de la cocina.

Dentro, el director encontró exactamente lo que buscaba.

Capítulo 72

Langdon bajó del andamio y se sacudió el yeso de la ropa. Vittoria estaba esperándolo.

—¿Has visto algo? —preguntó ella.

Él negó con la cabeza.

—Han metido al cardenal en el maletero.

Langdon se volvió hacia el coche aparcado. Olivetti y un grupo de soldados habían desplegado un plano sobre el capó.

—¿Están buscando en el suroeste?

Ella asintió.

—No hay ninguna iglesia. Desde aquí, la primera con la que uno se topa es la basílica de San Pedro.

Langdon soltó un gruñido. Al menos estaban de acuerdo. Se acercó a Olivetti. Los soldados se apartaron para dejarlo pasar.

El comandante levantó la mirada.

—Nada. Pero aquí no aparecen todas las iglesias. Sólo las grandes. Unas cincuenta.

—¿Dónde estamos? —preguntó Langdon.

Olivetti señaló la piazza del Popolo y trazó una línea recta en dirección al suroeste. La línea quedaba bastante lejos del grupo de marcas negras que indicaba la localización de las principales iglesias de Roma. Desafortunadamente, esas iglesias también eran las más antiguas de la ciudad, las que ya existían en el siglo xvii.

—He de tomar algunas decisiones —dijo Olivetti—. ¿Está seguro de la dirección?

Langdon pensó en el dedo extendido del ángel y en el apremio de la situación.

—Sí, señor. Completamente.

El comandante se encogió de hombros y volvió a trazar la línea recta con el dedo. El camino cruzaba el puente Regina Margherita, la via Cola di Rienzo, y pasaba por la piazza del Risorgimento, sin encontrarse con ninguna iglesia hasta que terminaba abruptamente en la plaza de San Pedro.

—¿Qué tiene de malo la basílica de San Pedro? —preguntó uno de los soldados. Tenía una profunda cicatriz bajo el ojo izquierdo—. Es una iglesia.

Langdon negó con la cabeza.

—Ha de ser un espacio público. Ahora mismo no lo parece demasiado.

—Pero la línea pasa directamente por la plaza de San Pedro —añadió Vittoria mirando por encima de su hombro—. Y la plaza sí es pública.

Él ya lo había considerado.

—Pero en ella no hay estatuas.

—¿No hay un monolito en el centro?

Vittoria tenía razón. Había un monolito egipcio en la plaza de San Pedro. Langdon levantó la mirada hacia el monolito que había en la *piazza* que tenían delante. «La pirámide elevada.» Una extraña coincidencia, pensó. Pero la descartó.

—El monolito del Vaticano no es de Bernini. Lo mando traer Calígula. Y no tiene nada que ver con el «aire». Además, hay otro problema, el poema dice que los elementos están desperdigados por Roma. La plaza de San Pedro está en la Ciudad del Vaticano, no en Roma.

—Depende de a quién se lo pregunte usted —intervino un guardia.

Langdon levantó la mirada.

—¿Cómo dice?

—Eso siempre ha sido motivo de discusión. En la mayoría de los planos, la plaza de San Pedro forma parte de la Ciudad del Vaticano, pero como está fuera del recinto amurallado, durante siglos las autoridades romanas han reivindicado su pertenencia a Roma.

—Está de broma, ¿no? —dijo Langdon. Él nunca había oído eso.

—Sólo lo digo —prosiguió el guardia— porque el comandante Olivetti y la señorita Vetra estaban preguntando por una escultura que tuviera que ver con el aire.

El profesor abrió unos ojos como platos.

—¿Y conoce usted alguna en la plaza de San Pedro?

—No exactamente. En realidad, no es una escultura. Seguramente no es nada relevante.

—Oigámoslo —insistió Olivetti.

El guardia se encogió de hombros.

—Lo sé porque suelo hacer muchas guardias en la plaza y conozco cada uno de sus rincones.

—La estatua. ¿Qué aspecto tiene? —lo apremió Langdon. Estaba empezando a preguntarse si los illuminati habían tenido las agallas de colocar su segundo indicador enfrente mismo de la basílica de San Pedro.

—Patrullo por delante a diario —explicó el guardia—. Está en el centro, justo en el punto que señala esa línea. Eso es lo que me ha hecho pensar en ella. Como he dicho, no es realmente una escultura. Es más bien una... baldosa.

Olivetti parecía enojado.

—¿Una baldosa?

—Sí, señor. Una baldosa de mármol incrustada en la plaza, en la base del monolito. Aunque no es rectangular: Es una elipse. Y en ella está tallada la imagen de una ráfaga de viento. —Se detuvo un momento—. Es decir, «Aire», si nos ponemos en plan científico.

Asombrado, Langdon se quedó mirando fijamente al joven soldado.

—¡Un relieve! —exclamó de repente.

Todo el mundo se volvió hacia él.

—¡Un relieve —explicó el profesor—, también es una escultura!

«La escultura es el arte de moldear figuras en tres dimensiones y también en relieve.» Había escrito esa definición en las pizarras de las aulas durante años. En esencia, los relieves eran esculturas bidimensionales, como el perfil de Abraham Lincoln en las monedas de un centavo. Los medallones de Bernini que había en la capilla Chigi eran otro ejemplo perfecto.

—*Un bassorilievo?* —preguntó el guardia utilizando el término italiano.

—¡Sí! ¡Un bajorrelieve! —Langdon golpeó el capó con los nudillos—. ¡No estaba pensando en esos términos! ¡Esa baldosa en la plaza de San Pedro de la que está hablando es el *West Ponente*! También se la conoce como *Respiro di Dio*.

—¿El aliento de Dios?

—¡Sí! ¡Aire! ¡Y fue tallada y colocada ahí por el arquitecto original!

Vittoria parecía confusa.

—Pero yo pensaba que la basílica de San Pedro la había diseñado Miguel Ángel.

—¡La basílica, sí! —exclamó él, exultante—. ¡Pero la plaza de San Pedro fue diseñada por Bernini!

Cuando la caravana de Alfa Romeo salió a toda velocidad de la piazza del Popolo, todo el mundo estaba demasiado apurado para advertir que una furgoneta de la BBC arrancaba y empezaba a seguirlos.

Capítulo 73

Gunther Glick pisó a fondo el acelerador de la furgoneta y, esquivando el tráfico como podía, intentó no perder de vista a los cuatro Alfa Romeo que en ese momento cruzaban el río Tíber por el ponte Regina Margherita. Normalmente, Glick habría procurado mantener una distancia prudencial, pero ese día apenas podía seguir el ritmo. Aquellos tipos tenían prisa.

Macri estaba sentada en su área de trabajo de la parte trasera del vehículo, finalizando una llamada telefónica con Londres. Tras colgar le gritó a Glick por encima del ruido del tráfico:

—¿Quieres antes las malas o las buenas noticias?

Él frunció el ceño. Las cosas nunca eran fáciles con la oficina central.

—Las malas.

—A los de redacción no les ha sentado muy bien que hayamos abandonado nuestro puesto.

—Qué sorpresa.

—También creen que tu soplo es un fraude.

—Por supuesto.

—Y el jefe me ha advertido de que cuelgas de un hilo.

Glick hizo una mueca.

—Fantástico. ¿Y las buenas noticias?

—Han accedido a echar un vistazo a las imágenes que acabamos de grabar.

Glick notó que su mueca se suavizaba y se transformaba en una sonrisa. «Ya veremos quién cuelga de un hilo.»

—Pues envíaselas.

—No puedo realizar la transmisión hasta que nos detengamos y pueda conectar con el satélite.

Glick tomó la via Cola di Rienzo.

—Ahora no puedo parar.

Giró bruscamente a la izquierda para rodear la piazza del Risorgimento y no perder de vista a los Alfa Romeo. Macri tuvo que sostener su equipo informático para que no volcara.

—Como rompas mi transmisor —le advirtió—, tendremos que llevar las imágenes a Londres a pie.

—Aguanta un poco más, cariño. Algo me dice que estamos a punto de llegar.

Ella levantó la mirada.

—¿Adónde?

Glick contempló la familiar cúpula que se alzaba ante ellos. Sonrió.

—Al lugar donde todo ha empezado.

Los cuatro Alfa Romeo se abrieron paso hábilmente por el tráfico que rodeaba la plaza de San Pedro. Allí se separaron y se dispersaron a lo largo del perímetro de la *piazza* para que los hombres descendieran en unos puntos concretos. Los guardias desaparecieron rápidamente entre la muchedumbre de turistas y los vehículos de los medios de comunicación. Otros se internaron en el bosque de columnas que rodeaba la plaza. También ellos parecieron evaporarse. Mientras Langdon los observaba por el parabrisas, sintió como si un nudo se estuviera cerrando alrededor de San Pedro.

Además de esos hombres, el comandante Olivetti había hablado previamente por radio con el Vaticano para que enviaran guardias de paisano al centro de la plaza, al lugar en el que se encontraba el *West Ponente* de Bernini. Al contemplar el amplio espacio abierto de la plaza de San Pedro, una pregunta ya familiar atosigó a Langdon: «¿Cómo piensa salirse con la suya el asesino de los illuminati? ¿Cómo lo hará para meter a un cardenal en medio de toda esta gente y asesinarlo a la vista de todo el mundo?» Consultó la hora en su reloj de Mickey Mouse. Eran las 20.54. Faltaban seis minutos.

Desde el asiento delantero, Olivetti se volvió hacia él y Vittoria.

—Quiero que se dirijan a ese ladrillo, baldosa o lo que sea de Bernini. Lo mismo de antes: son turistas. Usen el móvil si ven algo.

Antes de que Langdon pudiera responder, Vittoria ya lo había cogido de la mano y lo estaba sacando del coche.

El sol primaveral se estaba poniendo por detrás de la basílica de San Pedro. La enorme sombra que proyectaba era cada vez más grande y ya cubría casi toda la *piazza*. Langdon sintió un ominoso escalofrío cuando Vittoria y él se internaron en la fría y oscura sombra. Mientras serpenteaba por entre la multitud, el profesor escudriñaba cada rostro con el que se cruzaba, preguntándose si el asesino estaría entre ellos. Podía notar la calidez de la mano de Vittoria.

Al cruzar la vasta extensión de la plaza de San Pedro, Langdon sintió exactamente el mismo efecto que le habían encargado provocar a Bernini: «Despertar la humildad de todo aquel que entrara en ella.» Sin duda Langdon se sentía humilde. «Humilde y hambriento», pensó, sorprendido porque se le ocurriera algo tan mundano en un momento como ése.

—¿Al obelisco? —dijo Vittoria.

Él asintió y torció hacia la izquierda.

—¿Qué hora es? —preguntó ella mientras apretaba disimuladamente el paso.

—Faltan cinco minutos.

La joven no dijo nada, pero él notó que le apretaba la mano con más fuerza. Todavía llevaba la pistola. Esperaba que Vittoria no decidiera que la necesitaban. No la imaginaba empuñando una arma en medio de la plaza de San Pedro y reventándole las rodillas a un asesino ante la mirada de los medios de comunicación del mundo entero. Aunque, claro está, un incidente como ése no sería nada en comparación con un cardenal marcado y asesinado.

«Aire —pensó—. El segundo elemento de la ciencia.» Intentó visualizar mentalmente la marca. El método empleado para el asesinato. Volvió a examinar la vasta extensión de granito bajo sus pies, un desierto abierto rodeado por la Guardia Suiza. Si el hassassin realmente se atrevía a llevar a cabo su fechoría, a Langdon no se le ocurría cómo se las arreglaría para escapar.

En el centro de la plaza se alzaba el obelisco egipcio de casi trescientas veinte toneladas que había mandado traer Calígula. El extremo de la pirámide se encontraba a veinticinco metros de altura y estaba rematado por una cruz hueca de hierro. Los últimos rayos de sol se reflejaban en ella y ésta parecía brillar como por arte de magia. Se decía que contenía restos de la cruz en la que Jesucristo fue crucificado.

Dos fuentes flanqueaban el obelisco. La simetría era perfecta: como bien sabían los historiadores del arte, las fuentes señalaban los puntos focales geométricos de la *piazza* elíptica, una rareza arquitectónica que Langdon no había considerado hasta hoy. De repente, parecía que Roma estaba repleta de elipses, pirámides y demás elementos geométricos desconcertantes.

Al acercarse al monolito, Vittoria aminoró el paso y exhaló un sonoro suspiro como si quisiera animar a Langdon a relajarse junto a ella. Él decidió intentarlo, dejó caer los hombros y destensó su apretada mandíbula.

Junto al obelisco, audazmente colocado frente a la iglesia más grande del mundo, se encontraba el segundo altar de la ciencia, el *West Ponente* de Bernini: una baldosa elíptica en plena plaza de San Pedro.

Gunther Glick lo observaba todo desde las sombras de las columnas que rodeaban la plaza. Cualquier otro día, el hombre de la americana de tweed y la mujer con los pantalones cortos de color caqui no le habrían interesado lo más mínimo. No parecían más que dos turistas de visita en la plaza. Pero ése no era un día cualquiera. Ése había sido un día de soplos telefónicos, cadáveres, carreras de coches camuflados por Roma, y hombres con americana de tweed que trepaban por andamios en busca de Dios sabía qué. Glick no pensaba quitarles ojo.

Miró hacia el otro extremo de la plaza y vio a Macri. Estaba exactamente donde él le había dicho que se situara para poder vigilar a la pareja desde el otro flanco. Llevaba su videocámara, pero a pesar de su interpretación del papel de aburrida periodista, destacaba más de lo que a Glick le habría gustado. En ese lejano rincón de la plaza no había prensa, y las siglas «BBC» estampadas en su cámara llamaban la atención de algunos turistas.

En esos mismos momentos, las imágenes del cadáver desnudo arrojado al maletero que Macri había grabado poco antes estaban surcando los aires en dirección a Londres gracias al transmisor de vídeo de la furgoneta. Glick se preguntó qué dirían en la redacción.

Le habría gustado haber llegado al cadáver antes de que el ejército de soldados de paisano interviniera. Sabía que ahora ese mismo ejército se había desplegado en la *piazza*. Algo muy gordo debía de estar a punto de pasar.

«Los medios de comunicación son el brazo derecho de la anarquía», había dicho el asesino. Glick se preguntó si se le habría escapado ya la gran primicia. Miró las otras furgonetas de medios de comunicación a lo lejos y vio que Macri todavía seguía a la misteriosa pareja por la *piazza*. Algo le decía a Glick que aún no estaba fuera de juego...

Capítulo 74

Langdon divisó lo que estaban buscando a unos buenos diez metros. Por entre grupos dispersos de turistas, la elipse de mármol blanco de Bernini destacaba entre los adoquines de granito gris que conformaban el suelo del resto de la *piazza*. Al parecer, Vittoria también la vio, pues de repente intensificó todavía más la presión de su mano.

—Relájate —susurró él—. Haz eso de la piraña.

Ella aflojó la presión.

Al acercarse pudieron comprobar que la situación parecía completamente normal. Alrededor del obelisco deambulaban los turistas, las monjas charlaban y una niña daba de comer a las palomas al pie mismo del monumento.

Langdon se abstuvo de consultar su reloj. Sabía que ya casi era la hora.

En cuanto llegaron a la baldosa elíptica, se detuvieron y procuraron disimular su agitación. No eran más que dos turistas que se detenían en un punto de relativo interés.

—*West Ponente* —dijo Vittoria leyendo la inscripción de la piedra.

Él bajó la mirada hacia la elipse de mármol y de pronto se sintió algo ingenuo. Ni en sus libros de arte, ni en sus numerosos viajes a Roma, se había dado cuenta de la importancia del *West Ponente*.

Hasta el día de hoy.

El relieve era elíptico, medía aproximadamente un metro de largo y en él había esculpida una rudimentaria cara con apariencia de ángel que representaba el viento del oeste. De la boca del ángel surgía un poderoso aliento que se alejaba del Vaticano... «El aliento de Dios.» Era el tributo de Bernini al segundo elemento... Aire... Los labios de un ángel exhalando un etéreo céfiro. Mientras lo miraba con atención, Langdon se dio cuenta de que la importancia del relieve era todavía mayor de lo que había creído hasta entonces. Bernini había tallado cinco ráfagas de aire distintas... ¡Cinco! Y, además, dos estrellas brillantes flanqueaban el medallón. Pensó entonces en Galileo. «Dos estrellas, cinco ráfagas, elipses, simetría...» Se sentía exhausto. Le dolía la cabeza.

Casi de inmediato, Vittoria volvió a ponerse en marcha y alejó a Langdon del relieve.

—Creo que alguien nos está siguiendo —dijo.

Él levantó la mirada.

—¿Dónde?

La joven se alejó del *West Ponente* unos treinta metros antes de contestar. Señaló hacia el Vaticano como si le mostrara a Robert algo en la cúpula.

—Desde que hemos llegado a la plaza, una misma persona ha estado detrás de nosotros. —Disimuladamente, Vittoria echó un vistazo por encima del hombro—. Sigue ahí. No te pares.

—¿Crees que se trata del hassassin?

Ella negó con la cabeza.

—No, a no ser que los illuminati contraten mujeres con cámaras de la BBC.

Cuando las campanas de la basílica de San Pedro iniciaron su ensordecedor clamor, tanto Langdon como Vittoria se sobresaltaron. Era la hora. Se habían alejado del *West Ponente* con la intención de despistar a la reportera, pero ahora regresaron rápidamente hacia el relieve.

A pesar del estruendo de las campanas, la zona parecía estar en completa calma. Los turistas paseaban. Un indigente borracho dormitaba a los pies del obelisco. Una niña daba de comer a las palomas. Langdon se preguntó si la reportera habría ahuyentado al asesino. «Es poco probable —decidió, recordando su promesa—: "Convertiré a los cardenales en celebridades mediáticas."»

Cuando el eco de la novena campanada se apagó, un pacífico silencio descendió sobre la plaza.

Y entonces... la niña comenzó a gritar.

Capítulo 75

Langdon fue el primero en llegar hasta ella.

La aterrorizada pequeña señalaba la base del obelisco. Allí podía verse a un desharrapado y decrépito borracho recostado en la escalera. Su estado era lamentable. Debía de ser un indigente más de Roma. Grasientos mechones de pelo gris le caían sobre la cara, y llevaba el cuerpo envuelto en harapos sucios. La niña siguió gritando mientras se alejaba corriendo hacia la muchedumbre.

Langdon sintió una oleada de terror al llegar junto al hombre. En los harapos que llevaba puestos se podía ver una amplia mancha oscura. Era sangre.

Luego los acontecimientos se precipitaron.

El anciano se dobló por la mitad y se tambaleó hacia adelante. Langdon intentó sujetarlo pero fue demasiado tarde. El hombre cayó de la escalera y quedó boca abajo sobre el pavimento. Inmóvil.

Langdon se arrodilló al tiempo que Vittoria llegaba a su lado. Alrededor empezó a agolparse la multitud.

La joven le aplicó los dedos en el cuello.

—Todavía tiene pulso —declaró—. Démosle la vuelta.

Langdon no se demoró. Cogió al hombre por los hombros y le dio media vuelta. Al hacerlo, los harapos parecieron desprenderse de su cuerpo como si de carne muerta se tratara. El hombre quedó echado boca arriba. En el centro mismo de su pecho desnudo podía verse una amplia zona de carne quemada.

Vittoria dejó escapar un grito ahogado y retrocedió. Langdon se quedó paralizado. Sentía una mezcla de náusea y asombro. El símbolo era de una sencillez aterradora.

—Aire —dijo Vittoria—. Es... él.

De la nada aparecieron unos guardias suizos que comenzaron a gritar órdenes y a correr de un lado a otro tras el asesino invisible.

Cerca de allí, un turista explicaba que hacía sólo unos minutos un hombre de piel oscura había sido muy amable al ayudar a ese pobre indigente a cruzar al plaza. Incluso se había sentado un momento en la escalera con él antes de volver a desaparecer entre la multitud.

Vittoria arrancó el resto de los harapos que cubrían el abdomen del hombre. Tenía dos profundas heridas, una a cada lado de la marca, justo por debajo de la caja torácica. Le echó la cabeza hacia atrás y empezó a practicarle el boca a boca. Langdon no estaba preparado para lo que sucedió entonces. Al soplar Vittoria, las heridas que el hombre tenía a cada costado sisearon y, como si del espiráculo de una ballena se tratara, de cada una de ellas salió despedido un chorro de sangre. El líquido salado alcanzó a Langdon en la cara.

Vittoria se detuvo de pronto, horrorizada.

—Los pulmones —tartamudeó—. Se los han... agujereado.

Él se limpió los ojos y observó las dos perforaciones. Los agujeros gorgotearon. Los pulmones del cardenal estaban destrozados. Había fallecido.

La joven cubrió el cuerpo al tiempo que la Guardia Suiza llegaba al lugar.

Desorientado, Langdon se puso en pie y, al hacerlo, la vio. La mujer que había estado siguiéndolos se encontraba acuclillada a poca distancia. Llevaba la cámara al hombro y estaba grabando. Langdon y ella cruzaron la mirada, e, inmediatamente, él supo que lo había filmado todo. Entonces, cual gato, salió disparada.

Capítulo 76

Chinita Macri huyó a toda velocidad. Tenía la historia de su vida.

La videocámara le pesaba como una ancla mientras cruzaba la plaza de San Pedro, abriéndose paso entre la muchedumbre. Todo el mundo parecía moverse en dirección contraria, hacia el alboroto. Macri, en cambio, intentaba alejarse todo lo posible. El hombre de la americana de tweed la había visto, y ahora tenía la sensación de que otros hombres que no podía ver iban tras ella.

Todavía estaba horrorizada por las imágenes que había grabado. Se preguntó si el hombre muerto era quien temía. De repente, el misterioso contacto telefónico de Glick parecía estar menos loco.

Mientras corría en dirección a la furgoneta de la BBC, un hombre con aspecto militar emergió de la multitud, cortándole el paso. Sus ojos se encontraron, y ambos se detuvieron. Rápidamente, él cogió su radio y habló a través de ella. Luego empezó a correr en su dirección. Macri dio media vuelta y regresó sobre sus pasos. El corazón le latía con fuerza.

En cuanto estuvo en medio de la masa de brazos y piernas, extrajo la cinta de vídeo de la cámara. «Oro en celuloide», pensó mientras metía la cinta por debajo de la cintura del pantalón para esconderla en su trasero, bajo los faldones de su chaqueta. Por una vez se alegró de estar un poco rellenita. «¿Dónde diantre estás, Glick?»

A su izquierda apareció otro soldado. Macri sabía que le quedaba poco tiempo. De nuevo se mezcló con la multitud. Extrajo una cinta virgen de su maletín y la metió en la cámara. Luego rezó.

A treinta metros de la furgoneta de la BBC, dos hombres se materializaron de repente delante de ella, cortándole el paso con los brazos cruzados.

—La cinta —dijo uno—. Ahora.

Macri retrocedió y rodeó la cámara con los brazos como si quisiera protegerla.

—Ni hablar.

Uno de los hombres desabrochó su americana y le mostró el arma que portaba.

—Dispáreme —dijo Macri, sorprendida por el atrevimiento de su voz.

—La cinta.

«¿Dónde diablos está Glick?» Chinita dio una patada en el suelo y gritó tan alto como pudo:

—¡Soy cámara profesional de la BBC! ¡De acuerdo con el artículo 12 de la Ley de Libertad de Prensa, esta cinta es propiedad de la British Broadcasting Corporation.

Los hombres ni siquiera se inmutaron. El del arma dio un paso hacia ella.

—Y yo soy teniente de la Guardia Suiza y, de acuerdo con la doctrina sagrada que rige la propiedad en la que ahora se encuentra, podemos registrarla y confiscarle lo que creamos conveniente.

A su alrededor estaba empezando a congregarse gente.

—Bajo ninguna circunstancia le entregaré la cinta de esta cámara sin hablar antes con mi editor de Londres. Le sugiero que...

Los guardias la interrumpieron. Uno le arrebató la cámara de las manos. El otro la cogió del brazo y tiró de ella en dirección al Vaticano.

—*Grazie* —dijo mientras la conducía entre la multitud.

Macri rezó para que no la registraran y le encontraran la cinta. Si de algún modo conseguía protegerla el tiempo suficiente para...

De repente sucedió lo impensable. Notó que alguien le tocaba por debajo del abrigo y le quitaba la cinta de vídeo. Rápidamente dio media vuelta, pero se tragó las palabras. Detrás de ella, un Gunther Glick sin resuello le guiñó el ojo y volvió a desaparecer entre la gente.

Capítulo 77

Robert Langdon entró con paso tambaleante en el cuarto de baño privado contiguo al despacho del papa. Se limpió la sangre del rostro y los labios. No era suya, sino del cardenal Lamassé, que acababa de morir de un modo horrible en medio de la plaza de San Pedro. «Sacrificio de vírgenes en los altares de la ciencia.» Hasta el momento, el hassassin había cumplido con su amenaza.

Sintiéndose impotente, Langdon se miró al espejo. Tenía ojeras, y la sombra de una incipiente barba empezaba a oscurecer sus mejillas. El cuarto de baño era inmaculado y lujoso: mármol negro con acabados de oro, toallas de algodón y jabones de mano perfumados.

Intentó borrar de su mente la sangrienta marca que acababa de ver. Aire. La imagen se le había quedado grabada en el cerebro. Desde que se había despertado esa mañana había visto ya tres ambigramas..., y sabía que todavía quedaban dos más.

Fuera, oyó que Olivetti, el camarlengo y el capitán Rocher debatían qué hacer a continuación. Al parecer, de momento la búsqueda de la antimateria no había dado resultados. O los guardias no habían conseguido ver el contenedor, o el intruso había conseguido infiltrarse en el Vaticano más de lo que el comandante Olivetti estaba dispuesto a admitir.

Langdon se secó la cara y las manos. Luego se volvió y

buscó un urinario. No había ninguno. Sólo una taza. Levantó la tapa.

Mientras permanecía de pie con el cuerpo en tensión, lo invadió una marcante oleada de cansancio. Las emociones que se anudaban en su pecho eran muchas e incongruentes. Estaba recorriendo el Sendero de la Iluminación completamente agotado, hambriento, falto de sueño, y traumatizado por dos brutales asesinatos. De repente sintió un profundo temor ante el posible desenlace de ese drama.

«Piensa», se dijo, pero tenía la mente en blanco.

Al tirar de la cadena se dio cuenta de una cosa. «Éste es el retrete del papa —pensó—. Acabo de mear en el retrete del papa. —Rió entre dientes—. El trono sagrado.»

Capítulo 78

En Londres, una técnica de la BBC extrajo una cinta de vídeo de la unidad de recepción vía satélite y cruzó a toda velocidad la sala de control. Irrumpió en la oficina del editor jefe, metió la cinta en su reproductor de vídeo y lo puso en marcha.

Mientras veían las imágenes, le contó a su superior la conversación que había mantenido con Gunther Glick. Además, los archivos de la BBC acababan de confirmarle la identidad de la víctima de la plaza de San Pedro.

El editor jefe salió de su oficina agitando una campana. Todo el mundo en la redacción se volvió hacia él.

—¡Salimos en directo dentro de cinco minutos! —exclamó—. ¡Presentadores, preparados! ¡Coordinadores de medios, llamad a vuestros contactos! ¡Tenemos un reportaje a la venta!

Los coordinadores de medios se abalanzaron sobre sus agendas electrónicas.

—¿Duración? —exclamó uno.

—Treinta segundos —respondió el jefe.

—¿Contenido?

—Homicidio en directo.

Los coordinadores parecieron animarse.

—¿Tarifa de licencia y uso?

—Un millón de dólares por cabeza.

Todas las cabezas se alzaron.

—¡¿Cómo?!

—¡Ya me habéis oído! ¡Quiero las principales cadenas: CNN, MSNBC y las tres grandes! Mostradles un avance y dadles cinco minutos para decidirse antes de que nosotros lo emitamos.

—¿Qué diablos ha pasado? —preguntó alguien—. ¿Es que han desollado al primer ministro en directo?

El jefe negó con la cabeza.

—Algo aún mejor.

En ese mismo instante, en algún lugar de Roma, el hassassin disfrutaba de un breve momento de descanso en un cómodo sillón. Aprovechó para admirar la legendaria cámara en la que se encontraba. «Estoy sentado en la Iglesia de la Iluminación —pensó—. La guarida de los illuminati.» No podía creer que todavía siguiera en pie después de tantos siglos.

A su debido momento llamó al reportero de la BBC con el que había hablado antes. Había llegado la hora. El mundo todavía no había oído la noticia más espantosa de todas.

Capítulo 79

Vittoria Vetra dio un sorbo a un vaso de agua y mordisqueó distraídamente uno de los bollos que acababa de servirle un guardia suizo. Sabía que debía comer, pero no tenía apetito. Había mucho ajetreo en el despacho del papa. Tensas conversaciones resonaban en sus paredes. El capitán Rocher, el comandante Olivetti y media docena de guardias evaluaban la situación y debatían cuál debía ser el siguiente paso.

Robert Langdon permanecía de pie junto a la ventana, observando la plaza de San Pedro. Parecía abatido. Vittoria se acercó a él.

—¿Alguna idea?

Él negó con la cabeza.

—¿Un bollo?

Su expresión pareció iluminarse ante la perspectiva de comer algo.

—Claro. Gracias.

Langdon lo devoró.

Todas las conversaciones se apagaron de golpe cuando el camarlengo Ventresca entró escoltado por dos guardias suizos. Si antes ya se lo veía consumido, ahora parecía directamente vacío.

—¿Qué ha sucedido? —Lo preguntó el camarlengo a Olivetti. A juzgar por su expresión, parecía estar ya al corriente de la peor parte.

El comunicado oficial de Olivetti sonó como un parte

de bajas tras una batalla. Expuso los hechos con monótona eficiencia.

—El cadáver del cardenal Ebner ha sido hallado poco después de las ocho. Lo habían estrangulado y marcado a fuego con un ambigrama de la palabra «Tierra». El cardenal Lamassé ha sido asesinado en la plaza de San Pedro hace diez minutos. Ha muerto a causa de unas perforaciones en el pecho. Lo han marcado con el ambigrama de la palabra «Aire». En ambas ocasiones, el asesino ha escapado.

El camarlengo cruzó la sala y se sentó pesadamente al escritorio del papa. Inclinó la cabeza.

—Los cardenales Guidera y Baggia, no obstante, siguen con vida —añadió Olivetti.

Ventresca alzó la cabeza de golpe con expresión dolorida.

—¿Es ése nuestro consuelo? Dos cardenales han sido asesinados, comandante. Y está claro que a los otros dos no les queda mucho tiempo de vida, a no ser que los encuentren.

—Los encontraremos —aseguró Olivetti—. Estoy convencido.

—¿Convencido? Hasta el momento hemos fracasado.

—No estoy de acuerdo. Hemos perdido dos batallas, *signore*, pero estamos ganando la guerra. Los illuminati pretendían convertir el día de hoy en un circo mediático. Hasta el momento hemos frustrado sus planes. Los cadáveres de ambos cardenales han sido recuperados sin incidentes. Además —prosiguió Olivetti—, el capitán Rocher me ha dicho que está haciendo grandes progresos en la búsqueda de la antimateria.

El capitán Rocher, con boina roja, dio un paso adelante. A Vittoria le parecía que, en cierto modo, su aspecto era más humano que el de los demás guardias; igual de severo pero no tan rígido. Su voz era emocional y cristalina, como la de un violín.

—Confío en que podamos entregarle el contenedor dentro de una hora, *signore*.

—Capitán —dijo el camarlengo—, discúlpeme si no soy tan optimista, pero tenía entendido que la búsqueda en el Vaticano llevaría más tiempo del que disponemos.

—Una búsqueda completa, sí. Sin embargo, tras evaluar nuestra situación, estoy seguro de que el contenedor de antimateria está localizado en una de nuestras zonas blancas. Es decir, las accesibles a las visitas guiadas, como por ejemplo los museos y la basílica de San Pedro. Ya hemos cortado el suministro eléctrico en esas zonas y estamos procediendo a su exploración.

—¿Acaso pretende buscar únicamente en un pequeño porcentaje de la Ciudad del Vaticano?

—Sí, *signore*. Es altamente improbable que el intruso haya conseguido acceder a las zonas más recónditas del Vaticano. El hecho de que la cámara de seguridad fuera robada en una zona de acceso público (la escalera de uno de los museos) implica claramente que el acceso del intruso era limitado. Creemos, pues, que debe de haber escondido la cámara y la antimateria en otra zona de acceso público. Así que es en esas zonas donde hemos decidido intensificar nuestra búsqueda.

—Pero el intruso ha secuestrado a cuatro cardenales. Eso sin duda implica un grado de infiltración más profundo de lo que habíamos pensado.

—No necesariamente. Hemos de tener en cuenta que los cardenales se han pasado la mayor parte del día en los Museos Vaticanos y en la basílica de San Pedro, disfrutando de esas zonas sin el gentío que suele haber en ellas. Lo más probable, pues, es que los cardenales fueran secuestrados allí.

—Pero ¿cómo han conseguido sacarlos del Vaticano?

—Eso todavía lo estamos estudiando.

—Ya veo. —El camarlengo exhaló un suspiro y se puso

en pie. Se acercó a Olivetti—. Comandante, me gustaría oír su plan de contingencia para realizar una evacuación.

—Todavía lo estamos preparando, *signore*. Pero estoy convencido de que antes de llegar a eso el capitán Rocher encontrará el contenedor.

Rocher hizo chocar los talones de sus botas entre sí, como apreciando el voto de confianza.

—Mis hombres ya han registrado dos tercios de las zonas blancas. Nuestro grado de confianza es elevado.

El camarlengo no parecía compartir esa confianza.

En ese momento, el guardia con una cicatriz bajo el ojo cruzó la puerta con una carpeta y un plano. Se dirigió hacia Langdon.

—¿Señor Langdon? Traigo la información que había pedido sobre el *West Ponente*.

Langdon terminó de tragarse el bollo.

—Muy bien. Echémosle un vistazo.

Los demás siguieron hablando mientras Vittoria se acercaba a Robert y al guardia. Habían desplegado el plano sobre el escritorio del papa.

El soldado señaló la plaza de San Pedro.

—Aquí es donde nos encontramos ahora. La línea central del *West Ponente* señala al este, directamente en sentido opuesto al Vaticano —el guardia trazó una línea con el dedo desde la plaza de San Pedro hasta el corazón de la vieja Roma, pasando por encima del río Tíber—. Como pueden comprobar, la línea cruza casi toda Roma. Hay unas veinte iglesias católicas situadas a escasa distancia.

Langdon pareció venirse abajo.

—¿Veinte?

—Quizá más.

—¿Y la línea no pasa directamente por encima de alguna de esas iglesias?

—Algunas están más cerca que otras —dijo el guardia—, pero trasladar la trayectoria exacta del *West Po-nente* a un mapa conlleva un margen de error.

Langdon se volvió un momento hacia la plaza de San Pedro. Luego frunció el ceño y empezó a acariciarse la barbilla.

—¿Y qué hay del «fuego»? ¿En alguna de ellas hay alguna obra de Bernini relacionada con el fuego?

Silencio.

—¿Y obeliscos? —preguntó—. ¿Alguna de las iglesias está situada cerca de un obelisco?

El guardia empezó a estudiar el plano.

Vittoria vio un destello de esperanza en los ojos de Langdon y se dio cuenta de lo que estaba pensando. «¡Tiene razón!» Los dos primeros indicadores se encontraban en *piazzas* en las que había un obelisco o bien cerca de ellas. ¿Y si los obeliscos eran un elemento recurrente? ¿Pirámides elevadas que señalizaban el sendero de los illuminati? Cuanto más pensaba en ello, más perfecto le parecía. Cuatro imponentes balizas que se elevaban sobre Roma para señalizar los altares de la ciencia.

—Es una posibilidad remota —dijo el guardia—, pero sé que muchos de los obeliscos de Roma fueron erigidos o trasladados bajo la supervisión de Bernini. Sin duda estuvo implicado en su emplazamiento.

—O Bernini podría haber colocado sus indicadores cerca de obeliscos ya existentes —añadió Vittoria.

Langdon asintió.

—Cierto.

—Malas noticias —dijo el guardia—. La línea no pasa por ningún obelisco —recorrió el plano con el dedo—. Ni siquiera cerca. Nada.

Langdon suspiró.

Desanimada, Vittoria dejó caer los hombros. Había creído que se trataba de una idea prometedora. Al parecer, eso no iba a ser tan fácil como habían esperado. Aun así, procuró mostrarse positiva.

—Robert, piensa. Seguro que conoces una estatua de Bernini relacionada con el fuego. Lo que sea.

—Créeme, ya he estado dándole vueltas. Bernini fue increíblemente prolífico. Tiene cientos de obras. Esperaba que el *West Ponente* nos indicara una iglesia concreta. Algo que me sonara.

—*Fuoco* —insistió ella—. Fuego. ¿No te hace pensar en ninguna obra de Bernini?

Él se encogió de hombros.

—Están sus famosos bocetos de espectáculos de fuegos artificiales, pero no son una escultura, y se encuentran en Leipzig, Alemania.

La joven frunció el ceño.

—¿Y estás seguro de que es el «aliento» lo que indica la dirección?

—Ya has visto el relieve, Vittoria. El diseño era totalmente simétrico. La única indicación era el aliento.

Ella sabía que tenía razón.

—Por no mencionar —añadió él—, que el *West Ponente* representa el «aire», de modo que seguir el aliento parece simbólicamente apropiado.

Vittoria asintió. «Entonces seguimos el aliento. Pero ¿adónde?»

Olivetti se acercó a ellos.

—¿Tienen algo?

—Demasiadas iglesias —dijo el soldado—. Unas dos docenas. Supongo que podríamos colocar a cuatro hombres en cada una...

—Olvídelo —replicó Olivetti—. Ese tipo se nos ha escapado dos veces cuando sabíamos exactamente dónde iba a estar. Una emboscada masiva supondría dejar el Vaticano desprotegido y cancelar la búsqueda de la antimateria.

—Necesitamos un libro de referencia —dijo Vittoria—. Un índice de las obras de Bernini. Si repasamos los títulos, puede que algo nos llame la atención.

—No lo sé —dijo Langdon—. Si se trata de una obra que Bernini creó específicamente para los illuminati, puede que sea muy oscura. Es probable que no aparezca en ningún listado.

Ella se negaba a creerlo.

—Las otras dos esculturas eran muy conocidas. Tú habías oído hablar de ambas.

Él se encogió de hombros.

—Sí.

—Si repasamos títulos que incluyan la palabra «fuego», puede que encontremos una estatua que esté en la dirección que buscamos.

Langdon pareció convencerse de que merecía la pena intentarlo. Se volvió hacia Olivetti.

—Necesito un listado de todas las obras de Bernini. No tendrán un libro de mesa sobre Bernini a mano, ¿verdad?

—¿Un libro de mesa? —Olivetti parecía desconocer el término.

—Da igual. Cualquier listado. ¿Qué hay de los Museos Vaticanos? Deben de tener un listado de referencias de Bernini.

El guardia de la cicatriz frunció el ceño.

—En los museos no hay suministro eléctrico, y su archivo es enorme. Sin gente que lo ayude, no...

—La obra de Bernini en cuestión —lo interrumpió Olivetti—, ¿fue creada mientras el artista trabajaba para el Vaticano?

—Estoy prácticamente seguro de ello —dijo Langdon—. Pasó aquí casi toda su carrera. Y sin duda el período del conflicto con Galileo.

El comandante asintió.

—Entonces hay otro listado de referencias.

Vittoria sintió una punzada de optimismo.

—¿Dónde?

El comandante no respondió. Se llevó a un guardia a

un lado y le dijo algo en voz baja. El otro no parecía muy convencido, pero asintió obedientemente. Cuando Olivetti terminó de hablar, el guardia se volvió hacia Langdon.

—Por aquí, por favor, señor Langdon. Son las nueve y cuarto. Tenemos que darnos prisa.

Langdon y el guardia se encaminaron hacia la puerta.

Vittoria fue tras ellos.

—Yo los ayudaré.

Olivetti la cogió del brazo.

—No, señorita Vetra. Quiero hablar un momento con usted —la presión de su mano era autoritativa.

Cuando Langdon y el guardia se marcharon, Olivetti llevó a Vittoria a un lado. Su rostro era impenetrable. Sin embargo, no tuvo tiempo de decirle nada. De repente, su radio crepitó ruidosamente.

—*Comandante?*

Todo el mundo en la sala se volvió.

El tono de voz del hombre que hablaba era sombrío.

—Será mejor que encienda el televisor.

Capítulo 80

Cuando, hacía apenas dos horas, Langdon había salido del Archivo Secreto Vaticano, nunca habría imaginado que volvería a visitarlo. Ahora, sin resuello tras haber corrido todo el camino junto al guardia suizo, volvía a estar allí.

Su escolta, el guardia de la cicatriz, lo condujo a través de las hileras de cubículos traslúcidos. Por alguna razón, el silencio de los archivos resultaba ahora más amenazador, y Langdon agradeció que el guardia lo rompiera.

—Por aquí, creo —dijo guiando al profesor al fondo de la sala, donde había una serie de cámaras más pequeñas contra la pared. El guardia comprobó los títulos de las cámaras y asintió—. Sí, aquí está. Justo donde había dicho el comandante.

Langdon leyó el título: ATTIVI VATICANI. «¿Bienes del Vaticano?» Repasó el índice de contenidos. Inmuebles... Divisas... Banco Vaticano... Antigüedades... La lista era interminable.

—Contiene documentación sobre todos los bienes de la Santa Sede —dijo el guardia.

Langdon se quedó mirando el cubículo. «Díos mío.» Incluso en la oscuridad, podía advertir que estaba hasta los topes.

—El comandante ha dicho que todo lo que Bernini creó bajo mecenazgo del Vaticano debería aparecer listado aquí.

Él asintió. La idea del comandante puede que diera

resultado. En la época de Bernini, todo lo que un artista creaba bajo mecenazgo del papa pasaba a ser, por ley, propiedad del Vaticano. Era algo más propio del feudalismo que del mecenazgo, pero los artistas más importantes vivían bien y rara vez se quejaban.

—¿También las obras que se encuentran en iglesias situadas fuera de la Ciudad del Vaticano?

El soldado lo miró extrañado.

—Por supuesto. Todas las iglesias católicas de Roma son propiedad del Vaticano.

Langdon miró el listado que tenía en las manos. Contenía los nombres de unas veinte iglesias sobre las que pasaba la línea del aliento del *West Ponente*. El tercer altar de la ciencia era una de ellas, y el profesor esperó tener tiempo de averiguar de cuál se trataba. En otras circunstancias le habría encantado poder explorar cada uno de los templos personalmente. Hoy, sin embargo, tenía unos veinte minutos para encontrar lo que estaba buscando: la única iglesia que contenía un tributo de Bernini al «fuego».

Se dirigió hacia la puerta giratoria electrónica. El guardia no lo siguió. Langdon advirtió en él una cierta vacilación y sonrió.

—No pasa nada. El aire es escaso, pero se puede respirar.

—Mis órdenes son escoltarlo hasta aquí y regresar inmediatamente al centro de seguridad.

—¿Se va?

—Sí. La Guardia Suiza tiene prohibido el acceso a los archivos. Estoy rompiendo el protocolo al escoltarlo hasta aquí. El comandante me lo ha dejado claro.

—¿Rompiendo el protocolo? —«¿Tiene alguna idea de lo que está pasando aquí esta noche?», pensó Langdon—. ¡¿Se puede saber de parte de quién está su maldito comandante?!

Todo rastro de simpatía desapareció del rostro del guardia. La cicatriz que tenía bajo el ojo titiló. Se quedó mirando fijamente a Langdon, de un modo muy parecido a como lo hacía Olivetti.

—Le pido disculpas —dijo Langdon lamentando el comentario—. Es sólo que me iría bien contar con algo de ayuda.

El guardia no pestañeó.

—Estoy entrenado para seguir órdenes, no para cuestionarlas. Cuando encuentre lo que está buscando, póngase inmediatamente en contacto con el comandante.

Langdon se sentía frustrado.

—Pero ¿él dónde estará?

El guardia sacó su radio y la depositó sobre una mesa cercana.

—Canal uno —dijo, y desapareció en la oscuridad.

Capítulo 81

El televisor del despacho del papa era un Hitachi de gran tamaño que se ocultaba en un armario empotrado que había frente al escritorio. En cuanto abrieron las puertas del armario, todo el mundo se agolpó a su alrededor. Vittoria también se acercó. La pantalla se encendió y apareció el rostro de una joven reportera. Era una morena de mirada inocente.

—Soy Kelly Horan-Jones —anunció—, en directo desde la Ciudad del Vaticano para la MSNBC. —A su espalda podía verse una imagen nocturna de la basílica de San Pedro con las luces encendidas.

—¡No estás en directo! —exclamó Rocher—. ¡Eso son imágenes de archivo! ¡Las luces de la basílica están apagadas!

Olivetti lo hizo callar.

La reportera prosiguió con voz tensa.

—Unos espeluznantes sucesos han tenido lugar esta noche durante el cónclave que se celebra en la Ciudad del Vaticano. Nos informan de que dos miembros del Colegio Cardenalicio han sido brutalmente asesinados en Roma...

Olivetti maldijo por lo bajo.

Mientras la reportera seguía informando, un guardia apareció en la puerta.

—Comandante, todas las líneas de la centralita están saturadas. Quieren saber cuál es nuestra posición oficial sobre...

—Desconéctela —dijo Olivetti sin apartar los ojos del televisor.

El guardia se mostró vacilante.

—Pero, comandante...

—¡Haga lo que le digo!

El guardia se fue corriendo.

Vittoria tuvo la sensación de que el camarlengo había estado a punto de decir algo pero que finalmente se había contenido. En vez de eso, el sacerdote le dirigió una larga y dura mirada a Olivetti antes de volverse de nuevo hacia el televisor.

A continuación, la MSNBC emitió una grabación. En ella, unos guardias suizos bajaban la escalera de Santa Maria del Popolo con el cadáver del cardenal Ebner a cuestas y lo depositaban en el maletero de un Alfa Romeo. Justo en ese momento la grabación se detuvo y la imagen es amplió para que el cadáver desnudo del cardenal fuera visible.

—¿Quién diablos ha grabado esas imágenes? —exclamó Olivetti.

La reportera de la MSNBC siguió informando.

—Presuntamente, el cadáver corresponde al cardenal Ebner, de Frankfurt, en Alemania. En cuanto a los hombres que sacan el cadáver de la iglesia, parece que se trata de guardias suizos del Vaticano. —Parecía como si la reportera hiciera todos los esfuerzos posibles por parecer conmovida. Mostraron un primer plano de su rostro y ella adoptó una expresión aún más sombría—. La MSNBC quiere advertir a los espectadores de que las imágenes que vamos a ofrecerles a continuación son excepcionalmente gráficas y pueden no ser aptas para todos los públicos.

Vittoria gruñó al oír la falsa preocupación de la cadena televisiva por la sensibilidad del espectador, pues no se trataba sino del «anzuelo» definitivo. Nadie cambiaba de canal tras una promesa como ésa.

—Insistimos en que las imágenes que van a ver a continuación pueden herir la sensibilidad de algunos espectadores.

—¿Qué imágenes? —preguntó Olivetti—. Nos acaban de mostrar...

La imagen que apareció en pantalla era la de una pareja abriéndose paso entre el gentío de la plaza de San Pedro. Vittoria se percató inmediatamente de que se trataba de Robert y ella misma. En la esquina de la pantalla había un texto sobreimpreso: Cortesía de la BBC.

—Oh, no —dijo en voz alta—. Oh..., no.

El camarlengo parecía confuso. Se volvió hacia Olivetti.

—¡¿No ha dicho que había confiscado esa cinta?!

De repente, en el televisor, se oyó el grito de una niña. El plano se amplió y pudo verse a la pequeña señalando lo que parecía un indigente. Un momento después, Robert Langdon aparecía para intentar ayudar a la niña.

Todos los presentes en el despacho del papa observaron horrorizados y en silencio el drama que tenía lugar ante ellos. Primero el cuerpo del cardenal caía al suelo. Luego aparecía Vittoria e intentaba poner algo de orden. Había sangre. Una marca. Y un espeluznante intento fallido de realizar una reanimación cardiopulmonar.

—Estas asombrosas imágenes —dijo la reportera— han sido grabadas hace apenas unos minutos delante del Vaticano. Nuestras fuentes nos dicen que se trata del cadáver del cardenal Lamassé, de Francia. Por qué iba vestido de ese modo y no se encontraba en el cónclave sigue siendo un misterio. Hasta el momento, el Vaticano no ha hecho ninguna declaración al respecto.

Luego volvieron a emitir las imágenes.

—¿No hemos hecho ninguna declaración? —dijo Rocher—. ¡Concédenos al menos un maldito minuto!

La reportera seguía hablando, ahora con el ceño fruncido.

—Aunque la MSNBC todavía no ha podido confirmar el motivo del ataque, nuestras fuentes nos indican que los asesinatos han sido reivindicados por un grupo autodenominado Illuminati.

Olivetti explotó.

—¡¿Cómo?!

—... pueden averiguar más sobre los illuminati visitando nuestra página web en el...

—*Non è possibile!* —declaró el comandante cambiando de canal.

En la pantalla apareció un reportero español.

—... una secta satánica conocida como Illuminati, que algunos historiadores creen...

Olivetti comentó a presionar frenéticamente los botones del mando a distancia. Todos los canales daban la misma noticia. La mayoría eran en inglés.

—... guardias suizos sacando el cadáver de una iglesia a última hora de esta tarde. Se cree que se trata del cardenal...

—... luces en la basílica y los museos están apagadas, motivo de especulación acerca...

—... hablará con el especialista en conspiraciones Tyler Tingley acerca de este sorprendente resurgimiento...

—... se rumorea que para esta noche hay planeados dos asesinatos más...

—... se preguntan ahora si el cardenal Baggia se encuentra entre los desaparecidos...

Vittoria se apartó. Todo estaba sucediendo muy de prisa. Fuera ya casi se había hecho de noche y el magnetismo de la tragedia humana parecía atraer a más gente al Vaticano. La cantidad de personas que se congregaban en la plaza había aumentado en pocos minutos. Los peatones se acercaban al Vaticano al tiempo que nuevos medios de comunicación descargaban sus equipos de las furgonetas y tomaban la plaza de San Pedro.

Olivetti dejó el mando a distancia y se volvió hacia el camarlengo.

—*Signore*, no tengo ni idea de cómo puede haber sucedido esto. ¡Cogimos la cinta que había en esa cámara!

Nadie dijo una palabra. Los guardias suizos permanecían en posición de firmes, completamente rígidos.

—Parece —dijo finalmente el camarlengo, más desolado que furioso— que no hemos contenido esta crisis tan bien como me había hecho creer usted. —Miró por la ventana a la multitud—. He de hacer un comunicado.

Olivetti negó con la cabeza.

—No, *signore*. Eso es exactamente lo que los illuminati quieren que haga, que los ratifique y les otorgue poder. Debemos permanecer en silencio.

—¿Y esa gente? —Ventresca señaló por la ventana—. Dentro de poco habrá decenas de miles. Y más tarde, cientos de miles. Seguir con esta farsa no hará sino ponerlos en peligro. He de advertirlos. Y luego debemos evacuar al Colegio Cardenalicio.

—Todavía hay tiempo. Deje que el capitán Rocher encuentre la antimateria.

El camarlengo se volvió hacia él.

—¿Está intentando darme una orden?

—No, le estoy dando un consejo. Si le preocupa la gente que está fuera, podemos anunciar una fuga de gas y evacuar la zona, pero admitir que somos rehenes es peligroso.

—Comandante, sólo se lo diré una vez. No pienso utilizar esta oficina como púlpito para mentir al mundo. Si anuncio algo, será la verdad.

—¿La verdad? ¿Que el Vaticano está bajo la amenaza de unos terroristas satánicos? Eso únicamente debilitaría nuestra posición.

El camarlengo lo fulminó con la mirada.

—¿Acaso puede ser todavía más débil?

De repente Rocher profirió un grito, cogió el mando a distancia y subió el volumen del televisor. Todos se volvieron.

Era la mujer de la MSNBC, en directo. Ahora parecía nerviosa de verdad. A su lado había una fotografía sobreimpresa del papa fallecido.

—...última hora. La BBC acaba de informar de lo siguiente... —Miró a un lado como si quisiera confirmar que realmente debía hacer ese comunicado. Tras recibir la confirmación, volvió a mirar a la cámara y se dirigió a los espectadores—. Los illuminati acaban de reivindicar... —vaciló—, acaban de reivindicar su responsabilidad en la muerte del papa hace quince días.

El camarlengo se quedó boquiabierto.

Rocher dejó caer el mando a distancia.

Vittoria apenas podía procesar la información.

—De acuerdo con la ley del Vaticano —prosiguió la mujer—, al pontífice no se le realizó autopsia alguna, de modo que la reivindicación hecha por los illuminati no puede confirmarse. No obstante, éstos mantienen que la causa de la muerte del papa no fue una apoplejía, como informó en su momento la Santa Sede, sino un envenenamiento.

La sala volvió a quedar en silencio.

Olivetti estalló.

—¡Eso es una locura! ¡Una mentira descarada!

Rocher empezó a cambiar de canales otra vez. El comunicado parecía haberse propagado de canal en canal como una plaga. Todo el mundo estaba dando la misma noticia. Los titulares competían en sensacionalismo.

ASESINATO EN EL VATICANO
PAPA ENVENENADO
SATÁN SE INFILTRA EN LA CASA DE DIOS

El camarlengo apartó la mirada.

—Que el Señor nos asista.

Mientras cambiaba de un canal a otro, Rocher pasó fugazmente por la BBC.

—...soplo sobre el asesinato en Santa Maria del Popolo...

—¡Un momento! —dijo el camarlengo—. Vuelva a a ese canal.

Rocher obedeció. En la pantalla apareció un peripuesto tipo sentado tras la mesa de un noticiario. Superpuesta en su hombro se podía ver la imagen de un hombre de aspecto extraño y barba pelirroja. Bajo la fotografía, decía: GUNTHER GLICK, EN DIRECTO DESDE LA CIUDAD DEL VATICANO. Al parecer, el tal Glick estaba al teléfono, pues la comunicación era algo deficiente.

—...mi cámara obtuvo las imágenes del momento en que retiraban el cadáver del cardenal de la capilla Chigi.

—Permíteme que se lo reitere a nuestros espectadores —dijo el presentador de Londres—. El reportero de la BBC Gunther Glick es quien ha obtenido esta primicia. Ha estado en contacto directo dos veces con el supuesto asesino de los illuminati. Gunther, ¿dices que el asesino te ha llamado hace un momento para transmitirte un mensaje de parte de la hermandad?

—Así es.

—Y el mensaje es que los illuminati eran de algún modo responsables de la muerte del papa, ¿no es así? —El presentador no parecía del todo convencido.

—Efectivamente. El desconocido me ha dicho que la muerte del sumo pontífice no se debió a una apoplejía, como sospechó el Vaticano, sino a que había sido envenenado por los illuminati.

Todo el mundo en el despacho del papa se quedó inmóvil.

—¿Envenenado? —repitió el presentador—. Pe... pero ¿cómo?

—No me ha dado detalles —repuso Glick—, salvo que lo asesinaron con una droga conocida como... —se oyó un trasiego de papeles—, algo conocido como heparina.

El camarlengo, Olivetti y Rocher intercambiaron miradas de confusión.

—¿Heparina? —dijo Rocher, inquieto—. Pero ¿no es eso...?

El camarlengo empalideció.

—La medicación del papa.

Vittoria se quedó atónita.

—¿El papa tomaba heparina?

—Padecía tromboflebitis —explicó el camarlengo—. Debía ponerse una inyección al día.

Rocher parecía desconcertado.

—Pero la heparina no es un veneno. ¿Por qué dicen los illuminati que...?

—La heparina puede ser mortal si se suministra en dosis elevadas —explicó Vittoria—. Es un poderoso anticoagulante. Una sobredosis puede provocar hemorragias internas y cerebrales masivas.

Olivetti la miró con recelo.

—¿Cómo sabe usted eso?

—Los biólogos marinos la utilizan en mamíferos en cautividad para prevenir la formación de coágulos en la sangre por el descenso de actividad. Muchos animales han muerto por una administración incorrecta de la droga. —Se detuvo un momento—. Una sobredosis de heparina en un ser humano podría causarle síntomas parecidos a los de una apoplejía... Sobre todo si no se puede confirmar posteriormente con una autopsia.

El camarlengo parecía ahora realmente preocupado.

—*Signore* —dijo Olivetti—, está claro que no se trata más que de una estratagema de los illuminati para conseguir publicidad. Es imposible que alguien envenenara al papa. Nadie tenía acceso a él. E incluso si mordemos el anzuelo e intentamos refutar su reivindicación, ¿cómo podríamos demostrarlo? La ley del Vaticano prohíbe las autopsias. Y, en realidad, una autopsia tampoco nos revelaría nada. Encontraríamos restos de heparina de sus inyecciones diarias.

—Cierto —la voz del camarlengo se endureció—. Pero hay otra cosa que me preocupa. Nadie del exterior sabía que Su Santidad estaba tomando esa medicación.

Se hizo un silencio.

—Si sufrió una sobredosis de heparina —dijo Vittoria—, sería visible algún rastro en su cuerpo.

Olivetti se volvió hacia ella.

—Señorita Vetra, por si no me ha oído, le repito que las autopsias papales están prohibidas por la ley del Vaticano. ¡No profanaremos el cadáver de Su Santidad y lo abriremos en canal sólo porque un enemigo nos provoque con sus declaraciones!

Ella se sintió avergonzada.

—No quería insinuar que... —Vittoria no pretendía ser irrespetuosa—. No estaba sugiriendo ni mucho menos que exhumaran al papa... —Vaciló un momento.

De repente recordó algo que Robert le había dicho en la capilla Chigi. Había mencionado que los sarcófagos papales no se enterraban ni tampoco se sellaban con cemento: una vuelta a los días de los faraones en los que sellar y enterrar un sarcófago se consideraba una trampa para el alma del fallecido. La gravedad era la única argamasa cuando las tapas de los ataúdes pesaban cientos de kilos. «Técnicamente —se dio cuenta—, sería posible...»

—¿Qué tipo de rastros? —dijo de repente el camarlengo.

Vittoria notó que su corazón latía con más fuerza.

—Las sobredosis pueden provocar una hemorragia de la mucosa bucal.

—¿La mucosa qué?

416

—Una hemorragia en las encías. Post mórtem, la sangre se coagula y ennegrece el interior de la boca.

Vittoria había visto una vez una fotografía de una pareja de orcas del acuario de Londres cuyo entrenador les había suministrado accidentalmente una sobredosis. Las ballenas flotaban sin vida en el tanque, con las bocas abiertas y las lenguas negras como el hollín.

El camarlengo no dijo nada. Se volvió y se quedó mirando por la ventana.

La voz de Rocher había perdido su optimismo.

—*Signore*, si lo del envenenamiento es cierto...

—No es cierto —declaró Olivetti—. Es completamente imposible que un desconocido accediera al papa.

—*Si* es cierto —repitió Rocher—, y nuestro Santo Padre fue asesinado, las implicaciones en la búsqueda de la antimateria son enormes. El supuesto asesinato supondría una infiltración mucho más profunda de lo que habíamos imaginado. Buscar en las zonas blancas puede que sea inadecuado. Si nuestra seguridad se ha visto comprometida hasta ese punto, puede que no encontremos el contenedor a tiempo.

Olivetti fulminó a Rocher con una fría mirada.

—Le diré lo que va a pasar, capitán.

—No —dijo el camarlengo, y giró de pronto sobre sí mismo—. Yo les diré lo que va a pasar. —Miró directamente a Olivetti—. Esto ya ha llegado demasiado lejos. Dentro de veinte minutos decidiré si cancelar o no el cónclave y evacuar la Ciudad del Vaticano. Mi decisión será irrevocable. ¿Ha quedado claro?

Olivetti no pestañeó. Tampoco respondió.

El camarlengo hablaba ahora enérgicamente, como si hubiera recurrido a una reserva oculta de fuerzas.

—Capitán Rocher, completará su búsqueda de las zonas blancas y cuando haya terminado me informará directamente a mí.

El capitán lo miró con inquietud y asintió.

Luego el camarlengo señaló a dos guardias.

—Quiero al reportero de la BBC, el señor Glick, en este despacho cuanto antes. Si los illuminati han estado comunicándose con él, quizá pueda ayudarnos. Adelante.

Los dos soldados desaparecieron.

Ventresca se volvió y se dirigió entonces a los demás guardias.

—Caballeros, no permitiré que esta noche haya más muertes. A las diez en punto quiero que hayan localizado a los dos cardenales restantes y capturado al monstruo responsable de estos asesinatos. ¿He hablado con claridad?

—Pero, *signore* —replicó Olivetti—, no tenemos ni idea de dónde...

—El señor Langdon está en ello. Parece un hombre capaz. Tengo fe en él.

Tras decir esto, el camarlengo se dirigió a la puerta con renovada determinación. De camino a la salida señaló a tres guardias.

—Ustedes tres, vengan conmigo. Ahora.

Los guardias lo siguieron.

En la entrada, Ventresca se detuvo y se volvió hacia Vittoria.

—Señorita Vetra, usted también. Por favor, venga conmigo.

Ella vaciló.

—¿Adónde vamos?

El camarlengo salió por la puerta.

—A ver a un viejo amigo.

Capítulo 82

En el CERN, la secretaria Sylvie Baudeloque estaba hambrienta y deseosa de irse a casa. Sin embargo, Kohler había sobrevivido a su visita a la enfermería y acababa de llamarla. Le había exigido —no pedido, sino exigido— que esa noche se quedara hasta tarde. Sin darle ninguna explicación.

Con los años, Sylvie había aprendido a ignorar los extraños cambios de humor y las excentricidades de Kohler. Como por ejemplo sus silencios, o su irritante tendencia a filmar encuentros en secreto con la cámara oculta de su silla de ruedas. Secretamente esperaba que algún día se disparara a sí mismo por accidente durante su visita semanal al campo de tiro del CERN, pero al parecer tenía muy buena puntería.

Ahora, sentada a su escritorio a solas, Sylvie podía oír los gruñidos de su estómago. Kohler todavía no había regresado, ni tampoco le había encargado ningún trabajo adicional. «No pienso seguir aquí aburrida y hambrienta», decidió. Le dejó una nota al director y se dirigió a la cafetería del personal para comer algo.

Pero no pudo llegar.

Al pasar por delante de las *suites de loisir* recreativas del CERN (un largo pasillo con salas equipadas con televisores), descubrió que estaban repletas de empleados que habían dejado a un lado la cena para ver las noticias. Algo gordo debía de estar pasando. Sylvie entró en la primera sala. Estaba llena de jóvenes informáticos. Cuando vio los titulares de las noticias en el televisor, no pudo reprimir un grito ahogado.

Terror en el Vaticano

Sylvie escuchó las noticias. No podía creer lo que estaba oyendo. ¿Una antigua hermandad había asesinado a unos cardenales? ¿Qué demostraba eso? ¿Su odio? ¿Su dominio? ¿Su ignorancia?

Y, sin embargo, por increíble que pudiera parecer, el ánimo en la sala no era precisamente sombrío.

Dos jóvenes programadores pasaron por su lado luciendo unas camisetas con una fotografía de Bill Gates y la leyenda: ¡Y los empollones heredarán la Tierra!

—¡Illuminati! —exclamó uno—. ¡Ya te dije que esos tipos existían de verdad!

—¡Increíble! ¡Pensaba que sólo era un juego!

—¡Han asesinado al papa, tío! ¡Al papa!

—¡Uf! Me pregunto cuántos puntos debes de conseguir con eso...

Se alejaron entre risas.

Sylvie se quedó atónita. Como católica entre científicos, ocasionalmente tenía que soportar algún que otro comentario antirreligioso, pero esos chicos parecían estar celebrando una fiesta a costa del sufrimiento de la Iglesia. ¿Cómo podían ser tan insensibles? ¿A qué se debía semejante odio?

Para Sylvie, la Iglesia siempre había sido una entidad inofensiva, un lugar de comunidad e introspección. En ocasiones, también un lugar para cantar en alto sin que la gente se la quedara mirando. La Iglesia había marcado los principales acontecimientos de su vida (funerales, bodas, bautismos, vacaciones), y no le había pedido nada a cambio. Incluso las cuestiones pecuniarias eran voluntarias. Sus hijos salían cada semana de la escuela dominical enriquecidos y llenos de ideas sobre cómo ayudar a los demás y ser más amables. ¿Qué podía tener eso de malo?

Nunca dejaba de sorprenderle que a tantas supuestas «mentes brillantes» del CERN les costara comprender la importancia de la Iglesia. ¿De veras creían que los quarks y los mesones resultaban inspiradores para el hombre corriente? ¿O que las ecuaciones podían reemplazar la necesidad de lo divino que éste tenía?

Aturdida, pasó por delante de otras salas. Todas estaban repletas. Recordó la llamada del Vaticano que Kohler había recibido horas antes. ¿Mera coincidencia? Quizá. El Vaticano llamaba de vez en cuando como «gesto de cortesía» antes de publicar mordaces comunicados de condena a las investigaciones del CERN (el último, a causa de sus descubrimientos en nanotecnología, un campo que la Iglesia denunciaba por sus relaciones con la ingeniería genética). Al CERN no le importaba. Invariablemente, pocos minutos después de las críticas del Vaticano, Kohler empezaba a recibir llamadas de compañías de inversión interesadas en obtener la patente del nuevo descubrimiento. «No existe eso que llaman mala prensa», solía decir el director.

Sylvie se preguntó si debía enviar un mensaje al busca de Kohler, dondequiera que se encontrara, y decirle que encendiera el televisor. ¿Le importaría el asunto? ¿Se habría enterado ya? Por supuesto que sí. Seguramente estaba grabando todo el reportaje con su pequeña videocámara, sonriendo por primera vez ese año.

Más adelante, la secretaria encontró finalmente una sala donde los ánimos estaban más calmados. Allí, el ambiente era casi melancólico. Los científicos que estaban viendo las noticias se contaban entre los de mayor edad y más respetados del lugar. Ni siquiera levantaron la mirada cuando Sylvie entró y tomó asiento.

Al otro lado del CERN, en el glacial apartamento de Leonardo Vetra, Maximilian Kohler había terminado de leer el diario encuadernado en piel que había cogido de la mesilla de noche del científico asesinado. Ahora estaba viendo las noticias. Al cabo de unos minutos volvió a dejar el diario en su lugar, apagó el televisor y salió del apartamento.

Lejos de allí, en la Ciudad del Vaticano, el cardenal Mortati llevó otra bandeja de papeletas a la chimenea de la capilla. Las quemó, y el humo volvió a ser negro.

Dos votaciones. Seguían sin papa.

Capítulo 83

Las linternas no eran rival para la cerrada negrura de la basílica de San Pedro. La oscuridad se cernía sobre sus cabezas como una noche sin estrellas, y Vittoria sintió que el vacío se extendía a su alrededor como un océano desolado. Se mantenía lo más cerca posible de los guardias suizos y el camarlengo. En lo alto, una paloma arrulló y salió volando.

Como advirtiendo su malestar, el camarlengo se acercó a ella y le rodeó el hombro con un brazo. Vittoria sintió una fuerza tangible, como si el sacerdote estuviera transfiriéndole por arte de magia la tranquilidad que necesitaba para hacer lo que estaban a punto de hacer.

«¡Esto es una locura!» pensó la joven.

Y, sin embargo, a pesar de su impiedad y su inevitable horror, sabía que la tarea que los aguardaba era ineludible. Las graves decisiones que debía tomar el camarlengo requerían información..., información sepultada en un sarcófago que se hallaba en las grutas vaticanas. Vittoria se preguntó qué encontrarían allí. «¿Han asesinado los illuminati al papa? ¿Tan lejos llega su poder? ¿De verdad estoy a punto de llevar a cabo la primera autopsia papal?»

Le pareció irónico sentir más aprensión en esa iglesia a oscuras de la que sentía nadando de noche cerca de una barracuda. La naturaleza era su refugio. Comprendía la naturaleza; eran las cuestiones espirituales las que la desconcertaban. Imágenes de bancos de peces asesinos en la oscuridad conjuraron otras de la prensa agolpándose fuera. Y la visión en el televisor de los cuerpos marcados a fuego le recordó al cadáver de su padre..., y la desagradable risa del asesino. Un asesino que estaba en algún lugar allí fuera. Vittoria pudo sentir cómo la ira ahogaba el miedo.

Al rodear una columna —cuya circunferencia era más gruesa que la mayor secuoya que pudiera imaginar—, vio ante sí un resplandor anaranjado. La luz parecía emanar del suelo en el centro de la basílica. Cuando estuvo más cerca entendió de qué se trataba. Era el famoso santuario situado bajo el altar mayor, la suntuosa cámara subterránea que contenía las reliquias más sagradas del Vaticano. Al llegar a la verja que rodeaba la hondonada, Vittoria vio el cofre dorado rodeado de lámparas de aceite.

—¿Los huesos de san Pedro? —preguntó, a pesar de que sabía bien que así era. Todos aquellos que visitaban la basílica sabían lo que contenía ese féretro dorado.

—En realidad, no —dijo el camarlengo—. Se trata de una equivocación muy común. Eso no es un relicario. La caja contiene *pallia*, los fajines tejidos que el papa les entrega a los cardenales cuando son elegidos.

—Pero yo pensaba...

—Como todo el mundo. Las guías dicen que aquí se encuentra la tumba de san Pedro, pero en realidad ésta se encuentra dos pisos bajo tierra. El Vaticano la excavó en la década de los años cuarenta. No se le permite la entrada a nadie.

Vittoria se quedó estupefacta. Mientras se alejaban del fulgor anaranjado y se internaban de nuevo en la oscuridad, pensó en las historias que había oído de peregrinos que viajaban miles de kilómetros para contemplar ese arcón dorado, creyendo que estaban en presencia de los restos de san Pedro.

—¿No debería el Vaticano explicárselo a la gente?

—Todos nos beneficiamos de la sensación de contacto con la divinidad..., aunque sólo sea imaginaria.

Como científica, Vittoria no discutió la lógica de esa afirmación. Había leído incontables estudios sobre el efecto placebo, como aspirinas que curaban el cáncer a gente que creía estar usando un medicamento milagroso. ¿Qué era si no la fe?

—Los cambios no se nos dan muy bien aquí, en el Vaticano —dijo el camarlengo—. Admitir nuestros errores pasados o modernizarnos son cosas que históricamente evitamos. Su Santidad estaba intentando modificar eso. —Se detuvo un momento—. Pretendía abrirse al mundo moderno, buscar nuevos caminos para encontrar a Dios.

La joven asintió en la oscuridad.

—¿Como la ciencia?

—Para ser honesto, la ciencia me parece irrelevante.

—¿Irrelevante? —A ella se le ocurrían muchas palabras para describir la ciencia, pero en el mundo moderno «irrelevante» no parecía una de ellas.

—La ciencia puede curar o puede matar. Depende del alma de la persona que la emplea. Es el alma lo que a mí me interesa.

—¿Cuándo sintió su vocación?

—Antes de nacer.

Ella se lo quedó mirando.

—Lo siento. Siempre me ha parecido una pregunta algo extraña. Lo que quiero decir es que he sabido que serviría a Dios desde niño. Desde el momento en que tuve uso de razón. Pero no fue hasta que estuve en el ejército cuando comprendí finalmente mi propósito.

A Vittoria le sorprendió.

—¿Estuvo usted en el ejército?

—Dos años. Me negué a disparar ninguna arma, así que en vez de eso me hicieron volar. Helicópteros de evacuación médica. De hecho, todavía piloto de vez en cuando.

Intentó pensar en el joven sacerdote pilotando un helicóptero. Curiosamente, se lo imaginaba manejando los controles a la perfección. El camarlengo Ventresca poseía un valor que parecía acentuar su convicción en vez de nublarla.

—¿Alguna vez ha transportado al papa?

—Oh, no. Ese delicado cargamento se lo dejamos a los profesionales. Aunque, a veces, Su Santidad me dejaba pilotar el helicóptero a nuestro retiro de Castel Gandolfo. —Se detuvo un momento y la miró—. Señorita Vetra, gracias por su ayuda. Lamento mucho lo de su padre, de verdad.

—Gracias.

—Yo nunca conocí a mi padre. Murió antes de que naciera. Y perdí a mi madre cuando tenía diez años.

Ella levantó la mirada.

—¿Se quedó huérfano? —La joven sintió un repentino vínculo entre ambos.

—Sobreviví a un accidente. Un accidente que a mi madre le costó la vida.

—¿Quién se hizo cargo de usted?

—Dios —dijo el camarlengo—. Literalmente, me envió otro padre. Un obispo de Palermo apareció en el hospital donde me encontraba y me acogió. En su momento no me sorprendió. Había sentido la mano vigilante de Dios ya desde pequeño. La aparición del obispo simplemente confirmó lo que siempre había sospechado: de algún modo, el Señor me había elegido para servirle.

—¿Creyó que Dios lo había elegido?

—Sí. Y aún lo creo. —No había rastro de presunción en la voz del camarlengo, sólo gratitud—. Trabajé muchos años bajo la tutela del obispo. Con el tiempo lo nombraron cardenal. Aun así, nunca se olvidó de mí. Él es el padre que recuerdo. —El haz de una linterna iluminó el rastro de Ventresca, y Vittoria pudo advertir la soledad que transmitían sus ojos.

El grupo llegó a los pies de una alta columna, y las luces de sus linternas convergieron en una abertura del suelo. Vittoria bajó la mirada hacia la escalera que descendía al vacío y de repente quiso dar media vuelta. Rápidamente, los guardias ayudaron a bajar al camarlengo. Luego le tocó el turno a ella.

—¿Qué fue de él? —preguntó mientras descendían, procurando mantener un tono de calma—. Me refiero al cardenal que lo acogió.

—Dejó el Colegio Cardenalicio para pasar a ocupar otro cargo.

Vittoria se sorprendió.

—Y luego, lamentablemente, falleció.

—*Le mie condoglianze* —dijo Vittoria—. ¿Hace mucho?

Ventresca se volvió. Las sombras acentuaban el dolor que se traslucía en su rostro.

—Hace exactamente quince días. Ahora mismo vamos a verlo.

Capítulo 84

La iluminación era tenue en el interior de la cámara de los archivos. El cubículo era mucho más pequeño que el anterior en el que había estado Langdon. «Menos aire, menos tiempo.» Debería haberle pedido a Olivetti que encendiera el dispositivo de regeneración del aire interior.

Localizó rápidamente la sección en la que se encontraban los registros de *Belle arti*. No tenía pérdida. Ocupaban al menos ocho estanterías. La Iglesia católica poseía millones de piezas repartidas por todo el mundo.

Langdon revisó los estantes en busca de Gian Lorenzo Bernini. Empezó su búsqueda en la parte baja de la primera estantería, en el punto donde creía que empezaría la B. Tras experimentar un momento de pánico, se dio cuenta de que, para su consternación, los registros no estaban ordenados alfabéticamente. «¿Por qué no me sorprende?»

No fue hasta que volvió al principio de la colección y se subió a una escalerilla para acceder a la parte superior de la estantería que comprendió cuál era la organización de la cámara. Precariamente encaramado a los estantes superiores, finalmente encontró los registros más voluminosos, los que pertenecían a los maestros del Renacimiento: Miguel Ángel, Rafael, Leonardo, Botticelli... Descubrió entonces que los registros estaban dispuestos según el valor monetario de la colección de cada artista. Entre los de Rafael y Miguel Ángel, encontró el de Bernini. Medía más de diez centímetros de grosor.

Casi sin aliento, descendió la escalerilla con el pesado volumen a cuestas. Luego, como si de un niño con un cómic se tratara, se sentó en el suelo y abrió el registro.

El libro estaba encuadernado en tela y era muy pesado. Estaba escrito a mano, en italiano, y cada página catalogaba una única obra. La ficha incluía una breve descripción, la fecha de realización, la localización, el coste de los materiales y, en algunos casos, un tosco boceto de la pieza. Langdon fue pasando las páginas..., más de ochocientas en total. Sin duda, Bernini había sido un hombre muy ocupado.

Cuando estudiaba historia del arte, Langdon solía preguntarse cómo era posible que algunos artistas hubieran podido crear tantas obras. Posteriormente descubriría, para su decepción, que los más famosos tan sólo habían creado una pequeña parte de su producción. En realidad, dirigían estudios donde formaban a jóvenes artistas para que ejecutaran sus diseños. Escultores como Bernini hacían miniaturas en arcilla y contrataban a otros para que las ampliaran en mármol. Langdon sabía que si a Bernini se le hubiera pedido que ejecutara personalmente todos sus encargos, a día de hoy todavía no habría terminado.

—¡El índice! —dijo en voz alta para mantener a raya sus divagaciones.

Pasó directamente al final del libro con la intención de buscar en la letra F títulos en los que apareciera la palabra *fuoco* («fuego»). Sin embargo, las obras cuyo nombre empezaba por F no estaban todas juntas. Maldijo por lo bajo. «¿Qué tendrá esta gente en contra del orden alfabético?»

Al parecer, las entradas habían sido registradas cronológicamente, una a una, a medida que Bernini las había ido creando. Todo estaba listado por fecha. No le servía de nada.

Mientras repasaba la lista, otro pensamiento descorazonador acudió a su mente. Era posible que el título de la escultura que estaba buscando no contuviera la palabra «fuego». De hecho, las dos anteriores —*Habakkuk y el ángel* y *West Ponente*— no contenían referencias específicas a «tierra» o «aire».

Se pasó un minuto o dos hojeando el archivo con la esperanza de que alguna ilustración le llamara la atención. Nada. Vio docenas de obras sobre las que nunca había oído hablar, aunque también muchas otras que reconoció: *Daniel y el león*, *Apolo y Dafne*, así como media docena de fuentes. Cuando vio estas últimas, no pudo evitar anticiparse a los acontecimientos. «Agua.» Se preguntó si el cuarto altar de la ciencia sería una fuente. Parecía el tributo perfecto al agua. Langdon esperaba poder atrapar al asesino antes de tener que considerar el elemento agua: Bernini había creado docenas de fuentes en Roma, la mayoría de ellas delante de iglesias.

Volvió a prestar atención a lo que tenía entre manos. «Fuego.» Mientras seguía buscando en el libro recordó las alentadoras palabras de Vittoria: «Habías oído hablar de las dos primeras esculturas... Lo más seguro es que también conozcas ésta.» Repasó de nuevo el índice en busca de títulos conocidos. Algunos le sonaban, pero ninguno le decía nada en especial. Langdon se dio cuenta de que no lograría terminar su búsqueda sin desmayarse antes, así que, muy a su pesar, decidió que debía sacar el libro de la cámara. «No es más que un registro —se dijo—. No es como si sacara un folio original de Galileo.» Recordó entonces la página que guardaba en el bolsillo interior de su americana y se dijo que debía devolverla antes de irse.

Extendió los brazos para recoger el libro, pero al hacerlo vio algo que lo hizo detenerse. Aunque había numerosas anotaciones en todo el índice, la que acababa de llamarle la atención era extraña.

La nota indicaba que la famosa escultura de Bernini *El éxtasis de santa Teresa* había sido trasladada desde su ubicación original en el Vaticano poco después de ser inaugurada. Pero no era eso lo que le había extrañado. Ya conocía el accidentado pasado de la estatua. Si bien no pocos la consideraban una obra maestra, el papa Urbano VIII la había rechazado por encontrarla sexualmente demasiado explícita para el Vaticano, y la desterró a una oscura capilla al otro extremo de la ciudad. Lo que llamó la atención de Langdon fue que, al parecer, la obra había sido finalmente colocada en una de las cinco iglesias de su lista. Más aún, según la nota había sido trasladada ahí *per suggerimento dell'artista*.

«¿Por sugerencia del artista?» Estaba confuso. No tenía sentido que Bernini hubiera sugerido que su obra maestra fuera a parar a un lugar desconocido. Todos los artistas querían que su obra se exhibiera en un lugar destacado, no en un...

Langdon vaciló. «A no ser que...»

Le costaba incluso contemplar la idea. ¿Era posible? ¿Había creado Bernini una obra tan explícita para obligar así al Vaticano a esconderla en un lugar apartado? ¿En una ubicación que él mismo habría sugerido? ¿Quizá una iglesia remota situada en línea recta con el aliento del *West Ponente*?

A medida que su entusiasmo iba en aumento, su vaga familiaridad con la estatua hizo acto de presencia, recordándole que la obra no tenía nada que ver con el fuego. La escultura, como podía confirmar cualquiera que la hubiera visto, era cualquier cosa menos científica. Pornográfica quizá, pero no científica. En una ocasión, un crítico inglés condenó *El éxtasis de santa Teresa* por tratarse del «ornamento más inapropiado jamás colocado en una iglesia católica». Langdon podía entender la controversia. La estatua representaba a santa Teresa tumbada de espaldas, presa de las sacudidas de un intenso orgasmo. No encajaba mucho en el Vaticano.

Buscó la descripción de la obra en el registro. Cuando vio el boceto, sintió un instantáneo e inesperado destello de esperanza. En él comprobó que efectivamente santa Teresa estaba disfrutando, pero también había otra figura en la estatua que Langdon había olvidado.

Un ángel.

Y entonces recordó la sórdida leyenda...

Santa Teresa había sido una monja santificada tras asegurar que un ángel la había visitado en sueños. Posteriormente los críticos apuntaron que ese encuentro debía de haber sido más sexual que espiritual. Garabateada a pie de página había una cita de la propia santa que dejaba poco margen a la imaginación

...su candente flecha dorada... me penetró varias veces..., penetró hasta mis entrañas..., sentí una dulzura tan extrema que habría deseado que no terminara nunca.

Langdon sonrió. «Si esto no es la metáfora de un encuentro sexual, no sé qué es.» Su sonrisa se debía asimismo a la descripción de la obra que aparecía en el registro. Aunque el párrafo estaba en italiano, distinguió la palabra *«fuoco»* media docena de veces.

«...la flecha del ángel con *fuego* en su punta...

»...rayos de *fuego* que surgen de la cabeza del ángel...

»...mujer inflamada por el *fuego* de la pasión...»

No estuvo completamente convencido hasta que volvió a mirar el boceto. El ángel alzaba su flecha en llamas como si de una baliza se tratara, señalando el camino. «Deja que los ángeles guíen tu noble búsqueda.» Incluso el *tipo* de ángel que Bernini había seleccionado parecía significativo. «Es un serafín —advirtió—. "Serafín" significa literalmente "fogoso".»

Robert Langdon no era un hombre que necesitara confirmación divina, pero cuando leyó el nombre de la iglesia en la que ahora se encontraba la escultura, decidió que bien podía terminar convirtiéndose a la fe católica.

Santa Maria della Vittoria.

«Vittoria —pensó con una sonrisa—. Perfecto.»

Al ponerse en pie sintió un leve mareo. Le echó un vistazo a la escalera de mano y se preguntó si debería volver a colocar el libro en su sitio. «Ni hablar —pensó—. Ya lo hará el padre Jaqui.» Cerró sus páginas y lo dejó al pie de la estantería.

Cuando se dirigía hacia el botón brillante que había junto a la salida electrónica de la cámara, Langdon notó que empezaba a respirar con dificultad. No obstante, también se sentía rejuvenecido por su buena fortuna.

Lamentablemente, esa buena fortuna se agotó antes de que pudiera salir.

Sin advertencia previa, la cámara emitió un sonoro suspiro y las luces se apagaron. Ya no se veía el botón de salida. Como un enorme animal al expirar, todo el complejo quedó completamente a oscuras. Alguien acababa de cortar el suministro eléctrico.

Capítulo 85

Las Sagradas Grutas Vaticanas están situadas bajo la planta principal de la basílica de San Pedro. Es el lugar en el que están enterrados los papas.

Vittoria llegó al final de la escalera de caracol y se internó en la gruta. El oscuro túnel le recordó al gran colisionador de hadrones del CERN, lóbrego y frío. Bajo la luz de las linternas de los guardias suizos, el túnel transmitía una inequívoca sensación fantasmal. A ambos lados se alineaban las hornacinas. Al fondo de los huecos, hasta donde las luces les permitían ver, se cernían las sombras de los sarcófagos.

Sintió un escalofrío. «Es el frío», se dijo, consciente de que eso era cierto sólo en parte. Tenía la sensación de que estaban siendo observados. No por alguien de carne y hueso, sino por espectros escondidos en las sombras. Sobre cada tumba descansaba una escultura en tamaño natural del pontífice correspondiente, con las vestiduras papales completas y los brazos cruzados sobre el pecho. Los cuerpos postrados parecían emerger del interior de las tumbas como si ejercieran presión contra las tapas de mármol e intentaran escapar de sus ataduras mortales. A medida que la procesión de linternas siguió avanzando, las siluetas papales iban recortándose contra las paredes, alargándose y desapareciendo como una macabra danza de sombras.

En el grupo se había hecho el silencio, y Vittoria no sabía decir si se debía al respeto o a la aprensión. Podía notar ambas cosas. El camarlengo avanzaba con los ojos cerrados, como si se conociera de memoria el camino. La joven supuso que había hecho ese siniestro trayecto muchas veces desde la muerte del papa, quizá para rezar ante su tumba en busca de guía espiritual.

«Trabajé muchos años bajo la tutela del cardenal —había dicho Ventresca—. Era como un padre para mí.» Vittoria recordó esas palabras del camarlengo en referencia al cardenal que lo había «salvado» del ejército. Ahora, sin embargo, comprendía el resto de la historia. El mismo cardenal que había tomado al camarlengo bajo su protección había sido nombrado posteriormente papa y se había llevado consigo a Roma a su *protégé* para que le sirviera como chambelán.

«Eso explica muchas cosas», pensó Vittoria. Siempre había tenido una gran facilidad para percibir las emociones íntimas de los demás, y había algo en el camarlengo que la había estado mortificando durante todo el día. Desde que lo había conocido, había advertido en él una angustia más espiritual y privada que la abrumadora crisis a la que ahora se enfrentaba. Bajo la piadosa calma de la que hacía gala, la joven tenía la sensación de ver a un hombre atormentado por demonios personales. Ahora sabía que así era. El camarlengo no sólo se enfrentaba a la amenaza más devastadora de la historia del Vaticano, sino que lo hacía sin su mentor y amigo... En solitario.

Los guardias aminoraron el paso, como si no estuvieran seguros del lugar exacto en el que se encontraba enterrado el último pontífice. El camarlengo siguió adelante sin vacilar y se detuvo delante de una tumba de mármol blanco que parecía más brillante que las demás. Sobre ella yacía la figura tallada del papa fallecido. Cuando Vittoria reconoció su rostro por haberlo visto por televisión, sintió que el miedo la atenazaba. «¿Qué estamos haciendo?»

—Soy consciente de que no tenemos mucho tiempo

—dijo Ventresca—. Pero, aun así, les pido que recemos un momento.

Todos los guardias suizos inclinaron la cabeza. Vittoria hizo lo mismo. Su corazón latía con fuerza en medio del silencio. El camarlengo se arrodilló ante la tumba y rezó en italiano. Al oír sus palabras, ella sintió que un inesperado dolor afloraba en forma de lágrimas..., lágrimas por su propio mentor..., su santo padre. Las palabras del camarlengo parecían tan apropiadas para su padre como para el pontífice.

—Padre supremo, consejero, amigo —la voz de Ventresca resonó débilmente alrededor del círculo—. Cuando era joven me dijiste que la voz de mi corazón era la de Dios. Me dijiste que debía seguirla por dolorosos que fueran los lugares a los que me condujera. Ahora, esa voz me pide que lleve a cabo tareas imposibles. Dame fuerza. Y perdóname. Hago esto... en nombre de todo aquello en lo que crees. Amén.

—Amén —susurraron los guardias.

«Amén, padre.» Vittoria se secó los ojos.

El camarlengo se puso lentamente en pie y se apartó de la tumba.

—Retiren la tapa.

Los guardias vacilaron.

—*Signore* —dijo uno—. Por ley, estamos bajo sus órdenes. —Se detuvo un momento—. Haremos lo que nos pida...

El camarlengo pareció leer la mente del joven.

—Algún día les pediré perdón por ponerlos en esta situación. Hoy les pido obediencia. Las leyes del Vaticano se establecieron para proteger a la Iglesia. Es con ese espíritu que ahora les ordeno que las quebranten.

Hubo un momento de silencio y luego el guardia al mando dio la orden. Los tres hombres dejaron las linternas en el suelo y sus sombras se elevaron sobre sus cabezas. Iluminados desde abajo, se acercaron a la tumba y, tras colocar las manos sobre la cubierta de mármol, se dispusieron a moverla. Al oír la señal, todos empujaron con fuerza la enorme losa. La tapa, sin embargo, no se movió. Vittoria casi deseaba que fuera demasiado pesada. Empezaba a temer lo que pudieran encontrar en su interior.

Los hombres lo intentaron una vez más, pero la piedra seguía sin moverse.

—*Ancora* —dijo el camarlengo, remangándose la sotana y uniéndose a ellos—. *Ora!*

Todo el mundo empujó.

Vittoria estaba a punto de ofrecerles su ayuda cuando finalmente la tapa empezó a ceder. Los hombres volvieron a arremeter y, con un aullido casi primigenio de la piedra, ésta se deslizó y quedó atravesada sobre el sarcófago, con la cabeza tallada del papa vuelta hacia el nicho y los pies hacia el pasillo.

Todo el mundo dio un paso atrás.

Con movimientos indecisos, un guardia se inclinó, recogió su linterna y la dirigió hacia la tumba. El haz pareció temblar un momento, pero finalmente el guardia consiguió serenar el pulso. Los demás hombres se le fueron uniendo uno a uno. Incluso en la oscuridad, Vittoria pudo ver que al llegar junto a él retrocedían y se santiguaban.

El camarlengo se estremeció al ver el interior de la tumba y sus hombros se desplomaron. Permaneció inmóvil largo rato y finalmente se apartó.

Vittoria había temido que el rigor mortis impidiera abrirle la boca al cadáver y que tuvieran que romperle la mandíbula para poder ver la lengua. Descubrió, sin embargo, que eso no sería necesario. Las mejillas del papa se habían hundido, y su boca estaba abierta.

Tenía la lengua negra como la muerte.

Capítulo 86

Oscuridad. Silencio.

La negrura de los archivos secretos era total.

El miedo, se percató Langdon, era un poderoso estímulo. Falto de aliento, buscó a tientas la puerta giratoria. Encontró el botón en la pared y lo presionó con la palma de la mano. No pasó nada. Volvió a intentarlo. La puerta no funcionaba.

Al sentirse atrapado empezó a pedir ayuda a gritos, pero su voz sonó estrangulada. El peligro de la situación pronto se le hizo evidente. La adrenalina provocó que su pulso sanguíneo aumentara, y que a sus pulmones no les llegara suficiente oxígeno. Se sentía como si alguien acabara de darle un puñetazo en el estómago.

Se abalanzó entonces sobre la puerta, y por un instante creyó incluso que comenzaba a girar. Volvió a empujar y empezó a ver estrellas. Se dio cuenta de que era toda la habitación la que giraba, no la puerta. Al retroceder, tropezó con la base de una escalera rodante y cayó al suelo. Se golpeó la rodilla con el borde de una estantería. Maldijo su suerte, se puso en pie y buscó la escalera a tientas.

La encontró. Había pensado que sería de madera pesada o de hierro, pero era de aluminio. La agarró con fuerza y la sujetó como si de un ariete se tratara. Entonces corrió y arremetió contra la pared de cristal. Estaba más cerca de lo que esperaba. La escalera chocó con fuerza y rebotó. A juzgar por el débil ruido de la colisión, Langdon supo que iba a necesitar mucho más que una escalera de aluminio para romper ese cristal.

Al recordar la semiautomática, sus esperanzas renacieron, pero al instante volvieron a desaparecer. Ya no la llevaba encima. Olivetti se la había quitado en el despacho del papa, argumentando que no quería armas cargadas en presencia del camarlengo. En aquel momento le había parecido razonable.

Langdon volvió a pedir ayuda, pero sus gritos se oyeron todavía con menor fuerza que antes.

Entonces recordó la radio que el guardia había dejado sobre una mesa, fuera de la cámara. «¿Por qué demonios no he entrado con ella?» Cuando empezó a ver estrellas de color púrpura danzar alrededor de sus ojos, se obligó a pensar. «Has estado atrapado con anterioridad —se dijo—. Has sobrevivido a cosas peores. No eras más que un niño y te las supiste arreglar. —La aplastante oscuridad lo atenazaba—. ¡Piensa!»

Se tumbó en el suelo, de espaldas, con los brazos a los costados. El primer paso era recobrar el control.

«Relájate. Ahorra energías.»

Ahora que ya no tenía que luchar contra la gravedad para bombear sangre, el ritmo de su corazón se ralentizó. Era un truco que los nadadores utilizaban para reoxigenar la sangre entre carreras.

«Aquí dentro hay una gran cantidad de aire —se dijo—. Mucho aire. Ahora piensa.» No podía evitar esperar que las luces se encendieran de un momento a otro. Pero no lo hacían. Mientras permanecía tumbado en el suelo, respirando algo mejor, una siniestra resignación se apoderó de él. Se sentía en paz. Luchó contra esa sensación.

«¡Saldrás de aquí, maldita sea! Pero ¿cómo?...»

Mickey Mouse brillaba felizmente en su muñeca, como si disfrutara de la oscuridad: eran las 21.33. Quedaba media hora para «fuego». Langdon pensó que parecía mucho más tarde. En vez de idear un plan de huida, su mente exigió de pronto una explicación. «¿Quién ha cortado el suministro eléctrico? ¿Habrá aumentado Rocher el radio de búsqueda? ¿Olivetti no lo ha avisado de que yo estaba aquí?» Langdon sabía que a esas alturas eso ya daba igual.

Abriendo la boca al máximo y echando hacia atrás la cabeza, empezó a respirar tan profundamente como podía. Cada bocanada de aire ardía un poco menos que la anterior. La cabeza se le aclaró. Ordenó sus pensamientos y se puso al fin en marcha.

«Paredes de cristal, sí —se dijo—, pero se trata de un cristal condenadamente grueso.»

Se preguntó si alguno de los libros que allí había estarían almacenados en pesados archivadores de acero a prueba de incendios. Había visto alguno en otros archivos, pero no allí. De todos modos, buscar uno en la oscuridad le llevaría demasiado tiempo. Y tampoco podría levantarlo, sobre todo en su estado actual.

«¿Y la mesa de consulta?» Sabía que esa cámara, al igual que la otra, tenía una mesa de consulta en el centro de la sala, rodeada de estanterías. «¿Y qué?» Era consciente de que no podría levantarla. Y aunque consiguiera arrastrarla, tampoco llegaría muy lejos. Las estanterías estaban demasiado juntas, y los pasillos que había entre ellas eran demasiado estrechos.

«Los pasillos son demasiado estrechos...»

De repente, cayó en la cuenta.

Con esperanzas renovadas, se puso en pie de un salto. Lo hizo con excesiva rapidez y sufrió un leve mareo. Estiró los brazos en busca de apoyo y su mano dio con una estantería. Esperó un momento para ahorrar energías. Iba a necesitar todas sus fuerzas.

Como un jugador de fútbol americano que tirara de un trineo de arrastre, apoyó el cuerpo contra la estantería de libros, plantó los pies en el suelo y empujó. «Si pudiera derribar una estantería...» Pero ésta apenas se movió. Volvió a colocarse en posición y empujó de nuevo. Los pies le resbalaron hacia atrás. La estantería crujió pero no se movió.

Necesitaba hacer palanca.

Regresó a la pared de cristal y apoyó en ella una mano para guiarse hasta el otro extremo de la cámara. La pared trasera surgió de repente y Langdon se golpeó el hombro contra ella. Maldiciendo, rodeó la estantería y se cogió a ella a la altura de los ojos. Luego, apoyando una pierna en el cristal que tenía detrás y otra en la estantería, comenzó a trepar. Los libros caían a su alrededor en la oscuridad. No le importaba. Hacía rato que el instinto de supervivencia había anestesiado todo su decoro. La oscuridad total mermaba su equilibrio, de modo que cerró los ojos para que su cerebro ignorara toda información visual. Subía cada vez más de prisa. A mayor altura, el aire era más escaso. Pisaba libros y se agarraba donde podía para seguir ascendiendo. Finalmente, como un escalador que conquistara la cara de una montaña, llegó al estante superior. Extendiendo al máximo las piernas, apoyó los pies en el cristal y se colocó en posición casi horizontal.

«Ahora o nunca, Robert —lo urgió una voz—. Imagina que se trata de la prensa de piernas del gimnasio de Harvard.»

Mareado por el esfuerzo, plantó los pies en la pared que tenía detrás, colocó los brazos y el pecho contra la estantería y empujó. Nada.

Respirando con dificultad, extendió al máximo las piernas y lo intentó de nuevo. Si bien ligeramente, esta vez la estantería se movió. Acto seguido volvió a empujar una vez más y se inclinó hacia adelante unos centímetros, y luego otra vez hacia atrás. Langdon aprovechó ese movimiento, tomó lo que le pareció una bocanada de aire sin oxígeno y volvió a arremeter. La estantería se inclinó un poco más.

«Como un columpio —se dijo—. Mantén el ritmo. Un poco más.»

Y siguió balanceando la estantería. A cada empujón extendía un poco más las piernas. Le ardían los cuádriceps, pero hizo caso omiso del dolor. El péndulo estaba en marcha. «Tres empujones más», se dijo.

Sólo hicieron falta dos.

Hubo un instante de incertidumbre ingrávida. Luego, en medio del estruendo de los libros al caer de los estantes, Langdon y la estantería se precipitaron hacia adelante.

A medio camino del suelo, la estantería golpeó la que tenía enfrente. Él echó entonces su peso hacia adelante para conseguir derribar también esa estantería. Hubo un momento de pánico pero finalmente, con un crujido a causa del peso, la segunda estantería comenzó a inclinarse. Langdon volvía a caer.

Como si de gigantescas fichas de dominó se tratara, las estanterías fueron cayendo una detrás de otra. Metal contra metal, libros revoloteando por todas partes. La estantería de Langdon rebotaba como una carraca. Se preguntó cuántas más habría en total, y cuánto debían de pesar. El cristal de la pared al otro extremo era muy grueso...

La estantería de Langdon se encontraba ya en posición casi horizontal cuando oyó lo que estaba esperando: un tipo distinto de colisión. Al otro extremo de la cámara sonó el agudo rechinar del metal contra el cristal. La cámara se estremeció a su alrededor y el profesor supo que la última estantería había golpeado con fuerza el cristal. El ruido que siguió fue el más molesto que había oído nunca.

Silencio.

No se oyó el estrépito del cristal al hacerse añicos, sólo el golpe sordo de la pared al recibir el impacto de las estanterías. Langdon se quedó tumbado sobre la pila de libros con los ojos abiertos. En algún lugar creyó oír un crujido. Habría contenido la respiración para poder oírlo bien, pero ya no le quedaba más aire.

Un segundo. Dos...

Entonces, cuando estaba a punto de perder el conocimiento, oyó que algo cedía a lo lejos... El crujido pareció propagarse a su alrededor. Y, de repente, como un cañón, el cristal estalló y la estantería que Langdon tenía debajo se desplomó sobre el suelo.

Bienvenidos como una lluvia en el desierto, los fragmentos de cristal empezaron a caer a su alrededor en la oscuridad mientras el aire volvía a hacerse presente con un sonoro siseo.

Treinta segundos después, en las grutas vaticanas, Vittoria se encontraba ante un cadáver cuando el graznido electrónico de la radio rompió el silencio y se oyó una voz jadeante.

—Soy Robert Langdon. ¿Hay alguien ahí?

La joven levantó la mirada. «¡Robert!» No podía creer lo mucho que deseaba que estuviera con ella.

Los guardias intercambiaron miradas de extrañeza. Uno de ellos cogió la radio de su cinturón.

—¿Señor Langdon? Está usted en el canal tres. El comandante espera sus noticias en el canal uno.

—¡Ya sé que está en el canal uno, maldita sea! No quiero hablar con él. Quiero al camarlengo. ¡Ahora! Que alguien vaya a buscarlo.

En la oscuridad de los archivos secretos, Langdon permanecía de pie en medio del cristal hecho añicos mientras recobraba poco a poco el aliento. Notó un líquido cálido en la mano izquierda y supo que estaba sangrando. Se sobresaltó al oír de repente la voz del camarlengo.

—Soy el camarlengo Ventresca. ¿Qué sucede?

Langdon presionó el botón de la radio. Su corazón todavía latía con fuerza.

—¡Creo que alguien ha intentado asesinarme!

Se hizo el silencio en la línea.

Él trató de serenarse.

—Ya sé dónde tendrá lugar el siguiente asesinato.

La voz que le contestó esta vez no fue la del camarlengo, sino la del comandante Olivetti.

—No diga una palabra más, señor Langdon.

Capítulo 87

El reloj de Langdon, ahora manchado de sangre, marcaba
las 21.41 mientras él atravesaba corriendo el patio del Belvedere en dirección a la fuente que había delante del centro de seguridad de la Guardia Suiza. La mano había dejado de sangrarle, pero le dolía más que antes. Al llegar, se
congregaron a su alrededor Olivetti, Rocher, el camarlengo, Vittoria y un puñado de guardias.

Ella se abalanzó de inmediato sobre él.

—¡Robert, estás herido!

Antes de que él pudiera responder, Olivetti se le acercó.

—Señor Langdon, es un alivio que se encuentre bien.
Lamento el malentendido que ha tenido lugar en los archivos.

—¡¿Malentendido?! —exclamó Langdon—. Usted sabía perfectamente...

—Ha sido culpa mía —dijo Rocher en tono contrito tras
dar un paso adelante—. No tenía ni idea de que estaba usted
ahí dentro. Algunas partes de las zonas blancas están conec-
tadas con ese edificio. Yo soy quien ha cortado el suministro al ampliar el radio de búsqueda. De haber sabido...

—Robert —intervino Vittoria tomando la mano herida entre las suyas—. El papa fue envenenado. Los illuminati lo asesinaron...

Langdon oyó las palabras pero apenas las registró. Estaba saturado. Lo único que podía notar era la calidez de
las manos de la chica.

El camarlengo Ventresca sacó un pañuelo de seda de un bolsillo de su sotana y se lo tendió para que se limpiara la mano. El hombre no dijo nada. Un nuevo fuego parecía arder en sus ojos verdes.

—Robert —dijo Vittoria—, ¿antes has dicho que habías averiguado dónde iba a ser asesinado el siguiente cardenal?

Él se sentía confuso.

—Así es. En...

—No —lo interrumpió Olivetti—. Señor Langdon, cuando le he pedido que no dijera una palabra más por la radio, lo he hecho por una razón. —Se volvió hacia el pequeño grupo de guardias suizos—. Si nos disculpan, señores.

Los soldados se retiraron al centro de seguridad. Sin rechistar. Acatando las órdenes sin más.

Olivetti se volvió hacia el grupo restante.

—Por mucho que me duela decir esto, el asesinato de nuestro papa es un acto que sólo puede haberse llevado a cabo con la ayuda de un infiltrado. Por el bien de todos, no debemos confiar en nadie. Ni siquiera en nuestros guardias. —Pareció sufrir al decir estas palabras.

Rocher estaba inquieto.

—Si hay un infiltrado...

—Sí —dijo Olivetti—. La integridad de nuestra búsqueda está comprometida. Y, sin embargo, debemos correr ese riesgo. Siga buscando.

Parecía que Rocher iba a añadir algo, pero finalmente lo pensó mejor y se alejó.

El camarlengo respiró profundamente. Todavía no había dicho una palabra, y Langdon advirtió que su expresión era aún más severa. Como si hubiera llegado a un punto crítico.

—Comandante. —El tono de Ventresca era impenetrable—. Voy a interrumpir el cónclave.

Olivetti torció el gesto.

—No creo que sea necesario. Todavía nos quedan dos horas y veinte minutos.

—Un suspiro.

—¿Qué pretende hacer? —El tono de Olivetti se tornó desafiante—. ¿Evacuar a los cardenales sin la ayuda de nadie?

—Intento salvar esta Iglesia con el poder que Dios me ha otorgado. Cómo lo haga ya no es cosa suya.

El comandante se irguió.

—No tengo autoridad para impedir que lleve a cabo lo que pretende... —Se detuvo un momento—. Sobre todo tras mi fracaso como jefe de seguridad. Sólo le pido que espere. Veinte minutos..., hasta las diez en punto. Si la información del señor Langdon es correcta, puede que todavía tengamos una oportunidad de atrapar a ese asesino. Una oportunidad de preservar el protocolo y el decoro.

—¿Decoro? —El camarlengo dejó escapar una risa ahogada—. Hace ya rato que hemos dejado a un lado los modales, comandante. Por si todavía no se ha enterado, estamos en guerra.

Un guardia salió entonces del centro de seguridad y llamó al camarlengo.

—*Signore*, me acaban de informar de que hemos detenido al reportero de la BBC, el señor Glick.

Ventresca asintió.

—Que tanto él como su cámara me esperen delante de la capilla Sixtina.

Olivetti abrió unos ojos como platos.

—¿Qué piensa hacer?

—Veinte minutos, comandante. Es todo lo que tiene —repuso el camarlengo, y se marchó.

El Alfa Romeo de Olivetti salió a toda velocidad de la Ciudad del Vaticano, esta vez sin más coches detrás. En el asiento trasero, Vittoria vendaba la mano de Langdon con un botiquín de primeros auxilios que había encontrado en la guantera.

El comandante mantenía la vista fija al frente.

—Muy bien, señor Langdon. ¿Adónde vamos?

Capítulo 88

Incluso con la sirena del coche en marcha, el Alfa Romeo de Olivetti parecía pasar desapercibido al cruzar el puente hacia el corazón de la antigua Roma. Todo el tráfico iba en sentido contrario, hacia el Vaticano, como si la Santa Sede se hubiera convertido en el espectáculo más atractivo de toda Roma.

Langdon iba en el asiento trasero, con los interrogantes agolpándose sin cesar en su cabeza. Se preguntó si esa vez conseguirían atrapar al asesino, si éste les diría lo que necesitaban saber, si no sería ya demasiado tarde. ¿Cuánto faltaba para que el camarlengo avisara a la muchedumbre congregada en la plaza de San Pedro del peligro que corrían? El incidente de la cámara de los archivos todavía lo tenía preocupado. «Un malentendido.»

Olivetti no pisó una sola vez el freno del Alfa Romeo mientras cruzaba Roma camino de la iglesia de Santa Maria della Vittoria. Langdon sabía que, cualquier otro día, sus nudillos ya estarían blancos. En ese momento, sin embargo, se sentía como anestesiado. Sólo el dolor punzante de la mano le recordaba dónde se encontraba.

Sobre su cabeza aullaba la sirena. «No hay nada como avisar al asesino de que llegamos», pensó. Pero lo cierto era que estaban cubriendo el trayecto en un tiempo récord. Supuso que Olivetti apagaría la sirena en cuanto estuvieran cerca.

Ahora que disponía de un momento para reflexionar, Langdon sintió una punzada de asombro al asimilar finalmente la noticia del asesinato del papa. La idea era inconcebible pero, al mismo tiempo, no dejaba de parecer un acontecimiento lógico. La infiltración siempre había sido la gran baza de los illuminati, su capacidad para reorganizar el poder desde dentro. Y no pocos papas habían sido asesinados. Abundaban los rumores de traiciones, pero como no se realizaban autopsias, ninguna había sido confirmada. Al menos hasta hacía poco. Recientemente, unos investigadores habían obtenido permiso para radiografiar la tumba del papa Celestino V, quien supuestamente había muerto a manos de su impaciente sucesor, Bonifacio VIII. Los investigadores esperaban que los rayos X les revelaran algún indicio de violencia. Un hueso roto, quizá. Por increíble que pudiera parecer, lo que descubrieron en la radiografía fue un clavo de veinticinco centímetros incrustado en el cráneo del pontífice.

Langdon recordó entonces una serie de recortes de noticias que unos fanáticos de los illuminati le habían enviado hacía algunos años. Al principio pensó que se trataba de una broma, así que acudió a la hemeroteca de Harvard para confirmar su veracidad. Y resultó que efectivamente eran auténticos. Todavía los tenía en su tablón de anuncios como ejemplos de que a veces incluso los medios de comunicación respetables se dejaban llevar por la paranoia de los illuminati. De repente, las sospechas de los medios de comunicación ya no le parecían tan paranoicas. Recordaba perfectamente los artículos...

BRITISH BROADCASTING CORPORATION
14 de junio de 1998

El papa Juan Pablo I, fallecido en 1978, fue víctima de un complot de la logia masónica P2... La sociedad secreta P2 decidió asesinar al pontífice cuando descubrió que pretendía cesar al arzobispo estadounidense Paul Marcinkus como presidente del Banco Vaticano. La entidad había estado implicada en oscuros acuerdos financieros con la logia masónica...

¿Por qué llevaba puesta el papa Juan Pablo I su camisa de día en la cama? ¿Y por qué estaba rasgada? Las preguntas no terminan ahí. No se llevó a cabo ninguna investigación médica. El cardenal Villot prohibió que se realizara la autopsia aduciendo que a los papas no se les intervenía post mórtem. Las medicinas de Juan Pablo I desaparecieron misteriosamente de su mesilla de noche, así como sus gafas, sus zapatillas y su último testamento.

... un complot en el que estuvo involucrado una poderosa, despiadada e ilegal logia masónica cuyos tentáculos alcanzaban el Vaticano.

De repente sonó el móvil que Vittoria llevaba en el bolsillo, alejando esos recuerdos de la mente de Langdon.

La joven se preguntó quién podía ser y contestó. Incluso a un par de metros, él reconoció la penetrante voz que sonó en el auricular del móvil.

—¿Vittoria? Soy Maximilian Kohler. ¿Has encontrado ya la antimateria?

—¿Director? ¿Está usted bien?

—He visto las noticias. No mencionaban el CERN ni la antimateria. Eso es bueno. ¿Qué está pasando?

—Todavía no hemos encontrado el contenedor. La situación es compleja. Robert Langdon está siendo de gran ayuda. Tenemos una pista para atrapar al asesino de los cardenales. Ahora mismo nos dirigimos a...

—Señorita Vetra —la interrumpió Olivetti—. No diga nada más.

Vittoria cubrió el auricular con la mano, visiblemente molesta.

—Comandante, se trata del director del CERN. Tiene derecho a...

—Tiene derecho —insistió Olivetti— a estar aquí y tomar parte en la situación. Está usted hablando por una línea abierta de móvil. No diga nada más.

Ella respiró hondo.

—¿Max?

—He averiguado algo —dijo él—. Sobre tu padre... Puede que sepa a quién le contó lo de la antimateria.

La expresión de Vittoria se ensombreció.

—Señor, mi padre me dijo que no se lo había contado a nadie.

—Me temo, Vittoria, que sí lo hizo. He de consultar unos archivos de seguridad. Pronto volveré a ponerme en contacto contigo —y colgó.

Con el rostro lívido, ella volvió a guardarse el teléfono móvil en el bolsillo.

—¿Estás bien? —le preguntó Langdon.

Vittoria asintió, pero sus trémulos dedos indicaban que mentía.

—La iglesia se encuentra en la piazza Barberini —dijo Olivetti mientras apagaba la sirena y consultaba la hora en su reloj—. Tenemos nueve minutos.

Cuando Langdon descubrió la ubicación del tercer indicador, tuvo la sensación de que conocía de algo ese lugar. «Piazza Barberini.» El nombre le resultaba vagamente familiar, pero no sabía exactamente por qué. Ahora lo recordó. En la plaza había una controvertida parada de metro. Veinte años antes, la construcción de esa estación causó una gran conmoción entre los historiadores del arte, quienes temían que las excavaciones bajo la *piazza* pusieran en peligro la estabilidad del obelisco que había en su centro. Las autoridades municipales decidieron entonces retirar el monumento y reemplazarlo por la pequeña fuente del Tritón.

«¡En época de Bernini —recordó ahora Langdon—, la piazza Barberini contaba con un obelisco!» Todas las posibles dudas sobre si se trataba del emplazamiento del tercer indicador se disiparon de inmediato.

A una manzana de la *piazza*, Olivetti giró por un callejón, apagó el motor y finalmente detuvo el coche. Se quitó la americana, se remangó la camisa y cargó su arma.

—No podemos arriesgarnos a que los reconozcan —dijo—. Han salido por televisión. Quiero que permanezcan al otro lado de la plaza, fuera de la vista, vigilando la entrada principal. Yo voy a ir por la trasera. —Cogió una pistola ya familiar y se la tendió a Langdon—. Por si acaso.

El profesor frunció el ceño. Era la segunda vez ese día que le daban una arma. La guardó en el bolsillo interior de su chaqueta. Al hacerlo, se dio cuenta de que todavía llevaba el folio del *Diagramma*. No podía creer que se le hubiera olvidado devolverlo. Se imaginó al conservador del archivo presa de un ataque de indignación ante la idea de que ese valioso objeto fuera paseado por Roma como si de un mapa turístico se tratara. Entonces pensó en el caos de cristales rotos y documentos desparramados que había dejado en los archivos. El conservador tenía otros problemas. «Si es que los archivos sobreviven a esta noche, claro está...»

Olivetti salió del coche y señaló hacia el final del callejón.

—La *piazza* está por ahí. Mantengan los ojos abiertos y no dejen que los vea. —Dio unos golpecitos al móvil que llevaba al cinto—. Señorita Vetra, comprobemos de nuevo nuestros teléfonos.

Vittoria cogió su móvil y presionó el botón de marcación automática que ella y Olivetti habían programado en el Panteón. El teléfono de Olivetti vibró.

El comandante asintió.

—Muy bien. Si ven algo, avísenme. —Amartilló su

arma—. Yo estaré en el interior, a la espera. Atraparé a ese lunático.

En ese momento, muy cerca de allí, otro teléfono móvil sonó.

El hassassin contestó.

—Diga.

—Soy yo —repuso una voz—. Janus.

El hassassin sonrió.

—Hola, maestro.

—Puede que hayan descubierto su ubicación. Alguien se dirige a detenerlo.

—Llegan demasiado tarde. Ya lo he dispuesto todo.

—Bien. Asegúrese de salir con vida. Todavía queda trabajo por hacer.

—Quienes se interpongan en mi camino morirán.

—Quienes se interponen en su camino son expertos.

—¿Se refiere al académico estadounidense?

—¿Sabe de quién le hablo?

El hassassin rió entre dientes.

—Demuestra aplomo, pero es algo ingenuo. Hemos hablado antes por teléfono. Va con una mujer que parece todo lo contrario.

El asesino sintió una punzada de excitación al recordar el fiero temperamento de la hija de Leonardo Vetra.

Hubo un momento de silencio en la línea, la primera vacilación que el hassassin advertía en su maestro illuminatus. Finalmente, Janus habló:

—Elimínelos si es necesario.

El asesino sonrió.

—Considérelo hecho.

Sintió que una cálida sensación anticipatoria se extendía por todo su cuerpo. «Aunque puede que a la mujer me la quede como trofeo.»

Capítulo 89

La guerra había estallado en la plaza de San Pedro.

El frenesí se había desatado. Las furgonetas de los medios de comunicación tomaban sus posiciones como vehículos de asalto que ocuparan cabezas de playa. Los reporteros desplegaban sus aparatos electrónicos de alta tecnología como soldados a punto de iniciar la batalla. Alrededor del perímetro de la plaza, las cadenas se apresuraban a erigir la última arma en guerras mediáticas: los monitores de pantalla plana.

Se trataba de enormes pantallas de vídeo que podían ser instaladas sobre furgonetas o andamios portátiles. Las pantallas hacían las veces de vallas publicitarias en las que se emitía la cobertura que cada cadena dedicaba al suceso con su correspondiente logo corporativo. Parecía un autocine. Si una pantalla estaba bien situada (enfrente mismo del lugar donde tenía lugar la acción), las demás cadenas no podían emitir su reportaje sin incluir publicidad de su competidor.

La plaza se convirtió rápidamente no sólo en un gran espectáculo multimedia, sino también en una frenética vigilia pública. Acudían curiosos de todas partes. Un hueco libre en la habitualmente espaciosa plaza pública se había convertido en un preciado bien. La gente se agolpaba alrededor de los elevados monitores de pantalla plana y escuchaba las noticias con gran agitación.

A tan sólo unos cientos de metros, tras los gruesos muros de la basílica de San Pedro, reinaba la calma. El teniente Chartrand y otros tres guardias avanzaban en la oscuridad. Con las gafas de infrarrojos puestas, se desplegaban por la nave moviendo ante sí los detectores. Hasta el momento, la búsqueda por las zonas de acceso público del Vaticano había resultado infructuosa.

—Será mejor que aquí nos quitemos las gafas —dijo el guardia de mayor rango.

Chartrand lo hizo. Se estaban acercando al Nicho de los Palios, la zona subterránea que había en el centro de la basílica. Estaba iluminada por noventa y nueve lámparas de aceite, luz que, amplificada por los infrarrojos, podía abrasarles los ojos.

Chartrand agradeció poder quitarse las pesadas gafas y aprovechó para destensar un poco el cuello mientras descendían al nicho para examinarlo. Era un lugar precioso..., todo dorado y resplandeciente. Era la primera vez que bajaba allí.

Desde que había llegado al Vaticano, parecía que cada día descubría un misterio nuevo. Como lo de esas lámparas de aceite. Había exactamente noventa y nueve encendidas a todas horas. Era una tradición. Los clérigos las rellenaban constantemente con óleos sagrados para que no se apagaran. Se decía que arderían hasta el fin de los tiempos.

«O, al menos, hasta esta medianoche», pensó Chartrand, y volvió a notar la boca seca.

Pasó su detector por encima de las lámparas de aceite. Allí no parecía haber nada oculto. No le sorprendió; según las imágenes, el contenedor estaba escondido en un lugar sin luz.

Mientras avanzaba por el nicho se topó con una reja que cubría un agujero en el suelo. Conducía a una empinada y estrecha escalera. Había oído rumores acerca de lo que había allí abajo. Afortunadamente no tendrían que bajar. Las órdenes de Rocher eran claras: «Busquen únicamente en las zonas de acceso público; ignoren las zonas blancas.»

—¿Qué es ese olor? —preguntó apartándose del agujero del suelo al advertir un aroma embriagadoramente dulzón.

—El humo de las lámparas —respondió un guardia.

Chartrand se sorprendió.

—Es más parecido al olor de la colonia que al del queroseno.

—No es queroseno. Estas lámparas están cerca del altar papal, así que utilizan una mezcla especial de etanol, azúcar, butano y perfume.

—¿Butano? —Chartrand se volvió con inquietud hacia las lámparas.

El guardia asintió.

—No vuelque ninguna. Huelen como el cielo, pero arden como el infierno.

Cuando regresaron a la basílica tras haber completado el registro del Nicho de los Palios, las radios de los guardias crepitaron de pronto.

Había novedades. Los hombres las escucharon anonadados.

Al parecer, las preocupantes noticias no podían detallarse por radio, pero el camarlengo había decidido romper la tradición y entrar en el cónclave para dirigirse a los cardenales. Era algo que no había sucedido nunca en la historia. Aunque, claro, pensó Chartrand, tampoco nunca en la historia la Santa Sede se había visto amenazado por una especie de misteriosa cabeza nuclear.

Lo tranquilizó saber que el camarlengo tomaba el control de la situación. Era la persona del Vaticano por la que sentía mayor respeto. Algunos de los guardias opinaban que era un beato, un fanático religioso cuyo amor por Dios rayaba la obsesión, pero incluso ellos estaban de acuerdo en que, si había que luchar contra los enemigos del Señor, Carlo Ventresca era una persona que no se dejaría amilanar y plantaría cara.

Los guardias suizos habían visto a menudo al camarlengo esa semana durante los preparativos del cónclave. Todo el mundo había comentado que su mirada de ojos verdes parecía un poco más intensa de lo habitual, y que el hombre daba la impresión de estar algo sobrepasado por la situación. No era de extrañar: no sólo era responsable de la organización del sagrado cónclave, sino que tenía que hacerlo tras haber perdido a su mentor, el papa.

Chartrand llevaba pocos meses en el Vaticano cuando se enteró de la historia de la bomba que mató a la madre del camarlengo ante sus propios ojos. «Una bomba en una iglesia..., y ahora vuelve a suceder de nuevo.» Lamentablemente, las autoridades nunca atraparon a los malnacidos que habían hecho estallar el artefacto. Seguramente algún grupo anticristiano, dijeron, y poco a poco se fueron olvidando del caso. Era comprensible que el camarlengo odiara la apatía.

Un par de meses antes, una apacible tarde, Chartrand se encontró con Ventresca en los jardines del Vaticano. El hombre reconoció al nuevo guardia y lo invitó a dar un paseo. No hablaron sobre nada en particular, pero rápidamente el camarlengo hizo sentir a Chartrand como en casa.

—Padre —dijo él—, ¿puedo hacerle una pregunta extraña?

El camarlengo sonrió.

—Sólo si mi respuesta puede ser también extraña.

Chartrand se rió.

—Se lo he preguntado a todos los sacerdotes que conozco, y todavía no lo entiendo.

—¿Qué le preocupa?

El camarlengo lo guiaba con pasos cortos y rápidos, levantando los faldones de la sotana al caminar. Sus zapatos negros con suela de crepé parecían muy apropiados, pensó Chartrand. Era como si reflejaran su esencia..., modernos pero humildes, y ya algo desgastados.

Chartrand respiró profundamente.

—No entiendo lo de la *omnipotencia* y la *benevolencia* de Dios.

El camarlengo sonrió.

—Ha estado leyendo las Escrituras.

—Lo intento.

—Y se siente confuso porque la Biblia describe a Dios como una deidad omnipotente y benevolente.

—Así es.

—Eso sólo significa que Dios es todopoderoso y bienintencionado.

—Entiendo el concepto, es sólo que... parece haber una contradicción.

—Sí. La contradicción es el sufrimiento. Las hambrunas, la guerra, la enfermedad...

—¡Exacto! —Chartrand sabía que el camarlengo lo entendería—. En este mundo suceden cosas terribles. Todas esas tragedias humanas parecen demostrar que Dios no puede ser todopoderoso y bienintencionado. Si nos quiere y al mismo tiempo tiene el poder de cambiar la situación, ¿no debería evitar nuestro sufrimiento?

Ventresca frunció el ceño.

—¿Usted cree?

Chartrand se sintió inquieto. ¿Se habría pasado de la raya? ¿Era ésa una de esas preguntas religiosas que no debían hacerse?

—Bueno... Si Dios nos quiere y puede protegernos, debería hacerlo, ¿no? Pero se diría que o bien es omnipotente e indiferente, o bien benevolente e incapaz de ayudar.

—¿Tiene usted hijos, teniente?

Chartrand se sonrojó.

—No, *signore*.

—Imagine que tiene un hijo de ocho años..., ¿lo querría?

—Por supuesto.

—¿Haría todo lo que estuviera en su mano para evitar su dolor?

—Por supuesto.

—¿Lo dejaría ir en monopatín?

Chartrand tardó un instante en reaccionar. Extrañamente, para ser un sacerdote, el camarlengo parecía estar siempre «en la onda».

—Supongo que sí —dijo—. Sí, lo dejaría ir en monopatín, pero le diría que tuviera cuidado.

—De modo que, como padre de la criatura, le daría un buen consejo y luego dejaría que cometiera sus propios errores, ¿no es así?

—No estaría todo el día mimándolo, si es a lo que se refiere.

—¿Y si se cayera y se hiciera daño en la rodilla?

—Así aprendería a tener más cuidado.

Ventresca sonrió.

—O sea, que a pesar de tener el poder para interferir y evitar el dolor de su hijo, optaría por mostrarle su amor dejando que aprendiera sus propias lecciones, ¿no es así?

—Por supuesto. El dolor forma parte del proceso de maduración y aprendizaje.

El camarlengo asintió.

—Efectivamente.

Capítulo 90

Langdon y Vittoria observaban la piazza Barberini desde las sombras de un pequeño callejón de su esquina oeste. Tenían la iglesia delante, una brumosa cúpula que se alzaba por encima de unos edificios apenas perceptibles desde el otro lado de la plaza. Al caer la noche había refrescado un poco, y a Langdon le sorprendió encontrar el lugar desierto. A través de las ventanas abiertas, los televisores le recordaron adónde había ido todo el mundo.

—...todavía ninguna declaración por parte del Vaticano... Los illuminati han asesinado a dos cardenales... Presencia satánica en Roma... Se especula acerca de más infiltraciones...

Las noticias se habían propagado como el fuego de Nerón. Roma, al igual que el resto del mundo, permanecía hipnotizada. Langdon se preguntó si realmente serían capaces de detener ese tren fuera de control. Mientras observaba la *piazza* y esperaba se dio cuenta de que, a pesar de la invasión de edificios modernos, todavía mantenía su forma elíptica. En lo alto, como una especie de novísimo altar dedicado a un héroe de otro tiempo, un enorme letrero de neón parpadeaba sobre el tejado de un lujoso hotel. Vittoria se lo había señalado antes. El letrero resultaba siniestramente apropiado.

HOTEL BERNINI

461

—Faltan cinco minutos para las diez —dijo ella, mientras escudriñaba la plaza con sus ojos gatunos. En cuanto pronunció las palabras, cogió a Langdon del brazo y tiró de él hacia las sombras. Luego le indicó con un gesto el centro de la plaza.

Él siguió su mirada. Cuando vio de qué se trataba, se puso rígido.

Delante de ellos, bajo una farola, aparecieron dos figuras oscuras. Ambas llevaban la cabeza cubierta con mantillas negras, una prenda habitual entre las viudas católicas. Langdon creía que se trataba de dos mujeres, pero en la oscuridad no podía estar seguro. Una parecía mayor y caminaba encorvada, como si le doliera algo. La otra, más corpulenta y robusta, la ayudaba.

—Dame la pistola —pidió Vittoria.

—No puedes...

Con la agilidad de un gato, ella metió la mano en el bolsillo de su americana y volvió a quitarle el arma. La pistola relució en su mano. Luego, en absoluto silencio, como si sus pies nunca hubieran pisado un adoquín, rodeó la plaza por la izquierda para acercarse a la pareja por la retaguardia. Langdon se quedó un momento paralizado, observando cómo Vittoria desaparecía. Luego, maldiciendo para sí, corrió tras ella.

La pareja avanzaba con lentitud, y en apenas medio minuto él y Vittoria consiguieron situarse detrás. La chica cruzó entonces los brazos para ocultar disimuladamente el arma, dejándola fuera de la vista pero al mismo tiempo accesible en un abrir y cerrar de ojos. Tenía la sensación de flotar cada vez más de prisa a medida que la distancia se acortaba, y a Langdon le costaba mantener el paso. Cuando los pies de él dieron una patada a una piedra que salió disparada, Vittoria lo fulminó con la mirada. La pareja, sin embargo, no pareció oírlos. Estaban hablando.

A unos diez metros, Langdon ya podía oír sus voces.

No sus palabras; sólo un leve murmullo. A su lado, Vittoria iba más a prisa a cada paso. Había descruzado un poco los brazos y la pistola empezaba a asomar. Seis metros. Las voces eran ahora más claras, una mucho más que la otra. Airada. Vociferante. A Langdon le pareció la voz de una anciana. Áspera. Andrógina. Se esforzó para oír lo que decía, pero otra voz rompió el silencio de la noche.

—*Mi scusi!* —El amable tono de Vittoria iluminó la plaza como una antorcha.

Langdon se puso tenso cuando la pareja se detuvo en seco y empezó a volverse. Vittoria siguió caminando, ahora incluso más de prisa. Iba a abalanzarse sobre las dos mujeres. No tendrían tiempo de reaccionar. Langdon se dio cuenta de que sus pies habían dejado de moverse. Vio que Vittoria descruzaba por completo los brazos, liberando así las manos y dejando la pistola a la vista. Entonces, por encima del hombro de ella, pudo ver un rostro, iluminado ahora por la luz de la farola. El pánico impulsó sus piernas y se abalanzó hacia adelante.

—¡No, Vittoria!

Ella, sin embargo, parecía ir una fracción de segundo por delante. Con un movimiento tan rápido como disimulado, volvió a cruzar los brazos y ocultó el arma, como si se encogiera a causa el frío de la noche. Langdon llegó a su lado a trompicones y a punto estuvo de chocar con la pareja que tenían delante.

—*Buona sera* —farfulló Vittoria, la voz quebrada por el sobresalto.

Él respiró aliviado. Dos ancianas los miraban bajo sus mantillas con el ceño fruncido. Una era tan vieja que apenas podía sostenerse en pie. La otra la ayudaba. Ambas llevaban un rosario en la mano. Parecían confusas por la repentina interrupción.

Vittoria sonrió, aunque parecía agitada.

—*Dov'è la chiesa di Santa Maria della Vittoria?*

Las dos mujeres señalaron al mismo tiempo la voluminosa silueta de un edificio que había en la calle de la que provenían.

—*È là*.

—*Grazie* —dijo Langdon, colocando sus manos sobre los hombros de Vittoria y tirando suavemente de ella hacia atrás. No podía creer que hubieran estado a punto de atacar a dos ancianas.

—*Non si può entrare* —les advirtió una de las mujeres—. *È chiusa*.

—¿Está cerrada? —Vittoria parecía sorprendida—. *Perché?*

Las mujeres se lo explicaron. Parecían enojadas. Langdon sólo comprendió algunas partes de su diatriba en italiano. Al parecer, quince minutos antes ambas mujeres se encontraban en la iglesia rezando por el Vaticano en ese momento de necesidad, y de repente había aparecido un hombre y les había dicho que ese día la iglesia cerraría temprano.

—*Lo conoscevate?* —preguntó Vittoria, inquieta—. ¿Lo conocían?

Las mujeres negaron con la cabeza. Era un *straniero* que había obligado a todo el mundo a salir de la iglesia, incluso al joven sacerdote y al portero, quienes lo habían amenazado con llamar a la policía. El intruso, sin embargo, se había limitado a reír y les había dicho que se aseguraran de que la policía llevara cámaras.

«¿Cámaras?», se preguntó Langdon.

Las mujeres gruñeron y llamaron al hombre «*bar-arabo*». Luego, sin dejar de refunfuñar, siguieron su camino.

—*Bar-arabo?* —preguntó Langdon a Vittoria—. ¿Bárbaro?

La joven se puso todavía más tensa.

—No exactamente. *Bar-arabo* es un juego de palabras despectivo. *Arabo* significa... «árabe».

Langdon sintió un escalofrío y se volvió hacia la silueta de la iglesia. Al hacerlo, sus ojos vislumbraron algo en la vidriera. Una oleada de terror lo recorrió de pies a cabeza.

Vittoria, que todavía no lo había visto, cogió su teléfono móvil y presionó el botón de marcación automática.

—Voy a avisar a Olivetti.

Langdon extendió la mano y le tocó el brazo. Con mano trémula, le señaló la iglesia.

Ella dejó escapar un grito ahogado.

En el interior del edificio, reluciendo como unos ojos diabólicos al otro lado de la vidriera, podía verse el resplandor de las llamas.

Capítulo 91

Langdon y la chica echaron a correr hacia la entrada principal de la iglesia de Santa Maria della Vittoria. Al llegar se encontraron con que la puerta de madera estaba cerrada. Vittoria disparó tres veces a la vieja cerradura con la semiautomática de Olivetti y la hizo añicos.

La iglesia carecía de antesala, de modo que al abrir la puerta accedieron directamente al santuario. La escena que encontraron era tan inesperada, tan extraña, que Langdon tuvo que cerrar los ojos y volver a abrirlos antes de que su mente pudiera asimilarla.

La iglesia era de un barroco fastuoso, con las paredes y los altares dorados. En el centro del santuario, bajo la cúpula principal, habían sido apilados los bancos de madera y ahora ardían como una especie de épica pira funeraria. La hoguera se alzaba hasta la cúpula. Al levantar la mirada, el auténtico horror de la escena descendió como una ave de presa.

En lo alto, de los lados derecho e izquierdo del techo, colgaban los cables que solían utilizarse para balancear el incensario sobre la congregación. Ahora, sin embargo, no colgaba ningún incensario de ellos. Tampoco se balanceaban. Habían sido utilizados para otra cosa.

Suspendida de los cables había una persona. Un hombre desnudo. Le habían sujetado cada una de las muñecas a un cable, y lo habían alzado casi hasta desmembrarlo. Tenía los brazos completamente extendidos, como si estuviera clavado a una especie de crucifijo invisible que flotara en la casa de Dios.

Langdon se quedó paralizado al contemplar la escena. Un momento después, presenció la abominación final. El anciano levantó la cabeza: estaba vivo. Sus aterrorizados ojos lo miraron, suplicándole ayuda en silencio. En el pecho del hombre había un emblema. Había sido marcado. Langdon no podía verlo con claridad, pero sabía perfectamente qué decía. Las llamas, cada vez más altas, ya casi lamían los pies del hombre, que dejó escapar un grito de dolor.

Como impulsado por una fuerza invisible, Langdon sintió que de repente su cuerpo se ponía en marcha y echaba a correr por el pasillo central en dirección a la pira. Al acercarse, el humo inundó sus pulmones. A tres metros del infierno, en plena carrera, chocó contra un muro de calor. Al notar el intenso ardor en la piel del rostro, cayó de espaldas sobre el suelo de mármol mientras se protegía los ojos. Tambaleante, se puso nuevamente en pie y siguió adelante, intentando protegerse con las manos.

Rápidamente se dio cuenta de que no podría soportar la intensidad del fuego.

Retrocedió e inspeccionó las paredes de la capilla. «Un grueso tapiz —pensó—. Si pudiera sofocar de algún modo el... —Pero no había ningún tapiz—. ¡Esto es una capilla barroca, Robert, no un maldito castillo alemán! ¡Piensa!» Volvió a mirar al hombre que permanecía suspendido.

El humo y las llamas se arremolinaban en lo alto de la cúpula. Los cables del incensario a los que tenía atadas las muñecas estaban sujetos a unas poleas que pendían del techo, y de ahí descendían hasta unas cornamusas metálicas que había a cada lado de la nave. Langdon examinó una de las cornamusas. Estaba fijada a la pared a bastante altura, pero sabía que si llegaba a ella y aflojaba uno de los cables, disminuiría su tensión y entonces podría balancear al hombre y alejarlo el fuego.

Una llamarada alcanzó al cardenal y éste profirió un penetrante grito. Sus pies estaban empezando a llenarse de ampollas. Se estaba asando vivo. Langdon se volvió entonces hacia la cornamusa y corrió hacia ella.

En la parte trasera de la iglesia, Vittoria se había refugiado tras un banco de madera tratando de serenarse. La imagen que tenía ante sí era espantosa. Apartó la mirada. «¡Haz algo!» Se preguntó dónde debía de estar Olivetti. ¿Habría visto al hassassin? ¿Lo habría atrapado? ¿Dónde estaban ahora? Cuando por fin se disponía a ir a ayudar a Langdon, un ruido la detuvo.

El estrépito de las llamas era cada vez mayor, pero de repente otro ruido surcó el aire. Una vibración metálica. Cercana. La repetitiva cadencia parecía provenir del final de la hilera de bancos de la izquierda. Era un repiqueteo parecido al timbre de un teléfono, pero más pétreo y duro. Vittoria agarró con firmeza su pistola y se dirigió hacia la fila de bancos. El ruido era cada vez más fuerte. Se encendía y se apagaba. Era una vibración recurrente.

Al llegar al final del pasillo advirtió que el sonido provenía del suelo, de la esquina que había al final de la hilera de bancos. Mientras avanzaba con la pistola en la mano derecha, se percató de que también sostenía algo en la izquierda: su teléfono móvil. Había olvidado que lo había utilizado fuera de la iglesia para llamar a Olivetti..., y que éste había activado la vibración del suyo. Vittoria se llevó el teléfono a la oreja: todavía estaba sonando. El comandante no había contestado. De repente, con creciente miedo, creyó entender qué provocaba el ruido. Siguió adelante.

La iglesia entera pareció hundirse bajo sus pies al ver el cuerpo sin vida que yacía en el suelo. Del cadáver no manaba ningún fluido. Ni había signo de violencia alguno tatuado en su piel. Sólo se distinguía la aterradora geometría de la cabeza del comandante, vuelta hacia atrás ciento ochenta grados. La joven no pudo evitar recordar las imágenes del cadáver mutilado de su propio padre.

El teléfono de Olivetti estaba en el suelo, vibrando sobre el frío mármol. Vittoria colgó, y el aparato dejó de sonar. En cuanto se hizo el silencio, sin embargo, oyó un nuevo ruido. Una respiración en la oscuridad, a su espalda.

Empezó a volverse con la pistola en la mano, pero era demasiado tarde. Un intenso calor recorrió todo su cuerpo, de la cabeza a los pies, cuando el codo del asesino impactó con fuerza en su nuca.

—Ya eres mía —dijo una voz.

Luego se hizo la oscuridad a su alrededor.

Al otro lado del santuario, en la pared lateral izquierda, Langdon se había encaramado a lo alto de un banco e intentaba alcanzar la cornamusa, que estaba a casi dos metros de altura. Las cornamusas como ésa eran habituales en las iglesias, y las colocaban en alto para evitar que la gente las manipulara. Sabía que los sacerdotes utilizaban unas escaleras de mano llamadas *pioli* para acceder a ellas. Estaba claro que el asesino había usado la escalera de la iglesia para colgar a su víctima. «¿Dónde demonios está esa escalera ahora? —Langdon bajó la mirada y echó un vistazo a su alrededor—. ¿Dónde?» Un momento después, el corazón le dio un vuelco. Recordó dónde la había visto. Se volvió hacia el violento fuego. Efectivamente, la escalera estaba en lo más alto de la fogata, envuelta en llamas.

Presa de la desesperación, escudriñó la nave entera desde su plataforma elevada en busca de cualquier cosa que pudiera servirle para alcanzar la cornamusa. De repente, sin embargo, se dio cuenta de algo.

«¿Dónde está Vittoria?» Había desaparecido. «¿Habrá ido en busca de ayuda?» Langdon la llamó, pero no obtuvo respuesta. «¡¿Y dónde está Olivetti?!»

Un aullido de dolor sonó en las alturas y el profesor supo que ya era demasiado tarde. Al levantar la mirada pudo ver que la víctima se estaba asando lentamente. Ya sólo se le ocurría una cosa: «Agua. Mucha agua. Apagar el fuego. O al menos aplacar las llamas.»

—¡Necesito agua, maldita sea! —exclamó.

—Eso viene luego —contestó una voz desde la parte trasera de la iglesia.

Se volvió de golpe y a punto estuvo de caerse del banco.

Por el pasillo, un oscuro monstruo caminaba directamente hacia él. Incluso a la luz del fuego, sus ojos seguían pareciendo completamente negros. Langdon reconoció la pistola que llevaba en la mano. Era la misma que él había llevado antes en el bolsillo de la americana... La misma que Vittoria empuñaba al entrar en la iglesia.

La repentina oleada de pánico que sintió era un frenesí de miedos contrapuestos. Su instinto inicial fue pensar en Vittoria. ¿Qué le habría hecho ese animal? ¿Estaba herida? ¿O quizá algo peor? Al mismo tiempo, oyó que el cardenal gritaba desde las alturas. Iba a morir. Ayudarlo ahora era ya imposible. Finalmente, cuando el hassassin lo apuntó con la pistola, el pánico de Langdon se volvió sobre sí mismo y su instinto de supervivencia se activó. Se lanzó hacia el mar de bancos.

El impacto contra éstos fue más duro de lo esperado. Rodó por el suelo. El mármol amortiguó la caída con la misma suavidad que el frío acero. Entonces, unos pasos se acercaron a él por la derecha. Se volvió hacia la entrada y empezó a gatear por entre los bancos para salvar la vida.

En lo alto, el cardenal Guidera soportaba como podía sus últimos y desgarradores momentos de conciencia. Al posar la mirada sobre su propio cuerpo desnudo, advirtió que la piel de sus piernas empezaba a cubrirse de ampollas y a desprenderse. «Estoy en el infierno —decidió—. Dios mío, ¿por qué me has abandonado?» Sabía que debía de tratarse del infierno porque miraba al revés la marca que tenía en el pecho y, aun así, como por arte de magia, podía leerla perfectamente.

Capítulo 92

Tres votaciones. Seguían sin papa.

En la capilla Sixtina, el cardenal Mortati había empezado a rezar para que tuviera lugar un milagro: «¡Envíanos a los candidatos!» El retraso comenzaba a ser excesivo. La ausencia de un candidato podría haberla entendido. La de cuatro los dejaba sin opciones. En esas condiciones, alcanzar una mayoría de dos tercios iba a requerir efectivamente una intervención divina.

Cuando los cerrojos de la puerta exterior empezaron a abrirse, Mortati y todo el Colegio Cardenalicio volvieron al unísono la cabeza hacia la entrada. Mortati sabía que eso sólo podía significar una cosa. Por ley, la puerta de la capilla podía ser abierta únicamente por dos razones: para sacar a alguien que estuviera muy enfermo, o para que entraran cardenales que llegaban tarde.

«¡Los *preferiti* ya están aquí!»

Las esperanzas de Mortati renacieron. El cónclave estaba salvado.

Sin embargo, cuando la puerta se abrió, el grito ahogado que resonó por toda la capilla no fue de alegría. Mortati se quedó mirando con incredulidad al hombre que entró. Por primera vez en la historia del Vaticano, un camarlengo acababa de cruzar el sagrado umbral de un cónclave después de que hubieran sido selladas las puertas.

«¿En qué diantre está pensando?»

El camarlengo llegó al altar y se volvió para dirigirse a la atónita audiencia.

—*Signori* —dijo—, he esperado tanto como he podido. Hay algo que deben saber.

Capítulo 93

Langdon no tenía ni idea de adónde se dirigía. Los reflejos eran el único compás que seguía para alejarse del peligro. Le ardían los codos y las rodillas de arrastrarse por debajo de los bancos. Aun así, siguió adelante. Una voz en su interior le dijo que girara a la izquierda. «Si llegaras al pasillo principal, podrías correr hacia la salida. —Pero sabía que era imposible—. ¡Hay una muralla de llamas bloqueando el pasillo principal!» Mientras avanzaba, su mente no dejaba de barajar opciones. Oyó que los pasos se acercaban con rapidez, ahora por la derecha.

Sucedió sin que Langdon lo esperara. Había supuesto que todavía le quedaban otros tres metros de bancos hasta alcanzar la salida. Pero se había equivocado. Sin advertencia previa, la hilera de bancos terminó. Se quedó inmóvil, expuesto en medio de la iglesia. En la hornacina que había a su izquierda se hallaba lo que lo había llevado hasta allí. Se había olvidado por completo de ello. Desde esa perspectiva privilegiada, *El éxtasis de santa Teresa*, la gigantesca escultura de Bernini, se alzaba como una especie de naturaleza muerta pornográfica: la santa tumbada de espaldas, arqueada por el placer, la boca abierta en un gemido y, sobre ella, un ángel apuntándola con su flecha de fuego.

Una bala impactó entonces en el banco por encima de la cabeza de Langdon, que se puso rápidamente en pie. Impulsado únicamente por la adrenalina y apenas consciente de sus actos, echó a correr, encorvado y con la cabeza gacha, en dirección a la pared derecha de la iglesia. Cuando las balas empezaron a impactar a su alrededor, saltó como pudo y fue a parar contra la verja de un nicho que había en la pared.

Fue entonces cuando la vio. Hecha un gurruño al fondo de la nave. «¡Vittoria!» Tenía las piernas dobladas, pero le pareció que todavía respiraba. Ahora no tenía tiempo de ayudarla.

El asesino rodeó entonces los bancos por el extremo izquierdo de la iglesia y se abalanzó sobre él. Langdon supo que todo había terminado. El hombre lo apuntó con su arma y él hizo la única cosa que podía hacer. Saltó por encima de la barandilla del nicho. Justo cuando caía al suelo al otro lado, las columnas de mármol de la balaustrada recibieron los impactos de una lluvia de balas.

Langdon se arrastró hacia el fondo del nicho semicircular; se sentía como un animal acorralado. El único contenido de la hornacina parecía irónicamente apropiado: un sarcófago. «El mío, quizá», se dijo. Incluso la clase de ataúd parecía apropiado. Era una *scatola*: una pequeña caja de mármol sin adornos. El entierro saldría bien de precio. El sarcófago descansaba sobre dos bloques de mármol y, al ver la abertura que había debajo, Langdon se preguntó si cabría por ella.

Oyó el eco de unos pasos detrás de él.

Sin otra opción a la vista, se tumbó en el suelo y se deslizó por debajo del ataúd. Se agarró a los dos soportes de mármol, tiró con fuerza, y se deslizó por la abertura. El asesino disparó.

Además del estruendo del disparo, Langdon notó que la bala le rozaba la piel. Pasó por su lado con un siseo como el de un latigazo y, al impactar contra el mármol, levantó una nube de polvo. Asustado, metió todo su cuerpo en la abertura y, tras arrastrarse por el suelo de mármol, llegó finalmente al otro lado del sarcófago.

No había salida.

Langdon se encontró cara a cara con la pared trasera del nicho. No tenía duda alguna de que ese diminuto espacio detrás del ataúd se convertiría en su tumba. «Y muy pronto», pensó al ver que el cañón de la pistola asomaba por la abertura. El hassassin sostenía la pistola en paralelo al suelo, apuntando directamente a su estómago.

No podía fallar.

El instinto de supervivencia espoleó la mente del profesor. Retorciéndose, se tumbó sobre su estómago, en paralelo al féretro. Boca abajo, plantó las manos en el suelo, abriéndose un corte que se había hecho en los archivos con un cristal. Ignorando el dolor, levantó el torso como si hiciera flexiones y arqueó el estómago justo en el momento en el que el arma disparaba. Pudo notar la onda expansiva de las balas al pasar por su lado y pulverizar la porosa pared de travertino que tenía detrás. Cerrando los ojos y luchando contra el cansancio, rezó para que el estruendo cesara.

Finalmente lo hizo.

El estrépito del tiroteo fue reemplazado por el frío clic de una recámara vacía.

Langdon abrió los ojos lentamente, casi temiendo que sus párpados hicieran ruido. Luchando contra el dolor, se mantuvo inmóvil y arqueado como un gato. No se atrevía siquiera a respirar. Con los tímpanos todavía ensordecidos por el tiroteo, aguzó el oído para averiguar si el asesino se alejaba. Silencio. Pensó en Vittoria. Desearía poder ayudarla.

El ruido que oyó a continuación fue ensordecedor. Un bramido gutural apenas humano.

De repente, el sarcófago parecía estar inclinándose. Langdon se dejó caer al suelo al notar que cientos de kilos se tambaleaban sobre él. La gravedad superó la fricción, y la tapa se deslizó sobre el ataúd y cayó al suelo a su lado.

Luego le tocó el turno al ataúd, que empezó a balancearse sobre sus soportes.

En cuanto éste empezó a moverse, Langdon supo que o bien quedaba sepultado en el interior del hueco del ataúd, o bien sería aplastado por uno de sus costados. Rápidamente encogió las piernas y la cabeza, y pegó los brazos a los lados, replegándose sobre sí mismo. Luego cerró los ojos y esperó la caída del ataúd.

Cuando sucedió, todo el suelo tembló bajo él, e incluso sus dientes se estremecieron en las encías. El borde superior aterrizó a unos milímetros de su cabeza. El brazo derecho, que Langdon ya había dado por perdido, seguía milagrosamente intacto. Abrió entonces los ojos y vislumbró un haz de luz. El borde derecho del sarcófago seguía parcialmente apoyado sobre su soporte. Justo encima, sin embargo, Langdon se encontró con el mismo rostro de la muerte.

El ocupante original de la tumba permanecía suspendido sobre él. Se había adherido al fondo del ataúd, algo frecuente en los cadáveres descompuestos. El esqueleto permaneció así un momento, como un amante vacilante, hasta que, con un pegajoso crujido, sucumbió a la gravedad y se despegó. El cadáver se abrazó a Langdon, envolviéndolo en una lluvia de huesos pútridos y polvo.

Antes de que pudiera reaccionar, un brazo se deslizó dentro el ataúd por la abertura y, como una pitón hambrienta, reptó por entre los huesos del cadáver. Palpando a ciegas, llegó hasta el cuello de Langdon y se aferró a él. El profesor intentó zafarse del puño de acerco que le aplastaba la laringe, pero la manga izquierda se le había quedado enganchada con el borde del ataúd. Sólo tenía un brazo libre, y la lucha era una batalla perdida.

Flexionó las piernas en el escaso espacio disponible y buscó con los pies el fondo del ataúd. Lo encontró. Entonces, mientras la mano alrededor de su cuello aumentaba la presión, cerró los ojos y extendió las piernas a modo de ariete. El ataúd se movió. No mucho, pero fue suficiente.

Con un áspero chirrido, el sarcófago resbaló del soporte en el que todavía estaba apoyado y aterrizó en el suelo. El borde del ataúd aplastó el brazo del asesino, que profirió un apagado grito de dolor. La mano liberó entonces el cuello de Langdon y se retorció en la oscuridad. Cuando el asesino consiguió finalmente retirar el brazo, el ataúd cayó con un conclusivo ruido sordo contra el liso suelo de mármol.

Oscuridad. De nuevo.

Y silencio.

Langdon no oyó que el asesino, frustrado, golpeara el exterior del sarcófago volcado, ni que intentara levantarlo. Nada. Tumbado en la oscuridad en medio de una pila de huesos, se encontró en la más absoluta negrura y volvió a pensar en ella.

«¿Estás viva, Vittoria?»

Si Langdon hubiera sabido la verdad —el horror en el que Vittoria pronto despertaría—, habría deseado que, por su bien, estuviera ya muerta.

Capítulo 94

Sentado en la capilla Sixtina junto a sus asombrados colegas, el cardenal Mortati intentaba comprender las palabras que estaba oyendo. Ante él, iluminado únicamente por la luz de las velas, el camarlengo acababa de contarles una historia de tal odio y traición que el cardenal no pudo evitar echarse a temblar. Ventresca les había hablado de cardenales secuestrados, marcados a fuego y asesinados. También de los antiguos illuminati —un nombre que desenterraba miedos olvidados—, y de su resurgimiento y pretensión de vengarse de la Iglesia. Con dolor en la voz, el camarlengo les había contado asimismo lo sucedido con el papa..., envenenado por la hermandad. Y finalmente, casi en un susurro, les había revelado la existencia de una nueva y mortífera tecnología, la antimateria, que amenazaba con destruir por completo la Ciudad del Vaticano antes de dos horas.

Cuando hubo terminado fue como si el mismísimo Satanás hubiera absorbido el aire de la capilla. Nadie podía moverse. Las palabras del camarlengo todavía flotaban en la oscuridad.

El único ruido que Mortati podía oír ahora era el anómalo zumbido de una cámara de televisión, al fondo. Una presencia electrónica inédita en la historia de los cónclaves, pero que el camarlengo había exigido. Para completo asombro de los cardenales, el sacerdote había entrado en la capilla Sixtina con dos reporteros de la BBC —un hombre y una mujer—, y había anunciado que retransmitirían su solemne declaración, en directo para todo el mundo.

Dirigiéndose hacia la cámara, el camarlengo dio un paso adelante.

—A los illuminati —dijo endureciendo el tono—, y a los hombres de ciencia, permítanme que les diga algo. —Se detuvo un momento—. Han ganado la guerra.

El silencio se extendió hasta el rincón más remoto de la capilla. Mortati podía oír incluso los desesperados latidos de su corazón.

—La partida hace mucho tiempo que comenzó —prosiguió Ventresca—. Su victoria era inevitable. Nunca antes había sido tan evidente. La ciencia es el nuevo Dios.

«¿Qué está diciendo? —pensó Mortati—. ¿Es que se ha vuelto loco? ¡Todo el mundo está escuchando esto!»

—Medicina, comunicaciones electrónicas, viajes espaciales, manipulación genética... Ésos son los milagros sobre los que ahora les hablamos a nuestros hijos. Ésos son los milagros que esgrimimos como prueba de que la ciencia nos ofrecerá respuestas. Las viejas historias de concepciones inmaculadas, zarzas en llamas y mares que se separan ya no son relevantes. Dios ha quedado obsoleto. La ciencia ha ganado la batalla. Nos damos por vencidos.

Un murmullo de confusión y desconcierto recorrió la capilla.

—Ahora bien —añadió el camarlengo intensificando el tono de su voz—, la victoria de la ciencia tiene un coste para todos nosotros. Un coste muy elevado.

Silencio.

—La ciencia puede haber aliviado las penurias de la enfermedad y del trabajo, así como habernos proporcionado una amplia colección de artilugios para nuestro entretenimiento y nuestra comodidad, pero nos ha dejado un mundo sin milagros. Nuestras puestas de sol han sido reducidas a longitudes de onda y frecuencias. Las complejidades del universo han quedado desglosadas en ecuaciones matemáticas. Incluso nuestra autoestima como seres humanos ha sido aniquilada. La ciencia proclama que el planeta Tierra y sus habitantes no son más que una insignificante mota de polvo en el universo. Un mero accidente cósmico. —Se detuvo un momento—. Incluso la tecnología que promete unirnos, en realidad, nos divide. Cada uno de nosotros está electrónicamente conectado a los demás y, sin embargo, nos sentimos completamente solos. Nos bombardean con imágenes de violencia, división, fractura y traición. El escepticismo se ha convertido en virtud. Y el cinismo y la exigencia de pruebas, en pensamiento ilustrado. ¿De veras le sorprende a alguien que los seres humanos se sientan hoy más deprimidos y derrotados que en ningún otro momento de la historia? ¿Hay algo que la ciencia considere sagrado? La ciencia investiga nuestros fetos nonatos en busca de respuestas. Presume incluso de manipular nuestro propio ADN. Desmenuza el mundo de Dios en piezas más y más pequeñas en busca de un significado..., y lo único que encuentra son más preguntas.

Mortati observaba con asombro al camarlengo. Sus palabras eran casi hipnóticas. La fortaleza física de sus movimientos y su voz no las había presenciado nunca en un altar vaticano. La voz del hombre estaba preñada de convicción y tristeza.

—La vieja guerra entre ciencia y religión ha terminado —dijo Ventresca—. Han ganado. Pero no lo han hecho limpiamente. No han ofrecido respuestas. Han ganado haciendo creer a nuestra sociedad que las verdades que antaño guiaban nuestros pasos ahora son inaplicables. La religión no puede seguir su ritmo. El crecimiento científico es exponencial. Se alimenta a sí mismo como un virus. Cada nuevo descubrimiento conduce a otro. A la humanidad le llevó miles de años progresar de la rueda al coche, pero sólo unas décadas del coche al espacio. Ahora medimos el progreso científico en semanas. Estamos fuera de control. La brecha entre nosotros es cada vez mayor, y la religión ha quedado atrás. La gente sufre un vacío espiritual. Buscamos desesperadamente un sentido. Créanme: desesperadamente. Vemos ovnis, contactamos con espíritus, tenemos experiencias extrasensoriales, emprendemos búsquedas mentales; todas esas excéntricas ideas tienen una pátina científica, pero son desvergonzadamente irracionales. Son el grito desesperado del alma moderna, solitaria y atormentada, lisiada por sus propios conocimientos y su incapacidad de aceptar un significado en nada que sea ajeno a la tecnología.

Mortati advirtió que se había inclinado hacia adelante. Tanto él como los demás cardenales y la gente de todo el mundo estaban pendientes de cada una de las palabras del sacerdote. El camarlengo hablaba sin retórica ni vitriolo. No hacía referencias a las Escrituras ni a Jesucristo. Hablaba utilizando términos modernos, sin adornos, puros. En cierto modo, era como si esas palabras las pronunciara el mismo Dios. Ventresca utilizaba un idioma moderno para comunicar su antiguo mensaje. En ese momento, Mortati entendió las razones por las que el fallecido papa sentía tanto aprecio por ese joven. En un mundo de apatía, cinismo y deificación tecnológica, hombres como el camarlengo, realistas, capaces de dirigirse a otras almas como él acababa de hacer, eran la única esperanza de la Iglesia.

Su tono se volvió aún más enérgico.

—La ciencia, dicen ustedes, nos salvará. La ciencia, digo yo, nos ha destruido. Desde la época de Galileo, la Iglesia ha intentado entorpecer su implacable avance, a veces con los medios equivocados, pero siempre con buena intención. Aun así, las tentaciones son demasiado grandes para que el hombre pueda resistirse a ellas. Miren a su alrededor. Las promesas de la ciencia no se han cumplido. Sus promesas de eficiencia y simplicidad sólo nos han traído polución y caos. Somos una especie fracturada y frenética... que se hunde en una espiral de destrucción.

El camarlengo hizo una larga pausa y luego miró fijamente a la cámara.

—¿Quién es ese Dios de la ciencia? ¿Qué Dios le ofrece a la gente poder pero no un marco moral para poder utilizarlo? ¿Qué clase de Dios le da fuego a un niño pero no le advierte de sus peligros? El lenguaje de la ciencia carece de referentes sobre lo que está bien y lo que está mal. Los manuales de ciencia nos dicen cómo crear una reacción nuclear, pero no contienen ningún apartado en el que se nos pregunte si es una buena o una mala idea.

»A los hombres de ciencia les digo lo siguiente: la Iglesia está cansada. Estamos agotados de intentar ser su referente moral. Cada vez nos resulta más difícil ser la voz de equilibrio mientras ustedes prosiguen ciegamente su búsqueda de chips más pequeños y beneficios más grandes. No les pedimos que se refrenen, pues está claro que no pueden. Su mundo se mueve tan rápidamente que, si se detienen siquiera un instante a considerar las implicaciones de sus acciones, alguien más eficiente los adelantará de inmediato. Así que siguen adelante. No dejan de construir armas de destrucción masiva, pero es el papa quien viaja por el mundo para recordarnos las implicaciones morales de nuestras acciones. Invitan a la gente a interactuar mediante teléfonos, pantallas de vídeo y ordenadores, pero es la Iglesia la que abre sus puertas y anima a la gente a relacionarse en persona. Asesinan incluso a bebés nonatos en nombre de una investigación que salvará vidas. Y, una vez más, es la Iglesia la que pone en evidencia la falacia de ese razonamiento.

»Mientras tanto, ustedes proclaman la ignorancia de la Iglesia. Pero ¿quién es más ignorante?, ¿el hombre que no puede definir un relámpago o el que no respeta su asombroso poder? Esta Iglesia les tiende la mano. Se la tiende a todos. Y, sin embargo, cuanto más lo intenta, más nos re-húyen. Demuestren que existe un dios, nos dicen. ¡Y yo les contesto que observen el cielo con sus telescopios y me digan cómo puede no haber uno! —El camarlengo tenía lágrimas en los ojos—. Me preguntan por el aspecto de Dios. Y yo les contesto que de dónde sale esa pregunta. Las respuestas son una y la misma. ¿No ven a Dios en su ciencia? ¿Cómo puede ser? Aseguran que el más mínimo cambio en la fuerza de la gravedad o en el peso del átomo habría convertido nuestro universo en una neblina sin vida en vez de nuestro magnífico mar de cuerpos celestiales, ¿y no ven la mano de Dios en ello? ¿De verdad es más fácil creer que simplemente escogimos la carta adecuada de una baraja de miles de millones? ¿Tan grande es nuestra crisis espiritual que preferimos creer en imposibilidades matemáticas antes que en un poder más grande que nosotros?

»Tanto si creen en Dios como si no —continuó Ventresca, ensombreciendo todavía más el tono de voz—, deben creer esto que les digo. Al abandonar nuestra confianza en un poder más grande que nosotros, abandonamos nuestro sentido de la responsabilidad. La fe..., todas las fes... son admoniciones de que hay algo que no podemos entender ante lo que somos responsables. Con fe somos responsables ante los demás, ante nosotros mismos, y ante una verdad superior. La religión es imperfecta, pero sólo porque el hombre lo es. Si el mundo exterior pudiera ver esta Iglesia como yo la veo..., más allá del ritual de estas paredes..., verían un milagro moderno, una hermandad de almas simples e imperfectas que únicamente pretende ser una voz compasiva en un mundo fuera de control.

El camarlengo se volvió entonces hacia el Colegio Cardenalicio. La cámara de la BBC siguió instintivamente su mirada y enfocó a los cardenales.

—¿Somos obsoletos? —preguntó Ventresca—. ¿Son estos hombres dinosaurios? ¿Lo soy yo? ¿Necesita el mundo una voz para los pobres, los débiles, los oprimidos, los bebés nonatos? ¿Necesitamos almas como éstas, que, aun imperfectas, se pasan la vida implorándonos a cada uno de nosotros que prestemos atención a los referentes morales y no nos descarriemos?

Mortati se dio cuenta de que, conscientemente o no, la jugada del camarlengo estaba siendo brillante. Al mostrar a los cardenales personalizaba a la Iglesia. La Ciudad del Vaticano ya no consistía únicamente en una serie de edificios, sino también en personas. Personas que, al igual que el camarlengo, se habían pasado la vida al servicio del bien.

—Esta noche estamos al borde un precipicio —declaró el sacerdote—. Ninguno de nosotros puede permitirse ser apático. Tanto da que para ustedes el mal sea Satanás, la corrupción o la inmoralidad... La fuerza oscura está viva y no deja de crecer. No la ignoren. —El camarlengo bajó el tono y la cámara se acercó a él—. Aunque poderosa, la fuerza no es invencible. El bien puede prevalecer. Escuchen sus corazones. Escuchen a Dios. Juntos podemos salir de este abismo.

Finalmente, Mortati lo comprendió. Ésa era la razón. El cónclave había sido violado, pero se trataba de la única opción. Era una dramática y desesperada petición de ayuda. El camarlengo se dirigía tanto a sus enemigos como a sus amigos. Suplicaba a todo el mundo que viera la luz y detuviera la locura. Sin duda, quienes estuvieran escuchándolo advertirían la demencia del complot que estaba denunciando y harían algo al respecto.

Ventresca se arrodilló ante el altar.

—Recen conmigo.

El Colegio Cardenalicio al completo se arrodilló y se unió a su rezo.

Tanto en la plaza de San Pedro como alrededor del globo, la gente, atónita, se arrodilló con ellos.

Capítulo 95

El hassassin depositó su trofeo inconsciente en la parte trasera de la furgoneta y se detuvo un momento para admirar su cuerpo. No era tan hermosa como las mujeres que solía comprar, pero aun así había en ella una fuerza animal que lo excitaba. Su cuerpo relucía, perlado por el sudor, y olía a almizcle.

El hassassin siguió saboreando su premio e ignoró las punzadas que sentía en el brazo. Aunque dolorosa, la magulladura que le había hecho el sarcófago al caer era insignificante. Bien valía la compensación que obtendría. Se consoló con la idea de que el estadounidense que le había hecho eso ya debía de estar muerto.

Mientras contemplaba a su prisionera incapacitada, pensó en lo que le esperaba. Metió la mano por debajo de su camiseta. El tacto de sus pechos parecía perfecto bajo el sujetador. «Sí. —Sonrió—. Realmente mereces la pena.» Conteniendo el impulso de tomarla allí mismo, cerró la puerta y se alejó en la noche.

No hacía falta que alertara a la prensa de ese asesinato... Las llamas lo harían por él.

En el CERN, Sylvie seguía asombrada por el discurso del camarlengo. Nunca antes se había sentido tan orgullosa de ser católica y tan avergonzada de trabajar en el CERN. Al salir del ala recreativa, advirtió que ahora el ánimo en las salas era confuso y sombrío. Cuando llegó al despacho de Kohler, las siete líneas telefónicas estaban sonando. A Kohler nunca le pasaban las llamadas de los medios de comunicación, así que esas llamadas entrantes sólo podían significar una cosa.

Geld. Dinero.

Ya había gente interesada en la tecnología de la antimateria.

En el Vaticano, Gunther Glick tenía la sensación de flotar a un palmo del suelo mientras seguía al camarlengo fuera de la capilla Sixtina. Macri y él acababan de hacer la retransmisión en directo de la década. Y menuda retransmisión. El camarlengo había estado sensacional.

Ya en el pasillo, Ventresca se volvió hacia ellos.

—He pedido a la Guardia Suiza que les entreguen las fotografías que tenemos de los cardenales marcados, así como del cadáver de Su Santidad. He de advertirlos de que no son unas imágenes en absoluto agradables. Quemaduras horripilantes. Lenguas renegridas. Aun así, me gustaría que se las mostraran al mundo.

Glick decidió que el Vaticano esa noche debía de celebrar la Navidad. «¿Quiere que muestre en televisión una fotografía en exclusiva del papa muerto?»

—¿Está seguro? —preguntó, intentando disimular la excitación de su voz.

El camarlengo asintió.

—La Guardia Suiza también les proporcionará imágenes en directo de la cuenta atrás del contenedor de antimateria.

Glick se lo quedó mirando. «¡Navidad! ¡Navidad! ¡Navidad!»

—Los illuminati están a punto de descubrir que han ido demasiado lejos —declaró el camarlengo.

Capítulo 96

Como un tema recurrente en una sinfonía demoníaca, la asfixiante oscuridad había regresado.

«Sin luz. Sin aire. Sin escapatoria.»

Langdon permanecía atrapado bajo el sarcófago volcado y tenía la sensación de estar perdiendo la razón. Para apartar sus pensamientos del aplastante espacio en el que se encontraba, intentó que su mente siguiera un proceso lógico: matemáticas, música, lo que fuera. Sin embargo, no parecía haber sitio para pensamientos tranquilizadores. «¡No puedo moverme! ¡No puedo respirar!»

Afortunadamente, al caer el ataúd, había conseguido liberar la manga, y ahora podía usar ambos brazos. Aun así, por mucho que empujara el fondo de la diminuta celda, no conseguía moverla. Por extraño que pudiera parecer, deseó que su manga todavía estuviera enganchada. Al menos, así entraría algo de aire por la ranura.

Mientras seguía empujando el fondo del ataúd, la manga cayó hacia atrás y dejó a la vista el tenue resplandor de un viejo amigo: Mickey. El verdoso dibujo animado parecía burlarse de él.

Palpó en la oscuridad en busca de alguna otra señal de luz, pero el borde del sarcófago había quedado completamente a ras suelo. «Malditos perfeccionistas italianos», maldijo Langdon ahora que se encontraba en peligro por la misma excelencia artística que enseñaba a reverenciar a sus alumnos: bordes perfectos, paralelas impecables y, por supuesto, uso exclusivo del mármol de Carrara más compacto y resistente.

La precisión podía resultar asfixiante.

—Levántala de una maldita vez —dijo en voz alta, empujando con mayor fuerza la maraña de huesos.

La caja se movió ligeramente. Apretando la mandíbula, volvió a intentarlo. La caja pesaba como una gran roca, pero esta vez consiguió levantarla medio centímetro. Un fugaz haz de luz lo envolvió antes de volver a caer con un golpe seco y dejarlo nuevamente a oscuras. Intentó volver a levantar el ataúd con las piernas, pero ahora ya no tenía espacio suficiente para estirarlas.

Atenazado por la claustrofobia, tuvo la impresión de que las paredes del sarcófago se encogían a su alrededor. Presa del delirio, luchó contra esa ilusión con los restos de intelecto que le quedaban.

—Sarcófago —dijo en voz alta con la mayor esterilidad académica de la que fue capaz.

Pero ese día incluso la erudición parecía estar en su contra. «Sarcófago proviene de las palabras griegas *sarx*, que significa "carne", y *phagein*, que significa "comer". Estoy atrapado en una caja literalmente diseñada para "comer carne".»

Las imágenes de jirones de carne y huesos sólo sirvieron para recordarle que estaba cubierto de restos humanos. El pensamiento le provocó náuseas y escalofríos. Pero también le dio una idea.

Tras rebuscar a tientas por el ataúd, encontró un fragmento de hueso. ¿Una costilla, quizá? No le importaba. Lo único que quería era algo que le sirviera de cuña. Si conseguía levantar el féretro, aunque sólo fuera unos milímetros, y deslizaba el fragmento de hueso por debajo del borde, quizá entraría suficiente aire...

Tras apoyar la punta del hueso en la ranura entre el suelo y el ataúd, extendió la otra mano y empujó hacia arriba. La caja no se movió. Ni un milímetro. Volvió a intentarlo. Por un momento pareció temblar ligeramente, pero eso fue todo.

Asfixiado por el fétido olor y la falta de oxígeno, Langdon se dio cuenta de que sólo le quedaba tiempo para un intento más. Y también comprendió que necesitaría ambos brazos.

Colocó entonces la punta del hueso en la rendija y, cambiando de posición, lo apoyó contra el hombro. Con cuidado de que no se soltara, levantó las dos manos. El sofocante espacio le resultaba cada vez más asfixiante y sintió una oleada de intenso pánico. Era la segunda vez ese día que se quedaba atrapado sin aire. Con un fuerte grito, Langdon empujó hacia arriba. Consiguió levantar por un instante el ataúd. Tiempo suficiente. El fragmento de hueso que había apoyado contra el hombro se deslizó por la rendija que había abierto. Cuando el sarcófago volvió a caer, el hueso se hizo añicos, pero esta vez el féretro quedó ligeramente apuntalado. Bajo el borde podía verse un diminuto haz de luz.

Agotado, Langdon se dejó caer sobre la espalda y aguardó a que la asfixiante sensación de la garganta desapareciera. Sin embargo, a medida que pasaban los segundos, iba a peor. El aire que entraba por la ranura parecía imperceptible. Se preguntó si sería suficiente para mantenerlo con vida. Y, en tal caso, por cuánto tiempo. Si se desmayaba, ¿cómo iban a saber que estaba allí dentro?

Volvió a consultar la hora: las 22.12. Con dedos trémulos, buscó a tientas la esfera del reloj, hizo girar una ruedecilla y presionó un botón.

Las paredes parecieron comprimirse a su alrededor y él empezó a sentir que perdía el conocimiento. Sus viejos miedos volvían a resurgir. Tal y como había hecho otras veces, intentó pensar que se encontraba en campo abierto. La imagen que conjuró, sin embargo, no fue de mucha ayuda. La pesadilla que lo atormentaba desde la infancia acudió de nuevo a su mente...

«Estas flores aquí parecen salidas de un cuadro», pensó el niño mientras cruzaba a la carrera el prado. Le habría gustado que sus padres hubieran ido con él, pero estaban ocupados montando la tienda de campaña.

—No vayas a explorar muy lejos —le había dicho su madre.

Él fingió que no la oía y se internó en el bosque.

Ahora, tras atravesar el glorioso campo, el chico llegó a una pila de piedras. Supuso que debían de ser los cimientos de una antigua hacienda. No se acercaría. Sabía que no debía. Además, otra cosa había llamado su atención: un reluciente «zapatito de Venus», la flor más rara y hermosa de New Hampshire. Hasta entonces sólo la había visto en las páginas de los libros.

Excitado, el muchacho corrió hacia la flor y se arrodilló ante ella. El suelo, mullido, estaba cubierto por completo de hierba. Advirtió entonces que su flor había encontrado un lugar especialmente fértil para crecer: los restos de una pila de madera podrida.

Emocionado ante la perspectiva de llevarse a casa su premio, estiró el brazo para coger el tallo.

Nunca llegó a hacerlo.

Se oyó un escalofriante crujido y la tierra cedió bajo sus pies.

Durante los tres segundos de mareante terror que duró la caída, el chico creyó que iba a morir. La colisión haría añicos sus huesos, pensó mientras se precipitaba en caída libre. Cuando llegó al fondo, sin embargo, no sintió dolor. Únicamente algo blando.

Y frío.

Se estrelló contra la superficie líquida y se sumergió en

su angosta oscuridad. Desorientado, palpó las lisas paredes que lo rodeaban. De algún modo, como por instinto, consiguió salir a la superficie.

Luz.

Tenue. Sobre su cabeza. Se diría que a kilómetros de distancia.

Buscó en las paredes algo a lo que agarrarse. Sólo encontró piedra lisa. Había caído en un pozo abandonado. Pidió ayuda, pero sus gritos reverberaron en el estrecho pozo. Gritó una y otra vez. Sobre él, la luz del irregular agujero se iba atenuando.

Empezaba a caer la noche.

El tiempo pareció contraerse en la oscuridad. Mientras flotaba en el fondo del pozo, se sentía cada vez más entumecido. No dejaban de atormentarlo visiones de las paredes derrumbándose y enterrándolo vivo. Los brazos, ya fatigados, le dolían. Varias veces creyó oír voces. Gritó, pero su voz sonaba apagada, como en un sueño.

Al llegar la noche, el pozo pareció estrecharse aún más. Como si sus paredes se comprimieran. El chico intentó resistirse. Agotado, quiso darse por vencido, pero el agua lo mantenía a flote y enfriaba sus miedos hasta dejarlo entumecido.

Cuando el equipo de rescate llegó, encontraron al muchacho casi inconsciente. Había pasado cinco horas en el agua. Dos días después, el *Boston Globe* publicó en portada una noticia titulada «El pequeño nadador que sobrevivió».

Capítulo 97

El hassassin sonrió al aparcar su furgoneta junto a la gigantesca estructura de piedra que daba al río Tíber. Subió la escalera con su trofeo a cuestas, agradecido de que su carga no pesara mucho.

Llegó a la puerta.

«La Iglesia de la Iluminación —se regodeó—. La antigua sala de reuniones de los illuminati. ¿Quién habría imaginado que se encontraba aquí?»

Una vez dentro, depositó a la mujer sobre un diván acolchado. Luego le ató las manos a la espalda y los pies entre sí. Lo que deseaba hacerle debía esperar hasta que hubiese terminado su tarea final. «Agua.»

Aun así, se permitió un momento de indulgencia. Se arrodilló a su lado y le pasó la mano por el muslo. Era suave. Subió la mano un poco más. Sus dedos oscuros se introdujeron por debajo del dobladillo de sus pantalones cortos. Subió un poco más.

Se detuvo. «Paciencia —se dijo, excitado—. Hay trabajo por hacer.»

Salió un momento al balcón de piedra de la cámara. La brisa vespertina enfrió lentamente su ardor. Abajo bramaba el Tíber. Levantó entonces la mirada hacia la cúpula de la basílica de San Pedro, a apenas un kilómetro y medio, desnuda bajo el resplandor de centenares de focos de los medios de comunicación.

—Ha llegado vuestra hora final —dijo en voz alta,

pensando en los miles de musulmanes asesinados durante las cruzadas—. A medianoche os reuniréis con vuestro Dios.

A su espalda, la joven se revolvió. El hassassin dio media vuelta. Consideró si dejar que se despertara. El terror en los ojos de una mujer era su mayor afrodisíaco.

Optó por la prudencia. Sería mejor que permaneciera inconsciente mientras él no estaba presente. Aunque estuviera atada y no pudiera escapar, no quería regresar y encontrársela agotada de forcejear. «Quiero que guardes tus fuerzas... para mí.»

Levantando ligeramente la cabeza de la mujer, el hassassin colocó la palma de la mano bajo su cuello y buscó el hueco que había justo debajo del cráneo. Había utilizado ese punto de presión en incontables ocasiones. Con una fuerza aplastante, hundió el pulgar en el blando cartílago. La mujer se desplomó al instante. «Veinte minutos», pensó. Sería un magnífico colofón a un día perfecto. En cuanto la hubiera utilizado, y ella hubiera muerto mientras lo hacía, él saldría al balcón a contemplar los fuegos artificiales del Vaticano.

Tras dejar su trofeo inconsciente sobre el sofá, el hassassin bajó a una mazmorra iluminada con antorchas. La tarea final. Se dirigió a la mesa y reverenció los sagrados moldes metálicos que habían dejado allí para él.

«Agua.» El último elemento.

Como había hecho ya en las tres ocasiones anteriores, cogió una antorcha de la pared y calentó un extremo del molde. Cuando estuvo al rojo vivo, lo llevó a la celda.

En su interior, un hombre permanecía de pie en silencio. Viejo y solo.

—Cardenal Baggia —susurró el asesino—. ¿Ha rezado ya?

El italiano lo miró sin miedo.

—Sólo por su alma.

Capítulo 98

Los seis bomberos que acudieron a la iglesia de Santa Maria della Vittoria sofocaron el fuego con chorros de gas halón. El agua era más barata, pero el vapor habría estropeado los frescos de la capilla, y el Vaticano ofrecía a los *pompieri* un generoso estipendio por un servicio rápido y prudente en los edificios de su propiedad.

Debido a la naturaleza de su trabajo, los bomberos presenciaban tragedias casi a diario, pero lo acontecido en esa iglesia era algo que ninguno de ellos olvidaría. Crucifixión, ahorcamiento, quema en la hoguera..., la escena parecía salida directamente de una pesadilla gótica.

Lamentablemente, como solía suceder, los medios habían llegado antes que el cuerpo de bomberos, y habían grabado numerosas imágenes antes de que despejaran la iglesia. Cuando los bomberos pudieron finalmente descolgar a la víctima y depositarla en el suelo, no tuvieron duda alguna de quién se trataba.

—*Cardinale Guidera* —susurró uno de ellos—. *Di Barcellona.*

La víctima estaba desnuda. La parte inferior de su cuerpo había quedado completamente carbonizada y las heridas abiertas de los muslos rezumaban sangre. Las tibias estaban expuestas. Un bombero vomitó. Otro tuvo que salir de la iglesia para respirar aire fresco.

Lo más espantoso, sin embargo, era el símbolo que le habían grabado en el pecho. El jefe del equipo de bomberos rodeó el cadáver sobrecogido por el horror. «*È opera del diavolo* —dijo para sí—. Esto es obra del mismísimo Satanás.» Y se santiguó por primera vez desde que era niño.

—*C'è un altro cadavere!* —exclamó alguien. Uno de los bomberos había encontrado otro cuerpo.

El jefe de bomberos reconoció de inmediato a la segunda víctima. El austero comandante de la Guardia Suiza era un hombre por el que pocos representantes de las fuerzas del orden público sentían aprecio. El jefe llamó al Vaticano, pero todas las líneas estaban ocupadas. Sabía que daba igual. La Guardia Suiza se enteraría por la televisión en cuestión de minutos.

Al inspeccionar los daños para intentar dilucidar qué debía de haber pasado, el jefe vio un nicho que había sido acribillado a balazos. Un ataúd había caído de sus soportes y había volcado. Estaba todo hecho un desastre. «De esto ya se encargarán la policía y la Santa Sede», pensó, volviéndose.

Mientras lo hacía, sin embargo, oyó un ruido que provenía del ataúd y se detuvo. Era un sonido que a ningún bombero le gustaba oír.

—*Una bomba!* —gritó—. *Tutti fuori!*

Cuando la brigada de artificieros dio la vuelta al ataúd, descubrió el origen del pitido. Todos se quedaron mirando fijamente la escena, confusos.

—*Medico!* —exclamó finalmente un artificiero—. *Un medico!*

Capítulo 99

—¿Alguna noticia de Olivetti? —preguntó el camarlengo, con el rostro macilento, mientras Rocher lo escoltaba de la capilla Sixtina al despacho del papa.

—No, *signore*. Temo lo peor.

Cuando llegaron al despacho, el camarlengo se dirigió a Rocher con voz grave.

—Capitán, ya no puedo hacer nada más. De hecho, me temo que ya he hecho demasiado. Voy a entrar al despacho a rezar. Que nadie me moleste. El resto está ahora en manos de Dios.

—Sí, *signore*.

—Es tarde, capitán. Encuentre ese contenedor.

—Nuestra búsqueda continúa. —Rocher vaciló—. Pero el arma parece estar muy bien escondida.

Ventresca hizo una mueca de dolor, como si no pudiera pensar en ello.

—Si a las 23.15 horas el Vaticano todavía está en peligro, quiero que evacue a los cardenales. Pongo su seguridad en sus manos. Sólo le pido una cosa: deje que esos hombres salgan de aquí con dignidad; que salgan a la plaza de San Pedro y se encuentren cara a cara con el resto del mundo. No quiero que la última imagen de esta Iglesia sea la de unos ancianos asustados huyendo por la puerta trasera.

—Muy bien, *signore*. ¿Y usted? ¿También vengo a buscarlo a las 23.15?

—No hará falta.

—*Signore?*

—Me iré cuando el espíritu así lo disponga.

Rocher se preguntó si el camarlengo pretendía hundirse con el barco.

Carlo Ventresca abrió la puerta del despacho del papa y entró.

—En realidad.. —se volvió—. Hay una cosa...

—*Signore?*

—Hace algo de frío esta noche. Estoy temblando.

—La calefacción está apagada. Le encenderé la chimenea.

El sacerdote sonrió.

—Gracias. Gracias, muchas gracias.

Rocher se marchó tras dejar al camarlengo rezando ante una pequeña estatua de la Virgen María que había junto a la chimenea. Era una imagen inquietante. Una sombra negra arrodillada en el parpadeante resplandor. Mientras el capitán recorría el pasillo, apareció un guardia en su busca. Incluso a la luz de las velas, Rocher reconoció al teniente Chartrand. Joven, inexperto y entusiasta.

—Capitán —exclamó Chartrand con un teléfono móvil en la mano—. Creo que el discurso del camarlengo ha surtido efecto. Un desconocido dice tener información que puede ayudarnos. Ha llamado a una de las extensiones privadas del Vaticano. No tengo ni idea de cómo habrá conseguido el número.

Rocher se detuvo de golpe.

—¿Qué?

—Quiere hablar con el oficial de mayor rango.

—¿Sabemos algo de Olivetti?

—No, señor.

Rocher cogió el teléfono.

—Al habla el capitán Rocher. Soy el oficial de mayor rango.

—Rocher —dijo la voz al otro lado—. Voy a explicarle quién soy. Luego le indicaré qué hará usted a continuación.

Cuando el desconocido hubo dejado de hablar y colgó, el capitán todavía seguía estupefacto. Ahora sabía de quién recibía órdenes.

Mientras tanto, en el CERN, Sylvie Baudeloque intentaba desesperadamente tomar nota de todas las solicitudes de patente que llegaban al buzón de voz de Kohler. Cuando la línea privada del despacho del director comenzó a sonar, la secretaria se sobresaltó. Nadie tenía ese número. Contestó.

—¿Sí?

—¿Señorita Baudeloque? Soy el director Kohler. Avise a mi piloto. El avión ha de estar listo dentro de cinco minutos.

Capítulo 100

Robert Langdon no tenía ni idea de dónde estaba o cuánto tiempo había pasado inconsciente cuando abrió los ojos y se encontró bajo el fresco barroco del interior de una cúpula. Sobre su cabeza había humo, y algo le cubría la boca. Una máscara de oxígeno. Se la quitó. En el aire flotaba un olor terrible, como de carne quemada.

Langdon hizo una mueca al sentir el intenso dolor de cabeza. Trató de incorporarse. A su lado estaba arrodillado un hombre vestido de blanco.

—*Riposati!* —dijo el hombre, indicándole que volviera a tumbarse—. *Sono il paramedico*.

Langdon obedeció. La cabeza le daba vueltas como las volutas del humo. «¿Qué demonios ha pasado?» Una tenue sensación de pánico recorrió su cuerpo.

—*Il topo l'ha salvato* —dijo el paramédico—. Ratón... salvador.

Él se sintió todavía más perdido. «¿Ratón salvador?»

El hombre señaló el reloj de Mickey Mouse en su muñeca. Los pensamientos de Langdon comenzaron entonces a aclararse. Recordó que había programado la alarma. Al mirar la esfera del reloj, se dio cuenta de que eran las 22.28 horas.

Se incorporó de golpe.

De pronto, todo volvió a él.

Langdon permanecía de pie cerca del altar mayor junto al jefe de bomberos y unos cuantos de sus hombres. Estaban bombardeándole a preguntas, pero él no les prestaba atención. Tenía las suyas propias. Le dolía todo el cuerpo, pero sabía que debía actuar con rapidez.

Un bombero se dirigió a él desde el otro lado de la iglesia.

—Lo he vuelto a comprobar. Los únicos cadáveres que hemos encontrado son los del cardenal Guidera y el del comandante de la Guardia Suiza. No hay rastro alguno de ninguna mujer.

—*Grazie* —dijo Langdon, sin saber si se sentía aliviado u horrorizado.

Recordaba haber visto a Vittoria tumbada en el suelo, inconsciente. Ahora ya no estaba. La única explicación que se le ocurría no era en absoluto tranquilizadora. El asesino no se había mostrado muy sutil por teléfono. «Una mujer con carácter. Qué excitante. Quizá antes de que esta noche termine seré yo quien la encuentre a usted. Y cuando lo haga...»

Langdon miró a su alrededor.

—¿Dónde está la Guardia Suiza?

—Todavía no hemos podido ponernos en contacto con ellos. Las líneas del Vaticano están colapsadas.

El profesor se sintió abrumado y solo. Olivetti estaba muerto. El cardenal estaba muerto. Vittoria había desaparecido. Media hora de su vida se había esfumado en un abrir y cerrar de ojos.

Podía oír el alboroto de los medios de comunicación fuera de la iglesia. Supuso que las imágenes de la horrible muerte del tercer cardenal no tardarían mucho en ser emitidas, si es que no había sucedido ya. Confiaba en que el camarlengo esperara lo peor y hubiera tomado las medidas adecuadas. «¡Evacue de una vez el maldito Vaticano! ¡Ya basta de juegos! ¡Hemos perdido!»

De repente Langdon se dio cuenta de que todo aquello

que hasta entonces lo había espoleado —ayudar a salvar la Ciudad del Vaticano, rescatar a los cuatro cardenales, encontrarse cara a cara con la hermandad que había estudiado durante años— había desaparecido de su mente. La guerra estaba perdida. Una nueva compulsión ardía en su interior. Era sencilla. Básica. Primaria.

Encontrar a Vittoria.

Sentía un inesperado vacío en su interior. A menudo había oído que una situación intensa podía unir a dos personas más que una convivencia de décadas. Ahora lo creía. En ausencia de Vittoria, sentía algo que no había sentido en años. Soledad. El dolor le daba fuerzas.

Apartó todas las demás cosas de su mente y se concentró únicamente en su misión. Rezó para que el hassassin antepusiera el trabajo al placer. De lo contrario, ya sería demasiado tarde. «No —se dijo—. Todavía tienes tiempo.» El captor de Vittoria tenía una tarea pendiente. Debía salir a la superficie una vez más antes de desaparecer para siempre.

«El último altar de la ciencia —pensó. Al asesino le quedaba una tarea final—. *Tierra. Aire. Fuego. Agua.*»

Consultó su reloj. Treinta minutos. A continuación se acercó a *El éxtasis de santa Teresa*. Esta vez, al ver el indicador de Bernini, no tuvo duda alguna de lo que estaba buscando.

«Deja que los ángeles guíen tu noble búsqueda.»

Justo encima de la santa recostada, contra un fondo de llamas doradas, se cernía el ángel de Bernini. Su mano sujetaba una flecha de fuego. Siguió con la mirada la dirección de la misma, que se arqueaba hacia la pared derecha de la iglesia. Examinó el punto exacto. No había nada. Obviamente, Langdon sabía que en realidad señalaba un lugar más allá de la pared.

—¿Qué dirección es ésa? —preguntó, volviéndose hacia el jefe de bomberos con renovada determinación.

—¿Dirección? —El jefe se volvió hacia el lugar que él señalaba. Parecía confuso—. No sé... El oeste, creo.

—¿Qué iglesias hay en esa dirección?

El desconcierto del jefe de bomberos parecía ir en aumento.

—Docenas. ¿Por qué?

El profesor frunció el ceño. Por supuesto que había docenas.

—Necesito un plano de la ciudad. Ahora mismo.

El jefe envió a alguien al camión de bomberos a buscarlo. Langdon se volvió hacia la estatua. «*Tierra... Aire... Fuego... Vittoria.*»

«El último indicador está relacionado con el agua —se dijo—. Y es de Bernini.» Estaba allí fuera, en alguna iglesia. Una aguja en un pajar. Repasó mentalmente todas las obras de Bernini que podía recordar. «¡Necesito un tributo al agua!»

Pensó en la estatua de Tritón, el dios griego del mar. Pero de inmediato recordó que estaba ubicada en la plaza de esa misma iglesia, y además en dirección contraria. Se obligó a hacer memoria. «¿Qué figura esculpió Bernini para glorificar el agua? *¿Neptuno y Apolo?*» Lamentablemente, esa estatua estaba en el museo Victoria & Albert de Londres.

—*Signore?* —Un bombero se acercó corriendo con un plano de la ciudad.

Él le dio las gracias y lo extendió en el altar. Inmediatamente se dio cuenta de que se lo había pedido a la gente adecuada. El plano de Roma del cuerpo de bomberos era el más detallado que había visto nunca.

—¿Dónde estamos ahora?

El hombre se lo indicó.

—Junto a la piazza Barberini.

Langdon volvió a mirar la flecha del ángel para orientarse. El jefe tenía razón: según el plano, señalaba hacia el oeste. Trazó una línea en el mapa en esa dirección partiendo de su posición actual. Casi al instante, sus esperanzas empezaron a derrumbarse. Parecía que, a cada centímetro que recorría, su dedo pasaba por encima de otro edificio más marcado con una pequeña cruz negra. «Iglesias.» La ciudad estaba llena. Finalmente, su dedo dejó de toparse con iglesias y llegó a los suburbios de Roma. Exhaló un hondo suspiro y se apartó del mapa. «Maldita sea.»

Al contemplar la ciudad entera, Sus ojos se posaron en las tres iglesias en las que los tres primeros cardenales habían sido asesinados. «Santa Maria del Popolo... San Pedro... Santa Maria della Vittoria.»

Al ver ante sí el emplazamiento de los santuarios, advirtió algo raro. Por alguna razón, había imaginado que estarían repartidos al azar por Roma, pero no era así. Curiosamente, estaban separados de un modo sistemático, y su ubicación parecía trazar un enorme triángulo en la ciudad. Lo verificó dos veces. No eran imaginaciones suyas.

—*Penna* —dijo de repente sin levantar la mirada del plano.

Alguien le tendió un bolígrafo.

Langdon trazó un círculo alrededor de las tres iglesias. El pulso se le aceleró. Verificó tres veces las marcas que había hecho. «¡Un triángulo simétrico!»

Lo primero que le vino a la mente fue el Gran Sello de los billetes de un dólar y el triángulo con el ojo que todo lo ve, pero eso no tenía sentido. Había marcado únicamente tres puntos. Se suponía que en total debía de haber cuatro.

«¿Dónde demonios está el agua?» Sabía que, independientemente del lugar en el que se encontrara el cuarto indicador, el triángulo quedaría deshecho. La única opción para mantener la simetría era que éste estuviera situado dentro del triángulo, en el centro. Miró el lugar en el plano. Nada. Pero la idea seguía fastidiándole. Los cuatro elementos de la ciencia tenían la misma consideración.

El agua no era especial; el agua no podía estar en el centro de los demás.

Aun así, su instinto le dijo que esa disposición sistemática no podía ser accidental. «Hay algo que se me escapa.» Sólo había una alternativa. Los cuatro puntos no componían un triángulo, sino alguna otra forma.

Langdon miró el plano. «¿Un cuadrado, quizá?» Si bien no tenía ningún sentido simbólico, al menos los cuadrados eran simétricos. Puso el dedo en el punto del plano que convertiría el triángulo en un cuadrado. Inmediatamente comprobó que un cuadrado perfecto era imposible. Los ángulos del triángulo original eran oblicuos, y lo que se obtenía era más bien un cuadrilátero distorsionado.

Mientras seguía estudiando otros posibles puntos alrededor del triángulo, sucedió algo inesperado. Advirtió que la línea que había trazado anteriormente para indicar la dirección de la flecha del ángel pasaba por una de las posibilidades. Estupefacto, trazó un círculo alrededor de ese punto. Las cuatro marcas de tinta que tenía ante sí en el mapa formaban ahora una especie de extraño diamante.

Frunció el ceño. Los diamantes tampoco eran un símbolo de los illuminati. Se detuvo un momento. «Aunque claro...»

Por un instante visualizó el famoso diamante de los illuminati. El pensamiento, claro está, era ridículo. Lo descartó. Además, el diamante del plano era oblongo, como una cometa, difícilmente podía ser un ejemplo de la impecable simetría por la que el diamante de los illuminati era reverenciado.

Cuando se inclinó hacia adelante para examinar el lugar en el que había situado el indicador final, lo sorprendió descubrir que el cuarto punto se encontraba en el centro mismo de la célebre piazza Navona. Sabía que en esa plaza había una iglesia importante, pero ya había pasado antes el dedo por ella y, que él supiera, no contenía ninguna obra de Bernini. Era la iglesia de Sant'Agnese in Agone —Santa Inés en Agonía—, llamada así en honor de santa Inés, una deslumbrante virgen adolescente condenada a una vida de esclavitud sexual por negarse a renunciar a su fe.

«¡En esa iglesia tiene que haber algo!» Langdon se devanó los sesos pensando en su interior, pero no recordaba que allí hubiera ninguna obra de Bernini ni nada que tuviera que ver con el agua. Además, la disposición de las iglesias en el mapa le fastidiaba. Un diamante. Era demasiado perfecto para ser una coincidencia, pero no lo suficiente para que tuviera sentido. «¿Una cometa? —Se preguntó si no habría elegido un punto equivocado—. ¿Qué se me está escapando?»

Tardó treinta segundos en caer en la cuenta pero, cuando lo hizo, la euforia que sintió fue la mayor de toda su carrera académica.

El genio de los illuminati parecía no tener fin.

La forma que estaba mirando no pretendía ser ningún diamante. Los cuatro puntos sólo formaban uno porque él había conectado los puntos adyacentes. «¡Los illuminati creen en los opuestos!» Mientras unía los vértices opuestos con su bolígrafo, le temblaban los dedos. Ante él se formó una cruz gigante. «¡Es una cruz!» Los cuatro elementos de la ciencia se desplegaron ante sus ojos... formando una enorme cruz que atravesaba Roma.

Mientras la contemplaba maravillado, recordó un verso del poema, como si se tratara de un viejo amigo con una nueva cara.

«'Cross Rome the mystic elements unfold...
»'Cross Rome...»

La niebla comenzó a despejarse, y se dio cuenta entonces de que la respuesta había estado toda la noche delante de sus narices. El poema de los illuminati indicaba cómo estaban dispuestos los altares. ¡Formaban una cruz!

«'*Cross Rome the mystic elements unfold!*»

Era un juego de palabras verdaderamente ingenioso. Langdon había leído la palabra '*cross*[6] como una abreviación de *across*,[7] y había supuesto que se trataba de una licencia poética para mantener la métrica del poema. ¡Pero era mucho más que eso! Era otra pista oculta.

La cruz del plano, advirtió, representaba la dualidad máxima de los illuminati. Era un símbolo religioso formado por los elementos de la ciencia. El Sendero de la Iluminación de Galileo era un tributo tanto a la ciencia como a Dios.

El resto de las piezas del puzle encajaron casi de inmediato.

«Piazza Navona.»

En el centro de la piazza Navona, enfrente de la iglesia de Sant'Agnese in Agone, Bernini había erigido una de sus esculturas más celebradas. Todo el mundo que visitaba Roma iba a verla.

«¡La fuente de los Cuatro Ríos!»

Con un tributo perfecto al agua, la Fuente de los Cuatro Ríos de Bernini celebraba los cuatro grandes ríos de la Antigüedad: el Nilo, el Ganges, el Danubio y el río de la Plata.

«Agua —pensó Langdon—. El indicador final.» Era perfecto.

Y lo mejor, la verdadera guinda del pastel, se percató, era que en lo alto de la fuente de Bernini había un alto obelisco.

Langdon dejó a los confusos bomberos tras de sí y atravesó corriendo la iglesia en dirección al cuerpo sin vida de Olivetti.

6. «Cruz.» (*N. del t.*)
7. «A través», «de un extremo a otro». (*N. del t.*)

Las 22.31. «Tiempo suficiente», pensó. Por primera vez en todo el día, tuvo la sensación de llevar cierta ventaja.

Se arrodilló junto al cadáver de Olivetti, que permanecía oculto tras unos bancos, y cogió discretamente la semiautomática y la radio del comandante. Sabía que debía pedir ayuda, pero ése no era el lugar para hacerlo. De momento, la ubicación del último altar de la ciencia debía permanecer en secreto. La aparición de los medios de comunicación y del cuerpo de bomberos con sus sirenas a todo volumen en la piazza Navona no le serían de ninguna ayuda.

Sin decir una palabra, se escabulló por la puerta y esquivó a los medios, que en ese momento entraban en masa en la iglesia. Cruzó la piazza Barberini. En la oscuridad encendió la radio e intentó contactar con el Vaticano, pero sólo obtuvo interferencias. O el transmisor estaba fuera del radio de alcance o bien necesitaba algún tipo de código de autorización. Langdon intentó regular los complejos diales y botones, sin éxito. De repente se dio cuenta de que su plan de pedir ayuda no iba a funcionar. Buscó con la mirada una cabina en la plaza. No había ninguna. De todos modos, las líneas del Vaticano estaban colapsadas.

Estaba solo.

Sintió que la oleada de confianza inicial decaía y de repente tomó conciencia de su lamentable estado: cubierto de polvo de huesos, con cortes, exhausto y hambriento.

Se volvió hacia la iglesia. Una espiral de humo se elevaba sobre la cúpula iluminada por los focos de los medios de comunicación y los camiones de bomberos. Se preguntó si no sería mejor regresar y pedir ayuda, pero su instinto le dijo que contar con ella, sobre todo si era inexperta, no sería más que un incordio. «Si el hassassin nos ve llegar...» Pensó en Vittoria y supo que ésa sería la última oportunidad que tendría de atrapar a su captor.

«Piazza Navona», se dijo. Tenía tiempo suficiente para llegar allí y tender una emboscada. Buscó un taxi, pero las calles estaban casi completamente desiertas. Al parecer, incluso los taxistas lo habían dejado todo para ir en busca de un televisor. La piazza Navona estaba a tan sólo un kilómetro y medio, pero Langdon no tenía intención alguna de malgastar una valiosa energía recorriendo esa distancia a pie. Volvió a mirar la iglesia y se preguntó si podría tomar prestado algún vehículo.

«¿Un camión de bomberos? ¿Una furgoneta de los medios de comunicación? Seamos serios.»

Consciente de que las opciones y los minutos se iban agotando, tomó una decisión. Cogió la pistola que guardaba en el bolsillo y decidió cometer un acto tan impropio de él que tuvo la sensación de que su alma había sido poseída. Se acercó a un solitario Citroën sedán que se había detenido en un semáforo y apuntó al conductor a través de la ventanilla bajada.

—*Fuori!* —le ordenó.

Tembloroso, el hombre salió.

Langdon se puso entonces detrás del volante y arrancó.

Capítulo 101

Gunther Glick estaba sentado en el banco de una celda del cuartel de la Guardia Suiza, rezando a todos los dioses que conocía. «Por favor, que esto no sea un sueño.» Había sido la exclusiva de su vida. De la vida de cualquiera. Todos los reporteros del mundo desearían estar en su lugar en ese mismo instante. «Estás despierto —se dijo—. Y eres una estrella. Ahora mismo Dan Rather, el archifamoso presentador, está llorando.»

Macri estaba a su lado, todavía algo aturdida. Glick no la culpaba por ello. Además de emitir en exclusiva el discurso del camarlengo, habían sido ellos quienes habían mostrado al mundo las escabrosas fotografías de los cardenales y del papa —«¡Esa lengua!»—, así como imágenes en directo de la cuenta atrás del contenedor de antimateria. «¡Increíble!»

Por supuesto, todo ello se había hecho a petición del camarlengo, de modo que no era ésa la razón por la que Glick y Macri estaban ahora encerrados en una celda de la Guardia Suiza. Había sido el atrevido colofón a su reportaje lo que los guardias no habían apreciado. Glick sabía que no debería haber dicho nada sobre la conversación que previamente había oído sin querer, pero ése era su momento de gloria. «¡Otra primicia de Glick!»

—¿«El samaritano de la undécima hora»? —gruñó Macri a su lado, en absoluto impresionada.

Él sonrió.

—Brillante, ¿no te parece?

—Brillantemente estúpido.

«Está celosa», concluyó él. Poco después del discurso del camarlengo, Glick había vuelto a encontrarse, por casualidad, en el lugar indicado y en el momento oportuno y había podido oír cómo Rocher daba nuevas órdenes a sus hombres. Al parecer, había recibido una llamada de un misterioso individuo que poseía una importante información sobre la crisis que los ocupaba. El capitán había hablado de ese hombre como si pudiera ayudarlos y había avisado a sus guardias de su inminente llegada.

Aunque esa información era privada, Glick había actuado tal y como lo habría hecho cualquier otro periodista. Sin honor. Había buscado un oscuro rincón, le había ordenado a Macri que encendiera la cámara y había dado la noticia.

—Espeluznantes novedades en la ciudad de Dios —había anunciado con los ojos entornados para aumentar el dramatismo.

A continuación había contado que un misterioso visitante estaba a punto de llegar a la Ciudad del Vaticano para salvar la situación. «El samaritano de la undécima hora», lo había llamado Glick, un nombre perfecto para el hombre sin rostro que llevaría a cabo una buena acción en el último momento. Las otras cadenas se habían hecho eco del pegadizo apodo, y Glick había quedado inmortalizado de nuevo.

«Soy brillante —murmuró para sí—. Peter Jennings acaba de tirarse de un puente.»

Por supuesto, Glick no había dejado la cosa ahí. Aprovechando que tenía la atención de todo el mundo, no se le había ocurrido nada más que añadir elementos de su propia teoría conspirativa.

«Brillante. Absolutamente brillante.»

—Nos has jodido —dijo Macri—. Del todo.

—¿Qué quieres decir? ¡He estado genial!

Ella se lo quedó mirando.

—¿El ex presidente George Bush, un illuminatus?

Glick sonrió. ¿Acaso no era obvio? Era bien sabido que Bush era un masón de grado 33, y que durante su mandato como director de la CIA la agencia cerró su investigación sobre los illuminati por falta de pruebas. Además, estaban todos esos discursos sobre «mil puntos de luz» y un «Nuevo Orden Mundial»... Estaba claro que se trataba de un illuminatus.

—¿Y lo del CERN? —lo reprendió Macri—. Mañana tendrás una larga cola de abogados llamando a tu puerta.

—¿El CERN? ¡Oh, vamos! ¡Pero si es obvio! ¡Piensa en ello! Los illuminati desaparecen de la faz de la Tierra en la década de los cincuenta. Y, precisamente en esa época, se funda el CERN, un auténtico paraíso para las mentes más ilustradas del planeta. Obtienen fondos privados a tutiplén. Crean una arma que puede destruir la Iglesia y... ¡la pierden!

—¿Y vas y le dices al mundo que el CERN es la nueva base de operaciones de los illuminati?

—¡Claro que sí! Las hermandades no desaparecen así como así. Los illuminati debieron de ir a parar a algún sitio. El CERN es el lugar perfecto para ocultarse. No estoy diciendo que toda la gente que trabaja allí sea illuminati. Seguramente es más bien como una gran logia masónica. La mayoría son inocentes, pero los escalones superiores...

—¿Has oído hablar de la difamación, Glick? ¿De responsabilidad?

—¿Y tú has oído hablar de auténtico periodismo?

—¿Periodismo? ¡Pero si todas esas chorradas te las has sacado de la manga! ¡Debería haber apagado la cámara! ¿Y a qué venía esa estupidez sobre el logotipo corporativo del CERN? ¿Simbología satánica? ¿Es que has perdido la chaveta?

Él sonrió. Sin duda Macri estaba celosa. Lo del logo había sido su golpe más brillante. Desde el discurso del camarlengo, todas las cadenas habían estado hablando del CERN y la antimateria, algunas, con el logotipo del CERN de fondo. Parecía un logo convencional: dos círculos superpuestos que representaban dos aceleradores de partículas, con cinco líneas tangenciales a modo de tubos de inyección de partículas. Todo el mundo lo había visto, pero había sido Glick, que tenía algo de simbólogo, quien había advertido la simbología de los illuminati que se ocultaba en él.

—Tú no eres simbólogo —lo reprendió Macri—. No eres más que un periodista con una flor en el culo. Deberías haber dejado las cuestiones de simbología a ese tipo de Harvard.

—Al tipo de Harvard esto se le ha escapado —repuso él.

«¡El significado illuminatus de ese logotipo es obvio!» Glick se sentía pletórico. Aunque el CERN tenía docenas de aceleradores, su logo mostraba únicamente dos. «Dos es el número de los illuminati para la dualidad.» Aunque la mayoría de los aceleradores sólo tenían un tubo de inyección, el logo mostraba cinco. «Cinco es el número para el pentágono de los illuminati.» Entonces llegó el golpe más brillante de todos. Glick señaló que las líneas y los círculos formaban claramente un número seis, y que cuando se giraba el logotipo aparecía otro... y luego otro más. ¡El logo contenía tres números seis! ¡666! ¡El número del diablo! ¡La marca de la bestia!

Glick era un genio.

Macri tenía ganas de atizarle.

El periodista sabía que los celos se le pasarían. Glick tenía ahora otra cosa en la cabeza. Si el CERN era la base de operaciones de los illuminati, ¿sería allí donde guardaban su famoso diamante? Había leído sobre él en Internet: «Un diamante sin mácula, nacido a partir de los antiguos elementos con tal perfección que quienes lo veían no podían más que maravillarse.»

Se preguntó si el paradero secreto del diamante de los illuminati sería otro misterio que esa noche conseguiría desvelar.

Capítulo 102

Piazza Navona. Fuente de los Cuatro Ríos.

Las noches romanas, como las del desierto, pueden ser sorprendentemente frescas, incluso tras un día cálido. Al llegar a la piazza Navona, Langdon empezó a sentir frío y decidió ponerse la americana. Parecido al lejano ruido de fondo del tráfico, una cacofonía de noticias televisivas resonaba por toda la ciudad. Consultó la hora. Quince minutos. Agradecía tener unos momentos de tranquilidad.

La *piazza* estaba desierta. La magistral fuente de Bernini refulgía ante él como por arte de magia. Iluminada desde abajo por unos focos subacuáticos, una mágica neblina se elevaba por encima de la espumeante charca. Langdon notó que el aire estaba cargado de electricidad.

La cualidad más arrebatadora de la fuente era su altura. El cuerpo central medía más de seis metros de altura. Consistía en una escarpada montaña hecha de mármol travertino y plagada de cuevas y grutas de las que manaba el agua. El montículo estaba cubierto de figuras paganas. Y, en lo más alto, se alzaba un obelisco de otros doce metros. Langdon levantó la mirada. En el extremo del obelisco, una tenue sombra se recortaba contra el cielo: un pichón solitario permanecía allí posado, en silencio.

«Una cruz», pensó el profesor, todavía sorprendido por la disposición de los indicadores. La fuente de los Cuatro Ríos de Bernini era el último altar de la ciencia. Hacía unas pocas horas, Langdon se encontraba en el Panteón convencido de que el Sendero de la Iluminación ya no existía y que nunca llegaría hasta allí. Craso error. De hecho, la totalidad del sendero estaba intacto. Tierra, aire, fuego y agua. Y él lo había seguido... de principio a fin.

«Todavía no hasta el final», se recordó. El sendero tenía *cinco* paradas, no cuatro. Ese cuarto indicador señalaba el destino final: la guarida sagrada de los illuminati, la Iglesia de la Iluminación. Langdon se preguntó si todavía estaría en pie. También si sería ahí donde el hassassin había llevado a Vittoria.

Examinó las figuras de la fuente en busca de cualquier pista que pudiera indicar la dirección de la guarida. «Deja que los ángeles guíen tu noble búsqueda.» Casi de inmediato, sin embargo, una inquietante certidumbre se adueñó de él. En esa fuente no había ningún ángel. Al menos, ninguno visible desde el lugar en el que se encontraba, o que hubiera visto en anteriores ocasiones. La fuente de los Cuatro Ríos era una obra pagana. Todas las figuras eran, pues, profanas: humanos, animales, incluso había un curioso armadillo. Un ángel destacaría desde lejos.

«¿Me habré equivocado de lugar?» Volvió a pensar entonces en la disposición en forma de cruz de los cuatro obeliscos. Apretó los puños. «Esta fuente es perfecta.»

Sólo eran las 22.46 cuando una furgoneta negra salió de un callejón al otro extremo de la *piazza*. Langdon no habría reparado en ella de no ser porque llevaba los faros apagados. Como un tiburón patrullando una bahía iluminada por la luna, el vehículo rodeó el perímetro de la *piazza*.

Langdon se agachó y permaneció en cuclillas en las sombras, junto a la escalera que conducía a la iglesia de Sant'Agnese in Agone. Se quedó mirando la *piazza* y notó cómo se le aceleraba el pulso.

Tras dos vueltas completas, la furgoneta se desvió en

dirección a la fuente de Bernini. Avanzó lateralmente junto al borde hasta que la puerta corredera quedó a unos pocos centímetros de las agitadas aguas y finalmente se detuvo.

La neblina pareció espesarse.

Langdon fue presa de una inquietante premonición. ¿Había llegado temprano el hassassin? ¿Había ido en furgoneta? Habría preferido que el asesino escoltara a su última víctima a través de la *piazza* a pie, como había hecho en la plaza de San Pedro, ofreciéndole así la posibilidad de dispararle. Si había llegado en furgoneta, las reglas habían cambiado.

De repente, la puerta corredera del vehículo se abrió.

En su interior, un hombre desnudo yacía en el suelo, retorcido por el dolor. Estaba envuelto en metros de pesadas cadenas. Forcejeaba contra los eslabones de hierro, pero eran demasiado resistentes. Uno de los eslabones le dividía en dos la boca como si fuera un bocado de caballo y sofocaba sus gritos de auxilio. Fue entonces cuando Langdon vio la segunda figura que se movía detrás del prisionero en la oscuridad, aparentemente ocupada con los últimos preparativos.

Langdon supo que sólo disponía de unos segundos para actuar.

Tras coger la pistola, se quitó la chaqueta y la dejó en el suelo. No quería la incomodidad añadida de una americana de tweed, ni tenía intención de permitir que el *Diagramma* de Galileo se acercara al agua. El documento se quedaría allí, seguro y seco.

Avanzó con sigilo hacia la derecha. Tras rodear el perímetro de la fuente, llegó directamente frente a la furgoneta. La enorme pieza central de la fuente le tapaba la visión. Entonces corrió directamente hacia ella, esperando que el fragor del agua amortiguara el ruido de sus pasos. Cuando llegó a la fuente, trepó por el borde y se metió en el espumeante estanque.

El agua le llegaba por la cintura y estaba helada. Apretó los dientes y avanzó lentamente. El fondo era resbaladizo, doblemente peligroso por el estrato de monedas que la gente arrojaba para conjurar la buena suerte. El profesor intuyó que iba a necesitar algo más que buena suerte. Mientras se abría paso entre la neblina que lo rodeaba, se preguntó si la mano con la que sujetaba la pistola temblaba a causa del frío o del miedo.

Cuando llegó al cuerpo central de la fuente, torció a la izquierda. Avanzaba con dificultad, sujetándose a las estatuas de mármol. Escondido tras la gigantesca figura de un caballo, echó un vistazo. La furgoneta se encontraba a unos cinco metros. El hassassin estaba de cuclillas en su interior, con las manos sobre el cuerpo cubierto de cadenas del cardenal, dispuesto a arrojarlo a la fuente por la puerta abierta.

Con el agua por la cintura, Robert Langdon levantó la pistola y emergió de la neblina como un vaquero acuático en su última tentativa.

—No se mueva —dijo con voz más firme que la mano que sujetaba el arma.

El hassassin levantó la mirada. Por un momento pareció confuso, como si hubiera visto un fantasma. Luego torció los labios hasta formar una diabólica sonrisa. Levantó los brazos en señal de rendición.

—Como usted diga.

—Salga de la furgoneta.

—Está mojado.

—Ha llegado temprano.

—Estoy impaciente por regresar junto a mi trofeo.

Langdon le apuntó con la pistola.

—No vacilaré en disparar.

—Ya lo ha hecho.

Langdon sintió que su dedo aumentaba la presión sobre el gatillo. El cardenal yacía ahora inmóvil. Parecía agotado, moribundo.

—Desátelo.

—Olvídese de él. Ha venido a por la mujer. No disimule.

Langdon reprimió el impulso de terminar con aquel hombre allí mismo.

—¿Dónde está?

—A salvo. Esperando mi regreso.

«Está viva.» Todavía había esperanza.

—¿En la Iglesia de la Iluminación?

El asesino sonrió.

—Nunca la encontrará.

Langdon no se lo podía creer. «La guarida todavía sigue en pie.» Alzó aún más la pistola.

—¿Dónde?

—Su emplazamiento ha permanecido en secreto durante siglos. Ni siquiera yo lo he sabido hasta hace poco. Prefiero morir antes que traicionar la confianza que han depositado en mí.

—Puedo encontrarla sin su ayuda.

—Un pensamiento arrogante.

Langdon señaló la fuente.

—He llegado hasta aquí.

—Muchos lo han hecho. El tramo final es el más difícil.

El profesor se acercó a él con paso vacilante. El hassassin parecía sorprendentemente tranquilo, acuclillado en la parte trasera de la furgoneta con los brazos en alto. Langdon lo apuntó al pecho y se preguntó si no debería disparar y terminar con él de una vez. «No. Sabe dónde está Vittoria. Sabe dónde está la antimateria. ¡Necesito esa información!»

Desde la oscuridad de la furgoneta, el hassassin miró fijamente a Langdon y no pudo evitar sentir por él una regocijante lástima. El tipo era valiente, lo había demostrado, pero también inexperto. Eso también lo había demostrado. El valor sin experiencia era suicida. Había reglas de supervivencia. Reglas antiguas. Y el profesor las estaba rompiendo todas.

«Tenía una ventaja: el elemento sorpresa. Lo ha desaprovechado.»

El hombre permanecía indeciso. Seguramente esperaba refuerzos... O quizá que un descuido del asesino le revelara la información que necesitaba.

«Nunca interrogues a tu presa antes de inutilizarla. Un enemigo acorralado es un enemigo mortal.»

El estadounidense seguía hablando. Sondeándolo. Tanteándolo.

El asesino estuvo a punto de echarse a reír. «Esto no es una película de Hollywood... No hay largas discusiones a punta de pistola antes del tiroteo final. Esto es el final. Ahora.»

Sin dejar de mantener en todo momento el contacto visual, palpó disimuladamente el techo de la furgoneta hasta encontrar lo que buscaba. Con la mirada fija al frente, se aferró a ello.

Y entonces, actuó.

Langdon no se lo esperaba. Por un instante creyó que las leyes de la física habían dejado de existir. El asesino pareció colgar del aire, ingrávido, al tiempo que extendía las piernas y, de una patada en el costado, tiraba al cardenal encadenado por la puerta. El hombre cayó pesadamente al agua y empapó por completo a Langdon.

Con la cara mojada, éste advirtió demasiado tarde lo que había pasado. El asesino se había agarrado a una de las barras antivuelco de la furgoneta y la había utilizado para impulsarse hacia adelante. Ahora volaba hacia él entre la espuma con los pies por delante.

Apretó el gatillo y el silenciador resonó. La bala atravesó el dedo gordo del pie izquierdo del hassassin. Un instante después, Langdon notó que las suelas impactaban en su pecho, empujándolo hacia atrás.

Los dos hombres cayeron al agua.

Al sumergirse en el agua helada, lo primero que sintió Langdon fue dolor. Luego llegó el instinto de supervivencia. Se dio cuenta de que ya no tenía el arma. Se le había caído. Sumergiéndose, palpó el fondo viscoso. Sus manos cogieron algo metálico. Un puñado de monedas. Las dejó caer. Abrió los ojos e inspeccionó el reluciente fondo de la pila. El agua se agitaba a su alrededor como si fuera una especie de jacuzzi helado.

Aunque necesitaba salir a la superficie para respirar, el miedo lo mantenía bajo el agua. En movimiento. No sabía de dónde podía venir el siguiente ataque. ¡Tenía que encontrar la pistola! Siguió palpando el fondo desesperadamente.

«La ventaja es tuya —se dijo—. Estás en tu elemento. —Incluso enfundado en un jersey de cuello alto, Langdon era un nadador experto—. El agua es tu elemento.»

Cuando sus dedos volvieron a tocar algo metálico, pensó que su suerte había cambiado. El objeto que ahora tenía en la mano no era un puñado de monedas. Lo agarró con fuerza y tiró de él, pero al hacerlo fue su cuerpo el que se deslizó en el agua. El objeto permaneció inmóvil.

Antes incluso de pasar por encima del cuerpo del cardenal, se dio cuenta de que había agarrado un eslabón de la cadena de metal que mantenía al hombre bajo el agua. Se quedó un momento paralizado al ver el rostro que lo miraba aterrorizado desde el fondo de la fuente.

Sobresaltado por la mirada del hombre, cogió las cadenas e intentó sacarlo a la superficie. El cuerpo fue ascendiendo lentamente..., como una ancla. Langdon tiró con mayor fuerza. Cuando la cabeza del cardenal salió por fin a la superficie, el anciano tomó varias bocanadas de aire desesperadas. Entonces, su cuerpo sufrió una violenta sacudida y a Langdon se le resbalaron las cadenas de las manos. Como si de una piedra se tratara, Baggia se hundió y desapareció bajo el agua espumeante.

El profesor volvió a sumergirse en el agua turbia con los ojos bien abiertos. Encontró al cardenal. Esta vez, al cogerlo, las cadenas que cubrían el pecho de Baggia se apartaron, dejando parcialmente a la vista otra maldad más..., una palabra marcada a fuego en la piel.

Un instante después, dos botas aparecieron ante él. De una de ellas manaba sangre.

Capítulo 103

Como jugador de waterpolo, Robert Langdon se había visto involucrado en numerosas peleas bajo el agua. El competitivo salvajismo que se libraba bajo la superficie de la piscina, lejos de la mirada de los árbitros, podía rivalizar con el más feo combate de lucha libre. Langdon había sido pateado, arañado, inmovilizado y, en una oportunidad, incluso mordido por un frustrado defensa al que no dejaba de esquivar una y otra vez.

Ahora, sin embargo, bajo las heladas aguas de la fuente de Bernini, tuvo claro que se encontraba lejos de la piscina de Harvard. No estaba luchando para ganar un partido, sino por seguir con vida. Era la segunda vez que se enfrentaban. Allí no había árbitros. Ni revanchas. Los brazos del asesino empujaban su rostro contra el fondo de la fuente con una fuerza que dejaba bien clara su intención homicida.

Instintivamente, Langdon giró sobre sí como un torpedo. «¡Suéltate!» Pero su atacante volvió a apresarlo. Disfrutaba de una ventaja que ningún defensa de waterpolo tenía: ambos pies bien plantados en el suelo. Forcejeó e intentó ponerse él también en pie. El hassassin parecía ejercer mayor fuerza con uno de los brazos, pero seguía sujetándolo fuertemente.

Fue entonces cuando Langdon supo que no conseguiría levantarse. De modo que hizo lo único que podía hacer: dejó de intentar salir a la superficie. «Si no puedes ir al norte, ve al oeste.» Haciendo acopio de sus últimas fuerzas, dio una brazada e impulsó su cuerpo hacia adelante.

El repentino cambio de dirección pareció coger desprevenido al hassassin. El movimiento de Langdon arrastró lateralmente a su captor, desequilibrándolo. El profesor dio entonces otra brazada. Fue como si una cuerda de remolque se hubiera roto. De repente, Langdon quedó libre y, expulsando el aire retenido en los pulmones, nadó hacia la superficie. Sólo pudo tomar una bocanada de aire. Con una fuerza aplastante, el hassassin colocó las palmas de las manos sobre sus hombros y volvió a sumergirlo haciendo presión con todo su cuerpo. Langdon intentó mantener los pies en el suelo, pero el hassassin se lo impidió con la pierna.

Volvía a estar bajo el agua.

Los músculos le ardían de tanto forcejear. Esa vez, sus maniobras fueron en vano. A través del agua burbujeante, buscó la pistola en el fondo de la fuente. Todo se veía borroso. Allí la densidad de las burbujas era mayor. De repente vio una luz cegadora mientras el asesino lo empujaba todavía más al fondo. Era un foco atornillado al suelo de la fuente. Extendió el brazo y lo agarró. Estaba caliente. Intentó liberarse tirando de él, pero el artilugio estaba sujeto con unas bisagras y giró en su mano, haciéndole perder el punto de apoyo.

El hassassin lo empujó aún más al fondo.

Fue entonces cuando Langdon lo vio. Asomando por entre las monedas justo enfrente de él, un cilindro negro y alargado. «¡El silenciador de la pistola de Olivetti!» Extendió el brazo para cogerlo pero, cuando sus dedos rodearon el cilindro, se dio cuenta de que no era metálico, sino de plástico. Al tirar, atrajo hacia sí una manguera de plástico, flexible como una fláccida serpiente. Debía de medir medio metro de largo y de su extremo salía un chorro de burbujas. Langdon no había encontrado la pistola. Se trataba de una de las muchas e inofensivas *spumanti* de la fuente, las mangueras que producían las burbujas.

A unos pocos metros, el cardenal Baggia sintió que el alma empezaba a abandonar su cuerpo. Aunque llevaba preparándose toda la vida para ese momento, nunca habría imaginado que el final sería así. Su envoltorio físico agonizaba, quemado, magullado y sumergido bajo el agua por un peso inamovible. Se recordó que ese sufrimiento no era nada comparado con lo que había tenido que soportar Jesús.

«Murió por mis pecados...»

Baggia podía oír la pelea que tenía lugar a su lado. No lo soportaba. Su captor estaba a punto de acabar con otra vida más... El hombre de la mirada amable, el hombre que había intentado ayudarlo.

El dolor iba en aumento y el cardenal, tumbado boca arriba, se quedó mirando fijamente el cielo negro a través del agua. Por un instante, le pareció ver las estrellas.

Había llegado el momento.

Dejando de lado todos sus miedos y sus dudas, Baggia abrió la boca y exhaló el que sería su último suspiro. Observó cómo su espíritu borboteaba hacia el cielo en un estallido de burbujas transparentes. Luego boqueó y el agua penetró en su interior como gélidos puñales que se le clavaran en los costados. El dolor sólo duró unos pocos segundos.

Finalmente... paz.

El hassassin ignoró el intenso dolor que sentía en el pie y se concentró en ahogar al estadounidense, a quien mantenía sujeto bajo las agitadas aguas. «Hasta el final.» Aumentó la presión. Esta vez, Robert Langdon no sobreviviría. Tal y como había esperado, el forcejeo de su víctima era cada vez más y más débil.

De repente, el cuerpo de Langdon se volvió rígido y empezó a agitarse violentamente.

«Sí —pensó el hassassin—. Las convulsiones. Cuando el agua llega a los pulmones.» Sabía que durarían unos cinco segundos.

Duraron seis.

Luego, tal y como había esperado, su víctima se quedó repentinamente fláccida. Como un gran globo deshinchado, Robert Langdon perdió las fuerzas. Todo había terminado. El hassassin lo mantuvo sujeto otros treinta segundos para que el agua inundara todo el tejido pulmonar, hasta que notó cómo el cuerpo empezaba a hundirse por sí solo. Finalmente, lo soltó. Los medios de comunicación se encontrarían con una sorpresa doble en la fuente de los Cuatro Ríos.

—*Tabban!* —maldijo el hassassin cuando salió de la fuente y vio la herida de su pie.

La punta de la bota estaba destrozada, y le faltaba una parte del dedo gordo. Enojado por su propio descuido, arrancó el dobladillo de la pernera del pantalón y metió la tela en el agujero de la bota. Sintió una punzada de dolor.

—*Ibn al-kalb!* —Apretó los puños y metió la tela más adentro. La hemorragia fue disminuyendo hasta no ser más que un cosquilleo.

El hassassin subió entonces a la furgoneta y concentró sus pensamientos en el placer que le esperaba. Su trabajo en Roma había terminado. Y sabía perfectamente qué calmaría su malestar. Tenía a Vittoria Vetra atada, esperándolo. A pesar de estar helado y mojado, notó que le sobrevenía una erección.

«Me he ganado mi recompensa.»

Al otro lado de la ciudad, Vittoria se despertó dolorida. Estaba tumbada boca arriba y sentía todos los músculos entumecidos. Tirantes. Crispados. Los brazos le dolían. Al intentar moverse, notó unos espasmos en los hombros. Tardó un momento en comprender que tenía las manos atadas a la espalda. Al principio se sintió confusa. «¿Acaso estoy soñando?» Pero, cuando intentó levantar la cabeza, el dolor en la nuca le dejó bien claro que estaba despierta.

La confusión se transformó en miedo e inspeccionó el lugar en el que se hallaba. Se trataba de una austera habitación de piedra, amplia y bien amueblada, e iluminada con antorchas. Una especie de antigua sala de reuniones. Cerca de ella pudo ver unos anticuados bancos dispuestos en círculo.

Sintió una fría brisa en la piel. Observó entonces que a escasa distancia había un balcón con las puertas abiertas. A través de las rendijas de la balaustrada, a Vittoria le pareció ver el Vaticano.

Capítulo 104

Robert Langdon yacía sobre un lecho de monedas en el fondo de la fuente de los Cuatro Ríos. Todavía tenía la boca alrededor del extremo de la manguera de plástico. El aire con el que el *spumanti* producía las burbujas de la fuente estaba contaminado por el bombeo, y le ardía la garganta. Pero no se quejaba. Estaba vivo.

No estaba seguro de hasta qué punto había sido buena su interpretación de un hombre ahogándose, pero tras haberse pasado toda la vida vinculado de un modo u otro al agua, Langdon había oído numerosas historias. Lo había hecho lo mejor que había podido. Hacia el final, incluso había expulsado todo el aire de los pulmones y había dejado de respirar para que su masa muscular lastrara su cuerpo hasta el fondo.

Afortunadamente, el hassassin se lo había tragado y lo había soltado.

Luego, Langdon esperó todo el tiempo que pudo en el fondo de la fuente. Estaba a punto de ahogarse. Se preguntó si el hassassin todavía estaría allí. Aspiró aire del tubo una vez más, luego lo soltó y nadó bajo el agua hasta llegar al cuerpo central. Silenciosamente, subió a la superficie, entre las sombras de las enormes figuras de mármol.

La furgoneta ya no estaba.

Eso era todo cuanto necesitaba ver. Tras aspirar una larga bocanada de aire fresco, se dirigió al lugar en el que se había hundido el cardenal Baggia. Langdon sabía que ahora ya debía de estar inconsciente, y que las posibilidades de reanimarlo eran escasas, pero debía intentarlo. Cuando encontró su cuerpo, plantó ambos pies a cada lado, extendió los brazos, agarró las cadenas que envolvían el cuerpo del cardenal, y tiró de ellas. Cuando el anciano salió a la superficie, Langdon pudo ver que tenía los ojos salidos y vueltos hacia arriba. No era una buena señal. No respiraba ni tenía pulso.

Consciente de que no podría levantar el cuerpo por encima del borde de la fuente, arrastró al cardenal Baggia por el agua hasta el hueco que había bajo el montículo central de mármol. Allí el agua era menos profunda y había un saliente inclinado. Langdon intentó depositar el cuerpo desnudo sobre el saliente. Lo consiguió a medias.

Entonces puso manos a la obra. Comprimiendo el pecho encadenado del hombre, bombeó el agua de sus pulmones. Luego le practicó el boca a boca. Contando cuidadosa y deliberadamente. Resistiendo la tentación de soplar demasiado a prisa y con demasiada fuerza. Durante tres minutos intentó reanimar al anciano. Al cabo de cinco, tuvo claro que ya no había nada que hacer.

Il preferito. El hombre que iba a ser papa yacía ahora muerto ante sus ojos.

Por alguna razón, incluso entonces, postrado en las sombras del saliente semisumergido, el cardenal Baggia seguía transmitiendo un aire de tranquila dignidad. El agua lamía suavemente su pecho, casi con arrepentimiento, como si pidiera perdón por haberlo matado, como si quisiera limpiar de su pecho la quemadura que llevaba su nombre.

Con cuidado, pasó la palma de la mano por el rostro del hombre y le cerró los párpados. Al hacerlo, sintió que las lágrimas acudían a sus ojos. Le extrañó. Luego, por primera vez en años, Langdon lloró.

Capítulo 105

Robert Langdon dejó el cadáver del cardenal en el agua y, poco a poco, las emociones que lo abrumaban se fueron disipando. Agotado y solo, creyó estar a punto de derrumbarse. En vez de eso, sin embargo, sintió que una nueva compulsión nacía en su interior. Innegable. Frenética. Notó cómo sus músculos se fortalecían con inesperada energía. E, ignorando el dolor de su corazón, su mente dejó a un lado el pasado y se concentró en la desesperada tarea que tenía por delante.

«Encontrar la guarida de los illuminati. Ayudar a Vittoria.»

Volviéndose hacia el centro rocoso de la fuente de Bernini, hizo acopio de sus últimas esperanzas e inició la búsqueda del último indicador. Sabía que en algún lugar de aquella sinuosa masa de figuras había una pista que apuntaba a la guarida. Al inspeccionar la fuente, sin embargo, sus esperanzas se desvanecieron rápidamente. Las palabras del *segno* parecían burlarse de él. «Deja que los ángeles guíen tu noble búsqueda.» Langdon miró con odio las formas talladas que tenía ante sí. «¡Es una fuente pagana! ¡Aquí no hay ningún maldito ángel!»

Tras completar la infructuosa búsqueda del indicador en el conjunto escultórico, su mirada ascendió instintivamente por el alto pilar de piedra. «Cuatro indicadores —pensó—, desperdigados por Roma formando una cruz gigante.»

Mientras examinaba los jeroglíficos que decoraban el

monolito, se preguntó si quizá se trataría de una pista oculta en un símbolo egipcio. Rechazó la idea de inmediato. Los jeroglíficos eran varios siglos anteriores a Bernini, y no fueron descifrables hasta que se descubrió la piedra de Rosetta. Aun así, aventuró, ¿no podría Bernini haber tallado un símbolo adicional? ¿Uno que pasara desapercibido entre todos los jeroglíficos?

Con esperanzas renovadas, rodeó la fuente una vez más y estudió las cuatro caras del obelisco. Le llevó un par de minutos, y cuando llegó al final de la última, sus esperanzas volvieron a derrumbarse. No parecía haber ningún añadido. Y, desde luego, tampoco ningún ángel.

Langdon consultó la hora en su reloj. Eran las once en punto. No podía decir si el tiempo volaba o se arrastraba. Imágenes de Vittoria y el hassassin comenzaron a atormentarlo mientras completaba otra vuelta a la fuente. Exhausto, sintió que estaba a punto de derrumbarse. Echó la cabeza hacia atrás y profirió un grito en la noche.

El grito se le quedó atascado en la garganta.

Se quedó mirando el extremo del obelisco. Antes ya había visto el objeto que había ahí arriba, pero lo había ignorado. Ahora, sin embargo, le prestó atención. No era un ángel. Ni mucho menos. De hecho, ni siquiera le había parecido que formara parte de la fuente de Bernini. Había creído que se trataba de una criatura viva, uno de los carroñeros de la ciudad encaramado a una alta torre.

«Un pichón.»

Aguzó la mirada para ver bien el objeto, borroso a causa de la reluciente neblina que había a su alrededor. Era un pichón, ¿no? Podía ver claramente la cabeza y el pico recortados contra las estrellas. Sin embargo, el pájaro no parecía haberse movido desde que Langdon había llegado a la plaza. Encaramado a lo alto del obelisco, seguía mirando tranquilamente hacia el oeste.

Observó un momento más el objeto y luego sumergió

la mano en la fuente. Cogió un puñado de monedas y se las arrojó. Éstas repiquetearon en la superficie del obelisco de granito. El pájaro no se movió. Lo volvió a intentar. Esta vez, algunas de las monedas alcanzaron al pájaro. Un tenue ruido metálico resonó en la plaza.

El maldito pichón era de bronce.

«Estás buscando un ángel, no un pichón», le recordó una voz. Demasiado tarde. Langdon ya había establecido la conexión. Se había dado cuenta de que no se trataba de ningún pichón.

Era una paloma.

Sin ser apenas consciente de sus propias acciones, se dirigió al centro de la fuente y empezó a trepar por la montaña de mármol travertino, agarrándose a los enormes brazos y cabezas de sus figuras. A medio camino de la base del obelisco, dejó atrás la neblina y pudo ver la cabeza del pájaro con mayor claridad.

No había duda, se trataba de una paloma. El supuesto color oscuro del pájaro era en realidad resultado de la polución de Roma, que había deslustrado el bronce original. Entonces comprendió su significado. Antes había visto un par de palomas en el Panteón. Un par de palomas no tenían ningún significado. Ésta, sin embargo, estaba sola.

«La paloma solitaria es el símbolo pagano del ángel de la paz.»

La verdad estuvo a punto de elevarlo hasta lo alto del obelisco. Bernini había escogido el símbolo pagano del ángel para que pareciera una fuente *pagana*. «Deja que los ángeles guíen tu noble búsqueda.» «¡La paloma es el ángel!» no se le ocurría ningún lugar más elevado para el último indicador de los illuminati que la punta de ese obelisco.

El pájaro miraba hacia el oeste. Langdon intentó averiguar hacia qué lugar señalaba, pero los edificios no se lo permitían. Trepó un poco más. Inesperadamente, le vino a la memoria una cita de san Gregorio de Nisa. «Cuando el alma se ilumina, adopta la hermosa forma de una paloma.»

Langdon siguió subiendo en dirección a la paloma. Casi volaba. Llegó a la plataforma desde la que se alzaba el obelisco. Ya no podía trepar más. En cuanto miró en derredor, sin embargo, supo que no haría falta. Toda Roma se extendía ante él. La vista era impresionante.

A su izquierda podía ver los caóticos focos de los medios de comunicación alrededor de la basílica de San Pedro. A su derecha, la humeante cúpula de Santa Maria della Vittoria. Delante de él, a lo lejos, la piazza del Popolo. Y, a sus pies, el cuarto y último indicador. Una gigantesca cruz de obeliscos.

Temblando, observó la paloma. Luego se volvió hacia la dirección que señalaba y aguzó la mirada hacia el horizonte.

Lo vio al instante.

Tan obvio. Tan claro. Tan engañosamente simple.

Ahora que la tenía delante, no podía creer que la guarida de los illuminati hubiese permanecido oculta durante tantos años. Toda la ciudad pareció desvanecerse mientras contemplaba la gigantesca estructura de piedra que veía al otro lado del río. Era uno de los edificios más famosos de Roma. Se encontraba a orillas del río Tíber, enfrente mismo del Vaticano. La geometría de la construcción era austera: un castillo circular rodeado por una fortaleza cuadrada y, extramuros, alrededor de toda la estructura, un parque con forma de pentágono.

Las antiguas murallas de piedra estaban teatralmente iluminadas con una suave luz. En lo alto del castillo se elevaba un enorme ángel de bronce cuya espada señalaba el centro mismo del edificio. Y por si esto fuera poco, la entrada principal era el famoso ponte Sant'Angelo, que conducía única y exclusivamente al castillo, una espectacular vía de acceso adornada por doce altos ángeles talla-dos por el propio Bernini.

A modo de sobrecogedora revelación final, Langdon se percató de que la cruz de obeliscos repartidos por la ciudad señalaba el castillo al estilo de los illuminati: el brazo central de la cruz pasaba directamente por encima del centro del puente del castillo, dividiéndolo en dos mi-tades iguales.

Procurando no mojarla con su empapado cuerpo, re-cogió su americana de tweed. Luego subió al sedán roba-do, pisó con fuerza el acelerador y se perdió en la noche a toda velocidad.

Capítulo 106

Pasaban siete minutos de las once de la noche cuando el coche de Langdon circulaba por Roma a toda velocidad. Mientras recorría el Lungotevere Tor Di Nona, en paralelo al río, pudo ver cómo a su derecha el destino se alzaba como una montaña.

«Castel Sant'Angelo.»

Sin previo aviso, de repente apareció el desvío para coger el estrecho puente. Pisó el freno y giró. Lo hizo a tiempo, pero el puente estaba cerrado al tráfico. Tras derrapar tres metros, chocó con los pequeños pilares de cemento que bloqueaban el camino. Langdon sufrió una fuerte sacudida cuando su vehículo colisionó. Había olvidado que ahora ese puente era únicamente peatonal.

Agitado, salió del maltrecho coche lamentando no haber escogido alguna otra ruta. Estaba aterido por culpa del baño en la fuente. Se puso su americana Harris de tweed por encima de la camisa mojada y agradeció el característico doble forro. El folio del *Diagramma* se mantendría seco. Ante él, al otro lado del puente, la fortaleza de piedra se alzaba como una montaña. Dolorido y agotado, echó a correr.

A ambos lados, como un guantelete de escoltas, una procesión de ángeles de Bernini lo guiaba hasta su destino final. «Deja que los ángeles guíen tu noble búsqueda.» A medida que se iba acercando a él, el castillo parecía cada vez más alto. Era como un pico imposible de escalar. Le resultaba todavía más intimidante que la basílica de San

Pedro. Mientras corría hacia el bastión, levantó la mirada hacia el centro circular de la ciudadela y el descomunal ángel que lo remataba.

El castillo parecía estar desierto.

Sabía que a lo largo de los siglos el Vaticano había utilizado ese edificio como tumba, fortaleza, refugio papal, prisión para enemigos de la Iglesia y museo. Al parecer, sin embargo, el castillo también tenía otros ocupantes: los illuminati. De algún modo extraño, tenía sentido. Aunque el castillo era propiedad del Vaticano, su uso era esporádico, y con los años Bernini había llevado a cabo muchas reformas. Se rumoreaba que estaba repleto de entradas, pasadizos secretos y estancias ocultas. Langdon estaba seguro de que el ángel y el parque con forma de pentágono también eran obra del artista.

Cuando llegó ante las gigantescas puertas del castillo, empujó con fuerza. No se movieron. Dos aldabas de hierro colgaban a la altura de los ojos. No les prestó atención. Retrocedió un paso y examinó la muralla exterior. Esas murallas habían resistido el ataque de bereberes, paganos y moros. Algo le decía que sus posibilidades de entrar por allí eran escasas.

«Vittoria —pensó—. ¿Estás ahí dentro?»

Langdon empezó a recorrer el perímetro de la muralla exterior. «Tiene que haber otra entrada.»

Al rodear el segundo baluarte en dirección al oeste, llegó casi sin resuello a una pequeña zona de aparcamiento que había junto al Lungotevere. Allí encontró una segunda entrada al castillo, un puente levadizo subido y cerrado. Volvió a levantar la mirada.

Las únicas luces del castillo eran los focos que iluminaban la fachada exterior. Todas las pequeñas ventanas parecían estar a oscuras. Langdon miró un poco más arriba. En lo alto de la torre central, a unos treinta metros, justo debajo de la espada del ángel, sobresalía un balcón solitario.

El parapeto de mármol parecía relucir tenuemente, como si la habitación que había detrás estuviera iluminada con una antorcha. Langdon se detuvo y, de repente, su empapado cuerpo se echó a temblar. ¿Una sombra? Aguardó un momento. Luego volvió a verla. Se estremeció. «¡Ahí arriba hay alguien!»

—¡Vittoria! —llamó, incapaz de contenerse, pero su voz quedó ahogada por el fragor del Tíber a su espalda.

Empezó a dar vueltas en círculos, preguntándose dónde diantre se encontraba la Guardia Suiza. ¿Acaso no habían oído su transmisión?

Al otro lado del aparcamiento divisó un camión de la prensa. Langdon corrió hacia él. Un hombre con una gran barriga que llevaba unos auriculares puestos estaba sentado en la cabina manipulando unas palancas. Langdon llamó a la puerta con los nudillos. El hombre se sobresaltó, vio la ropa mojada del profesor y se quitó los auriculares.

—¿Qué pasa, colega? —Hablaba con acento australiano.

—Necesito su teléfono —Langdon estaba frenético.

El hombre se encogió de hombros.

—No hay señal. Llevo toda la noche intentándolo. Las líneas están colapsadas.

Langdon maldijo en voz alta.

—¿Ha visto entrar a alguien ahí dentro? —señaló el puente levadizo.

—La verdad es que sí. Una furgoneta negra ha estado entrando y saliendo toda la noche.

A Langdon se le hizo un nudo en el estómago.

—Suertudo cabrón —dijo el australiano levantando la mirada hacia la torre y frunciendo luego el ceño porque él no podía ver el Vaticano—. Seguro que desde ahí arriba la vista es perfecta. No he conseguido llegar a la plaza de San Pedro por culpa del tráfico, así que he de grabar desde aquí.

Langdon no lo escuchaba. Estaba considerando sus opciones.

—¿Usted qué cree? —le preguntó el australiano—. ¿Ese «samaritano de la undécima hora» es real o qué?

Langdon se volvió hacia él.

—¿Cómo dice?

—¿No se ha enterado? El capitán de la Guardia Suiza ha recibido una llamada de alguien que asegura tener información decisiva. Y ahora ese tipo está a punto de llegar en avión. Lo único que sé es que, si consigue salvar la situación, ¡las audiencias subirán todavía más! —Se rió.

Langdon se sentía confuso. ¿Un buen samaritano acudía a ofrecer su ayuda? ¿Acaso sabía dónde estaba la antimateria? Entonces, ¿por qué no se lo decía a la Guardia Suiza y ya está? Había algo muy raro en todo aquello, pero él no tenía tiempo de averiguar de qué se trataba.

—Eh —dijo el australiano al fijarse en su rostro—. ¿No es usted el tipo ese que he visto en la televisión? ¿El que ha intentado salvar al cardenal en la plaza de San Pedro?

Langdon no contestó. Había posado su mirada en un artilugio que sobresalía en el techo del camión: una antena parabólica sujeta a un brazo extensible. Volvió a mirar el castillo. La muralla exterior medía quince metros de altura. La fortaleza interior, todavía más. La torre parecía increíblemente alta desde allí, pero si por lo menos consiguiera salvar la primera muralla...

Langdon se volvió hacia el periodista y señaló el brazo extensible.

—¿A qué altura llega eso?

—¿Cómo dice? —El hombre parecía confuso—. Quince metros. ¿Por qué?

—Mueva el camión. Aparque junto a la muralla. Necesito su ayuda.

—¿De qué está hablando?

Langdon se lo explicó.

El australiano abrió unos ojos como platos.

—¿Está loco? ¡Ese brazo telescópico cuesta doscientos mil dólares! ¡No es una escalera!

—¿Quiere audiencia? Poseo una información que se la daría. —Langdon estaba desesperado.

—¿Una información que vale doscientos de los grandes?

El profesor le dijo lo que le revelaría a cambio del favor.

Noventa segundos después, Robert Langdon estaba colgado del extremo del brazo extensible a quince metros de altura. Tras cogerse a lo alto del primer baluarte, se acercó a la muralla y consiguió saltar sobre el bastión inferior del castillo.

—¡Ahora cumpla con el trato! —exclamó el australiano—. ¿Dónde está el cardenal?

Langdon sintió una punzada de culpabilidad por revelar la información, pero un trato era un trato. Además, seguramente el hassassin llamaría de todos modos a los medios.

—Piazza Navona —gritó—. En la fuente.

El australiano bajó la antena parabólica y salió pitando hacia la exclusiva de su vida.

En una cámara de piedra que se elevaba por encima de la ciudad, el hassassin se quitó las botas mojadas y se vendó el dedo del pie herido. Sintió dolor, pero eso no le impidió disfrutar del momento.

Se volvió hacia su trofeo.

Vittoria estaba en un rincón de la habitación, tumbada boca arriba sobre un rudimentario diván, con las manos atadas a la espalda y amordazada. El hassassin se acercó a ella. Estaba despierta. Eso le gustó. Curiosamente, en sus ojos vio fuego, no miedo.

«El miedo ya llegará.»

Capítulo 107

Robert Langdon corrió alrededor del baluarte exterior del castillo, agradecido por el resplandor de los focos. Mientras rodeaba la muralla, advirtió que el patio que tenía debajo parecía un museo de armamento antiguo: había catapultas, pilas de balas de cañón de mármol y un arsenal de artilugios temibles. Partes del castillo estaban abiertas a los turistas durante el día, y el patio había sido parcialmente restaurado con el fin de recuperar su estado original.

Los ojos de Langdon pasaron del patio al cuerpo central de la fortaleza. La ciudadela circular se elevaba treinta y dos metros hasta el ángel de bronce que la remataba. En el balcón que había en lo alto todavía se veía luz. Reprimió el impulso de gritar. Sería mejor que buscara algún modo de entrar.

Consultó su reloj.

Las 23.12 horas.

Descendió a toda velocidad la rampa de piedra que recorría el interior de la muralla y llegó al patio. Una vez allí, empezó a correr entre las sombras, rodeando la fortaleza en el sentido de las agujas del reloj. Pasó por delante de tres pórticos, pero todos estaban cerrados de modo permanente. «¿Cómo habrá entrado el hassassin?» Langdon siguió adelante. Pasó por delante de dos entradas modernas, pero estaban cerradas por fuera con un candado. «Por aquí no.» Continuó corriendo.

Había rodeado ya casi todo el edificio cuando vio ante

sí un camino de gravilla que recorría el patio de punta a punta. En un extremo, en la muralla exterior del castillo, vio la parte trasera del puente levadizo que conducía de vuelta al exterior. En el otro, el camino desaparecía dentro la fortaleza. Parecía conducir a una especie de túnel que se internaba en el cuerpo central. *«Il traforo!»* El profesor había leído acerca del *traforo* del castillo, una gigantesca rampa en espiral que recorría el interior del puente para que los comandantes a caballo pudieran subir y bajar rápidamente. «¡El hassassin ha subido la rampa con la furgoneta!» La verja del túnel estaba alzada. Eufórico, corrió hacia la entrada. En cuanto llegó, sin embargo, su excitación desapareció de golpe.

El túnel descendía.

No era la entrada correcta. Al parecer, esa sección del *traforo* conducía a las mazmorras, no a los pisos superiores.

De pie ante la oscura boca que parecía descender a lo más profundo de la tierra, Langdon vaciló. Volvió a mirar al balcón. Le pareció ver a alguien que se movía. «¡Decídete!» Sin otra opción, entró finalmente en el túnel.

En el interior del castillo, el hassassin se acercó a su presa y le pasó una mano por el brazo. La piel de la mujer era suave como la crema. La expectativa de explorar sus tesoros corporales le resultaba embriagadora. ¿De cuántas formas podría violarla?

Sabía que se merecía a esa mujer. Había servido a Janus como era debido. Era su botín de guerra, y cuando hubiera terminado con ella, haría que se levantara del diván y se arrodillara. Volvería a someterla de ese modo. «La sumisión definitiva.» Finalmente, cuando llegara al clímax, le cortaría la garganta.

«Ghayat assa'adah», lo llamaban. El placer definitivo.

Después, regodeándose en su gloria, saldría al balcón

para saborear la culminación del triunfo de los illuminati, una venganza largamente ansiada por muchos.

El túnel era cada vez más lóbrego. Langdon siguió descendiendo.

Tras una vuelta completa, se encontraba prácticamente a oscuras. Entonces el suelo se niveló y él aminoró el ritmo, advirtiendo por el eco de sus pasos que acababa de entrar en una cámara más grande. En la oscuridad que se extendía ante él, creyó ver destellos de luz, como un reflejo borroso. Avanzó con los brazos extendidos hasta llegar a una superficie lisa. Pintura cromada y cristal. Era un vehículo. Palpando la superficie, encontró la puerta y la abrió.

La luz del interior del vehículo se encendió. El profesor dio un paso atrás y reconoció al instante la furgoneta negra. Sintió una oleada de odio. Se la quedó mirando fijamente y luego entró con la esperanza de encontrar una arma que reemplazara la que había perdido en la fuente. No encontró ninguna, pero sí el móvil de Vittoria. Estaba destrozado y era inservible. Al verlo, se sintió embargado por el miedo. Rezó para que no fuera demasiado tarde.

Extendió el brazo y encendió los faros de la furgoneta. La habitación en la que se encontraba se hizo visible. Langdon supuso que antaño debía de haber servido para albergar los caballos y la munición. Era un callejón sin salida.

«¡Me he equivocado de camino!»

Sin saber qué hacer, salió de la furgoneta y examinó las paredes que lo rodeaban. Ninguna puerta. Ninguna abertura. Pensó en el ángel que había en la entrada del túnel y se preguntó sí se trataba de una coincidencia. «¡No! —Recordó entonces las palabras del asesino en la fuente—: Ella está en la Iglesia de la Iluminación..., esperando mi regreso.» Había llegado demasiado lejos para fallar ahora.

El corazón le latía con fuerza. La frustración y el odio estaban empezando a hacer mella en sus sentidos.

Cuando vio la sangre en el suelo, pensó inmediatamente en Vittoria. Al seguir las manchas con la mirada, sin embargo, se dio cuenta de que se trataba de huellas de pisadas. La zancada era amplia, y sólo había sangre en las dejadas por el pie izquierdo. «¡El hassassin!»

Siguió las pisadas hasta un rincón de la habitación. Su alargada sombra se fue haciendo más tenue a cada paso. Se sentía cada vez más desconcertado. Las huellas sangrientas parecían conducir directamente al rincón y luego desaparecían.

Cuando Langdon llegó al rincón no pudo creer lo que vio. La baldosa de granito del suelo no era cuadrada como las demás. Lo que tenía ante sí era otro indicador. La baldosa en cuestión tenía forma de pentágono, y estaba dispuesta de modo que la punta señalara la esquina. Hábilmente oculta tras las paredes superpuestas, una estrecha rendija en la piedra servía de salida. Langdon se deslizó por ella y se encontró en un pasadizo. Ante él pudo ver los restos de una barrera de madera que antaño había bloqueado el túnel.

Más allá divisó una luz.

Entonces echó a correr. Saltó por encima de la barrera de madera y se dirigió hacia la luz. El pasadizo lo condujo a otra cámara más grande en la que una antorcha solitaria parpadeaba en la pared. Se encontraba en una sección del castillo en la que no había electricidad. Una sección que ningún turista vería jamás. A plena luz del día ese lugar ya debía de ser aterrador, pero la antorcha lo hacía todavía más inquietante.

«La prigione.»

Había una docena de celdas diminutas, la mayoría con los barrotes ya corroídos. Una de las más grandes, sin embargo, seguía intacta, y en el suelo Langdon vio algo que hizo que le diera un vuelco el corazón. Sotanas negras y fajines rojos. «¡Aquí es donde el hassassin ha retenido a los cardenales!»

Junto a la celda había una puerta metálica. Estaba entreabierta, y por el resquicio pudo ver una especie de pasadizo. Corrió hacia él, pero se detuvo de golpe antes de cruzar la puerta. El rastro de sangre no iba hacia el pasadizo. Cuando divisó las palabras talladas sobre el umbral supo por qué.

«*Il Passetto.*»

Se quedó boquiabierto. Había oído hablar de ese túnel muchas veces, pero no sabía exactamente dónde estaba su entrada. El Passetto —el «pequeño pasadizo»— era un estrecho túnel de poco más de un kilómetro construido entre Castel Sant'Angelo y el Vaticano. Había sido utilizado por numerosos papas para huir durante los asedios al Vaticano, así como por otros papas no tan píos para visitar en secreto a sus amantes o supervisar la tortura de sus enemigos. Hoy en día se suponía que ambas entradas del túnel estaban selladas con cerraduras inquebrantables cuyas llaves descansaban en alguna cámara acorazada del Vaticano. Langdon comprendió entonces cómo habían podido entrar y salir los illuminati. Se preguntó quién habría traicionado a la Iglesia y se habría hecho con las llaves. «¿Olivetti? ¿Algún guardia suizo?» Ahora eso ya no importaba.

Las manchas de sangre en el suelo conducían al extremo opuesto de la habitación. El profesor las siguió hasta llegar a una herrumbrosa puerta de hierro de la que colgaban cadenas. Habían retirado el cerrojo y la puerta permanecía entreabierta. Detrás de ella podía verse una empinada escalera de caracol. En el suelo también había una baldosa con forma de pentágono. Langdon se la quedó mirando, trémulo, preguntándose si Bernini en persona habría sostenido el cincel que le había dado esa forma. Sobre el umbral había tallado un pequeño querubín. Era por ahí.

El rastro de sangre ascendía por la escalera.

Antes de subir por ella, Langdon supo que necesitaba una arma, lo que fuera. Encontró un barrote de hierro cerca de una de las celdas. Debía de medir poco más de un metro y la punta estaba afilada y astillada. Era increíblemente pesado, pero también lo mejor que había podido encontrar. Confió en que el elemento sorpresa, junto con la herida del hassassin, fueran suficientes para decantar la balanza a su favor. Por encima de todo, sin embargo, lo que esperaba era no llegar demasiado tarde.

La escalera era muy empinada y los escalones estaban desgastados. No se oía ruido alguno. Poco a poco, la luz proveniente de la prisión fue haciéndose más y más tenue hasta que la oscuridad fue total. Langdon siguió adelante con una mano en la pared, cada vez más alto. En la oscuridad, creyó sentir el espíritu de Galileo y lo imaginó subiendo por esa misma escalera, impaciente por compartir sus visiones del cielo con otros hombres de ciencia y fe.

Seguía conmocionado por la ubicación de la guarida. La sala de reuniones de los illuminati se encontraba en un edificio propiedad del Vaticano. Mientras los guardias de la Iglesia buscaban por la ciudad sótanos y casas de conocidos científicos, la hermandad se reunía allí, ante sus propias narices. Parecía perfecto. Como responsable de las reformas del lugar, Bernini debía tener acceso ilimitado al edificio, y seguro que pudo remodelarlo según sus especificaciones sin que nadie le hiciera ninguna pregunta. ¿Cuántas entradas secretas debió de añadir el artista? ¿Cuántos sutiles adornos que indicaban el camino?

«La Iglesia de la Iluminación.» Langdon sabía que estaba cerca.

A medida que ascendía la escalera, podía sentir cómo el pasadizo iba estrechándose a su alrededor. Las sombras de la historia parecían susurrar en la oscuridad, pero él siguió adelante. Cuando vio un haz de luz horizontal ante él, rápidamente se dio cuenta de que se trataba del resplandor de una antorcha que se filtraba por debajo del umbral de una puerta. Estaba a pocos escalones de un rellano. Los subió en silencio.

No tenía ni idea de en qué lugar del castillo se encontraba ahora, pero sabía que había ascendido lo suficiente para estar cerca de la cúspide. Visualizó el gigantesco ángel que había en lo alto del edificio y supuso que debía de estar justo encima de él.

«Cuida de mí, ángel», pensó cogiendo con fuerza el barrote. Luego, sigilosamente, abrió la puerta.

Vittoria seguía tumbada en el diván. Le dolían los brazos. Al despertarse y descubrir que tenía las manos atadas a la espalda, había creído que podría liberarlas relajando los músculos. El tiempo, sin embargo, se le había agotado. La bestia había regresado. Ahora estaba de pie ante ella, con su robusto torso desnudo, dejando a la vista las cicatrices de mil batallas. La miraba fijamente; su ojos parecían dos pequeñas rendijas. Vittoria se dio cuenta de que estaba pensando en lo que le iba a hacer. Lentamente, como para provocarla, el hassassin se quitó el cinturón mojado y lo tiró al suelo.

La joven fue presa del pánico. Cerró los ojos. Cuando volvió a abrirlos, el hombre tenía en la mano una navaja automática. La abrió delante de su cara.

Vittoria vio su expresión de pánico reflejada en el acero.

El hassassin le dio la vuelta a la navaja y la pasó por el estómago de la chica. El gélido metal le provocó escalofríos. Con una mirada de desdén, deslizó la hoja por debajo de la cintura de sus pantalones cortos. Ella soltó un leve grito ahogado. Él empezó entonces a mover la navaja hacia adelante y hacia atrás, lenta y peligrosamente... Luego se inclinó sobre ella y le susurró:

—Con esta navaja le saqué el ojo a tu padre.

Vittoria supo en ese mismo instante que sería capaz de matar.

El hassassin le dio la vuelta a la navaja y comenzó a cortar la tela de los pantalones cortos de color caqui. De repente se detuvo y levantó la mirada. Alguien había entrado en la habitación.

—Apártese de ella —gruñó una profunda voz desde la entrada.

Vittoria no podía ver quién había hablado, pero reconoció la voz. «¡Robert! ¡Está vivo!»

El hassassin creyó ver un fantasma.

—Señor Langdon. Debe de tener usted un ángel de la guarda.

Capítulo 108

En apenas una fracción de segundo, Langdon se dio cuenta de que se encontraba en un lugar sagrado. Los adornos de la sala oblonga, aunque viejos y desvaídos, estaban repletos de una simbología reconocible. Baldosas con forma de pentágono. Frescos de planetas. Palomas. Pirámides.

«La Iglesia de la Iluminación.» Sencilla y pura. Había llegado.

Directamente delante de él, enmarcado por la abertura del balcón, se hallaba el hassassin. Junto a él estaba Vittoria, atada pero todavía viva. Langdon sintió una oleada de alivio al verla. Por un instante cruzaron sus miradas y un torrente de emociones fluyó entre ambos..., gratitud, desesperación y pesar.

—Volvemos a encontrarnos —dijo el hassassin. Al ver el barrote que Langdon llevaba en la mano, soltó una carcajada—. ¿Viene con eso?

—Desátela.

El hassassin acercó la navaja al cuello de Vittoria.

—La mataré.

Langdon sabía que era muy capaz de hacerlo. Intentó adoptar un tono de voz más calmo.

—Supongo que lo agradecerá..., considerando cuál es la alternativa.

El hassassin sonrió ante el insulto.

—Tiene razón. Es una mujer con mucho que ofrecer. Sería una pena.

Langdon dio un paso adelante, levantó el herrumbroso barrote y apuntó su astillado extremo directamente hacia el hassassin. Sintió una punzada de dolor en el corte de la mano.

—Suéltela.

El tipo pareció considerarlo un momento. Tras exhalar un suspiro, dejó caer los hombros. Se trataba de un gesto claro de rendición y, sin embargo, en ese mismo instante, su brazo pareció acelerarse inesperadamente. Con un movimiento casi imperceptible, arrojó la navaja en dirección al pecho de Langdon.

El profesor no podría decir si fue el instinto o el agotamiento lo que lo hizo doblar las rodillas en ese momento, pero gracias a ello el cuchillo sólo le rozó la oreja izquierda y cayó al suelo a su espalda. El hassassin ni siquiera se inmutó. Se limitó a sonreír a Langdon, que permanecía arrodillado con el barrote de metal en las manos. Lentamente, como un león al acecho, comenzó a alejarse de Vittoria y avanzó hacia él.

Cuando se puso otra vez en pie y levantó el barrote, Langdon tuvo la sensación de que el jersey de cuello alto y los pantalones mojados restringían demasiado sus movimientos. El hassassin, medio desnudo, se movía más de prisa, y la herida del pie no parecía molestarle lo más mínimo. Advirtió que se trataba de un hombre acostumbrado al dolor. Por primera vez en su vida, deseó tener en su poder una pistola.

El hassassin avanzaba lentamente, como si estuviera divirtiéndose. Se mantenía fuera de su alcance, moviéndose en dirección a la navaja que estaba en el suelo. Langdon se interpuso. Entonces el asesino intentó regresar junto a Vittoria, pero él le cortó de nuevo el paso.

—Todavía hay tiempo —aventuró Langdon—. Dígame dónde está el contenedor. El Vaticano puede pagarle mucho más que los illuminati.

—Es usted muy ingenuo.

Langdon arremetió con el barrote, pero el hassassin lo esquivó. Rodeó entonces un banco, sosteniendo el arma en alto, con la intención de acorralar al hombre en la sala oval. «¡Maldita habitación sin rincones!» Curiosamente, el hassassin no parecía interesado en atacar ni tampoco en huir. Se limitaba a seguirle el juego. Esperando fríamente.

«¿Esperando qué?» El asesino se movía como un maestro. Daba la sensación de que estuvieran jugando una interminable partida de ajedrez. A Langdon el arma le pesaba cada vez más, y finalmente se dio cuenta de qué era lo que quería el otro. «Pretende que me canse.» Y lo cierto era que la treta funcionaba. Langdon se sintió repentinamente exhausto. La adrenalina por sí sola ya no podía mantenerlo alerta. Sabía que debía atacar.

El hassassin pareció leerle la mente y volvió a cambiar de posición, como si quisiera dirigirlo hacia la mesa que había en el centro de la sala. A Langdon le pareció ver algo encima de ella que brillaba a la luz de la antorcha. «¿Una arma?» Sin apartar los ojos del hassassin, se acercó a la mesa. El otro dirigió una larga e inocente mirada a su superficie. Langdon intentó no caer en la evidente trampa, pero el instinto se impuso. También miró. El daño ya estaba hecho.

No era ninguna arma. La fugaz visión lo sobrecogió.

Sobre la mesa descansaba un rudimentario cofre de cobre, recubierto de una antigua pátina. Tenía forma de pentágono. La tapa estaba abierta. En los cinco compartimentos acolchados de su interior había cinco moldes para marcar a fuego, forjados en hierro y con sólidos mangos de madera. Sabía perfectamente qué ponía en cada uno de ellos.

Illuminati. Tierra. Aire. Fuego. Agua.

Echó la cabeza hacia atrás, temeroso de que el hassassin lo atacara, pero no fue así. El hombre se mantenía a la espera, como si el juego le divirtiera. Langdon se esforzó entonces por recobrar la concentración. Levantó el barrote y volvió a arremeter con él. Sin embargo, no podía quitarse de la cabeza la imagen de la caja. Aunque los moldes en sí mismos ya eran fascinantes (se trataba de unos objetos en cuya existencia creían pocos estudiosos de los illuminati), otra cosa en la caja había prendido la mecha de su curiosidad. Cuando el hassassin volvió a cambiar de posición, él aprovechó para echarle otro rápido vistazo.

«¡Dios mío!»

En el cofre, los cinco hierros de marcar descansaban en los compartimentos que había alrededor del borde. En el centro, sin embargo, había otro compartimento. Estaba vacío, pero era evidente que debía de servir para albergar otro hierro... mucho más grande que los demás, perfectamente cuadrado.

No vio venir el ataque.

El hassassin se abalanzó sobre él como una ave de presa. Langdon, cuya concentración había sido burlada magistralmente, intentó defenderse, pero el barrote le pesaba como el tronco de un árbol y lo hizo con excesiva lentitud. El hassassin lo esquivó. Cuando intentó volver a alzarlo, el otro extendió los brazos y lo agarró. Lo hizo con fuerza, la herida en el brazo no parecía afectarle. Ambos hombres forcejearon violentamente. Sintiendo un intenso dolor en la palma de la mano, Langdon notó cómo el hassassin le arrebataba el barrote de un tirón. Un instante después tenía ante sí la punta astillada del arma. El cazador había pasado a ser la presa.

Se sentía como si hubiera sido golpeado por un ciclón. Con una sonrisa en los labios, el hassassin lo acorraló contra la pared.

—¿Cómo era ese refrán estadounidense? —se burló el tipo—. ¿Algo sobre la curiosidad y el gato?

Langdon apenas podía concentrarse. Maldijo su negligencia. El asesino empezó a acercarse a él. No tenía sentido. «¿Una sexta marca de los illuminati?»

—Nunca he leído nada acerca de una sexta marca de los illuminati —dijo, frustrado.

—Probablemente sí lo haya hecho. —El asesino rió entre dientes mientras lo seguía alrededor de la sala oval.

Langdon se sentía completamente perdido. Estaba seguro de que no. Sólo había cinco marcas de los illuminati. Retrocedió y echó un vistazo a la habitación en busca de alguna arma.

—La unión perfecta de los elementos antiguos —declaró el hassassin—. La última marca es la más brillante de todas. Aunque mucho me temo que ya nunca llegará a verla.

Langdon intuyó que, efectivamente, dentro de poco ya no vería nada. Siguió retrocediendo mientras estudiaba sus opciones.

—¿Y usted ha visto esa marca final? —preguntó intentando ganar tiempo.

—Algún día puede que tenga ese honor. Cuando haya demostrado que me lo merezco. —Arremetió contra él. Era como si estuviera jugando con el profesor.

Él se echó hacia atrás. Tenía la sensación de que el hassassin lo dirigía hacia un destino que no podía ver. «Pero ¿adónde?» No podía permitirse mirar hacia atrás.

—¿Y la marca? —preguntó—. ¿Dónde está?

—Aquí no. Al parecer, la guarda Janus.

—¿Janus? —Langdon no reconoció el nombre.

—El líder de los illuminati. Está a punto de llegar.

—¿El líder de los illuminati va a venir aquí?

—Para marcar a la última víctima.

Asustado, Langdon se volvió hacia Vittoria. La joven parecía extrañamente tranquila. Permanecía con los ojos cerrados al mundo que la rodeaba, respirando lenta y profundamente. ¿Sería ella la última víctima? ¿Lo sería él?

—¡Qué presuntuoso! —se burló el hassassin al ver dónde miraba él—. Ustedes dos no son nadie. Morirán, por supuesto. Eso seguro. Pero la última víctima a la que me refiero es un enemigo verdaderamente peligroso.

Langdon intentó encontrarle un sentido a aquellas palabras. ¿Un enemigo peligroso? Los principales cardenales estaban todos muertos. El papa estaba muerto. Los illuminati los habían eliminado a todos. Encontró la respuesta en los vacíos ojos del hassassin.

«El camarlengo.»

El camarlengo Ventresca era la única persona que había mantenido viva la esperanza de la gente durante toda esa situación. Había hecho más para condenar a los illuminati en una noche que los teóricos de las conspiraciones en décadas. Al parecer, ahora lo iba a pagar. Era el último objetivo de los illuminati.

—No conseguirá llegar a él —lo desafió Langdon.

—Yo no —respondió el hassassin, obligándolo a retroceder todavía más—. Ese honor está reservado a Janus.

—¿El mismísimo líder de los illuminati pretende marcar al camarlengo?

—El poder tiene sus privilegios.

—¡Pero es imposible que nadie pueda acceder ahora a la Ciudad del Vaticano!

El asesino lo miró con suficiencia.

—A no ser que tenga una cita...

Langdon estaba confuso. La única persona que esperaban en el Vaticano era ese tipo a quien los medios llamaban el «samaritano de la undécima hora». La persona que Rocher había dicho que poseía información que podría salvar...

Se quedó petrificado. «¡Dios mío!»

El hassassin sonrió. Estaba claro que estaba disfrutando de la situación.

—Yo también me preguntaba cómo conseguiría entrar Janus. Pero luego he oído en la radio de la furgoneta una noticia sobre un samaritano de la undécima hora. —Sonrió—. El Vaticano va a recibir a Janus con los brazos abiertos.

Langdon estuvo a punto de caerse de espaldas. «¡Janus es el samaritano!» Era un engaño impensable. El líder de los illuminati tendría escolta real directamente hasta los aposentos del camarlengo. «Pero ¿cómo ha conseguido Janus engañar a Rocher? ¿O tal vez estaba éste implicado de algún modo?» Langdon sintió un escalofrío. No confiaba en Rocher desde que casi lo había asfixiado en los archivos secretos.

De repente, el hassassin arremetió y lo rozó con el barrote en el costado.

Él retrocedió de un salto.

—¡Janus no conseguirá salir con vida!

El hassassin se encogió de hombros.

—Hay causas por las que merece la pena morir.

Langdon intuyó que el hombre hablaba en serio. ¿Janus se dirigía a la Ciudad del Vaticano para llevar a cabo una misión suicida? ¿Una cuestión de honor? Asimiló entonces el aterrador ciclo completo. El complot de los illuminati volvía al punto de partida. El sacerdote a quien habían empujado involuntariamente al poder al asesinar al papa había demostrado ser un digno adversario. En un desafiante acto final, el líder de los illuminati lo destruiría.

De repente, Langdon advirtió que desaparecía la pared que había a su espalda. Notó una corriente de aire fresco, y se tambaleó hacia atrás en la noche. «¡El balcón!» Se dio cuenta de cuál era la intención del asesino.

Era perfectamente consciente del precipicio que tenía detrás: una caída de treinta metros hasta el patio. Lo había visto al entrar. El hassassin no perdió el tiempo. Volvió a atacar con violencia, pero él retrocedió de un salto y el barrote únicamente le rozó la camisa. Rápidamente, el tipo volvió a embestir y Langdon tuvo que dar otro paso atrás. Ya podía notar la balaustrada a su espalda. A sabiendas de que otra arremetida más lo mataría, hizo un último intento desesperado. Volviéndose a un lado, extendió la mano y agarró el barrote. A pesar de la intensa punzada de dolor que sintió en la palma, no lo soltó.

El hassassin ni siquiera se inmutó. Forcejearon un momento, cara a cara. Langdon podía incluso oler el fétido aliento del hassassin. El barrote comenzaba a escurrírsele de las manos. El otro era demasiado fuerte. Desesperado, intentó pisar el pie herido del hassassin, pero éste era un profesional y se movió con rapidez para proteger su punto débil.

Langdon había jugado su última carta. Y sabía que había perdido la mano.

El asesino lo empujó contra la balaustrada. Al notarla en sus nalgas, Langdon supo que a su espalda ya sólo se encontraba el vacío. El hassassin sostuvo el barrote en diagonal y lo llevó hacia el pecho del profesor, la espalda de éste arqueándose sobre el abismo.

—*Ma'assalamah* —dijo con desdén el asesino—. Adiós.

Con una mirada despiadada, le dio un último empellón. El centro de gravedad de Langdon se desplazó, y sus pies se levantaron del suelo. En un intento final por sobrevivir, intentó agarrarse a la balaustrada. La mano izquierda resbaló, pero la derecha lo consiguió. Langdon se quedó colgado cabeza abajo, sujeto a la barandilla con las piernas y una mano.

Cerniéndose sobre él, el hassassin alzó entonces el barrote sobre su cabeza para asestarle el golpe de gracia. Cuando el hierro comenzó a descender, Langdon tuvo una visión. Quizá se debió a la inminencia de la muerte o simplemente al terror ciego que sentía, pero en ese momento creyó percibir que una aura rodeaba al asesino. Un brillante resplandor pareció surgir de la nada a su espalda, como si una bola de fuego se abalanzara sobre él.

A media embestida, el hassassin dejó caer el barrote y profirió un grito agónico.

El hierro pasó junto a Langdon al caer. El hassassin se dio media vuelta, y entonces el estadounidense pudo ver una quemadura de antorcha en su espalda. Al asomarse por encima de la barandilla vio que Vittoria hacía frente al hassassin con los ojos encendidos de ira.

La chica blandía una antorcha ante sí, y la luz de las llamas iluminaba su expresión de venganza. Langdon no sabía cómo había logrado desatarse, pero tampoco le importaba. Empezó a trepar por la balaustrada para regresar al balcón.

La pelea sería corta. El hassassin era un rival mortífero. Con un grito de ira, arremetió contra Vittoria. Ella intentó esquivarlo, pero el tipo había conseguido agarrar la antorcha e intentaba hacerse con ella. Langdon no esperó. Tras saltar por encima de la barandilla, golpeó con el puño bien apretado la quemadura que el asesino tenía en la espalda.

El grito debió de oírse incluso en el Vaticano.

El hassassin se quedó un momento inmóvil, con la espalda arqueada por el dolor. Soltó la antorcha, y entonces Vittoria se la hundió en el ojo. Se oyó el siseo de la carne al quemarse. El asesino volvió a gritar y se llevó las manos al rostro.

—Ojo por ojo —susurró Vittoria y volvió a golpearle con la antorcha, esta vez como si fuera un bate.

El asesino se tambaleó en dirección a la balaustrada. Rápidamente, Langdon y Vittoria se abalanzaron sobre él al mismo tiempo, y el cuerpo del hombre cayó hacia atrás en la noche. No se oyó ningún grito. El único sonido fue el crujido de su columna vertebral al aterrizar con los miembros extendidos sobre una pila de balas de cañón.

Langdon se volvió hacia la joven y se la quedó mirando desconcertado. De su abdomen y sus hombros colgaban unas cuerdas sueltas. Sus ojos relucían como el infierno.

—Houdini sabía yoga.

Capítulo 109

Mientras tanto, en la plaza de San Pedro, una muralla de guardias suizos intentaba mantener a la muchedumbre a una distancia segura. De poco servía, sin embargo. La multitud era demasiado densa y parecía mucho más interesada en la inminente fatalidad del Vaticano que en su propia seguridad. Las altas pantallas que los medios de comunicación habían colocado en la plaza retransmitían en esos momentos la cuenta atrás del contenedor de antimateria; imágenes en directo que provenían del monitor de seguridad de la Guardia Suiza, cortesía del camarlengo. Lamentablemente, las imágenes no parecían repeler a la multitud. Por lo visto, la gente que había en la plaza había decidido que la pequeña gota de líquido suspendida en el contenedor no era tan amenazadora como se pensaba. Además, todavía faltaban casi cuarenta y cinco minutos, tiempo más que suficiente para quedarse y seguir mirando.

No obstante, todos los guardias suizos se habían mostrado de acuerdo en que la audaz decisión del camarlengo de contar la verdad al mundo y luego ofrecer a los medios de comunicación auténticas imágenes de la traición de los illuminati había sido una jugada maestra. Sin duda, la hermandad había creído que el Vaticano actuaría con su habitual renuncia ante la adversidad. Esa noche, no. El camarlengo Carlo Ventresca había demostrado ser un enemigo de consideración.

En el interior de la capilla Sixtina, el cardenal Mortati se sentía cada vez más inquieto. Eran las once y cuarto pasadas. La mayoría de los cardenales seguían rezando, pero otros se habían agolpado alrededor de la salida, claramente alarmados por la hora. Algunos empezaron a aporrear la puerta con los puños.

Al otro lado de la puerta, el teniente Chartrand oyó los golpes. No sabía qué hacer. Consultó su reloj. Había llegado el momento. El capitán Rocher le había dado órdenes estrictas de no dejar salir a los cardenales hasta que él se lo dijera. Los golpes aumentaron de intensidad, y Chartrand no pudo evitar sentirse intranquilo. Se preguntó si el capitán se habría olvidado. Desde que había recibido la misteriosa llamada, su comportamiento había sido algo errático.

El teniente cogió su radio.

—¿Capitán? Soy Chartrand. Ya pasa de la hora. ¿Abro la capilla Sixtina?

—Las puertas han de permanecer cerradas. Creo que le he dado esa orden.

—Sí, señor, yo sólo...

—Nuestro invitado llegará en breve. Vaya con unos cuantos hombres a vigilar la puerta del despacho del papa. El camarlengo no debe ir a ninguna parte.

—¿Cómo dice, señor?

—¿Qué es lo que no ha entendido, teniente?

—Nada, señor. Ahora mismo voy.

Mientras tanto, en el despacho del papa, el camarlengo seguía meditando ante el fuego. «Dame fuerzas, Señor. Obra un milagro.» Removió las brasas, preguntándose si sobreviviría a esa noche.

Capítulo 110

Las 23.23 horas.

Vittoria seguía en el balcón de Castel de Sant'Angelo. Todavía temblorosa, contemplaba Roma con los ojos llenos de lágrimas. Quería abrazar a Robert, pero no podía. Sentía el cuerpo anestesiado. Estaba reajustándose, superando la conmoción. El hombre que había matado a su padre yacía más abajo, muerto, y ella había estado a punto de convertirse en su víctima.

Cuando la mano de Langdon se posó sobre su hombro, la calidez que le transmitió pareció hacer añicos el hielo como por arte de magia. Su cuerpo regresó a la vida. La neblina se disipó, y ella se volvió hacia él. Tenía un aspecto lamentable, todo empapado y con el pelo enmarañado. Parecía haber atravesado el purgatorio para ir a rescatarla.

—Gracias —susurró.

Langdon sonrió y le recordó que era ella quien merecía el agradecimiento. Su habilidad para prácticamente dislocar sus hombros les había salvado la vida a ambos. Vittoria se secó los ojos. Le habría gustado quedarse allí con él para siempre, pero el momento de calma fue efímero.

—Tenemos que salir de aquí —dijo él.

Vittoria tenía la cabeza en otra parte. Seguía con la mirada puesta en el Vaticano. Bajo la reluciente luz blanca de los focos de los medios, el país más pequeño del mundo parecía extrañamente cercano. Para su asombro, la plaza de San Pedro seguía atestada. Al parecer, la Guardia Suiza apenas había conseguido despejar cuarenta y cinco metros justo enfrente de la basílica, menos de un tercio de la plaza. La congestión que rodeaba el lugar era ahora más compacta, pues quienes se encontraban a una distancia segura se habían agolpado para intentar ver mejor, atrapando a los demás dentro. «¡Están muy cerca! —pensó Vittoria—. ¡Demasiado cerca!»

—Voy a regresar —dijo de repente Langdon.

Ella se volvió hacia él, incrédula.

—¿Al Vaticano?

Langdon le habló del samaritano, y le explicó que en realidad se trataba de una estratagema. El líder de los illuminati, un hombre llamado Janus, pretendía marcar personalmente a fuego al camarlengo. Un último acto de dominación por parte de la hermandad.

—Nadie en el Vaticano lo sabe —dijo Langdon—. No tengo modo de ponerme en contacto con ellos, y ese tipo está a punto de llegar. He de advertir a los guardias antes de que lo dejen entrar.

—¡Pero nunca conseguirás atravesar la muchedumbre!

—Hay una forma. Confía en mí.

De nuevo, Vittoria tuvo la sensación de que el profesor sabía algo que ella ignoraba.

—Yo también voy.

—No. ¿Para qué arriesgarnos los dos?...

—¡He de encontrar una manera de sacar a esa gente de ahí! ¡Corren un grave peli...!

De repente, el balcón en el que se encontraban comenzó a temblar. Un estruendo ensordecedor sacudió todo el castillo. Después, una luz blanca proveniente de la basílica de San Pedro los cegó. Vittoria sólo pudo pensar una cosa: «¡Oh, Dios mío! ¡La antimateria ha estallado antes de tiempo!»

Pero, en vez de una explosión, lo que se oyó fueron los

vítores de la multitud. La joven aguzó la mirada para intentar ver algo. ¡Los focos de los medios los apuntaban a ellos! Todo el mundo gritaba y parecía señalarlos. El estruendo era cada vez mayor. La atmósfera en la plaza parecía repentinamente festiva.

Langdon estaba desconcertado.

—¿Qué diablos...?

El cielo bramó sobre sus cabezas.

Sin previo aviso, por encima de la torre apareció el helicóptero papal. Volaba a unos quince metros sobre sus cabezas, en dirección a la Ciudad del Vaticano. Al pasar por encima, radiante bajo la luz de los focos, el castillo enteró tembló. Los focos seguían en realidad al helicóptero, y al cabo de un instante Langdon y Vittoria volvieron a quedarse otra vez a oscuras.

Mientras observaba cómo el gigantesco aparato aminoraba la velocidad al acercarse a la plaza de San Pedro, Vittoria tuvo la inquietante sensación de que no conseguirían llegar a tiempo. El helicóptero descendió sobre un claro que había entre la gente y la basílica y, levantando una nube de polvo, aterrizó al pie de la escalinata de la basílica.

—Eso sí es una entrada triunfal —dijo Vittoria.

Recortada contra el mármol blanco, pudo distinguir una diminuta figura que salía del Vaticano y se acercaba al helicóptero. Nunca la habría reconocido de no ser por la boina roja que llevaba en la cabeza.

—Recibimiento en la alfombra roja. Es Rocher.

Langdon descargó un puñetazo sobre la barandilla.

—¡Alguien tiene que advertirlos!

Se volvió para irse pero Vittoria lo agarró del brazo.

—¡Espera! —Acababa de ver otra cosa. Algo que apenas podía creer.

Con dedos temblorosos, señaló el helicóptero. Incluso a esa distancia, no cabía duda alguna. Por la rampa descendía otra figura, una figura cuyos peculiares movimientos sólo podían pertenecer a una persona. Aunque iba sentada, se movía por la plaza sin esfuerzo alguno y con desconcertante velocidad.

Un rey sobre un trono eléctrico.

Era Maximilian Kohler.

Capítulo 111

A Kohler le repugnaba la opulencia del vestíbulo del Belvedere. Sólo con el pan de oro que decoraba el techo se podría haber financiado todo un año de investigación sobre el cáncer. Rocher condujo a Kohler al interior del Palacio Apostólico por una rampa para discapacitados.

—¿No hay ascensor? —preguntó el director del CERN.

—No hay electricidad. —Rocher le señaló las velas encendidas que iluminaban su camino en el oscuro edificio—. Parte de nuestra táctica de búsqueda.

—Táctica que sin duda ha fracasado.

El capitán asintió.

Kohler sufrió otro ataque de tos y supo que seguramente sería uno de los últimos. La idea, sin embargo, no le desagradaba del todo.

Cuando llegaron a la planta superior y tomaron el pasillo en dirección al despacho del papa, cuatro guardias suizos se acercaron corriendo a ellos con aspecto preocupado.

—¿Qué hace aquí arriba, capitán? Pensaba que este hombre poseía información que...

—Sólo hablará con el camarlengo.

Los guardias retrocedieron, recelosos.

—Díganle al camarlengo —dijo Rocher enérgicamente— que Maximilian Kohler, el director del CERN, ha venido a verlo. Ahora mismo.

—¡Sí, señor!

Uno de los guardias corrió hacia el despacho del papa. Los demás permanecieron en su sitio examinando a Rocher, inquietos.

—Un momento, capitán. Anunciaremos a su invitado.

Kohler, sin embargo, no se detuvo. Maniobró la silla y rodeó a los centinelas.

Los guardias dieron media vuelta y corrieron tras él.

—*Si fermi, per favore!* ¡Señor! ¡Deténgase!

Kohler se sintió asqueado. Ni siquiera la fuerza de seguridad más selecta del mundo era inmune a la compasión que todo el mundo sentía por los discapacitados. De haber sido Kohler un hombre sano, los guardias se habrían arrojado sobre él. «Los discapacitados son inofensivos —pensó—. O, al menos, eso cree la gente.»

Kohler sabía que tenía muy poco tiempo para llevar a cabo lo que había ido a hacer. También que seguramente moriría esa noche. Le sorprendía lo poco que le importaba. La muerte era un precio que estaba dispuesto a pagar. Había sufrido demasiado en la vida para que ahora alguien como el camarlengo Ventresca destruyera su obra.

—*Signore!* —gritaron los guardias. Rápidamente, le adelantaron y formaron una barrera en el pasillo—. ¡Deténgase! —Uno de ellos desenfundó su pistola y lo apuntó.

Kohler se detuvo.

Rocher intervino, algo azorado.

—Señor Kohler, por favor. Será sólo un momento. Nadie entra en el despacho del papa sin ser anunciado.

El director pudo ver en los ojos de Rocher que no le quedaba otra opción. «Está bien —pensó—. Esperaremos.»

No sin cierta crueldad, los guardias habían detenido a Kohler junto a un espejo dorado de cuerpo entero. El anciano sintió repulsión al ver su propia figura. Una vieja ira volvió a salir a la superficie, fortaleciéndolo. Ahora se encontraba entre enemigos. Esas personas le habían robado la dignidad. Por su culpa nunca había sentido el tacto de una mujer, ni se había puesto de pie al recibir un premio. «¿Qué verdad posee esta gente? ¿Qué prueba, maldita sea? ¿Un libro de antiguas fábulas? ¿Promesas de milagros futuros? ¡La ciencia crea milagros a diario!»

Kohler se quedó mirando fijamente el reflejo de sus fríos ojos. «Esta noche puede que muera a manos de la religión —pensó—. Pero no será la primera vez.»

Por un momento volvió a tener once años. Estaba tumbado en su cama, en la mansión que sus padres tenían en Frankfurt. Las sábanas eran del mejor lino de Europa, pero ahora estaban empapadas de sudor. El cuerpo del joven Max ardía, y el dolor que sentía era inimaginable. Sus padres estaban arrodillados junto a su cama; llevaban dos días rezando.

En la penumbra de la habitación también se encontraban tres de los mejores médicos de la ciudad.

—¡Le pido que lo reconsidere! —dijo uno de ellos—. ¡Mire al niño! ¡La fiebre va en aumento. El dolor es insoportable. ¡Su vida corre peligro!

Pero Max sabía cuál sería la respuesta de su madre antes incluso de que ella contestara.

—*Gott wird ihn beschützen.*

Sí —pensó el chico—. «Dios me protegerá.» La convicción de su madre le infundió fuerzas. «Dios me protegerá.»

Una hora después, sin embargo, Max se sentía como si un coche le estuviera aplastando el cuerpo. No podía siquiera llorar.

—Su hijo está sufriendo —dijo otro médico—. Permítame al menos que alivie su dolor. Tengo en mi maletín una simple inyección de...

—*Ruhe, bitte!* —Su padre hizo callar al doctor sin tan siquiera abrir los ojos. Se limitó a seguir rezando.

«¡Padre, por favor! —quería gritar él—. ¡Deje que me

alivie el dolor!» Pero sus palabras quedaron ahogadas en un ataque de tos.

Una hora después, el dolor había empeorado.

—Su hijo podría quedarse paralítico —declaró uno de los médicos—. ¡O incluso morir! ¡Tenemos medicinas que podrían ayudarlo!

Frau y Herr Kohler no lo permitieron. No creían en la medicina. ¿Quiénes eran ellos para inmiscuirse en el plan maestro de Dios? Rezaron con mayor fervor. Al fin y al cabo, Dios los había bendecido con ese niño, ¿por qué iba a quitárselo ahora? Su madre le dijo a Max que fuera fuerte. Le explicó que Dios estaba poniéndolo a prueba... Era una prueba de fe, como la historia de Abraham en la Biblia.

Max intentaba tener fe, pero el dolor era atroz.

—¡No puedo ver esto! —dijo finalmente uno de los médicos, y salió de la habitación.

Al amanecer, el chico apenas estaba consciente. Todos los músculos de su cuerpo sufrían espasmos de dolor. «¿Dónde está Jesús? —se preguntó—. ¿Es que no me quiere?» Sentía cómo la vida escapaba de su cuerpo.

Su madre se había quedado dormida junto a la cama, con las manos todavía entrelazadas sobre él. Su padre estaba al otro lado de la habitación, mirando el amanecer por la ventana. Parecía estar en trance. Max podía oír el débil murmullo de sus incesantes plegarias.

Fue entonces cuando sintió la presencia de una figura que se cernía sobre él. «¿Un ángel?» Max apenas podía ver nada. Tenía los ojos prácticamente cerrados a causa de la hinchazón. La figura le susurró algo al oído. No se trataba de ningún ángel. Max reconoció entonces la voz de uno de los médicos..., el mismo que había permanecido dos días sentado en un rincón, rogando a sus padres que le permitieran administrarle un nuevo fármaco procedente de Inglaterra.

—Si no hago esto —susurró el hombre—, nunca me lo perdonaré. —El médico cogió con cuidado el frágil brazo de Max—. Ojalá lo hubiera hecho antes.

Max notó un pequeño pinchazo en el brazo, apenas discernible por el dolor.

Luego el médico recogió sus cosas. Antes de irse, le puso la mano sobre la frente.

—Esto te salvará la vida. Tengo una gran fe en el poder de la medicina.

Al cabo de unos minutos, el chico sintió como si una especie de espíritu mágico le recorriera las venas. La calidez se extendió por todo su cuerpo, aliviándole el dolor. Finalmente, por primera vez en días, Max se quedó dormido.

Cuando la fiebre remitió, sus padres lo consideraron un milagro divino. Sin embargo, cuando fue evidente que su hijo se había quedado paralítico, se sintieron completamente abatidos. Llevaron al muchacho a la iglesia y le pidieron consejo al sacerdote.

—Que este chico haya sobrevivido se debe únicamente a la gracia de Dios —dijo él.

Max lo escuchó sin decir nada.

—¡Pero nuestro hijo no puede caminar! —Frau Kohler lloraba.

El sacerdote asintió apesadumbrado.

—Sí. Parece que Dios lo ha castigado por no tener suficiente fe.

—¿Señor Kohler? —Dijo el guardia suizo que se había adelantado—. El camarlengo accede a concederle audiencia.

Kohler gruñó y arrancó de nuevo la silla.

—Le ha sorprendido su visita —comentó el guardia.

—Estoy seguro de ello —repuso Kohler—. Me gustaría verlo a solas.

—Eso es imposible —dijo el guardia—. Nadie...

—Teniente —exclamó Rocher—. El encuentro será como el señor Kohler desee.

El guardia se lo quedó mirando con incredulidad.

Antes de dejar entrar a Kohler al despacho del papa, el capitán Rocher permitió a sus guardias que tomaran las medidas de seguridad habituales. El detector de metales manual resultaba inútil debido a la cantidad de aparatos electrónicos que incorporaba su silla de ruedas. Así pues, los guardias lo cachearon, pero, demasiado cohibidos por su discapacidad, no lo hicieron debidamente. No encontraron el revólver que escondía bajo el asiento. Tampoco le requisaron otro objeto, algo con lo que Kohler pretendía poner el broche de oro a la cadena de acontecimientos de esa noche.

Cuando entró en el despacho del papa, el camarlengo estaba solo, rezando de rodillas ante un fuego moribundo. No abrió los ojos.

—Señor Kohler —dijo Ventresca—. ¿Ha venido para convertirme en mártir?

Capítulo 112

Mientras tanto, Langdon y Vittoria recorrían el estrecho túnel conocido como *Passetto* en dirección a la Ciudad del Vaticano. La antorcha que él llevaba en la mano sólo les permitía ver unos metros por delante. La distancia ente las paredes era mínima, y el techo, muy bajo. El aire olía a humedad. Langdon corría a toda velocidad en la oscuridad, seguido de cerca por la joven.

Nada más salir de Castel Sant'Angelo, el túnel ascendía abruptamente por la parte inferior de un baluarte de piedra que parecía un acueducto romano. Allí, el túnel se nivelaba y comenzaba su curso secreto hacia el Vaticano.

Mientras Langdon corría, sus pensamientos no dejaban de dar vueltas en un caleidoscopio de confusas imágenes: Kohler, Janus, el hassassin, Rocher..., ¿una sexta marca? «Estoy seguro de que ha oído hablar de la sexta marca.» Que él recordara, sin embargo, ni siquiera las teorías conspirativas hacían referencia alguna a una sexta marca. Real o imaginaria. Había rumores acerca de un lingote de oro, así como del perfecto diamante de los illuminati, pero ninguna mención a una sexta marca.

—¡Kohler no puede ser Janus! —declaró Vittoria mientras recorrían a toda velocidad el interior del pasadizo subterráneo—. ¡Es imposible!

«Imposible» era una palabra que Langdon había dejado de utilizar esa noche.

—No lo sé —repuso él mientras corrían—. Pero Kohler le guarda un gran rencor a la Iglesia y, además, es una persona muy influyente.

—¡Pero esta crisis deja al CERN en muy mal lugar! ¡Max nunca haría nada que pudiera perjudicar su reputación!

Por un lado, Langdon sabía que esa noche la imagen pública del CERN había sufrido un serio revés por culpa de la estrategia de los illuminati de convertir eso en un espectáculo mediático. Y, sin embargo, no podía dejar de preguntarse hasta qué punto salía realmente perjudicado el CERN. Las críticas de la Iglesia no eran nada nuevo. De hecho, cuanto más pensaba en ello, más le parecía que en realidad esa crisis los beneficiaba. Si el objetivo del juego era la publicidad, la antimateria había ganado el premio gordo. Todo el planeta estaba hablando de ella.

—Ya sabes lo que dijo el promotor P. T. Barnum —dijo Langdon por encima del hombro—. «No me importa lo que digas sobre mí, siempre y cuando deletrees bien mi nombre.» Estoy seguro de que ya hay gente haciendo cola para obtener la patente de la antimateria. Y cuando a medianoche comprueben su auténtico poder...

—Eso no tiene sentido —repuso Vittoria—. ¡No se publicitan descubrimientos científicos demostrando su poder destructor! ¡Esto es terrible para la antimateria, créeme!

La antorcha de Langdon se estaba apagando.

—Puede que sea todo mucho más simple. Quizá Kohler confiaba en que el Vaticano mantendría la antimateria en secreto para evitar que la confirmación de la existencia del arma otorgara más poder a los illuminati. Quizá Kohler esperaba que la Iglesia actuara con su actual renuencia, pero el camarlengo ha cambiado las reglas.

Vittoria no contestó.

Esa posibilidad cobraba cada vez mayor sentido para Langdon.

—¡Sí! Kohler nunca contó con la reacción del camarlengo. Éste ha roto con la tradición de secretismo vaticana y ha hecho pública la crisis. Ha sido completamente honesto. ¡Ha mostrado incluso la antimateria por televisión! Ha sido una respuesta brillante, y Kohler no se la esperaba. Y lo más irónico de todo es que a los illuminati les ha salido el tiro por la culata. Sin querer, han creado un nuevo líder en la Iglesia: el camarlengo. ¡Y ahora Kohler ha venido a matarlo!

—Max es un desgraciado —declaró Vittoria—, pero no un asesino. Y es imposible que esté implicado en el asesinato de mi padre.

Langdon recordó lo que le había dicho Kohler: «Muchos puristas del CERN consideraban peligroso a Leonardo. Fusionar ciencia y Dios es la mayor blasfemia científica.»

—Puede que el director descubriera el proyecto de la antimateria hace unas semanas y no le gustaran sus implicaciones religiosas.

—¿Y por eso decidió asesinar a mi padre? ¡Ridículo! Además, es imposible que Max Kohler supiera nada acerca del proyecto.

—Puede que, mientras tú estabas de viaje, tu padre le pidiera consejo. Tú misma has dicho que a tu padre le preocupaban las implicaciones morales de la creación de una sustancia tan mortífera.

—¿Buscar orientación moral en Maximilian Kohler? —se burló Vittoria—. ¡Lo dudo mucho!

El túnel se desvió ligeramente hacia el oeste. Cuanto más avanzaban, menos tiempo le quedaba a la antorcha de Langdon. Empezó a temer lo que ocurriría si la luz se apagaba. El lugar quedaría a oscuras.

—Además —prosiguió Vittoria—, ¿para qué iba Kohler a llamarte esta mañana y pedirte ayuda si es él quien está detrás de todo esto?

Langdon ya había pensado en eso.

—Al llamarme, se aseguraba de que nadie pudiera acusarlo de no hacer nada ante la crisis. Seguramente no esperaba que llegáramos tan lejos.

La idea de haber sido utilizado por Kohler enfurecía al profesor. Su implicación habría otorgado credibilidad a los illuminati. Los medios llevaban toda la noche citando sus credenciales y sus publicaciones, y por ridículo que pudiera parecer, la presencia de un profesor de Harvard en el Vaticano había provocado que la emergencia trascendiera el ámbito de la fantasía paranoica y había convencido a los escépticos de todo el mundo de que la hermandad illuminati no sólo era un hecho histórico, sino una fuerza que había que tener en cuenta.

—Ese reportero de la BBC —dijo— piensa que el CERN es la nueva guarida de los illuminati.

—¿Cómo? —Vittoria tropezó. Rápidamente volvió a ponerse en pie y siguió adelante—. ¡¿Ha dicho eso?!

—En directo. Ha relacionado el CERN con las logias masónicas: una organización inocente que, sin saberlo, alberga en su interior a la hermandad de los illuminati.

—Dios mío, todo esto destruirá el CERN.

Langdon no estaba tan seguro de ello. En cualquier caso, esa teoría parecía cada vez más verosímil. El CERN era el auténtico paraíso de la ciencia. Albergaba a científicos de más de una docena de países. Parecían contar con financiación privada inagotable. Y Maximilian Kohler era su director.

«Kohler es Janus.»

—Si Kohler no está implicado —dijo Langdon en tono desafiante—, ¿qué está haciendo entonces aquí?

—Seguramente, intentando detener esta locura. Mostrar su apoyo. ¡Puede incluso que quiera actuar como un auténtico samaritano! ¡Quizá ha descubierto quién sabía lo del proyecto de la antimateria y ha venido para revelar personalmente esa información!

—El asesino ha dicho que venía a marcar a fuego al camarlengo.

—¿Te das cuenta de lo que estás diciendo? Eso sería una misión suicida. Max nunca saldría con vida.

Langdon lo consideró. «Quizá ésa es precisamente su intención.»

El contorno de una puerta de acero que bloqueaba su avance por el túnel se hizo visible ante ellos. A Langdon le dio un vuelco el corazón. Al llegar junto a ella, sin embargo, descubrieron que el antiguo cerrojo había sido forzado, y la puerta se abrió sin mayores problemas.

Él exhaló un suspiro de alivio al confirmar que el antiguo túnel había sido utilizado. Recientemente. Ese mismo día. Ahora ya tenía bastante claro que los cuatro aterrados cardenales habían sido secuestrados utilizando ese pasadizo.

Siguieron corriendo. Langdon ya podía oír el caos del exterior a su izquierda. Era la plaza de San Pedro. Se estaban acercando.

Llegaron a otra puerta, ésta más pesada. También estaba abierta. El ruido procedente de la plaza de San Pedro se apagó a sus espaldas. Langdon intuyó que debían de haber cruzado la muralla exterior de la Ciudad del Vaticano. Se preguntó en qué lugar estaría la salida de ese pasadizo. «¿En los jardines? ¿En la basílica? ¿En la residencia papal?»

Entonces, sin previo aviso, el túnel terminó.

La voluminosa puerta que bloqueaba su camino era un grueso muro de hierro forjado. Incluso bajo la luz de los últimos parpadeos de su antorcha, Langdon pudo ver que el portal era completamente liso, sin picaportes, tiradores, cerraduras, goznes... Nada.

Sintió una oleada de pánico. En el argot de los arquitectos, a ese raro tipo de puertas se las llamaba *senza chia-*

ve. Era un portal de sentido único, utilizado por motivos de seguridad, que sólo podía abrirse desde un lado. El otro lado. Las esperanzas de Langdon se desvanecieron... al mismo tiempo que la antorcha que portaba en la mano.

Consultó su reloj. Mickey resplandecía.

Las 23.29 horas.

Con un grito de frustración, empezó a aporrear la puerta con la antorcha.

Capítulo 113

Algo no iba bien.

El teniente Chartrand permanecía ante la puerta del despacho del papa y advirtió en la inquieta mirada del soldado que había a su lado que compartían la misma ansiedad. Rocher les había dicho que el encuentro privado que estaban protegiendo podía salvar al Vaticano de la destrucción. Chartrand se preguntó entonces por qué su instinto de protección seguía alerta. ¿Y por qué actuaba el capitán de un modo tan raro?

Definitivamente, algo no iba bien.

El capitán Rocher se encontraba a su derecha, con la mirada clavada al frente, inusualmente distante. Chartrand apenas reconocía al capitán. No era él mismo desde hacía una hora. Sus decisiones no tenían sentido.

«¡Alguien debería estar presente en ese encuentro!», se dijo. Había oído cómo Maximilian Kohler cerraba la puerta con cerrojo después de entrar. ¿Por qué lo había permitido Rocher?

Pero muchas más cosas preocupaban a Chartrand. «Los cardenales.» Todavía estaban encerrados en la capilla Sixtina. Era una locura. ¡Deberían haber sido evacuados hacía quince minutos! Rocher había invalidado la orden del camarlengo sin decirle nada a éste. Chartrand había mostrado su preocupación, y Rocher había estado a punto de arrancarle la cabeza. La cadena de mando nunca se ponía en entredicho en la Guardia Suiza, y el capitán era ahora la máxima autoridad.

«Media hora —pensó Rocher mientras consultaba discretamente su cronómetro suizo bajo la tenue luz de los candelabros del pasillo—. Por favor, que pase de prisa.»

A Chartrand le habría gustado poder oír lo que tenía lugar al otro lado de las puertas. Aun así, sabía que nadie mejor que el camarlengo podía hacer frente a esa crisis. Esa noche había sido sometido a una prueba inconcebible, y no se había acobardado en ningún momento. Había abordado el problema de frente, con honestidad y franqueza, demostrando ser un ejemplo para todos. Chartrand se sentía orgulloso de ser católico. Los illuminati habían cometido un error al desafiar al camarlengo Ventresca.

En ese momento, sin embargo, un ruido inesperado sobresaltó a Chartrand. Unos golpes. Provenían del final del pasillo. Eran unos golpes distantes y débiles, pero incesantes. Rocher levantó la mirada. Se volvió hacia Chartrand y le hizo una seña. Él comprendió. Encendió su linterna y fue a ver de qué se trataba.

Los golpes sonaban cada vez más desesperados. Chartrand corrió treinta metros y llegó a otro pasillo. El ruido parecía proceder de la esquina, más allá de la sala Clementina. El teniente se quedó estupefacto. Allí sólo había una habitación, la biblioteca privada del papa, y había permanecido cerrada desde el fallecimiento de Su Santidad. ¡Era imposible que hubiera nadie dentro!

Tomó rápidamente el segundo pasillo, dobló otra esquina y corrió hacia la puerta de la biblioteca. El pórtico de madera era minúsculo, pero destacaba en la oscuridad como un adusto centinela. Los golpes provenían del interior. Chartrand vaciló. Nunca había estado en la biblioteca privada. Pocos lo habían hecho. Nadie podía entrar a no ser que lo acompañara el propio papa.

Vacilante, cogió el pomo e intentó abrir la puerta. Tal y como había imaginado, estaba cerrada. Aplicó la oreja.

Los golpes se oían con mayor intensidad. También pudo oír algo más. «¡Voces! ¡Alguien está gritando!»

No podía entender lo que decían, pero sí advirtió el pánico en su tono. ¿Había alguien atrapado en la biblioteca? ¿Acaso la Guardia Suiza no había evacuado adecuadamente el edificio? Chartrand vaciló, preguntándose si no sería mejor regresar y consultar con Rocher. Al diablo con eso. Había sido entrenado para tomar decisiones, y ahora tomaría una. Cogió su pistola y disparó al pestillo. La madera quedó hecha añicos y la puerta se abrió.

Más allá del umbral, el teniente no vio nada más que oscuridad. Iluminó el lugar con su linterna. La habitación era rectangular, con alfombras orientales, altas estanterías de roble repletas de libros, un sofá de piel y una chimenea de mármol. Chartrand había oído hablar de ese sitio. Contenía tres mil volúmenes antiguos, así como cientos de revistas y periódicos actuales. Todo lo que Su Santidad solicitara. La mesita de centro estaba cubierta de revistas científicas y políticas.

Los golpes se oían ahora con mayor claridad. Chartrand enfocó con su linterna el lugar del que procedía el ruido. En la pared que había al otro extremo de la habitación, más allá de la zona de lectura, distinguió una enorme puerta de hierro. Parecía tan impenetrable como una cámara acorazada. Tenía cuatro cerraduras gigantescas. Las diminutas letras grabadas en el centro de la puerta lo dejaron anonadado.

IL PASSETTO

Chartrand se quedó mirando fijamente la inscripción. «¡El pasadizo secreto del papa!» Conocía la existencia del Passetto, e incluso había oído rumores de que antaño la entrada estaba en la biblioteca, ¡pero hacía siglos que nadie utilizaba ese túnel! «¿Quién podía estar dando esos golpes al otro lado?»

El teniente golpeó la puerta con su linterna. Oyó unos apagados gritos de júbilo al otro lado. Los golpes cesaron y las voces gritaron con mayor fuerza. Chartrand apenas podía entender lo que decían.

—...Kohler... mentira... camarlengo...

—¿Quién habla? —gritó Chartrand.

—...ert Langdon... Vittoria Ve...

Chartrand comprendió lo suficiente para quedarse perplejo. «¡Creía que estaban muertos!»

—...la puerta —gritaron las voces—. ¡Abra...!

El teniente echó un vistazo a la barrera metálica y supo que para poder abrirla necesitaría dinamita.

—¡Imposible! —exclamó—. ¡Es demasiado gruesa!

—...encuentro... detener... arlengo... peligro...

A pesar de estar entrenado para afrontar situaciones de pánico, Chartrand sintió una oleada de terror al oír las últimas palabras. ¿Lo había entendido bien? El corazón empezó a latirle con fuerza y rápidamente dio media vuelta para regresar corriendo al despacho. De repente, sin embargo, se detuvo. Había visto algo en la puerta, algo incluso más sorprendente que el mensaje que había oído al otro lado. En cada uno de los agujeros de las gigantescas cerraduras había una llave. Chartrand se las quedó mirando. ¿Las llaves estaban allí? Parpadeó, incrédulo. ¡Se suponía que estaban escondidas en alguna caja fuerte secreta! Ese pasadizo no se utilizaba nunca... ¡No desde hacía siglos!

Dejó caer la linterna al suelo. Cogió la primera llave y la giró. El mecanismo estaba oxidado e iba algo duro, pero todavía funcionaba. Alguien había abierto la puerta hacía poco. Chartrand abrió entonces el siguiente cerrojo. Y luego el siguiente. Cuando se deslizó el último pestillo, tiró de la puerta. El bloque de hierro se abrió con un chirrido. Entonces cogió su linterna e iluminó el pasadizo.

Como dos apariciones, Robert Langdon y Vittoria Vetra entraron tambaleándose en la biblioteca. Se los veía harapientos y cansados, pero desde luego estaban vivos.

—¿Qué es esto? —preguntó Chartrand—. ¿Qué está pasando? ¿De dónde salen ustedes?

—¿Dónde está Max Kohler? —preguntó Langdon a su vez.

El teniente se lo indicó.

—En un encuentro privado con el camarl...

Langdon y Vittoria lo echaron a un lado y echaron a correr por el oscuro pasillo. Chartrand se volvió e, instintivamente, alzó su pistola. Rápidamente la volvió a bajar y salió corriendo tras ellos. Al parecer, Rocher debió de oírlos, pues cuando llegaron a la puerta del despacho del papa, los estaba esperando, en guardia y apuntándolos con su pistola.

—*Altolà!*

—¡El camarlengo está en peligro! —exclamó Langdon al tiempo que se detenía y levantaba los brazos en gesto de rendición—. ¡Abra la puerta! ¡Max Kohler va a matar al camarlengo!

Rocher parecía furioso.

—¡Abra la puerta! —dijo Vittoria—. ¡De prisa!

Pero fue demasiado tarde.

De repente se oyó un espeluznante grito procedente del interior del despacho del papa. Era el camarlengo.

Capítulo 114

La confrontación apenas duró unos segundos.

El camarlengo Ventresca todavía estaba gritando cuando Chartrand pasó por delante de Rocher y, de un disparo, abrió la puerta del despacho del papa. Los guardias irrumpieron en el interior a toda velocidad. Langdon y Vittoria lo hicieron detrás de ellos.

Se encontraron con una escena espeluznante.

La cámara estaba iluminada únicamente por la luz de las velas y un fuego moribundo. Kohler se hallaba cerca de la chimenea, de pie junto a su silla de ruedas. En la mano tenía una pistola con la que apuntaba al camarlengo, que yacía a sus pies en el suelo, retorciéndose de dolor. La sotana del sacerdote estaba rasgada, y en su pecho desnudo había una quemadura. Desde el otro extremo de la habitación, Langdon no podía distinguir el símbolo, pero vio que en el suelo había un gran hierro de marcar cuadrado. El metal todavía estaba al rojo vivo.

Dos de los guardias suizos abrieron fuego sin vacilar. Las balas impactaron en el pecho de Kohler, que se desplomó sobre su silla de ruedas con el pecho cubierto de sangre. La pistola que sostenía cayó al suelo.

Langdon seguía en la entrada, anonadado.

Vittoria parecía asimismo paralizada.

—Max... —susurró.

Aunque seguía retorciéndose de dolor, el camarlengo consiguió arrastrarse hasta Rocher y, como poseído, con la expresión de terror de las antiguas cazas de brujas, señaló con el dedo índice a Rocher y gritó una única palabra:

—¡Illuminatus!

—Desgraciado —dijo Rocher al tiempo que se abalanzaba sobre él—. Santurrón de mier...

Esta vez fue Chartrand quien actuó instintivamente y disparó tres balazos al capitán. Rocher cayó de bruces al suelo y quedó sin vida sobre su propia sangre. El teniente y los guardias corrieron de inmediato hacia el camarlengo, que yacía encogido por el dolor.

Ambos guardias lanzaron exclamaciones de horror al ver el símbolo que el camarlengo tenía en el pecho. El segundo guardia vio la marca al revés e inmediatamente retrocedió con miedo en los ojos. Chartrand, igual de acongojado por el símbolo, tapó la quemadura con la sotana rasgada del camarlengo, ocultándola a la vista.

Incapaz encontrarle un sentido a lo que estaba viendo, Langdon cruzó la habitación. En un último acto de dominación simbólica, un científico discapacitado había volado hasta el Vaticano y había marcado a fuego al principal dirigente de la Iglesia. «Hay cosas por las que merece la pena morir», había dicho el hassassin. Langdon se preguntó cómo había conseguido un hombre minusválido reducir al camarlengo. Aunque, claro, Kohler tenía una pistola. ¡Qué importaba cómo lo hubiera hecho! ¡Kohler había cumplido con su misión!

Langdon se acercó a la dantesca escena. Mientras los guardias atendían al camarlengo, él se sintió inevitablemente atraído por el hierro de marcar humeante que descansaba en el suelo, junto a la silla de ruedas de Kohler. «¿La sexta marca?» Cuanto más se acercaba a ella, más confuso se sentía. La forma del hierro de marcar era cuadrada, más bien grande, y estaba claro que procedía del compartimento central del cofre que había visto en la guarida de los illuminati. «La última marca —había dicho el hassassin— es la más brillante de todas.»

Langdon se arrodilló junto a Kohler y extendió la mano hacia el objeto. El metal todavía irradiaba calor. Lo cogió por el mango de madera y lo levantó. No estaba seguro de qué esperaba ver pero, desde luego, no eso.

Permaneció observándolo durante largo rato, confuso. Nada tenía sentido. ¿Por qué habían gritado los guardias horrorizados al ver eso? Era un cuadrado hecho de garabatos sin sentido. «¿La marca más brillante de todas?» Al girarla comprobó que efectivamente era simétrica, pero no era más que un galimatías.

Langdon notó una mano sobre el hombro y levantó la mirada. Había creído que se trataba de Vittoria, pero la mano estaba cubierta de sangre. Pertenecía a Maximilian Kohler, que había estirado el brazo desde su silla de ruedas.

Langdon dejó caer el hierro de marcar y, tambaleante, se puso en pie. «¡Kohler aún está vivo!»

Hundido en su silla, el moribundo director todavía respiraba, si bien con grandes dificultades. Sus ojos se encontraron con los de Langdon, y éste pudo reconocer la misma fría mirada que lo había recibido en el CERN esa mañana. Sus ojos parecían todavía más duros ahora que estaba a punto de morir, y todo su odio y su animosidad parecían salir a la superficie.

El cuerpo del científico tembló, y Langdon supuso que

estaba intentando moverse. Quiso advertir a los demás, que seguían ocupados con el camarlengo, pero se vio incapaz de reaccionar. Estaba paralizado por la intensidad que irradiaba Kohler en esos últimos segundos de su vida. Con un trémulo esfuerzo, el director levantó el brazo y cogió un pequeño aparato que escondía en el reposabrazos de su silla de ruedas. Era del tamaño de una caja de cerillas. Lo sostuvo en alto, temblando. Por un instante, Langdon temió que se tratara de una arma. Pero era otra cosa.

—D-deles... —Sus palabras finales apenas fueron un balbuciente susurro—. D-deles esto... a los medios —Kohler se desplomó y el aparato cayó sobre su regazo.

Estupefacto, Langdon se quedó mirando el artilugio. Era electrónico. En un lateral se podían leer las palabras Sony RUVI. Advirtió entonces que se trataba de una de esas nuevas videocámaras minúsculas que cabían en la palma de la mano. «¡Menuda jeta!», pensó. Al parecer, Kohler había grabado una especie de mensaje de despedida y quería que las televisiones lo emitieran. Debía de tratarse de algún sermón acerca de la importancia de la ciencia y las maldades de la religión. Langdon decidió que ya había hecho suficiente por la causa de ese hombre. Antes de que Chartrand viera la cámara de Kohler, se la metió en el bolsillo más hondo de su americana. «¡El mensaje de Kohler puede pudrirse en el infierno!»

Fue la voz del camarlengo la que rompió el silencio. Estaba intentando incorporarse.

—Los cardenales —le susurró a Chartrand.

—¡Todavía están en la capilla Sixtina! —exclamó el teniente—. El capitán Rocher había ordenado...

—Evacuenlos... Ahora. A todos.

Chartrand envió a uno de los guardias a liberar a los cardenales.

El camarlengo compuso una mueca de dolor.

—Helicóptero... Fuera... Llévenme a un hospital.

Capítulo 115

En la plaza de San Pedro, el piloto de la Guardia Suiza permanecía sentado en el interior de la cabina del helicóptero del Vaticano, masajeándose las sienes. El estrépito de la gente a su alrededor era tan grande que ahogaba incluso el ruido de los rotores. Desde luego no se trataba de una solemne vigilia a la luz de las velas. Lo sorprendía que todavía no hubiera estallado ningún altercado.

A menos de veinticinco minutos para la medianoche, la gente seguía apretujada en la plaza. Algunos rezaban, otros lloraban por la Iglesia, otros gritaban obscenidades y proclamaban que eso era lo que la Iglesia merecía, y había alguno que recitaba versículos apocalípticos de la Biblia.

Los focos de los medios se reflejaron en el parabrisas del helicóptero y el piloto sintió que el dolor en su cabeza iba en aumento. Echó un vistazo a la vociferante masa con los ojos entornados y pudo ver que por encima de la multitud ondeaban algunas banderas.

¡LA ANTIMATERIA ES EL ANTICRISTO!
CIENTÍFICOS = SATÁNICOS
¿DÓNDE ESTÁ AHORA VUESTRO DIOS?

El piloto gruñó. Su dolor de cabeza iba en aumento. Le habría gustado coger la cubierta de vinilo y tapar con ella el parabrisas para no tener que seguir presenciando el bullicio, pero sabía que iba a despegar en cuestión de minutos. El teniente Chartrand acababa de llamarlo por radio y le había dado una noticia terrible. Maximilian Kohler había atacado y herido de gravedad al camarlengo. Chartrand, el estadounidense y la mujer lo estaban sacando en esos momentos para que pudiera ser trasladado a un hospital.

El piloto no pudo evitar sentirse personalmente responsable del ataque, y se reprendió por no haber hecho caso a la corazonada que había tenido. Antes, al recoger a Kohler en el aeropuerto, había advertido algo raro en los ojos del científico. No había sabido identificarlo, pero no le había gustado. Aunque tampoco habría servido de mucho. Rocher estaba entonces al mando, e insistía en que éste era el tipo que los salvaría. Por lo visto, estaba equivocado.

La muchedumbre prorrumpió en un nuevo clamor y, al volverse, el piloto vio una hilera de cardenales que abandonaban solemnemente el Vaticano y salían a la plaza de San Pedro. El alivio de los purpurados al abandonar la zona cero parecía verse rápidamente reemplazado por miradas de desconcierto ante el espectáculo que tenía lugar delante de la basílica.

El fragor de la multitud se intensificó todavía más. Al piloto le retumbaba la cabeza. Necesitaba una aspirina. Quizá tres. No le gustaba volar bajo los efectos de un medicamento, pero unas pocas aspirinas lo debilitarían menos que ese dolor de cabeza atroz. Se volvió hacia el botiquín, que guardaba entre mapas y manuales en una caja que había entre los dos asientos delanteros. Al intentar abrirla, sin embargo, descubrió que estaba cerrada. Buscó la llave a su alrededor, pero finalmente se dio por vencido. Estaba claro que ésa no era su noche de suerte. Volvió a masajearse las sienes.

En el interior de la basílica, Langdon, Vittoria y dos guardias se dirigían ya casi sin aliento hacia la salida principal. A falta de algo más apropiado, transportaban al camarlengo herido sobre una mesilla alargada. Cargaban su cuerpo inerte entre ellos como si fuera una camilla. Ya podían oír el bullicio del caos humano que había en el exterior. El camarlengo estaba al borde de la inconsciencia.

El tiempo se agotaba.

Capítulo 116

Eran las 23.39 horas cuando Langdon y el resto salieron de la basílica de San Pedro. El resplandor de los focos los cegó. Su luz se reflejaba en el mármol blanco como la del sol en la tundra nevada. Langdon entornó los ojos e intentó refugiarse detrás de las enormes columnas de la fachada, pero la luz provenía de todas partes. Delante de él, un *collage* de gigantescas pantallas de vídeo se alzaba por encima de la multitud.

De pie en lo alto de la majestuosa escalinata que descendía a la *piazza*, no pudo evitar sentirse como un músico renuente en el escenario más grande del mundo. Más allá de las resplandeciente luces, oyó el rotor de un helicóptero y el estruendo de cientos de miles de voces. A su izquierda, una procesión de cardenales salía en esos mismos momentos a la plaza. Todos se detuvieron, consternados, al ver la escena que se desarrollaba en la escalera.

—Con cuidado —los urgió un concentrado Chartrand cuando el grupo comenzó a descender en dirección al helicóptero.

Langdon se sentía como si avanzaran bajo el agua. Los brazos le dolían por el peso del camarlengo y la mesa. Se preguntó si ese momento podía ser menos digno. Entonces vio la respuesta. Al oír el estruendo de la multitud, los dos reporteros de la BBC, que estaban cruzando la plaza de vuelta a la zona de prensa, se habían dado la vuelta y ahora corrían hacia ellos. Macri llevaba la cámara encendida y estaba grabándoles. «Aquí vienen los buitres», pensó Langdon.

—*Altolà!* —gritó Chartrand—. ¡Atrás!

Pero los reporteros no se detuvieron. Langdon supuso que los demás medios tardarían unos seis segundos en volver a conectar con la señal en directo de la BBC. Pero se equivocó. Tardaron dos. Como si estuvieran interconectadas por una especie de conciencia universal, todas las pantallas de la *piazza* reemplazaron los relojes en plena cuenta atrás con lo mismo: imágenes en directo de la escalinata de la basílica. Ahora, allí donde mirara, Langdon veía un primer plano en tecnicolor del cuerpo acostado del camarlengo.

«¡Eso no está bien!», se dijo. Le habría gustado bajar la escalinata corriendo e impedirlo, pero no podía hacerlo. Además, tampoco habría servido de nada. Langdon no podría decir si se debió al fragor de la muchedumbre o al aire fresco de la noche, pero en ese momento sucedió algo inesperado.

Como si se despertara de una pesadilla, de repente el camarlengo abrió los ojos y se incorporó. Cogidos completamente por sorpresa, el profesor y los demás se tambalearon. La parte frontal de la mesa se inclinó y Ventresca comenzó a resbalar. Intentaron evitarlo dejando la mesa en el suelo, pero ya era demasiado tarde. Por increíble que pudiera parecer, sin embargo, el camarlengo no cayó. Sus pies aterrizaron en el mármol, y se quedó de pie. Permaneció así un momento, desorientado, y entonces, antes de que nadie pudiera detenerlo, empezó a descender la escalinata en dirección a Macri.

—¡No! —gritó Langdon.

Chartrand intentó detener al camarlengo, pero éste se volvió con la mirada enloquecida, como enajenado.

—¡Déjeme!

El teniente retrocedió de un salto.

La escena fue de mal en peor. La sotana rasgada del camarlengo empezó a abrirse. Por un momento, Langdon pensó que la prenda aguantaría, pero ese momento pasó. Finalmente la sotana cedió y Ventresca quedó con el torso desnudo.

El grito ahogado que profirió la multitud pareció dar la vuelta al mundo y regresar en un instante. Las cámaras grababan, los flashes destellaban. La imagen del pecho marcado del camarlengo apareció en todas las pantallas, con horripilante detalle. Algunas incluso congelaron la imagen y le dieron la vuelta ciento ochenta grados.

«La victoria definitiva de los illuminati.»

Langdon se quedó mirando la marca en las pantallas. Aunque había sido hecha con el hierro de marcar cuadrado que había sostenido antes, ahora el símbolo tenía sentido. Un sentido perfecto. Su asombroso poder embistió a Langdon como un tren.

Orientación. Había olvidado la primera regla de la simbología. «¿Cuándo un cuadrado no es un cuadrado?» También había olvidado que los hierros de marcar, al igual que los sellos de goma, no tenían el mismo aspecto que su impresión. Estaban del revés. ¡Lo que Langdon había visto era su negativo!

Mientras a su alrededor aumentaba el caos, un viejo dicho de los illuminati resonó en su mente con un nuevo significado: «Un diamante sin mácula, nacido a partir de los antiguos elementos con tal perfección que quienes lo veían no podían más que maravillarse.»

Langdon descubrió ahora que el mito era cierto.

Tierra, aire, fuego, agua.

«El Diamante de los illuminati.»

Capítulo 117

Robert Langdon estaba seguro de que el caos y la histeria que en ese mismo instante se desataban en la plaza de San Pedro excedían cualquier cosa que la colina del Vaticano hubiera presenciado nunca. Ninguna batalla, crucifixión, peregrinación, visión mística..., nada en sus dos mil años de historia podía equipararse al drama que se estaba viviendo en ese momento.

Mientras tenía lugar la tragedia, Langdon empezó a sentirse extrañamente distante, como si flotara junto a Vittoria por encima de la escalinata. La acción pareció dilatarse y el tiempo detenerse, ralentizando toda aquella locura.

«El camarlengo marcado y delirante a la vista de todo el mundo...

»El genio del diamante de los illuminati desvelado...

»La cuenta atrás de los últimos veinte minutos de la historia del Vaticano...»

El drama, sin embargo, no había hecho más que empezar.

De repente, como presa de un trance postraumático, el camarlengo comenzó a balbucir y a susurrarle cosas a espíritus invisibles con la mirada puesta en el cielo y los brazos levantados hacia Dios.

—¡Habla! —gritó Ventresca al cielo—. ¡Sí, te oigo!

En ese momento, Langdon lo comprendió. El corazón le dio un vuelco.

Al parecer, también Vittoria lo había entendido. Su rostro empalideció.

—Sufre un *shock* —dijo ella—. Está alucinando. ¡Cree que habla con Dios!

«Alguien tiene que detener esto —pensó Langdon. Era un final deplorable y vergonzoso—. ¡Lleven de una vez a ese hombre a un hospital!»

Al pie de la escalinata, Chinita Macri no dejaba de grabarlo todo desde su posición privilegiada. Las imágenes aparecían instantáneamente en las pantallas que había repartidas por toda la plaza, como si de innumerables autocines que proyectaran la misma tragedia espeluznante se tratara.

Era una escena épica. El camarlengo, con la sotana rasgada y la marca grabada a fuego en el pecho, parecía una especie de maltrecho campeón que hubiera conseguido atravesar los círculos del infierno hasta llegar a ese instante de revelación. En un momento dado, gritó a los cielos:

—*Ti sento, Dio!* ¡Te oigo, Dios mío!

Chartrand retrocedió, sobrecogido.

El silencio de la muchedumbre fue instantáneo y absoluto. Por un momento fue como si todo el planeta hubiese enmudecido. Todos permanecían rígidos ante el televisor, conteniendo la respiración.

El camarlengo extendió los brazos. Con el pecho desnudo y herido ante el mundo casi parecía Jesucristo. Entonces, levantó los brazos al cielo y exclamó:

—*Grazie! Grazie, Dio!*

La masa seguía en silencio.

—*Grazie, Dio!* —volvió a exclamar Ventresca.

Como rayos de sol abriéndose paso entre las nubes, una expresión de felicidad se dibujó en su rostro.

—*Grazie, Dio!*

«¿Gracias, Dios?» Langdon lo contemplaba con estupefacción.

Una vez finalizada su inquietante transformación, el camarlengo estaba radiante. Levantó entonces la mirada al cielo sin dejar de asentir frenéticamente y gritó:

—¡Sobre esta piedra construiré mi Iglesia!

Langdon conocía las palabras, pero no tenía ni idea de por qué el camarlengo las pronunciaba ahora.

Ventresca dio la espalda a la muchedumbre y volvió a gritar al cielo nocturno:

—¡Sobre esta piedra construiré mi Iglesia! —Y soltó una carcajada—. *Grazie, Dio! Grazie!*

Era evidente que se había vuelto loco.

El mundo lo observaba embelesado.

Lo que nadie esperaba, sin embargo, era la culminación.

En un último arrebato de pletórica exultación, el camarlengo se volvió y entró corriendo en la basílica de San Pedro.

Capítulo 118

Las 23.42 horas.

Langdon nunca habría imaginado que formaría parte del frenético convoy que volvió a entrar en la basílica para salvar al camarlengo. Y menos todavía que lo dirigiría. Pero era quien más cerca estaba de la puerta y actuó por instinto.

«Morirá aquí», pensó mientras atravesaba el umbral y se sumergía en la oscuridad.

—¡Camarlengo! ¡Deténgase!

La negrura era absoluta. Tras el resplandor del exterior, sus pupilas se contrajeron y su campo de visión quedó limitado a unos pocos metros. Se detuvo. En algún lugar de la oscuridad se oyó el roce de la sotana del sacerdote mientras se internaba a ciegas en el abismo.

Vittoria y los guardias llegaron de inmediato. Encendieron las linternas, pero las baterías estaban ya casi agotadas y apenas podían iluminar las negras profundidades que se extendían ante ellos. Sus haces de luz se movían de un lado a otro, pero únicamente revelaban columnas y el suelo. Ventresca parecía haber desaparecido.

—¡Camarlengo! —gritó Chartrand. Había miedo en su voz—. ¡Espere! *Signore!*

Un revuelo en la entrada hizo que todos se volvieran. En la puerta se podía distinguir la silueta de Chinita Macri. Llevaba la cámara al hombro, y una resplandeciente luz roja indicaba que seguía grabando. Glick corría tras ella, micrófono en mano, gritándole que aflojara el paso.

Langdon no se lo podía creer. «¡Éste no es momento!»

—¡Fuera! —espetó Chartrand—. ¡Esto no pueden grabarlo!

Pero Macri y Glick no se detuvieron.

—¡Chinita! —El periodista parecía asustado—. ¡Esto es un suicidio! ¡Yo no voy!

Ella lo ignoró. Presionó un botón de la cámara. El foco que tenía encima se encendió, deslumbrándolos a todos.

Langdon se tapó los doloridos ojos y volvió la cabeza. «¡Maldita sea!» Cuando levantó de nuevo la mirada, sin embargo, comprobó que el foco iluminaba unos treinta metros a su alrededor.

En ese momento, la voz del camarlengo resonó en la distancia.

—¡Sobre esta piedra construiré mi Iglesia!

Macri enfocó la cámara hacia el lugar del que procedía el sonido. A lo lejos, casi fuera del alcance del foco, una tela negra en movimiento delató la familiar figura que corría por el pasillo principal de la basílica.

Hubo un fugaz instante de vacilación mientras todo el mundo asimilaba la extraña imagen. Acto seguido se pusieron en marcha. Chartrand hizo a Langdon a un lado y corrió en dirección al camarlengo. Langdon fue tras él, seguido de los guardias y de Vittoria.

Macri iba a la cola, iluminando el camino y retransmitiendo la sepulcral persecución al mundo. A regañadientes, un aterrorizado Glick corría junto a ella sin dejar de maldecir en voz alta.

El teniente Chartrand había calculado una vez que el pasillo principal de la basílica de San Pedro era más largo que un campo de fútbol. Esa noche, sin embargo, le pareció el doble. Mientras corría tras el sacerdote, el guardia se preguntó qué dirección tomar. Era evidente que el camarlengo estaba en estado de *shock* y deliraba a causa del trauma físico que había sufrido y de la horrible masacre que había presenciado en el despacho del papa.

Sobre sus cabezas, más allá del alcance del foco de la cámara, se oyó la voz de Ventresca que volvía a exclamar, jubilosa:

—¡Sobre esta piedra construiré mi Iglesia!

Chartrand sabía que el hombre estaba citando las Escrituras: Mateo 16, 18, si recordaba bien. «Sobre esta piedra construiré mi Iglesia.» Resultaba una cita cruelmente inapropiada ahora que la Iglesia estaba a punto de ser destruida. Sin duda el camarlengo se había vuelto loco.

¿O no?

Por un instante, Chartrand sintió que le palpitaba el alma. Las visiones santas y los mensajes divinos siempre le habían parecido meras ilusiones; el producto de mentes excesivamente fervorosas que oían lo que querían oír. Dios no interactuaba directamente.

Un momento después, sin embargo, como si el mismo Espíritu Santo hubiera descendido para persuadir al teniente de su poder, éste tuvo una visión.

Cincuenta metros más adelante, en el centro de la iglesia, apareció un fantasma..., un diáfana y resplandeciente silueta. La pálida forma era la del camarlengo medio desnudo. El espectro parecía transparente, como si irradiara luz. Chartrand se detuvo de golpe y notó un nudo en el pecho. «¡El camarlengo brilla!» Luego empezó a hundirse..., cada vez más profundamente, hasta que desapareció como por arte de magia bajo el negro suelo.

Langdon también vio el fantasma. Y, por un momento, también él creyó que sufría visiones. Pero tras dejar atrás al anonadado Chartrand y correr hacia el lugar en el que había desaparecido el camarlengo, se dio cuenta de lo que había sucedido. Ventresca había llegado al Nicho de los Palios, la cámara subterránea iluminada por noventa y nueve lámparas de aceite. La luz de las lámparas era lo que le había conferido la apariencia de un fantasma. Luego, al descender la escalera hacia la luz, había parecido que desaparecía bajo el suelo.

Langdon llegó sin aliento al borde de la estancia subterránea. Al pie de la escalera, iluminado por el resplandor dorado de las lámparas de aceite, vio que el camarlengo cruzaba a toda velocidad la cámara de mármol en dirección a las puertas de cristal que conducían al famoso cofre dorado.

«¿Qué está haciendo? —se preguntó—. ¿No pensará que el cofre...?»

Ventresca abrió las puertas y entró. Curiosamente, ignoró el cofre dorado. Un par de metros más allá de él, se arrodilló y empezó a tirar de una reja de hierro que había en el suelo.

Langdon lo observaba horrorizado. Se había dado cuenta de adónde se dirigía el sacerdote. «¡No, por el amor de Dios!» Bajó corriendo la escalera para impedírselo.

—¡Padre! ¡No!

Abrió las puertas de cristal y corrió hacia el camarlengo, que seguía tirando de la reja de hierro. Finalmente, ésta se abrió con un chirrido ensordecedor. La abertura daba paso a un estrecho pozo y una empinada escalera que desaparecía en la nada. Cuando el camarlengo se disponía a introducirse en el agujero, Langdon lo cogió por los hombros y lo detuvo. La piel del hombre estaba resbaladiza por el sudor, pero él no lo soltó.

El sacerdote se volvió, sobresaltado.

—¡¿Qué está haciendo?!

Sus ojos se encontraron y a Langdon lo sorprendió comprobar que el camarlengo ya no tenía la mirada vidriosa de un hombre en trance. Sus ojos volvían a ser amables y relucían con lúcida determinación. La marca del pecho tenía un aspecto espantoso.

—Padre —insistió con toda la calma de que fue capaz—. No puede bajar usted ahí. Hemos de salir de aquí.

—Hijo mío —dijo el sacerdote, en un tono de voz inquietantemente cuerdo—. Acabo de recibir un mensaje. Sé...

—¡Camarlengo! —Era Chartrand, seguido de los demás.

Bajaron corriendo la escalera y llegaron a la estancia iluminados por la cámara de Macri.

Cuando el teniente vio la reja abierta en el suelo, sus ojos se llenaron de temor. Se santiguó y le dirigió a Langdon una mirada de agradecimiento por haber detenido al camarlengo. Él lo comprendió. Había leído suficiente acerca de la arquitectura del Vaticano para saber lo que había bajo esa reja. Era el lugar más sagrado de toda la cristiandad. *Terra Santa.* Tierra Santa. Algunos lo llamaban necrópolis. Otros, catacumbas. Según los relatos de los selectos clérigos que la habían visitado, la necrópolis era un oscuro laberinto de criptas subterráneas que podían tragarse al visitante que se perdiera en ellas. Ciertamente no era el mejor lugar para ir en busca del camarlengo.

—*Signore* —le rogó Chartrand—. Se encuentra usted en estado de *shock*. Hemos de abandonar este lugar. No puede bajar ahí. Es un suicidio.

De repente, el camarlengo se mostró estoico. Extendió el brazo y colocó la mano sobre el hombro del teniente.

—Le agradezco su preocupación y su servicio. No se imagina hasta qué punto. Pero he tenido una revelación: sé dónde está la antimateria.

Todos se lo quedaron mirando.

El camarlengo se volvió hacia el grupo.

—Sobre esta piedra construiré mi Iglesia. Ése ha sido el mensaje. El significado está claro.

Langdon todavía no podía comprender por qué Ventresca estaba convencido de haber hablado con Dios, y mucho menos por qué creía haber descifrado algún mensaje. «¿Sobre esta piedra construiré mi Iglesia?» Ésas fueron las palabras que pronunció Jesús cuando eligió a Pedro como primer apóstol. ¿Qué tenían que ver con todo aquello?

Macri se acercó para conseguir un mejor plano. Glick permanecía mudo, como si hubiera sufrido una conmoción.

El camarlengo ahora hablaba más de prisa.

—Los illuminati han colocado su arma de destrucción en la piedra angular de esta iglesia. En sus cimientos —señaló la escalera—. En la mismísima piedra sobre la que se construyó esta iglesia. Y yo sé dónde está.

Langdon estaba seguro de que había llegado el momento de reducir a Ventresca y llevárselo por la fuerza. Por lúcido que pareciera, no hacía más que decir disparates. «¿Una piedra? ¿La piedra angular en los cimientos?» ¡La escalera que tenían delante no conducía a los cimientos, sino a la necrópolis!

—¡La cita es una metáfora, padre! ¡En realidad no existe esa piedra!

El camarlengo adoptó una expresión extrañamente triste.

—Sí que existe, hijo mío. —Señaló el agujero—. *Pietro è la pietra.*

Langdon se quedó helado. Al instante lo comprendió todo.

Su austera simplicidad le produjo escalofríos. Mientras permanecía allí con los demás, mirando la larga escalera, se dio cuenta de que efectivamente sí había una piedra enterrada bajo esa iglesia.

«*Pietro è la pietra.* Pedro es la piedra.»

La fe en Dios del apóstol era tan firme que Jesús lo

llamaba por el sobrenombre de *Piedra*. Sería el discípulo inquebrantable sobre cuyos hombros Jesús construiría su Iglesia. En ese mismo lugar, la colina del Vaticano, Pedro había sido crucificado y enterrado. Los primeros cristianos construyeron un pequeño templo sobre su tumba. A medida que se fue propagando el cristianismo, el templo se fue haciendo cada vez mayor, capa a capa, hasta culminar en esa colosal basílica. Toda la fe católica había sido construida, literalmente, sobre san Pedro. La piedra.

—La antimateria está en la tumba de san Pedro —dijo el camarlengo con voz cristalina.

A pesar del supuesto origen sobrenatural de la información, a Langdon le pareció que encerraba una tremenda lógica. Ocultar la antimateria en la tumba de san Pedro parecía ahora dolorosamente obvio. Los illuminati, en un acto de desafío simbólico, habían colocado la antimateria en el núcleo de la cristiandad, tanto literal como figurativamente. «La infiltración definitiva.»

—Y si necesitan pruebas materiales —dijo el camarlengo, ahora ya con impaciencia—, acabo de descubrir que la reja había sido abierta —señaló la abertura del suelo—. Nunca lo está. Alguien ha estado aquí... recientemente.

Todos se quedaron mirando el agujero.

Un instante después, con sorprendente agilidad, el camarlengo dio media vuelta, cogió una lámpara de aceite y se dirigió a la abertura.

Capítulo 119

Los empinados escalones de piedra descendían a las profundidades de la tierra.

«Voy a morir aquí abajo», pensó Vittoria mientras descendía por el angosto pasadizo agarrada a la pesada cuerda del pasamanos. Aunque Langdon había intentado evitar que Ventresca entrara en el pozo, Chartrand había intervenido y se lo había impedido. Al parecer, el joven guardia estaba ahora convencido de que el camarlengo sabía lo que hacía.

Tras una breve refriega, Langdon se había liberado y había iniciado la persecución del sacerdote con Chartrand pisándole los talones. Instintivamente, Vittoria había ido tras ellos.

Ahora descendía precipitadamente por una empinada cuesta en la que un paso en falso podía suponer una caída mortal. A lo lejos podía ver el resplandor dorado de la lámpara de aceite del camarlengo. Tras ella, los reporteros de la BBC se daban prisa para no quedarse atrás. El foco de la cámara proyectaba retorcidas sombras en el pozo e iluminaba las espaldas de Chartrand y Langdon. Vittoria apenas podía creer que el mundo estuviera presenciando esa locura. «¡Apaga la maldita cámara!» Aunque también era cierto que la luz del foco era lo único que les permitía ver dónde pisaban.

Mientras la extraña persecución seguía su curso, los pensamientos de Vittoria no dejaban de agitarse como azotados por una tempestad. ¿Qué pretendía hacer el camarlengo allí abajo? ¡Aunque encontraran la antimateria, ya no había tiempo!

A la joven le sorprendió descubrir que su intuición ahora le decía que el camarlengo seguramente tenía razón. Colocar la antimateria tres pisos bajo tierra casi parecía una elección noble y piadosa. Allí abajo, al igual que en el laboratorio del CERN, la explosión de antimateria quedaría parcialmente contenida. No habría onda expansiva, ni metralla que pudiera herir a los mirones, sólo un cráter de dimensiones bíblicas en el que se hundiría la gigantesca basílica.

¿Había sido ésa la única muestra de decencia de Kohler? ¿Salvar vidas? A Vittoria todavía le costaba creer que el director estuviera implicado. Podía aceptar que odiara la religión, pero lo de esa conspiración le parecía inconcebible. ¿Era su odio realmente tan profundo como para destruir el Vaticano? ¿O para contratar a un hombre y hacer que asesinara a su padre, al papa y a cuatro cardenales? ¿Y cómo había conseguido Kohler dirigir toda esa traición que había tenido lugar en el interior del Vaticano? «Rocher era el infiltrado de Kohler —se dijo Vittoria—. Rocher era un illuminatus.» Sin duda el capitán Rocher debía de tener llaves de todo: los aposentos del papa, el Passetto, la necrópolis, la tumba de san Pedro..., absolutamente todo. Había colocado la antimateria en la tumba de san Pedro, una ubicación altamente restringida, y luego les había ordenado a sus hombres que no perdieran el tiempo buscando en las zonas prohibidas del Vaticano. Rocher sabía que nadie encontraría el contenedor.

Pero Rocher no contaba con el mensaje divino que había recibido el camarlengo.

«El mensaje.» Éste era un acto de fe que a Vittoria todavía le costaba aceptar. ¿Se había comunicado realmente Dios con el sacerdote? La intuición le decía que no, y sin embargo ella misma se dedicaba al estudio de la física de las interrelaciones y la interconectividad. Era testigo de comunicaciones milagrosas a diario. Huevos gemelos de tortugas marinas separados en laboratorios a miles de kilómetros que se abrían al mismo tiempo..., hectáreas de medusas que palpitaban al mismo ritmo como si poseyeran una única mente. «Hay líneas invisibles de comunicación por todas partes», pensó.

Pero ¿entre Dios y el hombre?

A Vittoria le habría gustado que su padre estuviera allí para proporcionarle fe. Una vez le había explicado la comunicación divina en términos científicos, y había conseguido que creyera. Todavía recordaba el día que lo había visto rezando y le había preguntado:

—Padre, ¿por qué te molestas en rezar? Dios no puede responderte.

Leonardo Vetra había levantado la mirada de sus meditaciones con una sonrisa paternal.

—Mi hija la escéptica. ¿Así que no crees que Dios hable con los hombres? Deja que te lo explique en tu lenguaje. —Había cogido un modelo de un cerebro humano de un estante y lo había puesto delante de ella—. Como seguramente sabes, Vittoria, los seres humanos utilizan un porcentaje muy pequeño de su capacidad cerebral. Sin embargo, cuando se encuentran en situaciones emocionalmente intensas (como traumas físicos, felicidad o miedo extremos, meditación profunda...), de repente su actividad neuronal se dispara, mejorando en gran medida su claridad mental.

—¿Y qué? —respondió ella—. Que uno piense con claridad no significa que hable con Dios.

—¡Ajá! —exclamó Vetra—. Y, sin embargo, en estos momentos de claridad se le ocurren a uno soluciones sorprendentes a problemas aparentemente imposibles. Es lo que los gurús llaman conciencia superior. Los biólogos, estados alterados. Los psicólogos, suprapercepción. —Se detuvo un momento—. Y los cristianos, plegaria atendida. —Y con una amplia sonrisa, había añadido—: A veces, la revelación divina simplemente significa conseguir que tu cerebro oiga lo que tu corazón ya sabe.

Ahora, mientras descendía corriendo la escalera hacia la oscuridad, Vittoria intuyó que quizá su padre tenía razón. ¿Tan difícil era creer que el trauma del camarlengo había llevado su mente a un estado en el que simplemente había «intuido» el emplazamiento de la antimateria?

«Cada uno de nosotros es un dios —había dicho Buda—. Cada uno de nosotros lo sabe todo. Sólo tenemos que abrir nuestras mentes para poder escuchar nuestra propia sabiduría.»

Y en ese momento de claridad, mientras se internaba más profundamente bajo tierra, Vittoria sintió cómo su mente se abría y su sabiduría emergía a la superficie. De pronto, las intenciones del camarlengo le parecieron evidentes. Y este descubrimiento trajo consigo un miedo que nunca antes había conocido.

—¡No, camarlengo! —gritó en el pasadizo—. ¡No lo entiende! —Vittoria visualizó la multitud que rodeaba la Ciudad del Vaticano—. ¡Si lleva la antimateria a la superficie, todo el mundo morirá!

Langdon bajaba los escalones de tres en tres. El pasadizo era angosto, pero no sentía claustrofobia. Su miedo, antaño debilitador, se había visto eclipsado por un temor más profundo.

—¡Camarlengo! —Langdon advirtió que cada vez tenía más cerca el resplandor de la linterna—. ¡Debe dejar la antimateria donde está! ¡No hay elección!

Al profesor le costaba creer que hubiera pronunciado esas palabras. No sólo había aceptado la revelación divina del camarlengo sobre la ubicación de la antimateria, sino que se mostraba a favor de la destrucción de la basílica de San Pedro, una de las mayores maravillas arquitectónicas del mundo, y de las obras de arte que albergaba en su interior.

«Pero la gente que hay fuera... Es la única forma.»

Parecía una cruel ironía que el único modo de salvar a la gente fuera destruir la basílica. Langdon supuso que a los illuminati les haría gracia el simbolismo.

El aire que provenía del fondo del túnel era frío y húmedo. En algún lugar allí abajo estaba la sagrada necrópolis, lugar de sepultura de san Pedro y de muchos otros cristianos de la Antigüedad. Langdon sintió un escalofrío. Esperaba que no se tratara de una misión suicida.

De repente, la linterna del camarlengo pareció detenerse. Langdon estaba cada vez más cerca.

Llegó al final de la escalera. Una verja de hierro forjado con tres calaveras en relieve bloqueaba el camino. El camarlengo empezó a abrir la verja, pero Langdon dio un salto y se lo impidió. Los demás llegaron un instante después. Todos tenían un aspecto fantasmal bajo la luz del foco de la cámara. Sobre todo Glick, a quien se lo veía cada vez más pálido.

Chartrand agarró a Langdon.

—¡Deje pasar al camarlengo!

—¡No! —dijo Vittoria, casi sin aliento—. ¡Tenemos que salir de aquí cuanto antes! ¡No pueden sacar la antimateria de ahí! ¡Si la llevan a la superficie, todo el mundo morirá!

—Escuchen... —repuso Ventresca con gran serenidad—. Debemos tener fe. Tenemos poco tiempo.

—No lo entiende —insistió Vittoria—. ¡Una explosión en la superficie será mucho peor que bajo tierra!

El camarlengo la miró. Sus ojos verdes resplandecían.

—¿Quién ha dicho nada de una explosión en la superficie?

Ella se lo quedó mirando.

—¿Va a dejar la antimateria aquí abajo?

La certidumbre del sacerdote resultaba hipnótica.

—Esta noche no habrá más muertes.

—Pero, padre...

—Por favor..., un poco de fe. —El camarlengo bajó el tono—. No le pido a nadie que venga conmigo. Son todos libres de irse. Lo único que les pido es que no se interpongan en Su camino. Déjenme hacer lo que me ha pedido. —Su mirada se intensificó—. Voy a salvar esta Iglesia. Puedo hacerlo. Lo juro por mi vida.

El silencio que siguió fue absoluto.

Capítulo 120

Las 23.51 horas.

Necrópolis significa literalmente «ciudad de los muertos».

Nada de lo que Robert Langdon había leído sobre ese lugar lo había preparado para lo que se encontró. La colosal caverna subterránea estaba repleta de mausoleos medio derruidos. El aire resultaba asfixiante. Una laberíntica red de angostos pasillos serpenteaba por entre los deteriorados monumentos funerarios, muchos de los cuales estaban hechos de agrietado ladrillo revestido de mármol. Como si de columnas de polvo se tratara, incontables pilares de tierra sin excavar se alzaban hasta el techo de tierra, que colgaba a baja altura sobre la penumbrosa aldea.

«La ciudad de los muertos —pensó Langdon, atrapado entre el asombro académico y el puro miedo. Él y los demás se internaron a toda velocidad por los serpenteantes pasadizos—. ¿Habré tomado la decisión correcta?»

Chartrand había sido el primero en caer bajo el hechizo del camarlengo y rápidamente había abierto la verja y había declarado su fe en él. Glick y Macri, a sugerencia del propio Ventresca, se habían ofrecido a iluminar la búsqueda. A pesar de los galardones que los aguardaban si salían de allí con vida, sus motivos resultaban ciertamente sospechosos. Vittoria era quien se había mostrado más renuente. Langdon había advertido en sus ojos una cautela que se parecía mucho a la intuición femenina.

«Ahora es demasiado tarde —pensó mientras corría junto a ella—. Ya estamos aquí.»

Vittoria permanecía en silencio, pero Langdon sabía que ambos estaban pensando lo mismo. «Si el camarlengo está equivocado, nueve minutos no son suficientes para salir del Vaticano.»

Mientras corrían por entre los mausoleos, un cansado Langdon advirtió que, para su sorpresa, el grupo empezaba a ascender una pronunciada pendiente. Al darse cuenta de la razón, sintió que un escalofrío le recorría la espina dorsal. La topografía que tenía bajo los pies era la de la época de Jesucristo. ¡Estaba corriendo por la colina del Vaticano original! Langdon había oído a estudiosos de la Iglesia asegurar que la tumba de san Pedro se encontraba en lo alto de la colina, y él siempre se había preguntado cómo lo sabían. Ahora lo comprendía. «¡La maldita colina todavía existe!»

Tenía la impresión de estar corriendo por entre las páginas de la historia. Allí delante se encontraba la tumba de san Pedro, la mayor reliquia cristiana. Costaba imaginar que el sepulcro original consistiera en un modesto santuario. Hoy ya no. A medida que se fue propagando la eminencia de Pedro, fueron construyéndose nuevos santuarios encima del antiguo, y ahora, el homenaje se alzaba ciento treinta metros sobre sus cabezas hasta la cúspide de la cúpula de Miguel Ángel, que se encontraba justo encima de la tumba original con un margen de error de unos pocos centímetros.

Continuaron ascendiendo por sinuosos pasadizos. Langdon consultó la hora. «Ocho minutos.» Empezaba a preguntarse si Vittoria y él se unirían de forma permanente a los difuntos que había allí abajo.

—¡Cuidado! —exclamó Glick a su espalda—. ¡Nidos de serpientes!

Langdon los vio a tiempo. En el camino había una serie de pequeños agujeros. Saltó sobre ellos.

Vittoria también saltó, justo a tiempo de no meter el pie en las pequeñas aberturas. Pareció quedarse algo inquieta.

—¿Nidos de serpientes?

—En realidad son agujeros de comida —corrigió Langdon—. Créeme, no quieres saber de qué se trata.

Los agujeros, sabía Langdon, eran «tubos de libación». Los primeros cristianos creían en la resurrección de la carne, y utilizaban los agujeros para, literalmente, «alimentar a los muertos» virtiendo leche y miel a las criptas subterráneas.

El camarlengo se sentía débil.

Pero siguió adelante. Sus piernas encontraban fuerzas en su deber para con Dios y la humanidad. «Ya casi he llegado.» El dolor que sentía era insoportable. «La mente puede causar mucho más dolor que el cuerpo.» Sabía que contaba con muy poco tiempo.

—Salvaré tu Iglesia, Señor. Lo juro.

A pesar del foco de la cámara, que agradecía, el camarlengo llevaba asimismo la lámpara de aceite. «Soy un faro en la oscuridad. Soy la luz.» Al correr, el aceite se agitaba, y por un momento temió que el inflamable líquido se derramara y lo quemara. Ya había tenido suficiente carne quemada por esa noche.

Estaba acercándose a lo alto de la colina. Se hallaba completamente empapado en sudor y ya casi sin aliento. Cuando llegó a la cúspide, sin embargo, sintió que renacía. Tambaleante, se quedó de pie en la pequeña porción de tierra lisa en la que había estado tantas veces. Allí terminaba el sendero. La necrópolis llegaba abruptamente a su fin ante un muro de tierra. Un pequeño letrero decía: Mausoleum S.

«La tomba di san Pietro.»

Ante él, a la altura de la cintura, había una abertura en la pared. Allí no se veían placas doradas, ni tampoco otros adornos. Se trataba de un simple agujero en la pared, más allá del cual había una pequeña gruta y un modesto y maltrecho sarcófago. El camarlengo miró el interior del agujero y sonrió, exhausto. Oyó entonces que los demás iban llegando tras él. Dejó a un lado la lámpara de aceite y se arrodilló para rezar.

«Gracias, Dios mío. Ya casi he terminado.»

Mientras tanto, en la plaza de San Pedro, el cardenal Mortati, rodeado por el resto de los atónitos cardenales, levantó la mirada hacia la pantalla y contempló el drama que se estaba desarrollando en la cripta subterránea. Ya no sabía qué creer. ¿Había visto todo el mundo lo mismo que él? ¿De verdad había hablado Dios con el camarlengo? ¿Se encontraba realmente la antimateria en la tumba de san Pedro?

—¡Mirad! —La multitud dejó escapar un grito ahogado.

—¡Ahí! —De repente todo el mundo señaló la pantalla—. ¡Es un milagro!

Mortati levantó la mirada. La imagen era algo inestable, pero suficientemente clara. Y sin duda inolvidable.

El camarlengo, de espaldas, se había arrodillado para rezar. Ante él había un irregular agujero en la pared. En su interior, entre los escombros de piedras antiguas, podía verse un ataúd de terracota. Aunque Mortati había visto el féretro sólo una vez en su vida, no tuvo la menor duda de qué contenía.

«*San Pietro.*»

Mortati no era tan ingenuo como para pensar que los gritos de júbilo y asombro que ahora profería la muchedumbre se debían al hecho de presenciar una de las reliquias más sagradas del cristianismo. La tumba de san Pedro no era lo que provocaba que la gente se arrodillara y se pusiera espontáneamente a rezar y a dar gracias. Su reacción se debía al objeto que había encima de la tumba.

El contenedor de antimateria. Estaba ahí..., donde había estado todo el día, oculto en la oscuridad de la necrópolis. Lustroso. Implacable. Mortífero. La revelación del camarlengo era correcta.

Maravillado, Mortati se quedó mirando el cilindro transparente. El glóbulo de líquido seguía flotando en el centro. El visor de leds irradiaba su luz roja en la gruta e iniciaba en ese momento la cuenta atrás de los últimos cinco minutos.

También podía ver, a unos pocos centímetros del recipiente, la cámara de seguridad inalámbrica de la Guardia Suiza enfocada hacia el contenedor, sin dejar de transmitir en ningún momento.

Mortati se santiguó, convencido de que se trataba de la imagen más aterradora que había visto en su vida. Un momento después, sin embargo, se dio cuenta de que la situación estaba a punto de empeorar.

De repente, el camarlengo se puso en pie. Cogió el contenedor de antimateria entre las manos y se volvió hacia los demás. La expresión de su rostro era de absoluta concentración. Los hizo a un lado y empezó a descender la colina de la necrópolis por el mismo camino por el que habían ido.

La cámara captó el rostro de Vittoria Vetra, presa del pánico.

—¿Adónde va? ¡Camarlengo! Creía que había dicho...

—¡Tenga fe! —exclamó el hombre mientras corría.

Ella se volvió hacia Langdon.

—¿Qué hacemos?

610

El norteamericano intentó detener a Ventresca, pero Chartrand se interpuso. Al parecer, seguía confiando a ciegas en el camarlengo.

Las imágenes de la cámara de la BBC eran como una montaña rusa. Frenéticas. Imprecisas. Fugaces fotogramas de confusión y terror se iban sucediendo mientras el caótico cortejo se abría paso por las sombras de vuelta a la entrada de la necrópolis.

En la plaza, Mortati dejó escapar un grito ahogado.

—¿Va a subir eso aquí?

En las televisiones de todo el mundo pudo verse cómo el camarlengo corría por la necrópolis con la antimateria en las manos.

—¡Esta noche no habrá más muertes!

Pero estaba equivocado.

Capítulo 121

El camarlengo salió por las puertas de la basílica de San Pedro exactamente a las 23.56 horas. Se tambaleó bajo el potente resplandor de los focos, con el contenedor de antimateria en las manos como si de una ofrenda numinosa se tratara. Con los ojos doloridos, pudo ver la imagen de su propia figura, medio desnuda y herida, en las gigantescas pantallas dispuestas alrededor de la plaza. El camarlengo nunca había oído un estruendo como el que profirió la multitud allí congregada: lloros, gritos, cantos, rezos... Toda una mezcla de veneración y terror.

«Líbranos del mal», susurró para sí.

Se sentía extremadamente agotado tras haber cruzado la necrópolis a la carrera. La cosa casi había terminado en desastre. Robert Langdon y Vittoria Vetra habían querido interceptarlo para devolver el contenedor a su escondite subterráneo y correr en busca de refugio. «¡Necios!»

Con aterradora claridad, el camarlengo se dio cuenta de que cualquier otra noche no habría ganado la carrera. Ésa, sin embargo, Dios volvía a estar de su parte. Chartrand, siempre fiel y obediente a sus requerimientos, había conseguido evitar que Langdon lo interceptara. Y los reporteros, claro está, estaban demasiado embelesados y cargaban con demasiado equipo para inmiscuirse.

«Los caminos del Señor son inescrutables.»

El camarlengo oyó a los demás a su espalda. Y un momento después vio en las pantallas cómo se acercaban a él. Haciendo acopio de sus últimas fuerzas, alzó el contenedor de antimateria por encima de la cabeza. Luego, en un acto de desafío a la marca de los illuminati que llevaba grabada en el pecho, echó hacia atrás los hombros desnudos y bajó corriendo la escalera.

Había un acto final.

«Que Dios me asista —pensó—. Que Dios me asista.»

«Cuatro minutos...»

Al salir de la basílica, Langdon apenas pudo ver nada. De nuevo, el mar de focos de los medios le perforó las retinas. Lo único que podía distinguir era el borroso contorno del camarlengo que bajaba la escalinata a toda velocidad justo enfrente de él. Por un instante, a causa de las luces, Ventresca pareció estar envuelto en una aureola y poseer una apariencia celestial, como si de una especie de deidad moderna se tratara. La sotana colgaba de su cintura como una mortaja y en su cuerpo podían verse las quemaduras y las heridas que le habían infligido sus enemigos. Aun así, él seguía adelante sin amedrentarse. Corría en dirección a las masas con el arma de destrucción en las manos, proclamando a gritos al mundo que tuviera fe.

Langdon fue tras él. «¿Qué está haciendo? ¡Los va a matar a todos!»

—¡La obra de Satanás no tiene lugar en la casa de Dios! —gritó el camarlengo mientras corría hacia la multitud, ahora aterrorizada.

—¡Padre! —exclamó él—. ¡No hay escapatoria!

—¡Mire al cielo! ¡Siempre se nos olvida mirar al cielo!

En ese momento, Langdon vio adónde se dirigía Ventresca y lo comprendió todo. Aunque no lo distinguía bien por culpa de las luces, se percató de que su salvación estaba en las alturas.

En el estrellado cielo italiano. «Ésa es la ruta de escape.»

El helicóptero que el camarlengo había mandado llamar para que lo trasladara al hospital estaba estacionado allí delante, con el piloto preparado en la cabina y los rotores en marcha. Al ver que el sacerdote corría hacia él, Langdon sintió una repentina oleada de júbilo.

Los pensamientos acudieron como un torrente a su cabeza.

Primero visualizó la amplia extensión del mar Mediterráneo. ¿A qué distancia se encontraba? ¿Cinco kilómetros? ¿Diez? Sabía que la playa de Fiumicino estaba sólo a siete minutos en tren. Pero en helicóptero, a más de trescientos kilómetros por hora y sin paradas... Si conseguían llevar el contenedor lo bastante lejos y lanzarlo al mar... Aunque también había otras opciones, pensó, sintiéndose ahora casi ingrávido mientras corría. «¡La cava romana!» Las canteras de mármol que había al norte de la ciudad estaban a menos de cinco kilómetros. ¿Qué tamaño tenían? ¿Cinco kilómetros cuadrados? ¡Seguro que a esas horas no había nadie! Si arrojaban el contenedor allí...

—¡Atrás todos! —ordenó el camarlengo. El pecho le dolía cada vez más—. ¡Apártense! ¡Ahora!

Los guardias suizos que rodeaban el helicóptero se quedaron boquiabiertos cuando lo vieron aparecer.

—¡Atrás! —gritó el sacerdote.

Los guardias retrocedieron.

Mientras todo el mundo lo observaba sin salir de su asombro, el camarlengo rodeó el helicóptero y abrió de un tirón la puerta del piloto.

—¡Fuera, hijo! ¡Ahora!

El guardia bajó de un salto.

Al ver la altura a la que se encontraba el asiento de la cabina, el camarlengo supo que en su actual estado de agotamiento necesitaría ambas manos para alzarse. Se volvió hacia el piloto, que temblaba a su lado, y le puso el contenedor en las manos.

—Sostenga esto. Devuélvamelo cuando haya subido.

Mientras subía al aparato, Ventresca oyó los gritos de excitación de Robert Langdon, que se encontraba ya muy cerca del helicóptero. «¡Ahora lo entiendes! —pensó el camarlengo—. ¡Ahora tienes fe!»

El sacerdote se acomodó en la cabina, ajustó los controles y se asomó por la ventanilla para coger el contenedor.

Pero el guardia a quien se lo había dado tenía las manos vacías.

—¡Me lo ha quitado él! —exclamó.

El camarlengo sintió que el corazón le daba un vuelco.

—¡¿Quién?!

El guardia señaló.

—¡Él!

A Robert Langdon lo sorprendió el peso del contenedor. Rápidamente rodeó el helicóptero y subió al mismo compartimento trasero en el que él y Vittoria habían viajado hacía apenas unas horas. Dejó la puerta abierta y se puso los arneses. Luego le dijo al camarlengo:

—¡Despegue, padre!

Ventresca se volvió hacia Langdon con el rostro lívido.

—¿Qué está haciendo?

—¡Usted pilota! ¡Yo lo tiro! —gritó Langdon—. ¡No queda tiempo! ¡Despegue de una maldita vez!

El camarlengo pareció quedarse momentáneamente paralizado. El resplandor de la luz de los focos oscurecía las arrugas de su rostro.

—Puedo hacer esto yo solo —murmuró—. Debo hacerlo solo.

Langdon no lo escuchaba.

—¡Despegue! —se oyó gritar a sí mismo—. ¡Ahora!

¡Yo lo ayudaré! —Bajó la mirada al contenedor y se quedó sin respiración al ver los leds parpadeantes en el visor—. ¡Tres minutos, padre! ¡Tres!

La cifra hizo reaccionar al camarlengo. Sin vacilación, se volvió hacia los controles. Con un chirriante rugido, el helicóptero se elevó.

A través de un remolino de polvo, Langdon pudo ver que Vittoria corría hacia el aparato. Sus miradas se encontraron. Un instante después, ella pareció alejarse como una piedra que se hundiera en el agua.

Capítulo 122

En el interior del helicóptero, los sentidos de Langdon se vieron asaltados por el estruendo del motor y el viento que entraba por la puerta abierta. El tirón de la gravedad al elevarse el aparato fue tremendo. Rápidamente, el resplandor de la plaza de San Pedro fue encogiéndose bajo ellos hasta no ser más que una elipse amorfa y reluciente en un mar de luces.

El contenedor de antimateria pesaba como un lastre en las manos del profesor. Él lo sostenía con fuerza, pues tenía las palmas resbaladizas por el sudor y la sangre. En el interior, el glóbulo de antimateria flotaba mientras el resplandor rojo del visor de leds proseguía con su cuenta atrás.

—¡Dos minutos! —gritó Langdon, preguntándose dónde pensaba arrojarlo el camarlengo.

Las luces de la ciudad se extendían bajo ellos en todas direcciones. Al oeste, en la distancia, Langdon pudo ver el perímetro titilante de la costa mediterránea, una irregular frontera luminiscente más allá de la cual podía divisarse una infinita extensión negra. El mar parecía estar más lejos de lo que Langdon había supuesto. Además, la concentración de luces en la costa era un crudo recordatorio de que incluso en mar abierto una explosión podía tener efectos devastadores. El profesor no había tenido en cuenta las consecuencias que un maremoto de diez kilotones podía tener en la costa.

Al volverse y mirar por la ventanilla de la cabina, sintió que aumentaban sus esperanzas. Justo enfrente, las onduladas sombras de las colinas romanas se cernían en la oscuridad de la noche. En ellas podían verse algunas luces (mansiones de gente adinerada), pero un kilómetro al norte la oscuridad era total. No había ninguna luz, sólo un gran extensión negra. Nada.

«¡Las canteras! —pensó—. ¡La cava romana!».

Observó con atención la inhóspita extensión de tierra y supuso que sería lo bastante grande. Además, parecía estar cerca, mucho más que el mar. Sintió una oleada de excitación. ¡Ése era el sitio donde el camarlengo había planeado arrojar la antimateria! ¡El helicóptero iba directo hacia las canteras! Sin embargo, a pesar del ruido del motor y de la velocidad del aparato, Langdon se dio cuenta de que no parecían avanzar mucho. Desconcertado, se asomó por la puerta abierta para orientarse. Una oleada de pánico sofocó al instante su excitación anterior. Justo debajo de ellos, a cientos de metros, resplandecían las luces de los focos de la plaza de San Pedro.

«¡Todavía estamos en el Vaticano!»

—¡Camarlengo! —exclamó—. ¡Avance! ¡Ya hemos alcanzando suficiente altitud! ¡Avance de una vez! ¡No podemos arrojar el contenedor en la Ciudad del Vaticano!

Ventresca no contestó. Parecía estar concentrado en pilotar el aparato.

—¡Nos quedan menos de dos minutos! —gritó Langdon con el contenedor entre las manos—. ¡Puedo ver las canteras! ¡La cava romana! ¡A sólo un par de kilómetros al norte! ¡No tenemos...!

—No —replicó el sacerdote—. Es demasiado peligroso. Lo siento. —Mientras el helicóptero seguía ascendiendo, se volvió y le sonrió con tristeza—. No debería haber venido, amigo mío. Ha hecho usted el sacrificio definitivo.

Langdon miró los cansados ojos del camarlengo y de repente lo comprendió. Se le heló la sangre.

—Pero... ¡ha de haber algún sitio al que podamos ir!

—Arriba —respondió el hombre con voz resignada—. Es la única opción segura.

Langdon apenas podía pensar. Había malinterpretado por completo el plan del camarlengo. «¡Mire al cielo!»

El cielo, comprendió ahora, era literalmente el lugar adonde se dirigían. El camarlengo no pensaba arrojar la antimateria en ningún sitio. Simplemente quería alejarla del Vaticano tanto como fuera posible.

Era un viaje sin retorno.

Capítulo 123

En la plaza de San Pedro, Vittoria Vetra intentaba no perder de vista el helicóptero. Ahora ya no era más que una pequeña mota y los focos de los medios ya no lo alcanzaban. Incluso el estruendo de los rotores se había ido apagando hasta convertirse en un distante zumbido. Parecía que la atención de todo el mundo estaba puesta en los cielos. En un silencio expectante, los corazones de todas las personas, de todos los credos, latían al unísono.

Un ciclón de emociones sacudía a la joven. Mientras el aparato desaparecía de su vista, imaginó el rostro de Robert allá en las alturas. «¿En qué estaba pensando? ¿Acaso no lo había entendido?»

Alrededor de la plaza, las cámaras de las televisiones enfocaban la oscuridad, a la espera. Un mar de rostros miraban al cielo, unidos en una silenciosa cuenta atrás. En las pantallas de vídeo parpadeaba la misma escena: el cielo romano salpicado de brillantes estrellas. Vittoria sintió que las lágrimas acudían a sus ojos.

Tras ella, en la escalinata de mármol, ciento sesenta y un cardenales miraban asimismo hacia arriba, sobrecogidos. Algunos rezaban con las manos entrelazadas. La mayoría permanecían inmóviles, paralizados. Otros lloraban. Los segundos iban pasando poco a poco.

En casas, bares, negocios, aeropuertos y hospitales de todo el mundo, los seres humanos se habían unido y conformaban un único testigo universal. Hombres y mujeres entrelazaban las manos. Otros sostenían a sus hijos. El tiempo parecía flotar en un limbo en el que las almas permanecían suspendidas al unísono.

Entonces, cruelmente, las campanas de la basílica de San Pedro comenzaron a doblar.

Vittoria rompió a llorar.

Ante la mirada de todo el mundo, el tiempo se había agotado al fin.

Lo más aterrador de todo era el silencio mortal del momento.

Sobre la Ciudad del Vaticano se vio un pequeño punto de luz. Por un instante fugaz, nació un nuevo cuerpo celeste. Una mota de luz tan pura y blanca como nunca nadie había visto ninguna.

Y entonces sucedió.

Un destello. El punto empezó a hincharse como si se alimentara de sí mismo, desplegando en el cielo un dilatado radio de blanco cegador que se expandía en todas direcciones a una velocidad incomprensible y engullía la oscuridad. A medida que la esfera crecía, aumentaba su intensidad cual demonio dispuesto a consumir todo el cielo, y se acercaba a la gente a gran velocidad.

Cegada, la multitud de rostros humanos descarnadamente iluminados dejó escapar un grito ahogado y, presa del pánico, se protegió los ojos.

Mientras la luz se expandía en todas direcciones, sucedió algo inimaginable. Como inmovilizada por la voluntad de Dios, de repente la onda expansiva pareció impactar en una pared. Era como si la explosión hubiera quedado contenida en una gigantesca esfera de cristal. La luz rebotó, se intensificó y se replegó sobre sí misma. La onda parecía haber alcanzado un diámetro predeterminado y haberse quedado detenida ahí. Por un instante, una perfecta y silenciosa esfera de luz resplandeció sobre Roma. La noche se convirtió en día.

Y entonces estalló.

El estruendo sonó profundo y apagado. Una ensordecedora onda expansiva descendió sobre la muchedumbre como si de la ira del mismo infierno se tratara y sacudió los cimientos de granito del Vaticano, dejando sin habla a algunos y haciendo retroceder a otros. A la reverberación que rodeó la columnata la siguió un repentino torrente de aire cálido. El viento recorrió la plaza, profiriendo un sepulcral gemido al pasar entre las columnas y zarandear las paredes. La gente se agolpaba mientras el polvo se arremolinaba sobre sus cabezas. Estaban presenciando el Armagedón.

Luego, tan rápidamente como había aparecido, la esfera implosionó y reculó hasta regresar al pequeño punto de luz inicial.

Capítulo 124

Nunca tanta gente había quedado sumida en un silencio semejante.

Una a una, las personas congregadas en la plaza de San Pedro fueron apartando la mirada del cielo y agachando las cabezas, sumergidas todas en su momento privado de asombro. Los focos de los medios de comunicación hicieron lo mismo y volvieron a proyectar sus haces de luz de vuelta a la tierra, como si reverenciaran la negrura que ahora se cernía sobre sus cabezas. Por un momento pareció que todo el mundo inclinaba la cabeza al unísono.

El cardenal Mortati se arrodilló para rezar, y los demás cardenales se unieron a él. Los guardias suizos bajaron sus largas alabardas y permanecieron inmóviles. Nadie hablaba. Nadie se movía. Por todas partes, emociones espontáneas estremecían los corazones de la gente. Sufrimiento. Miedo. Asombro. Fe. Y un temeroso respeto por el nuevo y prodigioso poder que acababan de presenciar.

Vittoria Vetra permanecía temblorosa al pie de la escalinata de la basílica. Cerró los ojos. En medio de la tempestad de emociones que ahora sacudían su cuerpo, una única palabra no dejaba de doblar en su interior como una lejana campana. Prístina. Cruel. Intentó ignorarla. Pero seguía resonando. La ignoró de nuevo. El dolor era demasiado intenso. Se dejó llevar entonces por las imágenes que resplandecían en las mentes de los demás. El increíble poder de la antimateria... La liberación del Vaticano... El camarlengo... Muestras de valentía... Milagros... Altruismo. Y, sin embargo, la palabra volvió a resonar en medio del caos con punzante intensidad.

«Robert.»

Había ido a buscarla a Castel Sant'Angelo.

La había salvado.

Y ahora había sido destruido por su creación.

Mientras rezaba, el cardenal Mortati se preguntó si, al igual que el camarlengo, también él oiría la voz de Dios. «¿Ha de creer uno en los milagros para poder experimentarlos?» Mortati era un hombre moderno que profesaba una fe antigua. Los milagros nunca habían formado parte de su forma de pensar. Sí, su fe hablaba de milagros: estigmas en las palmas, resurrecciones de muertos, huellas en sudarios... Pero su mente racional siempre los había considerado parte del mito. Básicamente eran el resultado de la mayor debilidad del hombre: la necesidad de pruebas. Los milagros no eran más que historias a las que todos nos aferrábamos porque deseábamos que fueran ciertas.

Y, sin embargo...

«¿Soy tan moderno que no puedo aceptar lo que acaban de ver mis ojos?» Había sido un milagro, ¿no? ¡Sí! Con unas pocas palabras susurradas al oído del camarlengo, Dios había intervenido para salvar la Iglesia. ¿Por qué resultaba tan difícil de creer? ¿Qué habría pensado la gente si Dios no hubiera intervenido? ¿Que al Todopoderoso le daba igual? ¿Que carecía del poder para evitarlo? ¡Un milagro era la única respuesta posible!

Mientras permanecía arrodillado sin salir de su asombro, Mortati rezó por el alma del camarlengo. Dio gracias al joven chambelán que, a pesar de su juventud, había abierto los ojos de ese anciano a los milagros de la fe ciega.

Lo que Mortati no podía sospechar, sin embargo, era hasta qué punto su fe iba a ser puesta a prueba.

Un leve bisbiseo rompió entonces el silencio de la plaza. El bisbiseo dio paso a un sonoro murmullo. Y éste, rápidamente, a un clamor. Sin advertencia previa, la multitud empezó a gritar al unísono.

—¡Mirad! ¡Mirad!

Mortati abrió los ojos y se volvió hacia la gente. Todo el mundo señalaba en dirección a la basílica. Sus rostros estaban lívidos. Algunos cayeron de rodillas. Otros se desmayaron. Y no pocos rompieron a llorar desconsoladamente.

—¡Mirad! ¡Mirad!

Desconcertado, el cardenal se volvió hacia el lugar que señalaban las manos extendidas. Se trataba del nivel superior de la basílica, la terraza de la azotea, desde la que se elevaban las gigantescas estatuas de Jesucristo y sus apóstoles.

Allí, a la derecha de Jesús, con los brazos extendidos al mundo, se encontraba el camarlengo Carlo Ventresca.

Capítulo 125

Robert Langdon había dejado de caer.

Ya no sentía miedo. Ni dolor. Ni oía el ruido del viento. Sólo el suave sonido del oleaje del agua, como si se hubiera quedado cómodamente dormido en la playa.

En un paradójico episodio de autoconciencia, Langdon experimentó su propia muerte. Y lo hizo contento. Dejó que fuera poseyéndolo lentamente. Que lo llevara allá adonde tuviera que ir. El dolor y el miedo habían sido anestesiados, y no quería que regresaran bajo ningún concepto. Su último recuerdo sólo podría haber sido conjurado en el infierno.

«Llévame. Por favor...»

Pero el mismo oleaje que lo arrullaba, proporcionándole esa sensación de paz, también parecía repudiarlo. Intentaba despertarlo de un sueño. «¡No! ¡Déjame en paz!» Langdon no quería despertar. Advertía la presencia de demonios congregados alrededor del perímetro de su dicha, dispuestos a hacer añicos ese éxtasis. Imágenes borrosas se arremolinaban a su alrededor. Unos gritos. El aullido del viento. «¡No, por favor!» Cuanto más se resistía, más conseguía filtrarse la furia.

Entonces, volvió a revivirlo todo...

El helicóptero había emprendido un ascenso imparable. Langdon estaba atrapado en su interior. Por la puerta abierta podía ver las luces de Roma, cada vez más lejanas. El instinto de supervivencia lo instaba a lanzar el contenedor de inmediato. Sabía que antes de veinte segundos caería casi un kilómetro. El problema era que lo haría sobre una ciudad llena de gente.

«¡Más alto! ¡Más alto!»

Se preguntó a qué altitud debían de volar ahora. Sabía que las avionetas alcanzaban altitudes de unos seis mil metros. El helicóptero debía de estar cerca. «¿Tres mil metros? ¿Cinco mil?» Todavía había una posibilidad. Si lo lanzaba en el momento adecuado, el contenedor estallaría en el aire, a una distancia segura del suelo y lo bastante lejos del helicóptero. Langdon miró la ciudad que se extendía bajo ellos.

—¿Y si calcula mal? —dijo el camarlengo.

Él se volvió, sobresaltado. El sacerdote ni siquiera lo estaba mirando. Parecía haber leído sus pensamientos en el fantasmal reflejo del parabrisas. Ya no manejaba los controles del aparato. Sus manos ni siquiera sujetaban la palanca de mando. Al parecer, había activado el piloto automático para que el aparato simplemente siguiera ascendiendo. Ventresca alargó entonces el brazo hacia el techo de la cabina y cogió una llave que estaba oculta detrás de unos cables.

Desconcertado, Langdon observó cómo el camarlengo abría la caja metálica que había entre los asientos, extraía de su interior una mochila negra de nailon y la depositaba en el asiento del acompañante. Parecía moverse con gran serenidad, como si supiera cuál era la solución.

—Deme el contenedor —dijo entonces con absoluta tranquilidad.

Langdon ya no sabía qué pensar. Se lo dio.

—¡Noventa segundos!

Lo que el camarlengo hizo con la antimateria cogió al norteamericano completamente por sorpresa. Con mucho cuidado, metió el recipiente en la caja y luego cerró la pesada tapa con llave.

—¡¿Se puede saber qué está haciendo?! —preguntó.

—Alejarnos de la tentación —declaró Ventresca, y tiró la llave por la ventanilla abierta.

Al ver caer la llave, Langdon sintió que su alma iba tras ella.

El camarlengo cogió entonces la mochila de nailon, metió los brazos por las correas y se ciñó otra alrededor del estómago. Luego se volvió hacia el estupefacto profesor.

—Lo siento —dijo—. Esto no debería haber sucedido así.

Acto seguido, abrió la puerta y se arrojó hacia la noche.

La imagen ardió en el inconsciente de Langdon, y con ella llegó el dolor. Un dolor auténtico. Físico. Penetrante. Abrasador. Rogó que acabara con él, que terminara de una vez, pero cuanto más alto oía el oleaje, más imágenes acudían a su mente. Su infierno no había hecho más que comenzar. Veía fragmentos. Fotogramas aislados de puro pánico. Se hallaba a medio camino entre la muerte y la pesadilla, implorando ser liberado, pero las imágenes eran cada vez más nítidas.

El contenedor de antimateria estaba encerrado fuera de su alcance. La cuenta atrás seguía adelante mientras el helicóptero no dejaba de ascender. «Cincuenta segundos.» Más alto. Más alto. Langdon se revolvió de un lado a otro, frenético, intentando encontrarle algún sentido a lo que acababa de ver. «Cuarenta y cinco segundos.» Buscó otro paracaídas bajo los asientos. «Cuarenta segundos.» ¡No había ninguno! ¡Tenía que haber alguna otra opción! «Treinta y cinco segundos.» Se dirigió hacia la puerta abierta del helicóptero y, zarandeado por el fuerte viento, contempló las luces de Roma. «Treinta y dos segundos.»

Y entonces tomó una decisión.

Una decisión increíble...

Robert Langdon saltó del aparato sin paracaídas. Mientras la noche engullía su cuerpo, el helicóptero siguió su curso ascendente y el ruido de los rotores quedó diluido por el fragor ensordecedor de su propia caída libre.

Al precipitarse hacia el suelo, Langdon sintió algo que no había experimentado desde que practicaba salto de trampolín: el inexorable tirón de la gravedad. Cuanto más rápido caía, con mayor fuerza parecía tirar la Tierra de él. Esta vez, sin embargo, no se trataba del salto a una piscina desde quince metros de altura, sino de una caída de miles de metros sobre una interminable extensión de pavimento y cemento.

En medio del torrente de viento y desesperación, la voz de Kohler resonó desde la tumba..., unas palabras que le había dicho esa mañana en el tubo de caída libre del CERN. «Un metro cuadrado de tela ralentiza la caída de un cuerpo casi en un veinte por ciento.» Langdon era consciente de que un veinte por ciento ni siquiera se acercaba a lo que necesitaría para sobrevivir a una caída como ésa. No obstante, más por acto reflejo que por albergar alguna esperanza, se aferró con fuerza al único objeto que había cogido en el helicóptero antes de saltar. Era un objeto extraño, pero por un fugaz instante le había parecido que podía servir.

La lona protectora del parabrisas estaba tirada en la parte trasera del helicóptero. Era un rectángulo cóncavo, de unos cuatro metros por dos, parecido a una enorme sábana hecha a medida, lo más cercano a un paracaídas que había encontrado. Carecía de arneses, sólo tenía unas presillas elásticas en cada extremo para ajustar la lona a la curvatura del parabrisas. Langdon había deslizado las manos por las presillas, las había agarrado con fuerza y había saltado al vacío.

Su último gran acto de desafío juvenil.

No se hacía ilusiones de sobrevivir.

Langdon caía como una roca. De pie. Con los brazos en alto. Las manos aferradas a las presillas. La lona hinchada como un hongo sobre su cabeza. El viento zarandeándolo con violencia.

Mientras se precipitaba en dirección al suelo, oyó una gran explosión. Le pareció más lejana de lo que había esperado. Casi al instante, sintió el impacto de la onda expansiva. El aire se calentó a su alrededor y se quedó sin respiración. La pared de calor lo recorrió de arriba abajo. La parte superior de la lona empezó a arder, pero Langdon siguió cogido a ella.

Aferrado a una hinchada mortaja de luz, se sentía como un surfista que intentara dejar atrás una ola de mil metros de altura. Finalmente, sin embargo, el calor disminuyó.

Volvía a estar en medio de la oscura y fría noche.

Por un instante sintió un atisbo de esperanza. Un momento después, sin embargo, esa esperanza se desvaneció igual que lo había hecho el calor. A pesar de que la lona ralentizaba la caída, su cuerpo seguía atravesando el viento con ensordecedora velocidad. Langdon no tenía duda alguna de que caía con demasiada rapidez para poder sobrevivir. Moriría aplastado contra el suelo.

Intentó hacer algunos cálculos matemáticos, pero se sentía demasiado ofuscado para encontrarles sentido alguno... «Un metro cuadrado de tela... Veinte por ciento de reducción de velocidad.» Lo único que pudo calcular fue que la lona era lo bastante grande como para ralentizar la caída más de un veinte por ciento. Lamentablemente, sin embargo, a juzgar por la velocidad a la que caía, era consciente de que eso no bastaría. Seguía cayendo con demasiada rapidez... No sobreviviría al impacto contra el mar de cemento.

Bajo él, las luces de Roma se extendían en todas direcciones. La ciudad parecía un enorme cielo estrellado. La perfecta extensión de estrellas sólo se veía interrumpida por una franja oscura que dividía la ciudad en dos; una amplia cinta sin iluminar que serpenteaba a través de los puntos de luz como una gruesa serpiente. Langdon se quedó mirando la sinuosa línea negra.

De repente, como la cresta de una inesperada ola, volvió a sentir un atisbo de esperanza.

Con un vigor casi maníaco, tiró con fuerza de la lona con la mano derecha. La tela aleteó, hinchándose e inclinándose hacia el lado en el que la resistencia era menor. Langdon notó que se desviaba hacia un lado. Volvió a tirar, ahora con mayor fuerza, ignorando el dolor que sentía en la palma de la mano. La lona se ensanchó, y él notó que su cuerpo volvía a desplazarse. No mucho, ¡pero algo es algo! Miró otra vez la sinuosa serpiente negra que había bajo sus pies. Quedaba a la derecha, pero él todavía se hallaba a mucha altura. ¿Habría esperado demasiado? Tiró con todas sus fuerzas y aceptó que se encontraba en manos de Dios. Se concentró en la parte más amplia de la serpiente y, por primera vez en su vida, rezó para que sucediera un milagro.

Del resto sólo recordaba fragmentos.

La oscuridad estaba cada vez más cerca... Su instinto de saltador de trampolín se activó. Se llenó los pulmones de aire para proteger los órganos vitales. Estiró las piernas para que hicieran de ariete. Y, finalmente, agradeció que el serpenteante Tíber estuviera embravecido. Las aguas espumosas y llenas de aire eran tres veces más blandas que el agua estancada.

Luego llegó el impacto... y todo se volvió negro.

El atronador ruido de la lona hizo que un grupo de personas apartaran los ojos de la bola de fuego. Esta noche habían podido ver muchas cosas en el cielo de Roma: un helicóptero disparado hacia la estratosfera, una enorme explosión, y ahora ese extraño objeto que había caído sobre las agitadas aguas del Tíber, cerca de la orilla de la diminuta isla Tiberina.

Desde que había sido utilizada para aislar en cuarentena a los enfermos durante la peste que asoló Roma en el año 1656, se decía que la isla poseía propiedades curativas místicas. Por esa razón, más adelante se convirtió en el emplazamiento del hospital Tiberina.

El cuerpo que sacaron del agua estaba muy maltrecho, pero todavía tenía pulso. A todos les pareció algo sorprendente, y se preguntaron si no habría sido la mítica reputación curativa de la isla Tiberina lo que había mantenido con vida su corazón. Minutos después, cuando el hombre comenzó a toser y a recuperar poco a poco la conciencia, el grupo decidió que efectivamente la isla debía de ser mágica.

Capítulo 126

El cardenal Mortati sabía que no había palabras en ningún idioma que pudieran explicar el misterio de ese momento. El silencio de la visión que se cernía sobre la plaza de San Pedro resultaba más elocuente que un coro de ángeles.

Mientras contemplaba al camarlengo Ventresca, Mortati sintió la paralizante colisión de corazón y mente. La visión parecía real, tangible... ¿Cómo era posible? Todos habían visto cómo el camarlengo subía al helicóptero. Y habían sido asimismo testigos de la bola de luz en el cielo. Sin embargo, ahora el camarlengo se encontraba en lo alto de la azotea. ¿Lo habían transportado los ángeles? ¿Se había reencarnado por la gracia de Dios?

«Esto es imposible...»

Mortati deseaba con todas sus fuerzas creer lo que veía ante sí, pero su mente exigía una explicación. A su alrededor, los cardenales también habían levantado la mirada y contemplaban lo mismo que él, paralizados por el asombro.

Era el camarlengo. No había duda alguna. Pero había algo distinto en él. Algo divino. Como si hubiera sido purificado. ¿Un espíritu? ¿Un hombre? Su carne blanca relucía bajo la luz de los focos con incorpórea ingravidez.

En la plaza se oían gritos, vítores, aplausos espontáneos... Un grupo de monjas se arrodilló y entonó una saeta. La multitud estaba enfervorizada. De repente, la plaza entera empezó a corear el nombre del camarlengo. Los cardenales, con lágrimas en las mejillas, se unieron al cántico. Mortati miraba a su alrededor sin dar crédito. «¿Esto está pasando de verdad?»

El camarlengo Carlo Ventresca observaba a la multitud desde la azotea de la basílica de San Pedro. ¿Estaba despierto o soñaba? Se sentía transformado, como etéreo. Se preguntó si había sido su cuerpo o sólo su espíritu el que había descendido de los cielos en dirección a la suave y oscura extensión de los jardines del Vaticano y, oculto tras la elevada sombra de la basílica, había aterrizado como un ángel silencioso en el césped desierto. Se preguntó si había sido su cuerpo o su espíritu el que había poseído la fuerza necesaria para ascender la antigua Escalera de los Medallones hasta la azotea en la que ahora se encontraba.

Se sentía tan ligero como un fantasma.

Aunque la gente coreaba su nombre, el camarlengo sabía que no era a él a quien vitoreaban. Los cánticos se debían al júbilo irreflexivo, el mismo júbilo que él sentía cada día de su vida al pensar en el Todopoderoso. Estaban experimentando lo que siempre habían deseado: confirmar la existencia del más allá, comprobar el poder del Creador.

El camarlengo Ventresca había rezado toda su vida para que llegara ese momento y, sin embargo, ni siquiera él podía concebir que Dios lo hubiera hecho realidad. Quería gritarles: «¡Vuestro Dios está vivo! ¡Contemplad los milagros que os rodean!»

Permaneció allí un rato, aturdido, y a pesar de ello más vivo que nunca. Finalmente inclinó la cabeza y se apartó de la balaustrada.

A solas, se arrodilló en la azotea y rezó.

Capítulo 127

Las imágenes a su alrededor eran borrosas y fragmentarias. Poco a poco, Langdon comenzó a distinguirlas. Las piernas le dolían, y se sentía como si le hubiera pasado un camión por encima. Estaba tumbado de costado en el suelo. Algo apestaba como a bilis. Todavía podía oír el incesante oleaje, pero ya no le resultaba placentero. También percibió otros ruidos; alguien estaba hablando. Vio unas formas blancas borrosas. ¿Iban todos vestidos de blanco? Langdon supuso que estaba en un manicomio, o en el cielo. A juzgar por el ardor que sentía en la garganta, decidió que no podía tratarse del cielo.

—Ya ha dejado de vomitar —dijo un hombre en italiano—. Dale la vuelta. —Su tono era firme y profesional.

Langdon sintió que unas manos lo colocaban boca arriba. La cabeza le daba vueltas. Intentó incorporarse, pero las manos volvieron a recostarlo. Su cuerpo obedeció. Entonces notó que alguien le registraba los bolsillos.

Luego perdió el conocimiento.

El doctor Jacobus no era un hombre religioso; hacía mucho tiempo que la ciencia de la medicina lo había alejado de las iglesias. Y, sin embargo, los acontecimientos que habían tenido lugar esa noche en el Vaticano habían puesto a prueba su razonamiento lógico. «¿Ahora caen cuerpos del cielo?»

El médico le tomó el pulso al desaliñado hombre que acababan de sacar del río y decidió que era un milagro que siguiera con vida. El impacto contra el agua lo había dejado inconsciente, y de no haber sido porque él y su equipo se encontraban en la orilla contemplando el espectáculo que se desarrollaba en el cielo, seguramente nadie lo habría visto y se habría ahogado.

—*È americano* —dijo una enfermera tras echar un vistazo a la cartera del hombre cuando lo sacaron del agua.

¿Norteamericano? Los romanos solían bromear con que había tantos en la ciudad que las hamburguesas acabarían convirtiéndose en la comida oficial italiana. «¿Ahora caían del cielo?» Jacobus dirigió una linterna a los ojos del hombre.

—¿Señor? ¿Puede oírme? ¿Sabe dónde está?

El hombre volvía a estar inconsciente. Al médico no le sorprendió. Había vomitado mucha agua tras practicarle el boca a boca.

—*Si chiama Robert Langdon* —dijo la enfermera al ver el nombre en el carnet de conducir.

El grupo que se había congregado en el muelle se quedó de piedra.

—*¡Impossibile!* —exclamó Jacobus.

Robert Langdon era el hombre de la televisión. El profesor norteamericano que había estado ayudando al Vaticano. Hacía apenas unos minutos, el médico lo había visto subir a un helicóptero en la plaza de San Pedro. Jacobus y los demás habían corrido al muelle para presenciar la explosión de la antimateria, una tremenda esfera de luz como ninguno había visto nunca. «¡¿Cómo puede ser éste el mismo hombre?!»

—¡Es él! —exclamó la enfermera tras apartarle el pelo de la cara—. ¡Y reconozco su americana de tweed!

De pronto se oyó chillar a alguien en la entrada del hospital. Era una de las pacientes. Gritaba como una posesa, alabando a Dios mientras sostenía una radio portátil en la mano. Al parecer, el camarlengo Ventresca acababa de aparecer milagrosamente en la azotea del Vaticano.

El doctor Jacobus decidió que, en cuanto su turno terminara a las ocho de la mañana, iría directamente a la iglesia.

Las luces que Langdon veía sobre su cabeza eran ahora más brillantes. Estériles. Estaba tumbado en una especie de mesa de examen. Olía a astringentes y a extraños productos químicos. Alguien acababa de ponerle una inyección, y lo habían desnudado.

«Está claro que no son gitanos —decidió en pleno delirio semiinconsciente—. ¿Alienígenas, quizá?» Sí, había oído hablar de cosas parecidas. Afortunadamente, esas criaturas no parecían tener intención de hacerle daño. Lo único que querían...

—¡Ni hablar! —Se incorporó de golpe con los ojos muy abiertos.

—*Attento!* —gritó una de las criaturas, tranquilizándolo. En su placa identificativa se leía «Doctor Jacobus». Su aspecto era humano.

—Yo... pensaba... —tartamudeó el norteamericano.

—Relájese, señor Langdon. Está usted en un hospital.

La niebla comenzó a disiparse. Langdon sintió una oleada de alivio. Odiaba los hospitales, pero sin duda prefería eso a unos alienígenas toqueteándole los testículos.

—Soy el doctor Jacobus —dijo el hombre, y a continuación le explicó lo sucedido—. Tiene usted mucha suerte de seguir vivo.

Langdon no se sentía afortunado. Sus recuerdos le resultaban confusos. El helicóptero, el camarlengo... Le dolía todo el cuerpo. Le dieron un poco de agua y se enjuagó la boca. También le cambiaron la gasa de la palma de la mano.

—¿Dónde está mi ropa? —preguntó. Llevaba puesta una bata desechable.

Una de las enfermeras le señaló los chorreantes jirones de tela caqui y de tweed que había sobre un mostrador.

—Estaba empapada. Hemos tenido que cortarla para poder quitársela.

Langdon se quedó mirando los restos de su americana Harris y frunció el ceño.

—Tenía unos pañuelos de papel en el bolsillo —dijo la enfermera.

Fue entonces cuando Langdon vio los trozos de pergamino esparcidos por todo el forro de su americana. El folio del *Diagramma* de Galileo. La última copia que quedaba en el mundo acababa de disolverse. Se sentía demasiado aturdido para reaccionar. Se limitó a mirarla.

—Hemos guardado sus objetos personales —le mostró un cubo de plástico—. La cartera, una videocámara y una pluma estilográfica. He secado la videocámara lo mejor que he podido.

—No tengo ninguna videocámara.

La enfermera frunció el ceño y le acercó el cubo. Langdon comprobó su contenido. Junto con su cartera y su pluma, había una diminuta videocámara Sony RUVI. Ahora lo recordaba. Kohler se la había dado y le había pedido que la hiciera llegar a los medios de comunicación.

—La hemos encontrado en un bolsillo de la americana. Me temo que necesitará una nueva. —La enfermera abrió la pantalla de dos pulgadas que había en la parte posterior—. El visor está roto, pero el sonido todavía funciona. Más o menos. —Se llevó el aparato al oído—. No deja de reproducir lo mismo una y otra vez. —Escuchó un momento e hizo una mueca—. Dos tipos discutiendo, creo.

Desconcertado, Langdon cogió la videocámara y se la llevó a la oreja. Las voces se oían distorsionadas y metálicas, pero se podía discernir lo que decían. Una estaba más cerca de la cámara que la otra. Langdon reconoció ambas.

Sentado con su bata de papel, escuchó la conversación con perplejidad. Aunque no podía ver lo que estaba pasando, cuando llegó el sorprendente final, agradeció que así fuera.

«¡Dios mío!»

Mientras la conversación volvía a comenzar desde el principio, Langdon bajó la videocámara y se quedó un momento consternado. La antimateria... El helicóptero... Su mente comenzó a activarse.

«Pero eso significa...»

Sintió otra arcada. Furioso y desorientado, bajó de la mesa e intentó mantenerse en pie sobre sus piernas temblorosas.

—¡Señor Langdon! —dijo el médico, e intentó detenerlo.

—Necesito algo de ropa —exigió Langdon, que podía sentir cómo se le empezaba a enfriar el trasero a través de la abertura de la bata.

—Pero necesita descansar.

—Me voy. Necesito algo de ropa.

—Pero, señor, usted...

—¡Ahora!

Todos se miraron entre sí, desconcertados.

—No tenemos ropa —dijo el médico—. Quizá mañana un amigo pueda traerle algo.

Langdon exhaló un largo suspiro y miró fijamente al médico.

—Doctor Jacobus, pienso salir de aquí ahora mismo. Necesito algo de ropa. Voy a ir al Vaticano. Y uno no se presenta en el Vaticano con el culo al aire. ¿Ha quedado claro?

El doctor Jacobus tragó saliva.

—Consíganle algo de ropa a este hombre.

Langdon salió cojeando del hospital Tiberina. Se sentía como un *boy scout*. Llevaba un mono azul de sanitario con una cremallera en la parte delantera y adornado con parches de tela que, al parecer, enumeraban sus numerosas cualificaciones.

La mujer que lo acompañaba era corpulenta y llevaba un traje similar. El médico había asegurado a Langdon que lo llevaría al Vaticano en un tiempo récord.

—*C'è molto traffico* —dijo Langdon, recordándole a la mujer que la zona que rodeaba el Vaticano estaba abarrotada de coches y gente.

Ella no se mostró muy preocupada. Señaló con orgullo uno de sus parches.

—*Ambulanza.*

—*Ambulanza?* —Eso lo explicaba todo. A Langdon le pareció un vehículo de lo más adecuado.

La mujer lo condujo a un lateral del edificio. El vehículo estaba aparcado en un muelle de cemento. Cuando Langdon lo vio se detuvo de golpe. Era un antiguo helicóptero de evacuación médica. En el casco se podía leer «Aeroambulanza».

El profesor agachó la cabeza.

La mujer sonrió.

—Nosotros volar Vaticano. Muy rápido.

Capítulo 128

Los cardenales regresaron a la capilla Sixtina con gran entusiasmo y agitación. Mortati, en cambio, sentía en su interior una creciente confusión. Creía en los antiguos milagros de las Escrituras, pero lo que acababa de presenciar era algo que no alcanzaba a comprender. Tras toda una vida de devoción, setenta y nueve años, Mortati sabía que esos acontecimientos deberían haber encendido en él una pía y fervorosa fe. Lo único que sentía, sin embargo, era una inquietud creciente y espectral. Algo no iba bien.

—¡*Signore* Mortati! —exclamó un guardia suizo al tiempo que se acercaba corriendo por el pasillo—. Hemos subido a la azotea tal y como nos ha indicado. El camarlengo es... ¡de carne y hueso! ¡Es un hombre de verdad! ¡No se trata de ningún espíritu! ¡Es la misma persona de antes!

—¿Les ha... hablado?

—¡Estaba arrodillado, rezando! ¡No hemos querido molestarlo!

Mortati no sabía qué pensar.

—Díganle... que sus cardenales lo esperan.

—*Signore*, puesto que es un hombre... —el guardia vaciló.

—¿Qué sucede?

—Su pecho... tiene la quemadura. ¿No deberíamos vendarle la herida? Debe de dolerle.

Mortati lo consideró. Nada en toda su vida de servicio a la Iglesia lo había preparado para una situación como ésa.

—Es un hombre, así que trátenlo como tal. Báñenlo. Véndenle las heridas. Vístanle con ropa limpia. Nosotros lo esperaremos en la capilla Sixtina.

El guardia se alejó corriendo.

Mortati se dirigió a la capilla. Los demás cardenales ya estaban dentro. Mientras recorría el pasillo, vio a Vittoria Vetra sola en un banco que había al pie de la Escalera Real. Advirtió el dolor y la soledad que sentía por la pérdida de Langdon. Le habría gustado ir a consolarla, pero eso ahora debía esperar. Tenía trabajo pendiente, aunque no sabía exactamente en qué consistiría éste.

Mortati entró en la capilla. En el interior había una gran algarabía. Cerró la puerta. «Que Dios me asista.»

Cuando la *aeroambulanza* de doble hélice del hospital Tiberina se acercó a la parte trasera del Vaticano, Langdon apretó los dientes y se juró que ése sería el último paseo en helicóptero de su vida.

Tras convencer a la piloto de que las normas que regían el espacio aéreo de la Santa Sede eran la última de las preocupaciones que ahora mismo tenía la Iglesia, le indicó por dónde debían acceder para que no los vieran, y aterrizaron en el helipuerto.

—*Grazie* —dijo mientras descendía con dificultad del aparato.

Ella le lanzó un beso con la mano y rápidamente despegó y desapareció en la noche por detrás de la muralla.

Langdon exhaló un suspiro y repasó mentalmente lo que pensaba hacer. Con la videocámara en la mano, subió al mismo carrito de golf eléctrico que había utilizado esa mañana. No habían recargado la batería, y según el indicador estaba a punto de agotarse. Optó por conducir con los faros apagados para ahorrar energía.

Además, prefería que nadie lo viera llegar.

Desde el fondo de la capilla Sixtina, un aturdido cardenal Mortati contemplaba el alboroto que tenía lugar ante él.

—¡Ha sido un milagro! —exclamó uno de los cardenales—. ¡Obra de Dios!

—¡Sí! —gritaron otros—. ¡Dios ha manifestado su voluntad!

—¡El camarlengo será nuestro papa! —declaró otro—. No es cardenal, pero Dios nos ha enviado una señal milagrosa.

—¡Sí! —convino otro—. Las leyes del cónclave son leyes humanas. ¡La voluntad de Dios está por encima! ¡Hagamos una votación ahora mismo!

—¿Una votación? —preguntó Mortati, acercándose a ellos—. Si no me equivoco, ésa es mi función.

Todos se volvieron hacia él.

Mortati notó que los cardenales lo estudiaban. Parecían distantes, sin saber qué decir, como ofendidos por su sobriedad. A Mortati le habría gustado sentir en su corazón el milagroso júbilo que veía en los rostros que lo rodeaban, pero no era así. Lo que sentía era un inexplicable dolor en el alma. Una punzante tristeza que no podía explicar. Había jurado conducir el procedimiento con pureza en el alma, y esa vacilación era algo que no podía negar.

—Amigos míos —dijo mientras se dirigía al altar. Su voz parecía distinta—. Sospecho que pasaré el resto de mis días dándole vueltas al significado de lo que he presenciado esta noche. Y, sin embargo, lo que están sugiriendo respecto al camarlengo... no puede ser la voluntad de Dios.

Se hizo el silencio.

—¿Cómo puede decir eso? —preguntó finalmente uno de los cardenales—. El camarlengo ha salvado a la Iglesia. ¡Dios se ha dirigido directamente a él! ¡Y ha sobrevivido a la muerte! ¿Qué otra señal necesitamos?

—El camarlengo está a punto de llegar —dijo Mortati—. Esperémoslo. Oigámoslo antes de realizar la votación. Puede que haya una explicación.

—¿Una explicación?

—Como gran elector, he jurado defender las leyes del cónclave. Bien saben todos ustedes que, de acuerdo con la ley del Vaticano, el camarlengo no puede ser elegido papa. No es cardenal. Es sólo un sacerdote... Un chambelán. Y, además, está la cuestión de la edad. —Mortati podía sentir la dureza con la que lo miraban—. Sólo por el hecho de permitir la votación les estaría pidiendo que apoyaran a un hombre a quien la ley del Vaticano no considera elegible. Les estaría pidiendo a cada uno de ustedes que rompieran un juramento sagrado.

—¡Pero lo que ha pasado aquí esta noche —tartamudeó alguien— sin duda trasciende nuestras leyes!

—¿Seguro? —replicó Mortati, sin saber muy bien de dónde provenían sus palabras—. ¿Es la voluntad de Dios que renunciemos a las leyes de la Iglesia? ¿Es la voluntad de Dios que abandonemos la razón y nos entreguemos al desenfreno?

—Pero ¿es que acaso no ha visto usted lo mismo que nosotros? —lo desafió otro—. ¿Cómo puede atreverse a cuestionar ese poder?

Mortati alzó entonces la voz de un modo hasta el momento desconocido para él.

—¡No estoy cuestionando el poder de Dios! ¡Es Dios quien nos ha proporcionado el uso de la razón y la circunspección! ¡Es a Dios a quien servimos cuando ejercitamos nuestra prudencia!

Capítulo 129

En el pasillo que llevaba a la capilla Sixtina, una desolada Vittoria Vetra permanecía sentada en el banco que había al pie de la Escalera Real. Cuando vio la figura que aparecía por la puerta trasera, se preguntó si lo que estaba viendo era otro espíritu. Iba vendado, cojeaba, y llevaba puesto una especie de uniforme médico.

Se puso en pie, incapaz de creer lo que veían sus ojos.

—¿Ro...bert?

Él no contestó. Se dirigió hacia ella a grandes zancadas y la rodeó con sus brazos. Luego acercó los labios a los suyos y le dio un largo beso cargado de gratitud.

Ella sintió que las lágrimas acudían a sus ojos.

—Oh, Señor... Oh, gracias, Dios mío...

Volvió a besarla, más apasionadamente ahora, y ella se apretó con fuerza a él, perdiéndose en su abrazo. Sus cuerpos quedaron entrelazados como si se conocieran desde hacía años. Vittoria se olvidó del miedo y del dolor. Cerró los ojos y disfrutó del momento.

—¡Es la voluntad de Dios! —El grito resonó en toda la capilla Sixtina—. ¿Quién sino el elegido podría haber sobrevivido a esa diabólica explosión?

—Yo —replicó una voz desde el otro extremo de la capilla.

Mortati y los demás se volvieron de golpe, maravillados ante la desaliñada figura que se acercaba a ellos por el pasillo central.

—¿Señor... Langdon?

Sin decir una palabra, el norteamericano se dirigió lentamente hacia la parte delantera de la nave. Vittoria Vetra también entró. Y luego dos guardias suizos que empujaban un carrito con un gran televisor en lo alto. Langdon esperó a que lo enchufaran. Luego les indicó a los guardias que se retiraran. Ellos obedecieron, cerrando la puerta tras de sí.

En la capilla quedaron Langdon, Vittoria y los cardenales. El profesor conectó entonces la videocámara Sony SUVI al televisor y puso en marcha la grabación.

La tele se encendió.

La escena que se materializó ante los cardenales tenía lugar en el despacho del papa. La calidad de la grabación era precaria, como si estuviera hecha con una cámara oculta. En un lateral de la pantalla se podía ver al camarlengo de pie en la oscuridad, frente a una chimenea. Aunque parecía estar hablando a la cámara, rápidamente quedaba claro que lo hacía con quien fuera que estuviese grabando el vídeo. Langdon les explicó que se trataba de Maximilian Kohler, el director del CERN. Una hora antes, Kohler había filmado en secreto esas imágenes mediante una diminuta videocámara escondida en el reposabrazos de su silla de ruedas.

Mortati y los cardenales observaban las imágenes con gran desconcierto. Aunque la conversación estaba iniciada, Langdon no se molestó en rebobinar. Lo que quería que oyeran los cardenales todavía estaba por llegar...

—¿Leonardo Vetra llevaba un diario? —se oyó decir al camarlengo—. Supongo que eso es una buena noticia para el CERN. Si en el diario está recogido el proceso para la creación de la antimateria...

—No lo está —dijo Kohler—. Le aliviará saber que el procedimiento murió con Leonardo. Sin embargo, el diario sí habla de otra cosa. De usted.

El camarlengo parecía preocupado.

—No lo entiendo.

—En él se describe una reunión que Leonardo tuvo el mes pasado. Con usted.

El camarlengo vaciló, luego se volvió hacia la puerta.

—Rocher no debería haberle permitido pasar sin consultármelo antes. ¿Cómo ha conseguido llegar hasta aquí?

—Rocher sabe la verdad. Antes he llamado y le he contado lo que usted ha hecho.

—¿Lo que yo he hecho? Ignoro qué le habrá dicho al capitán, pero es un guardia suizo y, por tanto, demasiado leal a la Iglesia como para creer a un amargado científico antes que a su camarlengo.

—En realidad, es demasiado leal para no creerme. Es tan leal que, a pesar de las pruebas de que uno de sus guardias había traicionado a la Iglesia, se ha negado a aceptarlo y se ha pasado todo el día buscando otra explicación.

—Y usted le ha dado una.

—La verdad, por espantosa que fuera.

—Si Rocher le hubiera creído, me habría arrestado.

—No. No se lo he permitido. Le he ofrecido mi silencio a cambio de este encuentro.

El camarlengo dejó escapar una inquietante carcajada.

—¿Piensa chantajear a la Iglesia con una historia que nadie creerá?

—No tengo ninguna intención de chantajear a nadie. Simplemente quiero escuchar la verdad de sus labios. Leonardo Vetra era amigo mío.

El camarlengo no dijo nada. Se limitó a mirar fijamente al director.

—A ver qué le parece esto —le espetó Kohler—. Hará cosa de un mes, Vetra se puso en contacto con usted para solicitar una audiencia urgente con el papa, audiencia que usted concedió porque el papa era admirador del trabajo de Leonardo y porque éste le dijo que se trataba de una emergencia.

El camarlengo se volvió hacia la chimenea sin decir nada.

—Leonardo vino en secreto al Vaticano. Al hacerlo estaba traicionando la confianza de su hija, un hecho que lo apenaba profundamente, pero sentía que no tenía elección. Su investigación lo había conducido a una encrucijada y sentía la necesidad de guía espiritual de la Iglesia. En una reunión privada, les contó a usted y al papa que había hecho un descubrimiento científico con unas profundas implicaciones religiosas. Había demostrado que el Génesis era físicamente posible, y que intensas fuentes de energía, que Vetra llamó «Dios», se duplicaban en el momento de la Creación.

Silencio.

—El papa se quedó atónito —prosiguió Kohler—. Quería que Leonardo lo hiciera público. Su Santidad pensaba que ese descubrimiento podía suponer un acercamiento entre la ciencia y la religión, uno de sus sueños. Luego Leonardo les explicó el aspecto negativo, la razón por la que requería el consejo de la Iglesia. Al parecer, su experimento de la Creación, tal y como la Biblia predecía, lo generaba todo a pares. Opuestos. Luz y oscuridad. Vetra descubrió que, al crear la materia, también creaba antimateria. ¿Quiere que siga?

El camarlengo permanecía en silencio. Se inclinó y atizó el fuego.

—Tras la visita de Vetra —dijo Kohler—, usted fue al CERN para ver su trabajo. El diario de Leonardo indica que visitó personalmente su laboratorio.

El camarlengo levantó la mirada.

Kohler prosiguió.

—El papa no podía viajar sin atraer la atención de los medios, de modo que lo envió a usted. Leonardo le mostró su laboratorio y le hizo una demostración de la explosión de antimateria. El big bang. El poder de la Creación. También le enseñó una gran muestra que guardaba escondida como prueba de que ese nuevo proceso podía producir antimateria a gran escala. Usted se quedó asombrado. Regresó al Vaticano e informó al papa de lo que había visto.

El camarlengo suspiró.

—¿Y eso es lo que le preocupa? ¿Que respetara la confidencialidad de Leonardo y fingiera esta noche ante todo el mundo que no sabía nada de la antimateria?

—¡No! ¡Lo que me preocupa es que Leonardo Vetra prácticamente demostró la existencia de Dios, y sin embargo usted ha hecho que lo asesinen!

El camarlengo se volvió hacia él con expresión imperturbable.

El único ruido que se oía era el crepitar del fuego.

De repente, la cámara sufrió una sacudida y el brazo de Kohler apareció en pantalla. El científico se había inclinado hacia adelante y parecía que intentaba coger algo sujeto bajo la silla de ruedas. Cuando volvió a reclinarse, pudo verse que sostenía una pistola. El ángulo de la cámara era escalofriante. Se veía el brazo extendido y la pistola que apuntaba... directamente al camarlengo.

—Confiese sus pecados, padre. Ahora —dijo Kohler.

El camarlengo parecía inquieto.

—Nunca saldrá de aquí con vida.

—Bienvenida sea mi muerte. Me aliviará de la desdicha a la que su fe me condenó cuando era pequeño. —Kohler sostenía ahora la pistola con ambas manos—. Le doy la posibilidad de elegir. Confiese sus pecados... o morirá ahora mismo.

El camarlengo echó un vistazo a la puerta.

—Rocher está fuera —lo desafió Kohler—. También él está preparado para matarlo.

—Rocher ha jurado proteger...

—Él es quien me ha dejado entrar aquí... armado. Está harto de sus mentiras. Tiene una única opción. Confiese. Quiero oírlo de sus labios.

Ventresca vaciló.

Kohler amartilló la pistola.

—¿Acaso piensa que no voy a hacerlo?

—No importa lo que le diga —dijo el camarlengo—. Un hombre como usted nunca lo comprendería.

—Hagamos la prueba.

El sacerdote se quedó un momento callado. Su dominante silueta quedaba recortada por la tenue luz de la chimenea. Cuando finalmente habló, sus palabras resonaron con una dignidad más propia del glorioso relato de un acto altruista que de esa confesión.

—Desde el principio de los tiempos —dijo—, esta Iglesia ha luchado contra los enemigos de Dios. A veces con palabras. Otras con espadas. Y siempre ha sobrevivido. —El camarlengo irradiaba convicción. Prosiguió—: Pero los demonios del pasado eran demonios de fuego y abominación, enemigos contra los que podíamos luchar, que inspiraban miedo. Satanás, sin embargo, es astuto. Con el paso del tiempo cambió su diabólica apariencia por un nuevo rostro... El de la razón pura. Transparente e insidioso pero, al mismo tiempo, sin alma. —De repente, su voz adquirió un tono rabioso, una transición casi maníaca—. ¡Dígame, señor Kohler! ¿Cómo puede la Iglesia condenar aquello que nuestras mentes consideran lógico? ¿Cómo podemos desprestigiar lo que ahora forma parte de los cimientos de nuestra sociedad? Cada vez que la Iglesia alza la voz para condenar algo, ustedes nos llaman ignorantes. Paranoicos. Controladores. Y así su maldad no deja de crecer, oculta tras un velo de arrogante intelectualismo. Se propaga como un cáncer. Santificado por los milagros de su propia tecnología. ¡Deificándose a sí mismo! Hasta que ya únicamente creemos en su bondad absoluta. ¡La ciencia está aquí para salvarnos de las enfermedades, las hambrunas y el dolor! ¡Contemplad la ciencia, el nuevo dios de infinitos milagros, omnipotente y benevolente! Ignorad las armas y el caos. Olvidad la fracturada soledad y los interminables peligros. ¡La ciencia está aquí! —El camarlengo se acercó a la pistola—. Pero yo he visto cómo acechaba el rostro de Satanás... He visto el peligro...

—¿De qué está hablando? ¡El descubrimiento de Vetra prácticamente demuestra la existencia de Dios! ¡Era su aliado!

—¿Aliado? ¡La ciencia y la religión no pueden ir de la mano! ¡Usted y yo no buscamos el mismo dios! ¿Quién es su dios? ¿Uno hecho de protones, masas y cargas de partículas? ¿Cómo puede su dios inspirar? ¿Cómo puede su dios llegar a los corazones de las personas y recordarles que han de responder ante un poder mayor? ¿O que han de responder ante sus semejantes? Vetra estaba equivocado. ¡Su trabajo no era religioso, era sacrílego! ¡El hombre no puede colocar la Creación de Dios en una probeta y agitarla en el aire para que el mundo la vea! ¡Eso no glorifica a Dios, lo degrada! —El camarlengo parecía fuera de sí.

—¿Y por eso ha hecho que maten a Leonardo Vetra?

—¡Lo he hecho por la Iglesia! ¡Por toda la humanidad! Para detener su locura. El hombre no está preparado para detentar el poder de la Creación. ¿Dios en una probeta? ¿Una gota de líquido que puede volatilizar toda una ciudad? ¡Tenía que detenerlo!

El camarlengo se quedó repentinamente callado. Apartó la mirada, de vuelta al fuego. Parecía estar sopesando sus opciones.

Kohler alzó la pistola.

—Ha confesado. No tiene escapatoria.

Ventresca rió con tristeza.

—¿Es que no se da cuenta? Confesar los pecados es la escapatoria. —Se volvió hacia la puerta—. Cuando Dios está de tu lado, tienes opciones que un hombre como usted no podría comprender

Acto seguido, el camarlengo agarró el cuello de sus sotana y tiró violentamente de él, dejando su pecho al descubierto.

Kohler se sobresaltó, obviamente alarmado.

—Pero ¿qué está haciendo?

El sacerdote no le contestó. Retrocedió hasta la chimenea y cogió un objeto que descansaba sobre las relucientes ascuas.

—¡Deténgase! —exigió Kohler, todavía apuntándolo con la pistola—. ¿Se puede saber qué está haciendo?

El camarlengo se volvió con un hierro de marcar al rojo en la mano. El diamante de los illuminati. De repente su mirada había enloquecido.

—Pensaba hacer esto a solas —dijo con salvaje intensidad—. Ahora me doy cuenta... Dios quería que usted estuviera presente. Usted es mi salvación.

Antes de que Kohler pudiera reaccionar, el camarlengo cerró los ojos, arqueó la espalda y llevó el hierro de marcar al centro de su propio pecho. Se oyó el siseo de su carne al chamuscarse.

—¡Santa María Madre de Dios..., contempla a tu hijo! —exclamó.

De repente, Kohler aparecía en el plano, erguido precariamente sobre sus pies y agitando la pistola ante sí.

El camarlengo gritó más alto, al borde del *shock*. Lanzó el hierro a los pies del director y luego cayó al suelo, retorciéndose de dolor.

Después, los acontecimientos se sucedieron a gran velocidad.

Los guardias suizos entraron en la estancia. Se oyó un tiroteo. Kohler se llevó las manos al pecho y, sangrando, cayó sobre su silla de ruedas.

—¡No! —exclamó Rocher intentando evitar que sus guardias dispararan a Kohler.

Entonces el camarlengo, que seguía retorciéndose de dolor en el suelo, se arrastró hasta el capitán, lo apuntó con el dedo y gritó:

—¡Illuminatus!

—Desgraciado —le espetó Rocher al tiempo que se abalanzaba sobre él—. Santurrón de mier...

Chartrand lo redujo con tres disparos y el capitán cayó al suelo, muerto.

Luego los guardias se congregaron alrededor del camarlengo herido para atenderlo. Mientras lo hacían, se podía ver el rostro de Robert Langdon, que se había arrodillado junto a la silla de ruedas para examinar el hierro de marcar. Luego, la imagen empezó a dar bandazos. Kohler había recuperado la conciencia y estaba extrayendo la diminuta videocámara de su escondite del reposabrazos de la silla de ruedas para entregársela a Langdon.

—D-deles... —susurró Kohler—. D-deles esto... a los medios.

Y de repente la pantalla quedó en blanco.

Capítulo 130

El camarlengo comenzó a sentir cómo se disipaban de su cuerpo el aturdimiento y la adrenalina. Mientras los guardias suizos lo ayudaban a descender la Escalera Real en dirección a la capilla Sixtina, oyó los cánticos en la plaza de San Pedro y supo que había conseguido mover montañas.

«*Grazie, Dio.*»

Había rezado para que le diera fuerzas, y el Señor lo había hecho. En los momentos de duda, Dios le había hablado. «La tuya es una misión santa —le había dicho—. Yo te daré fuerzas.» Y, a pesar de ello, el camarlengo había sentido miedo y había puesto en duda la rectitud del camino que tenía por delante.

«Si no tú —lo había desafiado Dios—, *¿quién?*

»Si no ahora, *¿cuándo?*

»Si no de este modo, *¿cómo?*»

Dios le recordó que Jesús los había salvado a todos. Los había salvado de su propia apatía. Con dos actos, Jesús les había abierto los ojos. Horror y esperanza. La crucifixión y la resurrección. Había cambiado el mundo.

Pero de eso ya hacía muchos siglos. El tiempo había erosionado el milagro. La gente se había olvidado de él. Había vuelto su atención hacia falsos ídolos, deidades tecnológicas y milagros de la mente. ¿Y qué había de los milagros del corazón?

El camarlengo había rezado muchas veces para que Dios le indicara cómo podía conseguir que la humanidad volviera a creer, pero la única respuesta que había obtenido había sido el silencio. No fue hasta que se encontró en su momento más oscuro que Dios acudió a él. «¡Oh, el horror de aquella noche!»

El camarlengo estaba tumbado en el suelo, ataviado con un pijama hecho jirones, con las uñas clavadas en su propia carne, intentando purgar de su alma el dolor que le había provocado un vil descubrimiento. «¡No puede ser cierto!», gritó. Y, sin embargo, sabía que lo era. La decepción lo desgarraba como el fuego del infierno. El obispo que lo había acogido, el hombre que había sido como un padre para él, el clérigo a cuyo lado el camarlengo había permanecido cuando lo nombraron papa... era un fraude. Un común pecador. Había mentido al mundo acerca de un acto tan profundamente traicionero que el sacerdote dudaba incluso que Dios pudiera perdonarlo.

—¡Su voto! —le había gritado Ventresca al papa—. ¡Rompió su voto! ¡Usted, entre todos los hombres!

El pontífice había intentado explicarse, pero el camarlengo no había querido escucharlo. Había salido huyendo a ciegas por los pasillos, vomitando y arañándose, hasta que, sangrado y a solas, se había echado en el frío suelo de tierra ante la tumba de san Pedro. «Virgen santa, ¿qué puedo hacer?» Fue en ese momento de dolor y traición, mientras yacía desolado en la necrópolis rezando para que Dios se lo llevara de este mundo sin fe, que Dios acudió a él.

La voz resonó en su cabeza como un trueno.

—¿Has jurado servir a tu Dios?

—¡Sí! —exclamó el camarlengo.

—¿Morirías por tu Dios?

—¡Sí! ¡Llévame ahora!

—¿Morirías por tu Iglesia?

—¡Sí! ¡Por favor, libérame!

—Pero ¿morirías por... la humanidad?

Durante el silencio que siguió, el camarlengo sintió que se hundía en un abismo. Cada vez más profunda y rápidamente, fuera de control. Y, sin embargo, sabía la respuesta. Siempre la había sabido.

—¡Sí! —gritó, fuera de sí—. ¡Moriría por los hombres! ¡Igual que tu hijo, moriría por ellos!

Horas después, el camarlengo seguía tumbado en el suelo, temblando. Vio el rostro de su madre. «Dios tiene planes para ti», le dijo. El camarlengo se sumergió más profundamente en la locura. Y entonces Dios volvió a hablarle. Esta vez en silencio. Pero el camarlengo lo comprendió. «Devuélveles la fe.»

«Si no yo, ¿quién?

»Si no ahora, ¿cuándo?»

Mientras los guardias abrían la puerta de la capilla Sixtina, el camarlengo sintió que el poder recorría sus venas. Exactamente igual que cuando era niño. Dios lo había elegido. Hacía ya mucho tiempo.

«Su voluntad se cumplirá.»

Se sentía como si hubiera vuelto a nacer. Los guardias suizos le habían vendado el pecho, bañado y vestido con una bata de lino blanca. También le habían puesto una inyección de morfina para la quemadura, aunque él habría preferido no tomar ningún analgésico. «¡Jesús soportó el dolor en la cruz durante tres días!» Ya podía sentir cómo la droga le embotaba los sentidos, como una mareante resaca.

Al entrar en la capilla no le sorprendió que todos los cardenales lo miraran sobrecogidos. «Temen a Dios —se recordó—. No a mí, sino al modo en que Dios actúa a través de mí.» Mientras recorría el pasillo central, advirtió en sus caras el desconcierto que sentían. Y, sin embargo, a medida que avanzaba, notó algo más en sus ojos.

¿Qué era? El camarlengo había intentado imaginar cómo lo recibirían esa noche. ¿Con júbilo? ¿Con veneración? Trató de leer sus ojos pero no vio ninguna de esas dos emociones.

Fue entonces cuando divisó a Robert Langdon en el altar.

Capítulo 131

El camarlengo Carlo Ventresca se detuvo un momento en el pasillo de la capilla Sixtina. Todos los cardenales se encontraban cerca de la parte frontal, mirándolo fijamente. Langdon estaba en el altar junto a un televisor que reproducía una escena que el camarlengo reconocía pero que no entendía cómo había podido ser grabada. Vittoria Vetra estaba a su lado, con el rostro demacrado.

Ventresca cerró los ojos un momento con la esperanza de que la morfina le estuviera provocando alucinaciones y que cuando volviera a abrirlos la escena fuera distinta. No fue así.

Lo sabían.

Curiosamente, no sintió miedo. «Muéstrame el camino, Señor. Dame las palabras para que pueda hacerles comprender Tu visión.»

Pero el camarlengo no oyó nada.

«Señor, hemos recorrido un camino demasiado largo para rendirnos ahora.»

Silencio.

«No comprenden lo que hemos hecho.»

El camarlengo no comprendió de quién era la voz que oyó entonces en su cabeza, pero el mensaje fue bien claro: «Y la verdad os hará libres...»

El camarlengo Carlo Ventresca siguió adelante con la cabeza bien alta. Al pasar por delante de los cardenales, advirtió que ni siquiera la tenue luz de las velas podía suavizar sus duras miradas. «Explícate —decían sus rostros—. Haznos comprender esta locura. ¡Dinos que nuestros miedos son infundados.»

«La verdad —se dijo el camarlengo—. Sólo la verdad.» Aquellas paredes encerraban numerosos secretos... Y uno tan oscuro que lo había conducido a la locura. «Pero de la locura ha nacido la luz.»

—Si pudieran sacrificar su alma para salvar la de millones de personas —dijo el camarlengo mientras recorría el pasillo—, ¿no lo harían?

Los rostros de la capilla se limitaron a mirarlo. Nadie se movió. Nadie dijo nada. Más allá de esas paredes, podían oírse los cánticos de júbilo de la gente congregada en la plaza.

El camarlengo se acercó a los cardenales.

—¿Qué pecado es más grave? ¿Matar al enemigo o quedarse de brazos cruzados mientras estrangulan a tu verdadero amor?

«¡Están cantando en la plaza de San Pedro!»

El camarlengo se detuvo un momento y levantó la mirada hacia el techo de la capilla Sixtina. El Dios de Miguel Ángel lo miraba fijamente desde la bóveda oscura... Y parecía satisfecho

—Ya no podía soportarlo más —declaró Ventresca.

Ahora que estaba más cerca, advirtió que no había la menor señal de comprensión en los ojos de los cardenales. ¿Acaso no entendían la radiante simplicidad de sus actos? ¿No veían su absoluta necesidad?

Había sido tan puro.

Los illuminati. La ciencia y Satanás en uno.

Resucitar el antiguo miedo. Y luego aplastarlo.

«Horror y esperanza. Haz que vuelvan a creer.»

Esa noche, el poder de los illuminati se había desatado de nuevo... con gloriosas consecuencias. La apatía se había evaporado. El miedo había recorrido el mundo como un relámpago, uniendo a la gente. Y la majestuosidad de Dios había derrotado a la oscuridad.

«¡No podía quedarme de brazos cruzados!»

La inspiración se la había proporcionado Dios cuando apareció como un faro en su noche de agonía. «¡Oh, este mundo sin fe! Alguien debe liberarlos. Tú. Si no tú, ¿quién? Fuiste salvado por una razón. Muéstrales los viejos demonios. Recuérdales su miedo. La apatía es muerte. Sin oscuridad, no hay luz. Sin mal, no hay bien. Oblígalos a elegir. Oscuridad o luz. ¿Dónde está el miedo? ¿Dónde los héroes? Si no ahora, ¿cuándo?»

El camarlengo seguía acercándose a los cardenales por el pasillo central. Se sintió como Moisés cuando el mar de fajines y solideos rojos se dividió ante él, permitiéndole pasar. Robert Langdon apagó el televisor, cogió de la mano a Vittoria y bajó del altar. El camarlengo sabía que el hecho de que Robert Langdon hubiera sobrevivido sólo se podía deberse a la voluntad de Dios. Dios había salvado al norteamericano. Ventresca se preguntaba por qué.

La voz que rompió el silencio pertenecía a la única mujer presente en la capilla Sixtina.

—¿Usted hizo que asesinaran a mi padre? —dijo Vittoria Vetra.

Cuando el camarlengo se volvió hacia ella, le costó comprender la expresión de su rostro. Dolor, sí. Pero ¿rabia? Tenía que comprenderlo. El genio de su padre era mortífero. Su obligación era detenerlo. Por el bien de la humanidad.

—¡Estaba haciendo el trabajo de Dios! —dijo Vittoria.

—El trabajo de Dios no se hace en un laboratorio. Se hace en el corazón.

—¡El corazón de mi padre era puro! Y su investigación demostró...

—¡Su investigación demostró una vez más que la mente del hombre progresa más rápidamente que su alma! —dijo el camarlengo en un tono más agudo de lo esperado. Bajó la voz y prosiguió—. Si un hombre tan espiritual como su padre pudo crear una arma como la que hemos visto esta noche, imagine lo que un hombre corriente podría llegar a hacer con su tecnología.

—¿Un hombre como *usted*?

El camarlengo inspiró profundamente. ¿No se daba cuenta? La moral del hombre no avanzaba al mismo ritmo que su ciencia. La humanidad no estaba lo bastante evolucionada espiritualmente para los poderes que poseía. «¡Nunca hemos creado una arma que no hayamos usado!» Y, sin embargo, sabía que la antimateria no era nada. Tan sólo una arma más en el arsenal siempre creciente del hombre. El hombre ya poseía la capacidad de destruir. El hombre había aprendido a matar hacía mucho. Y a derramar la sangre de su madre. El genio de Leonardo Vetra era peligroso por otra razón.

—Durante siglos —dijo el camarlengo—, la Iglesia ha permanecido de brazos cruzados mientras la ciencia poco a poco iba menoscabando la religión. Desacreditando milagros. Entrenando la mente para que superara al corazón. Tachando a la religión de ser el opio de las masas. Considerando a Dios una alucinación, una muleta ilusoria para aquellos incapaces de aceptar que la vida carece de sentido. ¡No podía quedarme sin hacer nada mientras la ciencia se adueñaba del poder de Dios! ¿Pruebas, dice? ¡Sí, pruebas de la ignorancia de la ciencia! ¿Qué hay de malo en admitir que algo existe más allá de nuestra comprensión? ¡El día que la ciencia confirme la existencia de Dios en un laboratorio será el día que la gente dejará de necesitar la fe!

—Quiere decir el día que dejará de necesitar a la Iglesia —replicó Vittoria avanzando hacia él—. La duda es su último reducto de control. Es la duda lo que les proporciona almas. Nuestra necesidad de saber que la vida tiene sentido. La inseguridad del hombre y la necesidad de que una alma ilustrada le asegure que todo forma parte de un plan maestro. ¡Pero la Iglesia no es la única alma ilustrada de este planeta! Todos buscamos a Dios de diferentes maneras. ¿De qué tienen miedo? ¿De que Dios se revele en algún lugar que no sea una iglesia? ¿De que la gente lo encuentre en sus vidas y deje de lado sus anticuados rituales? ¡Las religiones evolucionan! La mente halla respuestas, el corazón acoge nuevas verdades. ¡La búsqueda de mi padre era la misma que la de ustedes! ¡Sus caminos eran paralelos! ¿Es que no se da cuenta? Dios no es una autoridad omnipotente que nos contempla desde las alturas y que amenaza con lanzarnos a un pozo de fuego si desobedecemos. ¡Dios es la energía que fluye a través de la sinapsis de nuestro sistema nervioso y las cavidades de nuestros corazones! ¡Dios está en todas las cosas!

—Salvo en la ciencia —repuso el camarlengo al tiempo que le dirigía una mirada compasiva—. La ciencia, por definición, carece de alma. Está divorciada del corazón. Milagros intelectuales como la antimateria llegan al mundo sin manual de instrucciones. ¡Eso, en sí mismo, es peligroso! ¿Y cuando la ciencia proclama que sus descubrimientos ateos constituyen la senda de la ilustración y promete respuestas a preguntas cuya belleza es que carecen de respuesta? —El camarlengo negó con la cabeza—. No.

Hubo un momento de silencio mientras Vittoria seguía con la mirada clavada en el sacerdote. Éste se sentía repentinamente cansado. No era el final que esperaba. «¿Es ésta la última prueba de Dios?»

Fue Mortati quien rompió el silencio.

—Los *preferiti* —susurró, horrorizado—. Baggia y los demás. Por favor, dígame que usted no...

El camarlengo se volvió hacia él, sorprendido por el dolor que encerraba su voz. Mortati tenía que entenderlo. Los milagros de la ciencia ocupaban titulares a diario. Pero ¿cuánto tiempo hacía que no hablaban de la religión? ¿Siglos? ¡Necesitaban un milagro! Algo que despertara a ese mundo adormecido. Que lo hiciera regresar al buen camino. Que restaurara su fe. Los *preferiti* no eran líderes, eran transformadores. Liberales dispuestos a abrazar el nuevo mundo y abandonar la vieja forma de hacer las cosas. Ése era el único modo. Un nuevo líder. Joven. Poderoso. Vibrante. Milagroso. Los *preferiti* resultaban más útiles a la Iglesia muertos que vivos. Horror y esperanza. «Sacrificar cuatro almas para salvar las de millones.» El mundo siempre los recordaría como mártires. La Iglesia alzaría gloriosos tributos a su nombre. «¿Cuántos miles han muerto por la gloria de Dios? Ellos sólo eran cuatro.»

—Los *preferiti* —repitió Mortati.

—Compartí su dolor —se defendió el camarlengo al tiempo que señalaba su pecho—. También yo moriría por Dios, pero mi trabajo no ha hecho más que empezar. ¡Escuchen los cánticos de la plaza de San Pedro!

Ventresca vio el horror en los ojos de Mortati y volvió a sentirse confuso. ¿Era la morfina? El cardenal lo miraba como si hubiera matado a esos hombres con sus propias manos. «Por Dios haría incluso eso», pensó el camarlengo, pero no lo había hecho. Esos actos los había cometido el hassassin, una alma hereje a quien había hecho pensar que trabajaba para los illuminati. «Soy Janus —le había dicho el camarlengo—. Demostraré mi poder.» Y lo había hecho. El odio del hassassin lo había convertido en un peón de Dios.

—Escuchen los cánticos —repitió Ventresca—. Nada une más a los corazones que la presencia del mal. Incen-

663

dien una iglesia y la comunidad se alzará, entrelazará las manos y cantará himnos desafiantes mientras la reconstruyen. Miren cómo esta noche acuden a nosotros. El miedo los ha devuelto a casa. Hay que forjar demonios modernos para el hombre moderno. La apatía ha muerto. Muéstrenles el rostro del mal: los satánicos que merodean entre nosotros, que dirigen nuestros gobiernos, nuestros bancos, nuestras escuelas, y cuya ciencia equivocada amenaza con aniquilar la casa de Dios. La depravación está profundamente asentada. El hombre debe mantenerse alerta. Buscar el bien. ¡Convertirse en el bien!

Se hizo el silencio. El camarlengo esperaba que ahora lo hubieran comprendido. Los illuminati no habían resurgido. Los illuminati habían desaparecido hacía mucho. Sólo su mito estaba vivo. Él los había resucitado a modo de recordatorio. Quienes conocían la historia de los illuminati habían revivido su maldad. Quienes la ignoraban habían aprendido una lección y se habían sorprendido de su ceguera Los antiguos demonios habían sido resucitados para despertar a un mundo indiferente.

—Pero... ¿y los hierros de marcar? —dijo Mortati, presa de la indignación.

El camarlengo no respondió. El cardenal no podía saberlo, pero la Iglesia había confiscado los hierros hacía más de un siglo. Desde entonces habían permanecido bajo llave en la cámara acorazada del papa —su relicario privado, oculto en lo más recóndito de los apartamentos Borgia—, olvidados y polvorientos. En dicha cámara se guardaban aquellos objetos que la Iglesia consideraba demasiado peligrosos para ser expuestos en público.

«¿Por qué ocultan lo que inspira miedo? ¡El miedo conduce a la gente a Dios!»

La llave de la cámara acorazada pasaba de un papa a otro. El camarlengo Carlo Ventresca se había hecho con ella y había entrado. El mito de lo que contenía resultaba fascinante: el manuscrito original de los catorce libros inéditos de la Biblia, conocidos como *Apócrifos*, o la tercera profecía de Fátima (tan aterradora que, tras cumplirse las dos primeras, la Iglesia había decidido no revelarla). Además, el camarlengo encontró la colección illuminati: todos los secretos que la Iglesia había descubierto tras desterrar al grupo de Roma: su despreciable Sendero de la Iluminación, el astuto engaño de Bernini, la máxima autoridad artística del Vaticano... Los principales científicos de Roma se mofaban de la religión en sus reuniones en Castel Sant'Angelo. La colección incluía una caja pentagonal con cinco hierros de marcar, uno de los cuales era el mítico diamante de los illuminati. Se trataba de una parte de la historia del Vaticano que los antiguos preferían olvidar. El camarlengo, sin embargo, no estaba de acuerdo.

—Pero la antimateria... —le recriminó Vittoria—. ¡Ha estado usted a punto de destruir el Vaticano!

—No hay riesgos cuando Dios está de tu lado —dijo el camarlengo—. Ésta era Su causa.

—¡Está loco! —exclamó ella, furiosa.

—He salvado a millones de personas.

—¡Ha asesinado a gente!

—¡He salvado almas!

—¡Dígaselo a mi padre y a Max Kohler!

—Tenía que denunciar la arrogancia del CERN. ¿Una pequeña gota que puede aniquilarlo todo a un kilómetro a la redonda? ¿Y usted me llama loco a mí? —El camarlengo se enfureció. ¿Acaso creían que le había resultado fácil?—. ¡Quienes tienen fe han de someterse a duras pruebas! ¡Dios pidió a Abraham que sacrificara a sus hijos! ¡Dios ordenó a Jesús que sufriera la crucifixión! ¡Y ahora colgamos el símbolo del crucifijo ante nuestros ojos, sangriento, doloroso, agonizante, para recordar el poder del mal! ¡Para mantener alertas nuestros corazones! ¡Las cicatrices del cuerpo de Jesús son un recordatorio vivien te de los poderes de la oscuridad! ¡Mis cicatrices son un recordatorio viviente! ¡El mal existe, pero el poder de Dios lo vencerá!

Sus gritos resonaron por las paredes de la capilla Sixtina y luego se hizo un profundo silencio. El tiempo pareció detenerse. *El juicio final* de Miguel Ángel se alzaba, ominoso, tras él... Jesús enviando a los pecadores al infierno. Los ojos de Mortati se llenaron de lágrimas.

—¿Qué ha hecho, Carlo? —susurró. Cerró los ojos y una lágrima cayó por su mejilla—. ¿Su Santidad...?

Se oyó un suspiro colectivo de dolor, como si todos los presentes en la estancia se hubieran olvidado de ello hasta ese momento. El papa. Envenenado.

—Era un vil mentiroso —escupió el camarlengo.

Mortati estaba deshecho.

—¿Qué quiere decir? ¡Era un hombre honesto! Él... lo quería.

—Y yo a él.

«¡Oh, cuánto lo quería! ¡Pero el engaño! ¡Los votos a Dios que había roto!»

Ventresca sabía que ahora no lo comprendían, pero más adelante lo harían. ¡Cuando se lo dijera, lo entenderían! Su Santidad era el mayor impostor que la Iglesia hubiera conocido nunca. Todavía recordaba aquella terrible noche. Acababa de regresar de su viaje al CERN con la noticia del *Génesis* de Vetra y el horrendo poder de la antimateria. El camarlengo estaba seguro de que el papa advertiría los peligros, pero el Santo Padre se sintió esperanzado por el descubrimiento. Incluso sugirió que el Vaticano financiara su trabajo como gesto de buena voluntad hacia la investigación científica con base espiritual.

«¡Una locura!» ¿La Iglesia invirtiendo en investigaciones que amenazaban con dejarla obsoleta? ¿Investigaciones que producían armas de destrucción masiva? La bomba que había matado a su madre...

—Pero... ¡no puede! —había exclamado el camarlengo.

—Tengo una gran deuda con la ciencia —le había respondido el papa—. Algo que he ocultado toda mi vida. La ciencia me hizo un regalo cuando era joven. Un regalo que nunca he olvidado.

—No lo entiendo. ¿Qué tiene la ciencia que ofrecer a un hombre de Dios?

—Es complicado —había respondido el pontífice—. Necesito tiempo para hacértelo comprender. Pero, primero, hay algo sobre mí que debes saber. Algo que he mantenido en secreto todos estos años. Creo que ya es hora de que te lo cuente.

Y entonces el papa le reveló la asombrosa verdad.

Capítulo 132

El camarlengo yacía hecho un ovillo en el suelo de tierra ante la tumba de san Pedro. En la necrópolis hacía frío, pero eso hacía que la sangre de las heridas que se había abierto en su propia carne coagulara con mayor facilidad. Su Santidad no lo encontraría allí. Nadie lo haría...

—Es complicado —la voz del papa resonaba en su mente—. Necesitaré tiempo para hacértelo comprender...

Pero el camarlengo sabía que por mucho tiempo que pasara nunca lo comprendería.

«¡Mentiroso! ¡Yo creía en ti! ¡*Dios* creía en ti!»

Con una sola frase, el papa había echado por tierra todo el mundo del camarlengo. Todo lo que éste siempre había creído sobre su mentor se hizo añicos ante sus ojos. La verdad perforó su corazón con tal fuerza que salió con paso tambaleante del despacho del papa y vomitó en el pasillo.

—¡Espera! —exclamó el pontífice mientras salía tras él—. ¡Por favor, deja que te lo explique!

Pero el camarlengo huyó corriendo. ¿Cómo podía Su Santidad esperar que lo siguiera soportando? ¡Oh, qué espantosa perversión! ¿Y si alguien más lo descubría? ¡Menudo descrédito para la Iglesia! ¿Acaso los votos sagrados del papa no significaban nada?

Pronto llegó la locura. Sus gritos lo despertaron ante la tumba de san Pedro. Fue entonces cuando Dios acudió a él con sorprendente fiereza.

«¡El tuyo es un dios vengativo!»

Juntos trazaron el plan. Juntos protegerían a la Iglesia. Juntos restaurarían la fe en este mundo de ateos. El mal estaba en todas partes. Y, sin embargo, el mundo era inmune. Juntos denunciarían la oscuridad ante todo el mundo... ¡Y Dios vencería! Horror y Esperanza. ¡Entonces el mundo tendría fe!

La primera prueba a la que lo sometió Dios fue menos horrible de lo que el camarlengo había imaginado. Entrar a hurtadillas en los aposentos del papa, llenar su jeringuilla, tapar la boca del impostor mientras su cuerpo sufría las convulsiones mortales. A la luz de la luna, Ventresca advirtió en la mirada enloquecida del pontífice que quería decirle algo.

Pero ya era demasiado tarde.

Su Santidad ya no diría nada más.

Capítulo 133

—El papa tenía un hijo.

En el interior de la capilla Sixtina, el camarlengo pronunció estas palabras sin la menor vacilación. Cinco solitarias palabras a modo de sorprendente revelación. Todo el mundo pareció retroceder al unísono. Los semblantes acusatorios de los cardenales dieron paso a las miradas horrorizadas, como si todas las almas allí congregadas rezaran para que el camarlengo estuviera equivocado.

«El papa tenía un hijo.»

Langdon también sintió la onda expansiva. La mano de Vittoria, entrelazada con la suya, tiró de él. Mientras tanto, su mente, ya aturdida por la cantidad de preguntas sin respuesta, se esforzaba por encontrar un centro de gravedad.

La palabras del camarlengo parecieron quedar flotando sobre sus cabezas. A pesar de la mirada enloquecida del sacerdote, Langdon pudo advertir su absoluta convicción. Al norteamericano le habría gustado poder desaparecer. No dejaba de decirse que se encontraba en una especie de pesadilla grotesca, y que pronto despertaría en un mundo con sentido.

—¡Eso es mentira! —exclamó uno de los cardenales.

—¡No me lo creo! —protestó otro—. ¡Su Santidad era un hombre tan devoto como el que más!

Fue Mortati quien, devastado y con voz trémula, habló a continuación.

—Amigos míos, lo que el camarlengo ha dicho es cierto. —Todos los cardenales se volvieron hacia él como si acabara de gritar una obscenidad—. Efectivamente, el papa tenía un hijo.

Aterrorizados, los cardenales empalidecieron.

El camarlengo parecía desconcertado.

—¿Usted lo sabía? Pero... ¿cómo puede ser que lo supiera?

Mortati suspiró.

—Cuando Su Santidad fue elegido, fui yo quien hizo de abogado del diablo.

Todo el mundo dejó escapar un grito ahogado.

Langdon sabía qué quería decir. El dato, pues, debía de ser cierto. El famoso «abogado del diablo» era quien se encargaba de lidiar con la información escandalosa en el Vaticano. En el caso del papa, los secretos podían ser peligrosos, así que antes de las elecciones un cardenal investigaba el pasado de cada uno de los candidatos. Este cardenal recibía el nombre de «abogado del diablo», y era el individuo responsable de sacar a la luz las razones por las que algún candidato no debía ser elegido. El abogado del diablo era nombrado por el papa en activo antes de su muerte. Y no debía revelar su identidad. Jamás.

—Yo hice de abogado del diablo —repitió Mortati—. Así fue cómo lo descubrí.

Todos se quedaron boquiabiertos. Al parecer, ésa era una noche en la que todas las reglas se venían abajo.

El camarlengo sintió que la rabia se apoderaba de su corazón.

—¿Y no... se lo dijo a nadie?

—Hablé con Su Santidad —dijo Mortati—. Y confesó. Me explicó toda la historia y únicamente me pidió que la decisión sobre si revelar o no su secreto la tomara con el corazón.

—¿Y su corazón le dijo que enterrara la información?

—Era el candidato favorito para ser elegido papa. La gente lo adoraba. El escándalo le habría hecho mucho daño a la Iglesia.

—¡Pero tuvo un hijo! ¡Rompió su voto sagrado de celibato! —El camarlengo estaba gritando. En su cabeza podía oír la voz de su madre. «Las promesas a Dios son las más importantes de todas. Nunca rompas una promesa hecha a Dios»—. ¡El papa rompió su voto!

Mortati, angustiado, casi deliraba.

—Pero, Carlo, su amor... era casto. No rompió ningún voto. ¿No se lo explicó?

—¿Explicar el qué?

El camarlengo recordaba haber salido corriendo del despacho del papa mientras éste le decía a gritos «¡Deja que te lo explique!»

Poco a poco, con tristeza, Mortati contó la historia. Muchos años antes, cuando todavía no era más que un sacerdote, el papa se enamoró de una joven monja. Ambos habían tomado ya los votos de celibato y nunca consideraron la posibilidad de romper su pacto con Dios. Aun así, si bien podían resistir las tentaciones de la carne, a medida que fueron enamorándose más profundamente ambos empezaron a sentir algo que nunca habrían esperado: querían participar en el milagro divino de la creación. Un hijo. Su propio hijo. El anhelo, sobre todo en el caso de ella, se volvió abrumador. Pero tenía claro que anteponía a Dios. Un año después, cuando la frustración alcanzó proporciones casi insoportables, ella fue a verlo entusiasmada. Acababa de leer un artículo sobre un nuevo milagro de la ciencia: un proceso mediante el cual dos personas podían tener un hijo sin mantener relaciones sexuales. Ella lo consideró una señal divina. El sacerdote vio la felicidad que traslucían sus ojos y accedió. Un año después tuvieron un hijo a través del milagro de la inseminación artificial...

—Eso no puede... ser cierto —dijo el camarlengo, presa del pánico, esperando que se tratara del efecto de la morfina en sus sentidos. Sí, debía de estar teniendo alucinaciones.

Mortati tenía lágrimas en los ojos.

—Ésa era la razón del afecto de Su Santidad por la ciencia, Carlo. Se sentía en deuda con ella. La ciencia le había permitido disfrutar de la dicha de la paternidad sin tener que romper su voto de celibato. Su Santidad me contó que tan sólo lamentaba una cosa: el hecho de que su elevada posición en la Iglesia le hubiera impedido estar con la mujer que amaba y ver crecer a su hijo.

Ventresca sintió que la locura volvía a hacer presa en él. Quería clavarse las uñas en la piel. «¿Cómo iba yo a saber eso?»

—El papa no cometió ningún pecado, Carlo. Era casto.

—Pero... —El camarlengo rebuscó en su angustiado cerebro algún atisbo de racionalidad—. Piense en el riesgo... de su acto. —Su tono de voz era débil—. ¿Y si esa puta suya se va de la lengua? O, Dios no lo quiera, ¿su hijo? Imagine la vergüenza que supondría para la Iglesia.

—Su hijo ya se ha ido de la lengua —repuso Mortati con voz trémula.

Todo se detuvo.

—¿Carlo...? —Mortati se vino abajo—. El hijo de Su Santidad... es usted.

En ese momento, el camarlengo pudo sentir cómo el fuego de la fe se apagaba en su corazón. Permaneció inmóvil en el altar, temblando, enmarcado por el gigantesco *Juicio final* de Miguel Ángel. Sabía que acababa de vislumbrar el infierno. Abrió la boca para decir algo, pero sus labios se movieron sin emitir sonido alguno.

—¿No se da cuenta? —dijo Mortati con la voz estrangulada—. Por eso Su Santidad fue a verlo al hospital cuando era niño. Por eso lo acogió y lo crió. La monja a quien amaba era Maria..., su madre. Ella dejó el convento para criarlo a usted, pero nunca abandonó su estricta devoción a Dios. Cuando el papa oyó que había muerto en una explosión y que usted, su hijo, había sobrevivido milagrosamente, juró a Dios que nunca volvería a dejarlo solo. Carlo, sus padres eran vírgenes. Mantuvieron sus votos. Y encontraron un modo para traerlo a usted al mundo. Fue su hijo milagroso.

El camarlengo se tapó los oídos para no tener que oír lo que le decía Mortati. Se quedó un momento paralizado en el altar. Luego, al sentir que todo su mundo se desmoronaba, cayó violentamente de rodillas y dejó escapar un aullido de angustia.

Segundos. Minutos. Horas.

El tiempo parecía haber perdido todo significado en el interior de las cuatro paredes de la capilla. Vittoria sentía cómo poco a poco se liberaba de la parálisis que parecía haberlos agarrotado a todos. Soltó la mano de Robert y empezó a abrirse paso entre la multitud de cardenales. La puerta de la capilla parecía estar a kilómetros de distancia, y tenía la impresión de estar avanzando bajo el agua, como a cámara lenta.

Al pasar entre los cardenales, su movimiento pareció despertar a otros de su trance. Algunos se pusieron a rezar. Otros, a llorar. Alguno, presintiendo cuáles eran sus intenciones, se volvió hacia ella. Cuando ya casi había llegado al fondo, de repente alguien la agarró del brazo. Con suavidad, pero también con firmeza, Vittoria se volvió y se encontró cara a cara con un cardenal. Tenía el rostro ensombrecido por el miedo.

—No —susurró el hombre—. No puede.

Vittoria se lo quedó mirando, incrédula.

Otro cardenal se acercó a ella.

—Debemos pensar antes de actuar.

Y otro.

—El dolor que esto podría causar...

Rodearon a Vittoria. Ella se los quedó mirando, atónita.

—Pero lo que ha sucedido hoy, esta noche... El mundo debe conocer la verdad.

—Mi corazón está de acuerdo —dijo el arrugado cardenal que le sujetaba el brazo—, pero se trata de un camino del que no hay retorno. Debemos tener en cuenta las esperanzas rotas. El cinismo. ¿Cómo podría la gente volver a confiar en nosotros?

De repente, más cardenales le bloquearon el paso. Tenía delante una muralla de sotanas negras.

—Escuche a la gente que hay en la plaza —dijo uno—. ¿Cómo afectará esta noticia a sus corazones? Debemos mostrarnos prudentes.

—Necesitamos tiempo para pensar y rezar —terció otro—. Debemos actuar con precaución. Las repercusiones de esto...

—¡Ha asesinado a mi padre! —exclamó Vittoria—. ¡Y también a su propio padre!

—Estoy seguro de que pagará por sus pecados —dijo con tristeza el cardenal que le sujetaba el brazo.

Ella también lo estaba, y tenía la intención de asegurarse de que lo hiciera. Intentó llegar a la puerta, pero los cardenales le cortaron el paso atemorizados.

—¿Qué van a hacer? —chilló ella—. ¿Matarme?

Los ancianos empalidecieron y Vittoria se arrepintió de inmediato de sus palabras. Comprendía que el alma de aquellos hombres era bondadosa. Ya habían visto suficiente violencia por esa noche. No querían amenazarla.

Simplemente estaban atrapados. Asustados. Intentaban orientarse.

—Sólo quiero... hacer lo correcto —dijo el arrugado cardenal.

—Entonces suéltela —declaró una profunda voz a su espalda. Su tono era sereno pero categórico. Robert Langdon se acercó a Vittoria y ella notó que la cogía de la mano—. La señorita Vetra y yo vamos a salir de esta capilla. Ahora mismo.

Con paso vacilante, los cardenales empezaron a hacerse a un lado.

—¡Un momento! —exclamó Mortati.

Dejó al camarlengo solo y derrotado en el altar y se acercó a ellos por el pasillo central. De repente parecía mucho más viejo y más cansado, y sus movimientos, lastrados por la vergüenza. Llegó y apoyó una mano en el hombro de Langdon y la otra en el de Vittoria. La joven sintió la sinceridad de su gesto y advirtió que tenía los ojos llorosos.

—Por supuesto que pueden irse —dijo Mortati—. Por supuesto. —Se detuvo un momento. Su dolor era tangible—. Sólo les pido una cosa... —Agachó la cabeza y permaneció un momento callado. Luego volvió a levantar la mirada hacia ellos—. Dejen que sea yo quien lo haga. Saldré de inmediato a la plaza y lo contaré todo. No sé cómo..., pero encontraré la manera. La confesión debe provenir de la propia Iglesia. Debemos ser nosotros quienes desvelemos nuestros errores.

Mortati se volvió con tristeza hacia el altar.

—Carlo, ha arrastrado a esta Iglesia a una situación lamentable... —Se interrumpió y miró a su alrededor.

En el altar no había nadie.

Se oyó una tela crujir en un pasillo lateral y luego la puerta al cerrarse.

El camarlengo se había ido.

Capítulo 134

La bata blanca del camarlengo Ventresca ondeaba a su espalda mientras él se alejaba a grandes zancadas de la capilla Sixtina. Los guardias suizos se quedaron estupefactos cuando lo vieron salir y él les dijo que necesitaba estar un momento a solas. Los soldados obedecieron y lo dejaron pasar.

Al rodear la esquina y desaparecer de la vista de los guardias, el camarlengo sintió un torbellino de emociones que jamás habría creído posible en un ser humano. Había envenenado al hombre que llamaba «Santo Padre», el hombre que se dirigía a él como «hijo mío». El camarlengo siempre había creído que las palabras «padre» e «hijo» se debían a la tradición religiosa, pero ahora conocía la diabólica verdad: eran literales.

Al igual que aquella fatídica noche de hacía semanas, Carlo Ventresca sintió la acometida de la locura mientras atravesaba corriendo la oscuridad.

Llovía la mañana en la que el personal del Vaticano llamó a la puerta del camarlengo y lo despertó de un intermitente sueño. El papa, le dijeron, no abría la puerta ni contestaba al teléfono. Los clérigos estaban asustados. Ventresca era la única persona que podía entrar en los aposentos del pontífice sin ser anunciado.

El camarlengo lo hizo y encontró al papa tal y como lo

había dejado la noche anterior, retorcido y muerto sobre la cama. El rostro de Su Santidad parecía el de Satanás. Tenía la lengua negra como la muerte. Era como si el mismísimo diablo hubiera dormido allí.

El camarlengo no sentía el menor remordimiento. Dios había hablado.

Nadie descubriría la traición... Todavía no. Eso llegaría más adelante.

Anunció la terrible noticia. Su Santidad había muerto a causa de una apoplejía. Luego el camarlengo empezó a preparar el cónclave.

La voz de su madre le susurraba al oído:

—Nunca rompas una promesa hecha a Dios.

—Así lo haré, madre —respondió él—. Es un mundo sin fe. Ha de regresar al buen camino. Horror y esperanza. Es el único modo.

—Sí —dijo ella—. Si no tú, ¿quién? ¿Quién sacará a la Iglesia de la oscuridad?

Desde luego, no los *preferiti*. Eran viejos. Cadáveres ambulantes. Liberales que seguirían la senda del papa y apoyarían a la ciencia en su memoria, abandonando las antiguas formas para captar seguidores modernos. Un grupo de ancianos desesperadamente anticuados fingiendo que no lo eran. Fracasarían, claro está. La fuerza de la Iglesia estaba en su tradición, no en su fugacidad. Todo era transitorio. ¡La Iglesia no necesitaba cambiar, sólo recordarle al mundo que todavía era relevante! «¡El mal existe! ¡Dios vencerá!»

La Iglesia necesitaba un líder. ¡Los ancianos no inspiran a la gente! ¡Jesús sí lo hizo! Joven, vibrante, poderoso... *Milagroso*.

—Disfruten del té —había dicho el camarlengo a los cuatro *preferiti* al dejarlos en la biblioteca privada del papa antes del cónclave—. Su guía llegará en breve.

Los cardenales le habían dado las gracias, entusiasmados por la posibilidad de entrar en el famoso Passetto. ¡Era algo realmente inusual! Antes de irse, el camarlengo había dejado la puerta abierta y, justo a la hora convenida, había aparecido un sacerdote con aspecto extranjero y una antorcha en la mano que había hecho entrar al pasadizo a los emocionados *preferiti*.

Los hombres ya no habían vuelto a salir.

«Ellos serán el horror. Yo seré la esperanza.

»No... Yo soy el horror.»

El camarlengo avanzó a tumbos a través de la oscuridad de la basílica de San Pedro. De algún modo, más allá de la locura y la culpa, más allá de las imágenes de su padre, más allá del dolor y la revelación, más allá incluso de los efectos de la morfina..., había alcanzado una brillante clarividencia. Una noción de destino. «Conozco mi objetivo», pensó, sobrecogido por su lucidez.

Desde el principio, nada esa noche había salido tal y como lo había planeado. Se habían presentado obstáculos imprevistos, y el camarlengo había tenido que adaptarse a ellos tomando atrevidas decisiones. Aun así, nunca habría imaginado que la noche terminaría de ese modo, si bien ahora podía ver la majestuosa predestinación que se escondía en ello.

No podría haber terminado de otro modo.

¡Oh, qué terror había sentido en la capilla Sixtina al creer que Dios se había olvidado de él! ¡Oh, los actos que había ordenado cometer! El camarlengo había caído de rodillas, presa de la duda, esforzándose por escuchar la voz de Dios sin encontrar más que silencio. Necesitaba una señal. Guía. Orientación. ¿Era ésa la voluntad del Señor? ¿La Iglesia destruida por un abominable escándalo? ¡No! Dios era quien había guiado los pasos del camarlengo, ¿no?

Entonces la vio. Sobre el altar. Una señal. Comunicación divina: algo ordinario visto bajo una luz extraordinaria. El crucifijo. Humilde, de madera. Jesús en la cruz. En ese momento, todo se volvió claro. El camarlengo no estaba solo. Nunca lo estaría.

Ésa era Su voluntad. Su propósito.

Dios siempre pedía grandes sacrificios a quienes más amaba. ¿Por qué al camarlengo le había costado tanto comprenderlo? ¿Tenía miedo? ¿Era demasiado humilde? Daba igual. Dios había encontrado la forma de comunicarse con él. Ahora Ventresca comprendía incluso por qué Robert Langdon había sido salvado. Para desvelar la verdad. Para provocar ese final.

¡Ése era el único camino que conducía a la salvación de la Iglesia!

El camarlengo sentía que flotaba mientras descendía al Nicho de los Palios. Seguía bajo los efectos de la morfina, pero sabía que Dios guiaba sus pasos.

A lo lejos podía oír que los cardenales salían de la capilla y gritaban órdenes a la Guardia Suiza.

Pero no lo encontrarían. No a tiempo.

El camarlengo sentía que tiraban de él... Cada vez con mayor fuerza... Descendió a la zona subterránea en la que brillaban las noventa y nueve lámparas de aceite. Dios lo llevaba de vuelta a suelo santo. Se dirigió hacia la reja del agujero que conducía a la necrópolis. Ahí terminaría la noche, en la sagrada oscuridad subterránea. Cogió una lámpara de aceite y se dispuso a bajar.

Mientras cruzaba el nicho, sin embargo, se detuvo un momento. Había algo que no terminaba de encajar. ¿Cómo servía así a Dios? ¿Un final solitario y silencioso?

Jesús había sufrido ante los ojos de todo el mundo. ¡Ésa no podía ser la voluntad de Dios! El camarlengo intentó escuchar Su voz, pero sólo podía oír el confuso zumbido de la droga.

«Carlo —oyó que decía su madre—, Dios tiene planes para ti.»

Desconcertado, siguió adelante.

Y entonces, sin advertencia previa, sintió la presencia de Dios.

El camarlengo se detuvo de golpe y se quedó mirando la sombra que la luz de las noventa y nueve lámparas de aceite proyectaban contra la pared de mármol que tenía a su lado. Gigantesca y aterradora. Una silueta difusa rodeada de luz dorada. Con las llamas parpadeando a su alrededor, Ventresca parecía un ángel que ascendiera al cielo. Permaneció un rato así de pie, con los brazos en cruz, contemplando su propia imagen. Luego se volvió hacia la escalera.

La voluntad de Dios estaba clara.

En la capilla Sixtina, tres minutos después de la desaparición del camarlengo, todavía nadie había podido localizarlo. Era como si la noche se lo hubiera tragado. Mortati estaba a punto de ordenar una búsqueda a gran escala en el Vaticano cuando se oyó un rugido de júbilo procedente de la plaza de San Pedro. La espontánea y tumultuosa celebración de la muchedumbre. Los cardenales intercambiaron miradas de confusión.

Mortati cerró los ojos. «Que Dios nos asista.»

Por segunda vez esa noche, el Colegio Cardenalicio salió a la plaza. Arrastrados por el grupo de cardenales, también Langdon y Vittoria salieron a la noche. Los focos y las cámaras de las televisiones estaban enfocados hacia la basílica. Allí, en el sagrado balcón papal situado en el centro mismo de la alta fachada, se encontraba el camarlengo Carlo Ventresca con los brazos levantados al cielo. Incluso desde lejos, parecía la pureza encarnada. Una estatuilla vestida de blanco. Iluminada por los focos.

La energía en la plaza pareció crecer como la cresta de una ola y, de repente, la barrera de la Guardia Suiza cedió. Un eufórico torrente de humanidad se precipitó hacia la basílica. La gente lloraba y cantaba. Las cámaras grababan. Era un auténtico pandemónium. A medida que la gente iba ocupando el espacio vacío, el caos fue intensificándose. No parecía que nada pudiera pararlo.

Pero algo lo hizo.

Desde las alturas, el camarlengo hizo un pequeño gesto. Cruzó los brazos, inclinó la cabeza e inició una silenciosa oración. Uno a uno, luego docenas a docenas, luego cientos a cientos, la gente inclinó la cabeza con él.

La plaza quedó en silencio, como si de un hechizo se tratara.

En la mente del camarlengo, voraginosa y distante, las oraciones se sucedían en un torrente de esperanzas y pesares. «Perdonadme, Padre..., Madre..., llenos de gracia... Vosotros sois la Iglesia... Espero que comprendáis este sacrificio de vuestro unigénito.»

»Oh, Jesús... Sálvanos de los fuegos del infierno... Conduce todas las almas al cielo, sobre todo aquellas que más necesitan tu misericordia...»

El camarlengo no abrió los ojos para ver la muchedumbre que tenía delante, ni las cámaras de televisión, ni el mundo que lo observaba. Podía sentir en el alma. A pesar de la angustia, la unidad del momento resultaba embriagadora. Era como si una red de conectividad se hubiera disparado en todas direcciones alrededor del globo. Delante de los televisores, en las casas y en los coches... Todo el mundo rezaba al unísono. Cual sinapsis de un corazón gigantesco, la gente extendía las manos hacia Dios en docenas de idiomas, en cientos de países. Las palabras que susurraban eran nuevas y, sin embargo, tan familiares para ellos como sus propias voces. Antiguas verdades..., grabadas en el alma.

La consonancia parecía eterna.

El silencio dio paso de nuevo a los cánticos.

El camarlengo sabía que había llegado el momento.

«Santísima Trinidad, te ofrezco lo más valioso: cuerpo, sangre, alma..., en reparación por los escándalos, los sacrilegios y las indiferencias...»

Ventresca empezó a notar el dolor físico. Se propagaba por su piel como una plaga y sintió ganas de arañarse la piel como lo había hecho semanas antes, cuando Dios había acudido a él por primera vez. «No te olvides del dolor que Jesús padeció.» Podía notar los efluvios en la garganta. Ni siquiera la morfina podía amortiguar el sabor.

«Mi trabajo aquí ha terminado.»

El horror era suyo. La esperanza, de ellos.

En el Nicho de los Palios, el camarlengo había cumplido la voluntad de Dios y se había ungido el cuerpo. El pelo. La cara. La ropa de lino. Se había embadurnado con los óleos sagrados y vítreos de las lámparas. Tenían un olor dulzón, como el de su madre, pero arderían. La suya sería una ascensión misericordiosa. Milagrosa y rápida. Y no dejaría tras de sí un escándalo, sino fuerza y asombro.

Metió la mano en el bolsillo de la bata y rodeó con sus dedos el pequeño mechero dorado que había cogido en el *incendiario* de los Palios.

Susurró un verso del libro de los Jueces: «Y cuando la llama ascendió a los cielos, el ángel del Señor ascendió con ella.»

Apoyó el pulgar.

En la plaza de San Pedro seguían los cánticos...

La visión que el mundo presenció a continuación no resultaría fácil de olvidar.

En el balcón, como una alma que se liberara de sus ligaduras corporales, una luminosa llamarada prendió en el centro del pecho del camarlengo. El fuego envolvió al instante todo su cuerpo. No gritó, sino que se limitó a levantar los brazos por encima de la cabeza y a alzar la mirada al cielo. Las llamas envolvieron todo su cuerpo en una columna de luz y permaneció envuelto en ellas durante lo que pareció una eternidad ante la mirada de todo el mundo. El resplandor de la luz se fue haciendo cada vez más brillante hasta que, poco a poco, las llamas comenzaron a disiparse. El camarlengo Ventresca ya no estaba. Resultaba imposible decir si se había desplomado por detrás de la balaustrada o simplemente se había evaporado. Lo único que quedaba de él era una nube de humo que ascendía hacia el cielo por encima de la Ciudad del Vaticano.

Capítulo 135

Amaneció tarde en Roma.

Una tormenta temprana alejó a la multitud de la plaza de San Pedro. Los medios de comunicación se refugiaron bajo paraguas o en el interior de sus vehículos y se comentaron los acontecimientos de esa noche. Las iglesias de todo el mundo se llenaron de gente. Era un momento de reflexión y discusión..., para todas las religiones. Abundaban las preguntas y, sin embargo, las respuestas sólo parecían conducir a preguntas aún más profundas. Hasta el momento, la Santa Sede había permanecido en silencio sin hacer ninguna declaración.

En lo más profundo de las grutas vaticanas, el cardenal Mortati se arrodilló a solas ante el sarcófago abierto. Extendió la mano y cerró la ennegrecida boca de Su Santidad. Ahora por fin descansaría en paz. Para toda la eternidad.

A los pies de Mortati había una urna dorada llena de cenizas. El cardenal las había recogido personalmente y las había llevado hasta allí.

—Una oportunidad para perdonar —le dijo a Su Santidad mientras depositaba la urna en el interior del sarcófago, junto al papa—. Ningún amor es mayor que el de un padre por su hijo.

Mortati metió la urna bajo los hábitos papales. Sabía

que esas grutas sagradas estaban reservadas exclusivamente a las reliquias de los pontífices, pero por alguna razón le pareció que eso era lo más adecuado.

—*Signore?* —dijo alguien que acababa de entrar en la gruta. Era el teniente Chartrand. Iba acompañado por tres guardias suizos—. Están esperándolo en el cónclave.

Mortati asintió.

—Ahora voy. —Echó un último vistazo al sarcófago que tenía ante sí y luego se levantó y se volvió hacia los guardias—. Ya es hora de que Su Santidad tenga la paz que se merece.

Los soldados se adelantaron y con gran esfuerzo volvieron a colocar la tapa del sarcófago, que se cerró con un estruendo definitivo.

Mortati cruzó a solas el patio Borgia en dirección a la capilla Sixtina. Una húmeda brisa agitó su sotana. Un cardenal salió del Palacio Apostólico y se acercó a él a grandes zancadas.

—¿Me concedería el honor de escoltarlo hasta el cónclave, *signore*?

—El honor es mío.

—*Signore* —dijo el cardenal con aspecto atribulado—. El colegio le debe una disculpa por lo de anoche. Estábamos cegados por...

—Por favor —repuso Mortati—, a veces nuestras mentes ven aquello que nuestros corazones desearían que fuera cierto.

El cardenal se quedó en silencio largo rato. Finalmente volvió a hablar:

—¿Se lo han dicho? Ya no es usted nuestro gran elector.

—Sí. Doy gracias a Dios por las pequeñas bendiciones.

—El colegio insiste en que se presente usted.

—Parece que la caridad no ha muerto en la Iglesia.

—Es usted un hombre sabio. Nos dirigiría bien.

—Soy un anciano. Los dirigiría por poco tiempo.

Ambos rieron.

Cuando llegaron al final del patio Borgia, el cardenal vaciló. Se volvió hacia Mortati con atribulada perplejidad, como si el sobrecogimiento de la noche anterior hubiera vuelto a hacer acto de presencia en su corazón.

—¿Sabía que no hemos encontrado los restos del camarlengo en el balcón? —susurró.

Mortati sonrió.

—Los habrá arrastrado la lluvia.

El hombre miró el cielo tormentoso.

—Sí, quizá...

Capítulo 136

A media mañana, el cielo seguía encapotado cuando de la chimenea de la capilla Sixtina comenzó a salir humo blanco. Las perladas volutas ascendían hacia el firmamento y poco a poco se iban disipando.

Abajo, en la plaza de San Pedro, el reportero Gunther Glick observaba en reflexivo silencio. El capítulo final...

Chinita Macri se acercó a él por detrás y se llevó la cámara al hombro.

—Es la hora —dijo.

Glick asintió con tristeza. Se volvió hacia ella, se alisó el pelo y respiró profundamente. «Mi última retransmisión», se dijo. Una pequeña multitud se había congregado a su alrededor.

—Entramos en directo dentro de sesenta segundos —anunció Macri.

Glick echó un vistazo por encima del hombro hacia el tejado de la capilla Sixtina.

—¿Se ve bien el humo?

Macri asintió pacientemente.

—Sé cómo encuadrar un plano, Gunther.

Glick se sintió como un estúpido. Claro que sabía cómo hacerlo. La actuación de Macri tras la cámara la noche anterior seguramente le valdría el Pulitzer. La suya, en cambio... Prefería no pensar en ello. Estaba seguro de que la BBC lo echaría; sin duda tendrían problemas legales con diversas entidades poderosas..., como, por ejemplo, el CERN o George Bush.

—Tienes buen aspecto —le aseguró Chinita, mirándolo a través de la cámara con cierta preocupación—. Me preguntaba si podría darte... —Vaciló y se quedó callada.

—¿Un consejo?

Ella suspiró.

—Sólo iba a decirte que no hace falta terminar con un bombazo.

—Ya lo sé —dijo él—. Quieres algo sobrio.

—Lo más posible. Confío en ti.

Glick sonrió. «¿Algo sobrio? ¿Es que está loca?» Una historia como la de la noche anterior merecía mucho más que eso. Un último giro. Una gran sorpresa. La inesperada revelación de una asombrosa verdad.

Afortunadamente, Glick tenía algo preparado...

—En directo dentro de... cinco..., cuatro..., tres...

Al mirar a Glick a través de la cámara, Chinita advirtió un leve destello en sus ojos. «No debería haberlo dejado hacer esto —se dijo—. ¿En qué estaría pensando?»

Pero ahora ya no podía hacer nada. Estaban en directo.

—Gunther Glick —anunció él a continuación—, en directo desde la Ciudad del Vaticano. —Se quedó mirando con solemnidad a la cámara mientras a su espalda el humo blanco se elevaba hacia el cielo—. Señoras y señores, ya es oficial. El cardenal Saverio Mortati, un progresista de setenta y nueve años, acaba de ser elegido papa. Aunque se trataba de un candidato poco probable, el Colegio Cardenalicio ha elegido a Mortati por unanimidad, un hecho sin precedentes.

Mientras lo observaba, Macri comenzó a respirar tranquila. Glick se estaba comportando de un modo profesional. Con austeridad, incluso. Por primera vez en su vida, parecía y hablaba como un periodista.

—Como hemos informado anteriormente —añadió

Glick, intensificando su tono de voz a la perfección—, el Vaticano todavía no ha emitido ningún comunicado en relación con los milagrosos acontecimientos de anoche.

«Bien —el nerviosismo de Chinita se fue calmando—. De momento, todo va bien.»

Glick adoptó una expresión afligida.

—Si bien la pasada fue una noche de prodigios, también tuvieron lugar algunas tragedias. Cuatro cardenales fallecieron, así como el comandante Olivetti y el capitán Rocher de la Guardia Suiza, ambos en cumplimiento del deber. Otras víctimas fueron Leonardo Vetra, renombrado físico del CERN y pionero de la tecnología de la antimateria, y Maximilian Kohler, el director del CERN, quien al parecer vino a la Ciudad del Vaticano para ofrecer su ayuda pero que, según nos informan, pereció en el proceso. No se ha emitido todavía ningún comunicado oficial en relación con la muerte del señor Kohler, pero se conjetura que falleció a causa del agravamiento de la enfermedad crónica que padecía.

Macri asintió en señal de aprobación. El reportaje iba sobre ruedas. Tal y como habían acordado.

—Tras la explosión de anoche en el cielo, la tecnología de la antimateria se ha convertido en el tema de la jornada entre los científicos y está generando entusiasmo y controversia a partes iguales. Mediante un comunicado leído por la asistente del señor Kohler en Ginebra, Sylvie Baudeloque, el consejo de dirección del CERN ha anunciado esta mañana que, si bien son entusiastas acerca del potencial de la antimateria, han decidido paralizar las investigaciones y la concesión de licencias de patente hasta que se hayan examinado todas las cuestiones relativas a su seguridad.

«Excelente —pensó Macri—. Sólo queda el último tramo.»

—Alejado de las cámaras se encuentra hoy el rostro de

Robert Langdon —prosiguió Glick—, el profesor de Harvard que acudió ayer al Vaticano para ofrecer su ayuda durante la crisis illuminati. Aunque en un principio se creyó que había fallecido en el estallido de la antimateria, nos informan de que fue visto en la plaza de San Pedro tras la explosión. Cómo se las arregló para llegar ahí sigue siendo tema de especulación, aunque un portavoz del hospital Tiberina asegura que el señor Langdon cayó del cielo al río Tíber poco después de medianoche. Al parecer, fue atendido allí y dado de alta posteriormente —Glick arqueó las cejas sin dejar de mirar a la cámara—. Si eso es cierto..., creo que efectivamente podemos decir que la pasada fue una noche de milagros.

«¡Un final perfecto! —Una amplia sonrisa se dibujó en el rostro de Macri—. ¡Impecable! ¡Ahora, la despedida!»

Pero Glick no se despidió. En vez de ello, hizo una pausa y dio un paso hacia la cámara con una misteriosa sonrisa pintada en el rostro.

—Antes de terminar...

«¡No!»

—...me gustaría presentarles a un invitado.

A Chinita se le agarrotaron de golpe las manos. «¿Un invitado? ¿Qué diantre está haciendo? ¿Qué invitado? ¡Despídete!» Pero sabía que era demasiado tarde. Glick ya lo había anunciado.

—El hombre en cuestión —dijo Glick— es un reputado especialista estadounidense.

Chinita vaciló. Contuvo la respiración mientras Glick se volvía hacia el pequeño grupo de gente que había alrededor y le indicaba a su invitado que se acercara. Macri empezó a rezar en silencio. «Por favor, que se trate de Robert Langdon y no de un pirado obsesionado con las conspiraciones de los illuminati.»

En cuanto el invitado apareció, el corazón de Chinita dio un vuelco. No se trataba de Robert Langdon. Era un hombre calvo vestido con unos vaqueros y una camisa de franela. Llevaba bastón y unas gafas de gruesos cristales. Macri se echó a temblar. «¡Un pirado!»

—Permítanme que les presente —anunció Glick— al renombrado especialista de la Universidad De Paul de Chicago, el doctor Joseph Vanek.

Macri vaciló. No se trataba de un aficionado a las conspiraciones. Había oído hablar sobre ese tipo.

—Doctor Vanek —dijo Glick—, posee usted una información asombrosa en relación con el cónclave de anoche.

—Así es —repuso Vanek—. Tras una noche de grandes sorpresas, resulta difícil imaginar que todavía pueda quedar alguna y, sin embargo... —Se detuvo.

Glick sonrió.

—Y, sin embargo, hay algo más.

El hombre asintió.

—Sí. Por extraño que pueda parecer, creo que, sin saberlo, este fin de semana el Colegio Cardenalicio ha elegido a dos papas.

La cámara de Macri estuvo a punto de resbalársele de las manos.

Glick sonrió con sagacidad.

—¿Dos papas, dice?

El especialista asintió.

—Sí. En primer lugar debería decir que he dedicado mi vida al estudio de las leyes de las elecciones papales. La judicatura del cónclave es extremadamente compleja, y la mayor parte ha sido olvidada, se ignora, o resulta obsoleta. Puede que ni siquiera el gran elector tenga conocimiento de lo que estoy a punto de revelar. No obstante... Según leyes antiguas recogidas en la Romano Pontifici Eligendo, artículo 63, la votación no es el único método mediante el cual un papa puede ser elegido. Hay otro método más *divino*: la «elección por aclamación». —Se detuvo un momento—. Y anoche sucedió.

Glick seguía con la mirada puesta en el invitado.

—Continúe, por favor.

—Como recordará —prosiguió el especialista—, anoche, cuando el camarlengo Carlo Ventresca se encontraba en la azotea de la basílica, los cardenales comenzaron a corear su nombre al unísono.

—Sí, lo recuerdo.

—Con esa imagen en mente, permítame que le cite textualmente las antiguas leyes electorales. —El hombre extrajo unos papeles del bolsillo, se aclaró la garganta, y empezó a leer—: «La elección por aclamación tiene lugar cuando los cardenales, como iluminados por el Espíritu Santo, libre y espontáneamente, proclaman por unanimidad y de viva voz el nombre de uno.»

Glick sonrió.

—¿Está usted diciendo que anoche, cuando los cardenales corearon el nombre de Carlo Ventresca, lo eligieron papa?

—Efectivamente. Es más, la ley indica que la elección por aclamación invalida los requerimientos para ser elegido papa y permite que cualquier clérigo, sea éste sacerdote, obispo o cardenal, sea elegido. De modo que, como ve, el camarlengo estaba perfectamente cualificado para ser elegido papa mediante este procedimiento. —El doctor Vanek miró directamente a la cámara—. Los hechos son los siguientes... Anoche Carlo Ventresca fue elegido papa. Ocupó el cargo durante apenas diecisiete minutos. Y, de no haber ardido milagrosamente en una columna de fuego, ahora debería ser enterrado en las grutas vaticanas junto con los demás pontífices.

—Gracias, doctor. —Glick dirigió a Macri una traviesa mirada—. Ha sido muy ilustrativo...

Capítulo 137

Desde lo alto de los escalones del Coliseo romano, Vittoria lo llamaba, riéndose.

—¡Date prisa, Robert! ¡Ya sabía yo que debería haberme casado con un hombre más joven! —Su sonrisa era mágica.

Él se esforzaba por seguir su ritmo, pero las piernas no le respondían.

—Espera —suplicó—. Por favor...

Sintió un martilleo en la cabeza.

Luego Robert Langdon se despertó con un sobresalto.

Oscuridad.

Permaneció largo rato inmóvil en la suavidad de una cama desconocida, incapaz de recordar dónde estaba. Las almohadas eran de plumas de ganso, grandes, maravillosas. El aire olía a flores. Al otro lado de la habitación, dos puertas de cristal daban acceso a un lujoso balcón donde soplaba una ligera brisa bajo una brillante luna surcada de nubes. Langdon intentó recordar cómo había llegado hasta allí... y dónde estaba.

Jirones de recuerdos surrealistas acudieron de vuelta a su conciencia.

Una pira de fuego místico... Un ángel materializándose entre la multitud... La suave mano de ella tomando la suya y guiándolo hacia la noche... Guiando su exhausto y maltrecho cuerpo por las calles... Guiándolo hasta allí... A esta suite... Metiéndolo medio adormilado bajo la ducha de agua caliente... Guiándolo luego a esa cama... Y cuidándolo mientras él se quedaba dormido.

En medio de la oscuridad, Langdon vio que había una segunda cama. Las sábanas estaban revueltas, pero en ella no había nadie. En una de las habitaciones contiguas oyó entonces el leve y continuo chorro de agua de la ducha.

En la cama de Vittoria, vio que había un escudo bordado en la funda del almohadón: HOTEL BERNINI. Langdon no pudo evitar sonreír. Vittoria había elegido bien. Lujo del Viejo Continente con vistas a la fuente del Tritón de Bernini... No había un hotel más apropiado en toda Roma.

De repente oyó unos golpes y se dio cuenta de que eso era lo que lo había despertado. Alguien llamaba a la puerta. Cada vez con mayor insistencia.

Confuso, Langdon se levantó. «Nadie sabe que estamos aquí», se dijo. Tras ponerse la lujosa bata del hotel, salió al vestíbulo de la suite. Se quedó un momento ante la pesada puerta de roble y finalmente la abrió.

Un robusto hombre ataviado con unos vistosos ropajes púrpuras y amarillos se lo quedó mirando.

—Soy el teniente Chartrand —dijo el hombre—. De la Guardia Suiza del Vaticano.

Langdon sabía muy bien quién era.

—¿Cómo... nos ha encontrado?

—Anoche los vi marcharse de la plaza y los seguí. Afortunadamente, todavía están ustedes aquí.

Langdon sintió una repentina ansiedad y se preguntó si los cardenales habrían enviado a Chartrand para escoltarlos a Vittoria y a él de vuelta a la Ciudad del Vaticano. Al fin y al cabo, aparte del Colegio Cardenalicio, ellos dos eran las únicas personas que sabían la verdad. Suponían un problema.

—Su Santidad me ha pedido que le dé esto —dijo

695

Chartrand entregándole un sobre lacrado con el sello del Vaticano.

Langdon lo abrió y leyó la nota manuscrita.

Señor Langdon, señorita Vetra:

Aunque es mi deseo pedirles discreción acerca de los acontecimientos de las últimas veinticuatro horas, me resulta imposible requerir nada más de ustedes de lo que ya nos han ofrecido. Así pues, opto por retractarme con humildad y confío en que se dejen guiar por sus corazones. Hoy el mundo parece un lugar mejor. Quizá las preguntas son más poderosas que las respuestas.

Mi puerta estará siempre abierta,

SU SANTIDAD, SAVERIO MORTATI

Langdon leyó el mensaje dos veces. Sin duda el Colegio Cardenalicio había escogido un líder noble y generoso.

Antes de que pudiera decir nada, Chartrand le entregó asimismo un pequeño paquete.

—Un obsequio de Su Santidad a modo de agradecimiento.

Langdon cogió el paquete. Era muy pesado y estaba envuelto en papel marrón.

—Por decreto suyo —dijo Chartrand—, se le concede el préstamo indefinido de este objeto de la cámara acorazada del papa. Su Santidad únicamente le pide que en su testamento se asegure de que regrese a su lugar de origen.

Langdon abrió el paquete y se quedó sin habla. Era un hierro de marcar. El diamante de los illuminati.

El teniente sonrió.

—La paz sea con usted —dijo, y se volvió para marcharse.

—Gr-gracias —consiguió decir Langdon mientras sujetaba el preciado regalo con manos trémulas.

El guardia vaciló un momento en el pasillo.

—Señor Langdon, ¿puedo hacerle una pregunta?

—Por supuesto.

—Mis compañeros y yo sentimos cierta curiosidad. Esos últimos minutos... ¿Qué sucedió en el helicóptero?

Langdon experimentó una oleada de ansiedad. Sabía que ese momento llegaría. El momento de la verdad. Vittoria y él habían hablado de ello la noche anterior mientras se escabullían de la plaza de San Pedro. Y habían tomado una decisión. Antes incluso de recibir la nota del papa.

Leonardo Vetra había soñado con que el descubrimiento de la antimateria marcara el inicio de un despertar espiritual. Obviamente, acontecimientos como los de la pasada noche no eran lo que tenía en mente, pero había un hecho innegable: en ese momento, alrededor del mundo, la gente pensaba en Dios de un modo distinto de como lo había hecho antes. Langdon y Vittoria no tenían idea de cuánto tiempo duraría la magia, pero sabían que no romperían el embrujo sembrando el escándalo y la duda. «Los caminos del Señor son inescrutables», se dijo Langdon, preguntándose irónicamente si quizá..., sólo quizá, lo sucedido el día anterior no habría sido en el fondo la voluntad de Dios.

—¿Señor Langdon? —repitió Chartrand—. Le preguntaba acerca del helicóptero...

Él le sonrió con tristeza.

—Sí, ya lo sé... —Las palabras surgieron de su corazón, no de su cabeza—. Puede que se deba a la conmoción de la caída, pero mi memoria... Parece... La verdad es que no lo recuerdo bien...

La desilusión de Chartrand fue patente.

—¿No recuerda nada?

Langdon suspiró.

—Me temo que seguirá siendo un misterio.

Cuando Robert Langdon regresó al dormitorio, la visión que le esperaba lo dejó estupefacto. Vittoria estaba en el balcón, de espaldas a la barandilla, mirándolo intensamente. Su silueta radiante bajo la luz de la luna era como una aparición celestial... Podría haber sido una diosa romana, ataviada con el albornoz blanco y el cinturón ceñido acentuando sus esbeltas curvas. Tras ella, una pálida neblina envolvía como una aureola la fuente del Tritón de Bernini.

Langdon se sintió irremediablemente atraído por ella..., más que por ninguna otra mujer en toda su vida. Dejó el diamante de los illuminati y la carta del papa sobre la mesilla de noche. Ya tendría tiempo de explicarle todo eso más adelante. Fue hacia el balcón.

Vittoria parecía feliz de verlo.

—Estás despierto —dijo ella, en un tímido susurro—. Por fin.

Él sonrió.

—Ayer fue un día muy largo.

Ella se pasó la mano por la hermosa y espesa cabellera, y el cuello de su bata se abrió ligeramente.

—Y ahora... supongo que querrás tu recompensa.

El comentario cogió desprevenido a Langdon.

—¿Cómo dices?...

—Somos adultos, Robert. Puedes admitirlo: sientes un deseo. Lo veo en tus ojos. Un profundo deseo carnal. —Ella sonrió—. Yo también lo siento. Y esa necesidad está a punto de ser satisfecha.

—¿Sí? —Langdon se envalentonó y se acercó más a ella.

—De inmediato —dijo Vittoria, y levantó el menú del servicio de habitaciones—. He pedido todo lo que tienen.

El festín fue suntuoso. Cenaron juntos a la luz de la luna. Sentados en el balcón, saborearon *frisée*, trufas y *risotto*. Bebieron una botella de Dolcetto y charlaron hasta altas horas de la noche.

No hacía falta ser simbólogo para poder leer las señales que la joven lanzaba a Langdon. Mientras tomaban el postre de crema de frambuesas con *savoiardi* y un humeante *espresso*, Vittoria presionaba las piernas desnudas contra las suyas bajo la mesa y lo miraba con ojos seductores. Parecía pedirle que dejara a un lado el tenedor y la llevara en volandas a la cama.

Pero, en vez de eso, él siguió comportándose como un perfecto caballero. «Yo también sé jugar a esto», pensó disimulando una pícara sonrisa.

Cuando hubieron terminado de cenar, Robert se dirigió hacia la cama, se sentó en el borde y se puso a examinar el diamante de los illuminati, haciendo comentarios sobre el milagro de su simetría mientras lo sostenía en alto. La confusión de Vittoria dio paso a la frustración.

—Encuentras ese ambigrama terriblemente interesante, ¿no? —preguntó.

Él asintió.

—Fascinante.

—¿Dirías que es lo más interesante que hay en esta habitación?

Langdon se rascó la cabeza, fingiendo considerar la pregunta.

—Bueno, hay una cosa que me interesa más aún.

Ella sonrió y se acercó a él.

—¿Cuál?

—Tu refutación de la teoría de Einstein mediante los atunes.

Vittoria levantó las manos.

—*Dio mio!* ¡Déjate de atunes! No juegues conmigo, te lo advierto.

Él sonrió.

—Quizá en tu siguiente experimento podrías estudiar las platijas y demostrar que la Tierra es plana.

La joven echaba humo, pero las primeras señales de una sonrisa exasperada empezaron a dibujarse en sus labios.

—Para su información, profesor, mi siguiente experimento será histórico. Tengo intención de demostrar que los neutrinos tienen masa.

—¿Los neutrinos tienen masa? —Él la miró desconcertado—. ¡No sabía que fueran católicos![8]

Con un rápido movimiento, ella se le echó encima y lo inmovilizó.

—Espero que creas en la vida después de la muerte, Robert Langdon —Dijo Vittoria, sentada a horcajadas sobre él. En sus ojos brillaba un travieso fuego.

—En realidad —dijo él entre carcajadas—, siempre he sido incapaz de imaginar nada más allá de este mundo.

—¿De verdad? ¿Entonces nunca has tenido una experiencia religiosa? ¿Un momento perfecto de glorioso éxtasis?

Langdon negó con la cabeza.

—No, y dudo seriamente que yo sea el tipo de hombre que *tiene* experiencias religiosas.

Vittoria se quitó la bata.

—Nunca te has acostado con una experta en yoga, ¿verdad?

8. Juego de palabras intraducible con el término *mass*, que en inglés puede significar tanto «masa» como «misa». *(N. del t.)*

Agradecimientos

Mi agradecimiento a Emily Bestler, Jason Kaufman, Ben Kaplan y a toda la gente de Pocket Books por su fe en este proyecto.

A mi amigo y agente, Jake Elwell, por su entusiasmo y su esfuerzo inagotables.

Al legendario George Wieser, por convencerme para que escribiera novelas.

A mi querido amigo Irv Sittler, por facilitarme una audiencia con el papa, mostrarme partes de la Ciudad del Vaticano que pocos llegan a ver, y hacer que mi estancia en Roma fuera inolvidable.

A uno de los artistas más ingeniosos y dotados que existen, John Langdon, que estuvo a la altura de mi desafío imposible y creó los ambigramas para esta novela.

A Stan Planton, bibliotecario jefe de la Universidad de Ohio-Chillicothe, por ser mi principal fuente de información en incontables temas.

A Sylvia Cavazzini, por su gentil visita guiada por el Passetto secreto.

Y a los mejores padres que un hijo pueda desear, Dick y Connie Brown..., por todo.

Gracias también al CERN, Henry Beckett, Brett Trotter, la Academia Pontificia de las Ciencias, el Brookhaven Institute, la FermiLab Library, Olga Wieser, Don Ulsch (del Instituto de Seguridad Nacional), Caroline H. Thompson de la Universidad de Gales, Kathryn Gerhard y Omar al Kindi, John Pike y la Federación de Científicos Americanos, Heimlich Vieserholder, Corinna y Davis Hammond, Aizaz Ali, el Proyecto Galileo de la Universidad Rice, Julie Lynn y Charlie Ryan de Mockingbird Pictures, Gary Goldstein, Dave (Vilas) Arnold y Andra Crawford, la Global Fraternal Network, la biblioteca de la Academia Phillips Exeter, Jim Barrington, John Maier, al ojo increíblemente perspicaz de Margie Wachtel, alt.masonic.members, Alan Wooley, la exposición de códices vaticanos de la Biblioteca del Congreso, Lisa Callamaro y Callamaro Agency, Jon A. Stowell, los Museos Vaticanos, Aldo Baggia, Noah Alireza, Harriet Walker, Charles Terry, Micron Electronics, Mindy Homan, Nancy y Dick Curtin, Thomas D. Nadeau, NuvoMedia y Rocket E-books, Frank y Sylvia Kennedy, la Oficina de Turismo de Roma, el maestro Gregory Brown, Val Brown, Werner Brandes, Paul Krupin (de Direct Contact), Paul Stark, Tom King (de Computalk Network), Sandy y Jerry Nolan, la gurú de Internet Linda George, la Academia Nacional de las Artes de Roma, el físico y colega escribano Steve Howe, Robert Weston, la librería Water Street de Exeter (New Hampshire) y el Observatorio Vaticano.